El protocolo Sigma

books4pocket

Robert Ludlum

El protocolo Sigma

Traducción de M.ª Antonia Menini

EDICIONES URANO

Argentina - Chile - Colombia - España
Estados Unidos - México - Uruguay - Venezuela

Título original: *The Sigma Protocol*
Copyright © 2001 by Myn PYN LLC

© de la traducción: Antonia Menini Pagès
© 2009 by Ediciones Urano
          Aribau, 142, pral. – 08036 Barcelona
          www.edicionesurano.com
          www.books4pocket.com

1ª edición en books4pocket enero 2010

Diseño de la colección: Opalworks
Imagen de portada: Getty Images
Diseño de portada: Estudio TGD

Impreso por Novoprint, S.A.
Energía 53
Sant Andreu de la Barca (Barcelona)

Fotocomposición: books4pocket

ISBN: 978-84-92801-10-7
Depósito legal: B-43.942-2009

Impreso en España – *Printed in Spain*

1

Zúrich

—¿Le puedo servir algo para beber mientras espera?

El botones era un hombre compacto que hablaba inglés sin apenas acento. La placa de latón de su nombre brillaba sobre su uniforme de paño de lana verde.

—No, gracias —contestó Ben Hartman, esbozando una leve sonrisa.

—¿Está seguro? ¿Quizá un poco de té? ¿Tal vez café? ¿Agua mineral? —El botones levantó los brillantes ojos hacia él con la ansiosa mirada propia de alguien a quien sólo le quedan unos pocos minutos para incrementar su propina de despedida—. Lamento muchísimo que su automóvil se haya retrasado.

—No se preocupe, estoy bien.

Ben permanecía de pie en el vestíbulo del hotel St. Gotthard, un lujoso establecimiento del siglo diecinueve especializado en atender a acaudalados hombres de negocios internacionales... «y reconozcamos que yo soy uno de ellos», pensó Ben con socarronería. Ahora que ya había pagado la cuenta del hotel, se preguntó con aire ausente si no convendría darle una propina al botones para que no le llevara las maletas, no siguiera todos sus movimientos unos cuantos pasos a su espalda como una novia bengalí, no le ofreciera incesantes disculpas por el hecho de que el vehículo que tenía que llevarle al aeropuerto todavía no hubiera llegado. Los hoteles de lujo de todo el mundo se enorgullecían de prestar semejantes atenciones, pero Ben, que viajaba con mucha frecuencia, inevitablemente las encontraba entrometidas y profundamente irritantes. Se había pasado mucho tiempo tratando de salir del capullo, ¿verdad? Pero, al final, el capullo —los rancios rituales de los privilegios— había ganado la partida. El botones ya lo tenía bien fichado: otro rico y mimado norteamericano.

Ben Hartman tenía treinta y seis años, pero aquel día se sentía mucho más maduro. No era sólo el *jet lag*, a pesar de que había llegado de Nueva York la víspera y todavía experimentaba aquella extraña sensación de dislocación. Era algo relacionado con el hecho de volver a encontrarse en Suiza: en días más felices había pasado mucho tiempo allí, esquiando demasiado rápido, circulando demasiado rápido, sintiéndose como un espíritu salvaje entre sus impasibles ciudadanos tan respetuosos con las normas. Pensó que ojalá pudiera recuperar aquel espíritu, pero no podía. Llevaba sin visitar Suiza desde que su hermano Peter —su gemelo idéntico— había sido asesinado allí cuatro años atrás. Ben temía que el viaje le revolviera los recuerdos, pero nada de eso había ocurrido. Ahora comprendía el error que había cometido al regresar. Nada más llegar al aeropuerto de Kloten, se había sentido aturdido, dominado por la emoción, la cólera, el dolor y la soledad.

Pero se guardaría mucho de dejarlo traslucir. Había hecho un pequeño negocio la víspera y esta mañana tenía prevista una cordial reunión con el doctor Rolf Grendelmeier, del Union Bank of Switzerland. Huelga decir que había que mantener contentos a los clientes; una calurosa acogida formaba parte del trabajo. Si tenía que ser sincero consigo mismo, eso era el trabajo, y a veces Ben experimentaba un sobresalto al ver la facilidad con la cual se había introducido en el papel, el del único hijo superviviente del legendario Max Hartman, el presunto heredero de la fortuna de la familia y del cargo de presidente de la Hartman Capital Management, la empresa valorada en varios miles de millones de dólares fundada por su padre.

Ahora Ben poseía todos los atributos propios de las finanzas internacionales: el armario lleno de trajes Brioni y Kiton, la sonrisa fácil, el firme apretón de manos y, por encima de todo, la mirada: serena, tranquila, consciente. Era una mirada que transmitía responsabilidad, confianza y sagacidad y que, más a menudo de lo que parecía, ocultaba un mortal aburrimiento.

Sin embargo, no había viajado a Suiza para hacer negocios. Desde Kloten, un pequeño avión lo trasladaría a St. Moritz para pasar unas vacaciones esquiando en compañía de un anciano cliente extremadamente rico, la esposa de éste y su guapa —o eso se decía— nieta. La manera en que el cliente le apretó el brazo fue jovial pero persistente. Éste era uno de los inconvenientes de ser un apuesto y acaudalado joven «sin compromiso» en Manhattan; sus clientes siempre trataban de emparejarlo con sus hijas, sus nietas o sus primas. Resultaba difícil decir que no con educación. Pero de vez en cuando conocía a alguna mujer cuya compañía le encantaba. Nunca se sabía. En cualquier caso, Max quería que le diera nietos.

Max Hartman, el filántropo y el terror de sus allegados, el fundador de Hartman Capital Management. El inmigrante hecho a sí mismo que había llegado a Estados Unidos, un refugiado de la Alemania nazi con los proverbiales diez dólares en el bolsillo, había fundado una empresa de inversiones inmediatamente después de la guerra, y había trabajado sin descanso hasta convertirla en la firma valorada en miles de millones de dólares que era ahora. El viejo Max, que a sus ochenta y tantos años vivía en su solitario esplendor en la localidad de Bedford, en el estado de Nueva York, seguía al frente de la empresa y se encargaba de que nadie lo olvidara jamás.

No era fácil trabajar para el propio padre, pero lo era todavía menos cuando uno tenía muy poco interés por la banca de inversión, la «distribución del activo», la «administración del riesgo» y todas las demás palabras técnicas que le dejaban a uno el cerebro atontado.

O cuando uno no sentía el menor interés por el dinero. Lo cual era —se daba cuenta— un lujo del que disfrutaban principalmente aquellos que lo tenían en exceso. Como los Hartman, con sus fondos de inversiones, sus escuelas privadas y la inmensa finca del condado de Westchester. Por no hablar de las diez mil hectáreas de terreno cerca de Greenbier y todo lo demás.

Hasta que el avión de Peter se estrelló, Ben había podido dedicarse a lo que realmente le gustaba: la enseñanza, especialmente la enseñanza a niños que casi todo el mundo había dado por irrecuperables. Había sido profesor de quinto curso en una escuela de una zona de Brooklyn conocida como East New York. Muchos niños eran problemáticos; había bandas, por supuesto, y siniestros chavales de diez años tan bien armados como capos colombianos de la droga. Pero necesitaban a un profesor que se preocupara sinceramente por ellos. Ben se preocupaba y, de vez en cuando, servía para cambiarle la vida a alguien.

Pero, al morir Peter, Ben se había visto obligado a incorporarse a los negocios de la familia. Les dijo a sus amigos que era una promesa que su madre le había arrancado en su lecho de muerte. Pero con cáncer o sin él, jamás le habría negado nada a su madre. Recordaba su rostro demacrado, la piel cenicienta a causa de otra tanda de quimioterapia, las manchas rojizas bajo los ojos. Era casi veinte años más joven que su padre y él jamás había imaginado que pudiera morir primero. «Trabaja porque viene la noche», le había dicho ella, esbozando una valerosa sonrisa. Casi todo lo demás se lo había dicho en silencio. Max había sobrevivido al campo de concentración de Dachau para acabar perdiendo un hijo, y ahora estaba a punto de perder a su mujer. ¿Cuánto podía soportar un hombre, por muy poderoso que fuera?

—¿A ti también te ha perdido? —le había preguntado ella en un susurro.

Por aquel entonces Ben vivía a unas cuantas manzanas de distancia de la escuela en un apartamento de la sexta planta de un decrépito edificio sin ascensor donde los pasillos apestaban a orina y el linóleo se desprendía de los suelos, formando volutas. Por principio, se negaba a aceptar dinero de sus padres.

—¿Oyes lo que te estoy pidiendo, Ben?

—Mis niños —contestó Ben, a pesar de que en su voz ya se percibía la derrota—. Me necesitan.

—Él te necesita —replicó ella suavemente, y así terminó la discusión.

Así que ahora se llevaba a los grandes clientes privados a almorzar, les hacía sentirse importantes, bien atendidos y halagados por el hecho de que los mimara el hijo del fundador. Con todo, sacaba algo de tiempo para trabajar como voluntario en un centro para «niños con problemas» al lado de los cuales sus alumnos de quinto curso parecían monaguillos. Y también arañaba tiempo para los viajes, el esquí, el parapente, el snowboard o el alpinismo, y para salir con toda una serie de mujeres, procurando por todos los medios no sentar la cabeza con ninguna de ellas.

El viejo Max tendría que esperar.

De repente, el vestíbulo del St. Gotthard, todo damasco rosa y pesado mobiliario vienés, se le antojó opresivo.

—Pues mire, creo que prefiero esperar fuera —le dijo Ben al botones.

El hombre del uniforme de paño verde esbozó una bobalicona sonrisa.

—Por supuesto, señor, lo que usted prefiera.

Ben salió parpadeando a la cegadora luz del mediodía y echó un vistazo al tráfico de peatones de la Bahnhofstrasse, la majestuosa avenida bordeada de tilos a la que se asomaban lujosos establecimientos y cafés y toda una serie de pequeñas mansiones de piedra caliza, sedes de diversas organizaciones financieras. El botones se situó presuroso a su espalda con su equipaje y permaneció a la espera hasta que Ben le soltó un billete de cincuenta francos y le hizo señas para que se retirara.

—Ah, muchísimas gracias, señor —exclamó el botones con fingida sorpresa.

Los porteros le avisarían cuando apareciera su vehículo en la calzada de adoquines situada a la izquierda del hotel, pero Ben no tenía ninguna prisa. La brisa del lago de Zúrich resultaba refrescante tras haber pasado tanto rato en aquellas sofocantes y excesivamente caldeadas habitaciones donde el aire siempre estaba impregnado del olor del café y de un aroma algo más débil pero inconfundible de humo de cigarro. Ben apoyó uno de sus esquíes Volant Ti Supers, todavía sin estrenar, en una de las columnas corintias del hotel, cerca de sus maletas, y contempló la bulliciosa atmósfera de la calle, el espectáculo de los viandantes anónimos. Un joven y odioso hombre de negocios relinchando contra un móvil. Una mujer obesa enfundada en una parka de color rojo empujando un cochecito infantil. Un grupo de turistas japoneses charlando animadamente. Un alto caballero de mediana edad vestido con traje de calle y con el canoso cabello recogido hacia atrás en una cola de caballo. Un repartidor con una caja de lirios y ataviado con el característico uniforme negro y anaranjado de la Blümchengallerie, la elegante cadena de floristerías. Y una llamativa rubia vestida con ropa muy cara que sujetaba una bolsa de compra de Festiner's y que miró como con aire ausente en la dirección aproximada de Ben y después lo volvió a mirar... rápidamente, pero con un destello de interés antes de apartar los ojos. «Si tuviéramos mundo suficiente y tiempo», pensó Ben. Su mirada volvió a perderse. El ruido del tráfico procedente de la Löwenstrasse, a unas cuantas decenas de metros de distancia, era constante pero llegaba amortiguado. En algún lugar cercano, un perro muy nervioso gimoteaba. Un hombre de mediana edad vestido con un blazer de un extraño tono morado, demasiado sofisticado para Zúrich. Y después vio a un hombre de aproximadamente su edad, caminando con paso decidido por delante de la Koss Konditorei. Le resultaba vagamente familiar...

Muy familiar.

En una reacción tardía, Ben miró con mucho más detenimiento. ¿Era —podía ser— su antiguo compañero de la universidad Jimmy Cavanaugh? Una inquisitiva sonrisa se dibujó en el rostro de Ben.

Jimmy Cavanaugh, a quien conocía desde su segundo curso en Princeton. Jimmy, el que vivía elegantemente fuera del campus, fumaba cigarrillos sin filtro capaces de asfixiar al común de los mortales y podía beber más que nadie, incluso más que Ben, que tenía cierta fama al respecto. Jimmy era de una pequeña localidad de la parte noroccidental del estado de Nueva York llamada Homer, y ello le proporcionaba una gran cantidad de anécdotas. Una noche, tras haberle enseñado a Ben a ingerir tragos de tequila con la ayuda de bebidas más ligeras, Jimmy lo dejó casi sin resuello con sus historias acerca de un deporte de su ciudad llamado el «derribo de las vacas». Jimmy era alto, taimado y mundano, tenía un inmenso repertorio de travesuras, un ingenio muy rápido y una labia increíble. Y, por encima de todo, parecía más vivo que casi todos los demás chicos que Ben conocía: los pre-profesionales de manos pegajosas intercambiándose consejos acerca de los exámenes de ingreso para la facultad de Derecho o las escuelas de estudios empresariales, los presuntuosos estudiantes de francés con sus cigarrillos aromatizados con especias y sus bufandas negras, los enfurruñados casos perdidos para quienes la rebelión consistía en un bote de tinte verde para el cabello. Jimmy parecía mantenerse al margen de todo aquello, y Ben, que envidiaba su sencilla soltura, se sentía complacido e incluso halagado por su amistad. Tal como suele ocurrir, ambos habían perdido el contacto después de la universidad; Jimmy se fue a hacer algo en la Escuela del Servicio Diplomático de Georgetown y Ben se quedó en Nueva York. Ninguno de ellos echaba demasiado de menos la universidad, y después, el tiempo y la distancia hicieron el resto. Sin embargo, pensaba Ben, Jimmy Cavanaugh era probablemente una de las pocas personas con las cuales le apetecía charlar justo en aquel momento.

Jimmy Cavanaugh —estaba claro que era Jimmy— se encontraba ahora lo bastante cerca como para que Ben pudiera ver que vestía un costoso traje bajo una trinchera de color beige, y que fumaba un cigarrillo. Su complexión había cambiado: ahora tenía los hombros más anchos. Pero era Cavanaugh con toda seguridad.

—Dios mío —dijo Ben en voz alta mientras andaba Bahnhofstrasse abajo en dirección a Jimmy al acordarse de sus Volants, que no quería dejar sin vigilancia, tanto si había portero como si no. Recogió los esquís, se los echó al hombro y se acercó a Cavanaugh. El cabello pelirrojo estaba más descolorido y tenía entradas, el rostro antaño pecoso presentaba unas cuantas arrugas, vestía un traje de Armani de dos mil dólares, ¿y qué demonios estaba haciendo en Zúrich? De repente, los ojos de ambos se cruzaron.

Jimmy esbozó una ancha sonrisa y avanzó con paso decidido hacia Ben, alargando un brazo mientras mantenía la otra mano en el bolsillo de la trinchera.

—Hombre, Hartman —graznó Jimmy a unos cuantos metros de distancia—. Hola, tío, ¡cuánto me alegro de verte!

—¡Vaya, pero si eres tú! —exclamó Ben.

Justo en aquel momento Ben se sorprendió al ver un tubo metálico asomando de la trinchera de su viejo amigo, un silenciador, comprendió entonces, con la boca apuntándole directamente a la altura de la cintura.

Debía de ser una broma, el bueno de Jimmy se pasaba la vida haciendo cosas por el estilo. Sin embargo, mientras Ben levantaba las manos y esquivaba una bala imaginaria, vio cómo Jimmy Cavanaugh desplazaba ligeramente la mano derecha, efectuando los inequívocos movimientos del que aprieta un gatillo.

Lo que ocurrió a continuación duró una décima de segundo y, sin embargo, el tiempo pareció avanzar en cámara lenta hasta casi detenerse. Tomando una brusca decisión, Ben se bajó los esquís del hombro derecho describiendo con ellos un arco cerrado, tratando de anular el efecto del arma y golpeando simultáneamente el cuello de su viejo amigo con todas sus fuerzas.

Un instante después —¿o fue tal vez en el mismo instante?—, oyó la detonación y experimentó una áspera rociada en la nuca en el momento en que una bala muy auténtica destrozaba la luna del escaparate de una tienda situada a pocos pasos de distancia.

«¡Eso no podía estar ocurriendo!»

Pillado por sorpresa, Jimmy perdió el equilibrio y lanzó un grito de dolor. Mientras tropezaba y caía al suelo, alargó una mano para agarrar los esquís. *Una mano*. La izquierda. Ben tuvo la sensación de haber tragado hielo. El instinto de adelantarse a los acontecimientos es muy fuerte cuando uno tropieza: uno alarga ambas manos y suelta la maleta, la pluma, el periódico. Había pocas cosas que uno no soltaba... pocas cosas que uno seguía agarrando al caer.

«El arma era auténtica.»

Ben oyó que los esquís matraqueaban ruidosamente sobre la acera, vio un hilillo de sangre en la parte lateral del rostro de Jimmy, vio a Jimmy tratando de recuperar el equilibrio. Entonces Ben se inclinó hacia delante y, en un veloz arranque, echó a correr calle abajo. El arma era auténtica. Y Jimmy la había disparado contra él.

El camino de Ben estaba obstaculizado por la muchedumbre de compradores y hombres de negocios que se dirigían presurosos a sus citas para almorzar y, mientras él se abría paso tortuosamente a través de la gente, chocó con varias personas que protestaron a gritos. Pero él siguió adelante corriendo como jamás había corrido, zigzagueando con la esperanza de que la trayectoria irregular lo convirtiera en un blanco esquivo.

«¿Qué demonios estaba ocurriendo? ¡Aquello era una locura, una locura absoluta!»

Cometió el error de volverse a mirar hacia atrás mientras corría, con lo que aminoró el ritmo, con el rostro ardiendo ahora como una antorcha ante un antiguo amigo que, por alguna insondable razón, parecía dispuesto a matarlo. De pronto, a medio metro de distancia, la frente de una joven estalló en una bruma rojiza.

Ben emitió un horrorizado jadeo.

«¡Santo cielo!»

No, no era posible que aquello estuviera ocurriendo, aquello no era verdad, era una estrambótica pesadilla...

Cuando una bala penetró en la fachada de mármol del estrecho edificio de oficinas por delante del cual pasaba corriendo, vio una dispersión de pequeños fragmentos de piedra. Cavanaugh se había levantado y estaba corriendo, ahora apenas a quince metros por detrás de él, y, a pesar de que tenía que disparar a la carrera, su puntería seguía siendo desalentadoramente buena.

«Sigue intentando matarme, no, mejor dicho, me va a matar...»

Ben hizo una súbita finta a la derecha y después se desplazó bruscamente a la izquierda, pegando un brinco. Ahora corría con todas sus fuerzas. En el equipo de atletismo de Princeton él era corredor de ochocientos metros y ahora, quince años después, sabía que su única posibilidad de supervivencia consistía en encontrar en sí mismo una oleada de velocidad. Sus zapatillas no estaban hechas para correr, pero tendrían que hacerlo. Necesitaba un destino, un objetivo claro, un punto final: ésta era siempre la clave. «¡Piensa, coño!» Algo hizo clic en su cabeza: se encontraba a una manzana de distancia de la galería comercial subterránea más grande de Europa, un vulgar templo del consumo conocido como Shopville, situado debajo y al lado de la principal estación ferroviaria, la Hauptbahnhof. Visualizó mentalmente la entrada, las escaleras mecánicas de la Bahnhofplatz; resultaría más rápido entrar por allí y caminar por debajo de la plaza que abrirse camino corriendo entre la gente que solía abarrotar las calles en la superficie. Podía refugiarse bajo la galería. Sólo un loco se atrevería a perseguirlo por allí abajo. Ahora esprintó, manteniendo las rodillas levantadas mientras sus pies avanzaban a grandes, suaves y fantasmagóricas zancadas, volviendo a la disciplina de aquellas veloces carreras, consciente tan sólo de la brisa que le acariciaba la cara. ¿Había despistado a Cavanaugh? Ya no oía sus pisadas, pero no podía permitirse el lujo de hacer suposiciones. Con desesperada determinación, siguió corriendo.

La rubia de la bolsa de Festiner's cerró el minúsculo móvil y se lo guardó en el bolsillo de su vestido Chanel azul celeste con los pálidos y brillantes labios contraídos en un pequeño mohín de desagrado. Al principio, todo ocurrió... bueno, con precisión cronométrica. Tardó pocos segundos en llegar a la conclusión de que el hombre que se encontraba de pie delante del St. Gotthard era un probable ligue. Tenía treinta y tantos años, el rostro anguloso y una fuerte mandíbula, un rizado cabello castaño salpicado de hebras grises y los ojos verde avellana. «Un tipo de aspecto agradable, pensó, incluso guapo»; pero no tan característico como para que ella hubiera podido identificarlo claramente desde aquella distancia. Pero eso no tenía la menor importancia. El tirador que habían elegido podría hacer la identificación; ya se habían encargado ellos de que así fuera.

Ahora, sin embargo, las cosas parecían todo menos perfectamente controladas. El objetivo era un aficionado; no tenía muchas posibilidades de sobrevivir a un encuentro con un profesional. No obstante, los aficionados la ponían nerviosa. Cometían errores irregulares e imprevisibles; su misma ingenuidad desafiaba las previsiones racionales, tal como las acciones evasivas del sujeto habían demostrado. Su insensato y prolongado intento de fuga sólo serviría para aplazar lo inevitable. Y, sin embargo, todo llevaría su tiempo... lo único que no les sobraba. Sigma Uno no estaría contento. Consultó su pequeño reloj de pulsera incrustado de piedras preciosas, sacó el móvil y efectuó una nueva llamada.

Sin resuello y con los músculos pidiendo oxígeno a gritos, Ben Hartman se detuvo junto a las escaleras mecánicas que daban acceso a la galería, sabiendo que tenía que tomar una decisión en cuestión de una décima de segundo. «1. UNTER-GESCHOSS SHOPVILLE», decía el letrero azul de la parte superior. Las escaleras mecánicas de bajada estaban llenas de compradores con bolsas y de simples visitantes; tendría que utilizar las escaleras mecánicas de subida, en las que había relativamente menos usuarios. Bajó violentamente, apartando a codazos a una joven pareja tomada de la mano que le bloqueaba el paso. Vio las miradas de asombro que sus acciones habían provocado, unas miradas mezcla de desconcierto y burla.

Ahora echó a correr a toda velocidad a través del espacio central de la galería subterránea; mientras sus pies avanzaban sobre el negro suelo de caucho, llegó a experimentar una débil sensación de esperanza, pero entonces se dio cuenta del error que había cometido. A su alrededor se elevaron gritos y frenéticos alaridos. Cavanaugh lo había seguido hasta allí, hasta aquel espacio cerrado y restringido. En el espejo del escaparate de una joyería vio fugazmente el destello de un disparo, un estallido blanco amarillento. Inmediatamente, una bala traspasó los relucientes paneles de caoba de una librería especializada en viajes, dejando al descubierto la barata plancha de fibra que había debajo. Se produjo un tumulto generalizado. Un anciano vestido con un traje que le colgaba por todas partes se agarró la garganta a dos pasos de allí y cayó como un bolo, con la pechera de la camisa empapada de sangre.

Ben se ocultó detrás de la oficina de información, una ovalada estructura de vidrio y hormigón de aproximadamente un metro y medio de anchura en la cual figuraba una lista de tiendas en elegantes letras blancas sobre fondo negro, una guía del comprador en tres idiomas. Una sorda explosión de cristal le reveló que el recinto había sido alcanzado. Medio segundo después se oyó un áspero crujido y un trozo de hormigón se desprendió pesadamente de la estructura y aterrizó cerca de sus pies.

¡A pocos centímetros!

Un hombre alto y fornido, envuelto en un abrigo de pelo de camello y tocado con un airoso sombrero gris, se tambaleó a pocos pasos de él antes de desplomarse muerto. A Ben le resultaba imposible distinguir las pisadas de Cavanaugh, pero, calibrando su posición a partir del reflejo del destello de la boca del arma, comprendió que sólo le quedaba un minuto antes de ser alcanzado. Situado detrás de la isla de hormigón, permaneció erguido en todo su metro ochenta de estatura y miró desesperado a su alrededor, en busca de un nuevo refugio.

Entre tanto, la intensidad de los gritos seguía en aumento. Más allá, la galería estaba llena de gente que gritaba, lloraba histéricamente, se agachaba aterrorizada y trataba de protegerse la cabeza con los brazos cruzados.

A medio metro de distancia había una escalera mecánica identificada como «2. untergeschoss». Si pudiera cubrir aquella distancia sin que le pegaran un tiro, podría alcanzar el nivel inferior. Puede que allí cambiara su suerte. «No podía ser peor, pensó, pero después cambió de idea al ver un charco de sangre cada vez más grande que brotaba del hombre del abrigo de pelo de camello, abatido a pocos metros de distancia.» ¡Maldita sea, tenía que pensar! No había manera de cubrir aquella distancia a tiempo. A no ser...

Alargó la mano hacia el brazo del muerto y lo acercó tirando de él. Quedaban unos segundos. Le arrancó el abrigo beige y agarró el sombrero gris, consciente de las siniestras miradas que le dirigían los compradores agazapados junto a la Western Union. No había tiempo para consideraciones. Se encogió de hombros mientras se ponía el amplio abrigo y se encasquetaba el sombrero en la cabeza. Para conservar la vida, tendría que resistir el impulso de subir corriendo como una liebre la escalera mecánica del segundo nivel: había practicado la caza lo suficiente como para saber que cualquier cosa que se moviera de manera excesivamente brusca era candidata a ser víctima de un pistolero demasiado ansioso por apretar el gatillo. En vez de eso, se levantó muy despacio, se encorvó y avanzó tambaleándose como un anciano que hubiera perdido mucha sangre. Ahora era visible y extremadamente vulnerable: la estratagema había durado justo lo suficiente para permitirle llegar a la escalera mecánica. Mientras Cavanaugh pensara que era un simple espectador herido, no gastaría otra bala con él.

El corazón le martilleaba en el pecho y todo su instinto le gritaba que arrancara a correr. «Todavía no.» Encorvado, con los hombros encogidos, avanzó vacilante dando los pasos más largos que podía dar sin despertar sospechas. Cinco segundos. Cuatro segundos. Tres segundos.

En la escalera mecánica, que ya se había vaciado de aterrorizados peatones, el hombre del ensangrentado abrigo de pelo de camello pareció inclinarse hacia adelante antes de que el movimiento de la escalera lo ocultara de la vista.

«¡Ahora!»

La inacción había sido un ejercicio agotador y cada nervio de su cuerpo se movía a sacudidas. Ben había evitado la caída con las manos. Con todo el sigilo que pudo, bajó corriendo los restantes escalones.

Oyó un rugido de frustración procedente de arriba. Cavanaugh debía de estar a su espalda. Cada segundo contaba.

Ben aumentó su velocidad, pero el segundo nivel subterráneo de la galería era un verdadero laberinto. No había ningún otro camino recto de salida por el otro lado de la Bahnhofplatz, sólo una sucesión de desvíos con las anchas aceras salpicadas de quioscos de madera y cristal donde se vendían móviles, cigarros, relojes y pósters: puestos interesantes para un comprador desganado, pero para él sólo una carrera de obstáculos. Sin embargo, reducían el campo de visión. Disminuían la posibilidad de que lo mataran desde lejos. Y por esta razón le permitían ganar tiempo. Tal vez tiempo suficiente para asegurarle lo único que tenía en la cabeza: un escudo.

Pasó corriendo por delante de una borrosa sucesión de tiendas: Foto Video Ganz, Restseller Buchhandlung, Presensende Sitckler, Microspot. Kinderboutique, con su escaparate lleno de animales de peluche y rodeado por un marco de madera pintado de verde y oro con un motivo de hiedra; y el cromo y el plástico de un *outlet* de Swisscom... todos ellos exhibiendo alegremente sus mercancías y servicios, todos ellos carentes absolutamente de valor para él. Después, justo a su derecha, al lado de una sucursal de un Credit Suisse/Volksbank, vio una tienda de maletas. Miró a través del escaparate, en el que se amontonaban hasta el techo unas maletas de cuero de costados blandos... que no le servían de nada. El artículo que le interesaba estaba dentro: una maleta de gran tamaño de reluciente acero. No cabía duda de que el brillante revestimiento de acero era tan funcional como decorativo, pero le iría bien. Le tendría que ir bien. Mientras entraba rápidamente en el establecimiento, agarraba el artículo y salía corriendo, Ben observó que el propietario, pálido y sudoroso, estaba hablando histéricamente en *Schweitzerdeutsch* por teléfono. Nadie se molestó en echar a correr en pos de Ben; la noticia de aquella locura ya se había divulgado.

Ben ya se había agenciado un escudo; pero había perdido también un tiempo precioso. Al salir de la tienda de maletas vio que su escaparate se había transformado en una telaraña de curiosa belleza, tras lo cual se desintegró en fragmentos. Cavanaugh estaba cerca, tan cerca que Ben no se atrevía a mirar a su alrededor para intentar localizar su posición. En vez de eso, corrió hacia la muchedumbre de compradores que salía de Franscati, unos grandes almacenes situados a un extremo de la plaza cruciforme. Levantando en alto la maleta, Ben avanzó, tropezó con la pierna de alguien, recuperó el equilibrio con dificultad y así perdió unos segundos preciosos.

Una explosión a pocos centímetros de su cabeza: el sonido de una bala de plomo penetrando en la maleta de acero. Ésta vibró en sus manos en parte a causa del impacto de la bala y en parte debido a su reflejo muscular, y entonces vio un bulto en el recubrimiento de acero que tenía delante de sus ojos, como si éste hubiera sido golpeado por un martillo. La bala había traspasado la primera capa y casi había atravesado la segunda. Su escudo le había salvado la vida, pero por muy poco.

Todo a su alrededor se había vuelto borroso, pero él sabía que estaba entrando en el abarrotado Halle Landesmuseum. También sabía que la muerte todavía le pisaba los talones.

Montones de personas gritaban —apretujadas, encogidas, agitadas— mientras el horror, los disparos y la sangre se iban acercando.

Ben se introdujo entre la desquiciada muchedumbre y fue devorado por ella. Por un instante, pareció que el tiroteo había cesado. Arrojó la maleta al suelo: había cumplido su misión, pero ahora su lustroso metal lo convertiría en un blanco demasiado fácil de identificar entre la gente.

¿Había terminado aquello? ¿Se habría quedado Cavanaugh sin munición? ¿Estaría volviendo a llenar el cargador?

Zarandeado por todas partes, Ben echó un vistazo a la laberíntica galería en busca de una salida, un *Ausgang*, a través de la cual pudiera desaparecer sin ser visto. «A lo mejor lo he perdido», pensó. Pero no se atrevía a volver la vista hacia atrás. Ni hablar de regresar. Sólo seguir adelante.

En la acera que conducía a los almacenes Franscati, vio un rótulo falsamente rústico de madera oscura con unas letras doradas que decían: «katzkeller-bierhalle». Colgaba por encima de un recoveco que constituía la entrada a un desierto restaurante. «geschlossen», decía un letrero más pequeño. Cerrado.

Corrió hacia él, camuflando su movimiento en medio del nervioso gentío que apuraba el paso en aquella dirección. Cruzando la falsa arcada medieval bajo el rótulo, entró corriendo en un espacioso comedor vacío. Unas cadenas de hierro forjado colgadas del techo sostenían unas enormes lámparas de madera; unas alabardas y unos grabados de nobleza medieval adornaban las paredes. El estilo se prolongaba en las pesadas mesas redondas toscamente labradas de acuerdo con la idea que alguien debía de tener de un arsenal del siglo xv.

A la derecha del local había una larga barra, y Ben se agachó detrás de ella, jadeando ruidosamente por falta de resuello mientras trataba desesperadamente de permanecer en silencio. Tenía la ropa empapada de sudor. No podía creer que el corazón le latiera tan rápido, e hizo una mueca causada por el dolor que le oprimía el pecho.

Dio unas palmadas a la serie de armarios que tenía delante y éstos sonaron a hueco. Eran de yeso barnizado y no cabía esperar que detuvieran una bala. Agachado, dobló una esquina hasta llegar a un resguardado nicho de piedra donde pudo permanecer de pie y recuperar la respiración. Mientras se inclinaba hacia atrás para apoyarse en la columna, se golpeó la cabeza contra un farol de hierro forjado montado sobre la piedra. Soltó involuntariamente un gemido. Después examinó el aplique que le había herido en la parte posterior de la cabeza y vio que toda la pieza, un pesado brazo de hierro en el que estaba encajada la estructura ornamental que sostenía la bombilla, se podía levantar de su soporte.

La sacó con un herrumbroso chirrido. La agarró con firmeza y la sostuvo contra su pecho.

Después esperó, tratando de calmar los latidos de su corazón. Algo sabía de la espera. Recordaba bien aquellos días de Acción de Gracias en el Greenbrier; Max Hartman insistía en que sus hijos aprendieran a cazar, y Hank McGee, un anciano de White Sulfur Springs, había recibido el encargo de enseñarles. «¿Qué dificultad podía tener?», recordó haber pensado: era campeón de tiro al plato y tenía motivos para estar orgulloso de la coordinación entre su mano y su ojo. Así se lo dijo a McGee, cuyos ojos se ensombrecieron.

«¿Usted cree que la caza tiene que ver con el tiro? Tiene que ver con la espera», le había replicado, mirándole enfurecido.

McGee tenía razón, naturalmente: la espera era lo más difícil y aquello para lo que temperamentalmente él estaba menos preparado.

Cazando con Hank McGee, había esperado en vano a su presa.

Ahora la presa era él.

A no ser que... en cierto modo... pudiera modificar la situación.

Al cabo de un momento, Ben oyó acercarse unas pisadas. Jimmy Cavanaugh entró sigilosamente y con cuidado, mirando a uno y otro lado. El cuello de su camisa estaba sucio, desgarrado y manchado con la sangre de la herida del lado derecho de su cuello. Su gabardina también estaba manchada. Su arrebolado rostro presentaba una mueca de determinación y sus ojos miraban con expresión salvaje.

¿De veras era su amigo? ¿En qué se había convertido Cavanaugh en la década y media transcurrida desde que él lo había visto por última vez? ¿Qué lo había convertido en un asesino?

«¿Por qué estaba ocurriendo todo aquello?»

En su mano derecha Cavanaugh sostenía su pistola negra y azul con el tubo de veintitrés centímetros del silenciador insertado en el cañón. Ben, echando mano de sus recuerdos de práctica de tiro al blanco de veinte años atrás, vio que era una Walther PPK, una calibre 32.

Ben contuvo la respiración, temiendo que sus jadeos lo delataran. Retrocedió en el recoveco, sujetando el aplique de hierro que acababa de arrancar de la pared y agachándose para que Cavanaugh no le viera al entrar. Con un súbito pero certero movimiento de su brazo, Ben arrojó el aplique del farol de hierro hacia delante y lo estrelló contra la cabeza de Cavanaugh con un sordo sonido.

Jimmy Cavanaugh lanzó un grito de dolor tan agudo como el de un animal. Después dobló las rodillas y apretó el gatillo.

Ben notó una oleada de calor a un centímetro de su oreja. Pero ahora, en lugar de echarse hacia atrás o arrancar a correr, se lanzó hacia delante arrojándose sobre el cuerpo de su enemigo, tumbándolo contra el suelo y estrellando su cráneo contra el pavimento de piedra. A pesar de encontrarse gravemente herido, el hombre era una verdadera fuente de energía. Unos rancios miasmas de sudor se escaparon de él cuando se incorporó parcialmente y rodeó con su poderoso brazo el cuello de Ben, comprimiéndole la arteria carótida. Presa de la desesperación, Ben alargó la mano hacia la pistola, pero sólo consiguió agitar el largo silenciador arriba y abajo hacia Cavanaugh. Con una repentina y ensordecedora explosión, el arma se disparó. En los oídos de Ben sonó un prolongado chillido; le dolía el rostro a causa del golpe.

El brazo alrededor del cuello de Ben se aflojó. Éste retorció el cuerpo para librarse del estrangulamiento. Cavanaugh yacía en el suelo. Sobresaltado, Ben vio el agujero rojo oscuro justo encima de la ceja de su antiguo amigo, un terrible tercer ojo. Se sintió invadido por una mezcla de alivio y repugnancia y por la sensación de que ya nada volvería a ser igual.

2

Halifax, Nueva Escocia, Canadá

Era todavía la primera hora de la noche, pero ya estaba oscuro y un gélido viento rugía por la angosta calle que bajaba por la empinada pendiente hacia las turbias aguas del Atlántico. La niebla se había posado sobre las grises calles de aquella ciudad portuaria, cubriéndola y cerrándola con su manto. Una miserable llovizna había empezado a caer y el aire tenía un sabor salado.

Una sulfurosa luz amarilla iluminaba el destartalado porche y los gastados peldaños de la entrada de una espaciosa casa de madera gris. Una oscura figura envuelta en un impermeable de lona amarillo permanecía de pie bajo la luz amarilla, pulsando insistentemente el timbre con un dedo, una y otra vez. Al final, se oyeron los clics de las cerraduras de seguridad y se abrió muy despacio la puerta principal, gastada por la intemperie.

Apareció el rostro de un hombre muy viejo, mirando con expresión enojada. Vestía una sucia bata de color azul pálido sobre un arrugado pijama blanco. Su boca estaba hundida en la colgante piel del pálido rostro y tenía unos llorosos ojos grises.

—¿Sí? —preguntó el anciano con voz estridente y ronca—. ¿Qué quiere?

Hablaba con acento bretón, legado de sus antepasados originarios de la antigua colonia francesa de Acadia, que se dedicaban a la pesca en las aguas de más allá de Nueva Escocia.

—¡Me tiene que ayudar! —gritó la persona del impermeable amarillo, que desplazaba nerviosamente el peso de su cuerpo de un pie a otro—. ¡Por favor! ¡Dios mío, se lo suplico, me tiene que ayudar!

La expresión del viejo se trocó en desconcierto. El visitante, a pesar de su estatura, parecía un adolescente de menos de veinte años.

—¿De qué estás hablando? —le replicó—. ¿Quién eres tú?

—Ha habido un terrible accidente. ¡Oh, Dios mío! ¡Oh, Jesús bendito! ¡Mi padre! ¡Mi padre! ¡Creo que está muerto!

El viejo apretó los finos labios.

—¿Qué quieres de mí?

El desconocido alargó una mano enguantada hacia el cancel y después la bajó.

—Por favor, déjeme hacer una llamada telefónica. Déjeme llamar a una ambulancia. Hemos sufrido un accidente, un accidente terrible. El vehículo está destrozado. Mi hermana... malherida. Conducía mi padre. ¡Dios mío, mis padres! —La voz del muchacho se quebró. Ahora parecía un niño más que un adolescente—. Oh, Dios mío, creo que ha muerto.

La furiosa mirada del viejo pareció ablandarse y lentamente éste empujó el cancel para abrirlo y franquear el paso al forastero.

—De acuerdo —dijo—. Pasa.

—Gracias —exclamó el chico al entrar—. Es sólo un momento. Muchísimas gracias.

El viejo se volvió y encabezó la marcha hacia una descuidada habitación de la parte anterior de la casa, encendiendo un interruptor al entrar. Se volvió para decir algo justo en el momento en que el muchacho del impermeable con capucha se acercaba con ambas manos extendidas y agarraba la mano del viejo en un aparente gesto de torpe gratitud. El agua bajó por la manga del impermeable amarillo hasta la bata del anciano. El chico hizo un brusco y repentino movimiento.

—Oye —protestó el viejo, apartándose desconcertado antes de desplomarse.

El chico contempló un momento el cuerpo tendido. Se quitó de la muñeca el pequeño dispositivo que contenía la aguja hipodérmica retráctil y se lo guardó en un bolsillo interior del impermeable.

Echó rápidamente un vistazo a la estancia, vio un antiguo televisor y lo encendió. Estaban dando una vieja película en blanco y negro. Entonces se entregó a su tarea con la confianza de alguien mucho mayor que él.

Regresó junto al cuerpo y lo colocó cuidadosamente en el desvencijado sillón, disponiendo los brazos y la cabeza de tal forma que pareciera que el anciano se había quedado dormido delante del televisor.

Sacó un rollo de toallitas de papel del interior del impermeable y secó rápidamente el charco de agua que se había formado sobre las tablas de madera de pino del recibidor. Después regresó a la puerta de la casa, que todavía permanecía abierta, miró fuera a su alrededor, salió al porche y cerró la puerta a su espalda.

* * *

Los Alpes austriacos

El Mercedes plateado S430 subió por la empinada carretera de montaña hasta llegar a las puertas de la clínica. Un guardia de seguridad salió de la garita de la entrada, vio quién era el pasajero y dijo con gran deferencia:

—Bienvenido, señor.

No se molestó en pedir la identificación. El director de la clínica tenía que entrar sin demora. El automóvil giró y tomó un camino que cruzaba una extensión donde el vibrante verde del cuidado césped y de los pinos recortados contrastaba con las manchas de nieve. Destacando en la distancia se podían ver los soberbios peñascos blancos y los planos del Schneeberg. El vehículo rodeó un tupido grupo de altos tejos y se acercó a una segunda y oculta garita de seguridad. El guardia, que ya había sido advertido de la llegada del director, pulsó el botón que levantaba la barra de acero y, al mismo tiempo, apretó el interruptor que bajaba los largos clavos de acero del suelo, capaces de reventar los neumáticos de cualquier vehículo que entrara sin autorización.

El Mercedes subió por un angosto camino que sólo conducía a un lugar: una antigua fábrica de relojes que había sido un *Schloss*, un castillo, construido dos siglos atrás. Una señal remota abrió la puerta electrónica y el automóvil entró en la zona de aparcamiento reservado. El chófer bajó y abrió la puerta del pasajero, el cual avanzó con paso firme hacia la entrada. Allí, otro guardia de seguridad, situado al otro lado de un cristal a prueba de balas, asintió con la cabeza y esbozó una sonrisa de bienvenida.

El director entró en el ascensor, un anacronismo en aquella antigua edificación alpina, insertó su tarjeta de identificación codificada para desbloquearlo y subió al tercer y último piso. Una vez allí cruzó tres puertas, cada una de ellas provista de un lector de tarjetas electrónicas, hasta llegar a una sala de juntas donde los demás ya estaban sentados alrededor de una alargada y reluciente mesa de caoba. Ocupó su asiento en la cabecera de la mesa y miró a los hombres sentados a su alrededor.

—Caballeros —empezó diciendo—, sólo quedan unos días para que se cumpla nuestro sueño, durante tan largo tiempo aplazado. El prolongado período de gestación está a punto de finalizar. Lo cual significa que su paciencia está a punto de recibir su recompensa más allá de los más descabellados sueños de nuestros fundadores.

Los rumores de aprobación alrededor de la mesa resultaron de lo más satisfactorios, y él esperó a que cesaran antes de seguir adelante.

—En cuanto a la seguridad, me han garantizado que quedan muy pocos de los *angeli rebelli*, los ángeles rebeldes. Pronto no quedará ninguno. Hay, sin embargo, un pequeño problema.

Zúrich

Ben trató de levantarse, pero le fallaron las piernas. Se desplomó, a punto de caer gravemente enfermo, experimentando de repente frío y una angustiosa sensación de calor. La sangre le rugía en las orejas. Un témpano de dolor se alojaba en su estómago.

«¿Qué acababa de ocurrir?», se preguntó. ¿Por qué demonios Jimmy Cavanaugh había tratado de asesinarle? ¿Qué clase de locura era aquélla? ¿Se le habría disparado algo en la cabeza? ¿Acaso la súbita reaparición de Ben después de una década y media había desencadenado algo en una mente desquiciada, una oleada de algún retorcido recuerdo que por alguna razón lo había inducido a intentar asesinarle?

Notó en la boca un desagradable sabor metálico y se tocó los labios. Le estaba saliendo bastante sangre de la nariz. Tenía que haber ocurrido durante la pelea. A él le sangraba la nariz y Jimmy Cavanaugh había recibido una bala en el cerebro.

El ruido de la galería comercial del exterior se estaba empezando a disipar. Apoyó las manos en el suelo, trató de incorporarse y consiguió mantenerse en pie. Se sentía aturdido y mareado y sabía que ello no se debía a la pérdida de sangre; se encontraba en estado de choque emocional.

Hizo un esfuerzo para contemplar el cuerpo de Cavanaugh. Ahora ya se había calmado lo suficiente como para pensar.

«Alguien a quien no veía desde los veintiún años aparece en Zúrich, se vuelve loco e intenta matarme. Y ahora yace aquí muerto en un cursi restaurante de falso estilo medieval. No hay ninguna explicación. Puede que nunca la haya.»

Evitando cuidadosamente el charco de sangre alrededor de su cabeza, examinó los bolsillos de Cavanaugh, primero los de la chaqueta, después los de los pantalones y finalmente los de la gabardina. Allí no había absolutamente nada. Ninguna tarjeta de identidad, ninguna tarjeta de crédito. Curioso. Era como si Cavanaugh se hubiera vaciado los bolsillos en previsión de lo que iba a ocurrir.

Había sido algo premeditado. Planificado.

Vio la Walther PPK negra y azul todavía en la mano de Cavanaugh y consideró la posibilidad de examinar el cargador para ver cuántos cartuchos quedaban. Pensó en la posibilidad de quedarse con ella, de guardarse la fina pistola en el bolsillo. Pero ¿y si Cavanaugh no estuviera solo?

«¿Y si hubiera otros?»

Titubeó. El escenario del crimen era de lo más curioso. Mejor no modificarlo de ninguna manera, por si surgiera algún problema legal por el camino.

Poco a poco se levantó y echó a andar aturdido hacia el espacio principal de la galería. Ahora estaba prácticamente desierta, salvo por los equipos de asistencia médica urgente que estaban atendiendo a los heridos. Se estaban llevando a alguien en camilla.

Ben necesitaba encontrar un policía.

Los dos agentes, uno de los cuales era evidentemente novato y el otro, un hombre de mediana edad, le miraron con recelo. Los había encontrado junto al quiosco Bijoux Suisse, cerca de la plazoleta de productos alimenticios de la Marktplatz. Ambos llevaban un jersey azul marino con una placa de color rojo en el hombro que decía *Zürichpolizei* y ambos llevaban un walkie-talkie y una pistola en el cinturón.

—¿Me permite su pasaporte, por favor señor? —dijo el más joven cuando Ben llevaba ya unos cuantos minutos hablando.

Estaba claro que el más veterano o no hablaba inglés o prefería no hacerlo.

—Por el amor de Dios —replicó Ben, bastante irritado—, varias personas han resultado muertas. Hay un muerto allí, en el suelo de un restaurante allá abajo, un hombre que intentó...

—*Ihren Pass, bitte* —insistió severamente el novato—. ¿Tiene usted documento de identidad?

—Por supuesto que sí —contestó Ben, buscando su billetero en el bolsillo.

Sacó su documento de identidad y se lo entregó sin dilación.

El novato lo examinó con recelo y después se lo pasó al veterano, el cual le echó un vistazo sin el menor interés y se lo devolvió a Ben.

—¿Dónde estaba usted cuando ocurrió todo esto? —preguntó el novato.

—Esperando delante del hotel St. Gotthard. Un automóvil me tenía que llevar al aeropuerto.

El novato dio un paso al frente, acercándose a él a una distancia incómoda, y su mirada neutral se transformó en una mirada decididamente desconfiada.

—¿Va usted al aeropuerto?

—Iba a St. Moritz.

—¿Y, de repente, ese hombre le pegó un tiro?

—Es un viejo amigo. Era un viejo amigo.

El novato enarcó una ceja.

—Llevaba quince años sin verle —prosiguió Ben—. Me reconoció, se acercó a mí como si se alegrara de verme y, de pronto, sacó una pistola.

—¿Se pelearon ustedes?

—¡Pero si no intercambiamos ni dos palabras!

El agente más joven entornó los ojos.

—¿Habían acordado reunirse?

—No. Fue por pura casualidad.

—Y, sin embargo, él tenía un arma, un arma cargada. —El novato miró al agente de mayor edad y después se volvió de nuevo hacia Ben—. Y dice usted que llevaba silenciador. Debía de saber que usted estaría allí.

Ben meneó la cabeza, exasperado.

—¡Llevaba años sin hablar con él! No podía saber de ninguna manera que yo estaría aquí.

—Sin duda estará de acuerdo en que la gente no anda por ahí con una pistola con silenciador a menos que vaya a utilizarla.

Ben titubeó.

—Supongo que así es.

El policía de más edad carraspeó.

—¿Y qué clase de arma tenía usted? —preguntó en un inglés sorprendentemente fluido.

—¿De qué está usted hablando? —replicó Ben, levantando la voz indignado—. Yo no tenía ningún arma.

—Pues entonces, perdone, debo de estar confundido. Dice usted que su amigo iba armado y usted no. En cuyo caso, ¿por qué·él está muerto y usted no?

Era una buena pregunta. Ben se limitó a menear la cabeza mientras evocaba el momento en que Jimmy Cavanaugh le había apuntado con el tubo de acero. Una parte de él —la parte racional— había pensado que era una broma. Pero estaba claro que una parte de él no lo había pensado: estaba preparado para reaccionar con rapidez. ¿Por qué? Repasó mentalmente los despreocupados andares de Jimmy, su ancha sonrisa de bienvenida... y sus fríos ojos. Unos ojos alerta que no encajaban del todo con su sonrisa. Un pequeño elemento discordante que su subconsciente debió de captar.

—Vamos a echar un vistazo al cuerpo de ese asesino —dijo el policía veterano, apoyando una mano en el hombro de Ben de una manera que no era en modo alguno afectuosa, sino que más bien transmitía la idea de que Ben ya no era un hombre libre.

Ben encabezó la marcha a través de la galería comercial que ahora ya estaba llena de policías y de reporteros que disparaban sus cámaras, y bajó al segundo nivel. Los dos *Polizei* lo siguieron a escasa distancia. Al llegar a la altura del rótulo del katzkeller, Ben entró en el comedor, se dirigió al recoveco y señaló con el dedo.

—¿Y bien? —preguntó el novato, enfurecido.

Sorprendido, Ben contempló el lugar previamente ocupado por el cuerpo de Cavanaugh. Se sentía algo mareado y tenía la mente congelada a causa del sobresalto. Allí no había nada.

Ningún charco de sangre. Ningún cuerpo, ninguna pistola. El brazo del farol se había vuelto a acoplar al aplique como si jamás lo hubieran sacado de allí. El suelo estaba limpio y despejado.

Era como si jamás hubiera ocurrido nada.

—Dios mío —exclamó Ben en un susurro.

¿Acaso se había venido abajo, había perdido el contacto con la realidad? Pero percibía la solidez del suelo, la barra, las mesas. «Si aquello fuera alguna especie de complicado truco...» Pero no lo era. Simplemente había tropezado con algo enrevesado y aterrador. Los agentes lo miraron con renovado recelo.

—Miren —dijo Ben con una voz que había quedado reducida a un áspero susurro—, no lo puedo explicar. Yo estaba aquí. Él estaba aquí.

El policía de más edad habló rápidamente a través del walkie-talkie y muy pronto se unió a ellos otro imperturbable oficial de tórax abultado.

—Quizá es que me confundo fácilmente; por consiguiente, déjeme comprenderlo. Usted corre por una calle abarrotada de gente y después por la galería comercial subterránea, donde se produce un tiroteo. Usted afirma que lo persigue un loco. Nos promete mostrarnos a ese hombre, ese americano.

Y, sin embargo, aquí no hay ningún loco. Sólo está usted. Un extraño norteamericano que nos suelta cuentos de hadas.

—¡Me cago en la puta, les he dicho la verdad!

—Usted dice que un loco de su pasado fue el responsable del derramamiento de sangre —dijo el novato con voz pausada y más fría que el acero—. Yo aquí sólo veo un loco.

El agente veterano intercambió unas palabras en *Schweitzerdeutsch* con su compañero de abombado tórax.

—Usted se alojaba en el hotel St. Gotthard, ¿verdad? —le preguntó finalmente a Ben—. ¿Por qué no nos acompaña allí?

Acompañado por los tres policías —el del tórax abultado a su espalda, el novato delante y el veterano a su lado—, Ben atravesó la galería subterránea hasta llegar a la escalera mecánica y bajó por la Bahnhofstrasse en dirección a su hotel. Aunque todavía no lo habían esposado, sabía que eso era una pura formalidad.

Delante del hotel, una agente de policía a quien evidentemente habían enviado por delante vigilaba su equipaje. Llevaba el cabello castaño corto, casi como un hombre, y mostraba una expresión impasible.

A través de los ventanales del vestíbulo, Ben vio fugazmente al empalagoso botones que lo había atendido antes. Los ojos de ambos se cruzaron y el hombre giró la cabeza con expresión apenada, como si acabara de enterarse de que le había llevado las maletas a Lee Harvey Oswald, el asesino de Kennedy.

—Su equipaje, ¿verdad? —le preguntó el novato a Ben.

—Sí, en efecto —contestó Ben—. ¿Ocurre algo?

Y ahora, ¿qué? ¿Qué más cabía esperar?

La agente abrió la maleta de mano de cuero color canela. Los demás echaron un vistazo al interior y después se volvieron para mirar a Ben.

—¿Eso es suyo? —preguntó el novato.

—Ya he dicho que sí —contestó Ben.

El agente veterano se sacó un pañuelo del bolsillo de los pantalones y lo utilizó para extraer un objeto del interior de la maleta. Era la pistola Walther PPK de Cavanaugh.

3

Washington, D. C.

Una joven de aire muy serio bajó rápidamente por el largo pasillo central del quinto piso del edificio del Departamento de Justicia de los Estados Unidos, la gigantesca estructura de estilo clásico que ocupaba toda la manzana entre las calles Novena y Décima. Tenía un sedoso cabello castaño, ojos color caramelo y nariz afilada. A primera vista, parecía medio asiática, o quizá hispana. Vestía una gabardina color canela, llevaba una cartera portadocumentos y se la hubiera podido tomar por una abogada, una miembro de algún *lobby* o tal vez una funcionaria del Gobierno dispuesta a hacer carrera por la vía rápida.

Se llamaba Anna Navarro. Tenía treinta y tres años y trabajaba en la Oficina de Investigaciones Especiales, una unidad muy poco conocida del Departamento de Justicia.

Cuando llegó a la sofocante sala de juntas, comprendió que la reunión semanal de la unidad ya llevaba un buen rato en marcha. Arliss Dupree, de pie delante de un atril al lado de una pizarra blanca, se volvió al entrar ella y se detuvo a mitad de frase. Ella sintió las miradas y no pudo evitar ruborizarse levemente, lo cual era sin duda lo que Dupree pretendía. Ocupó el primer asiento vacío que encontró. Un rayo de luz solar la cegó.

—Aquí la tenemos. Muy amable por reunirse con nosotros —dijo Dupree.

Hasta sus insultos eran totalmente previsibles. Ella se limitó a asentir con la cabeza, dispuesta a resistir la provocación. Él le había dicho que la reunión sería a las ocho y cuarto. Era evidente que estaba programada para empezar a las ocho, aunque él negaría haberle dicho otra cosa. Una mezquina manera burocrática de hacérselo pasar mal. Ambos conocían la razón de su retraso, aunque nadie más la conociera. Antes de que Dupree fuera nombrado jefe de la Oficina de Investigaciones Especiales, las reuniones eran una rareza. Ahora él las celebraba con una periodicidad semanal: era una oportunidad de exhibir su autoridad. Dupree era un hombre bajito y rechoncho de cuarenta y tantos años, con un cuerpo de levantador de peso enfundado en un traje gris claro demasiado ajustado, uno de los tres trajes de galería comercial que se ponía alternativamente. Incluso desde el otro extremo de la sala ella podía aspirar el aroma de su *aftershave* barato. Tenía un rubicundo rostro de luna llena de textura grumosa.

Hubo un tiempo en que a ella le importaba de verdad lo que los hombres como Arliss Dupree pensaran de ella, y trataba de ganarse su simpatía. Ahora le importaba un bledo. Tenía sus amigos, y Dupree simplemente no figuraba entre ellos. Al otro lado de la mesa, David Denneen, un hombre de mandíbula cuadrada y cabello pajizo, le dirigió una comprensiva mirada.

—Tal como algunos de ustedes pueden haber oído decir, la Unidad de Cumplimiento Interno ha pedido que nuestra compañera aquí presente sea temporalmente asignada a su equipo. —Dupree se volvió para mirarla con dureza—. Dada la cantidad de trabajo inconcluso que tiene usted aquí, consideraría menos que responsable, agente Navarro, que usted aceptara una asignación a otra división. ¿Se trata de algo a lo que usted ha estado aspirando por medio de actuaciones indirectas? Nos lo puede decir tranquilamente.

—Es la primera vez que oigo hablar de algo así —le contestó ella con toda sinceridad.

—¿De veras? Bueno, a lo mejor es que he llegado a unas conclusiones precipitadas —dijo él, ablandando ligeramente su tono.

—Es muy posible —replicó secamente ella.

—He estado pensando que a usted la querían para otra asignación. A lo mejor, la asignación es usted.

—Repítamelo otra vez, si no le importa.

—A lo mejor es usted la que se encuentra bajo investigación —dijo suavemente Dupree, evidentemente complacido con la idea—. No me extrañaría. Usted es muy profunda, agente Navarro.

Se oyeron unas risas de algunos de sus compañeros de juergas.

Ella se removió en su asiento para apartarse la luz de los ojos.

Desde lo de Detroit, cuando ambos se hospedaban en el mismo piso del Westin y ella había rechazado (con mucha educación, pensaba ella) la insinuación extremadamente explícita de Dupree, éste había ido dejando paternalistas comentarios en su carpeta de evaluación de rendimiento: «...todo lo mejor que puede, dado su evidente y limitado interés... errores debidos a falta de atención, no a su incompetencia...».

Anna se había enterado de que Dupree le había dicho a un compañero que ella «estaba deseando presentar una querella por acoso sexual». La aguijoneaba con el peor insulto

que se le podía dirigir a alguien de la agencia: no ser una jugadora de equipo. No ser una jugadora de equipo significaba
que no salía a tomar copas con los chicos, incluyendo a Dupree, y que mantenía su vida social al margen. También se empeñaba en salpicar sus fichas con menciones de los errores que
ella había cometido... alguna que otra pequeña omisión de
procedimiento, nada grave en absoluto. Una vez, siguiendo la
pista de un agente de la DEA —el organismo de lucha contra el
narcotráfico del Departamento de Justicia de los Estados Unidos—, que había sido denunciado por un capo de la droga y
estaba implicado en varios homicidios, había olvidado presentar una fd-460 dentro del plazo reglamentario de siete días.

Los mejores agentes cometen errores. Ella estaba convencida de que, de hecho, los mejores cometían más meteduras de
pata que la mayoría, porque valoraban más seguir la pista que
cumplir cada uno de los procedimientos del reglamento. Se podía cumplir como un esclavo hasta la última y más ridícula exigencia del manual y jamás resolver un caso. Sintió que él la estaba mirando. Levantó la vista y sus ojos se cruzaron.

—Tenemos un insólito número de casos que atender —añadió Dupree—. Cuando alguien no cumple la parte que le corresponde, eso significa más trabajo para todos los demás. Tenemos a un inspector de hacienda sospechoso de organizar
complicados fraudes fiscales. Tenemos a un desvergonzado del
fbi que, yo lo he visto, utiliza su escudo para venganzas personales. Tenemos a un cabrón de la Agencia de Alcohol, Tabaco y
Armas de Fuego que se dedica a vender municiones sacadas de
las cámaras de seguridad que custodian las pruebas judiciales.

Se trataba de la típica serie de casos de la OIE:* investigar
(«auditar» era el término apropiado) la conducta improce-

---

* Office of Special Investigations *(N. de la T.)*

dente de miembros integrantes de otros organismos gubernamentales... en resumen, la versión federal de los asuntos internos.

—A lo mejor es que el volumen de trabajo que movemos aquí es excesivo para usted —dijo Dupree, insistiendo—. ¿Es eso?

Ella fingió garabatear una nota y no contestó. Se notaba el rostro intensamente arrebolado. Respiró hondo lentamente, haciendo un esfuerzo por reprimir su cólera. Se negaba a ceder a sus provocaciones. Al final, habló.

—Oiga, si es algo que no conviene, ¿por qué no rechaza la petición de traslado interdepartamental? —preguntó Anna en un razonable tono de voz, aunque la pregunta no era inocente: Dupree carecía de autoridad para desafiar a la ultrasecreta y todopoderosa Unidad de Cumplimiento Interno, y cualquier referencia a los límites de su autoridad estaba llamada a desencadenar su furia.

Las orejas de Dupree se pusieron coloradas.

—Espero una breve consulta. Si los cazafantasmas de la UCI supieran tanto como van diciendo, podrían darse cuenta de que usted no está hecha precisamente para este tipo de trabajo.

En sus ojos se encendió un destello de lo que ella intuyó como desprecio.

A Anna le encantaba su trabajo, sabía que lo hacía muy bien. No necesitaba alabanzas. Lo único que quería era no tener que perder el tiempo y la energía tratando de aferrarse a su puesto con uñas y dientes. Mantuvo la máscara de neutralidad de su rostro. Sintió que la tensión se localizaba en su estómago.

—Estoy segura de que usted hizo todo lo que pudo para hacérselo comprender.

Una pausa de silencio. Anna se dio cuenta de que él estaba sopesando de qué manera replicar. Dupree buscó en su querida pizarra blanca el siguiente tema de su agenda.

—La echaremos de menos —dijo.

Poco después del término de la reunión, David Denneen fue a buscarla al minúsculo cubículo de su despacho.

—La UCI te quiere porque eres la mejor —le dijo—. Ya lo sabes, ¿verdad?

Anna meneó la cabeza con aire cansado.

—Me sorprendió verte en la reunión. Ahora eres supervisor de operaciones. Y lo estás haciendo muy bien, según se dice.

Corrían rumores de que estaba a punto de ocupar un importante puesto en la oficina del fiscal general.

—Gracias a ti —dijo Denneen—. Hoy estuve allí como representante de división. Nos turnamos. Tengo que vigilar los números del presupuesto. Y a ti.

Apoyó cariñosamente una mano en la suya. Anna observó en la cordialidad de sus ojos una sombra de preocupación.

—Me he alegrado de verte allí —dijo—. Dale muchos recuerdos de mi parte a Ramón.

—Lo haré —dijo él—. Tenemos que volver a invitarte a una buena paella.

—Pero hay algo más en tu cabeza, ¿verdad?

Los ojos de Denneen no se apartaron de los suyos.

—Oye, Anna, tu nueva asignación o lo que sea no va a ser como una lista de actores. Lo que dice la gente por aquí es cierto... Los caminos del Fantasma son misteriosos para los hombres. —Repitió la vieja broma sin apenas intención humorística. El Fantasma era un mote de la casa al veterano director de la Unidad de Cumplimiento Interno, Alan Bartlett. Durante la vista privada sobre la labor de espionaje celebrada en presencia del subcomité del Senado allá por los años setenta, un fiscal general adjunto se había referido a él con desprecio llamándole «el fantasma de la máquina», y el apodo se le había quedado. Si Bartlett no era fantasmagórico, no cabe duda de que era una figura legendariamente escurridiza. Raras veces visto, con fama de brillante, reinaba sobre unos enrarecidos dominios de expedientes altamente clasificados, y sus propios hábitos de aislamiento lo convertían en un ejemplo emblemático de los métodos clandestinos.

Anna se encogió de hombros.

—Pues no sé. Jamás le he visto y dudo que alguien que yo conozca lo haya visto alguna vez. Los rumores se alimentan de la ignorancia, Dave. Tú precisamente deberías saberlo.

—Pues entonces, acepta el consejo de un ignorante que te aprecia —dijo él—. No sé lo que es esto de la UCI. Pero ten cuidado, ¿de acuerdo?

—¿Cuidado?

Denneen se limitó a menear la cabeza con inquietud.

—El de allí es un mundo distinto —dijo.

A media mañana, Anna se encontró en el inmenso vestíbulo de mármol de un edificio de oficinas de la M Street, de camino hacia la cita en la Unidad de Cumplimiento Interno. Las actividades de la unidad eran oscuras incluso en el interior del departamento, y su esfera de acción resultaba —según habían manifestado ciertos senadores en alguna ocasión— peligrosamente indefinida. «El de allí es un mundo distinto», había dicho Denneen, y eso parecía.

La UCI tenía su sede en el décimo piso de aquel moderno complejo de oficinas de Washington, aislada de una burocracia que a veces se veía obligada a examinar, y Anna trató de no quedarse embobada ante la espectacular fuente interior y los suelos y las paredes de mármol verde. «¿Qué clase de organismo gubernamental se hermosea de semejante manera?» Entró en el ascensor, también decorado con mármol.

El único pasajero del ascensor aparte de ella era un muchacho demasiado guapo de aproximadamente su edad, vestido con un traje demasiado caro. «Un abogado», pensó. Como casi todo el mundo en aquella ciudad. En las paredes revestidas de espejos del ascensor lo vio dirigiéndole la mirada. Si atrajera su mirada, sabía que le sonreiría, le diría buenos días y entablaría con ella una trivial conversación de ascensor. Aunque no cabía duda de que tenía buena intención y probablemente sólo pretendía tontear un poco con ella, a Anna la situación le resultaba ligeramente incómoda. Tampoco reaccionaba bien cuando los hombres le preguntaban por qué una chica tan guapa como ella se había convertido en investigadora por cuenta del Gobierno. Como si lo que hacía para ganarse la vida fuera una prerrogativa de los vulgares.

Por regla general, en situaciones como aquélla fingía no darse cuenta. Ahora, sin embargo, miró al chico con expresión ceñuda. Él se apresuró a apartar la mirada.

Fuera lo que fuera lo que la UCI quisiera de ella, había llegado en un momento de lo más inoportuno. En eso Dupree tenía razón. «A lo mejor, la asignación es usted», había dicho él, y aunque Anna había rechazado la sugerencia con un encogimiento de hombros, la idea le molestaba de manera absurda. ¿Qué demonios significaba todo aquello? No cabía duda de que Arliss Dupree debía de encontrarse en su despacho en aquel momento, compartiendo alegremente sus conjeturas con algunos de sus compañeros de copas de su plana mayor.

El ascensor se abrió a un vestíbulo lujosamente decorado y con las paredes cubiertas de mármol que hubiera podido ser la planta ejecutiva de un importante bufete legal. A la derecha, en una pared, vio el sello del Departamento de Justicia. Se rogaba a las visitas pulsar el timbre para que les abrieran. Así lo hizo. Eran las once y veinticinco de la mañana, cinco minutos antes de la hora prevista para la cita. Anna se enorgullecía de su puntualidad.

Una voz femenina le preguntó su nombre, y después una bella mujer de piel morena con un liso corte de pelo, «casi demasiado chic para trabajar en un organismo gubernamental», pensó Anna, le franqueó la entrada.

La recepcionista la estudió fríamente de arriba abajo y le indicó que tomara asiento. Anna detectó un levísimo acento jamaicano.

En el interior de la suite del despacho los lujosos adornos del ostentoso edificio cedían el lugar a un decorado de absoluta sobriedad. La alfombra gris perla estaba inmaculada como ninguna otra alfombra gubernamental que ella hubiera visto jamás. La zona de espera estaba brillantemente iluminada por toda una serie de bombillas halógenas que no producían prácticamente ninguna sombra. Las fotografías del presidente y del fiscal general estaban enmarcadas en acero lacado. Las sillas y la mesita eran de una madera dura y clara. Todo parecía por estrenar, como recién salido de los embalajes, incontaminado por el contacto humano.

Observó los adhesivos holográficos de aluminio fijados al aparato de fax y al teléfono del mostrador de la recepcionista, unas etiquetas gubernamentales en las cuales se indicaba que aquéllas eran líneas seguras que utilizaban una encriptación telefónica certificada.

A intervalos frecuentes el teléfono emitía un zumbido y la mujer hablaba en voz baja, utilizando unos auriculares. Las dos primeras llamadas fueron en inglés. La tercera debió de ser en francés, porque la recepcionista contestó en ese idioma. Otras dos llamadas en inglés, que dieron lugar a una información acerca de contactos. Y después otra en la cual la recepcionista habló en un idioma sibilante y metálico que a Anna le costó identificar. Anna volvió a consultar su reloj, se removió en el duro respaldo del asiento y después miró a la recepcionista.

—Eso era vasco, ¿verdad? —preguntó.

Era algo más que una conjetura, pero menos que una certeza.

La mujer contestó con un mínimo asentimiento de cabeza y una reservada sonrisa.

—Ya no tardará mucho, señorita Navarro —dijo.

Ahora el ojo de Anna se sintió atraído por una alta estructura de madera situada detrás de la sección de recepción, que se extendía hasta la pared; por la indicación de la salida exigida por la ley, comprendió que aquella estructura ocultaba el acceso a una escalera. Se había hecho de modo que permitía que los agentes de la UCI o sus visitantes pudieran entrar y salir sin que nadie les viera desde la sala de espera oficial. ¿Qué clase de dispositivo era aquél?

Transcurrieron otros cinco minutos.

—¿Sabe el señor Bartlett que estoy aquí? —preguntó Anna.

La recepcionista le devolvió llanamente la mirada.

—Está atendiendo a otra persona, acabará enseguida.

Anna regresó a su asiento, pensando que ojalá se hubiera llevado algo para leer. Ni siquiera tenía el *Post*, y estaba claro que no se permitiría que ningún material de lectura ensuciara la pulcra sala de espera. Sacó una hoja de cajero automático y una pluma y empezó a hacer una lista de cosas que hacer.

La recepcionista se acercó un dedo a la oreja y asintió con la cabeza.

—El señor Bartlett dice que pase.

Salió de detrás de su mostrador y guió a Anna a través de toda una serie de puertas. No había ninguna placa con nombre; sólo números. Al final, al fondo de un pasillo, la recepcionista abrió una puerta que ostentaba una placa que decía «director» y la hizo pasar al despacho más pulcro y ordenado que ella jamás hubiera visto. En una mesa al fondo había unas pilas de papeles dispuestas de modo perfectamente equidistante.

Un hombre de baja estatura y cabello blanco vestido con un impecable traje azul marino salió de detrás de un amplio escritorio de madera de nogal y alargó una pequeña y delicada mano. Anna reparó en las pálidas lunas rosadas de sus uñas perfectamente cuidadas y se sorprendió de la fuerza de su apretón. Observó que el escritorio estaba despejado, exceptuando un puñado de carpetas verdes y un reluciente teléfono de color negro; colgada en la pared de detrás había una vitrina de cristal forrada de terciopelo que contenía dos relojes de bolsillo de aspecto antiguo. Era el único toque excéntrico de la estancia.

—Siento terriblemente haberla hecho esperar. —«Su edad era indefinida, pero debía de tener sesenta y pocos años», pensó Anna. Sus ojos, detrás de las gafas de grandes lentes redondas con montura de color carne, parecían los de una lechuza—. Sé lo ocupada que está y ha sido muy amable al venir. —Hablaba muy suavemente, tan suavemente que Anna tuvo que hacer un esfuerzo para oírle por encima del blanco zumbido del sistema de ventilación—. Le agradecemos mucho que haya llegado a tiempo.

—Si he de ser sincera, no sabía que tuviéramos una alternativa cuando la UCI llamó —dijo ella con aspereza.

El hombre sonrió como si ella hubiera dicho algo gracioso.

—Tome asiento, por favor.

Anna se sentó en una silla de alto respaldo delante de su escritorio.

—Si quiere que le diga la verdad, señor Bartlett, siento curiosidad por saber por qué estoy aquí.

—Espero que no le haya supuesto ninguna molestia —dijo Bartlett, entrelazando sus pequeños dedos en un piadoso gesto.

—No es una cuestión de molestia —contestó Anna, y añadió con voz más fuerte—: Estaré encantada de contestar a cualquier pregunta que usted me pueda hacer.

Bartlett asintió con gesto alentador.

—Eso es precisamente lo que yo esperaba. Pero me temo que las respuestas no van a ser fáciles. De hecho, si consiguiéramos formular las preguntas, ya habríamos cubierto la mitad del camino. ¿Tiene sentido para usted lo que estoy diciendo?

—Vuelvo a mi propia pregunta —dijo Anna, reprimiendo su impaciencia—. ¿Qué estoy haciendo aquí?

—Perdone. Debe usted de pensar que soy desesperadamente elíptico. Tiene usted razón, naturalmente, y le pido perdón por ello. Gajes del oficio. Demasiado tiempo encerrado con papeles y más papeles. Privado de la experiencia del vigorizante aire libre. Pero ésa tiene que ser su aportación. Ahora permítame hacerle una pregunta, señorita Navarro. ¿Sabe usted lo que hacemos aquí?

—¿En la UCI? Vagamente. Investigaciones intragubernamentales... sólo de carácter clasificado.

Anna llegó a la conclusión de que las preguntas exigían reticencia; sabía algo más de lo que había dicho. Le constaba que, detrás de su delicado título, se ocultaba una agencia de investigación extremadamente secreta, poderosa y de vasto alcance, encargada de realizar informes altamente clasificados y exámenes de otras agencias del Gobierno de los Estados Unidos que no se podían realizar desde el interior de la propia agencia y que guardaban relación con cuestiones altamente sensibles. Los funcionarios de la UCI estaban intensamente ocupados, se decía, en la investigación del fiasco Aldrich Ames de la CIA; en la del asunto de la lucha de la Casa Blanca de Reagan contra Irán; en examinar los numerosos escándalos de las compras del Departamento de Defensa. Era la UCI, murmuraba la gente, la que primero había descubierto las sospechosas actividades del agente de contraespionaje del fbi Robert Philip Hanssen. Incluso corrían rumores de que la UCI estaba detrás de las filtraciones de la «Garganta Profunda» que condujeron a la caída de Richard Nixon.

La mirada de Bartlett se perdió en la distancia.

—Las técnicas de investigación son esencialmente las mismas en todas partes —dijo éste finalmente—. Lo que cambia es la jurisdicción, el ámbito de las operaciones. Lo nuestro tiene que ver con asuntos que afectan a la seguridad nacional.

—Yo no tengo esa clase de permiso —se apresuró a decir Anna.

—De hecho... —Bartlett esbozó una leve sonrisa— ahora lo tiene.

¿Le habrían concedido autorización sin que ella lo supiera?

—No importa. No es mi territorio.

—No se trata exactamente de eso, ¿verdad? —dijo Bartlett—. ¿Por qué no hablamos del miembro del Consejo de Seguridad Nacional sobre el cual hizo usted un Código 33 el año pasado?

—¿Cómo demonios lo sabe? —le soltó bruscamente Anna, asiendo con fuerza el brazo de su sillón—. Perdón. Pero ¿cómo? Eso quedó rigurosamente fuera de los libros. A petición directa del fiscal general.

—De sus libros —dijo Bartlett—. Tenemos nuestra propia manera de controlar. Joseph Nesbett, ¿verdad? Estaba en el Centro Harvard de Desarrollo Económico. Ocupaba un cargo de alto nivel en el Consejo de Estado y después en el Consejo de Seguridad Nacional. Diríamos que no nació precisamente con mala estrella. Si por él hubiera sido, sospecho que se las hubiera arreglado, pero su joven esposa era un poco manirrota, una criatura bastante acaparadora, ¿no? Unos gustos demasiado caros para un funcionario del Gobierno. Lo cual lo llevó a aquel lamentable asunto de las cuentas en paraísos fiscales, las desviaciones de fondos y todo lo demás.

—Hubiera sido completamente devastador que se hubiera llegado a saber —dijo Anna—. Muy perjudicial para las relaciones exteriores en un momento especialmente delicado.

—Por no hablar de la embarazosa situación que eso hubiera supuesto para la Administración.

—Ésa no era la principal consideración —replicó secamente Anna—. Yo no soy política en ese sentido. Si cree otra cosa, es que no me conoce.

—Usted y sus compañeros hicieron exactamente lo adecuado, señorita Navarro. En realidad, admiramos su trabajo. Muy hábil. Muy hábil.

—Gracias —dijo Anna—. Pero, si usted sabe tanto, sabrá también que eso distaba mucho de mi actividad habitual.

—Insisto en lo dicho. Hizo usted un trabajo realmente delicado y actuó con la máxima discreción. Pero, como es natural, ya sé en qué consiste su actividad diaria. El hombre del fisco culpable de malversación. El bribón agente del fbi. El desagradable caso relacionado con la protección de testigos... bueno, eso sí fue un pequeño ejercicio muy interesante. Sus antecedentes en práctica forense de homicidios fueron indispensables. Un testigo resultó muerto y usted solita demostró la intervención del agente del Departamento de Justicia.

—Tuve suerte —dijo Anna con semblante impasible.

—Cada uno se crea su propia suerte, señorita Navarro —dijo él sin la menor sonrisa en los ojos—. Sabemos muchas cosas acerca de usted, señorita Navarro. Más de lo que usted podría imaginar. Conocemos el saldo de la cuenta de la hoja del cajero automático en la que estaba escribiendo. Sabemos quiénes son sus amigos y cuándo fue la última vez que llamó a su casa. Sabemos que usted jamás en su vida ha redactado un informe de viajes y gastos, cosa que es más de lo que la mayoría de nosotros podría decir. —Hizo una pausa, mirándola con detenimiento—. Lamento que algo de lo que estoy diciendo la pueda intranquilizar, pero comprenda que usted renunció al derecho a la intimidad cuando se incorporó a la OIE y firmó las renuncias y los memorandos de conformidad. No importa. El caso es que su labor ha sido invariablemente de un calibre muy alto. Y muy a menudo extraordinario.

Anna enarcó una ceja, pero no dijo nada.

—Ah. Parece sorprendida. Ya se lo he dicho, tenemos nuestras propias maneras de ejercer el control. Y tenemos nuestros propios informes de aptitud, señorita Navarro. Como es natural, lo que la distingue inmediatamente, dados nuestros intereses, es su particular combinación de habilidades. Tiene práctica en protocolos estándar de verificación e investigación, pero es también experta en homicidios. Eso la hace a usted singular, diría yo. Pero hablando del asunto que tenemos entre manos: es justo que sepa que hemos llevado a cabo el examen más exhaustivo que se pueda imaginar sobre sus antecedentes. Todo lo que le voy a decir, cualquier cosa que yo diga, afirme, aventure, sugiera o insinúe, tiene que ser considerada como clasificada al máximo nivel. ¿Nos vamos entendiendo?

Anna asintió con la cabeza.

—Le escucho.

—Estupendo, señorita Navarro.

Bartlett le entregó una hoja de papel con una lista de nombres, seguidos de las fechas de nacimiento y los países de residencia.

—No le sigo. ¿Tengo que establecer contacto con estas personas?

—No a menos que tenga una tabla Ouija de espiritismo. Estos once hombres han muerto. Todos abandonaron este valle de lágrimas en los últimos dos meses. Varios, como verá, en Estados Unidos, otros en Suiza, en Inglaterra, Italia, España, Suecia, Grecia... Todos aparentemente por causas naturales.

Anna examinó la hoja. De los once nombres, había dos que reconoció... Uno era un miembro de la familia Lancaster, una familia antaño propietaria de casi todas las acerías del país, pero más conocida por sus fundaciones benéficas y otros actos de filantropía. Philip Lancaster era, en realidad, alguien que ella suponía muerto mucho tiempo atrás. El otro, Nico Xenakis, pertenecía presumiblemente a la familia griega de navieros. Para ser sincera, conocía el nombre sobre todo por su relación con otro vástago de la familia, un hombre que se había hecho famoso en la prensa amarilla por su depravada conducta allá en los años sesenta, cuando salía con toda una serie de aspirantes a estrella de Hollywood. Ninguno de los otros nombres le sonaba de nada. Examinando sus fechas de nacimiento, vio que todos ellos eran ancianos de entre setenta y tantos y ochenta y tantos años.

—A lo mejor la noticia no ha llegado aún a los magos de la UCI —dijo—, pero cuando uno pasa de los setenta... nadie sale vivo.

—Me temo que en ninguno de estos casos es posible la exhumación —prosiguió implacablemente Bartlett—. A lo mejor es lo que usted dice. Unos viejos que hacen lo que hacen los viejos. En estos casos, no podemos demostrar lo contrario. Pero, en los últimos días, hemos tenido un golpe de fortuna. Por pura formalidad, colocamos una lista de nombres en la «lista de centinelas», una de esas convenciones internacionales en las que nadie parece fijarse. La muerte más reciente era la de un jubilado de Nueva Escocia, Canadá. Nuestros amigos canadienses se ajustan mucho a las normas, y así es como se hizo sonar la alarma a tiempo. En este caso, tenemos un cuerpo con el que trabajar. Más concretamente, lo tiene usted.

—Usted omite algo, naturalmente. ¿Cuál es la relación entre estos hombres?

—Para cada pregunta hay una respuesta superficial y otra más profunda. Le daré la respuesta superficial porque es la única que tengo. Hace unos cuantos años, se llevó a cabo una verificación interna de los registros de almacenamiento profundo de la CIA. ¿Hubo algún chivatazo? Digamos que sí. Eran unas fichas no operativas, que conste. No eran agentes o contactos directos. En realidad, eran archivos de autorizaciones. Cada uno de ellos marcado como «Sigma», probable referencia a una operación cifrada... de la cual parece ser que no queda ni rastro en los registros de la agencia. No disponemos de información acerca de su naturaleza.

—¿Archivos de autorizaciones? —preguntó Anna.

—Significa que hace algún tiempo cada uno de esos hombres fue vetado o autorizado... para hacer algo, no sabemos qué.

—Y la fuente originaria fue un archivero de la CIA.

Bartlett no contestó directamente.

—Cada archivo ha sido autentificado por nuestros principales expertos en documentos forenses. Son archivos muy antiguos. Datan nada menos que de mediados de los años cuarenta, de antes incluso de que existiera la CIA.

—¿Está diciendo que los inició la Oficina de Servicios Estratégicos?

—Exactamente —dijo Bartlett—. La precursora de la CIA. Muchos de los archivos se abrieron justo cuando la guerra estaba a punto de terminar y empezaba la Guerra Fría. Los más recientes datan de mediados de los años cincuenta. Pero me estoy apartando del tema. Tal como le digo, tenemos esta curiosa serie de muertes. Como es natural, eso, por sí solo, no hubiera llegado a ninguna parte, un interrogante en un campo lleno de interrogantes, pero el hecho es que empezamos a ver una pauta correlativa con los archivos Sigma. Yo no creo en las coincidencias, ¿y usted, señorita Navarro? Once de los hombres mencionados en estos archivos han muerto en un intervalo de tiempo muy corto. Las probabilidades de que ello ocurra por casualidad son... remotas, como mucho.

Anna asintió con impaciencia. Por lo que ella podía ver, el Fantasma estaba viendo fantasmas.

—¿Para cuánto tiempo es esta asignación? Resulta que yo tengo mucho trabajo, ¿sabe?

—Éste es su trabajo ahora. Ya la han reasignado. Hemos adoptado las correspondientes disposiciones. ¿Comprende, por tanto, cuál es su tarea? —La mirada de Bartlett se suavizó—. Parece que eso no le acelera el pulso, señorita Navarro.

Anna se encogió de hombros.

—Sigo insistiendo en que todos esos sujetos estaban a punto de licenciarse, usted ya me entiende. Los veteranos tienden a palmarla, ¿no? Éstos ya eran veteranos.

—Y en el París del siglo XIX el hecho de que a uno lo atropellara un coche de caballos era de lo más corriente —dijo Bartlett.

Anna frunció el entrecejo.

—¿Cómo dice?

Bartlett se reclinó en su asiento.

—¿Ha oído hablar alguna vez del francés Claude Rochat? ¿No? Es alguien en quien pienso muy a menudo. Un tipo anodino y sin imaginación que cumplía tenazmente con su agotador trabajo y que, entre los años 1860 y 1870, trabajaba como contable en el *Directoire*, el servicio de espionaje de Francia. En 1867 observó que dos funcionarios de segunda fila del *Directoire* aparentemente desconocidos entre sí habían resultado muertos en el transcurso de quince días... uno de ellos víctima de un atraco callejero y el otro atropellado y muerto por un coche de correos. Eran cosas que ocurrían constantemente. Que no tenían el menor interés. Pero aun así, a él le llamaron la atención, sobre todo tras enterarse de que en aquel momento ambos humildes funcionarios llevaban encima unos costosos relojes de bolsillo de oro; de hecho, tal como él aseguró, ambos relojes eran idénticos, ambos tenían un precioso paisaje de esmalte en la parte interior de la caja. Una curiosa rareza que llamaba la atención, por lo que, para exasperación de sus superiores, él se pasó los cuatro años siguientes tratando de desentrañar el porqué y el cómo se había producido aquella pequeña rareza. Al final, descubrió un anillo de espías extremadamente complicado: el *Directoire* había sido infiltrado y manipulado por su homólogo prusiano. —Observó el rápido movimiento de los ojos de Anna y sonrió—. Sí, esos relojes de bolsillo de la vitrina son los mismos. Una artesanía exquisita. Los adquirí hace veinte años en una subasta. Me gusta tenerlos cerca. Me ayudan a recordar. —Bartlett cerró los ojos durante un contemplativo instante—. Como es natural, para cuando Rochat completó sus investigaciones, ya era demasiado tarde —prosiguió diciendo—. Los agentes de Bismarck, a través de un astuto régimen de informes erróneos, ya habían engañado a Francia, induciéndola a declarar la guerra. El grito de guerra era «*À Berlin*». El resultado fue desastroso para Francia: el poderío militar de que había disfrutado desde la batalla de Rocroi en 1643 fue totalmente destruido en sólo un par de meses. ¿Se lo imagina? El ejército francés, con su emperador al frente, fue conducido directamente a una ingeniosa emboscada cerca de Sedan. Huelga decir que eso fue el final para Napoleón III. El país perdió Alsacia y Lorena, tuvo que pagar exorbitantes indemnizaciones y someterse a dos años de ocupación. Fue un golpe espantoso que cambió el curso de la historia europea de manera irreversible. Y apenas dos años antes, Claude Rochat había tirado de un hilillo sin saber adónde llevaría o si llevaría a algún sitio. Todo fue por culpa de aquellos dos funcionarios de poca monta y de sus relojes de bolsillo idénticos. —Bartlett emitió un sonido que no llegó a carcajada—. Casi siempre se trata de algo que parece trivial y que es trivial en realidad. Casi siempre. Mi misión es encargarme de estas cosas. De los hilillos. De las aburridas y pequeñas discrepancias. De los pequeños y triviales patrones que tal vez podrían conducir a patrones mucho más grandes. Lo más importante que yo hago es lo menos fascinante que quepa imaginar. —Enarcó una ceja—. Busco relojes de bolsillo a juego.

Anna guardó silencio un instante. El Fantasma estaba haciendo honor plenamente a su fama: críptico, extremadamente oscuro.

—Le agradezco esta lección de historia —dijo lentamente—, pero mi marco de referencia siempre ha sido el aquí y el ahora. Si usted cree de veras que estos archivos de almacenamiento profundo tienen importancia actual, ¿por qué no dejar simplemente que la CIA los investigue?

Bartlett se sacó un crujiente pañuelo de seda del bolsillo superior de su chaqueta y empezó a limpiarse las gafas de sol.

—Aquí ocurren cosas muy raras —dijo—. La UCI tiende a intervenir sólo en casos en los que hay una verdadera posibilidad de que se produzca una interferencia interna o cualquier otra cosa que pudiera impedir una investigación exhaustiva. Dejémoslo así. —Había un leve tono paternalista en su voz.

—No lo dejemos —dijo secamente Anna. No era el tono más indicado para hablar con el jefe de una división, sobre todo con un jefe tan poderoso como el de la UCI, pero el servilismo no era una de sus cualidades y era mejor que Bartlett supiera desde el principio qué clase de persona era aquella cuyos servicios había contratado—. Con todos los respetos, usted está hablando de la posibilidad de que alguien de la agencia o bien retirado de ella pueda estar detrás de estas muertes.

El director de la Unidad de Cumplimiento Interno palideció levemente.

—Yo no he dicho eso.

—No lo ha negado.

Bartlett lanzó un suspiro.

—Con la torcida madera de la humanidad jamás se ha hecho nada que sea recto.

Una tensa sonrisa.

—Si usted piensa que la CIA puede estar implicada, ¿por qué no pedir la intervención del fbi?

Bartlett soltó un delicado resoplido.

—¿Y por qué no incluir a la Associated Press? El fbi tiene muchas cualidades, pero la discreción no es una de ellas. No estoy muy seguro de que usted se haya dado cuenta de la delicadeza de este asunto. Cuantas menos personas lo sepan, mejor. Por eso no quiero que intervenga un equipo... sólo un individuo. El individuo adecuado, espero sinceramente, agente Navarro.

—Aunque estas muertes sean realmente asesinatos —dijo ella—, es altamente improbable que encuentre alguna vez al asesino, supongo que lo sabe.

—Ésta es la respuesta burocrática estándar —dijo Bartlett—, pero usted no me parece una burócrata. El señor Dupree dice que es obstinada y «no exactamente una jugadora de equipo». Bueno, eso es exactamente lo que yo quería.

Anna se arrojó con ímpetu.

—Me está pidiendo que investigue a la CIA. Quiere que examine una serie de muertes para establecer que son asesinatos y después...

—Y después reúna pruebas que nos permitan realizar un informe. —Los ojos grises de Bartlett se iluminaron a través de sus gafas de montura de plástico—. No importa quién esté implicado. ¿Está claro?

—Como el barro —dijo Anna. Como investigadora veterana que era, estaba acostumbrada a realizar entrevistas tanto a testigos como a sospechosos. A veces, bastaba simplemente con escuchar. Pero otras había que aguijonear, provocar una respuesta. El arte y la experiencia indicaban cuándo. La historia de Bartlett estaba salpicada de omisiones y supresiones. Apreciaba los reflejos nacidos de la necesidad de saber de un astuto y viejo burócrata pero, en su propia experiencia, tal cosa ayudaba a saber más de lo estrictamente necesario—. No voy a jugar a la gallinita ciega —dijo.

Bartlett parpadeó.

—¿Cómo dice?

—Usted tiene que tener copias de estos archivos Sigma. Tiene que haberlos estudiado detenidamente. Y, sin embargo, afirma no tener ni idea de lo que era Sigma.

—¿Adónde quiere usted ir a parar con eso?

Su voz era fría.

—¿Me va a enseñar esos archivos?

Una sonrisa semejante a un rictus.

—No. No, eso no va a ser posible.

—¿Por qué no?

Bartlett se volvió a poner las gafas.

—Yo no estoy aquí bajo investigación. Por mucho que admire sus tácticas de interrogatorio. En cualquier caso, creo que he expuesto con toda claridad los puntos más importantes.

—¡Pues no, maldita sea, eso no es suficiente! Usted conoce muy bien esos archivos. Si usted no sabe qué significa todo esto, por lo menos tiene que tener una sospecha. Una hipótesis. Algo. Ahórrese la cara de póker para su partida del jueves por la noche. Yo no estoy jugando.

Al final, Bartlett explotó.

—Por el amor de Dios, ha visto usted suficientes cosas para saber que estamos hablando acerca de la buena fama de algunas de las figuras más importantes que conformaron la posguerra. Se trata de archivos de autorización. En sí mismos no demuestran nada. La mandé examinar antes de nuestra conversación... ¿La implicó eso a usted en mis asuntos? Confío en su discreción. Por supuesto que sí. Pero estamos hablando de individuos destacados y de otros más oscuros. No puede usted andar por ahí taconeando con su sensible calzado.

Anna escuchó con atención, percibió el matiz de la tensión de su voz.

—Usted habla de la buena fama y, sin embargo, no es eso lo que de verdad le preocupa, ¿verdad? —lo apremió—. ¡Necesito más para seguir adelante!

Él meneó la cabeza.

—Es como tratar de hacer una escalera de cuerda con gasa. No hay nada que hayamos podido establecer. Hace medio siglo algo se consiguió. Algo. Algo relacionado con intereses vitales. La lista Sigma abarca una curiosa colección de individuos... Sabemos que algunos eran empresarios, y hay otros cuya identidad no hemos conseguido establecer de ninguna manera. Lo que tienen en común es que un fundador de la CIA, alguien con inmenso poder en los años cuarenta y cincuenta, tuvo un interés directo en ellos. ¿Los quería reclutar? ¿Convertirlos en objetivos? Todos estamos jugando a la gallinita ciega. Pero parece que se creó una empresa en secreto. Usted ha preguntado qué relación existe entre ellos. En realidad, simplemente no lo sabemos. —Se ajustó los gemelos, el tic nervioso de un hombre quisquilloso—. Podríamos decir que estamos en la fase de los relojes de bolsillo.

—Perdone, pero la lista Sigma... ¡se remonta a hace medio siglo!

—¿Ha estado usted alguna vez en el Somme, en Francia? —preguntó bruscamente Bartlett, con los ojos ligeramente demasiado brillantes—. Tendría que ir... sólo para ver las amapolas que crecen entre el trigo. De vez en cuando, un granjero del Somme tala un roble, se sienta en el tronco y después enferma y muere. ¿Sabe por qué? Porque durante la Primera Guerra Mundial se libró una batalla en aquel campo y se esparció un bote de gas mostaza. El árbol joven absorbe el veneno y décadas más tarde éste conserva todavía la suficiente fuerza como para matar a un hombre.

—¿Y eso es Sigma, cree usted?

La vehemencia de la mirada de Bartlett se intensificó.

—Dicen que cuanto más sabes, más sabes que no sabes. Yo he descubierto que cuanto más sabes más inquietante resulta tropezarte con cosas acerca de las cuales no sabes nada. Llámelo vanidad o llámelo precaución. Me preocupa en qué se convierten los arbolillos invisibles. —Una tenue sonrisa—. La madera torcida de la humanidad... Todo se acaba reduciendo siempre a la madera torcida. Sí, comprendo que a usted todo eso le parece historia antigua, y puede que lo sea, agente Navarro. Volverá y me pondrá al corriente.

—No sé —dijo ella.

—Bueno, establecerá contacto con diversos oficiales de las fuerzas del orden y, a los ojos de todo el mundo, estará llevando a cabo una investigación de homicidios completamente abierta. ¿Por qué la intervención de una agente de la OIE? Su explicación será concisa: porque estos nombres han venido saliendo a lo largo de una investigación en curso sobre un traspaso de fondos fraudulento cuyos detalles nadie le obligará a revelar. Una simple tapadera, no hace falta nada complicado.

—Yo haré la clase de investigación que me han enseñado a hacer —dijo Anna en tono cauteloso—. Es lo único que le puedo prometer.

—Eso es lo único que yo le pido —replicó suavemente Bartlett—. Su escepticismo puede ser fundado. Pero, sea como sea, quiero asegurarme. Vaya a Nueva Escocia. Asegúreme que Robert Mailhot murió realmente por causas naturales. O... confírmeme que no.

4

Ben fue conducido al cuartel general de la *Kantonspolizei*, la policía del cantón de Zúrich, un siniestro aunque elegante edificio de piedra de la Zeughausstrasse. Dos jóvenes y taciturnos agentes lo acompañaron a través de un garaje subterráneo y de varios tramos de escalera hasta un edificio relativamente moderno, anexo al más antiguo. El interior parecía un instituto de enseñanza americano suburbial de los años setenta. A sus preguntas, los dos escoltas se limitaron a responder con encogimientos de hombros.

Sus pensamientos corrían. No era una casualidad que Cavanaugh estuviera en la Bahnhofstrasse. Cavanaugh estaba en Zúrich con la deliberada intención de asesinarlo. El cuerpo había desaparecido no se sabía cómo, lo habían retirado rápida y hábilmente y habían colocado el arma en su propia maleta. Estaba claro que otros estaban relacionados con Cavanaugh, y que eran profesionales. Pero ¿quiénes? Y, una vez más, ¿por qué?

Ben fue conducido primero a una pequeña estancia iluminada con lámparas fluorescentes y obligado a sentarse delante de una mesa de acero inoxidable. Mientras los escoltas policiales permanecían de pie, salió un hombre con una corta chaqueta blanca y, sin mirarle a los ojos, dijo:

—*Ihre Hände, bitte.* Sus manos, por favor.

Ben alargó las manos. Hubiera sido inútil discutir, lo sabía. El técnico extendió la bruma de un aerosol sobre ambos lados de sus manos y después frotó ligera pero exhaustivamente con una torunda de algodón ensartada en un tubo de plástico el dorso de su mano derecha. Repitió el ejercicio con la palma y después hizo lo mismo con la mano izquierda. Cuatro torundas descansaban ahora en cuatro tubos de plástico cuidadosamente etiquetados. El técnico los tomó y abandonó la estancia.

Unos minutos después, Ben fue acompañado a un agradable despacho del tercer piso sin apenas mobiliario, donde un hombre fornido y de anchas espaldas vestido de paisano se presentó como Thomas Schmid, investigador de homicidios. Tenía una ancha cara picada de viruela y llevaba el cabello muy corto y con flequillo. Por alguna razón, Ben recordó a una mujer suiza que había conocido en Gstaad y que le había dicho que a los policías en Suiza se les llamaba *Bullen*, toros; aquel hombre le demostraba el porqué.

Schmid empezó a dirigirle a Ben una serie de preguntas... nombre, fecha de nacimiento, número de pasaporte, hotel en Zúrich y así sucesivamente. Estaba sentado delante de un ordenador, tecleando las respuestas con un dedo. Unas gafas de lectura le colgaban del cuello.

Ben estaba enojado, cansado e irritado y a punto de perder la paciencia. Le costó un gran esfuerzo mantener un tono jovial.

—Inspector —dijo—, ¿estoy detenido o no?

—No, señor.

—Bueno, pues todo esto ha sido muy divertido, pero, si no me va a detener, me gustaría regresar a mi hotel.

—Estaremos encantados de detenerle, si usted quiere —contestó amablemente el investigador con un levísimo atisbo de amenaza en su sonrisa—. Tenemos una preciosa celda esperándole. Pero, si podemos mantener un tono amistoso, todo será mucho más fácil.

—¿No me está permitido hacer una llamada telefónica?

Schmid alargó ambas manos con las palmas hacia arriba señalando el teléfono color canela que descansaba en el borde de su escritorio, atestado de papeles.

—Puede llamar al consulado norteamericano o a su abogado. Como usted quiera.

—Gracias —dijo Ben, tomando el teléfono y consultando su reloj. Eran las primeras horas de la tarde en Nueva York. Puesto que los abogados de la casa de Hartman Capital Management estaban especializados en derecho tributario y bancario, decidió llamar a un amigo especialista en derecho internacional.

Howie Rubin y él habían pertenecido al equipo de esquí de Deerfield y se habían convertido en íntimos amigos. Howie había estado varias veces en Bedford con ocasión del día de Acción de Gracias y, como todos los amigos de Ben, se había ganado el aprecio de la madre de éste.

El abogado estaba almorzando, pero la llamada de Ben fue desviada a su móvil. El ruido de fondo del restaurante hacía que resultara algo difícil comprender las palabras de Howie.

—Por Dios, Ben —dijo Howie, interrumpiendo su resumen. Alguien a su lado estaba hablando en voz muy alta—. De acuerdo, te diré lo mismo que les digo a todos mis clientes que resultan detenidos durante unas vacaciones de esquí en Suiza. Sonríe y aguanta. No te hagas el poderoso ni tampoco el importante. No hagas el papel de americano indignado. Nadie te triturará con normas y reglamentos como los suizos.

Ben miró a Schmid, el cual seguía dándole al teclado y no prestaba atención.

—Ya estoy empezando a verlo. ¿Qué tengo que hacer, pues?

—Tal como funcionan las cosas en Suiza, te pueden mantener bajo arresto veinticuatro horas sin detenerte.

—Me estás engañando.

—Y como los hagas enfadar, te pueden arrojar a un oscuro y pequeño calabozo en un abrir y cerrar de ojos. Por consiguiente, no lo hagas.

—Pues entonces, ¿qué me recomiendas?

—Mira, Hartman, con tu encanto puedes convencer a un perro de que no se acerque a un camión de carne, por consiguiente, limítate a ser tú mismo. Cualquier problema que haya, me llamas, tomo un avión y amenazo con provocar un incidente internacional. Uno de mis socios hace trabajo de espionaje industrial y tenemos acceso a algunas bases de datos muy importantes. Sacaré los archivos de Cavanaugh y veré lo que puedo encontrar. Dame el número de teléfono del lugar donde te encuentras ahora.

Cuando Ben colgó el aparato, Schmid lo acompañó a una estancia contigua y le hizo sentar delante de un escritorio, cerca de un ordenador.

—¿Había estado en Suiza antes? —preguntó Schmid amablemente como si fuera un guía turístico.

—Varias veces —contestó Ben—. Casi siempre para esquiar.

Schmid asintió con aire ausente.

—Una diversión muy popular. Muy buena para el estrés, creo. Muy buena para aliviar la tensión. —Contrajo los ojos—. Debe de tener mucho estrés en su trabajo.

—Yo no diría eso.

—El estrés puede inducir a la gente a hacer cosas muy raras. Día tras día lo reprimen hasta que un día, ¡pum! Estalla. Cuando eso ocurre, creo que los interesados se sorprenden tanto como los demás.

—Tal como ya le he dicho, el arma me la colocaron en la maleta. Yo jamás la usé.

Ben tenía la cara muy lívida y procuraba hablar con la mayor frialdad posible. De nada le serviría provocar al investigador.

—Y, sin embargo, según cuenta usted mismo, mató al hombre, lo golpeó con sus propias manos. ¿Es algo que hace en su actividad laboral habitual?

—Éstas no eran precisamente unas circunstancias normales.

—Si yo hablara con sus amigos, señor Hartman, ¿qué me dirían acerca de usted? ¿Me dirían que sufrió usted un ataque de nervios? —Miró a Ben con una expresión curiosamente contemplativa—. ¿Me dirían que es usted... un hombre violento?

—Le dirían que soy tan respetuoso con la ley como lo son ellos —dijo Ben—. ¿Adónde quiere ir a parar con estas preguntas? —Ben se miró las manos, unas manos que habían golpeado con una lámpara de pared el cráneo de Cavanaugh. ¿Era violento? Las acusaciones del investigador eran absurdas, pues había actuado exclusivamente en defensa propia, y, sin embargo, su mente volvía a unos cuantos años atrás.

Incluso ahora podía ver el rostro de Darnell. Darnell, uno de sus chicos de quinto grado de East New York, era un buen chico, un estudiante excelente, brillante y con gran interés por todo, el mejor de su clase. Después, algo le ocurrió. De repente sus notas bajaron y dejó de entregar los deberes hechos en casa. Darnell nunca se peleaba con los demás chicos y, sin embargo, se le veían ronchas en la cara frecuentemente. Un día Ben habló con él después de clase. Darnell no quería mirarlo a la cara. Su expresión estaba ensombrecida por el temor. Al final, le dijo que Orlando, la nueva pareja de su madre, no quería que perdiera el tiempo haciendo los deberes de la escuela; lo necesitaba para que le ayudara a traer dinero a casa.

—¿Traer dinero cómo? —le había preguntado Ben, pero Darnell no le quiso contestar.

Cuando llamó a Joyce Stuart, la madre de Darnell, sus respuestas fueron breves y evasivas. Se negó a ir a la escuela para hablar sobre la cuestión, no quiso reconocer que ocurría algo. Ella también parecía asustada. Unos cuantos días después, Ben encontró la dirección de Darnell en los archivos estudiantiles y fue a hacerle una visita.

Darnell vivía en el segundo piso de un edificio de fachada ruinosa con una escalera festoneada de grafitos. El interfono estaba roto pero la puerta de la finca estaba abierta, por lo que Ben subió penosamente los peldaños y llamó al 2b. Al cabo de una larga espera, apareció la madre de Darnell con signos visibles de malos tratos... tenía las mejillas magulladas y los labios hinchados. Ben se presentó y pidió permiso para entrar. Joyce titubeó y después le acompañó a la pequeña cocina, con sus encimeras de formica color canela intensamente rayadas y unos visillos de algodón amarillo agitados por la brisa.

Ben oyó unos gritos antes de que entrara el compañero de Joyce.

—¿Quién coño es usted? —preguntó Orlando, un individuo de elevada estatura y complexión fuerte vestido con una camiseta roja y unos vaqueros holgados. Ben reconoció el físico de un presidiario, con un tronco tan desarrollado que los músculos parecían cubrir el tórax y los hombros como un chaleco salvavidas.

—Es el profesor de la escuela de Darnell —dijo la madre del chico, y sus palabras salieron de los magullados labios como si fueran de algodón.

—¿Y usted... usted es el tutor de Darnell? —le preguntó Ben a Orlando.

—Qué demonios, ahora se podría decir que soy su profesor. Sólo que le estoy enseñando la mierda que necesita saber. A diferencia de usted.

Ahora Ben vio a Darnell, a quien el miedo confería una apariencia aún más infantil, entrar en la cocina para reunirse con ellos.

—Vete, Darnell —le dijo su madre en un leve susurro.

—Darnell no necesita que usted le llene la cabeza de chorradas. Darnell necesita aprender a mover piedras.

Orlando sonrió, dejando al descubierto una dentadura de oro.

Ben experimentó un sobresalto. Mover piedras: vender crack.

—Estudia quinto grado. Tiene diez años.

—Eso es. Un menor. Los polis saben que no merece la pena detenerlo. —Orlando soltó una carcajada—. De todas maneras, yo le di a elegir: podía vender piedras o podía vender el trasero.

Las palabras y la indiferente brutalidad del hombre le provocaron a Ben una sensación de mareo, pese a lo cual procuró hablar con calma.

—Darnell tiene más posibilidades que nadie de su clase. Tiene usted el deber de permitirle destacar.

Orlando soltó un bufido.

—Se puede ganar la vida en la calle, como yo.

Después oyó la atiplada voz de Darnell, trémula pero segura.

—Ya no lo quiero hacer —le dijo a Orlando—. El señor Hartman sabe lo que está bien. —Y después añadió valerosamente—: No quiero ser como tú.

Las facciones de Joyce Stuart se congelaron en una mueca de anticipación:

—No, Darnell.

Ya era demasiado tarde. Orlando alargó la mano y le soltó un guantazo al muchacho en la barbilla, arrojándolo fuera de la estancia. Después se volvió hacia Ben:

—Y ahora, largo de aquí. Mejor dicho, deje que le ayude.

Ben se tensó mientras la cólera le recorría el cuerpo. Orlando golpeó el pecho de Ben con la mano abierta, pero, en lugar de tambalearse hacia atrás, Ben se abalanzó sobre él, soltándole un puñetazo en la sien y después otro, machacándole la cabeza como si fuera un saco de arena. Aturdido, Orlando se quedó paralizado durante un breve momento, y después sus poderosos brazos golpearon inútilmente los costados de Ben... Ben estaba demasiado cerca como para poder soltar un puñetazo. Y, de todos modos, el ímpetu de la rabia actuó como una anestesia: Ben ni siquiera notó los golpes que recibía hasta que Orlando se desplomó sin fuerza. Los ojos de Orlando se desviaron hacia él; el burlón desafío se había transformado en temor.

—Está loco —murmuró.

¿De veras? ¿Qué le había ocurrido?

—Como vuelva a tocar a Darnell —dijo Ben con una deliberada calma que no sentía—, lo mato. —Hizo una pausa entre cada una de las palabras para subrayarlas mejor—. ¿Nos hemos entendido?

Más tarde, a través de su amiga Carmen, la de los servicios sociales, se enteró de que Orlando había abandonado aquel mismo día a Joyce y a Darnell para no regresar jamás. Pero, aunque no se lo hubieran dicho, Ben lo habría adivinado por la impresionante mejora de las notas de Darnell y de su conducta en general.

—Vale, tío —había dicho Orlando en aquel momento, mirándole desde el suelo de la cocina—. Mire, es que ha habido un malentendido. —Carraspeó—. Yo no busco más problemas. —Volvió a toser y murmuró—: Usted está loco. Está loco.

—Señor Hartman, ¿puede usted apoyar su pulgar derecho aquí? —Schmid le indicó un pequeño óvalo blanco con la indicación «identix touchview», encima del cual un pequeño panel de cristal ovalado emitía una luz rojo rubí.

Ben colocó su pulgar derecho sobre el óvalo de cristal y después hizo lo mismo con el izquierdo. Sus huellas aparecieron inmediatamente ampliadas en un monitor de ordenador parcialmente inclinado hacia él.

Schmid tecleó unos cuantos números y pulsó la tecla de retorno, dando lugar al estridente chirrido de un módem. Se volvió hacia Ben y le dijo en tono de disculpa:

—Eso va directamente a Berna. Lo sabremos dentro de cinco o diez minutos.

—¿Saber qué?

El investigador se levantó y le indicó a Ben por señas que lo siguiera a la primera estancia.

—Sí, tenemos una orden de detención contra usted en Suiza.

—Creo que lo recordaría si hubiera alguna.

Schmid le miró un buen rato antes de hablar.

—Conozco a las personas como usted, señor Hartman. Para los americanos ricos como usted, Suiza es un país de chocolatinas, bancos, relojes de cuco y estaciones de esquí. Les gusta pensar que cada uno de nosotros es su *Hausdie-*

ner, su criado, ¿verdad? Las potencias europeas se pasaron siglos aspirando a convertirnos en su ducado. Ninguna lo consiguió jamás. Ahora es posible que su país, con su poder y toda su riqueza, piense que puede logralo. Pero aquí no podrán, ¿cómo dicen ustedes?, *call the shots*, efectuar los disparos, tener la última palabra. No hay chocolate para usted en este despacho. Y no le corresponde a usted decidir cuándo o dónde quedará en libertad. —Se reclinó en su asiento, esbozando una severa sonrisa—. Bienvenido a Suiza, *Herr* Hartman.

Otro hombre alto y delgado con una bata de laboratorio fuertemente almidonada entró en la estancia como siguiendo una indicación. Llevaba unas gafas sin montura y ostentaba un erizado bigotito. Sin presentarse, señaló una zona cubierta de azulejos blancos en la pared, marcada con una escala métrica.

—Tenga la bondad de colocarse aquí —ordenó.

Procurando disimular su exasperación, Ben se situó con la espalda apoyada en los azulejos. El técnico midió su estatura y después lo acompañó a un blanco lavabo de laboratorio donde giró una palanca que produjo la salida de una pasta blanca, y le dijo a Ben que se lavara las manos. El jabón era cremoso pero de consistencia granulosa y olía a lavanda. En otro lugar, el técnico sacó de un tubo una pegajosa tinta negra que extendió sobre una plancha de vidrio e hizo que Ben apoyara las palmas de las manos en ella. Con unos largos y delicados dedos muy bien cuidados posó primero cada uno de los dedos de Ben sobre papel secante y después sobre los distintos cuadrados de un molde.

Mientras el técnico trabajaba, Schmid se levantó, se dirigió a la estancia contigua y regresó unos momentos después.

—Bueno, señor Hartman, no hemos encontrado nada. No hay ninguna orden de detención pendiente.

—Qué sorpresa —musitó Ben.

Se sentía extrañamente aliviado.

—Sin embargo, hay algunas preguntas. Dentro de unos días se recibirán los informes balísticos del *Wissenschaftlicher Dienst der Stadtpolizei Zürich*, el servicio científico de la policía de Zúrich, pero ya sabemos que las balas que se recogieron en el lugar son definitivamente de una Browning del calibre 765.

—¿Eso es una clase de bala? —preguntó inocentemente Ben.

—Es la clase de munición utilizada en el arma que se encontró durante el registro de su equipaje.

—Vaya, cuánto sabe usted —dijo Ben tratando de esbozar una sonrisa, y después echó mano de otra táctica: la contundencia—. Mire, no cabe duda de que las balas se dispararon con el arma en cuestión. La cual fue colocada en mi equipaje para comprometerme. Por consiguiente, ¿por qué no examinan mis manos para averiguar si yo disparé el arma?

—El análisis de residuos de disparo de arma de fuego. Eso ya lo hemos hecho.

Schmid hizo un movimiento como si limpiara con una torunda de algodón.

—¿Y los resultados?

—Muy pronto los recibiremos. Cuando lo hayan fotografiado.

—Tampoco van a encontrar mis huellas digitales en el arma.

«Gracias a Dios, no la toqué», pensó Ben.

El investigador se encogió teatralmente de hombros.

—Las huellas digitales se pueden borrar.

—Bueno, los testigos...

—Los testigos oculares describen a un hombre bien vestido de aproximadamente su edad. Hubo muchísima confusión. Pero hay cinco muertos y siete heridos graves. Usted nos dice que ha matado al autor del delito. Y, sin embargo, cuando nosotros vamos a echar un vistazo, no hay ningún cuerpo.

—Eso... no lo puedo explicar —reconoció Ben, consciente de lo estrambótica que sonaba su historia—. Es evidente que el cuerpo fue retirado y que se limpió la zona. Eso precisamente me dice que Cavanaugh trabajaba en colaboración con otras personas.

—Para matarlo a usted.

Schmid lo miró con expresión burlona.

—Eso parece.

—Pero no nos da ningún motivo. Usted dice que no había ningún rencor entre ustedes.

—Me parece que no lo entiende —dijo Ben en tono pausado—. Llevábamos quince años sin vernos.

Sonó el teléfono del escritorio de Schmid. Éste se puso al aparato y prestó atención. Después dijo en inglés:

—Sí, un momento, por favor. —Y le pasó el teléfono a Ben.

Era Howie.

—Ben, hola, tío —dijo Howie con una voz tan clara como si hablara desde la habitación de al lado—. Dijiste que Cavanaugh era de Homer, Nueva York, ¿verdad?

—Una pequeña localidad a medio camino entre Syracuse y Binghamton —dijo Ben.

—Exacto —dijo Howie—. ¿Y estaba en tu curso en Princeton?

—Eso es.

—Bueno, pues ésa es la cuestión. Tu Jimmy Cavanaugh no existe.

—Dime algo que yo no sepa —dijo Ben—. Está más muerto que mi tatarabuelo.

—No, Ben, escúchame. Lo que digo es que tu Jimmy Cavanaugh jamás existió. Digo que no hay ningún Jimmy Cavanaugh. He examinado los archivos de ex alumnos de Princeton. Ningún Cavanaugh con una J inicial de primer o segundo nombre se ha matriculado jamás en esa universidad, al menos en la década en que tú estuviste estudiando allí. Y jamás ha habido ningún Cavanaugh en Homer. Ni en ninguna otra localidad de ese condado. Y tampoco en Georgetown. Ah, y también hemos echado un vistazo en bases de datos de toda clase. Si hubiera un James Cavanaugh que se pareciera al de tu descripción, ya lo habríamos encontrado. Hemos probado todas las variantes ortográficas. No tienes ni idea de lo poderosas que son las bases de datos actuales. Una persona deja tantas huellas como una babosa. Tarjetas de crédito, Seguridad Social, servicio militar, lo que quieras. Este tipo está totalmente fuera de todo. Curioso, ¿verdad?

—Tiene que haber algún error. Sé que estuvo matriculado en Princeton.

—Crees saberlo. No parece posible, ¿verdad?

Ben experimentó una sensación extraña en el estómago.

—Si eso es cierto, no nos ayuda demasiado.

—No —convino Howie—. Pero lo seguiré intentando. Entre tanto, ya tienes mi móvil, ¿verdad?

Ben colgó el teléfono, aturdido. Schmid añadió:

—Señor Hartman, ¿estaba usted aquí en viaje de negocios o de vacaciones?

Ben hizo un esfuerzo por concentrarse y habló con la mayor cortesía posible.

—Unas vacaciones para esquiar, tal como ya he dicho. Tenía un par de reuniones bancarias, pero sólo para aprovechar que estaba en Zúrich.

«Jimmy Cavanaugh jamás existió.»

Schmid juntó las manos.

—La última vez que estuvo usted en Suiza fue hace cuatro años, ¿verdad? ¿Para hacerse cargo del cuerpo de su hermano?

Ben hizo una momentánea pausa, incapaz de detener el súbito torrente de recuerdos. *Sonó el teléfono en mitad de la noche: nunca es para una buena noticia. Estaba durmiendo al lado de Karen, una profesora compañera suya, en su modesto apartamento de Nueva York Este. Soltó un gruñido y se volvió para contestar a la llamada que lo iba a cambiar todo. Un pequeño avión de alquiler con el que Peter estaba efectuando un vuelo en solitario había sufrido un accidente unos días atrás en una garganta cerca del lago de Lucerna. El nombre de Ben figuraba en los documentos de alquiler como el del pariente más cercano. Habían tardado mucho en identificar al difunto, pero el examen odontológico hizo posible una identificación definitiva. Las autoridades suizas lo calificaron de accidente. Ben voló al lago de Lucerna para reclamar el cadáver y llevarse a su hermano a casa —lo que quedaba de él después de la explosión del fuselaje— en una pequeña caja de cartón.*

Durante el vuelo de regreso a casa no lloró. Eso ocurriría más tarde, cuando el aturdimiento empezara a disiparse. Su padre se había derrumbado al enterarse de la noticia; su madre, confinada en la cama por culpa del cáncer, se había puesto a gritar con todas sus fuerzas.

—Sí —dijo Ben en un susurro—. Ésa fue la última vez que estuve aquí.

—Un extraño detalle. Cada vez que viene a nuestro país, la muerte parece acompañarle.

—¿Qué está insinuando?

—Señor Hartman —dijo Schmid en un tono de voz más neutral—, ¿cree usted que hay alguna relación entre la muerte de su hermano y lo que ha ocurrido hoy?

En el cuartel general de la policía nacional suiza, la *Stadtpolizei*, en Berna, una rechoncha mujer de mediana edad con gafas de gruesa montura negra de concha levantó los ojos hacia la pantalla de su ordenador y se sorprendió al ver que una línea de texto empezaba a parpadear. Tras contemplarla unos segundos, recordó lo que hacía tiempo le habían ordenado hacer y garabateó apresuradamente el nombre y la larga serie de números que lo seguían. Después llamó con los nudillos al panel de cristal de la puerta de su supervisor inmediato.

—Señor —dijo—, un nombre de la lista de vigilancia ripol se acaba de activar.

ripol era el acrónimo de *Recherche Informations Policier*, una base de datos criminal de ámbito nacional que contenía nombres, huellas digitales, números de matrícula, toda una vasta serie de datos legales utilizados por la policía federal, cantonal y local.

Su jefe, un pedante sujeto de cuarenta y tantos años del cual se sabía que estaba circulando por el carril de aceleración hacia la *Stadtpolizei*, tomó la hoja de papel, dio las gracias a su leal secretaria y le hizo señas para que se retirara. En cuanto ella cerró la puerta de su despacho, descolgó un teléfono seguro que no pasaba por la centralita principal y marcó un número al que raras veces llamaba.

Un maltrecho sedán gris de marca indefinida pasó lentamente ante el cuartel general de la *Kantonspolizei* de la Zeughausstrasse. En su interior, dos hombres fumaban en silencio, cansados de la larga espera. El súbito timbre del móvil que descansaba en la consola central los sobresaltó. El copiloto lo tomó, prestó atención, dijo «*Ja, danke*», y colgó.

—El americano está abandonando el edificio —dijo.

Minutos después vieron al americano emerger de la entrada lateral y subir a un taxi. Cuando éste se encontraba a la mitad de la manzana, se incorporaron al tráfico de las primeras horas de la noche.

5

Halifax, Nueva Escocia

Cuando el piloto de Air Canada anunció que estaban a punto de tomar tierra, Anna Navarro retiró las carpetas de la bandeja, la levantó para cerrarla y trató de concentrarse en el caso que tenía por delante. Volar la aterrorizaba, y lo único que le parecía peor que el aterrizaje era el despegue. El estómago le daba vueltas. Como de costumbre, luchó contra la irracional convicción de que el avión se iba a estrellar y de que ella acabaría su vida en un pavoroso infierno.

Su tío preferido, Manuel, había muerto cuando el viejo y destartalado aparato de fumigación de cosechas con el que trabajaba había perdido un motor y había caído en picado. Pero de eso hacía mucho tiempo, ella debía de tener entonces diez u once años, y un aparato de fumigación no se parecía en nada al reluciente 747 en el que ella se encontraba ahora.

Jamás le había hablado a ninguno de sus colegas de la OIE de la ansiedad que le provocaba volar, guiándose por el principio general de que nunca debes mostrar a los demás tus puntos vulnerables. Pero estaba convencida de que, de algún modo, Arliss Dupree lo sabía, de igual modo que un perro huele el miedo. Durante los últimos seis meses prácticamente la había obligado a vivir en aviones, volando de una asquerosa misión a otra.

Lo único que le permitía conservar la compostura era enfrascarse en las carpetas de su caso. Los secos informes de la autopsia y de los exámenes patológicos la estaban llamando para que resolviera sus misterios.

De niña le encantaba hacer los complicados puzles de quinientas piezas que su madre le traía a casa, regalo de la mujer cuya casa su madre limpiaba y cuyos hijos no tenían paciencia para los puzles. Más que ver emerger la lustrosa imagen, le gustaba el sonido y la sensación de las piezas cuando las encajaba en su sitio. A menudo, a aquellos viejos puzles les faltaban piezas, perdidas por sus descuidados propietarios iniciales, y eso siempre la enfurecía. Ya de niña era una perfeccionista.

En cierto sentido, aquel caso era un puzle de mil piezas diseminadas en la alfombra ante ella.

Durante el vuelo Washington-Halifax había examinado un dossier de documentos enviados por fax por la Policía Montada del Canadá de Ottawa. La Policía Montada del Canadá, el equivalente del fbi en aquel país, era, a pesar de su arcaico nombre, una agencia de investigación del máximo nivel. Las relaciones de trabajo entre el doj y la Policía Montada eran buenas.

«¿Quién eres?», se preguntó mientras contemplaba una fotografía del viejo. Robert Mailhot de Halifax, Nueva Escocia, el amable jubilado y devoto miembro de la iglesia de Nuestra Señora de la Merced. No la clase de persona que uno espera que figure en un archivo de autorización de la CIA, tanto si éste se custodia en almacenamiento profundo como si no.

¿Qué podía haberlo conectado con las vagas maquinaciones de los maestros del espionaje y los hombres de negocios con quienes Bartlett se había tropezado? Estaba segura de que Bartlett tenía un archivo acerca de él, pero había preferido que ella no tuviera acceso al mismo. También estaba segura de que Bartlett pretendía que ella descubriera importantes detalles por su cuenta.

Un juez provincial de Nueva Escocia había decidido dictar una orden de registro. Los documentos que ella quería —teléfono e historiales de tarjetas de crédito— le habían sido enviados a Washington por fax en cuestión de horas. Ella pertenecía a la OIE; a nadie se le ocurría poner en duda su confusa tapadera acerca de una investigación sobre unas fraudulentas transferencias internacionales de fondos.

Sin embargo, el archivo no le decía nada. La causa de la muerte que figuraba en el certificado, garabateado con la escritura casi ilegible de un médico que era probablemente el médico de cabecera del anciano, era «causas naturales», con «trombosis coronaria» añadido entre paréntesis. Y puede que fuera sólo eso.

El difunto no había hecho ninguna compra insólita; sus únicas llamadas telefónicas habían sido a Terranova y Toronto. No constaba ningún desplazamiento. A lo mejor encontraría la respuesta en Halifax.

O quizá no.

Estaba intoxicada por la misma extraña mezcla de esperanza y desesperación que siempre experimentaba cuando empezaba un caso. En un determinado momento estaba segura de que podría resolverlo, y al siguiente le parecía imposible. Una cosa sabía con toda certeza: el primer homicidio de cualquier serie que ella estuviera investigando era siempre el más importante. Era un hito. Sólo si trabajabas a fondo, si removías todas las piedras, podías abrigar la esperanza de establecer conexiones. Nunca podrías unir la línea de puntos a no ser que supieras dónde estaban todos los puntos.

Anna vestía su traje de viaje, un Donna Karan azul marino (de la serie más barata) y una blusa blanca Ralph Lauren (no de la gama *couture*, naturalmente). Con el sueldo que tenía, difícilmente podía permitirse etiquetas de diseño, pero se las compraba de todos modos, viviendo en un oscuro apartamento de un solo dormitorio de una de las peores zonas de Washington y privándose de hacer vacaciones, porque todo el dinero se lo gastaba en ropa.

Todo el mundo suponía que vestía tan bien para resultar atractiva a los hombres, porque eso era lo que hacían las jóvenes solteras. Se equivocaban. Su ropa era su armadura corporal. Cuanto más bonitos los modelos, tanto más segura y a salvo se sentía. Usaba cosméticos y ropa de diseño porque, de esta manera, ya no era la hija de los paupérrimos inmigrantes mexicanos que limpiaban las casas y cuidaban los jardines de los ricos. Así podía ser una chica cualquiera. Era una persona lo bastante consciente de sí misma como para saber lo ridícula que era esta postura desde un punto de vista racional. Pero la mantenía a pesar de todo.

Se preguntaba qué era lo que más le irritaba de ella a Arliss Dupree... si el hecho de que fuera una mujer atractiva que lo había rechazado o que fuera mexicana. A lo mejor, ambas cosas. A lo mejor, en el mundo según Dupree, una mexicanoamericana era inferior y, por consiguiente, no tenía ningún derecho a rechazarlo.

Anna se había criado en una pequeña localidad del sur de California. Sus progenitores eran mexicanos que habían huido de la desolación, la enfermedad y la desesperada situación del otro lado de la frontera. Su madre, amable y bien educada, limpiaba casas; su padre, tranquilo e introvertido, cuidaba jardines.

Cuando iba a la escuela primaria, llevaba los vestidos que le hacía su madre, la cual también le trenzaba el cabello castaño y se lo recogía hacia arriba. Era consciente de que vestía de otra manera y de que no encajaba del todo, pero eso no la preocupó hasta los diez u once años, cuando las niñas empezaron a formar camarillas cerradas de las que ella estaba excluida. Jamás hubieran mantenido trato con la hija de la mujer que limpiaba sus casas.

Era tosca, forastera, una molestia. Era invisible.

Y no es que perteneciera a una minoría... El instituto era medio latino, medio blanco, pero la línea divisoria raras veces se cruzaba. Empezó a acostumbrarse a que algunas chicas blancas y también algunos chicos la llamaran «espalda mojada» y «spic», es decir, hispana. Pero entre los latinos también había castas y ella estaba en la más baja. Las chicas latinas vestían bien y se burlaban de su ropa con más crueldad aún que las chicas blancas.

Llegó a la conclusión de que la solución era vestirse como las demás chicas. Empezó a quejarse ante su madre, que, al principio, no la tomaba en serio, pero después le explicó que ellos no podían permitirse el lujo de comprar la clase de ropa que vestían las otras chicas y, en todo caso, ¿qué más daba? ¿Acaso no le gustaba la ropa de confección casera que le hacía su madre? «¡No! ¡La odio!», contestaba Anna, sabiendo muy bien que esas palabras dolían. Incluso hoy en día, veinte años más tarde, Anna apenas podía pensar en aquella época sin sentirse culpable.

Su madre era apreciada por todos sus patronos. Uno de ellos, una mujer inmensamente rica, empezó a regalarle toda la ropa que desechaban sus hijos. Anna se la ponía muy contenta —¡no podía imaginar por qué razón alguien podía deshacerse de una ropa tan bonita!—, hasta que poco a poco empezó a comprender que su ropa era siempre de la moda del año anterior y entonces su entusiasmo se enfrió. Un día iba por un pasillo de la escuela cuando una de las chicas de una pandilla a la que ella hubiera deseado con toda su alma incorporarse la llamó.

—¡Oye! —dijo la chica—. ¡Ésta es mi falda!

Anna se ruborizó y lo negó categóricamente. La chica introdujo un inquisitivo dedo bajo el dobladillo y le dio la vuelta para dejar al descubierto sus iniciales escritas con tinta en la etiqueta.

Anna sabía que el oficial de la Policía Montada que la recibió en el aeropuerto se había pasado un año en la academia del fbi aprendiendo las técnicas de la investigación de homicidios. No era el más hábil que pudiera haber, había oído decir, pero lo hacía muy bien.

Permaneció de pie al otro lado de la verja de seguridad, un alto y apuesto treintañero vestido con blazer azul y corbata roja. Esbozó una sonrisa de dientes tan blancos como perlas, alegrándose aparentemente de verla.

—Bienvenida a Nueva Escocia —le dijo—. Soy Ron Arsenault.

Cabello castaño, ojos castaños, mandíbula cuadrada, frente despejada. «El típico agente de la Policía Montada, tal como aparecen en los telefilmes y las películas», pensó Anna en su fuero interno.

—Anna Navarro —dijo ella, estrechando su mano con firmeza. Cuando se trata de una mujer los hombres esperan una mano lánguida, y éste era un modo de marcar el tono—. Encantada.

Él alargó la mano hacia la maleta con ruedas, pero Anna meneó la cabeza sonriendo.

—Voy bien, gracias.

—¿Es la primera vez que viene a Halifax?

Era evidente que la estaba examinando.

—Pues sí. Es muy bonita desde arriba.

Él esbozó una amable sonrisa mientras cruzaba con ella la terminal.

—Yo seré su enlace con los compañeros de Halifax. Tiene los informes, ¿verdad?

—Gracias. Todos menos los informes bancarios.

—Ésos ya tendrían que estar aquí ahora. Si los encuentro, se los dejaré en su hotel.

—Gracias.

—Faltaría más. —Entrecerró los ojos mientras miraba algo: «lentes de contacto», pensó Anna, que lo sabía muy bien—. Si quiere que le diga la verdad, señorita Navarro... ¿Puedo llamarla Anna?... Algunos compañeros de Ottawa no acaban de comprender por qué tiene usted tanto interés por el viejo. Un anciano de ochenta y siete años muere en su casa por causas naturales; es de esperar, ¿no cree?

Habían llegado al parking.

—¿El cadáver está en el depósito de la policía? —preguntó ella.

—En realidad, se encuentra en el depósito del hospital de aquí. Esperándola a usted en la nevera. Usted se puso en contacto con nosotros antes de que encontraran al viejo; ésta es la buena noticia.

—¿Y la mala?

—El cadáver ya ha sido embalsamado para el entierro.

Anna dio un respingo.

—Puede que eso estropee el examen toxicológico.

Llegaron a un Chevrolet último modelo de color azul oscuro que proclamaba a gritos «vehículo no identificado de la policía». Él abrió el maletero e introdujo su maleta.

Circularon un rato en silencio.

—¿Quién es la viuda? —preguntó Anna. No constaba en el informe—. ¿Es francocanadiense, también?

—Es de aquí. Residente en Halifax. Antigua profesora de escuela. Una vieja gruñona. Bueno, lo siento por la señora, acaba de perder a su marido y el entierro tendría que haber sido mañana. Tuvimos que pedirle permiso para aplazarlo. Además, iban a venir también unos familiares suyos de Terranova. Cuando le hablamos de la autopsia, se echó para atrás. —El oficial la miró y después volvió a centrarse en la carretera—. Teniendo en cuenta que ya es de noche, he pensado que usted se podría instalar tranquilamente en el hotel, y así empezamos mañana a primera hora. El forense se reunirá con nosotros a las siete.

Experimentó una punzada de decepción. Quería ponerse a trabajar enseguida.

—Me parece bien —dijo.

Silencio. Era bueno tener un oficial de enlace que no pareciera molestarse por la presencia de un emisario del Gobierno de Estados Unidos. Arsenault no hubiera podido ser más amable. Tal vez demasiado.

—Aquí tiene su hostal. Su Gobierno no se gasta muchos dólares, ¿verdad?

Era una casa de estilo victoriano más bien fea que se levantaba en Barrington Street, un edificio de gran tamaño pintado de blanco con persianas verdes. La pintura blanca se había convertido en un sucio tono gris.

—Oiga, permítame llevarla a cenar, a no ser que tenga otros planes. Quizá, al Clipper Cay, si le gusta el marisco. Puede que haya algo de jazz en el Middle Deck...

El oficial aparcó el automóvil.

—Gracias, pero he tenido un día muy largo —contestó ella.

Él se encogió de hombros, visiblemente decepcionado.

El hostal olía ligeramente a moho por culpa de una humedad de los zócalos que nunca desaparecía del todo. Hicieron una anticuada copia en papel carbón de su tarjeta de crédito y le entregaron una llave de latón; estaba preparada para decirle al rollizo individuo del mostrador de recepción que no necesitaba ayuda para subir las maletas, pero no se la ofrecieron. Aquel mismo ligero olor a moho impregnaba su habitación, situada en el segundo piso y decorada con motivos florales. Todo en ella parecía gastado, pero no hasta el extremo de resultar desagradable. Colgó su ropa en el armario, corrió las cortinas y se puso una sudadera gris. Una buena carrera le sentaría bien.

Corrió por la Grand Parade, la plaza de la parte oeste de Barrington Street, y después subió por George Street hasta una fortaleza en forma de estrella llamada The Citadel. Se detuvo jadeando junto a un quiosco de periódicos y compró un plano de la ciudad. Encontró la dirección; no estaba lejos del hostal donde se había alojado. Podría llegar hasta allí corriendo.

La casa de Robert Mailhot ofrecía un aspecto anodino pero cómodo, un edificio de dos pisos de altura de tablas de madera y tejado a dos aguas, prácticamente escondido en una parcela arbolada detrás de una valla de tela metálica.

La azulada luz de un televisor parpadeaba detrás de las cortinas de encaje de una habitación de la fachada. Por lo visto, la viuda estaba viendo la televisión. Anna se detuvo un momento al otro lado de la calle, observando la casa con atención.

Decidió cruzar la estrecha calle para mirar más de cerca. Quería ver si era efectivamente la viuda y, en caso afirmativo, cómo se comportaba. ¿Estaba de luto o no? Estas cosas no siempre se podían adivinar mirando desde lejos, pero nunca se sabía lo que se podía descubrir. Y si se escondía entre las sombras del exterior de la casa, puede que los recelosos vecinos no la vieran.

La calle estaba desierta, aunque se oía música procedente de una casa, un televisor de otra y una sirena de niebla a lo lejos. Cruzó la calle en dirección a la casa...

De repente, unos faros de alta intensidad aparecieron como de la nada. La cegaron, cada vez más grandes y brillantes a medida que el vehículo se acercaba rugiendo hacia directamente a ella. Soltando un grito, Anna se lanzó hacia el bordillo sin ver nada y tratando desesperadamente de apartarse del camino del enloquecido automóvil sin control. Debió de deslizarse calle abajo con el ruido del motor enmascarado por los sonidos de la calle hasta llegar a escasos metros de distancia, y entonces debió de encender súbitamente las luces.

¡Y ahora se estaba acercando a ella a toda velocidad! No cabía la menor duda, el automóvil no aminoraba la marcha, y no iba simplemente circulando demasiado rápido: había cambiado de dirección hacia el borde de la calle, hacia el bordillo, y se estaba dirigiendo hacia ella. Anna reconoció la parrilla vertical cromada de un Lincoln Town Car con sus aplanadas y rectangulares luces delanteras, que en cierto modo le conferían un depredador aspecto de tiburón.

«¡Muévete!»

Con las ruedas chirriando y el motor a toda marcha, el coche asesino se acercaba a ella. Se volvió y lo vio precipitándose hacia ella a tres o cuatro metros de distancia, deslumbrándola con las luces delanteras. Aterrorizada, gritando a una décima de segundo de la muerte, saltó al seto de boj que rodeaba la casa contigua a la de la viuda, cuyas rígidas y espinosas ramas le arañaron las piernas cubiertas por el chándal, y rodó sobre el césped.

Oyó el crujido del automóvil al golpear el seto y después el fuerte chirrido de los neumáticos, y vio cómo el vehículo se alejaba, salpicando barro por todas partes mientras el potente motor rugía por la angosta y oscura calle y después las luces delanteras desaparecían tan repentinamente como habían aparecido.

El automóvil ya no estaba.

¿Qué acababa de ocurrir?

Se levantó de un salto con el corazón galopando, la adrenalina recorriéndole todo el cuerpo y el terror debilitándole las rodillas hasta el extremo de apenas permitirle sostenerse en pie.

¿A qué venía todo aquello?

El automóvil se había lanzado deliberadamente contra ella y la había convertido en su blanco como si pretendiera atropellarla.

¡Y después... había desaparecido inexplicablemente!

Vio varios rostros mirándola a través de las ventanas de ambos lados de la calle, algunos de ellos corriendo los visillos al ver que ella miraba.

Si el vehículo se había dirigido contra ella, ¿por qué no había terminado su trabajo?

Era totalmente ilógico y desconcertante.

Caminó jadeando y tosiendo intensamente, empapada de sudor. Trató de despejarse la cabeza, pero el temor no la abandonaba, y se quedó allí sin poder comprender el sentido de aquel extraño incidente.

¿Habían intentado matarla?

Y, en caso afirmativo, ¿por qué?

¿Había sido un borracho? Los movimientos del vehículo parecían demasiado deliberados, demasiado coreografiados para eso.

Las únicas respuestas lógicas exigían un planteamiento mental paranoico, y ella se negaba rotundamente a permitir que sus pensamientos siguieran por aquel camino. «Ese camino conduce a la locura.» Pensó en las siniestras palabras de Bartlett acerca de unos planes de varias décadas de antigüedad elaborados con el máximo secreto por unas poderosas personas que trataban desesperadamente de proteger su buen nombre. Pero Bartlett era un hombre que, según él mismo reconocía, permanecía sentado en un despacho rodeado de papel amarillento, muy lejos de la realidad, en un ambiente que tendía a tejer tortuosas teorías de conspiraciones.

Con todo, el incidente del automóvil podría haber sido un intento de amedrentarla para que abandonara el caso.

Si así fuera, habían elegido a la persona equivocada para ensayar aquel método. Pues sólo serviría para fortalecer su determinación de descubrir cuál era la verdadera historia.

Londres

El pub, llamado Albion, estaba situado en Garrick Street, junto a Covent Garden. Tenía techos bajos, toscas mesas de madera y el suelo cubierto de serrín, la clase de local que tenía veinte cervezas de barril distintas y servía salchichas y puré de patatas, pastel de riñón y budín con frutos secos cocido al vapor y que, a la hora del almuerzo, estaba abarrotado de una elegante clientela de banqueros y ejecutivos publicitarios.

Jean-Luc Passard, un funcionario de seguridad de la Corporación Municipal, entró en el pub y comprendió inmediatamente por qué el inglés había elegido aquel lugar para reunirse con él. Estaba tan lleno de gente que ambos pasarían sin duda inadvertidos.

El inglés estaba sentado solo en un reservado. Era tal y como lo habían descrito: un hombre anodino de unos cuarenta años con un erizado cabello prematuramente gris. Visto más de cerca, su rostro era terso, como estirado por la cirugía. Llevaba un blazer azul y un jersey blanco de cuello de cisne. Tenía los hombros anchos y la cintura estrecha y resultaba físicamente impresionante incluso desde lejos. Y, sin embargo, no hubiera llamado la atención en una rueda de reconocimiento.

Passard se sentó en el reservado y alargó la mano.

—Soy Jean-Luc.

—Trevor Griffiths —dijo el inglés.

Le estrechó la mano sin ejercer apenas presión, el saludo de un hombre a quien no le importaba lo que pensaras de él. Tenía una mano grande, suave y seca.

—Es un honor conocerle —dijo Passard—. Sus servicios prestados a la corporación a lo largo de los años son legendarios.

Los apagados ojos grises de Trevor no revelaron nada.

—No le habríamos sacado de su... retiro si no hubiera sido absolutamente necesario.

—Usted la cagó.

—Tuvimos mala suerte.

—Usted quiere apoyo.

—Una póliza de seguro, por así decirlo. Y un salvoconducto adicional. La verdad es que no nos podemos permitir el lujo de fallar.

—Yo trabajo solo. Usted lo sabe.

—Naturalmente. Su historial sitúa sus métodos más allá de toda explicación. Manejará el asunto como usted crea conveniente.

—Bien. Y ahora, ¿conocemos el paradero del objetivo?

—La última vez que se le vio fue en Zúrich. No sabemos con certeza adónde se dirige a continuación.

Trevor enarcó una ceja.

Passard se ruborizó.

—Es un aficionado. Aflora periódicamente a la superficie. Volveremos a localizar su rastro dentro de poco.

—Necesitaré una buena colección de fotografías del objetivo; cuantos más ángulos, mejor.

Passard empujó hacia él un sobre de cartulina de gran tamaño.

—Hecho. Y también están las instrucciones cifradas. Como comprenderá, queremos que el trabajo se lleve a cabo rápidamente y sin dejar huellas.

La mirada de Trevor Griffiths le recordó a Passard la de una boa.

—Ya han enviado ustedes a varios elementos de segunda fila. Con ello no sólo han perdido dinero y tiempo sino que también han puesto sobre aviso al objetivo. Ahora se muestra temeroso y precavido y no cabe duda de que el miedo lo ha inducido a depositar documentos en manos de abogados para que sean enviados por correo en caso de que muera, etcétera. Por consiguiente, será considerablemente más difícil de atrapar. Ni usted ni sus superiores me tienen que dar consejos acerca de cómo debo hacer mi trabajo.

—Pero usted confía en que lo podrá hacer, ¿verdad?

—Supongo que es por eso por lo que usted ha recurrido a mí.

—Así es.

—Pues entonces, por favor, no me haga preguntas tontas. ¿Hemos terminado ya? Porque tengo una tarde muy ocupada por delante.

Anna regresó a su habitación del hostal, vació una botellita de vino blanco del minibar en un vaso de plástico, se lo bebió y después se preparó un baño, procurando que el agua estuviera todo lo caliente que ella pudiera resistir. Se pasó un cuarto de hora en remojo, tratando de pensar en cosas relajantes, pero la imagen de la parrilla vertical cromada del Town Car seguía filtrándose en su conciencia. Y recordaba la suave observación del Fantasma: «Yo no creo en las coincidencias; ¿y usted, señorita Navarro?».

Poco a poco recuperó la sensación de dominio de sí misma. Eran cosas que ocurrían, ¿no? Parte de su trabajo consistía en saber dónde estaba el significado, pero el hecho de atribuir un significado a algo que no tenía ninguno constituía una deformación profesional.

A continuación se puso una bata de rizo de algodón, sintiéndose más tranquila y dominada por una voraz sensación de hambre.

Vio un sobre de cartulina que habían deslizado por debajo de la puerta de su habitación. Lo recogió y se sentó en un sofá tapizado con un tejido de estampado floral. Copias de los extractos bancarios de Mailhot que se remontaban a cuatro años atrás.

Sonó el teléfono.

Era el sargento Arsenault.

—¿Le parecería bien que fuéramos a visitar a la viuda a las diez y media?

Anna oyó alrededor del sargento el ajetreo nocturno de una comisaría de policía.

—A las diez treinta me reúno allí con usted —contestó en tono cortante—. Gracias por la confirmación.

Consideró la posibilidad de contarle lo del Town Car y su roce con la muerte. En cierto modo, temía que ello disminuyera su autoridad... que pareciera vulnerable, miedosa y fácil de asustar.

—Muy bien, pues —dijo Arsenault con cierto titubeo en la voz—. Bueno, me parece que me voy ir a casa. Supongo que... Pasaré por delante de su hostal y, por consiguiente, si usted ha pensado mejor lo de cenar algo por ahí... —Hablaba con un tono inseguro—. O tomarnos una copa... —Estaba tratando de mantener un aire ligero—. O lo que sea.

Anna no contestó enseguida. A decir verdad, no le hubiera importado disfrutar de compañía en aquel momento.

—Es muy amable de su parte —dijo finalmente—. Pero la verdad es que estoy muy cansada.

—Yo también —se apresuró a decir él—. Ha sido un día muy largo. Bueno, pues. Nos vemos por la mañana.

Su voz había experimentado un sutil cambio; ya no era la de un hombre que hablaba con una mujer sino la de un profesional que hablaba con otro.

Anna colgó con una ligera sensación de vacío. Después corrió las cortinas de la habitación y se puso a clasificar sus documentos. Quedaban todavía muchas cosas en las que trabajar.

Estaba convencida de que el verdadero motivo de que todavía no se hubiera casado y de que siguiera cortando cualquier relación que pareciera adquirir un matiz demasiado serio era el hecho de querer controlar el ambiente que la rodeaba. Cuando te casas, eres responsable ante alguien. Si quieres comprar algo, lo tienes que justificar. Ya no puedes trabajar hasta tarde sin sentirte culpable, tener que pedir disculpas y negociar. Tu tiempo se rige por una nueva administración.

En el despacho, la gente que no la conocía muy bien la llamaba la «Doncella de Hierro» y probablemente cosas mucho peores, sobre todo porque raras veces salía. Y no sólo era Dupree. A la gente no le gustaba ver a las mujeres atractivas solteras. Eso ofendía su sentido del orden natural de las cosas. Pero lo que nadie veía era que ella era una auténtica «adicta al trabajo» y que raras veces alternaba en sociedad. El único grupo de hombres entre los que podía elegir era el de la OIE, y el hecho de salir con un compañero sólo podía crear problemas.

O eso se decía ella. Prefería no pararse demasiado a pensar en aquel incidente del instituto que todavía la seguía persiguiendo, pero pensaba casi a diario en Brad Reedy, y con un odio feroz. Aspiraba en el metro una vaharada de la colonia cítrica que Brad solía ponerse y su corazón experimentaba un espasmo de temor y después de meditada rabia. O veía por la calle a un rubio adolescente con una camiseta de rugby a rayas blanquirrojas y creía ver a Brad.

Tenía dieciséis años, era físicamente una mujer y decían que era una belleza, aunque ella todavía no lo sabía o no lo creía. Seguía teniendo pocos amigos, pero ya no se sentía una paria. Discutía con sus padres casi a diario porque ya no podía soportar vivir en su minúscula casita; experimentaba claustrofobia y no podía respirar.

Brad Reedy era un estudiante de último curso y jugaba a hockey y, por consiguiente, pertenecía a la aristocracia de la escuela. Ella era alumna de penúltimo y no acertaba a creer que una vez Brad Reedy, Brad Reedy, se hubiera detenido junto a su vestuario y le hubiera preguntado si quería salir algún día. Pensó que era una broma, que alguien lo habría inducido a hacerlo de alguna manera, y se burló de él, rechazándolo. Ya había empezado a desarrollar una protectora coraza de sarcasmo.

Pero él insistió. Ella se ruborizó, se calló y después dijo: «Supongo, quizá sí». Brad se ofreció a recogerla en su casa, pero ella no podía soportar la idea de que viera lo humilde que era su hogar, por lo que fingió tener unos recados que hacer en el centro e insistió en que se encontraran a la entrada del cine. Se pasó varios días estudiando las revistas *Mademoiselle* y *Glamour*. En un suplemento de la revista *Seventeen* encontró el atuendo perfecto, la clase de atuendo que podría llevar una chica rica y con clase, la clase de chica que los padres de Brad podrían aprobar.

Se puso un vestido de Laura Ashley con un minúsculo estampado floral y un alto cuello con volantes fruncidos que se había comprado en Goodwill y que sólo tras haberlo comprado se dio cuenta de que no le iba del todo bien. Con sus sandalias color verde lima a juego con un bolso verde lima de Pappagallo Bermuda y una cinta verde lima para el cabello, se sintió de pronto ridícula, como una chiquilla emperifollada para Halloween. Cuando se reunió con Brad, que vestía unos vaqueros rotos y una camiseta de rugby a rayas, se dio cuenta de lo recargada que iba. Se notaba que se esforzaba demasiado.

Tuvo la sensación de que todo el cine miraba a aquella estudiante tan excesivamente engalanada, de la mano de aquel chico tan guapo.

Él quiso ir después a comer una pizza y tomar una cerveza al Ship's Pub. Ella se tomó un Tab y procuró hacerse la misteriosa y la estrecha, pero ya estaba locamente enamorada de aquel Adonis adolescente y todavía no se podía creer que estuviera saliendo con él. Después de tres o cuatro cervezas, el chico empezó a ponerse pesado. Se acercó a ella en el reservado y empezó a manosearla. Ella alegó un dolor de cabeza —fue lo único que se le ocurrió sin pensar— y le pidió que la llevara a casa. La acompañó al Porsche, circuló con imprudencia y después hizo un «giro equivocado» y entró en el parque.

Era un hombretón de noventa kilos de peso, alimentado por el suficiente alcohol como para ser peligroso, y le quitó la ropa a la fuerza, le cubrió la boca con la mano para amortiguar sus gritos y se puso a cantar: «Ah, tú lo has querido, puta espalda mojada».

Fue su primera vez.

Durante el año siguiente fue a la iglesia con regularidad. El sentimiento de culpa ardía en su interior. Como su madre se enterara, estaba segura de que lo pagaría caro.

Fue algo que la persiguió durante años.

Y su madre seguía limpiando la casa de los Reedy.

Ahora recordó los informes bancarios, que descansaban en el sillón. No hubiera podido pedir un material de lectura más apasionante para aquella cena en su habitación.

A los pocos minutos, una línea de cifras llamó su atención. ¿Cómo era posible que aquello fuera correcto? Cuatro meses atrás se habían transferido un millón de dólares a la cuenta de ahorros de Robert Mailhot.

Se arrellanó en el sillón y examinó más detenidamente la página. Experimentó los efectos de una oleada de adrenalina. Estudió largo rato la columna de números con creciente emoción. La imagen de la modesta casa de madera de Mailhot apareció en su mente.

Un millón de dólares.

La cosa se estaba poniendo interesante.

Zúrich

Las luces de las farolas de la calle pasaron velozmente, iluminando el asiento de atrás del taxi como los sincopados destellos de una lámpara estroboscópica. Ben miró directamente hacia delante, pensando sin ver nada.

El investigador de homicidios pareció sufrir una decepción cuando los resultados del laboratorio revelaron que Ben no había disparado el arma y tuvo que preparar a regañadientes los documentos de su puesta en libertad. Estaba claro que Howie había tirado de algunos hilos para que le devolvieran el pasaporte.

—Le pongo en libertad con una condición, señor Hartman... que abandone usted de inmediato mi cantón —le había dicho Schmid—. Lárguese ahora mismo de Zúrich. Si alguna vez descubro que ha vuelto usted aquí, lo va a pasar muy mal. La investigación del tiroteo de la Bahnhofplatz sigue abierta y quedan tantas preguntas sin respuesta que yo tendría motivos para solicitar contra usted una orden de detención en cualquier momento. Y si la *Einwanderungsbehörde*, nuestro departamento de inmigración, se viera implicada, recuerde que puede usted ser mantenido en situación de arresto administrativo por espacio de un año antes de que su caso llegue a un magistrado. Usted tiene amigos y relaciones muy poderosos, pero la próxima vez no le podrán ayudar.

Pero, más que las amenazas, fue la pregunta que el investigador había planteado como al azar lo que más inquietó a

Ben. ¿Tenía la pesadilla de la Bahnhofplatz algo que ver con la muerte de Peter?

Planteado de otra manera: ¿qué probabilidades había de que no tuviera nada que ver con la muerte de Peter? Ben recordaba bien lo que solía decir su tutor universitario, el historiador de Princeton John Barnes Godwin: calcula las probabilidades y vuelve a calcularlas y vuelve a calcularlas otra vez; y después sigue tu instinto esencial.

Su instinto le decía que aquello no era una coincidencia.

Después estaba el misterio que rodeaba a Jimmy Cavanaugh. No era sólo el cuerpo lo que había desaparecido. Era su identidad, toda su existencia. ¿Cómo había podido ocurrir semejante cosa? ¿Y cómo pudo el tirador saber dónde se alojaba Ben? No tenía sentido, nada lo tenía.

La desaparición del cuerpo, la colocación deliberada del arma para comprometerle... que confirmaba que el hombre que él conocía como Cavanaugh colaboraba con otros. Pero ¿con quién? ¿Y colaborando en qué? ¿Qué posible interés, qué posible amenaza podía suponer Ben Hartman para alguien?

Estaba claro que era algo relacionado con Peter. Tenía que estar relacionado con él.

Ves películas, aprendes que los cuerpos «se queman hasta resultar irreconocibles» sólo cuando se quiere ocultar algo. Uno de los primeros y desesperados pensamientos de Ben al recibir la insoportable noticia fue el de que se trataba de una confusión, que no era realmente Peter Hartman el que había muerto en aquel avión. Las autoridades habían cometido un error. Peter aún estaba vivo y llamaría y todos se reirían de la siniestra equivocación. Pero Ben en ningún momento se había atrevido a sugerirle esa idea a su padre por miedo a alentar falsas esperanzas. Después llegaron las pruebas médicas y todo fue irrefutable.

Ahora, sin embargo, Ben empezó a centrarse en la verdadera pregunta. Era Peter, pero ¿cómo había muerto? Un accidente de aviación habría sido una manera eficaz de ocultar la evidencia de un asesinato.

Pero también pudo haber sido un verdadero accidente.

A fin de cuentas, ¿quién hubiera querido desear la muerte de Peter? Asesinar a alguien y después provocar la caída de un avión... ¿no era una tapadera ridícula y tremendamente complicada?

Pero aquella tarde Ben había redefinido lo que había dentro del reino de la aparente verosimilitud. Porque si Cavanaugh, quienquiera que éste fuera, había intentado matarlo, por el insondable motivo que fuera, ¿no era probable que Cavanaugh, u otras personas relacionadas con él, hubieran matado a Peter cuatro años atrás?

Howie le había hablado de unas bases de datos a las que tenía acceso un compañero suyo que estaba especializado en tareas de espionaje industrial. A Ben se le ocurrió que Frederic McCallan, el anciano cliente con el que él tenía que reunirse en St. Moritz, podía ser útil a este respecto. McCallan, aparte de ser un serio jugador de Wall Street, había prestado servicio en más de una administración de Washington; no le faltaban contactos y conexiones. Ben sacó su Nokia y llamó al hotel Carlton de St. Moritz. El Carlton era un lugar de serena elegancia, opulento sin llegar a la ostentación, con una notable piscina con cubierta de cristal que daba al lago.

Su llamada se pasó directamente a la habitación de Frederic McCallan.

—No irás a dejarnos plantados —dijo el viejo Frederic jovialmente —. Louise se quedaría destrozada. —Louise era su presuntamente guapa nieta.

—De ninguna manera. Aquí las cosas están un poco revueltas y he perdido el último vuelo a Chur.

Estrictamente hablando, era cierto.

—Bueno, pedimos que nos reservaran mesa para la cena pensando que aparecerías por aquí. ¿Cuándo te podemos esperar?

—Voy a alquilar un coche y subiré esta noche.

—¿En coche? Pero eso te llevará horas.

—Será un paseo agradable —dijo él.

Un largo viaje por carretera era justo lo que necesitaba en aquel momento para que se le despejara la cabeza.

—Seguro que puedes conseguir un vuelo.

—No puedo —contestó sin dar más explicaciones. El caso era que quería evitar el aeropuerto, donde otros, si es que había otros, pudieran estar esperándole.

—Le veré a la hora del desayuno, Freddie.

El taxi llevó a Ben a un Avis de la Gartenhofstrasse, donde alquiló un Opel Omega, pidió que le facilitaran instrucciones y enfiló sin incidentes la autopista A3 que salía de Zúrich en dirección sudeste. Tardó un poco en habituarse a la autopista, a la gran velocidad a la que circulaban los conductores suizos y a la agresiva manera con que indicaban su intención de adelantar, situándose inmediatamente detrás de uno y haciendo parpadear las luces largas.

Una o dos veces experimentó un ataque de paranoia... Le pareció que un Audi verde lo estaba siguiendo, pero después ya no lo vio. Al cabo de un rato, empezó a experimentar la sensación de haber dejado toda aquella locura en Zúrich. Muy pronto estaría en el Carlton de St. Moritz y eso sería sagrado.

Pensó en Peter, como tan a menudo durante los últimos cuatro años, y volvió a experimentar la misma sensación de culpa, notó que se le encogía el estómago y que después le daba un brinco. La culpa por haber dejado morir solo a su hermano, porque en los últimos años de la vida de Peter apenas había hablado con él.

Pero sabía que Peter no había estado solo al final. Vivía con una suiza, una estudiante de medicina de la cual se había enamorado. Peter le había hablado de ello por teléfono un par de meses antes de su muerte.

Ben había visto a Peter exactamente dos veces desde la universidad. Dos veces.

De pequeños, antes de que Max los enviara a dos escuelas primarias distintas, ambos eran inseparables. Se peleaban constantemente, luchaban entre sí hasta que uno de ellos podía decir: «Tú eres bueno, pero yo soy mejor». Se odiaban y se querían y jamás se separaban el uno del otro.

Pero después de la universidad, Peter se incorporó al Cuerpo de Paz y se fue a Kenia. No le interesaba la Hartman Capital Management. Tampoco pensaba sacar nada de su fondo fiduciario. «¿Para qué demonios lo necesito en África?», había dicho.

Pero el caso es que Peter no estaba haciendo nada de provecho en la vida. Huía de su padre. Max y él jamás se habían llevado bien.

—¡Por Dios! —había estallado Ben una vez—. Si quieres evitar a papá, puedes irte a vivir a Manhattan y simplemente no llamarle. Almorzar con mamá una vez por semana o algo así. ¡No necesitas vivir en una maldita choza de barro, por el amor de Dios!

Pero no. Peter sólo había regresado dos veces a Estados Unidos: cuando a su madre le practicaron la mastectomía, y cuando Ben le llamó para decirle que el cáncer de mamá se había extendido y ya no le quedaba mucho tiempo de vida.

Para entonces Peter ya se había ido a vivir a Suiza. Había conocido a una suiza en Kenia.

—Es guapa y brillante, y todavía no me conoce —le había dicho por teléfono—. Archívalo como «extraño pero cierto».

Ésta era la expresión infantil preferida de Peter.

La chica tenía que regresar a la facultad de medicina y él se iría con ella a Zúrich. Eso fue lo que hizo que ambos se volvieran a hablar. ¿Vas a seguir a una tía que acabas de conocer?, le había dicho Ben con desprecio. Estaba celoso, celoso de que Peter se hubiera enamorado y celoso a un nivel curiosamente fraternal de que alguien lo hubiera sustituido en el centro de la vida de Peter.

No, le había dicho Peter, no era sólo eso. Había leído un artículo en una edición internacional de la revista *Time* acerca de una anciana, una superviviente del Holocausto que vivía en Francia en condiciones desesperadas de pobreza y había intentado infructuosamente que un banco suizo le devolviera la modesta suma que su padre le había dejado antes de morir en los campos de concentración.

El banco había exigido el certificado de defunción de su padre. Ella contestó que los nazis no habían expedido certificados de defunción de los seis millones de judíos que asesinaron.

Peter iba a conseguir que la anciana cobrara lo que se le debía. «Maldita sea —había dicho—; si un Hartman no puede arrancar el dinero de esta señora de las codiciosas garras de un banquero suizo, ¿quién lo puede hacer?»

No había nadie más testarudo que Peter. Nadie excepto el viejo Max, tal vez.

A Ben no le cabía ninguna duda de que Peter había ganado la batalla.

· · ·

Empezó a sentir cansancio. La autopista se había vuelto monótona y lo estaba adormeciendo. Su ritmo de conducción se había adaptado de manera natural al ritmo de la vía y los demás automóviles ya no parecía que trataran de adelantarlo tan a menudo. Los párpados se le empezaron a cerrar.

Oyó el estridente sonido de un claxon y unas potentes luces lo deslumbraron. Comprendió, con un sobresalto, que se había quedado momentáneamente dormido al volante. Reaccionó rápidamente, desviando el vehículo a la derecha, apartándose del carril contrario y evitando por los pelos una colisión.

Se acercó al borde de la autopista con el corazón desbocado. Lanzó un prolongado suspiro de alivio. Era el *jet lag*, su cuerpo estaba todavía con el horario de Nueva York; la larga jornada, la locura de la Bahnhofplatz finalmente estaban haciendo efecto.

Ya era hora de abandonar la autopista. St. Moritz se encontraba tal vez a un par de horas de distancia, pero él no se atrevía a correr el riesgo. Tenía que encontrar un lugar donde pasar la noche.

Pasaron dos automóviles por su lado, pero Ben no los vio.

Uno era un Audi verde, maltrecho y oxidado, de casi diez años. Su conductor y único ocupante era un hombre alto de unos cincuenta años con el cabello largo recogido hacia atrás en una cola de caballo; se volvió para echar un vistazo al vehículo de Ben, aparcado al borde de la carretera. Unos cien metros más allá del automóvil de Ben, se detuvo también al borde de la carretera.

Después pasó otro vehículo junto al Opel de Ben: un sedán gris con dos hombres dentro.

—*Glaubst Du, er hat uns entdeckt?* —preguntó el piloto al pasajero en alemán suizo. «¿Crees que nos ha descubierto?»

—Es posible —contestó el copiloto—. ¿Por qué si no se hubiera detenido?

—Se puede haber perdido. Está examinando un mapa.

—Podría ser una estratagema. Voy a acercarme.

El piloto vio el Audi verde al borde de la carretera.

—¿Esperamos compañía? —preguntó.

6

Halifax, Nueva Escocia

A la mañana siguiente, Anna y el sargento Arsenault se dirigieron a la casa de la viuda de Robert Mailhot y llamaron al timbre.

La viuda abrió recelosamente la puerta principal unos centímetros y los miró desde la oscuridad de su recibidor. Era una mujer pequeña de setenta y nueve años con el cabello más blanco que la nieve pulcramente cardado, una voluminosa cabeza redonda y unos cautelosos ojos castaños. Su ancha nariz achatada estaba colorada, prueba evidente de que había llorado o había bebido.

—¿Sí? —dijo en un tono comprensiblemente hostil.

—Señora Mailhot, soy Ron Arsenault, de la Policía Montada del Canadá, y ella es Anna Navarro, del Departamento de Justicia de Estados Unidos. —Arsenault hablaba con sorprendente ternura—. Queríamos hacerle unas cuantas preguntas. ¿Podríamos entrar?

—¿Por qué?

—Tenemos unas cuantas preguntas, eso es todo.

En los ojos castaños de la viuda se encendieron unos ardientes destellos.

—Yo no voy a hablar con ningún policía. Mi marido ha muerto. ¿Por qué no me dejan en paz?

Anna percibió la desesperación de la voz de la anciana. Su nombre de soltera, según los documentos, era Marie LeBlanc, y era unos ocho años más joven que su marido. No estaba obligada a hablar con ellos, aunque probablemente no lo sabía. Ahora todo giraba en torno a la danza de la persuasión.

Anna aborrecía tratar con las familias de las víctimas de asesinato. Molestarlas con preguntas en un momento tan terrible, unos días o incluso unas horas después de la muerte de un ser querido, era insoportable.

—Señora Mailhot —dijo Arsenault en tono oficial—, tenemos motivos para creer que alguien puede haber matado a su marido.

La viuda se los quedó mirando un instante.

—Eso es ridículo —dijo.

El espacio entre la puerta y la jamba se redujo.

—Puede que tenga usted razón —dijo suavemente Anna—. Pero si alguien le hizo algo, queremos saberlo.

La viuda titubeó. Tras un breve instante, se burló:

—Era viejo. Estaba mal del corazón. Déjenme en paz.

Anna se compadeció de la anciana, que tenía que someterse a un interrogatorio en aquellas lamentables circunstancias. Pero la viuda los podía echar de un momento a otro y ella no podía permitirse el lujo de que tal cosa ocurriera. En tono amable le dijo:

—Su marido hubiera podido vivir más de lo que ha vivido. Ustedes dos hubieran podido pasar más tiempo juntos. Creemos que alguien se lo puede haber arrebatado. Y nadie tenía derecho a arrebatárselo. Si alguien le ha hecho esto, queremos averiguar quién ha sido.

La mirada de la viuda pareció ablandarse.

—Sin su ayuda, jamás podremos saber quién le arrebató a su marido.

Poco a poco el espacio se ensanchó y la contrapuerta se abrió.

El salón de la parte anterior de la casa estaba a oscuras. La señora Mailhot encendió una lámpara que arrojaba una luz sulfurosa. Era ancha de caderas y todavía más bajita de lo que a Anna le había parecido al principio. Vestía una bonita falda plisada de color gris y un jersey grueso de color marfil.

La estancia era triste, pero estaba impecable y olía a aceite de limón. Recién limpiada... tal vez porque la señora Mailhot esperaba la presencia de familiares de su marido en el funeral. El pelo y la fibra serían un problema. El «escenario del crimen», tal y como estaba, no había sido precisamente conservado.

Anna observó que el salón estaba amueblado con mucha atención a los detalles. Unos tapetitos de encaje adornaban los brazos del sofá y unos sillones de tweed. Todas las pantallas de las lámparas, de seda con flecos blancos, iban a juego. En unas mesitas auxiliares a los lados del sofá descansaban unas fotografías en marcos de plata. Una de ellas era una fotografía de boda en blanco y negro: una sencilla novia de aspecto vulnerable y un orgulloso novio de cabello oscuro y facciones afiladas. Encima del mueble de nogal del televisor había una fila de elefantitos de marfil idénticos. Vulgares, pero conmovedores.

—Oh, ¿verdad que son un encanto? —exclamó Anna, señalándole los elefantes a Arsenault.

—Vaya si lo son —contestó Arsenault en un tono muy poco convincente.

—¿Son Lenox? —preguntó Anna.

La viuda pareció sorprenderse, pero después esbozó una orgullosa sonrisa.

—¿Usted los colecciona?

—Los coleccionaba mi madre.

Su madre no tenía ni el tiempo ni el dinero necesarios para coleccionar nada excepto los cheques bancarios de su mísera paga.

La anciana hizo un gesto.

—Siéntense, por favor.

Anna se sentó en el sofá, Arsenault en el sillón de al lado. Recordó que aquélla era la habitación donde Mailhot había sido encontrado muerto.

La señora Mailhot se sentó en una silla de alto respaldo e incómodo aspecto justo en el otro extremo de la estancia.

—Yo no estaba aquí cuando murió mi marido —dijo con tristeza—. Había ido a ver a mi hermana tal como hago todos los martes por la noche. Siento terriblemente que muriera sin estar yo aquí.

Anna asintió comprensivamente.

—A lo mejor podemos hablar un poco de la manera en que murió...

—Murió de un ataque al corazón —dijo la mujer—. Me lo dijo el doctor.

—Y puede que sea verdad —dijo Anna—. Pero a veces a una persona la pueden matar de tal manera que no parezca un asesinato.

—¿Y por qué iba alguien a querer matar a Robert?

Arsenault le dirigió a Anna una rápida y casi imperceptible mirada. Había algo en la entonación de la mujer: no era una pregunta retórica. Era como si lo quisiera saber de verdad. El planteamiento que ahora siguieran sería crucial. Ambos llevaban casados desde 1951... medio siglo juntos. Seguro que ella debía de tener cierta idea de cualquier cosa en la que su marido estuviera metido.

—Ustedes dos se jubilaron hace unos cuantos años, ¿verdad?

—Sí —contestó la anciana—. ¿Qué tiene eso que ver con su muerte?

—¿Vivían de la pensión de su marido?

La señora Mailhot levantó la barbilla en gesto desafiante.

—Robert se encargaba del dinero. Me decía que no me preocupara jamás por estas cosas.

—Pero ¿le dijo alguna vez de dónde procedía el dinero?

—Ya le he dicho que Robert se encargaba de todo.

—¿Le dijo su marido que tenía un millón y medio de dólares en el banco?

—Le podemos enseñar los documentos bancarios, si quiere —terció Arsenault.

Los ojos de la anciana viuda no traicionaron nada.

—Ya les he dicho que sé muy poco de nuestras finanzas.

—¿Jamás le comentó que hubiera recibido dinero de alguien? —preguntó Arsenault.

—El señor Highsmith era un hombre generoso —dijo muy despacio la viuda—. Nunca se olvidaba de la gente pequeña. De la gente que le había ayudado.

—¿Aquello eran pagos de Charles Highsmith, entonces? —la aguijoneó Arsenault—. Charles Highsmith era un famoso magnate de los medios de comunicación, con propiedades todavía más extensas que las de su competidor Conrad Black; era propietario de periódicos, emisoras de radio y compañías de transmisión por cable en toda América del Norte. Tres años atrás, Highsmith había muerto tras caer por la borda de su yate, aunque las circunstancias exactas del incidente seguían siendo tema de discusión.

La viuda asintió con la cabeza.

—Mi marido fue empleado suyo casi toda su vida.

—Pero Charles Highsmith murió hace tres años —dijo Arsenault.

—Debió de dejar instrucciones sobre sus bienes. Mi marido no me explicaba estas cosas. El señor Highsmith siempre se encargó de que tuviéramos lo suficiente. Ésa es la clase de hombre que era.

—¿Y qué hizo su marido para inspirar semejante fidelidad?

—No es ningún secreto —contestó la viuda.

—Hasta que se retiró hace quince años, trabajó para él como guardaespaldas —dijo Arsenault—. Y factótum. Un hombre que le prestaba servicios especiales.

—Era un hombre en quien el señor Highsmith podía confiar implícitamente —dijo la anciana, como haciéndose eco de un espaldarazo del que hubiera tenido noticia.

—Ustedes se trasladaron a vivir aquí desde Toronto inmediatamente después de la muerte de Charles Highsmith —dijo Anna, consultando su carpeta.

—Mi marido... tenía ciertas ideas.

—¿Sobre la muerte de Highsmith?

La anciana hablaba con visible reticencia.

—Como muchas personas, se hacía preguntas. Sobre si había sido un accidente. Claro que entonces Robert ya estaba retirado, pero consultó acerca de los servicios de seguridad. A veces, se echaba la culpa de lo ocurrido. Creo que es por eso por lo que estaba un poco... raro en ese sentido. Se convenció de que, si no hubiera sido un accidente, quizá algún día los enemigos de Highsmith irían a por él. Parece una barbaridad. Pero comprenderá que era mi marido. Yo nunca puse en duda sus decisiones.

—Por eso se trasladaron a vivir aquí —dijo Anna a media voz.

Después de pasarse años en grandes ciudades como Londres y Toronto, su marido se había vuelto un provinciano... de hecho, se había ocultado. Se fue a vivir al lugar donde sus antepasados y los de su mujer se habían establecido, un lugar donde conocían a todos los vecinos, un lugar que les pareció seguro y en el que podían pasar desapercibidos.

La señora Mailhot guardó silencio.

—Yo jamás lo creí. Mi marido tenía sus sospechas, eso es todo. A medida que se iba haciendo mayor, se fue volviendo cada vez más inquieto. Algunos hombres son así.

—Y usted pensó que era una excentricidad suya.

—Todos tenemos nuestras excentricidades.

—¿Y qué piensa usted ahora? —preguntó amablemente Anna.

—Ahora ya no sé qué pensar. —Los ojos de la anciana se humedecieron.

—¿Sabe usted dónde guardaba su documentación financiera?

—Hay talonarios de cheques y cosas de ésas en una caja del piso de arriba. —Se encogió de hombros—. Puede usted mirar, si quiere.

—Gracias —dijo Anna—. Tenemos que repasar con usted la última semana de la vida de su marido. Con el mayor detalle posible. Sus costumbres, adónde iba, cualquier sitio adonde viajara. Cualquier llamada que hubiera hecho o hubiera recibido. Cualquier carta que hubiera recibido. Cualquier restaurante al que ustedes fueran. Todos los técnicos o trabajadores que vinieron a esta casa... fontaneros, técnicos de la compañía telefónica, limpiadores de alfombras, lectores de contadores. Cualquier cosa que a usted se le pueda ocurrir.

Se pasaron las dos horas siguientes interrogándola, y sólo se detuvieron para usar el excusado. Incluso cuando ya estuvo claro que la viuda se estaba cansando, siguieron implacablemente adelante, dispuestos a acosarla todo lo que ella les permitiera. Anna sabía que, si se detenían y pedían regresar a la mañana siguiente, cabía la posibilidad de que, entre tanto, ella cambiara de idea y se negara a hablar con ellos. Podía comentarlo con una amiga, un abogado. Podía decirles que se fueran al cuerno.

Pero dos horas más tarde sabían poco más de lo que sabían al principio. La viuda les dio permiso para que registraran la casa, pero no descubrieron signos de que nadie hubiera forzado la puerta principal o alguna de las ventanas. Lo más probable era que el asesino —en caso de que el viejo hubiera sido efectivamente asesinado— hubiera entrado en la casa por medio de un subterfugio o bien fuera un conocido.

Anna descubrió una vieja aspiradora Electrolux en un armario y retiró la bolsa. Estaba llena, lo cual significaba que probablemente no se había cambiado desde la muerte de Mailhot. Bueno. Mandaría que la gente del escenario del crimen pasara de nuevo el aspirador cuando llegara. Puede que, a pesar de todo, se acabara encontrando la prueba de alguna huella.

A lo mejor, hasta encontrarían pisadas o rodadas de neumáticos. Ordenaría la eliminación de las huellas de la viuda y de cualquier otra persona que visitara la casa con regularidad y pediría que se gravaran huellas en todas las superficies habituales.

Cuando regresaron al salón de la parte anterior, Anna esperó a que la viuda se sentara y entonces eligió una silla cerca de ella.

—Señora Mailhot —empezó diciendo con mucha delicadeza—, ¿le dijo su marido alguna vez por qué pensaba que Charles Highsmith podía haber sido víctima de algún juego sucio?

La viuda la miró largo rato como si estuviera calibrando qué revelarle.

—*Les grandes hommes ont leurs ennemis* —dijo en tono sombrío al final—. Los grandes hombres tienen sus enemigos.

—¿Qué quiere usted decir con eso?

La señora Mailhot no la miró a los ojos.

—Es algo que mi marido solía decir —contestó.

Suiza

Ben tomó la primera salida que encontró.

La autopista siguió un buen rato en línea recta atravesando unas llanas tierras de labranza y después, tras cruzar toda una serie de vías de tren, empezó a serpentear a través de un terreno montañoso. Aproximadamente cada veinte minutos, se detenía en el arcén para consultar su mapa de carreteras.

Se estaba acercando a Chur por la A3, al sur de Bad Ragaz, cuando empezó a fijarse en el Saab azul oscuro que lo seguía. Al fin y al cabo, la autopista no era exclusivamente para él. A lo mejor el Saab llevaba a bordo a un alegre grupo que iba a pasar sus vacaciones en las pistas de esquí. Pero algo raro tenía el vehículo, algo en su manera de acompasar su ritmo con el suyo. Ben se acercó al borde de la carretera y el Saab pasó de largo por su lado. Bueno... todo habían sido figuraciones suyas.

Reanudó su camino. Se estaba volviendo paranoico, pero después de todo lo que había pasado, ¿quién se lo habría podido reprochar? Pensó una vez más en Jimmy Cavanaugh y después rebobinó bruscamente sus pensamientos: experimentó una sensación de vértigo como la que uno siente cuando contempla un precipicio... los misterios se amontonaban el uno encima del otro. Por su propia cordura, no podía seguir pensando en ello. Ya habría tiempo para ordenar las cosas más tarde. En esos momentos, necesitaba moverse.

Diez minutos después, las imágenes de la carnicería de la Shopville empezaron a ocupar su mente una vez más, y entonces alargó la mano hacia el dial de la radio para distraerse. «La velocidad también le serviría de ayuda», pensó mientras pisaba con fuerza el acelerador, sentía que la marcha entraba y el automóvil subía más rápido por la empinada carretera. Miró a través del espejo retrovisor y vio un Saab de color azul... el mismo Saab de color azul, estaba seguro. Y cuando aceleró, el Saab también aceleró.

Se le hizo un nudo en el estómago. A velocidades más altas, los conductores dejan intuitivamente una distancia mayor entre ellos y el automóvil siguiente, pero el Saab mantenía exactamente la misma distancia que antes. Si hubiera querido adelantarlo, se hubiera desviado hacia el carril de paso, lo cual significaba que sus ocupantes tenían otra intención en la cabeza. Ben volvió a mirar a través del espejo retrovisor, trató de ver el parabrisas del otro vehículo, pero resultaba difícil distinguir algo en medio de las sombras. Sólo veía que había dos personas en la parte anterior. «¿Qué demonios se proponían?» Ahora Ben centró su atención en la carretera que tenía delante. No quería dejar entrever que era consciente siquiera de su presencia.

Pero tenía que librarse de ellos.

Habría muchas oportunidades de hacerlo en la maraña de carreteras que rodeaban Chur; Dios sabía la cantidad de veces que se había perdido la última vez que había estado por allí. Dio un repentino golpe de volante y viró hacia la salida para entrar en la autopista número 3, más estrecha, que conducía al sur, hacia St. Moritz. Unos minutos después, el conocido

Saab azul reapareció, perfectamente centrado en su espejo retrovisor. Ben pasó a gran velocidad por delante de Malix y Churwalden, brincándole el estómago con las bruscas subidas y bajadas. Enfiló un camino secundario muy mal asfaltado, circulando a una velocidad para la que no estaba preparado, y la combinación de la áspera superficie y el sistema de suspensión excesivamente forzado del Opel hizo que el automóvil se estremeciera y experimentara sucesivas sacudidas. En un determinado momento, oyó que el chasis del vehículo rascaba ruidosamente con un abombamiento de la calzada y vio unas chispas en el espejo retrovisor.

¿Se habría sacudido de encima a sus perseguidores? El Saab desaparecía durante largos intervalos, pero nunca durante mucho rato. Una y otra vez aparecía de nuevo como si estuviera unido a él mediante un fuerte cable invisible. Ben aceleró a través de una serie de túneles abiertos en la ladera de unas gargantas, pasando por delante de peñascos de piedra caliza y a través de viejos puentes de piedra tendidos sobre profundos barrancos. Circulaba temerariamente y su creciente temor superaba cualquier precaución; tenía que contar con la prudencia y el instinto de conservación de su perseguidor. Era su única posibilidad.

Mientras se acercaba a la estrecha boca de un túnel, el Saab le adelantó de golpe y penetró en el túnel. Ben se quedó perplejo. ¿Habría estado siguiendo todo el rato a otro vehículo? A punto de emerger del corto túnel Ben pudo ver, bajo las amarillentas luces de mercurio, lo que estaba ocurriendo.

Quince metros más adelante el Saab se encontraba atravesado en la angosta carretera, bloqueando la salida.

Su conductor, con abrigo oscuro y sombrero, mantenía una mano levantada indicándole que se detuviera. Era una barricada, un bloqueo de la carretera.

Entonces Ben vio otro vehículo a su espalda. Un sedán Renault de color gris. Un automóvil que había visto fugazmente antes sin fijarse demasiado en él. «Uno de ellos», quienesquiera que fueran.

«¡Piensa, maldita sea!» Estaban tratando de encerrarlo en una trampa dentro del túnel. ¡Oh, Dios mío! ¡No podía permitir que eso ocurriera! La prudencia normal le decía que pisara el freno antes de lanzarse contra la barrera que tenía delante, pero aquéllas no eran circunstancias normales. En vez de eso, obedeciendo a un impulso insensato, Ben siguió adelante pisando el acelerador, y su Opel embistió violentamente el costado izquierdo del Saab de dos puertas allí detenido. El Saab era un coche deportivo diseñado para correr, él lo sabía, pero también sabía que probablemente pesaba trescientos kilos menos que el suyo. Vio que el conductor se apartaba del camino de un salto poco antes de que la colisión empujara el Saab hacia un lado. La repentina desaceleración sacudió violentamente a Ben, que notó el tenso tejido del cinturón de seguridad hincándose en su carne como una faja de acero, pero el impacto abrió un espacio suficiente para que él pudiera filtrarse en medio de un horrendo chirrido de metales. El automóvil que conducía, con la parte frontal arrugada y terriblemente maltrecha, ya no se parecía al reluciente modelo que había alquilado, pero sus ruedas seguían girando mientras rugía carretera abajo sin que Ben se atreviera a mirar hacia atrás.

Oyó unos tiros a su espalda. «¡Oh, Dios mío! Aquello no había terminado. No terminaría jamás.»

Galvanizado por una nueva oleada de adrenalina, Ben descubrió que todos sus sentidos adquirían la precisión de un láser. El viejo Renault gris, el que había aparecido a su espalda en el túnel, había conseguido abrirse paso a través de toda aquella ruina. En su espejo retrovisor, Ben pudo ver un arma asomando por la ventanilla del lado del copiloto, apuntando directamente hacia él. Era una metralleta que, segundos después, empezó a disparar una ininterrumpida andanada de fuego automático.

«¡Muévete!»

Ben bajó corriendo por un puente de piedra tendido sobre una garganta y tan estrecho que apenas había espacio para circular en una sola dirección. De repente, se oyó un sordo estallido, una explosión de cristal a escasa distancia. Su espejo retrovisor había recibido unos disparos; las balas habían dibujado una telaraña en el parabrisas posterior. Sabían muy bien lo que estaban haciendo y él no tardaría en morir.

Sonó una amortiguada explosión semejante a un sordo chasquido y, de repente, el automóvil se inclinó hacia la izquierda: uno de sus neumáticos había reventado.

Estaban disparando contra sus neumáticos. Para impedir que pudiera hacer nada. Ben recordó al experto en seguridad que había pronunciado una conferencia para los ejecutivos de Hartman Capital Management acerca de los riesgos de secuestro en países del Tercer Mundo y les había facilitado instrucciones acerca de toda una lista de medidas preventivas. Parecían ridículamente inadecuadas para la realidad, tanto entonces como ahora. «No baje del automóvil», era una de las recomendaciones, recordó. No estaba claro que él tuviera capacidad de elegir.

Justo en aquel momento oyó el inconfundible silbido de una sirena de la policía. A través de un agujero abierto en el opaco parabrisas posterior, vio que un tercer vehículo se estaba acercando a toda velocidad por detrás del sedán gris, un automóvil civil sin identificación con una luz azul intermitente en el techo. Eso era todo lo que podía ver: el automóvil estaba demasiado lejos para poder distinguir el modelo. La confusión volvió a apoderarse de la mente de Ben cuando, de repente, cesaron los disparos.

Vio cómo el sedán gris efectuaba un súbito giro de ciento ochenta grados sobre el borde de la carretera, retrocedía rápidamente hacia el estrecho terraplén y salía disparado, pasando junto al vehículo de la policía. ¡El Renault, con sus perseguidores dentro, se había escapado!

Ben detuvo su automóvil justo después de pasar el puente de piedra y echó la cabeza hacia atrás a causa del sobresalto y el agotamiento, a la espera del vehículo de la *Polizei*. Pasó un minuto, y después otro. Estiró el cuello hacia atrás para contemplar el letal tramo de carretera.

Pero ahora el vehículo de la policía también se había ido. El arrugado Saab había sido abandonado.

Estaba solo, los únicos sonidos audibles eran el zumbido del motor de su automóvil y el martilleo de su propio corazón. Se sacó el Nokia del bolsillo, recordó sus conversaciones con Schmid y adoptó una decisión. «Te pueden mantener encerrado veinticuatro horas sin ningún motivo», le había dicho Howie. Schmid le había dejado claro que estaba buscando una excusa para hacerlo. Aplazaría la llamada a la *Polizei*. Ya no podía pensar como es debido.

A medida que le bajaba la adrenalina, el pánico fue sustituido por una sensación de profundo agotamiento. Necesitaba desesperadamente descansar. Necesitaba repostar, hacer inventario.

Con su destrozado Opel, cuyo motor estaba haciendo un esfuerzo brutal y cuyos neumáticos hechos jirones hacían del viaje una verdadera tortura, recorrió unos cuantos kilómetros subiendo por una empinada carretera de montaña hasta la ciudad más próxima, que, en realidad, era una aldea, un *Dorf*. Sus angostas calles estaban flanqueadas por vetustos edificios de piedra, desde minúsculas y ruinosas construcciones hasta casas más grandes con muros de entramado de madera. Había unas cuantas luces encendidas, pero casi todas las ventanas estaban a oscuras. La calle estaba irregularmente adoquinada y el chasis del automóvil, ahora muy cerca del suelo, rascaba continuamente contra los adoquines.

La estrecha callejuela no tardó en convertirse en una calle principal, bordeada de grandes casas de piedra con gabletes y tejados de pizarra. Llegó a una espaciosa plaza adoquinada, la *Rathausplatz*, la plaza del Ayuntamiento, dominada por una antigua catedral gótica. En el centro de la plaza había una fuente de piedra. Ben creyó estar en una aldea del siglo XVII construida sobre unas ruinas mucho más antiguas y cuyos edificios constituían un peculiar batiburrillo de estilos arquitectónicos.

Al otro lado de la plaza y frente a la catedral, había una mansión del siglo XVII con gabletes de salientes escalonados; un pequeño letrero de madera la identificaba como el *Altes Gebäude*, el Edificio Antiguo, a pesar de que parecía más nuevo que la mayoría de los demás edificios de la ciudad. Las luces brillaban en sus ventanas, provistas de pequeños parteluces. Era una taberna, un lugar para comer y beber, para sentarse a descansar y pensar. Aparcó su trasto al lado de un viejo camión de granja para ocultarlo parcialmente y entró con sus trémulas y espasmódicas piernas aguantando apenas su peso.

Dentro, el local era cálido y acogedor, iluminado por el fluctuante fuego de un inmenso hogar de piedra. Olía deliciosamente a humo de leña y cebolla frita y carne asada. Su aspecto era el de un tradicional *Stübli* suizo, un restaurante al estilo antiguo. La mesa redonda de madera era con toda certeza el *Stammtisch*, el lugar reservado para los clientes habituales que acudían allí todos los días a beber cerveza y a jugar a las cartas durante varias horas. Cinco o seis hombres, casi todos ellos granjeros o trabajadores del campo, le miraron con hostil recelo y después volvieron a sus cartas. Repartidos por todo el local había otros que estaban cenando o bebiendo.

Ben se dio cuenta entonces de lo hambriento que estaba. Miró a su alrededor en busca de un camarero o una camarera, pero no vio a ninguno y se sentó a una mesa desocupada. Cuando apareció un camarero, un bajito y grueso individuo de mediana edad, Ben le pidió algo típicamente suizo y consistente: *Rösti*, patatas asadas, con *Geschnetzeltes*, trozos de ternera con salsa muy cremosa, y un *Vierterl*, una garrafa de cuarto de litro de vino tinto de la casa. Cuando el camarero volvió, diez minutos más tarde, sosteniendo en equilibrio varios platos en el mismo brazo, Ben le preguntó en inglés:

—¿Dónde hay un buen sitio para pasar la noche?

El camarero frunció el entrecejo y posó los platos en silencio sobre la mesa. Apartó a un lado el cenicero de cristal y la caja de cerillas roja del *Altes Gebäude* y escanció el vino tinto en una copa de pie alto.

—El Langasthof —dijo con un acusado acento romanche—. Es el único lugar en veinte kilómetros a la redonda.

Mientras el camarero le facilitaba las instrucciones, Ben empezó a comer ávidamente su *Rösti*, con las patatas doradas y crujientes y el delicioso aroma a cebolla. Mientras se zampaba la cena miró a través de las ventanas parcialmente empañadas hacia la pequeña zona de aparcamiento. Otro automóvil había aparcado al lado del suyo, impidiéndole la vista. Un Audi de color verde.

Algo se quebró en el fondo de su mente.

¿No era un Audi verde el que lo había seguido un buen rato en la A3 a la salida de Zúrich? Recordó haber visto uno y haber temido que lo siguiera, rechazando la idea como fruto de su calenturienta imaginación.

Al apartar la mirada creyó ver en su visión periférica a alguien que lo estaba mirando. Y, sin embargo, cuando sus ojos recorrieron el local, no vio a nadie que le dirigiera ni una simple mirada casual. Ben posó la copa de vino. «Lo que yo necesito es un café bien cargado —pensó—, no más vino. Estoy empezando a ver cosas inexistentes.»

Se había terminado casi toda la cena en un tiempo récord. Ahora la tenía en el estómago, una plúmbea masa de grasientas patatas y salsa cremosa. Una vez más experimentó la inquietante sensación de que alguien lo estaba mirando y después apartaba la vista. Se volvió hacia la izquierda, donde casi todas las arañadas mesas estaban libres y sólo unas cuantas personas permanecían sentadas en medio de las sombras de oscuros reservados al lado de una larga barra de madera intrincadamente labrada, oscura y vacía, y en cuya superficie el único objeto que había era un anticuado teléfono de color blanco de esfera giratoria. Un hombre permanecía sentado solo en su reservado fumando y bebiendo café, un hombre de mediana edad con una gastada cazadora de cuero marrón y el largo cabello gris recogido en una cola de caballo. «Lo he visto antes —pensó Ben—. Sé que lo he visto antes.» Pero ¿dónde? Ahora el hombre acercó indiferentemente un codo a la mesa, se inclinó hacia delante y apoyó la cabeza sobre la palma de la mano.

El gesto era demasiado estudiado. El hombre estaba intentando ocultar su cara, esforzándose demasiado en hacerlo con indiferencia.

Ben recordó a un hombre de elevada estatura vestido con traje de calle, tez muy pálida y largo cabello gris recogido en una cola de caballo. Pero ¿dónde? Había visto fugazmente a un hombre como aquél, y ya entonces había pensando en lo ridícula y pasada de moda que resultaba la coleta en un hombre de negocios. Qué... ochentera.

La Bahnhofstrasse.

El hombre de la coleta se encontraba entre la gente que se apretujaba en la abarrotada zona comercial de peatones poco antes de que él viera a Jimmy Cavanaugh. Ahora estaba seguro. El hombre estaba en las inmediaciones del hotel St. Gotthard; más tarde había seguido a Ben en un Audi verde; y ahora estaba allí, con un aspecto absolutamente fuera de lugar.

«Dios mío, también me está siguiendo —pensó Ben—. Me viene siguiendo desde esta tarde.» Sintió que se le encogía el estómago.

¿Quién era y por qué estaba allí? Si, al igual que Jimmy Cavanaugh, quería matarlo —cualquiera que fuera el motivo por el cual Cavanaugh había intentado hacerlo—, ¿por qué aún no lo había hecho? Había habido muchas ocasiones. Cavanaugh había sacado un arma de fuego en la Bahnhofstrasse en pleno día. ¿Por qué iba a dudar el Cola de Caballo en disparar contra él en una taberna que estaba prácticamente desierta?

Le hizo señas al camarero, el cual se acercó presuroso con una inquisitiva mirada en los ojos.

—¿Me podría traer un café? —dijo Ben.

—Por supuesto, señor.

—¿Y dónde están los servicios, el retrete?

El camarero le señaló un rincón del local escasamente iluminado, donde apenas se distinguía un pequeño pasillo. Ben también señaló en aquella dirección, confirmando la localización del lavabo con un gesto lo más amplio posible.

Para que el Cola de Caballo pudiera ver adónde iba.

Ben deslizó un poco de dinero bajo su plato, se guardó en el bolsillo una de las cajas de cerillas del restaurante, se levantó muy despacio y se dirigió hacia el lavabo. Las cocinas de los restaurantes solían tener entradas de servicio en la parte exterior, Ben lo sabía; por consiguiente, constituían unas buenas vías de escape. Y no quería que el Cola de Caballo pensara que pretendía abandonar el restaurante a través de la cocina. El retrete era pequeño y carecía de ventana; no podía escaparse por allí. El Cola de Caballo, probablemente una especie de profesional, ya habría comprobado los medios de salida.

Cerró la puerta del retrete. Había un antiguo inodoro y un lavabo de mármol no menos antiguo que olía agradablemente a un perfumado líquido de limpieza. Sacó su móvil y marcó el número de teléfono del *Altes Gebäude*. Oyó el débil timbre de un teléfono sonando en algún lugar del restaurante. Probablemente el viejo teléfono de cuadrante giratorio que había visto en la barra, cerca del reservado del Cola de Caballo, o uno de la cocina, si es que había alguno allí. O ambos.

Contestó la voz de un hombre.

—*Altes Gebäude, guten Abend.*

Ben estaba casi seguro de que era el camarero.

Haciendo que su voz sonara profunda y ronca, Ben dijo:

—Necesito hablar con uno de sus clientes, por favor. Alguien que está cenando ahí esta noche. Es urgente.

—*Ja?* ¿Quién es?

—Alguien a quien usted probablemente no conoce. No es un cliente habitual. Es un caballero con el cabello gris peinado en una cola de caballo. Probablemente lleva una chaqueta de cuero, siempre la lleva.

—Ah, sí, creo que ya sé quién quiere decir. ¿Un hombre de unos cincuenta años?

—Sí, ése es. ¿Puede pedirle, por favor, que se ponga al teléfono? Como ya le he dicho, es urgente. Una emergencia.

—Sí, ahora mismo, señor —dijo el camarero, respondiendo a la tensión de la voz de Ben. Soltó el teléfono.

Dejando la línea abierta, Ben se introdujo el móvil en el bolsillo superior de su chaqueta deportiva, abandonó el retrete y regresó al comedor. El Cola de Caballo ya no estaba sentado en su reservado. El teléfono estaba en la barra, situada de tal manera que no resultaba visible desde la entrada del restaurante —Ben no la había podido ver hasta que estuvo sentado a su mesa—, y nadie que estuviera de pie o sentado en ella podía ver la entrada o la zona del restaurante situada aproximadamente entre el retrete y la entrada. Ben se dirigió rápidamente a la entrada y salió por la puerta. Había ganado unos quince segundos, en cuyo transcurso podría marcharse sin que lo viera el Cola de Caballo, que en aquellos momentos estaba hablando por el auricular sin oír más que el silencio mientras se preguntaba qué le habría ocurrido al comunicante que tan cuidadosamente lo había identificado. Ben sacó sus maletas del sedán destrozado y corrió hacia el Audi verde; la llave estaba puesta, como si el conductor hubiera hecho preparativos para una rápida fuga. El robo era probablemente desconocido en aquel soñoliento pueblo, pero siempre tenía que haber una primera vez. Además, Ben tenía la fuerte sospecha de que el Cola de Caballo no estaba en condiciones de notificar a la policía la desaparición de su vehículo. De esta manera, se agenciaba un vehículo de trabajo, privando a su perseguidor del suyo. Ben subió al automóvil y lo puso en marcha. Era absurdo tratar de actuar ahora con sigilo; el Cola de Caballo oiría el ruido del motor. Dio marcha atrás y, con un chirrido de neumáticos, se lanzó a toda velocidad sobre el adoquinado y abandonó la *Rathausplatz* como una exhalación.

Quince minutos después, se detuvo cerca de un edificio de piedra con muros de entramado de madera en una lejana y boscosa zona situada a escasa distancia del pequeño camino rural. Un pequeño rótulo en la fachada decía «langasthof».

Escondió discretamente el automóvil detrás de un tupido pinar y regresó a la entrada principal de la casa de huéspedes, donde un letrerito decía «empfang», recepción.

Llamó al timbre y esperó unos minutos antes de que se encendiera una luz. Era medianoche y estaba claro que había despertado al propietario.

Un anciano de rostro profundamente arrugado abrió la puerta y, con cara de circunstancias, bajó con Ben por un largo y oscuro pasillo, donde encendió unos pequeños candelabros de pared, hasta llegar a una puerta de madera de roble marcada con el número 7. Con una vieja llave maestra, abrió la puerta y luego encendió una bombilla que iluminó una acogedora estancia dominada por una cama de matrimonio sobre la cual descansaba un blanco edredón nórdico de lana mezclada con seda, cuidadosamente doblado. El papel con diseño de rombos se estaba desprendiendo de la pared.

—Esto es lo único que tenemos —dijo el propietario con aspereza.

—Me irá bien.

—Voy a encender la calefacción. Tardará unos diez minutos largos.

Minutos después, tras haber sacado de la maleta sólo lo que necesitaba para aquella noche, Ben se dirigió al cuarto de baño para prepararse una ducha. La instalación parecía tan extraña y complicada —cuatro o cinco botones y esferas, una ducha de mano estilo teléfono colgando de un gancho— que Ben llegó a la conclusión de que no merecía la pena. Se arrojó agua fría a la cara sin esperar a que el agua caliente se abriera camino a través de las cañerías, se cepilló los dientes y se quitó la ropa.

El edredón nórdico de pluma de oca era suave y suntuoso. Se quedó dormido casi enseguida.

Al cabo de un rato —le parecieron horas, aunque no podía estar seguro, puesto que su despertador de viaje aún estaba en la maleta—, oyó un ruido.

Se incorporó bruscamente con el corazón desbocado.

Lo volvió a oír. Era un leve pero audible crujido de las tablas del piso bajo la alfombra. Procedía de un lugar cerca de la puerta. Alargó la mano hacia la mesa auxiliar y agarró la lámpara de latón por su base. Con la otra mano, tiró lentamente del cable para arrancarlo del enchufe de la pared, liberando así la lámpara.

Tragó saliva. El corazón le martilleaba en el pecho. Sacó en silencio los pies de debajo del edredón y los apoyó en el suelo.

Levantó muy despacio la lámpara procurando no volcar ninguna otra cosa de la mesa. Cuando la tuvo bien sujeta, la alzó en silencio por encima de su cabeza.

Y se levantó de un salto de la cama.

Un poderoso brazo agarró la lámpara y se la arrebató de las manos. Ben se abalanzó sobre la oscura sombra y golpeó con el hombro el pecho del intruso. Pero en ese mismo instante un pie le alcanzó en los tobillos y lo derribó al suelo. Ben trató con todas sus fuerzas de incorporarse y golpear a su atacante con los codos, pero una rodilla salió disparada contra su plexo solar, cortándole la respiración. Antes de que tuviera la oportunidad de intentar otro movimiento, las manos del intruso empujaron los hombros de Ben hacia abajo y lo inmovilizaron en el suelo. En cuanto recuperó el resuello, Ben soltó un rugido, pero una gigantesca mano le cerró la boca; y entonces pudo contemplar el fantasmagórico rostro de su hermano.

—Tú estás bien —dijo Peter—. Pero yo estoy todavía mejor.

7

Asunción, Paraguay

El acaudalado corso se estaba muriendo.

Sin embargo, ya llevaba tres o cuatro años muriéndose y puede que todavía le quedaran dos o más años de vida.

Vivía en un impresionante chalet estilo misión española en un lujoso barrio de las afueras de Asunción, al final de una larga avenida bordeada de palmeras, rodeado por varias hectáreas de unas tierras bellamente ajardinadas.

El dormitorio del señor Prosperi se encontraba en el piso de arriba y, a pesar de que estaba inundado de luz, había tantos aparatos sanitarios que aquello parecía una sala de urgencias. Consuela, su esposa, mucho más joven que él, llevaba muchos años durmiendo en su propia habitación.

Cuando abrió los ojos por la mañana, no reconoció a la enfermera.

—Usted no es la chica de siempre —dijo con un gargajoso graznido.

—Su enfermera de siempre se ha puesto enferma esta mañana —dijo la agraciada joven rubia.

Se encontraba de pie al lado de su cama, manipulando la sonda intravenosa.

—¿Quién la ha enviado? —preguntó Marcel Prosperi.

—La agencia de enfermería —contestó la chica—. Tranquilícese, por favor.

La chica abrió del todo la válvula de la sonda.

—Ustedes siempre me llenan de cosas —rezongó el señor Prosperi, pero eso fue lo único que pudo decir antes de cerrar los ojos y perder el conocimiento.

Minutos después la enfermera suplente le tomó el pulso en la muñeca y comprobó que no tenía. Después, volvió a dejar la válvula de la sonda en su posición habitual.

A continuación, con el rostro súbitamente contraído en una mueca de dolor, salió corriendo para comunicarle la triste noticia a la viuda del anciano.

Ben se sentó sobre el alfombrado suelo, se tocó el hilillo de sangre que le manaba de la cabeza y después cayó hacia delante sobre las rodillas.

Experimentaba una intensa sensación de vértigo, la cabeza le daba vueltas y se notaba el cuerpo congelado, como si tuviera la cabeza separada del cuerpo.

Lo abrumaban los recuerdos del funeral, de la ceremonia del entierro en el pequeño cementerio de Bedford. Del rabino entonando el Kaddish, la plegaria de los difuntos: *Yisgadal v'yiskadash shmay rabbo...* Del pequeño ataúd de madera que contenía los restos, de su padre perdiendo súbitamente la compostura y desplomándose mientras el féretro bajaba a la fosa, derrumbándose en el suelo con los puños cerrados mientras lanzaba un sordo gemido.

Ben cerró los ojos. Los recuerdos seguían inundando su sobrecargada mente. La llamada en mitad de la noche. El viaje por carretera desde el condado de Westchester para comunicarles la noticia a sus padres. No había podido hacerlo por teléfono. «Mamá, papá, tengo una noticia mala sobre Peter.» Una pausa de silencio. ¿De veras tengo que pasar otra vez por todo esto, qué otra cosa queda por decir? Su padre estaba durmiendo en la espaciosa cama, naturalmente: eran las cuatro de la madrugada, aproximadamente una hora antes de la hora en que el viejo tenía por costumbre levantarse.

Su madre, en su mecanizada cama hospitalaria de la habitación de al lado, con la enfermera del turno de noche dormitando en el sofá.

Mamá primero. Parecía lo mejor. Su amor por sus chicos era sencillo e incondicional.

—¿Qué ocurre? —se limitó a murmurar, mirando a Ben sin comprender.

Parecía que la hubieran despertado de un profundo sueño: desorientada, todavía medio sumida en el mundo de los sueños. «Acabo de recibir una llamada de Suiza, mamá», y Ben se arrodilló, apoyando dulcemente la mano en su suave mejilla como para amortiguar el golpe. Su prolongado y áspero grito despertó a Max, el cual se tambaleó con una mano extendida. Ben hubiera querido abrazarlo, pero su padre jamás había fomentado semejante intimidad. El aliento de su padre apestaba. Sus pocos mechones de cabello gris estaban enmarañados y totalmente desordenados. «Ha habido un accidente. Peter...» En momentos semejantes hablamos con tópicos y no nos importa en absoluto. Los lugares comunes resultan consoladores; son unos gastados surcos a través de los cuales nos podemos mover fácilmente de manera instintiva.

Al principio, Max no reaccionó de ninguna manera, tal como Ben esperaba; la expresión del anciano era severa, le ardían los ojos de rabia, no de dolor; su boca se abrió en forma de O. Después meneó lentamente la cabeza, cerró los ojos, y las lágrimas rodaron por sus pálidas y arrugadas mejillas mientras seguía meneando la cabeza y después se derrumbaba en el suelo. Ahora parecía vulnerable, pequeño e indefenso. No el poderoso y temido hombre de los impecables trajes confeccionados a medida, siempre sosegado y siempre dueño de la situación.

Max no fue a consolar a su mujer. Ambos lloraron por separado, aislados en su dolor.

Ahora, tal como había hecho su padre durante el funeral, Ben apretó fuertemente los párpados, sintió que sus extremidades cedían, incapaces de sostenerlo. Cayó hacia delante con las manos extendidas, tocó a su hermano mientras se desplomaba en sus brazos y lo manoseó para ver si aquel fantasma era de verdad.

—Calma, hermano —dijo Peter.

—Oh, Dios mío —murmuró Ben—. Oh, Dios mío.

Fue como ver un fantasma.

Ben aspiró una buena bocanada de aire, abrazó a su hermano y lo estrechó con fuerza.

—Serás cabrón... ¡Eres un cabrón!

—¿Eso es lo mejor que puedes decir? —le preguntó Peter.

Ben le soltó.

—Pero ¿qué demonios...?

Peter lo miró con la cara muy seria.

—Tienes que largarte de aquí. Lárgate del país cuanto antes. Inmediatamente.

Ben se dio cuenta de que tenía los ojos inundados de lágrimas, lo cual le enturbiaba la vista.

—Serás cabrón —dijo.

—Tienes que largarte de Suiza. Han intentado acabar conmigo. Ahora van también a por ti.

—Pero ¿qué demonios...? —repitió Ben en tono apagado—. ¿Cómo pudiste...? ¿Qué clase de broma pesada? Mamá murió... no quería morirse... tú la mataste. —La cólera le recorrió el cuerpo, las venas y las arterias, y le arreboló el rostro. Ambos permanecían sentados sobre la alfombra, mirándose mutuamente; una nueva representación de su infancia, de la época en que empezaban a andar, cuando permanecían sentados mirándose el uno al otro durante horas y horas, balbuciendo en su lenguaje inventado cuyo código secreto nadie podía comprender—. ¿Qué pretendías?

—No pareces muy contento de verme, Benno —dijo Peter.

Peter era el único que lo llamaba Benno. Ben se levantó y Peter siguió su ejemplo.

Siempre le resultaba extraño mirar a su hermano gemelo a la cara: lo único que veía siempre eran las diferencias. Como uno de los ojos de Peter, que era ligeramente más grande que el otro. Las cejas que se enarcaban de una manera distinta. La boca más ancha que la suya y curvada hacia abajo. La expresión general más seria, más terca. Para Ben, Peter era completamente distinto. Para cualquier otra persona, las diferencias eran microscópicas.

Se quedó casi sorprendido al darse cuenta repentinamente de lo mucho que había echado de menos a Peter, de lo profunda que había sido la herida de la ausencia de su hermano. No podía evitar pensar en la falta de Peter como una forma de violencia corporal, una mutilación.

Durante años, a lo largo de toda su infancia, ambos habían sido adversarios, competidores, antagonistas. Su padre los había educado así. Max, temiendo que la riqueza suavizara a sus chicos, los había enviado a prácticamente todas las escuelas de la naturaleza salvaje y los campamentos de «formación del carácter» que pudiera haber... Los cursos de supervivencia en que uno tenía que subsistir durante tres días a base de agua y hierbas; los campamentos de escalada sobre roca y de navegación en canoa y kayak. Voluntaria o involuntariamente, Max había empujado a sus dos hijos a competir entre sí.

Sólo en el instituto, cuando se separaron en diferentes clases, disminuyó la competitividad. La distancia entre sí y respecto a sus padres permitió finalmente que los chicos se libraran de la lucha.

—Salgamos de aquí —dijo Peter—. Si te has registrado en este sitio con tu nombre, estamos jodidos.

La camioneta de reparto de Peter, una oxidada Toyota, estaba cubierta de barro reseco. La cabina estaba llena de basura y los asientos estaban manchados y olían a perro. Estaba escondida entre unos matorrales, a unos treinta metros del hostal.

Ben le habló de la terrible persecución por las carreteras de la zona de Chur.

—Pero eso no es todo —añadió—. Creo que me ha seguido otro tío casi todo el rato hasta aquí. Desde Zúrich.

—¿Un tipo que conducía un Audi? —preguntó Peter, acelerando la marcha del artrítico motor del viejo Toyota mientras enfilaba la oscura carretera rural.

—Exacto.

—¿De unos cincuenta años, con el cabello largo recogido hacia atrás, con pinta de viejo hippie?

—Eso es.

—Ése es Dieter, mi observador. Mi antena. —Peter se volvió hacia Ben con una sonrisa en los labios—. Y mi cuñado, o algo así.

—¿Cómo?

—El hermano mayor y protector de Liesl. Hace muy poco que ha decidido que soy lo bastante bueno para su hermana.

—Un experto en vigilancia de lo mejorcito que hay. Le robé el coche. Y eso que soy un aficionado.

Peter se encogió de hombros. Miró hacia atrás mientras conducía.

—No subestimes a Dieter. Estuvo trece años en el servicio de contraespionaje militar suizo en Ginebra. Y esta noche no estaba intentando pasar inadvertido frente a ti. Estaba haciendo contravigilancia. Fue una simple precaución tras habernos enterado de tu llegada al país. Su misión era comprobar si alguien te seguía. Vigilarte, seguirte, cerciorarse de que no te mataran o secuestraran. No fue un vehículo de la policía el que te salvó en la autopista número 3. Dieter hizo sonar una sirena de la policía para engañarlos. Fue la única manera. Estamos tratando con profesionales altamente cualificados.

Ben lanzó un suspiro.

—«Altamente cualificados.» «Van por ti.» «Ellos.» Pero ¿quiénes son ellos, por Dios?

—Digamos simplemente la Compañía. —Peter seguía mirando a través del espejo retrovisor—. ¿Quién demonios sabe quiénes son realmente?

Ben meneó la cabeza.

—Y yo que pensaba que todo eran figuraciones mías. Tú estás completamente loco. —Sintió que el rostro se le arrebolaba de cólera—. Serás cabrón, aquel accidente... Siempre pensé que había gato encerrado.

Cuando Peter habló al cabo de un rato, parecía aturdido y sus palabras eran inconexas.

—Tenía miedo de que vinieras a Suiza. Siempre tenía que andarme con cuidado. Creo que ellos nunca llegaron a convencerse de que yo había muerto.

—¿Quieres decirme, por favor, qué coño está pasando? —estalló Ben.

Peter clavó los ojos en la carretera.

—Sé que hice una cosa terrible, pero no tuve más remedio.

—Papá nunca ha sido el mismo, cabrón, y mamá...

Peter circuló un momento en silencio.

—Ya sé lo de mamá. No... —Su voz adquirió la frialdad del acero—. La verdad es que me da igual lo que le ocurra a Max.

Sorprendido, Ben miró a su hermano a la cara.

—Desde luego, lo demostraste muy bien.

—Es por ti y por mamá por quienes me dolió. Lo que yo sabía os afectaría a los dos. No tienes ni idea de lo mucho que yo deseaba ponerme en contacto con vosotros, deciros la verdad. Deciros que estaba vivo.

—¿Y ahora me quieres decir a mí por qué?

—Intentaba protegerte, Benno. Jamás hubiera podido actuar de otra manera. Si hubiera pensado que simplemente me iban a matar a mí y ahí terminaría todo, con mucho gusto hubiera dejado que lo hicieran. Pero yo sabía que irían también a por mi familia. Me refiero a ti y a mamá. Papá... por lo que a mí respecta, papá murió hace cuatro años.

Ben estaba emocionado por el hecho de ver a Peter y furioso por haber sido engañado, le costaba pensar con lógica.

—¿De qué estás hablando? ¿Me vas a contar de una vez toda la historia?

Peter miró hacia lo que parecía una posada rural apartada de la carretera cuya entrada principal iluminaba una bombilla halógena.

—¿Qué hora es, las cinco de la madrugada? Pero parece que aquí dentro hay alguien despierto.

Una luz brillaba por encima de la puerta.

Introdujo la camioneta en un escondido claro entre los árboles cerca de la posada y apagó el motor. Ambos bajaron del vehículo. La hora previa al amanecer era fría y serena, sólo se oía el leve susurro de algún animalillo o pájaro procedente del bosque que había detrás de la posada. Peter abrió la puerta y ambos entraron en un pequeño vestíbulo. Vieron un mostrador de recepción iluminado por una trémula luz fluorescente, pero no había nadie.

—La luz está encendida, pero no hay nadie en casa —dijo Peter.

Ben alargó la mano para pulsar una campanilla metálica del mostrador, pero se abstuvo de hacerlo al ver que se abría una puerta detrás del mostrador y aparecía una voluminosa mujer, ajustándose una bata alrededor de la cintura. Los miró con expresión ceñuda, parpadeando a causa de la luz, furiosa por el hecho de que la hubieran despertado.

—*Ja?*

Peter habló rápidamente en fluido alemán.

—*Es tut mir sehr leid Sie zu stören, aber wir hätten gerne Kaffee.* —Sentía molestarla, pero les apetecía un café.

—*Kaffee?* —La anciana los miró, enojada—. *Sie haben mich geweckt, weil Sie Kaffee wollen?* —¿La habían despertado porque querían café?

—*Wir werden Sie für ihre Bemühungen bezahlen, madame. Zwei Kaffee bitte. Wir werden uns einfach da, in Ihrem Esszimmer, hinsetzen.* —Le pagarían la molestia, le aseguró Peter. Dos cafés. Se sentarían allí mismo, en el comedor.

La malhumorada posadera meneó la cabeza y se acercó a una especie de recoveco junto al pequeño comedor a oscuras, encendió las luces y se volvió de cara a una cafetera metálica roja de gran tamaño.

El comedor era pequeño, pero acogedor. Varios ventanales sin cortinas, que probablemente de día ofrecían a los clientes una preciosa vista del bosque en el cual se encontraba la posada, estaban ahora absolutamente a oscuras. Había cinco o seis mesas redondas cubiertas por unos manteles blancos almidonados y preparadas para el desayuno, con vasos de zumo de fruta, tazas de café y bandejas de metal, sobre las cuales se amontonaban unos terrones de azúcar moreno. Peter se sentó a una mesa para dos adosada a la pared, cerca de la ventana. Ben se sentó frente a él al otro lado de la mesa. La posadera, que estaba calentando una jarra de leche, los miró tal como la gente suele mirar a unos hermanos gemelos idénticos.

Peter apartó a un lado la bandeja y el servicio de plata para poder apoyar los codos.

—¿Recuerdas cuando estalló todo aquel escándalo de los bancos suizos y el oro nazi?

—Claro que lo recuerdo.

«O sea que era eso.»

—Fue justo antes de que yo me trasladara a vivir aquí desde África. Lo seguí muy de cerca en los periódicos de aquí... Supongo que mi interés se debía a la temporada que había pasado papá en Dachau. —Ahora su boca se torció en una irónica mueca—. El caso es que, de repente, nació toda una industria de casitas de campo. Los abogados y otros picapleitos que tuvieron la brillante idea de aprovecharse de ancianos supervivientes del Holocausto que estaban intentando localizar las desaparecidas propiedades de sus familias. Creo haberte dicho que leí en algún sitio un reportaje acerca de una anciana en Francia, una superviviente de los campos de concentración. Resultó que un miserable abogado francés que decía tener información acerca de una cuenta bancaria suiza perteneciente a su padre le birló los ahorros de toda su vida. El abogado necesitaba dinero por adelantado para el trabajo de investigación y para enfrentarse con el banco suizo, y todas esas chorradas.

Y, de esta manera, la anciana pagó algo así como veinticinco mil dólares, todos sus ahorros, un dinero que necesitaba para vivir. El abogado desapareció junto con los veinticinco mil dólares. Esto me sublevó: no podía soportar que una anciana indefensa hubiera sido estafada de esa manera... Y entonces me puse en contacto con ella y me ofrecí para buscarle gratuitamente la cuenta suiza de su padre. Como es natural, ella sospechó, pues acababan de estafarla, pero, tras pasarme un rato charlando con ella, me dio permiso para seguir adelante y buscar. Tuve que convencerla de que no me interesaba su dinero.
—Peter, que se había pasado el rato con los ojos clavados en el mantel mientras hablaba, levantó la vista para mirar directamente a Ben—. Como comprenderás, estos supervivientes no actuaban movidos por la codicia. Buscaban una conclusión, justicia, una conexión con sus padres difuntos y con el pasado. Recuperar el dinero para seguir tirando. —Se volvió a mirar hacia una de las ventanas—. Incluso en mi calidad de representante legal de la anciana, tropecé con toda clase de problemas para tratar con el banco suizo. Me dijeron que no tenían constancia de semejante cuenta. La historia de siempre. Estos condenados banqueros suizos... Es curioso, son tan tremendos que conservan todos los registros y todos los malditos papeles desde tiempos inmemoriales, pero ahora van y me dicen que, ah, es que casualmente se perdió una cuenta. Pero entonces me enteré de la existencia de un guardia de seguridad del banco donde el padre de la señora había abierto la cuenta a quien habían despedido porque descubrió que se estaba celebrando una juerga trituradora, empleados bancarios destruyendo montones de documentos de los años cuarenta en mitad de la noche, y rescató gran cantidad de documentos y libros mayores de la máquina trituradora.
—Lo recuerdo vagamente —dijo Ben.

La posadera se acercó con una bandeja, depositó en la mesa con muy mala cara una jarra metálica de café exprés y una jarra de leche humeante, y después abandonó el comedor.

—A las autoridades suizas no les gustó. Violación del secreto bancario y toda clase de mojigatas sandeces. Me olvidé de la trituración de documentos y localicé al sujeto fuera de Ginebra. Conservaba todos los documentos a pesar del intento del banco de recuperarlos, y me permitió examinarlos por si hubiera algún registro de las cuentas de aquel hombre.

—¿Y qué? —Ben estaba haciendo dibujos sobre el blanco mantel de la mesa con los dientes de un tenedor.

—Pues nada. No descubrí nada en ellos. Jamás encontré nada, por cierto. Pero en uno de los libros mayores, encontré un papel. Que me abrió mucho los ojos. Era un *Gründungsvertrag*, un acta constituyente, plenamente ejecutada, jurídicamente válida y notarialmente autentificada.

Ben guardó silencio.

—En los duros años de la Segunda Guerra Mundial, se estableció una especie de consorcio.

—¿Algo de tipo nazi?

—No. Hubo unos cuantos nazis implicados, pero los jefes ni siquiera eran alemanes. Estamos hablando de un consejo en el que se incluían los más poderosos empresarios de la época. Estamos hablando de Italia, Francia, Alemania, Inglaterra, España, Estados Unidos, Canadá. Nombres de los que hasta tú has oído hablar, Benno. Algunos de los peces más gordos del capitalismo mundial.

Ben trató de concentrarse.

—¿Has dicho antes del final de la guerra, verdad?

—Eso es. A principios de 1945.

—¿También había empresarios alemanes entre los fundadores de esa empresa?

Peter asintió con la cabeza.

—Era un consorcio comercial que traspasaba las líneas enemigas. ¿Te sorprende?

—Pero nosotros estábamos en guerra...

—¿Qué quieres decir con «nosotros», Kemosabe? Los negocios en América son los negocios, ¿es que nadie te lo ha explicado? —Peter se reclinó en su asiento con los ojos brillantes—. Mejor hablemos de lo que consta en los registros públicos. Teníamos a la Standard Oil de Nueva Jersey repartiéndose el mapa con I. G. Farben, decidiendo quién se quedaría con el petróleo y los monopolios químicos, repartiéndose patentes y todo lo que quieras. Por el amor de Dios, pero si toda la guerra se basaba en el zumo de la Standard Oil... No es que ninguno de los mandos militares se pudiera permitir el lujo de entremeterse. ¿Y si la compañía empezara a tener «problemas de producción»? Además, el mismísimo John Foster Dulles había sido miembro del consejo de la Farben. Después estaba la Ford Motor Company. Todos aquellos camiones militares de cinco toneladas que eran el principal elemento de transporte militar alemán. Ésos los construía la Ford. ¿Y la máquina tabuladora Hollerith que permitió a Hitler elaborar el censo de los «indeseables» con tan increíble eficacia? Todas fabricadas y servidas por Big Blue, la buena de la ibm... Nos tenemos que quitar el sombrero ante Tom Watson. Ah, y después también tenemos a la itt, la gran empresa de Focke-Wulf que hizo una apuesta tan alta, la que fabricó casi todos los bombarderos alemanes. ¿Quieres saber lo más gracioso? Al terminar la guerra, la empresa presentó una demanda contra el Gobierno de los Estados Unidos exigiendo una compensación monetaria, dado que los bombarderos aliados habían causado daños en todas aquellas fábricas de Focke-Wulf. Podría seguir hasta el infinito. Pero eso es sólo lo que sabemos, evidentemente una minúscula fracción de lo que realmente ocurrió. A ninguno de aquellos personajes le importaba un bledo Hitler. Ellos rendían pleitesía a una ideología superior: los beneficios. Para ellos la guerra era como un partido de fútbol americano entre los equipos de las universidades de Harvard y Yale... una distracción momentánea de otros asuntos más importantes como, por ejemplo, la búsqueda del todopoderoso dólar.

Ben meneó lentamente la cabeza.

—Lo siento, hermano. Escúchate a ti mismo: suena como la habitual reprimenda de la contracultura: la propiedad es un robo, nunca te fíes de nadie de más de treinta años... toda esa acalorada y anticuada bobada de la conspiración. Acabarás diciéndome que ellos fueron los responsables del escándalo de los residuos tóxicos enterrados en las proximidades del barrio de Love Canal de Niagara Falls. —Posó bruscamente la taza de café y ésta tintineó sobre el platillo—. Curioso, hubo un tiempo en que todo lo relacionado con los negocios te aburría mortalmente. Supongo que has cambiado de verdad.

—No espero que lo entiendas todo de golpe —dijo Peter—. Simplemente te estoy dando los antecedentes. El contexto.

—Pues dime algo auténtico. Algo concreto.

—Había veintitrés nombres en la lista —dijo su hermano en un tono súbitamente sosegado—. Casi todos ellos eran capitanes de la industria, tal como se les solía llamar. Unos cuantos estadistas de sangre azul, de cuando la gente creía que existía tal cosa. Estamos hablando de unas personas que ni siquiera hubieran tenido que conocerse, unas personas que cualquier historiador juraría que jamás se habían visto. Y aquí las tienes, unidas en una especie de consorcio comercial.

—Falta un eslabón —dijo Ben pensando en voz alta—. Está claro que algo te llamó la atención en ese documento. Algo te indujo a sacarlo. ¿Qué me ocultas?

Peter esbozó una sarcástica sonrisa y después recuperó su expresión angustiada.

—Un nombre me saltó a la vista, Ben. El nombre del tesorero.

Ben empezó a sentir una picazón en la cabeza, como si unas hormigas estuvieran correteando por allí.

—¿Quién era?

—El tesorero del consorcio era un joven mago de las finanzas. Un *Obersturmführer* de las SS hitlerianas, por si fuera poco. Puede que conozcas su nombre: Max Hartman.

—Papá. —Ben tuvo que acordarse de respirar.

—No fue un superviviente del Holocausto, Ben. Nuestro padre fue un maldito nazi de mierda.

8

Ben cerró los ojos, respiró hondo y meneó la cabeza.

—Eso es absurdo, los judíos no formaban parte de las SS. Está claro que el documento es falso.

—Créeme —dijo Peter serenamente—. He tenido mucho tiempo para estudiar ese documento. No es falso.

—Pero entonces...

—En abril de 1945, nuestro padre se encontraba presuntamente en Dachau, ¿recuerdas? Liberado por el Séptimo Ejercito de los Estados Unidos a finales de abril de 1945.

—No recuerdo exactamente la fecha... ¿Fue entonces?

—Nunca sentiste demasiada curiosidad por los antecedentes de papá, ¿verdad?

—Más bien no —reconoció Ben.

Peter esbozó una triste sonrisa.

—Probablemente es lo que él prefería. Y mejor que no la sintieras. Es bonito vivir en un estado de inocencia. Creer todas las mentiras. La historia, la leyenda que papá se inventó acerca del superviviente del Holocausto que llegó a Estados Unidos con diez dólares en el bolsillo y construyó un imperio financiero. Y se convirtió en un gran filántropo. —Peter meneó la cabeza y soltó un bufido—. Menudo farsante está hecho. Menudo mito se inventó. —Soltó una carcajada de desprecio—. El gran hombre.

El corazón de Ben empezó a latir muy despacio.

—Era difícil llevarse bien con papá; sus enemigos lo llamaban despiadado. Pero ¿farsante?

—Max Hartman era miembro de la *Schutzstaffel* —repitió Peter—. Las SS, ¿de acuerdo? Clasifícalo como «extraño pero cierto».

Peter hablaba muy en serio y de manera muy convincente, y Ben nunca le había oído mentirle. Pero era evidente que aquello era falso. Hubiera querido gritar: «¡Ya basta!».

—¿Qué clase de consorcio era?

Peter meneó la cabeza.

—Probablemente una tapadera, una especie de empresa fantasma, creada con millones y millones de dólares en activos aportados por los máximos responsables.

—¿Para qué? ¿Con qué propósito?

—Eso no lo sé, y el documento no lo especifica.

—¿Dónde está ese documento?

—Está guardado a buen recaudo, no te preocupes. Este consorcio, con cuartel general en Zúrich, Suiza, a principios de abril de 1945, se llamaba Sigma ag.

—¿Y le dijiste a papá que habías encontrado todo eso?

Peter asintió con la cabeza y tomó su primer sorbo de café.

—Le llamé, se lo leí en voz alta y le hice algunas preguntas. Sufrió un arrebato de furia, tal como yo sabía que iba a ocurrir. Aseguró que todo era falso, tal como has hecho tú y tal como yo sabía que haría él. Se enfadó, se puso a la defensiva. Se puso a gritar. ¿Cómo era posible que yo me creyera semejante calumnia? Con todo lo que él había sufrido, bla, bla, bla, ¿cómo podía yo creerme esa mentira? Cosas así. Nunca pensé que me confesara nada, pero quería calibrar su reacción. Y empecé a preguntar por ahí. Y a examinar registros empresariales en Ginebra y en Zúrich. Tratando de averiguar qué había sido de esta empresa. Y entonces casi me mato. Dos veces. La primera vez fue un «accidente de tráfico», por poco la palmo. Un automóvil invadió la acera del Limmatquai por donde yo caminaba. La segunda vez fue un «atraco» que no fue un atraco en la Niederdorfstrasse. Conseguí salvarme las dos veces, pero ya me habían avisado. Como insistiera en seguir escarbando por ahí en asuntos que no eran de mi incumbencia, me matarían. La siguiente vez ya no me salvaría por un pelo. Tendría que entregar todos los documentos pertinentes. Y como se divulgara cualquier detalle acerca de ese consorcio, yo sería hombre muerto, junto con todos los miembros de nuestra familia. Por consiguiente, que no se me ocurriera llamar a los periódicos con aquella información. Papá me daba igual, evidentemente. Era a mamá y a ti a quienes protegía.

Eso encajaba bien con Peter... era un protector tan ardiente de su madre como lo había sido el propio Ben. Y era muy sensato, nada inclinado a la paranoia. Seguro que decía la verdad.

—Pero ¿por qué estaban tan preocupados por lo que tú sabías? —insistió en preguntar Ben—. Examínalo objetivamente. Hace más de medio siglo se fundó una empresa. ¿Y qué? ¿Por qué tanto sigilo ahora?

—Estamos hablando de una coparticipación al otro lado de las líneas enemigas. Estamos hablando del riesgo de revelación pública de un secreto y, por consiguiente, de la ignominia pública de algunas de las figuras más poderosas y veneradas de nuestra época. Pero eso es lo de menos. Piensa en el carácter de la empresa. Unos consorcios gigantescos, tanto del bando aliado como del Eje, establecen una sociedad mixta para enriquecerse todos. Alemania estaba sufriendo un bloqueo por aquel entonces, pero el capital no respeta las fronteras nacionales. Algunos dirían que eso es comerciar con el enemigo. ¿Quién sabe qué clase de leyes internacionales se pueden haber quebrantado? ¿Y si hubo alguna posibilidad de congelar o confiscar los activos? No hay manera de calcular la magnitud de aquellos activos. Muchas cosas pueden ocurrir en medio siglo. Podríamos estar hablando de sumas de dinero incalculables. Y se sabe que los suizos han incumplido las leyes del secreto bancario bajo la presión internacional. Está claro que algunas personas llegaron a la conclusión de que yo podía saber justo lo suficiente como para poner en peligro su agradable tinglado.

—¿Algunas personas? ¿Quién fue el que te amenazó?

Peter lanzó un suspiro.

—Una vez más, ojalá lo supiera.

—Vamos, Peter, si alguno más de los que montaron este consorcio vive, ha de ser un anciano.

—Pues claro, casi todos los que ocupaban los más altos cargos han muerto. Pero algunos siguen ahí, créeme. Y algunos no son tan viejos... los hay de setenta y pico años. Con que haya dos o tres miembros del consejo de esta empresa vivos, deben de estar sentados sobre una fortuna. ¿Y quién sabe quiénes pueden ser sus sucesores? Es evidente que tienen suficiente dinero como para mantener enterrado su secreto, ¿sabes? Por cualquier medio que sea necesario.

—Y entonces tú decidiste desaparecer.

—Sabían demasiadas cosas acerca de mí. Mi horario habitual, los lugares adonde iba, mi número de teléfono particular que no figuraba en la guía, los nombres y el paradero de los miembros de mi familia. Información financiera y crediticia. Me querían hacer comprender con toda claridad que tenían amplios recursos. Y entonces tomé una decisión, Benno. Tenía que morir. No me dejaban ninguna otra alternativa.

—¿Ninguna otra alternativa? Les podías haber dado su estúpido documento, acceder a sus exigencias... y seguir adelante como si nunca hubieras descubierto nada.

Peter soltó un gruñido.

—Eso es como intentar no haber tocado un timbre, como intentar introducir de nuevo el dentífrico en el tubo... no se puede hacer. Jamás me habrían permitido vivir, ahora que sabían lo que yo sabía.

—¿Pues cuál fue el propósito del aviso?

—Obligarme a callar hasta que ellos descubrieran cuánto sabía y si se lo había dicho a alguien. Hasta que se libraran de mí.

Ben oyó a la anciana yendo de acá para allá en la otra estancia, haciendo chirriar las tablas del piso. Al cabo de un rato, preguntó:

—¿Cómo lo hiciste, Peter? Me refiero a la muerte. No debió de ser fácil.

—No lo fue. —Peter se reclinó en su asiento, apoyando la cabeza contra la ventana—. No lo hubiera podido hacer sin Liesl.

—Tu novia.

—Liesl es una maravillosa y extraordinaria mujer. Mi amante, mi mejor amiga. Ah, Ben, nunca pensé que tendría la suerte de encontrar a alguien ni la mitad de estupenda que ella. La idea se le ocurrió a ella, en realidad. Yo jamás hubiera podido organizar el plan. Estuvo de acuerdo en que yo tenía que desaparecer e insistió en hacerlo bien.

—Pero el historial odontológico... no sé qué decirte, Peter, identificaron positivamente tu cuerpo más allá de cualquier duda.

Peter meneó la cabeza.

—Compararon la dentadura del cadáver con el historial dental que había en casa, en Westchester, dando por sentado que aquéllas eran realmente mis radiografías dentales del consultorio del doctor Merrill.

Ben meneó la cabeza, perplejo.

—¿De qué cadáver...?

—La idea se le ocurrió a Liesl, pensando en la broma que los estudiantes de medicina de la Universidad de Zúrich suelen gastar al final del semestre de primavera. Algún bromista roba el cadáver de la clase de anatomía general. Es una especie de morboso ritual de primavera, una muestra de humor estudiantil... un día el cadáver desaparece sin más. Siempre se recupera, con una especie de rescate. En su lugar, ella consiguió hacerse con un cadáver robado del depósito de cadáveres del hospital. Después fue sencillo conseguir el historial dental del difunto... estamos en Suiza, todo el mundo está documentado.

Ben sonrió muy a pesar suyo.

—Pero ¿cambiar las radiografías...?

—Digamos que contraté a alguien que me hiciera un sencillo trabajo de bajo riesgo de robo con escalo. El consultorio del doctor Merrill no es precisamente Fort Knox. Un par de radiografías fueron sustituidas por otras dos. No es tan difícil. Cuando se presentó la policía para pedirle mi historial dental, les entregó las sustitutas.

—¿Y el accidente de avión?

Peter lo explicó sin omitir ningún detalle significativo.

Ben lo observó mientras hablaba. Peter siempre había hablado en voz baja y se había mostrado sereno, pausado y considerado. Sin embargo, jamás se le hubiera podido calificar de calculador o tortuoso, pese a que la tortuosidad había sido precisamente lo que aquel plan había exigido. Cuánto miedo debió de pasar.

—Unas semanas antes, Liesl se presentó para un puesto en un pequeño hospital del cantón de St. Gallen, donde estuvieron encantados de contratarla... necesitaban un pediatra. Encontró una casita en la campiña, en medio del bosque cerca de un lago, y yo me fui a vivir con ella. Me hice pasar por su marido canadiense, un escritor que estaba trabajando en un libro. Y mantuve constantemente una cadena de contactos, mis antenas.

—Gente que sabía que estabas vivo... eso debió de ser peligroso.

—Gente de confianza que sabía que estaba vivo. Liesl tiene un primo abogado en Zúrich. Fue nuestro puesto de escucha, nuestros ojos y nuestras orejas. Ella confía en él por completo, y, por consiguiente, yo también. Un abogado con múltiples intereses internacionales mantiene contactos con la policía, el sector bancario y los investigadores privados. Ayer tuvo conocimiento del baño de sangre ocurrido en la Bahnhofplatz, de un extranjero detenido para ser interrogado. Pero en cuanto Dieter me habló del intento de asesinato contra ti, me di cuenta de lo que había ocurrido. Ellos, los herederos, quienquiera que figure en esa lista, probablemente siempre han sospechado que mi muerte fue una impostura. Siempre han estado en guardia... por si yo reapareciera en Suiza o por si captaran alguna señal de que tú estabas llevando adelante mis investigaciones. Me consta que tienen en nómina a un elevado número de policías suizos y que han ofrecido una fortuna por mi cabeza. Prácticamente son los propietarios de la mitad de la policía. Supongo que el banco donde mantuviste una reunión aquella mañana fue la trampa. Por eso tuve que salir de mi escondrijo para advertirte.

«Peter ha arriesgado su vida por mí», pensó Ben, sintiendo que unas lágrimas le escocían en los ojos. Después recordó a Jimmy Cavanaugh, el hombre que no existía. Se apresuró a revelarle el misterio a Peter.

—Increíble —dijo Peter con la mirada perdida en la distancia.

—Es como si me quisieran aterrorizar como a la protagonista de *Luz de gas*. ¿Tú te acuerdas de Jimmy Cavanaugh?

—Pues claro. Pasó las Navidades un par de veces con nosotros en Bedford. Me gustaba, el tío.

—¿Qué pudo tener que ver con el Consorcio? ¿Lo entregaron de algún modo a la policía y consiguieron que, en un determinado momento, desaparecieran todas las huellas de su existencia?

—No —dijo Peter—. No comprendes el verdadero sentido. Howie Rubin debió de estar en lo cierto. No hay ningún Jimmy Cavanaugh y jamás lo hubo. —Peter empezó a hablar más rápido—. De una retorcida manera, la cosa tiene su lógica. Jimmy Cavanaugh —llamémosle así, cualquiera que sea su verdadero nombre— jamás fue entregado. Trabajó para ellos desde el principio. Un chico mayor que el resto de la clase, que vive en las inmediaciones del campus de la universidad y que, sin saber cómo, de pronto se convierte en tu amigo del alma. ¿Es que no lo ves, Benno? Ése era el plan. Por el motivo que fuera, debieron de llegar a la conclusión de que, en aquel momento, era importante vigilarte. Era cuestión de tomar precauciones.

—Estás diciendo que Cavanaugh... ¡me fue asignado a mí!

—Y probablemente también alguien me fue asignado a mí. Nuestro padre era uno de los jefes. ¿Habíamos descubierto algo capaz de poner en peligro a la organización? ¿Íbamos a constituir de alguna manera una amenaza para ellos? ¿Tenían ellos que preocuparse por nosotros? En todo caso, necesitaban estar seguros. Hasta que tú te fuiste a tu barrio marginal y yo me fui a África... y nos quitamos de en medio por lo que a ellos respectaba.

La mente de Ben se puso a dar vueltas y todos aquellos comentarios acerca de ellos sólo servían para agravar las cosas.

—¿No te parece lógico que un grupo de industriales contrate a un agente secreto, un asesino, entre cuyas cualidades altamente específicas se incluye el hecho de conocerte de vista?

—Pero, bueno, Peter, yo supongo...

—¿Que supones? Benno, si lo piensas un poco...

El sonido de una rotura de cristales.

Ben emitió un jadeo, vio el mellado orificio que apareció de repente en el cristal de la ventana. Peter pareció inclinar la cabeza y apoyarse deliberadamente en la mesa en un gesto curiosamente cómico, como si quisiera arrodillarse o hacer una genuflexión o una humilde y cortés reverencia de sumisión. En aquel mismo y congelado instante se produjo la exhalación del aliento, el gutural «aaah» sin sentido, hasta que Ben vio el obsceno orificio de salida en el centro de su frente, las manchas de materia gris y las astillas de blanco hueso que cayeron como un rocío sobre los platos y la vajilla de plata de la mesa.

—¡Oh, Dios mío! —exclamó Ben en tono quejumbroso—. Oh, Dios mío. Oh, Dios mío. —Cayó hacia atrás en su asiento, se desplomó en el suelo y se golpeó la cabeza contra las duras tablas de roble del piso—. No —gimió sin apenas darse cuenta del tiroteo que estallaba por todas partes en el pequeño comedor—. Oh, no, Dios mío.

Estaba congelado, paralizado por el terror, el sobresalto y la incredulidad ante lo que acababa de presenciar, hasta que una primitiva señal de su instinto de conservación emergió de lo más profundo de su mesencéfalo y lo propulsó hacia arriba, obligándolo a levantarse.

Ahora contempló la ventana destrozada, no vio más que negrura y después, iluminado por el destello previo a otro disparo de un arma de fuego, vio un rostro. La imagen sólo duró una décima de segundo, pero se le quedó indeleblemente grabada en la mente. Los ojos del asesino eran oscuros y hundidos, su rostro pálido y terso, la piel casi tirante.

Ben pegó un brinco a través del pequeño comedor mientras a su espalda se hacía añicos el cristal de otra ventana y otra bala agujereaba el yeso de la pared situada apenas a un palmo de su cuerpo.

Ahora el asesino lo estaba apuntando a él, eso estaba claro. ¿O no? ¿Estaría apuntando todavía contra Peter y aquélla sería simplemente una bala perdida? ¿Lo habría visto a él también? ¿Lo vio él?

Como respuesta a su tácita pregunta, una bala astilló el marco de la puerta a pocos centímetros de su cabeza mientras él salía corriendo al oscuro pasillo que unía el comedor con la zona de la entrada. Procedente del vestíbulo se oyó el grito de una mujer, probablemente la posadera, gritando de rabia o de miedo; de pronto, la mujer le cortó el paso, agitando los brazos.

Él la apartó a un lado de un codazo mientras irrumpía de un salto en el vestíbulo. La posadera protestó, soltando un chillido.

Ahora Ben apenas pensaba, se movía rápida y desesperadamente, aturdido y entumecido como un robot, sin pensar en lo que acababa de ocurrir, sin pensar en nada más que en la supervivencia.

Con los ojos adaptados a la semioscuridad —una lamparita en el rincón más alejado de la estancia detrás del mostrador de recepción arrojaba un minúsculo círculo de luz—, vio la puerta principal y otro pasillo que conducía a las habitaciones de los huéspedes. Una estrecha escalera visible desde el lugar donde él se encontraba conducía a otras habitaciones del piso de arriba. No había ninguna ventana en la estancia donde ahora se encontraba, lo cual significaba que se encontraba en lugar seguro, a salvo de las balas, por lo menos durante unos cuantos segundos.

Por otra parte, la ausencia de ventanas significaba que no podía ver si el tirador había rodeado el edificio hasta llegar a la fachada. El asesino de Peter se habría dado cuenta de que había errado uno de sus blancos y habría echado a correr hacia la fachada o bien hacia la parte posterior del hostal. Hacia la entrada principal o hacia la trasera, a no ser que hubiera otras cuya existencia Ben ignorara. Eso le confería a Ben un cincuenta por ciento de probabilidades si salía por la puerta de la fachada.

Un cincuenta por ciento de probabilidades.

A Ben no le gustaba aquella proporción.

¿Y si hubiera más de uno?

Si hubiera varios, se habrían desplegado en abanico para cubrir todas las entradas y todas las salidas del edificio. En cualquiera de los dos casos, tanto si el asesino era uno como si eran varios, escapar a través de la puerta principal o de la trasera estaba descartado.

Se oyó un grito procedente del comedor: la posadera había descubierto sin duda la espantosa carnicería.

Bienvenida a mi mundo, señora.

Desde el piso de arriba Ben oyó las fuertes pisadas de unos pies. Otros huéspedes se habían despertado.

«Otros huéspedes.» ¿Cuántos habría?

Corrió a la puerta principal y abrió el pesado cerrojo de acero.

Otras rápidas pisadas tronaron desde la escalera del otro extremo de la estancia, y después apareció la gigantesca figura de un hombre grueso al pie de la escalera. Llevaba un albornoz azul y daba la impresión de habérselo puesto precipitadamente.

—*Was geht hier vor?* –gritó, ¿qué pasa aquí?

—Llame a la policía —le contestó Ben en inglés—. *Polizei...* ¡teléfono!

Señaló el teléfono situado detrás del mostrador de recepción.

—¿La policía? ¿Qué... alguien se ha hecho daño?

—¡Teléfono! —le repitió Ben enojado.— ¡Dese prisa! ¡Han matado a una persona!

Han matado a una persona.

El gordo avanzó con torpeza como si le hubieran propinado un empujón por detrás. Se acercó a toda prisa al mostrador de recepción, tomó el teléfono, escuchó un breve instante y marcó.

Ahora el gordo hablaba rápidamente en alemán.

¿Dónde estaba el pistolero —los pistoleros— ahora? Hubiera irrumpido en la estancia y lo hubiera buscado para hacerle lo que le había hecho a Peter. Allí había otros huéspedes, otros que se hubieran interpuesto en su camino... pero eso no le hubiera impedido actuar, ¿verdad? Recordó la matanza de la galería de Zúrich.

El suizo gordinflón colgó el teléfono

—*Sie sind unterwegs?* —preguntó, ¿se va usted?—. La policía... viene ahora mismo.

—¿Están muy lejos?

El hombre le miró un instante y después lo comprendió.

—Un poco más abajo —contestó—. Muy cerca. ¿Qué ha pasado... a quién han matado?

—Nadie a quien usted conozca.

Ben volvió a señalar con la mano, esta vez hacia el comedor, pero la posadera cruzó la puerta gritando:

—*Er ist tot! Sie haben ihn erschossen! Dieser Mann dort draussen... Dein Bruder, er wurde ermordet!* —¡Está muerto! ¡Usted le ha pegado un tiro! Ese hombre de ahí fuera... Su hermano, ¡lo ha asesinado! Había llegado de algún modo a la conclusión de que Ben había matado a su propio hermano. Una locura.

Ben sintió que se le revolvía el estómago. Estaba sumido en una bruma, atontado por el estupor, pero, de repente, la realidad de lo ocurrido, el horror, le estaba empezando a hacer efecto. El huésped le gritó algo a la mujer. Ben echó a correr hacia el pasillo que creía que llevaba a la parte trasera de la casa.

La mujer gritó a su espalda, pero Ben siguió corriendo. El estridente silbido de una sirena de la policía se mezcló con los histéricos chillidos de la mujer y se fue intensificando a medida que se acercaba el vehículo policial. Parecía una sola sirena, un solo automóvil. Pero era suficiente.

«¿Quedarse o marcharse?»

«Son los propietarios de la mitad de la policía», había dicho Peter.

Bajó corriendo por el pasillo, giró bruscamente a la derecha y vio una puertecita de madera pintada. La abrió: baldas de madera llenas de ropa blanca.

El silbido de la sirena se intensificó, ahora acompañado por el chirrido de las ruedas de un automóvil sobre la grava. Los policías estaban llegando a la parte delantera del edificio.

Ben corrió hacia otra puerta de madera situada al final del pasillo. Una ventanita protegida por una persiana que había al lado le hizo comprender que la puerta se abría hacia el exterior. Giró el tirador y empujó. La puerta estaba atascada; empujó con más fuerza y esta vez el tirador cedió y la puerta se abrió.

La zona del exterior tenía que ser segura en aquellos momentos; la sirena de la policía habría ahuyentado a los pistoleros. Nadie acecharía en los densos bosques de allí atrás por temor a que lo atraparan. Dio un salto hacia la maleza y el pie se le quedó enganchado en una enredadera y cayó dolorosamente al suelo.

«¡Dios mío! —pensó—. Tengo que darme prisa.» Tenía que evitar a la policía a toda costa. «Son los propietarios de la mitad de la policía.» Se levantó como pudo y avanzó hacia una oscuridad más negra que el betún.

La sirena había enmudecido, pero ahora se oían gritos tanto de hombre como de mujer y crujidos de pies sobre la grava. Avanzó corriendo apartándose las ramas del rostro, pero una de ellas lo arañó y poco faltó para que le alcanzara un ojo. Siguió sin aminorar la marcha ni un segundo, girando a un lado y a otro a través de la espesa vegetación, bajo los doseles formados por las ramas entrelazadas. Algo le rasgó los pantalones. Tenía las manos arañadas y ensangrentadas. Pero siguió avanzando a través de los árboles como una máquina, sin pensar, hasta que llegó al oculto claro donde la camioneta de Peter aún estaba aparcada.

Abrió la puerta del conductor —No estaba cerrada con llave, gracias a Dios— y, como era de esperar, no había ninguna llave en el encendido. Buscó bajo la estera del suelo. Nada. Debajo del asiento. Nada.

El pánico se apoderó de él. Respiró hondo varias veces para intentar tranquilizarse. «Claro —pensó—. He olvidado lo que sé.»

Alargó la mano hacia la maraña de cables situados bajo el tablero de mandos y tiró de ellos hacia fuera a la débil luz del techo. «Hacer un puente —les había dicho una mañana estival a él y a Peter el querido cuidador de los jardines de la familia, Arnie— es un arte que, a lo mejor, nunca tendréis que usar. Pero, si lo necesitáis, seguro que os alegraréis de dominarlo.»

En unos instantes, juntó los dos cables y el motor empezó a rugir. Dio marcha atrás, abandonó el claro y se adentró en la oscura carretera. No se veían luces en ninguna de las dos direcciones. La vieja camioneta vaciló, pero después experimentó una sacudida hacia delante y empezó a bajar por la desierta autopista.

9

Halifax, Nueva Escocia

La mañana siguiente amaneció fría y desapacible. La niebla se había posado tristemente sobre el puerto y la visibilidad no llegaba a más de tres metros.

Robert Mailhot yacía sobre una mesa de examen de acero cubierto con una bata azul, con el rostro y las manos sonrosados gracias al chillón maquillaje que le habían puesto en la funeraria. La cara presentaba un tono bronceado pero estaba muy arrugada, con una expresión colérica, una fina boca hundida y una nariz que parecía un prominente pico de pájaro. Aparentaba una estatura de aproximadamente un metro sesenta y cinco o setenta, lo cual significaba que de joven debió de medir un metro ochenta.

El forense era un hombre corpulento y de rostro rubicundo de algo menos de sesenta años, conocido como doctor Higgins: una mata de cabello blanco y unos pequeños y recelosos ojos grises. Era simpático pero, al mismo tiempo, cauto e indiferente. Llevaba puesta una bata verde de cirujano.

—¿O sea que ustedes tienen motivos para pensar que se trata de un homicidio? —preguntó jovialmente, mirándolos con atención.

Tenía sus dudas y no se molestaba en disimularlo.

Anna asintió con la cabeza.

El sargento Arnault, vestido con un jersey de color rojo y unos vaqueros, se mostraba un poco apagado. Ambos estaban cansados a causa de su larga y difícil entrevista con la viuda. Al final y tal como era de esperar, ésta había autorizado la autopsia, ahorrándoles la molestia de tener que pedir un mandato judicial.

El depósito de cadáveres del hospital olía a formol, cosa que siempre ponía nerviosa a Anna. Una pieza de música clásica sonaba suavemente desde una radio portátil que descansaba sobre la encimera de acero inoxidable.

—No esperarán encontrar el vestigio de alguna prueba en el cuerpo, ¿verdad? —dijo Higgins.

—Supongo que el cuerpo fue lavado exhaustivamente en la funeraria —dijo Anna.

¿Acaso pensaba que era una idiota?

—Pues entonces, ¿qué estamos buscando?

—No sé. Señales de pinchazos, magulladuras, heridas, cortes, arañazos.

—¿Veneno?

—Podría ser.

Ella, Higgins y Arsenault retiraron la ropa de Mailhot y después Higgins lavó las manos y el rostro del cadáver para eliminar el maquillaje que podía ocultar señales. Los ojos se habían cerrado mediante sutura en la funeraria; Higgins cortó los puntos y efectuó un examen, en busca de hemorragias petequiales —unos minúsculos puntitos de sangre bajo la piel— que pudieran indicar un estrangulamiento.

—¿Alguna magulladura en la parte interior de los labios? —preguntó Anna.

La boca también se había cerrado mediante sutura. El forense cortó rápidamente los hilos con un escalpelo y después examinó el interior de la boca con un dedo protegido por un guante de látex. Cuando a alguien lo asfixian con una almohada ejerciendo la suficiente presión como para impedir el paso del aire, Anna sabía que generalmente se encontraban magulladuras allí donde los labios se habían presionado contra los dientes.

—Mmm —dijo el forense—. No veo nada de todo eso.

Los tres empezaron a examinar el encogido cuerpo con unas lupas, centímetro a centímetro. En el caso de una persona anciana, la tarea es difícil: la piel está cubierta de protuberancias y magulladuras, lunares y capilares rotos, señales y bultitos debidos a la edad.

Buscaron señales de agujas en todos los lugares habituales: la nuca, entre los dedos de las manos y los pies, el dorso de las manos, los tobillos, detrás de las orejas. Por toda la nariz y las mejillas. Las señales de inyecciones se podían disfrazar de arañazos, pero no encontraron nada. Higgins examinó incluso el escroto, que era grande y estaba suelto, con un pene que parecía una minúscula colilla descansando encima. Los patólogos raras veces examinaban el escroto. El hombre era muy perfeccionista.

Se pasaron una hora examinando el cadáver, después pusieron a Mailhot boca abajo y continuaron el examen. Higgins sacó fotografías del cuerpo. Durante un buen rato, nadie dijo nada; sólo se oía el crujido de un clarinete afectado por interferencias, la exuberante ondulación de los instrumentos de cuerda, el zumbido de los frigoríficos y otras máquinas. El olor del formol resultaba desagradable, pero por lo menos no se olía la descomposición, cosa que Anna agradeció. Higgins examinó las uñas en busca de desgarros y roturas —¿luchó el difunto contra un agresor?— y raspó bajo ellas, colocando las raspaduras en unos sobrecitos blancos.

—No hay nada en la epidermis fuera de lo corriente, que yo vea —dijo Higgins al final.

Anna sufrió una decepción, pero no se sorprendió.

—El veneno se pudo ingerir —sugirió.

—Bueno, eso se verá en el examen toxicológico —dijo Higgins.

—Puede que no —replicó Anna—. No hay sangre.

—Quizá quede algo —dijo Higgins.

Con un poco de suerte. Por regla general, cuando la funeraria preparaba un cuerpo, la sangre se eliminaba por completo, excepto algunos pequeños bolsillos residuales, y se sustituía con líquido de embalsamar. Metanol, etanol, formaldehído, tintes. Se alteraban ciertos compuestos, venenos, y éstos ya no se podían detectar. Puede que quedara un poco de orina en la vejiga.

Higgins hizo la habitual incisión en forma de Y desde los hombros hasta la pelvis e introdujo la mano en la cavidad torácica para extraer los órganos y pesarlos. Éste era uno de los aspectos de la autopsia que a Anna le resultaba esencialmente repulsivo. Trabajaba habitualmente con la muerte, pero había un motivo por el cual no se había convertido en patóloga.

Arsenault, con la cara muy pálida, se excusó para ir a tomarse un café.

—¿Puede obtener algunas muestras del cerebro, de bilis, de los riñones, el corazón, etcétera? —preguntó Anna.

Higgins esbozó una agria sonrisa: no me digas lo que tengo que hacer.

—Perdón —dijo ella.

—Apuesto a que encontraremos arteriosclerosis —dijo Higgins.

—No me cabe duda —dijo ella—. Era un anciano. ¿Hay algún teléfono por aquí que pueda utilizar?

El teléfono de pago estaba al final del pasillo al lado de una máquina automática que vendía café, té y chocolate caliente.

En la parte anterior de la máquina expendedora había una fotografía extragrande en color de tazas de chocolate caliente y café que pretendían parecer apetecibles, pero que, en realidad, eran verdosas y horribles. Mientras marcaba, oyó el zumbido de la sierra Stryker con la que Higgins estaba cortando la caja torácica.

Arthur Hammond, ella lo sabía, normalmente se levantaba temprano para ir al trabajo. Dirigía un centro de control toxicológico en Virginia e impartía cursos de toxicología en la universidad. Se habían conocido en un caso y habían sintonizado enseguida. Era tímido, hablaba con un titubeo intermitente que disimulaba un antiguo tartamudeo y raras veces miraba a los ojos. Y, sin embargo, tenía un perverso sentido del humor. Era un especialista en los venenos y los métodos de envenenamiento de todos los tiempos. Hammond era mucho mejor que cualquiera de los laboratorios federales, mucho mejor que cualquier patólogo forense y ciertamente mucho más dispuesto que nadie a ayudar. Era no sólo brillante sino también intuitivo. De vez en cuando, ella había solicitado sus servicios como asesor remunerado.

Lo pilló en casa, a punto de salir, y se lo explicó.

—¿Dónde estás? —le preguntó él.

—Pues... por el norte.

Él soltó un divertido bufido nasal ante su sigilo.

—Comprendo. Bueno, ¿qué puedes decirme de la víctima?

—Vieja. ¿Cómo puedes matar a alguien sin que se detecte?

Una carcajada gutural.

—Simplemente rompiendo con él, Anna. No hace falta matarle.

Era su manera de flirtear.

—¿Y qué me dices de la vieja píldora de cloruro de potasio? —replicó ella, ignorando amablemente la broma—. Provoca paro cardíaco, ¿no es cierto? Y apenas cambia el nivel general de potasio del cuerpo y, por consiguiente, no se puede detectar, ¿verdad?

—¿Estaba con gota a gota? —preguntó Hammond.

—No creo. No encontramos ninguna de las señales de punción habituales.

—Pues entonces, lo dudo. Es demasiado enrevesado. Si no estaba con intravenosa, se le tendría que haber inyectado directamente en la vena y se vería sangre alrededor. Por no hablar de las señales de un forcejeo.

Ella tomó notas en su cuadernito de apuntes encuadernado en cuero.

—Fue una cosa repentina, ¿de acuerdo? Por consiguiente, podemos excluir un envenenamiento progresivo. ¿Te importa que me vaya a tomar un café?

—Adelante.

Anna sonrió para sus adentros. Hammond sabía que el asunto estaba crudo.

Regresó en menos de un minuto.

—Hablando de café –dijo Hammond—. O es algo en la comida o la bebida o es una inyección.

—Pero no hemos encontrado ninguna señal de punción. Y te aseguro que hemos revisado el cuerpo con mucho cuidado.

—Si utilizaron una aguja del veinticinco, no se vería, probablemente. Y siempre queda el sux.

Anna sabía que estaba hablando del cloruro de succinilcolina, curare sintético.

—¿Tú crees?

—Hubo un caso famoso allá por el 67 o el 68... Un médico de Florida fue condenado por haber asesinado a su mujer con sux, que supongo que sabes que es un relajante muscular. No te puedes mover, no puedes respirar. Parece un paro cardíaco. Un caso famoso que desconcertó a los expertos forenses de todo el mundo.

Ella garabateó una nota.

—Hay una larga lista de relajantes musculares, todos ellos con propiedades distintas. Como es natural, con los ancianos cualquier cosa puede inclinar la balanza. Basta un poquito demasiado de nitroglicerina.

—Debajo de la lengua, ¿verdad?

—Por regla general... Pero hay unas ampollas de, pongamos, nitrito amílico que pueden matar si lo inhalas. Poppers, así se llaman las ampollas. O el nitrito butílico. Obtienes un importante efecto vasodilatador, les baja la presión arterial, se desmayan de repente y mueren.

Anna escribió a toda prisa.

—Tenemos incluso la cantárida —dijo Hammond, riéndose—. Demasiada te puede matar. Creo que se llama cantaridina.

—El hombre tenía ochenta y siete años.

—Razón de más para que pudiera necesitar un afrodisíaco.

—No quiero pensar en eso.

—¿Era fumador?

—Todavía no lo sabemos. Supongo que lo veremos en los pulmones. ¿Por qué lo preguntas?

—Hay un caso interesante en el que acabo de trabajar. Unos viejos de Sudáfrica. Los mataron con nicotina.

—¿Nicotina?

—No tienes que dar demasiada.

—¿Cómo?

—Es un líquido. Sabor amargo, pero se puede disimular. También se puede inyectar. La muerte se produce en cuestión de minutos.

—Y en un fumador no se puede detectar, ¿verdad?

—Eso es lo que pensé. Se trata de establecer el equilibrio entre la cantidad de nicotina en la sangre y sus metabolitos. En qué se convierte la nicotina al cabo de un rato...

—Ya.

—En un fumador, se ven muchos más metabolitos que nicotina pura. Si es un envenenamiento agudo, verás mucha más nicotina y muchos menos metabolitos.

—¿Qué puedo esperar del análisis toxicológico?

—Una criba toxicológica ordinaria sirve para detectar drogas de consumo. Opiáceos, opiáceos sintéticos, morfina, cocaína, LSD, Darvon, fenciclidina o PCP, anfetaminas, benzodiazepinas —Valium— y barbitúricos. A veces, antidepresivos tricíclicos. Diles que hagan la criba toxicológica completa, además de aquélla. Y que el hidrato de cloral no figure en la criba. Placidil o Placidol, un viejo somnífero. Que se haga una criba de barbitúricos, fármacos somníferos. El Fentanyl es extremadamente difícil de detectar. Organofosfatos... insecticidas. El dmso —sufóxido de dimetilo—, utilizado en caballos. A ver qué encuentras. Supongo que harán espectrometría de masas.

—No lo sé. ¿Qué es eso?

—Cromatografía de gases, espectrometría de masas. Es el estándar. ¿Dónde estás?

—En una ciudad. En Canadá, en concreto.

—Ah, pues la Policía Montada es muy buena. Sus laboratorios criminológicos son mucho mejores que los nuestros, pero no digas que yo he dicho eso. Encárgate de que comprueben cualquier cosa del agua corriente o de los pozos que pudiera escapar al análisis toxicológico. Has dicho que el cadáver está embalsamado, ¿verdad? Pídeles que obtengan una muestra del líquido de embalsamamiento y que hagan una sustracción. Que hagan un análisis toxicológico total... sangre, tejidos, cabello. Algunas proteínas son solubles en grasa. La cocaína se almacena en el tejido cardíaco, tenlo en cuenta. El hígado es una esponja.

—¿Cuánto tiempo van a llevar todos estos análisis?

—Semanas. Meses.

—Imposible. —Su júbilo por la información recabada se desvaneció de repente. Ahora estaba deprimida.

—Es así. Pero puede que tengas suerte. Podrían ser meses o podría ser un día. Pero, si no sabes muy bien qué veneno estás buscando, lo más probable es que nunca lo encuentres.

—Todas las pruebas reunidas apuntan a que murió por causas naturales —anunció Higgins cuando ella regresó al laboratorio—. Arritmia cardíaca, probablemente. Y arteriosclerosis, claro. El tradicional infarto de miocardio.

La cara de Mailhot se había desprendido desde la parte superior del cráneo como una máscara de látex. La parte superior de la cabeza estaba abierta, las acanaladuras rosadas del cerebro estaban a la vista. Anna pensó que se iba a marear. Vio un pulmón en una báscula colgante.

—¿Cuánto pesa? —preguntó, señalándolo.

El forense esbozó una sonrisa de aprobación.

—Poco. Doscientos cuarenta gramos. No está congestionado.

—O sea que murió con rapidez. Podemos descartar depresores del sistema nervioso central.

—Tal como ya he dicho, parece un ataque cardíaco.

Higgins estaba empezando a perder la paciencia.

Anna le dijo lo que quería de la criba toxicológica, leyendo sus notas. El forense abrió los ojos con incredulidad.

—¿Tiene usted idea de lo caro que va a resultar todo esto?

Ella respiró hondo.

—El Gobierno de los Estados Unidos se hará cargo de todos los gastos, naturalmente. Necesito ir a fondo. Tengo que pedirle un favor.

Él la miró fijamente y ella intuyó su irritación.

—Voy a pedirle que desuelle el cadáver.

—Me está tomando el pelo, ¿verdad?

—De ninguna manera.

—Permítame recordarle, agente Navarro, que la viuda quiere un funeral con el féretro abierto.

—Sólo se ven las manos y el rostro, ¿verdad? —Desollar el cuerpo suponía arrancar toda la piel en grandes trozos para poder volver a coserlos. Lo cual permitía examinar el tejido subcutáneo. A veces, era la única manera de descubrir las señales de inyección—. A no ser que usted se oponga —añadió Anna—. Yo sólo soy un bombero visitante.

El rostro de Higgins se ruborizó.

Se volvió hacia el cuerpo, tomando el escalpelo un poco demasiado violentamente, y empezó a retirar la piel. Anna se sentía aturdida y una vez más temió marearse. Abandonó el depósito de cadáveres y salió de nuevo al pasillo en busca del lavabo. Ron Arsenault se acercó con un gigantesco vaso de café en la mano.

—¿Aún seguimos cortando en lonchas y cubitos ahí dentro? —preguntó tras haber recuperado aparentemente el buen humor.

—Peor. Ahora estamos arrancando la piel.

—¿Y usted tampoco lo puede resistir?

—Simplemente he salido en busca del lavabo de las niñas.

Él la miró con escepticismo.

—Y no ha habido suerte hasta ahora, supongo.

Ella meneó la cabeza frunciendo el entrecejo.

Arsenault meneó a su vez la cabeza.

—¿Ustedes, los yanquis, no creen en la vejez?

—Vuelvo enseguida —dijo ella fríamente.

Se echó a la cara agua fría del grifo del lavabo, dándose cuenta demasiado tarde de que allí no había toallas de papel sino tan sólo uno de aquellos secadores de manos de aire caliente que nunca funcionaban. Soltó un gruñido, se acercó al urinario, arrancó un buen trozo de papel higiénico del rollo y se secó la cara con el papel. Se miró al espejo, vio las oscuras ojeras bajo sus ojos, se quitó los trocitos de papel higiénico que se le habían quedado adheridos, se volvió a aplicar maquillaje y regresó junto a Arsenault, sintiéndose renovada.

—Pregunta por usted —le dijo Arsenault, emocionado.

Higgins sostenía en alto un amarillento y coriáceo trozo de piel de unos ocho centímetros cuadrados como si fuera un trofeo.

—Tiene suerte de que haya desollado también las manos —dijo—. El director de la funeraria se va a poner furioso conmigo, pero supongo que podrán endurecer algún maquillaje para tapar el remiendo.

—¿Qué es? —preguntó Anna mientras se le aceleraban los latidos del corazón.

—El dorso de la mano. La red del pulgar, el abductor pollucis. Eche un vistazo a eso.

Se acercó, lo mismo que Arsenault, pero no vio nada. Higgins tomó la lupa que descansaba sobre la mesa de examen.

—¿Ve esta especie de erupción rojo púrpura de algo más de un centímetro de longitud? ¿En forma de llama?

—¿Sí?

—Es la señal de punción que usted buscaba. Créame, éste no es el sitio donde un médico o una enfermera clava una aguja. Es posible que, al final, haya encontrado algo.

10

Bedford, Nueva York

Max Hartman permanecía sentado en el sillón de cuero de alto respaldo del escritorio de su biblioteca, donde recibía a sus visitas. «Era extraño, pensó Ben, que su padre optara por sentarse detrás de la barrera del inmenso escritorio de caoba con la superficie forrada de cuero incluso cuando se reunía con su propio hijo.»

Sentado en el alto sillón, el anciano otrora alto y fuerte parecía marchito y acartonado casi como un gnomo, un efecto muy distinto del que pretendía causar. Ben estaba sentado en un sillón de cuero delante del escritorio.

—Cuando llamaste, me pareció que había algo de lo que querías hablar conmigo —dijo Max.

Hablaba con un refinado acento del Atlántico medio en el que el alemán, largo tiempo sumergido, apenas se notaba. Cuando era un joven recién llegado a Estados Unidos, Max Hartman había recibido lecciones de lengua y dicción como si deseara borrar todas las huellas de su pasado.

Ben miró detenidamente a su padre, tratando de comprender a aquel hombre. «Fuiste siempre un enigma para mí. Distante, impresionante, inescrutable.»

—Así es —dijo.

Un desconocido que viera a Max Hartman por primera vez hubiera reparado en su gran calva cubierta de manchas de la edad y en sus carnosas orejas de soplillo. Sus grandes ojos llorosos aparecían grotescamente ampliados detrás de los gruesos cristales de unas gafas de montura de concha. La mandíbula proyectada hacia fuera, las ventanas de la nariz permanentemente ensanchadas como si estuviera aspirando los efluvios de un olor muy desagradable. Sin embargo, a pesar de todo lo que la edad había estropeado, era evidente que aquél había sido un hombre extremadamente apuesto y atractivo.

El anciano iba vestido como siempre, con uno de sus trajes hechos a medida en Savile Row, en Londres. El conjunto de aquel día era un espléndido traje color gris carbón, una almidonada camisa blanca con las iniciales bordadas en el bolsillo de la pechera, una corbata de seda azul y dorada y unos pesados gemelos de oro. Eran las diez de la mañana de un domingo, pero Max iba vestido como para una reunión del consejo.

«Era curioso hasta qué punto tus propias percepciones estaban configuradas por tu historia», pensó Ben. A veces podía contemplar a su padre tal como era ahora, viejo y frágil, pero en otros momentos no podía evitar verle a través de los ojos de un intimidado niño: poderoso y temible.

Lo cierto era que Ben y Peter siempre le habían tenido un poco de miedo a su padre, siempre se habían sentido un poco nerviosos a su lado. Max Hartman intimidaba a casi todo el mundo; ¿por qué iban a ser sus hijos una excepción? Había que hacer un gran esfuerzo para ser el hijo de Max, para amarle, comprenderle y sentir ternura por él. Era como aprender un complicado idioma extranjero, un idioma que Peter nunca pudo o quiso aprender.

Ben evocó de repente la terrible y vengativa expresión de Peter al revelarle lo que había descubierto acerca de su padre. Después, aquella expresión del rostro de Peter dio lugar a todo un torrente de recuerdos de su querido hermano. Notó un nudo en la garganta y se le llenaron los ojos de lágrimas.

«No pienses —se dijo—. No pienses en Peter. Aquí, en esta casa donde jugábamos al escondite y nos propinábamos puñetazos el uno al otro, conspirábamos en susurros en mitad de la noche, gritábamos, reíamos y llorábamos.»

«Peter se ha ido y ahora tú te tienes que quedar aquí también por él.»

Ben no tenía ni idea de cómo empezar, de cómo abordar la cuestión. A bordo del avión que había despegado de Basilea había ensayado la manera de dirigirse a su padre. Ahora había olvidado todo lo que tenía planeado decirle. Lo único que había decidido era no decirle nada de Peter, de su reaparición y de su asesinato. ¿Para qué? ¿Por qué torturar al viejo? Por lo que Max Hartman sabía, Peter había muerto años atrás. ¿Qué necesidad había de decirle la verdad ahora que Peter había muerto realmente?

En cualquier caso, el enfrentamiento no era el estilo de Ben. Dejó que su padre le hablara de los negocios y le hiciera preguntas acerca de las cuentas que él manejaba. «Hay que ver lo sagaz que sigue siendo el viejo», pensó Ben. Éste trató de cambiar de tema, pero la verdad es que no había ninguna manera fácil o elegante de decir: «Por cierto, papá, ¿tú eras un nazi, y perdona la pregunta?».

Al final, Ben intentó lanzarse:

—Creo que el hecho de estar en Suiza me ha ayudado a comprender lo poco que sé de ti, de cuando estabas en Alemania...

Los ojos de su padre parecieron aumentar de tamaño detrás de los cristales. El viejo se inclinó hacia delante.

—Pero bueno, ¿a qué viene ahora este repentino interés por la historia de la familia?

—Pues la verdad, creo que fue porque estaba en Suiza. Porque me recordó a Peter. Era la primera vez que estaba allí desde su muerte.

Su padre se estudió las manos.

—Yo no pienso en el pasado, tú lo sabes. Nunca lo he hecho. Yo sólo miro hacia delante, nunca hacia atrás.

—Pero el período que pasaste en Dachau... nunca hemos hablado de eso.

—La verdad es que no hay nada de qué hablar. Me llevaron allí, tuve la suerte de sobrevivir, me liberaron el 29 de abril de 1945. Jamás olvidaré la fecha, pero es una parte de mi vida que prefiero olvidar.

Ben respiró hondo y después se lanzó. Era muy consciente de que su relación con su padre estaba a punto de cambiar para siempre, de que el tejido estaba a punto de rasgarse.

—Tu nombre no figura en la lista de prisioneros liberados por los aliados.

Era un farol. Observó la reacción de su padre.

Max miró largo rato a Ben y después, para asombro de éste, esbozó una sonrisa.

—Siempre tienes que ser precavido ante los documentos históricos. Unas listas elaboradas en una época en que reinaba un caos enorme. Nombres mal escritos, nombres omitidos. Si mi nombre falta en alguna lista compilada por algún sargento del Ejército de los Estados Unidos, ¿qué más da?

—Pero tú no estuviste en Dachau, ¿verdad? —preguntó serenamente Ben.

Su padre hizo girar su sillón y se volvió de espaldas a él. Su voz, cuando le salió, crujía como una caña.

—Qué cosas dices.

Ben sintió que se le revolvía el estómago.

—Pero es cierto, ¿verdad?

Max se volvió de nuevo hacia él. Su rostro era inexpresivo y estaba como en blanco, pero un rubor le había teñido las mejillas, tan delgadas como el papel.

—Hay personas cuya profesión consiste en negar la existencia del Holocausto. Los llamados historiadores, escritores... publican libros y artículos diciendo que todo es falso, que es fruto de una conspiración. Que no es cierto que millones de judíos fueron asesinados.

Ben sintió que el corazón le latía con fuerza y se notó la boca seca.

—Tú fuiste teniente de las SS de Hitler. Tu nombre figura en un documento... un documento de una asociación que enumera los nombres de los miembros del consejo de administración de una compañía secreta. Tú eras el tesorero de esa compañía.

Cuando su padre contestó, lo hizo con un terrible susurro.

—No pienso escuchar todo esto —dijo.

—Pero es cierto, ¿verdad?

—No tienes ni idea de lo que estás diciendo.

—Es por eso por lo que nunca hablaste de Dachau. Porque todo era una patraña. Jamás estuviste allí. Eras un nazi.

—¿Cómo puedes decir estas cosas? —graznó el viejo—. ¿Cómo puedes creer todo eso? ¿Cómo te atreves a insultarme de esta manera?

—El documento... está en Suiza. Artículos de incorporación a la empresa. Toda la verdad está allí.

Los ojos de Max Hartman se encendieron.

—Alguien te ha mostrado un documento falso que pretende desacreditarme. Y tú, Benjamin, has optado por creerlo. La verdadera pregunta es por qué.

Ben sintió que toda la estancia daba vueltas muy despacio a su alrededor.

—¡Porque el mismo Peter me lo dijo! —gritó—. Hace dos días en Suiza. ¡Él encontró el documento! Él descubrió la verdad. Peter descubrió lo que habías hecho. Trató de protegernos de ello.

—¿Peter...? —preguntó Max con un jadeo.

La expresión del rostro de su padre era terrible, pero Ben hizo un esfuerzo por seguir adelante.

—Me habló de este consorcio, me dijo quién eras realmente. Me lo estaba contando todo cuando lo mataron de un disparo.

La sangre había huido del rostro de Max Hartman, la nudosa mano que descansaba sobre el escritorio temblaba visiblemente.

—Mataron a Peter delante de mis ojos. —Ahora Ben casi escupió las palabras—: Mi hermano, tu hijo... otra de tus víctimas.

—¡Mentiras! —gritó su padre.

—No —dijo Ben—. La verdad. Algo que nos has ocultado toda la vida.

Bruscamente, la voz de Max bajó y adquirió un frío tono de viento ártico.

—Hablas de cosas que no puedes comprender. —Hizo una pausa—. Esta conversación ha terminado.

—Comprendo quién eres —dijo Ben—. Y me repugna.

—¡Vete! —gritó Max Hartman levantando un trémulo brazo hacia la puerta.

Ben pudo imaginarse aquel mismo brazo levantado en un saludo de las SS, en un pasado lejano, pero no lo suficiente. Nunca bastante lejano. Y recordó unas palabras muy citadas de un escritor: «El pasado no ha muerto. Ni siquiera es pasado».

—¡Fuera de aquí! —tronó su padre—. ¡Fuera de esta casa!

• • •

Washington, D.C.

El vuelo de Air Canada desde Nueva Escocia llegó al aeropuerto nacional Reagan a última hora de la tarde. El taxi llegó al edificio de apartamentos Adams-Morgan donde vivía Anna poco antes de las seis. Ya había oscurecido.

Le encantaba regresar a su apartamento. Su refugio. El único lugar donde se sentía absolutamente al mando de todo. Era un pequeño apartamento de un solo dormitorio en un mal barrio, pero era su propio mundo perfectamente convertido en realidad.

Ahora, al salir del ascensor en su piso, se tropezó con su vecino Tom Bertone, que bajaba. Tom y su mujer, Danielle, eran abogados, ambos un poco empalagosos y demasiado sociables, pero encantadores.

—Hola, Anna, hoy he conocido a tu hermano menor —le dijo—. Creo que acababa de llegar a la ciudad. Un chico francamente simpático.

Y las puertas del ascensor se cerraron a su espalda.

«¿Hermano?»

Ella no tenía ningún hermano.

Al llegar a la puerta de su apartamento, esperó un buen rato, tratando de calmar los fuertes latidos de su corazón. Sacó su pistola, una Sig-Sauer de 9 milímetros facilitada por el Gobierno, y la sostuvo en una mano mientras giraba la llave en la cerradura con la otra. Su apartamento estaba a oscuras y, recordando su adiestramiento inicial, puso en práctica la táctica estándar de E&R, evasión y registro. Eso significaba pegarte a la pared con una pistola en la mano y después pasar a la pared ortogonal y repetir el proceso. Formaba parte de la instrucción de los agentes de campo, pero ella jamás hubiera imaginado que lo tendría que practicar en su propio apartamento, su hogar, su refugio.

Cerró la puerta a su espalda. Silencio.

Pero había algo. Un olor a tabaco apenas perceptible, eso era todo. Demasiado flojo para proceder de un cigarrillo efectivamente encendido; tenía que ser el olor impregnado a la ropa de alguien que fumaba.

Alguien que había estado en su apartamento.

A la débil luz de las farolas de la calle, pudo ver otra cosa: uno de los cajones de su archivador estaba entreabierto. Ella siempre los mantenía pulcramente cerrados. «Alguien había estado hurgando entre sus efectos personales.»

La sangre se le heló en las venas.

Notó una corriente procedente del cuarto de baño: habían dejado la ventana abierta.

Y entonces oyó un ruido, sigiloso, pero no lo bastante: el casi inaudible chirrido de un zapato de suela de goma sobre las baldosas del cuarto de baño.

«El intruso seguía allí.»

Encendió la lámpara del techo, giró en redondo agachada, con la 9 milímetros sujeta con ambas manos. Agradeció que fuera una Sig de gatillo corto, que se adaptaba mejor a sus manos que el modelo estándar. No veía al intruso, pero el apartamento era pequeño y no había muchos sitios donde pudiera estar. Se incorporó y, cumpliendo la norma del perímetro —«abrázate a las paredes», solían decirle los instructores de E&R—, se dirigió al dormitorio.

Percibió el movimiento del aire un instante antes de que un poderoso puntapié aparentemente surgido de ninguna parte le arrancara la pistola de las manos. ¿De dónde había salido? ¿De detrás del escritorio? ¿Del archivador? La pistola cayó ruidosamente al suelo de la salita de estar. «Recupérala como sea.»

Bruscamente, otro puntapié la empujó hacia atrás y se golpeó con un sordo batacazo contra la puerta del dormitorio. Se quedó petrificada donde estaba mientras el hombre retrocedía unos cuantos pasos.

Sólo que difícilmente se lo hubiera podido calificar de hombre. A pesar de su poderío, de sus vigorosos músculos en tensión bajo una ajustada camiseta negra, no aparentaba más de diecisiete años. «Aquello no tenía sentido.»

Lenta y dolorosamente, Anna se levantó y empezó a desplazarse con fingida indiferencia hacia el sofá de color avena. El morro gris azulado de su Sig-Sauer asomaba, apenas visible, por debajo del dobladillo plisado.

—El robo no es un gran problema en este barrio, ¿verdad? —dijo el hombre-chico con ironía. Llevaba el lustroso y negro cabello muy corto, su piel ofrecía el aspecto del que acaba de empezar a afeitarse, y sus facciones eran pequeñas y regulares—. Las estadísticas son impresionantes. —No hablaba como los típicos delincuentes que solían vagar por el sudeste de Washington. Si hubiera tenido que adivinar, habría dicho que el chico no era estadounidense; le había parecido detectar un ligero deje de acento irlandés.

—Aquí no hay nada de valor. —Anna trató de aparentar tranquilidad—. Ya te habrás dado cuenta a estas alturas. Ni tú ni yo queremos problemas. —Sentía la mano todavía entumecida a causa del golpe. Sin quitarle los ojos de encima, dio otro paso hacia el sofá. Procurando mantener un tono despreocupado, añadió—: En cualquier caso, ¿no tendrías que estar en la escuela o algo por el estilo?

—Nunca envíes a un hombre a hacer el trabajo de un chico —contestó jovialmente el muchacho.

De repente, soltó otra andanada de puntapiés que la obligaron a retroceder dando vueltas hacia su pequeño escritorio de madera. Uno de los golpes había caído directamente sobre su estómago y la había dejado sin respiración.

—¿No sabe —añadió el joven intruso— que, con mucha frecuencia, son los propietarios de las armas de fuego los que resultan muertos por ellas? Otra estadística que merece una reflexión. Las precauciones nunca son demasiadas.

No era un ladrón, eso estaba claro. Tampoco hablaba como si lo fuera. Pero ¿qué buscaba? Cerró fuertemente los ojos un momento, haciendo un inventario mental de su escasamente amueblado apartamento, de sus menguados efectos personales, su ropa, sus lámparas, el humidificador... «el M26. ¡Tenía que encontrar el M26!». No cabía duda de que el intruso habría registrado concienzudamente el apartamento, pero se trataba de un artículo cuya función no sería evidente para quienes no estuvieran familiarizados con él.

—Te daré dinero —dijo, levantando la voz, volviéndose hacia el escritorio y abriendo los cajones—. Te daré dinero —repitió. ¿Dónde había guardado el cacharro? ¿Y funcionaría todavía? Habían transcurrido por lo menos dos años. Lo encontró en el cajón central, junto a varias cajas rojas de cartón de talonarios de cheques—. Aquí está.

Cuando se volvió hacia él, sujetaba firmemente en la mano el Tasertron M26, lo encendió y un estridente silbido indicó que el aparato estaba completamente cargado.

—Quiero que me escuches con atención —dijo—. Esto es un Taser M26, el más potente que fabrican. Apártate de mí ahora mismo o lo utilizaré. Me importan un bledo las artes marciales que conozcas... Veinticinco mil voltios te dejarán hecho papilla.

El intruso la miró con rostro inexpresivo, pero empezó a apartarse de ella, de espaldas al cuarto de baño.

En el mismo instante en que activara la pistola de defensa personal, el cartucho dispararía los contactores, dos finísimos hilos conductores terminados en unas minúsculas válvulas de globo de unos seis milímetros. La electricidad disparada tendría el voltaje suficiente como para inmovilizarlo un rato e incluso tal vez para dejarlo sin sentido.

Lo siguió hacia el cuarto de baño. Era inexperto; al retroceder hacia el cuartito, había dejado que lo acorralaran. Un movimiento equivocado, un fallo de aficionado. Puso la Taser a su máxima potencia; no merecía la pena correr riesgos en aquel momento. El dispositivo que sostenía en la mano soltó un zumbido y un chirrido. Un arco azul de electricidad apareció entre los dos electrodos. Apuntaría a su diafragma.

De repente, oyó un ruido inesperado, el del agua de un grifo completamente abierto. «¿Qué demonios se proponía?» Corrió al cuarto de baño apuntando con la Taser y vio al hombre-niño girar sobre sus talones, sosteniendo algo en la mano. Comprendió su maniobra demasiado tarde. Era la boquilla de la ducha-teléfono, que arrojó en su dirección un chorro de agua que la dejó empapada. Un chorro que normalmente hubiera sido inofensivo. Soltó la M26, pero ya era tarde: una flecha de electricidad emergió formando un arco en dirección a su propio torso empapado de agua, una dolorosa flecha azul. Mientras sus músculos experimentaban un espasmo, se desplomó, y sólo el dolor traspasó su aturdimiento.

—Ha sido una explosión —dijo el joven sin la menor inflexión en la voz—. Pero se me está haciendo tarde. Ya la atraparé más tarde —añadió, guiñándole el ojo en una mueca de falso afecto.

Ella lo miró con impotencia mientras se encaramaba a la ventana del cuarto de baño y desaparecía por la escalera de incendios.

Cuando pudo llamar a la policía municipal, ya había comprobado que no faltaba nada en su apartamento. Pero ésta fue la única pregunta a la que pudo contestar. En cuanto llegaron, los agentes le hicieron las preguntas habituales, discutieron sobre si clasificar el incidente como un allanamiento de morada o bien como un robo, y después pareció que se les acababan las ideas. Seguirían el proceso habitual del escenario del delito... Comprendían que ella era una especie de funcionaria federal y parecía saber de qué estaba hablando. Pero tardarían varias horas. ¿Y entretanto?

Anna consultó su reloj. Las ocho de la tarde. Llamó al teléfono privado de David Denneen.

—Siento molestarte —le dijo—, pero ¿sigue libre esa habitación de invitados que tenéis? Parece que mi apartamento se acaba de convertir en el escenario de un delito.

—Un delito... Dios mío —dijo Denneen—. ¿Qué ha pasado?

—Luego te lo explico. Siento echarte encima todo esto.

—¿Ya has comido? Pues ven ahora mismo. Vamos a poner otro plato.

David y Ramón vivían en un apartamento de antes de la guerra cerca de Dupont Circle, a quince minutos en taxi. No era de lujo, pero estaba muy bien decorado, con altos techos y ventanas de cristales emplomados. Por los apetitosos aromas que aspiró al entrar —chile, anís y comino—, adivinó que Ramón estaba guisando uno de sus moles.

Tres años atrás, Denneen había sido uno de los jóvenes agentes a sus órdenes. Aprendía rápido, hacía bien su trabajo y se había apuntado varios éxitos; había seguido la pista de un ayudante especial de la Casa Blanca en la embajada de Qatar, siguiendo un hilo que condujo a una importante investigación de corrupción. Ella incluyó espléndidos informes en su expediente personal, pero no tardó en enterarse de que

Arliss Dupreee, en su calidad de director de la unidad, había presentado sus propias evaluaciones de «aptitud». Sus informes eran vagos, pero tremendamente perjudiciales: Denneen «no era material de Gobierno». «Carecía de la fortaleza» que cabía esperar de un investigador de la OIE, era «blando», «probablemente poco de fiar» y «frívolo». Su «actitud era problemática». Todo aquello no eran más que bobadas, el camuflaje burocrático de una hostilidad visceral y de ciertos prejuicios.

Anna se había hecho amiga de David y de Ramón. Se había tropezado un par de veces con ellos en la librería Kramerbooks de Connecticut Avenue y los había visto comprar juntos. Ramón era un hombre de baja estatura, expresión sincera y una sonrisa cordial cuyos dientes deslumbrantemente blancos contrastaban con su tez morena. Trabajaba como administrador del programa local Comida sobre Ruedas. Él y Anna simpatizaron enseguida; obedeciendo a un repentino impulso, Ramón insistió en invitarla a cenar con ellos aquella noche, y ella aceptó. Fue una ocasión mágica, gracias en parte a la excelente paella de Ramón y, en parte, a la relajada conversación y a las divertidas bromas, ninguna de ellas relacionada con cuestiones de trabajo; ella envidiaba la natural intimidad y el afecto que ambos se profesaban.

David, de mandíbula cuadrada y cabello rubio como la arena, era un hombre alto y de áspera apostura, y Ramón observó la manera en que ella lo miraba.

—Sé lo que estás pensando —le confió éste en un determinado momento mientras David se encontraba en el otro extremo de la estancia preparando las bebidas de espaldas a ellos—. Estás pensando: «lástima de hombre».

Anna se echó a reír.

—Se me ha pasado por la cabeza —reconoció.

—Todas las chicas lo dicen. —Ramón sonrió—. Pues bueno, conmigo no se va a malgastar.

Unas cuantas semanas más tarde, Anna almorzó con David y le explicó por qué razón no había sido ascendido desde el grado E-3. Sobre el papel era responsable ante Anna, pero Anna era responsable ante Dupree.

—¿Qué te gustaría que hiciera? —le preguntó Anna.

Denneen contestó apaciblemente, con menos indignación de la que ella sentía en su nombre:

—No quiero darle más importancia de la que tiene. Sólo quiero hacer mi trabajo. —La miró—. ¿Te digo la verdad? Quiero largarme de la división de Dupree. Resulta que me interesan las operaciones y la estrategia. Sólo pertenezco al E-3 y, por consiguiente, no puedo hacer nada. Pero, a lo mejor, tú sí podrías.

Anna tiró de algunos hilos, lo cual la obligó a dar un rodeo alrededor de Dupree, cosa que no le hizo demasiada gracia a la dirección de la OIE. Pero dio resultado y Denneen jamás lo olvidó.

Ahora le explicó a Denneen lo ocurrido en su apartamento y, entre el mole de pollo de Ramón y la botella de aterciopelado Rioja, sintió que parte de su tensión se disipaba. Muy pronto empezó a gastar bromas, diciendo que la había vapuleado uno de los componentes de los Back Street Boys.

—Te hubiera podido matar —dijo solemnemente Denneen.

—Pero no lo hizo. Lo cual demuestra que no era eso lo que buscaba.

—¿Pues qué era?

Anna meneó la cabeza.

—Mira, Anna. Sé que probablemente no puedes hablar de eso, pero ¿crees que hay alguna posibilidad de que sea algo relacionado con tu nueva asignación en la UCI? El viejo Alan Bartlett ha guardado tantos secretos a lo largo de los años que nunca se sabe contra qué te puede obligar a enfrentarte.

—El diablo sabe más por viejo que por diablo —musitó Ramón.

Era uno de los proverbios de su madre.

—¿Es una coincidencia? —insistió en preguntar Denneen.

Anna contempló su copa de vino y se encogió de hombros sin decir nada. ¿Había otros interesados en la muerte de las personas que figuraban en los archivos Sigma? No podía pensar en ello justo en aquel momento, y tampoco quería.

—Toma más carnitas —le dijo solícito Ramón.

A la mañana siguiente, en el edificio de la calle M, Anna fue llamada al despacho de Bartlett nada más llegar.

—¿Qué averiguó en Nueva Escocia? —le preguntó Bartlett, esta vez sin perder el tiempo con sutilezas sociales.

Anna ya había decidido previamente no mencionar la cuestión del intruso de su apartamento; no había ningún motivo para pensar que ambas cosas estuvieran relacionadas, y ella temía vagamente que el episodio socavara la confianza que él le tenía. Le habló de lo que era claramente pertinente: la señal de un pinchazo en la mano del viejo.

Bartlett asintió muy despacio.

—¿Qué clase de veneno utilizaron?

—Aún no he recibido los resultados de toxicología. Tardarán un poco. Siempre tardan. Si descubren algo, te llaman inmediatamente. Si no, siguen haciendo pruebas y más pruebas.

—Pero usted cree realmente que Mailhot pudo haber sido envenenado.

Bartlett parecía nervioso, como si no supiera muy bien si aquello era una buena noticia o no.

—Sí —contestó ella—. Después está la cuestión del dinero. Hace cuatro meses, el tipo recibió una transferencia telegráfica por valor de un millón de dólares.

Bartlett frunció el entrecejo.

—¿De dónde?

—Ni idea. Una cuenta de las islas Caimán. Después el rastro desaparece. Blanqueo de dinero.

Bartlett la escuchó en perplejo silencio.

Anna añadió:

—O sea que pedí historiales bancarios que se remontaran a diez años atrás y allí lo encontré, tan exacto como un cronómetro. Cada año Mailhot recibía una paletada de dinero, telegráficamente transferida. Cantidades cada vez más elevadas.

—¿Una sociedad comercial, quizá?

—Según su mujer, eran pagos de un patrón agradecido.

—Un patrón muy generoso.

—Muy rico. Y muy muerto. El viejo se había pasado toda la vida trabajando como ayudante personal de un acaudalado magnate de los medios. Guardaespaldas, factótum, correveidile de toda la vida, es todo lo que puedo imaginar.

—¿De quién?

—Charles Highsmith.

Anna estudió con mucho cuidado la reacción de Bartlett. Éste asintió rápidamente con la cabeza; ya lo sabía.

—La cuestión es, naturalmente, el porqué de estos pagos de paraísos fiscales —dijo—. ¿Por qué no una trasferencia directa desde el patrimonio de Highsmith?

Anna se encogió de hombros.

—Ésa es sólo una de las muchas preguntas. Supongo que una manera de responderla es seguir el rastro de los fondos, ver si procedían realmente del patrimonio de Highsmith. Ya he trabajado antes en el blanqueo de dinero procedente de la droga. Pero no puedo ser optimista.

Bartlett asintió con la cabeza.

—¿Y qué me dice de la viuda?

—No sirve de nada. Es posible que oculte algo, pero, al parecer, no sabía demasiado acerca de los negocios de su marido. Pensaba que era víctima de la paranoia, pues, por lo visto, era uno de los que pensaban que la muerte de Highsmith podía no haber sido un accidente.

—¿De veras? —dijo Bartlett con una punta de ironía.

—Y usted es otro, ¿verdad? Está claro que usted estaba al corriente de la conexión de Highsmith con Mailhot. ¿Había también un archivo Sigma sobre él?

—Eso carece de importancia.

—Perdone, pero me tiene que permitir que eso lo decida yo. Tengo la sensación de que pocos datos de los que le he proporcionado constituyen una novedad para usted.

Bartlett asintió con la cabeza.

—Highsmith era Sigma, en efecto. Amo y criado lo eran, en este caso. Parece ser que Highsmith había depositado una gran confianza en Mailhot.

—Y ahora los dos son inseparables —dijo Anna en un tono sombrío.

—Ha hecho usted un trabajo soberbio en Halifax —dijo Bartlett—. Supongo que lo sabe. Supongo también que no ha deshecho la maleta. Parece que tenemos otro trabajo.

—¿Dónde?

—Paraguay. Asunción.

Otro. La palabra era tan intrigante como estremecedora, pensó Anna. Al mismo tiempo, la despótica manera que tenía el Fantasma de manejar la información le provocaba una gran frustración y una profunda sensación de inquietud. Estudió el rostro del hombre, admirando su absoluta opacidad. ¿Qué sabía exactamente? ¿Qué no le había dicho?

¿Y por qué?

11

St. Gallen, Suiza

Ben Hartman se había pasado los dos últimos días viajando. De Nueva York a París. De París a Estrasburgo. En Estrasburgo, había tomado un corto vuelo a Mulhouse, en Francia, cerca de las fronteras de Alemania y Suiza. Allí había alquilado un automóvil para que lo llevara al aeropuerto regional Basel-Mulhouse, muy cerca de Basilea.

Pero, en lugar de pasar a Suiza, que era el punto de entrada más lógico, alquiló un pequeño avión para trasladarse directamente a Liechtenstein. Ni el operador del vuelo chárter ni el piloto le habían hecho preguntas. ¿Por qué iba un aparentemente próspero hombre de negocios a intentar entrar en el principado de Liechtenstein, uno de los centros mundiales de blanqueo de dinero, de una manera indetectable y decididamente irregular, evitando los cruces oficiales de fronteras? El código entre ellos era: «No preguntes».

Cuando llegó a Liechtenstein ya era casi la una de la madrugada. Pasó la noche en una pequeña pensión de las afueras de Vaduz y salió por la mañana en busca de un piloto que estuviera dispuesto a cruzar la frontera suiza de tal manera que su nombre no figurara en ningún registro ni lista de pasajeros.

En Liechtenstein, el plumaje de un hombre de negocios extranjero —el traje cruzado Kiton, la corbata de Hermès y la camisa Charvet— era un elemento de protección, nada más. El principado sabía distinguir con toda claridad a los de dentro de los de fuera, a los que tenían algo de valor que ofrecer de los que no, a los propios de los extraños. Una muestra emblemática de su exclusivista espíritu de grupo era el hecho de que los extranjeros que desearan convertirse en súbditos del país tenían que ser admitidos tanto por el Parlamento como por el príncipe.

Ben Hartman sabía moverse por lugares como aquél. En el pasado, semejante circunstancia lo llenaba de inquietud moral, su permanente e imborrable aire de privilegiado le quemaba como una marca de Caín. Ahora era sólo una ventaja táctica que podía explotar. A veinte kilómetros al sur de Vaduz había una pista de despegue y aterrizaje donde a veces desembarcaban hombres de negocios con sus *jets* y helicópteros privados. Allí mantuvo una conversación con un rudo y veterano miembro del equipo de mantenimiento de tierra a quien expuso sus exigencias en términos vagos pero inequívocos. Hombre de pocas palabras, el sujeto miró a Ben y garabateó un número de teléfono en la parte posterior de una hoja de registro. Ben le entregó una generosa propina por su ayuda, aunque, cuando llamó a aquel número, le contestó un hombre aparentemente medio dormido que se excusó, diciendo que aquel día tenía otro trabajo que hacer. No obstante, tenía un amigo, Gaspar... Otra llamada. Ya era por la tarde cuando finalmente conoció a Gaspar, un dispéptico sujeto de mediana edad que estudió rápidamente a Ben y le expuso sus exorbitantes condiciones. En realidad, el piloto se ganaba muy bien la vida trasladando a hombres de negocios al otro lado de la frontera suiza sin dejar ninguna huella en los ordenadores. Había veces en que ciertos señores de la droga o potentados empresarios africanos o de Oriente Medio necesitaban efectuar algunas operaciones bancarias en ambos países sin que las autoridades los vigilaran. El piloto, que lucía una permanente mueca de desprecio, supuso que Ben se proponía hacer algo similar. Media hora más tarde, cuando se preparaba para el despegue, Gaspar se enteró de que había una tormenta sobre St. Gallen y quiso anular el vuelo, pero unos cuantos cientos de billetes de dólar más lo hicieron cambiar de opinión.

Cuando el ligero bimotor a propulsión brincó a través de la turbulencia sobre las cordilleras alpinas orientales, el taciturno piloto se volvió casi locuaz.

—Hay un dicho en mi tierra: *Es ist besser reich zu leben, als reich su sterben.* —Soltó una carcajada—. Es mejor vivir rico que morir rico...

—Usted limítese a pilotar —le replicó Ben en tono malhumorado.

Se preguntó si sus precauciones serían exageradas, pero la verdad es que no tenía ni idea de cuál sería el alcance de las personas que habían asesinado a su hermano o de las que habían encargado al hombre conocido como Jimmy Cavanaugh intentar matarle a él en Zúrich. Y no tenía la menor intención de facilitarles las cosas.

En St. Gallen Ben contrató un viaje con un campesino que transportaba verduras a los mercados y restaurantes. El campesino lo estudió con expresión desconcertada; Ben le explicó que se le había averiado el automóvil en un remoto paraje. Más tarde, alquiló un vehículo y se dirigió a la apartada comunidad rural de Mettlenberg. Si el vuelo había sido agitado, el viaje por carretera no fue mucho mejor. Cayó un aguacero que inundó el parabrisas del automóvil de alquiler. Los limpiaparabrisas se movían rápida pero inútilmente, pues la lluvia era demasiado fuerte. A última hora de la tarde, ya estaba oscuro. Ben apenas podía ver a un metro de distancia. Probablemente era una suerte que el denso tráfico en ambas direcciones de aquella pequeña carretera rural tuviera que avanzar a paso de tortuga.

Se encontraba en una apartada y escasamente poblada área de la zona nororiental de Suiza, en el cantón de St. Gallen, no lejos del lago de Constanza. De vez en cuando, los ratos en que la lluvia amainaba momentáneamente, podía ver inmensas granjas en plena explotación a ambos lados de la carretera. Hatos de ganado, rebaños de ovejas, hectáreas de tierras de cultivo. Había primitivos edificios de gran tamaño que albergaban establos y graneros y, sin duda, también viviendas, todo bajo una doble techumbre de paja. Bajo los aleros se apilaban montones de leña con precisión geométrica.

Mientras circulaba por la carretera experimentó toda una serie de emociones, desde el temor a la más profunda tristeza y a la cólera más violenta. Ahora se estaba acercando a un grupo de edificios de lo que debía de ser la aldea de Mettlenberg. La lluvia había amainado y se había convertido en una llovizna. Ben pudo ver las ruinas de una ciudad medieval inicialmente fortificada. Había un viejo granero y una primitiva iglesia del siglo XVI dedicada a la Virgen. También varias pintorescas casas de piedra muy bien conservadas, con ornamentadas fachadas de madera, gabletes y rojos tejados a dos aguas. Apenas se podía considerar una aldea.

Peter había dicho que Liesl, su amante, se había presentado para una plaza vacante en un pequeño hospital de allí. Lo había comprobado: sólo había un hospital en varios kilómetros a la redonda, el *Regionalspital Sankt Gallen Nord*.

Situado a escasa distancia del «centro urbano», se trataba de un edificio relativamente moderno de ladrillo rojo, de construcción barata, de hacia 1960, calculó Ben. El hospital regional. Encontró una estación de servicio Migros, donde aparcó el automóvil e hizo una llamada desde el teléfono de pago.

Cuando contestó la telefonista de la centralita del hospital, Ben le dijo lentamente en inglés:

—Necesito hablar con el pediatra. Mi niño se ha puesto enfermo.

Le pareció inútil utilizar su alemán de turista puesto que, de todos modos, no podría disimular su acento norteamericano y una telefonista suiza seguro que hablaba inglés.

Peter le había dicho que el hospital había contratado a Liesl porque «necesitaban un pediatra», pues no tenían ningún otro. Puede que hubiera otros, pero Ben lo dudaba, tratándose de un hospital tan pequeño.

—Le pongo con la *Notfallstation*, señor. La sala de urgencias...

—No —la interrumpió rápidamente Ben—. Urgencias, no. Necesito hablar directamente con el pediatra. ¿Hay más de uno en plantilla?

—Sólo una, señor, pero la doctora no está en este momento.

¡Sólo una! En su fuero interno, Ben se llenó de júbilo; ¿la habría encontrado?

—Sí, una señora llamada Liesl no sé qué, ¿verdad?

—No, señor. Aquí no hay ninguna Liesl en plantilla, que yo sepa. La pediatra es la doctora Margarethe Hubli, pero ya le digo que ahora no está en el hospital. Permítame ponerle con...

—Me habré confundido. Éste es el nombre que me han dado. ¿Ha habido aquí alguna doctora llamada Liesl hasta hace poco?

—Que yo sepa, no, señor.

Se le ocurrió una idea. Cabía la posibilidad de que la doctora Hubli conociera a Liesl y supiera quién era y adónde se había ido. Aquel tenía que ser el hospital donde Liesl había conseguido un empleo.

—¿Hay algún número con el que pueda ponerme en contacto con la doctora Hubli?

—Siento no poder facilitarle su número particular, señor, pero si trae usted a su niño al hospital...

—¿Puede usted llamarla en mi nombre?

—Sí, señor, faltaría más.

—Gracias.

Le facilitó el número del teléfono de pago y un nombre falso.

A los cinco minutos sonó el teléfono.

—¿Señor Peters? —dijo una voz femenina en inglés.

—Gracias por llamar, doctora. Soy un americano que se aloja en casa de unos amigos de aquí y estoy intentando localizar a una doctora que creo que figuraba en la plantilla del hospital regional de aquí. No sé si usted la conocerá. Una mujer que se llamaba Liesl.

Hubo una larga pausa... demasiado larga.

—No conozco a ninguna Liesl —dijo la pediatra.

¿Estaría mintiendo para proteger a Liesl? ¿O todo eran figuraciones suyas?

—¿Está segura? —insistió Ben—. Me dijeron que allí había una pediatra llamada Liesl y me urge ponerme en contacto con ella. Se trata de un asunto familiar.

—¿Qué clase de «asunto familiar»?

Había dado en el blanco. Estaba protegiendo a Liesl.

—Se refiere a su... hermano, Peter.

—¿Su hermano? —La pediatra parecía perpleja.

—Dígale que me llamo Ben.

Se produjo otra larga pausa de silencio.

—¿Dónde está usted? —preguntó la mujer.

Pasaron apenas veinte minutos antes de que un pequeño Renault de color rojo entrara en la gasolinera.

Una mujer de baja estatura envuelta en un amplio poncho impermeable de color verde militar, vestida con unos vaqueros manchados de barro y calzada con botas, bajó cautelosamente y cerró ruidosamente la puerta. Lo vio y se acercó a él. Ben pudo ver que era una auténtica belleza. Por alguna razón, no lo que esperaba. Bajo la capucha del poncho vio su corto y sedoso cabello castaño oscuro. Tenía unos luminosos ojos azules y una tez blanca como la leche. Pero su rostro estaba ojeroso y contraído: parecía asustada.

—Gracias por venir —le dijo él—. Ya veo que conoce usted a Liesl. Yo soy el hermano gemelo de su marido.

Ella no le quitaba los ojos de encima.

—Dios mío —dijo en voz baja—. Es igualito que él. Es... es como ver un fantasma. —Su rostro, que era como una máscara de tensión, pareció encogerse—. Dios mío —jadeó, rompiendo en sollozos—, ¡con las precauciones que tomaba! Tantos... años...

Ben miró perplejo a la doctora.

—No regresó aquella noche —añadió con atemorizada precipitación—. Esperé en vela hasta muy tarde, preocupada y muerta de miedo. —Se cubrió el rostro con las manos—. Y después vino Dieter y me dijo lo que había ocurrido...

—Liesl —dijo Ben en un susurro.

—¡Oh, Dios mío! —gimió ella—. Era un hombre tan... tan bueno. Lo quería mucho.

Ben la rodeó con sus brazos, sosteniéndola en un inmenso abrazo tranquilizador, y entonces él también sintió que las lágrimas empezaban a rodar por sus mejillas.

Asunción, Paraguay

Anna fue interceptada en la aduana por un oficial paraguayo de mofletudo rostro, vestido con camisa azul de manga corta y corbata. Por su cabello y su tez ella adivinó que era, como casi todos los paraguayos, un mestizo de sangre española e india.

La miró de arriba abajo y después dio unas palmadas a su maleta con ruedas para indicarle que quería que la abriera. Le hizo unas cuantas preguntas en un inglés con fuerte acento y después, mirándola con aparente decepción, le hizo señas de que pasara.

Se sentía tan furtiva como un delincuente que estuviera reconociendo un territorio. Las normas federales habituales exigían que un agente visitante se pusiera en contacto con la embajada local, pero ella no pensaba hacerlo. El riesgo de una filtración era demasiado grande. Si ocurría algún problema, ya se encargaría más tarde de afrontar las consecuencias del quebrantamiento del protocolo.

Encontró un teléfono de pago en el abarrotado vestíbulo del aeropuerto. Tardó uno o dos minutos en averiguar cómo utilizar su tarjeta.

Un mensaje de Arliss Dupree, preguntándole cuándo regresaría a la unidad de la OIE. Y un mensaje del sargento Arsenault de la Policía Montada del Canadá. Ya se habían recibido los resultados de toxicología. No decía más.

Cuando consiguió establecer comunicación con el cuartel general de la Policía Montada de Ottawa, la tuvieron esperando unos cinco minutos largos mientras buscaban a Ron Arsenault.

—¿Qué tal por ahí abajo, Anna?

Lo adivinó por el tono de su voz.

—Nada, ¿verdad?

—Lo siento. —No daba la sensación de sentirlo—. Creo que perdió el tiempo que estuvo aquí.

—No creo. —Trató de disimular su decepción—. La señal de inyección es significativa. ¿Le importa que hable con el toxicólogo?

Arsenault titubeó un instante.

—No veo por qué no, pero eso no va a cambiar nada.

—Simplemente me sentiría mejor.

—Pues bueno, ¿por qué no?

Arsenault le facilitó un número de Halifax.

El aeropuerto era ruidoso y caótico y resultaba difícil oír la voz del teléfono.

El toxicólogo se llamaba Denis Weese. Su voz era alta, áspera e intemporal... podía tener sesenta y tantos o veintitantos años.

—Hicimos todas las pruebas que usted pidió y otras más —dijo a la defensiva.

Ella trató de imaginárselo: «bajito y calvo», pensó.

—Se lo agradezco mucho.

—Han sido muy costosas, ¿sabe?

—No se preocupe, las vamos a pagar. Pero permítame preguntarle una cosa. ¿No hay unas sustancias, toxinas, que traspasan la barrera sangre-cerebro y después ya no vuelven atrás?

Arthur Hammond, su experto en venenos, le había sugerido de pasada semejante posibilidad.

—Supongo que sí.

—¿Y que sólo se podrían detectar en el líquido cefalorraquídeo?

—Yo no contaría con ello, pero es posible. —Hablaba a regañadientes: no le gustaban sus teorías. Ella esperó y, al ver que no seguía adelante, preguntó lo evidente:

—¿Qué tal una punción medular?

—No se puede.

—¿Por qué?

—En primer lugar, es prácticamente imposible hacer una punción medular a un cuerpo muerto. No hay presión. No sale. En segundo lugar, el cuerpo ya ha desaparecido.

—¿Enterrado? —Anna se mordió el labio. Maldita sea.

—El funeral se celebra esta tarde, creo. El cuerpo se ha devuelto a la funeraria. El entierro será mañana por la mañana.

—Pero usted podría trasladarse allí, ¿verdad?

—Teóricamente sí, pero, ¿para qué?

—¿No es el ojo, el líquido ocular, lo mismo que el líquido cefalorraquídeo?

—Sí.

—Usted puede extraerlo, ¿verdad?

Una pausa.

—Pero usted no lo pidió.

—Se lo acabo de pedir.

Mettlenberg, St. Gallen, Suiza

Ahora Liesl guardaba silencio. Las lágrimas que habían rodado por sus mejillas, mojándole la chaqueta de tejido vaquero, se estaban empezando a secar.

Vaya si era ella. ¿Cómo era posible que no lo hubiera comprendido?

Estaban sentados en el asiento delantero del automóvil de ella. Permanecer de pie sobre la isla de asfalto de la estación de servicio habría sido demasiado arriesgado, había observado ella tras recuperar la calma. Ben se recordó sentado en el asiento delantero de la camioneta de Peter.

Ella miró hacia delante a través del parabrisas. Sólo se oía el ruido ocasional de algún automóvil o el gutural rugido del claxon de algún camión.

Al final, habló.

—No es seguro que estés aquí.

—He tomado precauciones.

—Si alguien te ve conmigo...

—Pensarán que soy Peter, tu marido...

—Pero si las personas que lo mataron, las que saben que está muerto, me han localizado...

—Si te hubieran localizado, ya no estarías aquí —dijo Ben—. Estarías muerta.

Ella guardó silencio un momento. Y después:

—¿Cómo has llegado hasta aquí?

Le habló con todo detalle de los aviones y los vehículos privados, de su camino indirecto. Sabía que sus precauciones la tranquilizarían. Ella asintió en gesto de aprobación.

—Imagino que esta clase de precauciones de seguridad se convirtieron en una segunda naturaleza para ti y para Peter —dijo Ben—. Peter me contó que fuiste tú la que te inventaste su falsa muerte. Fue una idea brillante.

—Si hubiera sido tan brillante —replicó ella con mordacidad—, jamás lo habrían vuelto a encontrar.

—No. De eso tengo yo la culpa. Jamás hubiera tenido que regresar a Suiza, le hice salir del escondrijo.

—Pero ¿cómo podías tú saberlo? ¡Tú no creías que Peter estuviera vivo! —Se volvió a mirarlo.

Su pálida piel era casi transparente y en su cabello castaño brillaban reflejos dorados. Era muy esbelta, con unos perfectos senos menudos bajo una sencilla blusa blanca. Era extravagantemente guapa. No era de extrañar que Peter hubiera estado dispuesto a renunciar a todo lo demás para pasar el resto de su vida con ella. Ben experimentó los efectos de una poderosa atracción, pero comprendió que jamás cedería a ella.

—No utilizas tu propio nombre —dijo.

—Pues claro que no. Todos mis amigos de aquí me conocen por otro. Me lo he cambiado legalmente. Margarethe Hubli era el nombre de una tía abuela mía, en realidad. De Peter sólo sabían que era mi chico, un escritor canadiense a quien yo mantenía. También lo conocían por otro nombre... —Sus palabras se perdieron y ella se calló, mirando una vez más a través de la ventanilla.

—Pero conservaba algunos de sus contactos, aquellos en quienes más confiaba. Los llamaba su «primitivo sistema de advertencia». Y después, cuando hace unos días recibió una llamada hablándole del baño de sangre de la Bahnhofstrasse... comprendió lo que había ocurrido. Le supliqué que no hiciera nada. ¡Pero no, él insistió! Dijo que no tenía más remedio. —Su rostro se torció en una expresión de desprecio y su voz se convirtió en un gemido. A Ben se le encogió el corazón.

Ella siguió adelante con una vocecita entrecortada por la emoción—: Tenía que protegerte. Convencerte de que abandonaras el país. Tenía que salvarte la vida aun a costa de poner en peligro la suya. Oh, Dios mío, cuánto le advertí de que no fuera. Se lo supliqué, intenté convencerlo.

Ben le tomó la mano.

—Me duele en el alma.

¿Qué podía decir, en realidad? ¿Que no podía expresar con palabras el dolor que sentía por el hecho de que Peter hubiera muerto en su lugar? ¿Que ojalá hubiera ocurrido al revés? ¿Que amaba a Peter desde hacía mucho más tiempo que ella?

—Ni siquiera puedo reclamar su cadáver, ¿verdad? —dijo ella en un susurro.

—No. Ninguno de los dos podemos.

Ella tragó saliva.

—Peter te quería mucho, ¿sabes?

Le dolió oírlo e hizo una mueca.

—Nos peleábamos de mala manera. Supongo que es como la ley de la física, eso de que cada acción suscita una reacción igual y contraria.

—Vosotros dos no es que parecierais iguales, es que erais iguales.

—Más bien no.

—Sólo un gemelo diría eso.

—No me conoces. Temperamental y emocionalmente éramos completamente distintos.

—Quizá de la misma manera en que son distintos dos copos de nieve. Siguen siendo copos de nieve.

Ben esbozó una sonrisa de aprobación.

—No estoy muy seguro de que yo pudiera llamarnos copos de nieve. Siempre fuimos demasiado conflictivos.

Algo en sus palabras la indujo a decir algo. Ahora estaba llorando:

—Oh, Dios mío, ¿por qué tuvieron que matarlo? ¿Por qué? ¿Con qué finalidad? Jamás hubiera hablado, ¡no era tonto!

Ben esperó pacientemente a que se calmara un poco.

—Peter me dijo que había encontrado un documento, una lista de nombres. Veintitrés nombres de políticos y empresarios del más alto nivel. «Unas empresas de las que tú habrás oído hablar», dijo. Me comentó que era un documento constitutivo que creaba una especie de organización en Suiza.

—Sí.

—Tú viste el documento.

—Lo vi.

—¿Y te pareció auténtico?

—Por lo que pude ver, sí. Todos los detalles, incluso la escritura a máquina, eran como los de los papeles que yo había visto de los años cuarenta.

—¿Y dónde está ahora?

Ella frunció los labios.

—Poco antes de que abandonáramos Zúrich definitivamente, abrió una cuenta bancaria. Dijo que lo hizo sobre todo por la cámara de seguridad que el banco le alquilaría. Quería guardar en ella unos papeles. No estoy muy segura, pero supongo que debió de guardarlo allí.

—¿Es posible que lo ocultara en casa, en tu casita del campo?

—No —se apresuró a contestar ella—. No hay nada escondido en nuestra casa.

Ben tomó nota mentalmente de su reacción.

—¿Dejó una llave de esa cámara?

—No.

—Si la cuenta estaba a su nombre, ¿no podría ser que esos... esos chicos malos tuvieran medios de descubrir su existencia?

—Por eso no la abrió a su nombre. Está a nombre de un abogado.

—¿Recuerdas quién?

—Pues claro. Mi primo Matthias Deschner. En realidad, es un primo segundo. Un pariente lejano, lo bastante lejano como para que nadie lo pudiera relacionar de ninguna manera con nosotros... conmigo. Pero es un hombre bueno, un hombre digno de confianza. Tiene el despacho en Zúrich, en la St. Annagasse.

—Tú confías en él.

—Totalmente. A fin de cuentas, le confié nuestras vidas. Él jamás nos traicionó; jamás lo hubiera hecho.

—Si actualmente unas personas, unas personas con influencia, poder y contactos de largo alcance, están tan desesperadas por conseguir este documento, tiene que tratarse de algo extremadamente importante.

La mente de Ben se llenó de repente con la horrible imagen del cuerpo encogido de Peter salpicando sangre a su alrededor. Sentía una opresión tan fuerte en el pecho que no podía respirar. Pensó: «Peter se interponía en su camino y lo mataron».

—Deben de temer que salgan sus nombres —dijo ella.

—Pero ¿cuántos de ellos pueden vivir después de tantos años?

—Están también los herederos. Los hombres poderosos pueden tener sucesores poderosos.

—Y algunos no tan poderosos. Tiene que haber un eslabón en alguna parte. —Ben interrumpió sus palabras—. Todo esto es una locura. La idea de que alguien se pueda preocupar por una sociedad fundada hace medio siglo... ¡resulta increíble!

Liesl se rio amargamente, sin la menor alegría.

—Todo es relativo, eso de lo que tiene sentido y lo que no, ¿no te parece? ¿Cuánta parte de tu bien organizada vida sigue teniendo sentido?

Hasta hacía una semana, Ben se pasaba los días en el departamento de «desarrollo» de Hartman Capital Management, cultivando a los viejos clientes y a los nuevos candidatos y exhibiendo su deslumbrante encanto. Ya no era un mundo en el que pudiera vivir; casi todo aquello que había conocido era mentira, formaba parte de un engaño más grande en el que difícilmente podría abrigar la esperanza de penetrar. «Cavanaugh te fue asignado a ti», había dicho Peter. El Consorcio —el grupo Sigma o lo que fuera— parecía tener agentes en todas partes. ¿Era por eso por lo que su madre había insistido tanto en que regresara a la empresa familiar a la muerte de Peter? ¿Creía ella que estaría más seguro allí, más protegido de los peligros, de las amenazas, de las verdades que difícilmente hubiera podido imaginar?

—¿Averiguó Peter algo más acerca del Consorcio Sigma? ¿Acerca de si seguía existiendo?

Ella se echó nerviosamente el cabello hacia atrás haciendo tintinear sus pulseras.

—Averiguamos muy pocas cosas. Casi todo eran conjeturas. Lo que creemos, creíamos, es que hay unas vagas empresas y unas fortunas privadas que se dedican a borrar sus orígenes. Estas empresas son tan despiadadas como los hombres que son financiados por ellas. No se preocupan por detalles tan nimios como la ética. En cuanto se enteraron de que Peter tenía en su poder un documento que podía revelar su participación o la de sus padres en Sigma, y, a lo mejor, desenmascarar las complicadas maniobras empresariales que se llevaron a cabo durante la guerra, en cuanto se enteraron de todo eso, no vacilaron en matarlo. No vacilarán en matarte a ti, o a mí. O a cualquier persona que amenace con desenmascararlos o con pararles los pies, o que simplemente sepa demasiado acerca de su existencia. Pero Peter también llegó a creer que estos sujetos se habían unido con propósitos más amplios. Para... organizar los asuntos del mundo en general.

—Pero cuando Peter y yo hablamos, él comentó simplemente que algunos de los miembros del antiguo consejo estaban protegiendo sus propias fortunas.

—Si hubiera tenido tiempo, te hubiera dicho otras cosas acerca de sus teorías.

—¿Te habló alguna vez de nuestro padre?

Liesl hizo una mueca.

—Sólo me dijo que era un hipócrita y un gran embustero y que no era un superviviente del Holocausto. Que, de hecho, había sido miembro de las SS. Dejando aparte todo eso, naturalmente, Peter lo quería —añadió con ironía.

Ben se preguntó si la ironía no ocultaría un núcleo de verdad.

—Oye, Liesl, necesito que me digas cómo ponerme en contacto con tu primo el abogado Deschner...

—Matthias Deschner. Pero ¿para qué?

—Tú ya sabes por qué. Porque necesito el documento.

—Yo he dicho para qué —puntualizó ella con amargura—. ¿Para que te maten también a ti?

—No, Liesl. No tengo intención de que me maten.

—Pues entonces debes de tener cierta idea que a mí se me escapa de por qué necesitas ese documento.

—Es posible. Quiero desenmascarar a los asesinos.

Se preparó para un arrebato de furia, pero se sorprendió cuando ella le contestó con sosegada serenidad:

—Quieres vengar su muerte.

—Sí.

Las lágrimas asomaron a sus ojos. Su boca se torció hacia abajo en una mueca como para reprimir otro acceso de lágrimas.

—Sí —dijo—. Si lo haces, si tienes cuidado, tanto como el que tuviste al venir aquí, nada me podría hacer más feliz. Desenmascáralos, Ben. Házselo pagar. —Se apretó la nariz entre el índice y el pulgar—. Ahora me tengo que ir a casa. He de decirte adiós.

Por fuera parecía tranquila, pero Ben pudo detectar el temor que había debajo. Era una mujer fuerte y extraordinaria, una roca. «Lo haré por mí y también por ti», pensó.

—Adiós, Liesl —dijo, besándola en la mejilla.

—Adiós, Ben —dijo Liesl mientras él bajaba del automóvil. Lo miró largo rato—. Sí, házselo pagar.

12

Asunción, Paraguay

El taxi que la llevó desde el aeropuerto era un viejo y tra-
queteante Volkswagen Escarabajo no tan encantador como a
primera vista le había parecido. Pasaron por delante de las
elegantes mansiones de estilo colonial español antes de
adentrarse en el caótico tráfico del centro de la ciudad, en las
calles arboladas abarrotadas de peatones y de vetustos trole-
buses amarillos. Había más Mercedes-Benz de los que jamás
hubiera visto fuera de Alemania, muchos de ellos robados, ella
lo sabía. Asunción parecía congelada en los años cuarenta. El
tiempo había pasado de largo por allí.

Su hotel del centro era un pequeño y mísero establecimiento de Colón. La guía que ella había consultado le atribuía
tres estrellas. Estaba claro que el autor de la guía había cobrado. El recepcionista se ablandó considerablemente al ver que
le empezaba a hablar en un fluido español.

Su habitación tenía el techo alto y las paredes desconcha-
das y, puesto que las ventanas daban a la calle, resultaba increíblemente ruidosa. Al menos, disponía de cuarto de baño.
Si alguien quería mantener un perfil bajo, no iba donde se alo-
jaban los gringos.

Se bebió un vaso de «agua con gas» del «bar de honor»,
un minúsculo frigorífico que apenas conservaba frío su con-

tenido, y después marcó el número que le habían dado de la Comisaría Central, la principal comisaría de la ciudad.

No se trataba de ningún contacto oficial. El capitán Luis Bolgorio era un investigador de homicidios de la policía paraguaya que había solicitado por teléfono la ayuda del Gobierno de Estados Unidos en varios casos de asesinato. Anna había conseguido su nombre, fuera de los cauces habituales, a través de un amigo del fbi. Bolgorio debía unos cuantos favores al Gobierno de Estados Unidos; éste era el alcance de su lealtad.

—Tiene usted suerte, señorita Navarro —dijo el capitán Bolgorio cuando ambos reanudaron su conversación—. La viuda ha accedido a recibirla, a pesar de que está de luto.

—Me parece muy bien. —Hablaban en español, el idioma oficial; el idioma de la calle era el guaraní—. Gracias por su ayuda.

—Es una acaudalada dama muy importante. Espero que la trate con el máximo respeto.

—Faltaría más. ¿El cadáver...?

—Eso no corresponde a mi departamento, pero tomaré disposiciones para que usted pueda visitar el depósito de cadáveres de la policía.

—Estupendo.

—La casa está en la avenida del Mariscal López. ¿Podrá llegar hasta allí con un taxi o necesita que yo la recoja?

—Puedo ir en taxi.

—Muy bien. Conseguiré los informes que usted me ha pedido. ¿Cuándo nos vemos?

Le encargó al portero que le pidiera un taxi y se pasó la siguiente hora leyendo el expediente sobre la «víctima»... por más que le costara considerar una víctima a semejante criminal.

Sabía que la carpeta de cartulina que le había entregado Alan Bartlett sería probablemente toda la información que podría obtener. El capitán Bolgorio la estaba ayudando tan sólo porque la ocasional ayuda tecnológica que recibía del ncav (el valor neto actual de los activos) del Gobierno de los Estados Unidos realzaba la importancia de sus propios éxitos locales y le confería buena imagen. Un toma y daca al cien por cien. Bolgorio había dispuesto que el cadáver de Prosperi se retuviera en el depósito de cadáveres.

Según Bartlett, Paraguay era célebre por su escasa colaboración en los casos de extradición y había sido durante décadas un apreciado refugio para criminales de guerra y otros prófugos internacionales. Su odioso y corrupto dictador, el «presidente vitalicio» Alfredo Stroessner, se había encargado de que así fuera. Había habido alguna esperanza de mejora tras el derrocamiento de Stroessner en 1989. Pero no. Paraguay seguía siendo muy poco receptivo a las peticiones de extradición.

Por consiguiente, era un lugar de residencia ideal para un anciano sinvergüenza como Marcel Prosperi. El corso de nacimiento Marcel Prosperi gobernaba prácticamente la ciudad de Marsella durante y después de la Segunda Guerra Mundial, controlando el tráfico de heroína, la prostitución y las armas. Poco después de terminar la guerra, tal como se detallaba en el expediente de la UCI, huyó a Italia, después a España y finalmente a Paraguay. Aquí Prosperi organizó la red de distribución sudamericana de la heroína de Marsella, la llamada «French Connection», responsable de la colocación de la blanca heroína de Marsella en las calles de Estados Unidos, en colaboración con el rey de la droga de la mafia americana Santo Trafficante, Jr., que controlaba buena parte del tráfico de la heroína en Estados Unidos. Anna sabía que entre los cómplices de Prosperi figuraban algunas de las más altas autoridades de Paraguay. Todo lo cual significaba que era un hombre muy peligroso, incluso después de muerto.

En Paraguay, Prosperi estaba al frente de un respetable negocio que le servía de tapadera, una cadena de concesionarios de automóviles. Los últimos años, sin embargo, se los había pasado postrado en la cama. Dos días atrás había muerto.

Mientras se vestía para su entrevista con la viuda de Prosperi, Anna pensó en los detalles de los casos Prosperi y Mailhot. Al margen de lo que averiguara a través de la viuda o de la autopsia, estaba dispuesta a apostar a que Marcel Prosperi tampoco había muerto por causas naturales.

Pero quienquiera que estuviera asesinando a aquellos hombres disponía de amplios recursos, estaba muy bien relacionado y era inteligente.

El hecho de que cada una de las víctimas estuviera incluida en los archivos Sigma de Alan Bartlett era significativo, pero ¿qué revelaba? ¿Había alguien más que tuviera acceso a los nombres relacionados con aquellos archivos... en el Departamento de Justicia de Estados Unidos o en la CIA o en países extranjeros? ¿Se habría filtrado la lista de alguna manera?

Una teoría se estaba empezando a perfilar. Los asesinos —porque tenía que haber más de uno— estaban probablemente muy bien financiados y tenían acceso a unos buenos servicios de espionaje. Si no actuaban por su cuenta, los había contratado alguien con dinero y poder... Pero ¿por qué motivo? ¿Y por qué ahora, por qué tan de repente?

Una vez más, volvió a la cuestión de la lista... ¿Quién la había visto exactamente? Bartlett había hablado de una auditoría interna de la CIA y de la decisión de incluir a la UCI en la investigación. Lo cual significaba investigadores, funcionarios del Estado. ¿Y qué decir del fiscal general? ¿Había visto la lista?

Y quedaban todavía varias preguntas importantes.

¿Por qué los asesinatos se habían disfrazado de muertes naturales? ¿Por qué era tan importante mantener en secreto el hecho de los asesinatos?

¿Y qué...?

El timbre del teléfono la arrancó de sus reflexiones. El taxi ya había llegado.

Terminó de aplicarse el maquillaje y bajó.

El taxi, un Mercedes metalizado —probablemente también robado—, circuló ruidosamente por las concurridas calles de Asunción con aparente desprecio por el carácter sagrado de la vida humana. El taxista, un apuesto individuo de cerca de cuarenta años, tez aceitunada realzada por una fina y tropical camisa blanca de lino, ojos castaños, cabello corto, se volvía periódicamente a mirarla, como si esperara establecer contacto visual con ella.

Ella evitó deliberadamente prestarle atención. Lo único que le faltaba era un mujeriego latino que se interesara por ella. Contempló a través de la ventanilla a un vendedor callejero que vendía Rolex y Cartier falsos, levantando en alto su mercancía para que ella la viera cuando se detuvieron en un semáforo. Ella meneó la cabeza. Otra vendedora, una anciana, vendía hierbas y raíces.

No había visto ningún rostro gringo desde su llegada allí, y era de esperar. Asunción no era precisamente París. El autobús que tenían delante eructaba un humo insoportable. Se oyó un estallido de música instrumental.

Al cabo de un rato observó que el tráfico había disminuido y que las calles eran más anchas y estaban flanqueadas por árboles. Al parecer, se encontraban en las afueras de la ciudad. Llevaba en el bolso un plano de la ciudad, pero no quería abrirlo sin necesidad.

Recordó que el capitán Bolgorio le había dicho que la casa de Prosperi estaba en la avenida Mariscal López, la cual se encontraba en el sector este de la ciudad, camino del aeropuerto. Había circulado por ella cuando se dirigía a la ciudad y era una calle con preciosas mansiones de estilo colonial español.

Pero las calles que ahora veía a través de la ventanilla no le resultaban familiares. Jamás había estado en aquella zona de la ciudad.

Miró al taxista y le preguntó:

—¿Adónde vamos?

El hombre no contestó.

—Hágame el favor de escucharme —le dijo ella mientras él se acercaba al bordillo de la acera de una tranquila travesía sin tráfico.

Oh, Dios mío. No iba armada. Su pistola estaba guardada bajo llave en un cajón de su escritorio en su despacho. Sus conocimientos de artes marciales y autodefensa difícilmente...

El taxista se había dado la vuelta y la estaba apuntando con un revólver negro del calibre 38.

—Ahora vamos a hablar —dijo el hombre—. Usted llega al aeropuerto desde América. Quiere visitar la finca del señor Prosperi. ¿Comprende por qué a algunos de nosotros nos podría parecer interesante?

Anna se concentró en la necesidad de conservar la calma. Su ventaja tendría que ser psicológica. La única desventaja del hombre era la limitación de sus conocimientos. No sabía quién era ella. ¿O sí?

—Si es usted una puta de la DEA, tengo a un grupo de amigos que estarían encantados de entretenerla... antes de su final e inexplicable desaparición. Y no será la primera. Si es una política, tengo otros amigos que disfrutarán manteniendo con usted una, digamos, conversación.

Anna procuró adoptar una expresión de aburrimiento mezclado con desprecio.

—Me está usted hablando constantemente de «amigos» —dijo en inglés, añadiendo a continuación en fluido español—: El muerto al hoyo y el vivo al bollo.

—¿O sea que no quiere elegir su manera de morir? Es la única opción que a casi todos nosotros se nos ofrece.

—Pero primero hay que elegir. El que mucho habla, mucho yerra. Siento que usted meta la pata de esta manera. Usted no sabe quién soy, ¿verdad?

—Si es lista, usted misma me lo dirá.

Anna frunció los labios con desdén.

—Eso es lo único que no haré. —Hizo una pausa—. Pepito Salazar no lo querría.

La cara del taxista se quedó congelada.

—¿Salazar, ha dicho?

Anna acababa de mencionar el nombre de uno de los más poderosos exportadores de cocaína de la región, un hombre cuyo negocio superaba incluso al de los capos de la droga de Medellín.

Ahora el hombre la miró con recelo.

—Es fácil mencionar el nombre de un desconocido.

—Cuando regrese esta noche al Palaquinto, será su nombre el que mencionaré —dijo Anna en tono de desafío. El Palaquinto era el nombre del refugio en la montaña de Salazar, un nombre que sólo muy pocos conocían—. Lamento que no nos presentaran oficialmente.

El hombre habló con voz trémula. Causar problemas a un correo personal de Salazar suponía jugarse la propia vida.

—He oído contar historias del Palaquinto, de los grifos de oro, las fuentes de champán...

—Eso es sólo para las fiestas, pero yo, de usted, no contaría demasiado con que me invitaran.

Introdujo la mano en su bolso en busca de las llaves de su hotel.

—Me tiene que disculpar —dijo el hombre en tono apremiante—. Las instrucciones me las dieron unas personas que no tenían todos los datos. A ninguno de nosotros se le ocurriría ofender a un miembro del entorno de Salazar.

—Pepito sabe que se cometerán errores.

Anna contempló el revólver del 38 colgando de la mano derecha del hombre, le dirigió una sonrisa alentadora y después, con un rápido movimiento, le clavó las llaves en la muñeca, y el arma cayó sobre su regazo. Mientras el hombre lanzaba un grito de dolor, ella recogió rápidamente el revólver y apoyó el cañón del arma en la parte posterior de su cabeza.

—La mejor palabra es la que no se dice —dijo, apretando los dientes.

Ordenó al hombre que bajara del automóvil, lo obligó a avanzar quince pasos a través de la maleza del borde de la carretera y después se acomodó en el asiento del piloto y se alejó rugiendo. «No se podía permitir el lujo, se dijo, de perder el tiempo escenificando de nuevo el terrible encuentro, y tampoco se podía permitir que el pánico se apoderara de su instinto y de su inteligencia.» Tenía trabajo que hacer.

La casa que había pertenecido a Marcel Prosperi se levantaba apartada de la avenida Mariscal López. Era una inmensa mansión colonial española rodeada por un terreno extravagantemente ajardinado que a ella le recordaba las antiguas misiones españolas de su tierra de California. Pero, en lugar de plantar césped, en la vasta extensión de tierra se habían construido terrazas con hileras de cactos y exuberantes flores silvestres, protegidas por una elevada valla de tela metálica.

Aparcó el Mercedes metalizado un poco más abajo y se acercó a pie a la entrada, donde un taxi esperaba con el motor en marcha. Un hombre bajito y barrigudo bajó de él y se le acercó muy despacio. Tenía la piel oscura de un mestizo, un negro bigote caído de bandido y un cabello negro peinado hacia atrás con demasiada gomina. Le brillaba la cara por culpa de la grasa o del sudor y parecía muy satisfecho de sí mismo. La camisa blanca de manga corta era transparente en los lugares en que el sudor la había empapado, dejando entrever el vello negro del pecho.

¿El capitán Bolgorio?

¿Dónde estaba su coche patrulla de la policía?, se preguntó mientras el taxi se alejaba.

Se acercó a ella sonriendo y le estrechó la mano entre sus dos grandes y pegajosas manos.

—Agente Navarro —dijo—. Es un placer conocer a una dama tan hermosa.

—Gracias por venir.

—Vamos, la señora Prosperi no está acostumbrada a que la hagan esperar. Es una mujer muy rica y poderosa, agente Navarro, y está acostumbrada a salirse siempre con la suya. Entremos enseguida.

Bolgorio llamó a un timbre de la verja principal y se identificó. Se oyó un zumbido y Bolgorio empujó la verja para abrirla.

Anna vio a un jardinero inclinado sobre una hilera de flores silvestres. Una anciana criada bajó por un camino entre terrazas de cactos llevando una bandeja con vasos vacíos y unas botellas abiertas de gaseosa.

—¿Está previsto que todos vayamos al depósito de cadáveres después de esta entrevista? —preguntó Anna.

—Tal como ya le he dicho, eso no es realmente asunto de mi

incumbencia, agente Navarro. Una casa espléndida, ¿verdad?

Cruzaron una arcada y salieron a una zona de fresca sombra. Bolgorio llamó a un timbre situado al lado de una puerta de clara madera labrada.

—Pero ¿lo puede arreglar? —preguntó Anna mientras se abría la puerta.

Bolgorio se encogió de hombros. Una joven criada vestida con un uniforme de blusa blanca y falda negra los invitó a entrar.

Dentro se estaba todavía más fresco y el suelo estaba cubierto con baldosas de barro cocido. La criada los acompañó a una espaciosa estancia abierta, decorada con primitivas alfombrillas y lámparas y piezas de loza. Sólo la iluminación empotrada en el techo de estuco parecía fuera de lugar.

Se sentaron a esperar en un bajo y alargado sofá de color blanco. La sirvienta les ofreció café o agua con gas, pero ambos rechazaron el ofrecimiento.

Finalmente, apareció una mujer alta, esbelta y agraciada. La viuda Prosperi. Debía de tener unos setenta y tantos años, pero su aspecto era impecable. Vestía enteramente de negro, pero era un atuendo de diseño; «quizá de Sonia Rykiel», pensó Anna. Llevaba un turbante negro y unas grandes gafas de sol estilo Jackie Onassis.

Anna y Bolgorio se levantaron del sofá.

Sin estrechar sus manos, la mujer les dijo en español:

—No sé de qué manera les puedo ayudar.

Bolgorio se adelantó.

—Soy el capitán de la Policía Luis Bolgorio —dijo, inclinando la cabeza—, y ésta es la agente especial Anna Navarro, del Departamento de Justicia de los Estados Unidos.

—Consuela Prosperi —dijo la mujer en un tono impaciente.

—Le ruego acepte nuestras más sentidas condolencias

por la muerte de su esposo —añadió el capitán—. Simplemente queríamos hacerle unas cuantas preguntas, y después nos vamos.

—¿Hay algún problema? Mi marido llevaba enfermo mucho tiempo, ¿saben? Cuando finalmente murió, fue sin duda un gran alivio para él.

«Por no hablar del que fue también para ti», pensó Anna.

—Tenemos información —dijo ésta— según la cual su marido puede haber sido asesinado.

Consuela Prosperi no pareció inmutarse.

—Siéntense, por favor —dijo.

Así lo hicieron mientras ella se acomodaba en un sillón de color blanco de cara a ellos. Consuela Prosperi tenía la piel artificialmente estirada de una mujer que se ha sometido a demasiados *liftings* faciales. Su maquillaje era de un tono excesivamente anaranjado y el carmín de labios era de un brillante color marrón.

—Marcel llevaba los últimos años de su vida enfermo. Estaba postrado en cama. Tenía una salud muy precaria.

—Comprendo —dijo Anna—. ¿Su marido tenía enemigos?

La mujer se volvió a mirarla con semblante autoritario.

—¿Por qué iba a tener enemigos?

—Señora Prosperi, lo sabemos todo acerca de las pasadas actividades de su marido.

Un destello se encendió en los ojos de la viuda.

—Yo soy su tercera esposa —dijo—. Y no hablábamos de sus negocios. Mis intereses son de otra clase.

No era posible que aquella mujer ignorara la fama de su marido, Anna lo sabía. Tampoco daba la impresión de estar muy de luto.

—¿Recibía el señor Prosperi visitas con regularidad?

La viuda titubeó un instante.

—No mientras estuvimos casados.

—¿Y no hubo, que usted sepa, ningún conflicto con sus socios de negocios internacionales?

Los finos labios de la viuda se apretaron, revelando una hilera de arrugas verticales debidas a la edad.

—La agente Navarro no pretende faltarle al respeto —se apresuró a terciar Bolgorio—. Lo que quiere decir...

—Sé muy bien lo que quiere decir —replicó Consuela Prosperi.

Anna se encogió de hombros.

—Tiene que haber habido a lo largo de los años muchas personas que desearan que su marido fuera atrapado, detenido e incluso asesinado. Rivales. Competidores por el dominio del territorio. Socios de negocios descontentos. Usted lo sabe tan bien como yo.

La viuda no contestó. Anna observó que la gruesa capa de maquillaje anaranjado se agrietaba sobre su rostro arrugado por el sol.

—También hay personas que a veces se anticipan con advertencias —prosiguió diciendo Anna—. Espionaje. Seguridad. ¿Sabe si alguien se puso alguna vez en contacto con él para advertirle de alguna posible amenaza?

—En los diecinueve años que llevábamos casados —dijo Consuela Prosperi, apartando la mirada—, jamás supe nada al respecto.

—¿Le manifestó él alguna vez su temor de que algunas personas estuvieran tras él?

—Mi marido era un hombre muy reservado. Se mantenía al margen de sus concesionarios de automóviles. Nunca le gustaba salir, mientras que a mí me encanta.

—Sí, pero ¿dijo que tenía miedo de salir?

—No le gustaba salir —le corrigió la viuda—. Prefería

quedarse en casa a leer sus biografías e historias.

Por alguna razón, a Anna le vinieron a la cabeza las palabras de Ramón. «El diablo sabe más por viejo que por diablo.»

Anna probó otra táctica.

—Parece que tiene usted aquí unas medidas de seguridad excelentes.

La viuda esbozó una presuntuosa sonrisa.

—Se ve que no conoce Asunción, ¿verdad?

—Aquí se registran unos elevados índices de pobreza y criminalidad, agente Navaro —dijo el capitán Bolgorio, volviéndose a mirarla con las manos abiertas—. Las personas que disponen de medios como los Prosperi siempre tienen que adoptar precauciones.

—¿Recibió su marido alguna visita en el transcurso de las últimas semanas de su vida? —prosiguió diciendo Anna sin prestar atención a sus comentarios.

—No, mis amigos vinieron bastante, pero ninguno de ellos subió jamás al piso de arriba para verle. La verdad es que no tenía amigos en los últimos años. Sólo nos veía a mí y a sus enfermeras.

Anna levantó repentinamente la vista.

—¿Quién facilitaba las enfermeras?

—Una agencia de enfermería.

—¿Hacían turnos... o venían siempre las mismas?

—Había una enfermera de día y una enfermera de noche, y sí, siempre eran las mismas. Lo cuidaban muy bien.

Anna se mordió el labio inferior.

—Voy a tener que examinar algunos de sus documentos domésticos.

La viuda se volvió a mirar a Bolgorio con expresión indignada.

—No tengo por qué tolerar esto, ¿verdad? Es una grotesca invasión de mi intimidad.

Bolgorio juntó las manos como en gesto de súplica.

—Por favor, señora Prosperi, su única intención es averiguar si hubo alguna posibilidad de homicidio.

—¿Homicidio? A mi marido le falló finalmente el corazón.

—Si hace falta, los podemos obtener del banco —dijo Anna—. Pero sería mucho más sencillo que...

Consuela Prosperi se levantó y, de repente, miró a Anna con las ventanas de la nariz dilatadas, como si la americana fuera una rata que se hubiera introducido subrepticiamente en su casa. Bolgorio habló en voz baja:

—Las personas como ella no toleran invasiones de su intimidad.

—Señora Prosperi, dice usted que había dos enfermeras —insistió Anna—. ¿Eran de confianza?

—Mucho.

—Pero ¿nunca estuvieron enfermas o se ausentaron?

—Bueno, de vez en cuando, naturalmente. A veces pedían la noche libre para celebrar una fiesta. Año Nuevo, el Día de los Trabajadores, Carnaval, ese tipo de cosas. Pero eran muy responsables y la agencia se encargaba de sustituirlas sin que yo me tuviera que preocupar. Y las sustitutas estaban tan bien preparadas como las habituales. La última noche de Marcel la enfermera sustituta hizo todo lo posible por intentar salvarlo...

«Enfermera sustituta.» Anna se incorporó, en repentino estado de alerta.

—¿Había una enfermera sustituta la noche en que murió?

—Sí, pero, tal como ya le he dicho, estaba muy bien preparada...

—¿Usted la había visto antes?

—No...

—¿Puede facilitarme el nombre y el teléfono de la agencia de enfermería?

—Por supuesto, pero, si usted está insinuando que esa enfermera mató a Marcel, está loca. Estaba enfermo.

A Anna se le aceleró el pulso.

—¿Puede llamar a esta agencia? —le preguntó a Bolgorio—. Y me gustaría ir ahora mismo al depósito de cadáveres... ¿Podría, por favor, llamar por adelantado y disponer que tengan el cuerpo preparado?

—¿El cuerpo? —dijo Consuelo Prosperi, levantándose alarmada.

—Le pido disculpas de todo corazón si tenemos que aplazar el funeral —dijo Anna—. Quisiéramos pedirle permiso para practicar una autopsia. Podemos en caso necesario pedir una orden judicial, pero sería mucho más rápido y sencillo si usted nos diera permiso. Le puedo garantizar que, si usted celebra una ceremonia con el féretro abierto, nadie podrá decir...

—Pero ¿de qué está usted hablando? —dijo la viuda, sinceramente perpleja. Se acercó a una inmensa chimenea y tomó de la repisa una ornamentada urna de plata—. Acabo de recibir las cenizas de mi marido hace unas horas.

13

Washington, D.C.

La jueza Miriam Bateman del Tribunal Supremo de los Estados Unidos se levantó con gran esfuerzo de detrás de su escritorio de nogal macizo para saludar a su visitante. Apoyándose en su bastón de puño de oro y sonriendo cordialmente a pesar del intenso dolor de su artritis reumatoide, estrechó la mano de su visitante.

—Cuánto me alegro de verte, Ron.

El visitante, un negro de gran estatura de cincuenta y tantos años, se inclinó para darle a la menuda jueza un ligero beso en la mejilla.

—Te veo tan estupenda como siempre —le dijo con su profunda y clara voz de barítono y su perfecta dicción.

—No digas bobadas.

La jueza Bateman se acercó renqueando a un sillón orejero de alto respaldo situado junto a la chimenea y él se acomodó a su lado en otro.

Su visitante era uno de los ciudadanos más influyentes de Washington, un abogado que se dedicaba al ejercicio privado de su profesión, ampliamente respetado y extraordinariamente bien relacionado, que jamás había ocupado un cargo gubernamental y que, sin embargo, siempre había gozado de la confianza de todos los presidentes, demócratas y republicanos, desde Lyndon Johnson. Ronald Evers, famoso también por su espléndido vestuario, llevaba un soberbio traje de raya diplomática color antracita y una discreta corbata de tono rojo castaño.

—Señora jueza, gracias por recibirme en tan breve plazo.

—Por Dios, Ron, llámame Miriam. ¿Cuánto tiempo hace que nos conocemos?

Él la miró sonriendo.

—Creo que son treinta y cinco años... década más, década menos, Miriam. Pero aún sigo queriendo llamarte profesora Bateman.

Evers había sido uno de los alumnos estrella de Miriam Bateman en la Facultad de Derecho de Yale, y su influencia entre bastidores había sido definitiva para el nombramiento, unos quince años atrás, de la jueza Bateman para el Tribunal Supremo de los Estados Unidos. Se inclinó hacia delante en su sillón.

—Eres una mujer muy ocupada y el Tribunal está reunido en sesión, por consiguiente, déjame ir al grano. El presidente me ha pedido que te sondee acerca de algo que no tiene que salir de este despacho, algo en lo que él ha estado pensando mucho. Comprende, por favor, que se trata de una cuestión en fase muy preliminar.

Los penetrantes ojos azules de la jueza Bateman revelaban una sagaz inteligencia detrás de los gruesos cristales de sus gafas.

—Quiere que me apee —dijo la jueza en tono sombrío.

El carácter directo de sus palabras pilló desprevenido a su visitante.

—Respeta enormemente tu criterio y tu intuición y le gustaría que le recomendaras a tu sucesor. Al presidente le queda algo más de un año en el cargo y quiere asegurarse de que el próximo puesto vacante en el Tribunal Supremo no lo ocupe el otro partido, lo cual parece tremendamente probable en este momento.

La jueza Bateman contestó serenamente:

—¿Y qué induce al presidente a pensar que mi puesto quedará vacante cualquier día de éstos?

Ronald Evers inclinó la cabeza y cerró los ojos como en actitud de plegaria o de profunda meditación.

—Es una cuestión muy delicada —dijo tan amablemente como un cura en un confesionario—, pero siempre hemos sido sinceros el uno con el otro. Tú eres una de las mejores jueces del Tribunal Supremo que ha habido en este país y estoy seguro de que se te sitúa a la misma altura que a Brandeis o Frankfurter. Pero sé que querrás conservar tu legado y, por consiguiente, que tendrás que plantearte a ti misma una pregunta muy dura: ¿cuántos años me quedan todavía? —Evers levantó la cabeza y la miró directamente a los ojos—. Recuerda que Brandeis y Cardozo y Holmes ocuparon el cargo más tiempo del conveniente y mucho más allá de la época en que podían dar más de sí.

La mirada de la jueza Bateman se mantuvo inflexible.

—¿Te puedo ofrecer un café? —dijo inesperadamente. Después, bajando la voz en tono misterioso, añadió—: Tengo una tarta Sacher que me acabo de traer del Demel's de Viena y los médicos dicen que no debería ni probarla.

Evers se dio una palmada en su liso vientre.

—Intento portarme bien. Pero gracias.

—Pues entonces déjame devolver contundencia por contundencia. Conozco bien la fama de prácticamente todos los jueces importantes de todas las circunscripciones del país. Y no me cabe la menor duda de que el presidente encontrará a alguien altamente cualificado y extremadamente brillante, un prestigioso jurista de primer orden y del máximo nivel. Pero quiero decirte una cosa. El Tribunal Supremo es un lugar cuyas características se tarda años en aprender. No se puede esperar sin más que aparezca alguien capaz de ejercer una cierta influencia. No hay nada que pueda sustituir la veteranía y el período de permanencia en el cargo. Si hay una lección que yo he aprendido aquí es la del poder de la experiencia. De ahí procede la verdadera sabiduría.

Su visitante ya estaba preparado para este argumento.

—Y no hay nadie en el Tribunal más sabio que tú. Pero la salud te está fallando. Ya no volverás a ser joven. —Evers esbozó una triste sonrisa—. Ninguno de nosotros volverá a serlo. Es terrible decirlo, lo sé, pero es lo que hay.

—Oh, no pienso hundirme en un futuro inmediato —dijo la jueza, mirándolo con un curioso brillo en los ojos. Sonó el teléfono al lado de su sillón, sobresaltándolos a los dos. Lo tomó—. ¿Sí?

—Siento molestarla —dijo la voz de su secretaria de toda la vida, Pamela—. Es un tal señor Holland. Me pidió usted que se lo pasara en cuanto llamara.

—Atenderé la llamada en mi estudio privado. —Colgó el teléfono y se levantó con dificultad—. ¿Me disculpas un momento, Ron?

—Puedo esperar fuera —dijo Evers, levantándose para ayudarla.

—No seas bobo. Quédate aquí. Y si cambias de idea en cuanto a la tarta Sacher, Pamela está aquí fuera.

La jueza Bateman cerró la puerta del estudio y se acercó caminando con gran dificultad a su sillón preferido.

—Señor Holland.

—Señora jueza, disculpe esta intromisión —dijo la voz del teléfono—, pero ha surgido una dificultad en la que he pensado que usted podría ayudarnos.

Ella escuchó un momento y después dijo:

—Puedo efectuar una llamada.

—Siempre y cuando no sea demasiada molestia para usted —dijo el hombre—. Jamás me habría atrevido a molestarla si no fuera algo tan extremadamente importante.

—De ninguna manera. Nadie quiere que eso ocurra, y menos en este momento.

La jueza escuchó un poco más y después dijo:

—Bueno, todos confiamos en que haga usted lo más apropiado. —Otra pausa y añadió—: Le veré muy pronto.

Y colgó.

Zúrich

Un viento helado soplaba en el Limmatquai, el paseo a orillas del río Limmat. El Limmat atraviesa el corazón de Zúrich antes de verter sus aguas en el lago de Zúrich, cortando la ciudad en dos mitades: el Zúrich de las altas finanzas y los establecimientos de lujo, y la *Altstadt*, la pintoresca Ciudad Vieja medieval. El río centelleaba bajo la suave luz del sol de primeras horas de la mañana. No eran todavía las seis, pero ya había gente que se apresuraba hacia el trabajo armada con maletines y paraguas. El cielo estaba nublado y encapotado, aunque la lluvia no parecía inminente; pero los zuriqueses conocían bien su clima.

Ben caminó en tensión por el paseo, pasando por delante de las *Zunfthausen*, las viejas sedes de los gremios con sus ventanas de cristales emplomados, que ahora albergaban lujosos restaurantes. Al llegar a la Marktgasse, giró a la izquierda para adentrarse en el laberinto de callejuelas adoquinadas que constituía la Ciudad Vieja. A los pocos minutos encontró la

Trittligasse, una calle flanqueada por edificios medievales de piedra, algunos de los cuales se habían transformado en viviendas.

El número 73 era una antigua casa particular convertida ahora en un edificio de apartamentos. Una pequeña placa de latón fijada a la puerta principal indicaba sólo seis nombres, letras blancas grabadas en relieve en unos rectángulos negros de plástico.

Uno de ellos era «m. deschner».

Siguió adelante sin aminorar la marcha, procurando no llamar la atención. A lo mejor era una paranoia sin fundamento, pero cabía la posibilidad de que los observadores del Consorcio lo estuvieran vigilando, y no quería poner en peligro al primo de Liesl deteniéndose en su puerta. La aparición de un extraño visitante podía suscitar curiosidad. Por remota que fuera la posibilidad de que hubiera vigilantes en aquel lugar, se debían tomar unas rudimentarias precauciones.

Una hora más tarde, un repartidor con el característico uniforme negro y anaranjado de la Blümchengallerie llamó al timbre del número 73 de la Trittligasse. La Blümchengallerie era la cadena más exclusiva de floristerías de Zúrich, y sus repartidores, con sus vistosos uniformes, no constituían un espectáculo insólito en los barrios más acaudalados de la ciudad. El hombre llevaba un ramo de tamaño considerable de rosas blancas. Las rosas procedían, en efecto, de la Blümchengallerie, pero el uniforme era el del bazar benéfico de una parroquia católica del otro extremo de la ciudad.

Al cabo de unos cuantos minutos, el hombre volvió a llamar. Esta vez una voz graznó a través del micrófono:

—¿Sí?

—Soy Peter Hartman.

Una larga pausa.

—¿Cómo ha dicho, por favor?

—Peter Hartman.

Otra pausa todavía más larga.

—Suba al tercer piso, Peter.

Un zumbido abrió la cerradura de la puerta principal y él se encontró en una oscura portería. Depositando las flores encima de una mesa de mármol adosada a la pared, empezó a subir los gastados y empinados escalones de madera que se elevaban en medio de la oscuridad.

Liesl le había facilitado las direcciones y los teléfonos del domicilio particular y del despacho de Matthias Deschner. Pero, en lugar de llamar al abogado a su despacho, Ben había decidido presentarse sin previo aviso en su casa, lo suficientemente temprano como para que el abogado aún no hubiera salido para acudir al trabajo. Sabía que los suizos son extremadamente respetuosos con su horario laboral, que suele empezar entre las nueve y las diez de la mañana. Seguro que el de Deschner no sería distinto.

Liesl había dicho que confiaba en él —«totalmente», había dicho—, pero Ben ya no podía dar nada por supuesto. Por consiguiente, había insistido en que ella no llamara por adelantado para presentarlo. Ben prefería sorprender al abogado, pillarlo por sorpresa y observar su auténtica y no ensayada reacción ante el encuentro con un hombre que él tomaría por Peter Hartman... ¿o acaso Deschner ya se habría enterado del asesinato de Peter?

Se abrió la puerta. Matthias Deschner apareció ante sus ojos envuelto en un albornoz a cuadros escoceses verdes. Era bajito, con un pálido y áspero rostro, unas gruesas gafas de montura metálica y un cabello tirando a pelirrojo y rizado en las sienes. Cincuenta años de edad, calculó Ben.

Abrió los ojos, asombrado.

—Dios mío —exclamó—. ¿Cómo vas vestido así? Pero no te quedes aquí... pasa, por favor. —Cerró la puerta a la espalda de Ben y le dijo—: ¿Te apetece un café?

—Gracias.

—¿Qué estás haciendo aquí? —preguntó Deschner en voz baja—. ¿Liesl está...?

—No soy Peter. Soy su hermano Ben.

—¿Cómo dices? ¿Su hermano? ¡Oh, Dios mío! —dijo Deschner entre jadeos. Giró en redondo y miró a Ben con súbito temor—. Lo han encontrado, ¿verdad?

—Peter fue asesinado hace unos días.

—Oh, Señor —musitó—. Oh, Señor. ¡Lo encontraron! Siempre temí que eso ocurriera algún día. —Deschner se detuvo de repente mientras una expresión de terror se dibujaba en su rostro—. Liesl...

—Liesl no ha sufrido ningún daño.

—Gracias a Dios. —Se volvió hacia Ben—. Quiero decir, quería decir que...

—No te preocupes. Lo comprendo. Ella es de tu familia.

Deschner se acercó a la mesa del desayuno y le llenó a Ben una taza de porcelana china de café.

—¿Cómo ocurrió? —preguntó con la cara muy seria—. ¡Cuéntamelo, por el amor de Dios!

—Seguro que el banco donde tenías la reunión la mañana del incidente en la Bahnhofstrasse era la trampa —dijo Deschner. Ambos se estaban mirando fijamente por encima de la mesa. Ben se había quitado el holgado uniforme negro y anaranjado y había dejado al descubierto su ropa de calle—. El Union Bank of Switzerland es una fusión de varios bancos más antiguos. Puede que hubiera una antigua y sensible cuenta marcada que estaba siendo vigilada. Quizá por una de las partes que tú conociste. Un auxiliar, un empleado. Un confidente a quien se había facilitado una lista de vigilancia.

—¿Colocado allí por ese consorcio del que hablaban Liesl y Peter o por uno de sus descendientes?

—Muy posiblemente. Todas estas gigantescas empresas mantienen desde hace tiempo unas cómodas relaciones con los bancos suizos importantes. La lista completa de los fundadores nos dará los nombres de los sospechosos.

—¿Te mostró Peter la lista?

—No. Al principio, ni siquiera me dijo por qué quería abrir una cuenta. Yo sólo sabía que la cuenta era monetariamente insignificante. Lo que a él le interesaba se guardaba en la cámara de seguridad que la acompañaba. Para guardar unos documentos, dijo. ¿Te importa que fume?

—Estás en tu casa.

—Bueno, verás, es que vosotros, los americanos, sois tan fascistas en lo de fumar, si me permites la expresión.

Ben sonrió.

—No todos.

Deschner extrajo un cigarrillo del paquete de Rothmans que había al lado de la bandeja del desayuno y lo encendió con un barato encendedor de plástico.

—Peter insistió en que la cuenta no figurara a su nombre. Tenía miedo, con razón, como se ha demostrado, de que sus enemigos pudieran tener contactos con los bancos. Quería abrirla con un nombre falso, pero eso ya no era posible. Los bancos de aquí han endurecido las condiciones. A causa de la presión exterior, sobre todo de Estados Unidos. Allá en los años setenta nuestros bancos empezaron a exigir un pasaporte cuando uno abría una cuenta. Antes se podía abrir una cuenta por correo. Ahora ya no.

—O sea, que él la tuvo que abrir a su verdadero nombre.

—No. Al mío. Yo soy el titular de la cuenta, pero Peter era lo que llaman el «usufructuario». —Exhaló una nube de humo—. Tuvimos que ir juntos a abrir la cuenta, pero el nombre de Peter sólo figuraba en un impreso, conocido tan sólo por el asesor de cuentas. Este impreso se guarda bajo llave en los archivos.

Sonó un teléfono en otra habitación.

—¿Qué banco?

—Elegí el Handelsbank Schweiz ag porque es pequeño y discreto. He tenido clientes que han hecho negocios satisfactorios con el Handelsbank, clientes cuyo dinero no es, diríamos, enteramente limpio.

—¿Eso significa que puedes entrar en la cámara de seguridad de Peter por mí?

—Me temo que no. Me tendrás que acompañar. Como beneficiario específico y heredero del usufructuario.

—Si fuera posible —dijo Ben—, me gustaría ir al banco ahora mismo.

Recordó las gélidas advertencias de Schmid en el sentido de que no regresara... las advertencias en el sentido de que, como quebrantara ese acuerdo, sería persona non grata, susceptible de arresto inmediato.

El teléfono seguía sonando. Deschner aplastó el cigarrillo en un platito.

—Muy bien. Si no te importa, quisiera contestar a esta llamada. Después tendré que hacer una o dos llamadas y reprogramar mi cita de las nueve y media.

Se dirigió a la estancia contigua, que era su estudio, y regresó unos minutos después.

—Bueno, no hay problema. Lo he podido arreglar.

—Gracias.

—Faltaría más. El asesor de cuentas, que es uno de los vicepresidentes de mayor antigüedad del banco, Bernard Suchet, tiene todos los papeles importantes. Tiene una fotocopia del pasaporte de Peter en el expediente. Ellos creen que lleva cuatro años muerto. Que yo sepa, la reciente... tragedia no consta. Tu propia identidad será fácil de establecer.

—Mi llegada a este país se produjo a través de unos medios un tanto irregulares —dijo Ben, eligiendo cuidadosamente sus palabras—. Mi presencia legal aquí no se puede comprobar a través de los sistemas normales de pasaporte, aduana e inmigración. ¿Qué ocurre si avisan a las autoridades?

—No pensemos en todo lo que puede fallar. Bueno, me acabo de vestir y estamos en marcha. Nos vamos enseguida.

14

Anna giró en redondo para mirar al capitán Bolgorio.

—¿Cómo? ¿Que el cuerpo ha sido incinerado? ¡Habíamos llegado a un acuerdo, maldita sea...!

El investigador paraguayo se encogió de hombros, abrió las manos y la miró con aparente preocupación.

—Por favor, agente Navarro, ya discutiremos estas cuestiones más tarde, no en presencia de la afligida...

Sin prestarle atención, Anna se volvió hacia la viuda.

—¿Le dijeron dónde se practicaría la autopsia? —le preguntó.

—A mí no me levante la voz —replicó Consuela Prosperi—. No soy una delincuente.

Anna miro a Bolgorio, lívida de furia.

—¿Sabía usted que el cuerpo de su marido iba a ser incinerado?

«Pues claro que lo sabía, el muy cabrón.»

—Agente Navarro, ya le dije que eso no correspondía a mi departamento.

—Pero ¿lo sabía, sí o no?

—Había oído algo. Pero yo ocupo un lugar muy bajo en la cadena de mando, compréndalo, por favor.

—¿Ya hemos terminado? —preguntó Consuela Prosperi.

—Todavía no —dijo Anna—. ¿La presionaron para que lo incinerara? —le preguntó a la viuda.

La viuda le dijo a Bolgorio:

—Capitán, por favor, sáquela de mi casa.

—Mis disculpas, señora —dijo Bolgorio—. Agente Navarro, ahora nos tenemos que ir.

—Aún no hemos terminado —dijo Anna muy tranquila—. La presionaron, ¿verdad? —añadió, dirigiéndose a la señora Prosperi—. ¿Qué le dijeron... que sus activos serían congelados, guardados bajo llave, que no le serían accesibles a menos que aceptara la sugerencia? ¿Algo así?

—¡Sáquela de mi casa, capitán! —ordenó la viuda, levantando la voz.

—Por favor, agente Navarro...

—Señora —dijo Anna—, permítame decirle una cosa. Resulta que tengo conocimiento de que una parte significativa de sus activos está invertida en fondos de protección y otras sociedades de inversión y obligaciones en Estados Unidos y otros países. El Gobierno de los Estados Unidos tiene la facultad de incautarse de estos activos en caso de que sospeche que usted forma parte de una conspiración criminal internacional. —Se levantó y se encaminó hacia la puerta—. Voy a llamar a Washington ahora mismo y eso es precisamente lo que voy a ordenar.

Oyó que la viuda gritaba a su espalda:

—Eso no lo puede hacer, ¿verdad? Usted me aseguró que mi dinero estaría a salvo si...

—¡Cállese! —ladró de repente el investigador de homicidios. Sobresaltada, Anna se volvió y vio a Bolgorio enfrentándose con la viuda. Su servilismo se había desvanecido.

—Yo me encargo de eso.

Se acercó con paso decidido a Anna y la tomó del brazo.

* * *

Tras cruzar la verja de la entrada de la finca de Prosperi, Anna preguntó:

—¿Qué está usted encubriendo?

—Le convendría dejar en paz las cosas de aquí —contestó Bolgorio. Su voz reflejaba mala voluntad, una fulgurante seguridad que ella no había visto anteriormente—. Usted es aquí una visitante. No está en su país.

—¿Cómo se hizo? ¿Se «perdieron» o se «archivaron indebidamente» las disposiciones del depósito de cadáveres? ¿Alguien le pagó, es eso lo que ocurrió?

—¿Qué sabe usted de cómo se hacen las cosas en Paraguay? —replicó Bolgorio, acercándose a ella hasta una distancia incómoda. Anna sintió su cálido aliento, las gotitas de saliva—. Hay muchas cosas que usted no comprende.

—Usted sabía que el cuerpo había sido destruido. Desde el momento en que le llamé, tuve esa impresión. Usted sabía que no había ningún cadáver esperándome en el depósito. Responda simplemente a lo siguiente: ¿recibió órdenes o le pagaron? ¿De dónde le llegó la petición... de fuera del Gobierno o de arriba?

Sin inmutarse, Bolgorio guardó silencio.

—¿Quién ordenó la destrucción del cadáver?

—Usted me gusta, agente Navarro. Es una mujer atractiva. No quiero que le ocurra nada.

Pretendía asustarla y, por desgracia, sus palabras estaban surtiendo efecto. Pero ella se limitó a mirarle con semblante inexpresivo.

—No es una amenaza muy sutil.

—No se trata de una amenaza. Sinceramente, no quiero que le ocurra nada. Tiene que escucharme y después abandonar el país enseguida. Hay personas situadas muy arriba en nuestro Gobierno que protegen a los Prosperi y a otros como ellos. El dinero cambia de manos, mucho dinero. No conseguirá nada poniendo su vida en peligro.

«Pues no sabes quién soy yo —pensó Anna—. Amenazarme a mí de esta manera es como agitar un trapo rojo delante de un toro.»

—¿Ordenó usted la incineración personalmente?

—Ocurrió, es lo único que sé. Ya se lo dije, yo no soy un hombre poderoso.

—Pues entonces alguien tiene que saber que la muerte de Prosperi no ha sido natural. ¿Por qué si no hubieran destruido las pruebas?

—Usted me está haciendo unas preguntas cuya respuesta ignoro —dijo él en tono pausado—. Por favor, agente Navarro. Por favor, ocúpese de su propia seguridad. Aquí hay personas que prefieren dejar las cosas tranquilas.

—¿Y usted cree que ellos, esas «personas que prefieren dejar las cosas tranquilas», mandaron matar a Prosperi y no querían que se supiera?

Bolgorio apartó la mirada como si estuviera pensando.

—Negaré haberle dicho todo esto. Llamé a la agencia de enfermería antes de que usted viniera. Cuando supe que estaba investigando la muerte de Prosperi. Me pareció el lugar más lógico para hacer preguntas.

—¿Y qué?

—La enfermera sustituta, la que estaba con Prosperi la noche en que éste murió, ha desaparecido.

Anna sintió que se le hundía el estómago. «Ya sabía yo que era demasiado fácil», pensó.

—¿Cómo llegó esa enfermera a la agencia?

—Llegó con excelentes informes, dicen. Las referencias se comprobaron. Dijo que vivía muy cerca de aquí y que, si tenían algún trabajo por esta zona... Se encargaba de tres trabajos por aquí y lo hacía todo muy bien. De repente, la enfermera que atendía habitualmente a Prosperi por la noche se puso enferma, la sustituta estaba disponible y...

—¿No hay manera de establecer contacto con ella?

—Tal como ya le he dicho, ha desaparecido.

—Pero los talones bancarios de su paga, su cuenta bancaria...

—Le pagaban en efectivo. No es insólito en este país. La dirección de su domicilio particular era falsa. Cuando examinamos sus datos, todo en ella era falso. Era como si hubiera sido creada exclusivamente para esta ocasión, como en una especie de obra teatral... Y, una vez terminado el trabajo, el decorado se desmontó.

—Suena como una malla de protección de béisbol. Quiero hablar con la agencia de enfermería.

—No averiguará nada. Y yo no la ayudaré a hacerlo. Ya le he dicho demasiado. Por favor, váyase ahora mismo. Aquí hay muchas maneras de matar a un extranjero demasiado curioso. Sobre todo, cuando personas muy poderosas no quieren que se descubran ciertas cosas. Por favor... váyase.

Anna sabía que hablaba totalmente en serio. Aquello no era una simple amenaza. Pero ella era más terca que una mula y no soportaba rendirse. «Sin embargo, a veces tienes que seguir adelante —se dijo—. A veces lo más importante es simplemente conservar la vida.»

Zúrich

Cuando Ben Hartman y Matthias Deschner estaban bajando por la Löwenstrasse, empezó a lloviznar. El cielo era de color gris acero. Los tilos que bordeaban la calle susurraban agitados por el viento. El reloj de una torre dio las nueve con unas melodiosas campanadas. Los tranvías circulaban por el centro de la calle —el 6, el 13, el 11—, deteniéndose cada uno con un chirrido. Había camionetas de la empresa de mensajería FedEx por todas partes: Zúrich era una capital bancaria mundial, y el negocio bancario era muy sensible cronológicamente. Los banqueros acudían presurosos a su trabajo protegidos por sus paraguas. Un par de turistas japonesas se reía. Los bancos de madera sin pintar estaban desiertos bajo los tilos.

Caía una fina llovizna, paró y volvió a lloviznar. Llegaron a un paso de peatones donde la Lagerstrasse cruzaba la Löwenstrasse. Un edificio vacío que albergaba la Société de Banque Suisse se estaba sometiendo a unos trabajos de construcción o rehabilitación.

Dos italianos con elegante barba de tres días e idénticas chaquetas de cuero negro pasaron por su lado, fumando. Después pasó una venerable dama emanando efluvios de perfume Shalimar.

Al llegar a la siguiente manzana, Deschner, que llevaba un impermeable negro echado de cualquier manera sobre una fea chaqueta a cuadros, se detuvo delante de un edificio de piedra blanca que parecía una residencia y delante del cual se podía ver una pequeña placa de latón. En ella figuraban, grabadas con elegantes letras, las palabras «handelsbank schweiz ag».

Deschner abrió la pesada puerta de cristal.

Justo al otro lado de la calle, alguien con la esbelta figura de un adolescente estaba sentado en un café bajo un parasol rojo de Coca Cola. Llevaba unos pantalones color caqui, una mochila de nailon azul y una camiseta Solaar mc, y estaba bebiendo una Orangina directamente de la botella. Con lánguidos movimientos pasaba las páginas de una revista de música mientras hablaba a través de un móvil. De vez en cuando, miraba hacia la entrada del banco de la acera de enfrente.

Un juego de puertas de cristal se abrió electrónicamente. Ambos permanecieron de pie un momento entre las gruesas puertas y después, con un ligero zumbido, se abrió el siguiente juego.

El vestíbulo del Handelsbank era un espacio de suelo de mármol, completamente vacío exceptuando un reluciente mostrador negro situado en el extremo más alejado. Una mujer permanecía sentada al otro lado con unos pequeños auriculares inalámbricos, hablando en voz baja. Levantó la vista cuando ellos entraron.

—*Guten morgen* —dijo—. *Kann ich Ihnen helfen?* —Buenos días. ¿En qué les puedo ayudar?

—*Ja, guten morgen. Wir haben eine Verabredung mit Dr. Suchet.* —Sí, buenos días. Tenemos una cita con el doctor Suchet.

—*Sehr gut, mein Herr. Einen Moment.* —Muy bien, señor. Un momento. La mujer habló en voz baja a través del teléfono—. *Er wird gleich unten sein, um Sie zu sehen.* —Baja enseguida a atenderles.

—Te gustará Bernard Suchet, creo —dijo Deschner—. Es un hombre estupendo, un banquero de la vieja escuela. No como estos jovenzuelos que andan últimamente de acá para allá en Zúrich.

«En este momento —pensó Ben— me importa un bledo que sea Charles Manson.»

Un ascensor de acero bajó con un agudo zumbido, se abrió y un hombre de anchos hombros vestido con una chaqueta de tweed se acercó a ellos y primero estrechó la mano de Deschner y después la de Ben.

—*Es freut mich Dich wiederzusehen, Matthias.* —Me alegro de verte, Matthias, exclamó, y después, volviéndose hacia Ben, añadió—: Encantado de conocerle, señor Hartman. Por favor, acompáñenme.

Subieron juntos en el ascensor. En el techo se había instalado discretamente la lente de una cámara. Suchet mostraba en su rostro una permanente expresión cordial. Llevaba unas gruesas gafas de montura rectangular y tenía papada y una prominente barriga. Llevaba sus iniciales bordadas en el bolsillo de la camisa. Un pañuelo en el bolsillo de la chaqueta hacía juego con la corbata. «Un alto funcionario», pensó Ben. La chaqueta de tweed no es propia del atuendo de un banquero: éste está por encima de los códigos de vestuario.

Ben lo estudió detenidamente en busca de alguna señal de recelo. Pero Suchet parecía enteramente entregado a su trabajo, como de costumbre.

El ascensor se abrió a una zona de espera cubierta completamente por una mullida alfombra color avena y amueblada con piezas antiguas auténticas. Atravesaron la zona de espera hasta llegar a una puerta con lector electrónico de tarjetas, donde Suchet introdujo una placa que llevaba colgada de una cadena alrededor del cuello.

El despacho de Suchet estaba justo al final del pasillo y era una espaciosa estancia inundada de luz. Un ordenador era el único objeto que descansaba sobre su amplio escritorio, con la superficie cubierta de cristal. Se sentó detrás del mismo mientras Deschner y Ben se sentaban delante. Una mujer de mediana edad entró con dos cafés y dos vasos de agua en una bandeja de plata que depositó encima del escritorio delante de los dos visitantes. Después entró un joven y le entregó una carpeta a Suchet. Éste la abrió.

—Usted es Benjamin Hartman, naturalmente —preguntó, desplazando su mirada de lechuza desde la carpeta a Ben.

Ben asintió con la cabeza mientras se le encogía el estómago.

—Nos han facilitado documentación complementaria en la cual se certifica que es usted el único heredero del usufructuario de esta cuenta. Y usted afirma que lo es, ¿correcto?

—Correcto.

—Legalmente, acepto su documentación. Y visualmente... bueno, está claro que es usted efectivamente el hermano gemelo de Peter Hartman. —Suchet esbozó una sonrisa—. ¿Qué puedo hacer por usted esta mañana, señor Hartman?

Las cámaras acorazadas del Handelsbank estaban situadas en el sótano del edificio, un espacio de techo bajo iluminado con luz fluorescente que no era en modo alguno tan pulido y moderno como el de arriba. Había varias puertas numeradas a lo largo de un angosto pasillo, que daban a cámaras del tamaño de una habitación. Dentro había toda una serie de hornacinas que parecían revestidas de latón; cuando estuvo más cerca, Ben vio que eran cajas de seguridad de distintos tamaños.

Delante de la entrada de una cámara numerada como 18c, el doctor Suchet se detuvo y le entregó a Ben una llave. No dijo cuál de los cientos de cajas de aquel espacio era la de Peter.

—Supongo que preferirá usted disfrutar de intimidad —dijo—. Herr Deschner y yo le vamos a deja solo. Puede usted llamarme a través de este teléfono de aquí... —Señaló un teléfono blanco que descansaba encima de una mesa de acero en el mismo centro de la estancia— ...cuando haya terminado.

Ben contempló todas aquellas hileras de cajas y no supo qué hacer. ¿Sería una especie de prueba? ¿O Suchet se limitaba a suponer que Ben conocería el número de su cámara? Ben miró a Deschner, que pareció adivinar su sensación de incomodidad, pero, curiosamente, no dijo nada. Después Ben volvió a examinar la llave y vio un número grabado en ella. «Claro. Obviamente.»

—Gracias —dijo—. Estoy preparado.

Los dos suizos se retiraron conversando entre sí. Ben vio una cámara de vigilancia instalada en la parte superior de la estancia, allí donde el techo se juntaba con la pared. La luz roja estaba encendida.

Localizó la caja 322, una caja pequeña situada a la altura de sus ojos, y giró la llave para abrirla.

«Oh, Dios mío —pensó mientras el corazón le galopaba en el pecho—, ¿qué puede haber aquí dentro? Peter, ¿qué escondías aquí que te costó la vida?»

Dentro había algo que parecía un sobre de rígida cartulina parafinada. Lo sacó —el documento de su interior era desalentadoramente fino— y lo abrió.

Dentro sólo había un objeto y no era un papel.

Era una fotografía de unos trece por dieciocho centímetros.

Se quedó sin respiración.

Mostraba a un grupo de hombres, algunos de ellos con uniforme nazi y otros con trajes y abrigos de los años cuarenta. Varios de ellos eran inmediatamente reconocibles. Giovanni Vignelli, el gran industrial italiano de Turín, magnate del sector automovilístico, cuyas grandiosas plantas abastecían a los militares italianos de motores diésel, vagones de ferrocarril y aviones. El máximo representante de la Royal Dutch Petroleum, Han Detwiler, un xenófobo holandés. El legendario fundador de las primeras y más grandes líneas aéreas norteamericanas. Había rostros que no podía identificar, pero que él había visto en los libros de historia. Algunos hombres llevaban bigote. Incluyendo un apuesto y moreno joven, de pie al lado de un oficial nazi de pálidos ojos que a Ben le resultaba familiar a pesar de los pocos conocimientos que tenía de la historia alemana.

«No, por favor, él no.»

Al nazi cuyo rostro había visto otras veces no lo pudo identificar.

El apuesto joven era indiscutiblemente su padre.

Max Hartman.

Una leyenda a máquina en el blanco borde de la parte inferior de la fotografía decía: «zúrich, 1945. sigma ag».

Volvió a introducir la fotografía en el sobre y se lo guardó en el bolsillo superior de la chaqueta. Y sintió que le quemaba el pecho.

Ya no podía caber ninguna duda de que su padre le había mentido, le había mentido a lo largo de toda su vida de adulto. La cabeza le empezó a dar vueltas. Bruscamente, una voz penetró en su estupor.

—¡Señor Hartman! Señor Benjamin Hartman. Hay una orden de detención contra usted. Tenemos que entregarlo en custodia.

«Oh, Dios mío.»

Era el banquero Bernard Suchet quien hablaba. Debía de haberse puesto en contacto con las autoridades locales. Un rápido examen de los registros de llegadas del país habría revelado que su llegada no estaba documentada. Las frías y levemente amenazadoras palabras de Schmid regresaron a su mente: «Si alguna vez descubro que ha vuelto usted aquí, lo va a pasar mal».

Suchet estaba flanqueado por Matthias Deschner y dos guardias de seguridad con las armas desenfundadas.

—Señor Hartman, la *Kantonspolizei* me ha informado de que usted se encuentra ilegalmente en el país. Lo cual significa que está cometiendo un flagrante delito —dijo el banquero.

El rostro de Deschner era una máscara de neutralidad.

—¿De qué está usted hablando? —replicó Ben, indignado.

¿Le habrían visto guardarse la fotografía en el bolsillo?

—Tendremos que retenerle hasta que lleguen las autoridades.

Ben lo miró, estupefacto.

—Sus acciones lo colocan en situación de violación del Código Penal suizo —añadió Suchet en voz alta—. Parece ser que está usted implicado también en otros delitos. No será usted autorizado a salir de aquí como no sea bajo custodia policial.

Deschner guardó silencio y Ben pudo ver en sus ojos algo que parecía temor. ¿Por qué no decía nada?

—Guardias, por favor, escolten al señor Hartman a la sala de seguridad número 4. Señor Hartman, no puede llevar nada consigo. Queda usted detenido a la espera de un arresto oficial.

Los guardias se acercaron, todavía con las armas apuntando contra él.

Ben se levantó con las manos abiertas a los costados y empezó a bajar por el pasillo mientas los dos guardias se situaban a su lado. Al pasar por delante de Deschner, vio que el abogado se encogía ligeramente de hombros.

Las palabras de advertencia de Peter: «Prácticamente son los propietarios de la mitad de la policía». Las palabras amenazadoras de Schmid: «La *Einwanderungsbehörde* puede mantenerlo detenido por espacio de un año antes de que su caso llegue a un magistrado».

No podía permitir que lo detuvieran. Lo que lo galvanizaba no era la posibilidad de que lo mataran o lo encarcelaran, sino el hecho de que, en cualquiera de los dos casos, su investigación tendría que terminar. Los esfuerzos de Peter habrían sido en vano. El Consorcio habría ganado.

No podía permitir que tal cosa ocurriera. Cualquiera que fuera el precio.

Las salas de seguridad, *die Stahlkammern*, eran, Ben lo sabía, el lugar donde se exponían y tasaban los objetos de valor intrínseco —el oro, las piedras preciosas, los bonos al portador— siempre que un propietario solicitaba una valoración oficial de los bienes depositados. Aunque no eran tan inexpugnables como las cámaras de seguridad, se trataba de unos lugares francamente seguros, con sus puertas de acero reforzadas y sus sistemas de vigilancia por circuito cerrado. Al llegar al *Zimmer Vier*, uno de los guardias acercó un lector electrónico a una luz roja intermitente; cuando se abrió la puerta, le hizo señas a Ben de que entrara primero y los dos guardias lo siguieron. Después la puerta se cerró con una serie de tres audibles clics.

Ben miró a su alrededor. La estancia estaba brillantemente iluminada y apenas tenía mobiliario; habría sido difícil perder o esconder una sola piedra preciosa en aquel espacio. El suelo de baldosas de pizarra resplandecía con un oscuro brillo. Había una larga mesa de plexiglás absolutamente transparente y seis sillas de metal pintado de gris.

Uno de los guardias —corpulento, con sobrepeso y un rubicundo y mofletudo rostro que denotaba una dieta a base de carne y cerveza— le hizo señas a Ben de que se sentara en una silla. Ben hizo una pausa antes de cumplir la orden. Los dos guardias habían vuelto a enfundar sus armas, pero dejaban claro con su comportamiento que no dudarían en utilizar métodos físicos más contundentes en caso de que él diera alguna muestra de no querer colaborar.

—Así que vamos a esperar, *Ja?* —dijo el segundo guardia en un inglés con fuerte acento alemán. Éste, con el cabello castaño claro muy corto, era más delgado y, calculó Ben, probablemente mucho más rápido que su compañero. Y sin duda mentalmente más ágil también.

Ben se dirigió a él.

—¿Cuánto les pagan aquí? Soy un hombre muy rico, ¿sabe? Les puedo ofrecer una vida muy agradable, si quieren. Ustedes me hacen un favor y yo se lo hago a ustedes. —No hizo el menor esfuerzo por disimular su absoluta desesperación.

El guardia más delgado soltó un resoplido y meneó la cabeza.

—Tendría que hacernos la propuesta en voz más alta para que los micrófonos la puedan recoger.

No tenían ningún motivo para creer que Ben cumpliría su palabra y no había ninguna garantía de que, estando preso, pudiera convencerlos de lo contrario. No obstante, su burlón desprecio resultaba alentador: su mejor baza ahora era que lo subestimaran. Ben se levantó soltando un gruñido y se apoyó la mano en el diafragma.

—Siéntese —le ordenó el guardia con firmeza.

—La claustrofobia... ¡No resisto... los pequeños lugares cerrados!

Ben hablaba en un tono de creciente angustia que casi rozaba la histeria.

Ambos guardias se miraron el uno al otro y se rieron con desprecio... no los podría pillar con una estratagema tan obvia.

—No, no, hablo en serio —dijo Ben en un tono cada vez más apremiante—. ¡Dios mío! ¿Cómo puedo ser más claro? Tengo un... un... vientre nervioso. Tengo que ir al lavabo enseguida, de lo contrario... sufriré un accidente. —Estaba interpretando el papel del americano frívolo y remilgado hasta el fondo—. ¡La tensión me lo agrava mucho más! Necesito mis pastillas. ¡Maldita sea! ¡Mi Valium! Un sedante. Sufro de una claustrofobia terrible... No puedo permanecer en espacios cerrados. ¡Por favor!

Mientras hablaba, se puso a gesticular violentamente como si estuviera sufriendo un ataque de pánico.

El guardia delgado se limitó a mirarlo con una sonrisa de desprecio.

—Tendrá que conformarse con la enfermería de la cárcel.

Con una expresión de terror en la cara, Ben se le acercó un poco más, desviando fugazmente la mirada hacia el arma enfundada y después de nuevo hacia el rostro del guardia delgado.

—¡Por favor, usted no lo entiende! —Agitó las manos con salvaje violencia—. ¡Voy a sufrir un ataque de pánico! ¡Necesito ir al lavabo! ¡Necesito un tranquilizante!

Con la velocidad de un rayo, alargó las manos hacia la funda de la cadera del guardia y se apoderó del revólver de cañón corto. Después retrocedió dos pasos sujetando el arma con ambas manos y dio bruscamente por terminada su actuación.

—Mantenga las manos a la altura del hombro —le dijo al guardia más corpulento—. De lo contrario, disparo y mueren los dos.

Ambos guardias se intercambiaron miradas.

—Ahora uno de ustedes me sacará de este lugar. O los dos morirán. Es una buena oferta. Acéptenla antes de que expire el plazo.

Los guardias conversaron brevemente en *Schweitzerdeutsch*. Después habló el delgado.

—Sería extremadamente estúpido por su parte utilizar esta arma, aunque supiera cómo hacerlo, cosa que dudo. Lo condenarían a prisión para toda la vida.

Era un tono equivocado: cauteloso, alarmado y, sin embargo, sin terror. El guardia no estaba nervioso en absoluto. A lo mejor, la anterior muestra de debilidad de Ben había sido demasiado eficaz. Ben pudo ver un cierto escepticismo en sus expresiones y su actitud. De pronto comprendió lo que tenía que decir.

—¿Ustedes creen que no me atreveré a disparar esta arma? —Hablaba con voz aburrida, sólo los ojos le brillaban—. Ya maté a cinco en la Bahnhofplatz. Dos más no me pesarán en la conciencia.

De repente, los guardias se pusieron en tensión, evaporado de golpe todo su paternalismo.

—*Das Monster vom Bahnhofplatz* —le dijo el gordinflón con voz ronca a su compañero mientras una expresión de horror se dibujaba en su rostro: el monstruo de la Bahnhofplatz. La sangre había huido de su rubicunda tez.

—¡Usted! —le ladró Ben, aprovechando la ventaja—. Sáqueme de aquí. —En cuestión de segundos, el corpulento

251

guardia utilizó su lector electrónico para abrir la puerta—. Y si usted quiere vivir, quédese aquí detrás —le dijo al delgado y evidentemente más listo.

La puerta se cerró a su espalda y los tres amortiguados clics confirmaron que los pestillos se habían deslizado electrónicamente hasta su sitio.

Obligando al guardia a caminar delante, Ben bajó rápidamente por el pasillo alfombrado de color beige. La información de vídeo del circuito cerrado probablemente se almacenaba en un archivo para su posterior examen, y no se veía en tiempo real, pero no había manera de saberlo con seguridad.

—¿Cómo se llama? —preguntó Ben—. *Wie heissen Sie?*

—Laemmel —masculló el guardia—. Me llamo Christoph Laemmel.

Llegó al final del pasillo e hizo ademán de girar a la izquierda.

—No —murmuró Ben—. Por aquí no. No vamos a salir por la puerta principal. Lléveme a la parte de atrás. La entrada de servicio. Por donde se saca la basura.

Laemmel hizo una pausa, momentáneamente desconcertado. Ben acercó el revólver a una de sus orejas, tan coloradas como una remolacha, dejándole sentir la frialdad del metal. Moviéndose con más rapidez, el guardia lo guió por la escalera de atrás, cuyo feo y mellado acero contrastaba dramáticamente con la pulida formalidad de los espacios públicos del banco. Las bombillas de escasos vatios que se proyectaban hacia fuera desde la pared de cada rellano apenas disipaban la penumbra que reinaba en la escalera.

Las pesadas botas del guardia resonaron en los escalones metálicos.

—Tranquilo —le dijo Ben, hablándole en alemán—. No haga ruido; de lo contrario, yo haré un ruido ensordecedor que será lo último que usted oiga en su vida.

—No tiene ninguna posibilidad —dijo Laemmel en voz baja y asustada—. Ninguna en absoluto.

Al final, llegaron a la ancha puerta de doble hoja que conducía al pasadizo de la parte de atrás. Ben accionó el pestillo y comprobó que la puerta se podía abrir por dentro.

—Éste es el final de nuestro viajecito juntos —dijo.

Ahora Laemmel rezongó:

—¿Y usted cree que estará más a salvo fuera de este edificio?

Ben salió a las sombras del pasadizo, sintiendo la frialdad del aire contra su arrebolado rostro.

—Lo que haga la *Polizei* no es asunto de su incumbencia —contestó Ben, manteniendo el arma desenfundada.

—*Die Polizei?* —replicó Laemmel—. Yo no me estoy refiriendo a ellos —escupió.

El temor se agitó como una anguila en el vientre de Ben.

—¿De qué está usted hablando? —dijo en tono apremiante. Asió el arma con ambas manos y la levantó a la altura de los ojos de Laemmel—. ¡Dígamelo! —le exigió con enfurecida concentración—. ¡Dígame lo que sabe!

Una repentina exhalación de aliento salió de la garganta de Laemmel mientras un cálido líquido carmesí salpicaba el rostro de Ben. Una bala había traspasado el cuello del hombre. ¿Había Ben apretado el gatillo sin darse cuenta? Una segunda explosión a escasos centímetros de su cabeza respondió a la pregunta. Había un tirador al acecho.

«¡Oh, Dios mío! ¡Otra vez no!»

Mientras el guardia se desplomaba boca abajo, Ben bajó corriendo por el húmedo pasadizo. Oyó un chasquido como de una pistola de juguete, después una reverberación metálica y, de pronto, apareció una marca como de viruela en el contenedor de la basura que tenía a su izquierda. El tirador debía de estar disparando desde su derecha.

Al sentir que algo caliente le rozaba el hombro, se agachó detrás del contenedor: un refugio provisional, pero cualquier puerto era válido en un temporal. Por el rabillo del ojo vio el movimiento de algo pequeño y oscuro... una rata desplazada por su llegada. «¡Muévete!» La parte superior del muro de cemento que separaba el patio trasero del banco del edificio de al lado le llegaba a la altura de los hombros; Ben se introdujo el arma en la cintura de los pantalones y, utilizando ambas manos, se elevó y saltó al otro lado. Un pequeño pasadizo lo separaba ahora de la Usteristrasse. Tomando el revólver, disparó como un loco en tres direcciones distintas. Quería que el tirador se refugiara en algún sitio, creyendo que lo estaban tiroteando. Necesitaba tiempo. Ahora todos los segundos eran preciosos.

Hubo disparos de respuesta y él oyó el impacto de las balas contra el muro de hormigón, pero ahora ya se encontraba a salvo al otro lado.

Echó a correr hacia la Usteristrasse. Sus pies golpeaban ruidosamente el suelo del pasadizo. Rápido. ¡Más rápido! «Corre como si en ello te fuera la vida», le decía su entrenador de atletismo antes de las pruebas. Ahora le iba la vida en ello.

¿Y si hubiera más de un tirador? Pero estaba claro que el aviso no habría llegado con tiempo suficiente como para apostar todo un equipo. Los pensamientos se empujaban y chocaban los unos con los otros en la mente de Ben. «Concéntrate, maldita sea.»

Un olor nauseabundo lo indujo a dar el siguiente paso: era una brisa procedente del río Sihl, el desangelado canal navegable que se bifurcaba a partir del Limmat en la Platz-promenade. Cruzó la Gessner Allee sin prestar atención al tráfico y se golpeó con la parte delantera de un taxi cuyo barbudo conductor tocó el claxon y le maldijo antes de pisar el freno. Pero él consiguió cruzar. El Sihl, bordeado por un talud de ennegrecidos bloques de hormigón, se extendía ante él. Sus ojos examinaron ansiosamente el agua hasta que vio una pequeña lancha motora. Eran un espectáculo muy habitual en el Sihl; ésta llevaba un solo pasajero, un sujeto gordinflón con gafas de sol que estaba bebiendo cerveza y sostenía una caña de pescar aunque todavía no estaba pescando. El chaleco salvavidas que llevaba hacía que sus voluminosas proporciones resultaran todavía más voluminosas. El río lo llevaría al Sihlwald, una reserva natural situada diez kilómetros al sur de Zúrich donde las orillas del río se adentraban en el bosque y se abrían en toda una serie de riachuelos. Era un destino muy popular entre los habitantes de la ciudad.

El gordo retiró el envoltorio de plástico de un bocadillo de pan blanco y lo arrojó al agua. Un comportamiento claramente antisocial según los criterios suizos. Ben se arrojó al agua completamente vestido y empezó a nadar en dirección a la lancha, a pesar de que la ropa constituía un impedimento para sus poderosas brazadas.

El agua estaba completamente helada, pues procedía de un glaciar, y Ben sintió que una sensación de rigidez le recorría todo el cuerpo mientras seguía nadando a través de la lenta corriente.

El hombre de la lancha, zampándose el bocadillo y tomando sorbos de su Kronenberg, no se dio cuenta de nada hasta que la pequeña lancha motora se inclinó bruscamente por el lado de sotavento.

Primero vio dos manos con los dedos ligeramente azulados a causa del frío y después vio al hombre completamente vestido elevarse hasta el interior de la lancha mientras el agua del río le resbalaba por el elegante y costoso traje.

—*Was ist das!* —gritó, qué es esto. Soltó la cerveza, alarmado—. *Wer sind Sie?* —quién es usted.

—Necesito alquilarle la lancha —le dijo Ben en alemán, procurando evitar que los dientes le castañetearan a causa del frío.

—*Nie! Raus!* —No. Fuera de aquí.

El hombre agarró su sólida caña de pescar y la blandió con gesto amenazador.

—Usted lo ha querido —dijo Ben, abalanzándose sobre el hombre y arrojándolo por la borda al agua, donde éste flotó cómicamente, sostenido por su chaleco salvavidas mientras farfullaba indignado.

—Ahorre aire. —Ben le señaló el cercano puente de la Zollstrasse—. El tranvía lo llevará adonde tenga que ir.

Se inclinó hacia la válvula del motor y la abrió. El motor tosió y después empezó a rugir mientras la lancha aumentaba la velocidad rumbo al sur. No pensaba llegar hasta el Sihlwald, la reserva forestal. Media milla al sur del recodo del río sería suficiente. Tumbado boca abajo sobre el suelo de la lancha, de fibra de vidrio de textura antideslizante, seguía estando en condiciones de ver los altos edificios y los escaparates de las tiendas que se asomaban al Sihl, la suave estructura cuadrada de los gigantescos almacenes Migros, las ennegrecidas agujas de la Schwarzenkirche, las paredes cubiertas de complicados frescos de la Klathaus. Ben sabía que sería vulnerable ante cualquiera de los tiradores que estuvieran apostados, pero también que las probabilidades de que éstos se hubieran adelantado a sus movimientos eran muy escasas. Se tanteó por fuera el bolsillo de la chaqueta y el sobre encerado emitió un tranquilizador crujido. Suponía que era impermeable, pero no tenía tiempo para comprobarlo.

La lancha, que ahora navegaba más rápido, lo llevó bajo la mampostería cubierta de algas del puente de la Stauffacherstrasse. Quedaban unos doscientos metros. Después se oyeron los inconfundibles ruidos de una autopista, el zumbido de los neumáticos sobre el suave y gastado asfalto, del aire contra la carrocería de los camiones y los automóviles, los tonos agudos y roncos de los cláxones, la mezcla de los cambios de marcha de cien vehículos moviéndose como el viento. Todo se fundía en un blanco ruido cuya intensidad subía y bajaba mientras las vibraciones acústicas del transporte industrial se fundían entre sí en un mecánico oleaje.

Ben viró con la ruidosa lancha hacia el inclinado muro de contención, oyó el chirrido del casco de fibra de vidrio contra el ladrillo mientras la embarcación se detenía con una sacudida. Después saltó desde la lancha para dirigirse a la estación de servicio del borde de la carretera donde había dejado aparcado su Range Rover alquilado, a pocos minutos de la Nationalstrasse 3, el río de hormigón donde se mezclaría con el rápido tráfico rodado.

Mientras giraba el volante para cambiar de carril, Ben experimentó un pinchazo en el hombro izquierdo. Levantó la mano derecha y se lo frotó con cuidado. Otro pinchazo, esta vez más agudo. Apartó la mano. Tenía los dedos pegajosos y de un rojo oscuro a causa de la sangre que se estaba congelando.

* * *

Matthias Deschner estaba sentado en el mismo asiento que había ocupado apenas una hora antes delante del escritorio de Suchet. Detrás de su escritorio, Suchet permanecía inclinado hacia delante con la cara en tensión.

—Tenía usted que haberme advertido de antemano —dijo el banquero, enfurecido—. ¡Hubiéramos podido impedir que tuviera acceso a la cámara!

—¡Yo mismo tampoco lo supe por adelantado! —protestó Deschner—. Se pusieron en contacto conmigo justo ayer. Me preguntaron si lo alojaba en mi casa. ¡Absurdo!

—Usted sabe muy bien la pena que corresponde a la falta de colaboración en estos asuntos.

El rostro de Suchet estaba constelado de amoratadas manchas de rabia y temor.

—Lo dejaron muy claro —dijo Deschner sin la menor inflexión en la voz.

—¿Ahora? ¿O sea que se acaban de enterar de su posible relación con el sujeto?

—Ciertamente. ¿Usted cree que yo tenía alguna idea del asunto que se traían entre manos estos hermanos? Yo no sabía nada. ¡Nada!

—Esta excusa no siempre ha servido para evitar el cuello teutónico, si me permite hablar desde un punto de vista histórico.

—Un familiar lejano me pidió este favor —protestó Deschner—. No tenía conocimiento de su verdadero significado.

—¿Y no preguntó?

—Los miembros de nuestra profesión estamos acostumbrados a no hacer demasiadas preguntas. Creo que estará usted de acuerdo con esto.

—¡Y ahora nos expone usted a los dos al peligro! —replicó Suchet.

—En cuanto él apareció, me llamaron. ¡Lo único que yo pude suponer fue que ellos querían que él tuviera acceso a la cámara!

Llamaron a la puerta. Entró la secretaria de Suchet, sosteniendo en alto un vídeo.

—Se acaba de recibir de Seguridad, señor.

—Gracias, Inge —dijo dulcemente Suchet—. Está a punto de llegar un mensajero. Quiero que introduzca la cinta en un sobre cerrado y se lo entregue.

—Muy bien, señor —dijo la secretaria, retirándose tan sigilosamente como había entrado.

15

En un moderno edificio de ocho plantas de la Schaffhausserstrasse, no lejos de la Universidad de Zúrich, tres hombres permanecían sentados en una estancia llena de potentes ordenadores y monitores de alta resolución. Era un estudio alquilado a una productora multimedia que reproducía, restauraba y editaba vídeos para empresas y consorcios de vigilancia.

Uno de ellos, un sujeto delgado y canoso en mangas de camisa que aparentaba mucha más edad que los cuarenta y seis años que tenía, sacó una cinta de una grabadora d-2 de formato digital compuesto y la introdujo en una de las ranuras de un ordenador de vídeo-imagen Quantel Sapphire. Acababa de hacer una copia digital de la cinta de vigilancia que le habían entregado. Ahora, utilizando aquel ordenador de vídeo-imagen de fabricación británica inicialmente desarrollado para el Home Office, el mi-5 británico, iba a ampliar la imagen.

El hombre de cabello canoso que trabajaba en silencio había sido uno de los máximos especialistas en la mejora de vídeos del Home Office hasta que una empresa de seguridad privada de Londres lo había tentado ofreciéndole el doble de lo que ganaba. Los dos caballeros que lo acompañaban en la estancia lo habían contratado a través de la empresa de seguridad para que hiciera un trabajo rápido en Zúrich. No tenía ni idea de quiénes eran. Lo único que sabía era que le iban a pagar una generosa bonificación. Lo habían hecho volar de Londres a Zúrich en clase *business*.

Ahora los dos misteriosos caballeros permanecían sentados aparte, conversando entre sí. Hubieran podido ser unos hombres de negocios de cualquier país del mundo, a pesar de que hablaban en holandés, idioma que el experto en vídeos comprendía razonablemente bien.

Al otro lado de la estancia, el canoso técnico contempló la pantalla del ordenador. En la parte inferior decía cam 2, junto con la fecha y la hora, que aparecía de manera intermitente en fracciones de segundo. Se dirigió a sus clientes:

—Bueno, ahora ustedes me dirán qué quieren que haga. ¿Quieren que compare electrónicamente al tío con una fotografía que ustedes tienen?

—No —contestó el primer holandés—. Sabemos quién es. Queremos saber lo que está leyendo.

—Me lo hubiera tenido que imaginar —rezongó el técnico—. Este trozo de papel que sostiene en la mano está envuelto en sombras.

—¿Qué tal es la calidad de la cinta? —preguntó el segundo hombre.

—No está mal —contestó el técnico—. Dos cuadros por segundo, que es lo habitual. Muchos de estos bancos utilizan los peores equipos, pero este banco utilizaba una cámara de máximo rendimiento y alta resolución. No puedo decir que la cámara estuviera colocada demasiado bien, pero eso tampoco es insólito.

—¿O sea que puede usted aplicar el zoom a lo que sostiene en la mano?

—Por supuesto. El software de este Quantel compensa todos los problemas habituales que plantea la ampliación digital... el control de las imágenes y demás. El problema no es ése. Esta maldita cosa está en sombra.

—Dicen que usted es el mejor —replicó agriamente el primer hombre—. Desde luego, es el más caro.

—Lo sé, lo sé —dijo el técnico—. Es cierto. Bueno, puedo intensificar el contraste.

Desplegó un menú en cuya lista figuraban los términos «Definición», «Zoom», «Color» y «Contraste». Pulsando la tecla «+», iluminó la sombra hasta que el papel que estaba mirando el hombre del banco resultó casi legible, después aumentó la resolución pulsando otra tecla, jugó un poco más con el contraste y, a continuación, hizo clic en «Definición» para mejorar la imagen.

—Muy bien —dijo al final.

—¿Puede ver usted lo que está leyendo? —preguntó el segundo hombre.

—En realidad, es una fotografía.

—¿Una fotografía?

—Sí. Antigua. Una instantánea de un grupo. Muchos hombres vestidos a la antigua. Parece un grupo de hombres de negocios. Un par de oficiales alemanes. Sí, una instantánea de un grupo. Montañas en segundo plano...

—¿Puede distinguir las caras?

—Si me deja... sólo... ah, ya estamos. —Acercó rápidamente la imagen hasta que ésta ocupó toda la pantalla—. «Zúrich, 1945», dice aquí. «Sig» no sé qué...

El segundo hombre miró al techo:

—Santo cielo. —Se acercó a la pantalla del ordenador.

—¿Sigma ag? —dijo el técnico.

El segundo hombre le dijo al primero en un susurro:

—Lo sabe.

—Tal como yo pensaba —dijo el primero.

—Bueno —le dijo el segundo hombre al técnico—. Quiero que imprima una copia de esto. Quiero también la mejor imagen que pueda obtener de la cabeza de este hombre.

—Haga cincuenta copias —dijo el primero, levantándose de su asiento.

El segundo hombre cruzó la estancia para hablar con su compañero.

—Corra la voz —le dijo en voz baja—. Nuestras precauciones no han sido adecuadas. El americano se ha convertido en una seria amenaza.

Washington, D.C.

Anna Navarro se inclinó hacia delante en su asiento. El despacho de Alan Bartlett estaba tan inmaculado como siempre, la expresión del hombre era tan opaca como de costumbre.

—He seguido la pista de las transferencias monetarias de Robert Mailhot desde el National Bank de Nueva Escocia hasta una cuenta de las islas Caimán, y ahí me temo que he tropezado con un callejón sin salida —dijo Anna—. La única fuente que hemos descubierto allí confirma que la cuenta revela una actividad reciente relacionada también con uno de los fondos de Prosperi. Pero allí, tal como digo, la pista del dinero se enfría. Una cosa es descubrir dónde termina el dinero, y otra muy distinta es saber quién puso inicialmente el dinero allí. ¿Debemos empezar a trabajar a través de los canales habituales?

—Eso está descartado —contestó Bartlett en un tono ligeramente irritado—. Eso pondría en peligro la seguridad de toda la operación. Significa que cualquiera que tenga interés en detener la investigación lo puede hacer muy fácilmente. Y también significa poner en peligro la vida de otras personas, que podrían seguir siendo objetivos.

—Comprendo —dijo Anna—. Pero no quiero que se repita lo de Asunción. Es el precio que se paga por seguir unos canales secundarios. Quienquiera que esté detrás de esta... esta... a falta de otra palabra mejor, de esta conspiración, es evidente que tenía influencia suficiente para pararnos los pies.

—Estoy de acuerdo. Pero, una vez elevemos este asunto a un nivel A-II, una investigación autorizada, será como poner un anuncio en *The New York Times*, diciéndoles a los sujetos de nuestras pesquisas qué es lo que nos proponemos hacer. No podemos dar por sentado que no hay personas pertenecientes a la comunidad del espionaje que no están trabajando en este asunto por cuenta de ambos bandos.

—Una investigación a-ii sigue siendo algo extremadamente privilegiado. No estoy de acuerdo...

—No, no esperaba que lo estuviera —dijo él en un tono más frío que el hielo—. A lo mejor me he equivocado... a lo mejor, es usted en el fondo una leal burócrata.

Ella prefirió ignorar su irónico comentario.

—He participado en muchas investigaciones internacionales, incluso en investigaciones de homicidios, que se han mantenido en secreto. Sobre todo cuando pensábamos que alguien del Gobierno podía estar implicado. En El Salvador, cuando funcionarios gubernamentales mandaron asesinar a norteamericanos para que ello sirviera de tapadera...

—Tal como usted sabe, conozco perfectamente sus anteriores hazañas, agente Navarro —dijo Bartlett con impaciencia—. Está usted hablando de un gobierno extranjero. Yo estoy hablando de media docena o más. Hay una diferencia.

—¿Dice usted que ahora ha habido una víctima en Oslo?

—Es nuestra más reciente información de espionaje, sí.

—Pues entonces, la Oficina del Fiscal General tiene que cursar una petición confidencial de alto nivel a la Oficina del

Fiscal del Estado noruego, solicitando mantengan el más absoluto sigilo.

—No. Los riesgos de una petición directa a las autoridades noruegas son demasiado grandes.

—Pues entonces, quiero una lista. No la lista de los cadáveres. Quiero los nombres de las personas que figuran en los archivos de autorización Sigma. Su «lista caliente».

—Eso es imposible.

—Comprendo... Solamente me la dan cuando ya están muertos. Bueno, en ese caso, quiero retirarme ya de este trabajo.

Él vaciló.

—No juegue, señorita Navarro. Usted ha sido asignada. —El estudiado aire de solicitud y nobleza de Bartlett se había evaporado. Ahora Anna vislumbró fugazmente el acero que había situado a Bartlett al timón de una de las más poderosas unidades de investigación del Gobierno—. La verdad es que eso no depende de usted.

—Me puedo poner enferma, me puedo volver repentinamente incapaz de cumplir mi tarea. Puedo no estar en condiciones de viajar.

—Eso usted no lo haría.

—No, por supuesto que no, siempre que usted me facilite la lista caliente.

—Ya se lo he dicho. Eso es imposible. Esta operación se tiene que atener a ciertas normas. Si estas normas se traducen a veces en ciertas obligaciones, usted las tiene que aceptar como los parámetros de su investigación.

—Mire —dijo Anna—, trece de los viejos de su lista Sigma han muerto ahora en, digamos simplemente, «circunstancias discutibles». Tres siguen con vida, ¿verdad?

—Que nosotros sepamos.

—Pues entonces, permítame que se lo plantee de la siguiente manera. Si uno de estos sujetos muere, lo matan o lo que sea... no podemos hacer ninguna visita al cuerpo sin alguna especie de colaboración oficial del Gobierno al nivel que sea. ¿No es así? Pero, si llegamos hasta alguno de ellos antes de que lo maten... Mire, sé que yo tengo que investigar a personas muertas, no vivas. Pero si las consideramos testigos en potencia, las sometemos a vigilancia las veinticuatro horas del día... discretamente, claro.

Bartlett la miró mientras en su rostro se reflejaban unos imperativos visiblemente contradictorios. Ahora se acercó a una caja fuerte más alta que él, la abrió y sacó una carpeta. Le entregó una hoja de papel con las indicaciones «secret», «noext» y «nocontr», lo cual suponía que, aparte de la obligación de secreto al máximo nivel, no era accesible a ciudadanos extranjeros o a empleados contratados.

—La lista —dijo en voz baja.

Anna leyó rápidamente las columnas de datos... alias, nombres reales, nombres de cualquier familiar vivo y los números de los expedientes correspondientes. Tres permanecían con vida. Países de origen: Portugal, Italia, Suiza.

—¿No hay direcciones? —preguntó.

—Sólo antiguas. A través de los medios normales no hemos conseguido averiguar las actuales. Todos ellos han cambiado de domicilio a lo largo del año pasado.

—¿El año pasado? Podrían estar en cualquier lugar del mundo.

—Es una posibilidad lógica. Lo más probable es que se encuentren en el mismo país, probablemente en la misma localidad... En un determinado momento de la vida, uno se ve sometido a una especie de campo de gravitación. Es difícil que los viejos se desarraiguen por completo. Incluso cuando su seguridad está en peligro, hay un nivel de cambio vital al que se niegan a someterse. Sea como fuere, no han dejado direcciones en las que se les pueda localizar. Está claro que procuran pasar desapercibidos.

—Se esconden —dijo Anna—. Tienen miedo.

—Y parece ser que tienen motivos.

—Es como si hubiera una especie de competición de rencores geriátricos. ¿Cómo es posible que algo que empezó antes de la fundación de la CIA tenga todavía tanto poder?

Bartlett estiró el cuello y su mirada se posó en la vitrina forrada de terciopelo antes de volver la cabeza.

—Ciertas cosas adquieren más poder con la edad. Y, como es natural, constituye un grave error confundir el tamaño con la capacidad de influencia. Hoy en día, la CIA es una enorme y sólida institución gubernamental con interminables capas de burocracia. Al principio, el verdadero poder residía en unas redes personales. Así era en el caso de Bill Donovan, el fundador de la OSE, la Oficina de Servicios Estratégicos, y más todavía en el de Allen Dulles. Sí, Dulles es conocido por su papel en la creación de la CIA, pero ésta no fue la más impresionante de sus hazañas. Para él, había una batalla, la batalla contra la izquierda revolucionaria.

—El «espía caballero», lo llamaban, ¿verdad?

—Lo de «caballero» lo hizo más peligroso que lo de «espía». Nunca fue más temible que cuando él y su hermano dirigían la división de finanzas internacionales de cierto bufete jurídico.

—¿Un bufete jurídico? ¿Qué hacían, les cobraban el doble a los clientes?

Bartlett le dirigió una mirada de leve desprecio.

—Es un error propio de aficionados subestimar el alcance y el radio de acción de las empresas privadas. La suya era algo más que una firma jurídica para clases privilegiadas. Tenía un auténtico alcance internacional. Dulles, que viajaba por todo el mundo, pudo tejer una especie de telaraña por toda Europa. Reclutó a colaboradores en todas las principales ciudades y los encontró entre los aliados, el Eje y los países neutrales.

—¿Colaboradores? —lo interrumpió Anna—. ¿Qué quiere usted decir?

—Personas altamente situadas, contactos, amigos, «activos», llámelos usted como quiera, a quienes Allen Dulles tenía en su séquito. Le servían como fuentes de información y consejo, pero también como medios de influencia. Dulles sabía cómo apelar al egoísmo de la gente. A fin de cuentas, facilitaba toda una serie de acuerdos en los que intervenían gobiernos y empresas multinacionales, cosa que le convertía en un hombre cuyo contacto era muy valioso. Si usted era un hombre de negocios, él podía asegurarle un importante contrato gubernamental. Si usted era un funcionario gubernamental, él le podía proporcionar una información capaz de ayudarle a prosperar en su carrera. El dinero y la inteligencia... Dulles pensaba que ambas cosas podían convertirse fácilmente la una en la otra, como dos monedas de curso legal, aunque con tipos de cambio en constante movimiento. Y, como es natural, el papel de intermediario de Dulles dependía de que él supiera un poco más que todos los demás.

—¿Un intermediario?

—Puede que usted haya oído hablar del Banco Internacional de Pagos de Basilea.

—Puede que no.

—Era esencialmente una oficina de contabilidad donde los hombres de negocios de ambos bandos de la guerra podían formalizar y analizar el reparto de los dividendos. Una institución que era muy útil... si uno era un hombre de negocios.

A fin de cuentas, los negocios no cesaban simplemente por el hecho de que los cañones empezaran a disparar. Sin embargo, las hostilidades interferían en el comportamiento de las sociedades y las alianzas empresariales, dando lugar a toda suerte de trabas. Dulles se inventó maneras de sortear estas trabas.

—No es un panorama muy atractivo.

—Es la realidad. Dulles creía en la «red». Es la clave para comprender la misión de su vida. Una red era todo un conjunto de individuos... un complejo entramado capaz de ejercer una influencia muy superior a la ejercida por la suma de sus partes. Es algo muy curioso de ver. Tal como digo, todo se reduce a la torcida madera de que está hecha la humanidad.

Anna enarcó una ceja.

—Suena un poco terrorífico.

Una vena pulsaba en la sien de Bartlett.

—¿Sólo un poco? La naturaleza de estas redes consiste a fin de cuentas en el hecho de ser invisibles para aquellos que no forman parte de ellas... invisibles incluso para algunos que sí forman parte. Y además tienen tendencia a sobrevivir a los individuos que las constituyeron. Se podría decir que adquieren vida propia. Y pueden ejercen poderosos efectos en las organizaciones que invaden. —Volvió a arreglarse los gemelos franceses—. He hablado de telarañas. Hay una curiosa avispa parásita, muy pequeña, del género *Hymenoepimecis*, una inteligente y pequeña criatura que pica a una araña, le provoca una parálisis transitoria y pone sus huevos en el abdomen de la araña. Muy pronto la araña vuelve a funcionar como si nada hubiera ocurrido a pesar de que las larvas crecen en su interior, alimentándose de sus fluidos. Después, la noche en que las larvas mudarán y matarán a la araña, provocan químicamente un cambio en su conducta. Aquella noche se induce a la araña a tejer la malla de un capullo, inútil para la araña pero necesario para las larvas. En cuanto la araña termina su trabajo, las larvas la consumen y cuelgan el capullo de la crisálida en la malla especial. Es algo francamente extraordinario, la hábil manipulación por parte del parásito del comportamiento de su anfitrión. Pero eso no es nada comparado con lo que nosotros, los humanos, nos podemos inventar. Ésta es la clase de cosa en la que pienso, señorita Navarro. ¿Quién hay en nuestro interior? ¿Qué fuerzas pueden estar manipulando el aparato de gobierno cívico de tal manera que construya una malla que sirva a sus propósitos? ¿Cuándo decidirá el parásito consumir a su anfitrión?

—De acuerdo, seguiré participando en el juego —dijo Anna—. Digamos que hace medio siglo una oscura conspiración nos pica y nos implanta algo que crecerá y nos causará daños. Aunque así fuera, ¿cómo lo podríamos saber siquiera?

—Una pregunta excelente, señorita Navarro —replicó Bartlett—. Es difícil ver las telarañas incluso cuando son muy grandes, ¿verdad? ¿Ha entrado usted alguna vez en un viejo sótano o un almacén prácticamente a oscuras, donde apenas se ve nada en medio de la oscuridad? Después usted enciende una linterna y, de repente, se da cuenta de que el espacio vacío por encima de su cabeza no está exactamente vacío, sino que está lleno de capas de telarañas, un inmenso dosel de vidriosos filamentos. Dirige el haz luminoso en otra dirección y aquel dosel desaparece... como si jamás hubiera existido. ¿Se lo había imaginado usted? Mira directamente hacia delante. Nada. Después dirige el haz hacia el ángulo adecuado y enfoca la mirada en un punto intermedio y todo se vuelve visible una vez más. —Bartlett estudió su rostro en busca de comprensión—. Las personas como yo nos pasamos los días buscando este ángulo especial que nos permite ver las viejas telarañas. A menudo miramos con demasiada intensidad y nos imaginamos cosas. A veces, vemos lo que hay realmente. Usted, señorita Navarro, me da la impresión de ser alguien no muy propenso a imaginarse cosas.

—Me atengo a lo que hay —replicó Anna.

—No quiero insinuar que usted carece de imaginación... sólo quiero decir que la mantiene bajo control. No importa. El caso es que se crearon ciertas alianzas entre algunas personas dotadas de considerables recursos. Eso forma parte de la historia pública. Y en cuanto a qué fue de todo eso, ojalá lo supiéramos. Lo único que tenemos son estos nombres.

—Tres nombres —dijo Anna—. Tres ancianos.

—Me gustaría dirigir su atención sobre Gaston Rossignol. En sus tiempos había sido un poderoso banquero suizo. La persona más destacada de la lista, y la más vieja.

—Muy bien —dijo Anna, levantando la vista—. El zuriqués. Supongo que ya ha preparado usted un expediente sobre sus antecedentes.

Bartlett abrió un cajón de su escritorio, sacó una carpeta ribeteada con toda una serie de sellos de clasificación y la deslizó hacia ella sobre el escritorio.

—Es bastante amplio, no obstante las evidentes lagunas.

—Muy bien —dijo Anna—. Quiero verlo antes de que ellos lleguen hasta él.

—Suponiendo que usted lo pueda localizar.

—Ha vivido toda su vida en Zúrich. Tal como usted dice, allí hay un campo gravitatorio. Aunque se haya ido, habrá dejado amigos, familiares. Corrientes tributarias que conducen a la fuente.

—O fosos que protegen una fortaleza. Un hombre como Rossignol tiene poderosos amigos situados muy arriba que harán todo lo que puedan para protegerle. Amigos que son, tal como dicen los franceses, *branchés*. Poderosos y bien conectados. Tienen la capacidad de ocultarlo, de hacerlo desaparecer de los archivos burocráticos y los registros informáticos. ¿Se le ocurre algún subterfugio inteligente?

—De ninguna manera. Estarán en guardia ante los subterfugios. Rossignol no tiene nada que temer de mí. Si sus amigos y colaboradores están tan bien informados como usted insinúa, se darán cuenta y harán correr la voz.

—O sea que usted se imagina un sencillo «Vengo en son de paz»?

Las palabras eran burlonas, pero Bartlett parecía intrigado.

Anna se encogió de hombros.

—Algo parecido. Sospecho que el mejor camino será el más directo. Pero pronto lo averiguaré. —Anna consultó su reloj—. Voy a tomar el primer vuelo a Zúrich que pueda.

Mettlenberg, St. Gallen, Suiza

Algo más de cinco horas después, Ben Hartman estaba sentado en su Range Rover de alquiler en el aparcamiento del personal del Regionalspital Sankt Gallen Nord, observando cómo la gente entraba y salía: médicos, enfermeras, trabajadores del hospital. El poderoso motor marchaba suavemente al ralentí. Por suerte, no había mucha gente, aunque pasaban unos cuantos minutos de las cinco, el término de la jornada laboral para los administrativos. El crepúsculo estaba cayendo y las luces del exterior se estaban empezando a encender.

Desde Zúrich había llamado al hospital y había preguntado por la doctora Margarethe Hubli. Le pasaron rápidamente con pediatría, donde preguntó en inglés si estaba ella.

Sí, le dijeron; ¿quería usted pedir hora para ver a la doctora? El inglés de la enfermera era inseguro, pero comprensible.

—No —dijo él—. Simplemente quería asegurarme de que la doctora estaba en el hospital. Mi hijo está enfermo y quería saber si tenían ustedes un pediatra de guardia por si lo necesitamos.

Dio las gracias a la enfermera y, tras preguntar hasta qué hora trabajaba la doctora Hubli, colgó.

Liesl sólo tenía que permanecer en el hospital hasta las cuatro de la tarde. Ben llevaba allí más de dos horas esperándola; y ella ya llevaba más de una hora de retraso en salir. Ben estaba seguro de que no había salido del hospital. Además, había visto su Renault en el parking. Pensó que pertenecería a esa clase de médicos que trabajaban largas horas sin prestar atención a los horarios.

Comprendió que igual se pasaba allí un buen rato sentado.

El documento de asociación al que Peter se había referido no estaba en la cámara de seguridad; por consiguiente, ¿en qué otro lugar podía estar? Él le había dicho que lo tenía guardado a buen recaudo. ¿Sería posible que Liesl dijera la verdad, que ella no supiera realmente dónde estaba? En tal caso, ¿sería posible que Peter lo hubiera guardado en otro sitio, entre sus pertenencias en la casita de campo, sin que Liesl lo supiera?

Ésta había contestado demasiado rápido al preguntarle él si Peter podía haberlo guardado en algún sitio de allí. Liesl sabía algo que no quería decir.

Tenía que ir a la casa de campo.

Cuarenta minutos después, Liesl salió por la entrada de la sala de urgencias. Estaba bromeando con otra persona. Se despidió con un gesto de la mano y se subió la cremallera de la chaqueta de cuero. Después se dirigió medio caminando, medio corriendo, a su automóvil, subió y lo puso en marcha.

Ben esperó a que hubiera recorrido una cierta distancia carretera abajo antes de salir del aparcamiento. Ella no reconocería el Range Rover y no tendría motivo para sospechar, dejando aparte su natural recelo. Aun así, era mejor no alarmarla.

En una librería de Zúrich especializada en viajes se había comprado un mapa de carreteras del cantón de St. Gallen y había estudiado la zona. Tanto Peter como Liesl habían comentado que vivían en una «casita», lo cual significaba probablemente que ésta se encontraba situada en la montaña o en un bosque. Había una zona de bosque a unos ocho kilómetros del hospital, aproximadamente hacia el nornoroeste. Sólo había otro bosque a menos de dos horas de camino por carretera, y se encontraba a unos cuarenta kilómetros de distancia. Era una distancia considerable por carreteras secundarias para alguien que tenía que ir a trabajar a diario... y que a veces tenía que regresar rápidamente al hospital por algún caso urgente. Lo más probable era que la casita estuviera en el bosque más cercano.

Tras haberse aprendido las carreteras de memoria, sabía que el desvío más próximo se encontraba a menos de dos kilómetros. Pero si ella se detuviera por el camino y girara en algún sitio, corría el riesgo de perderla. Lo único que podía hacer era esperar que no lo hiciera.

Muy pronto la carretera empezó a subir por una empinada ladera, siguiendo la montañosa topografía de aquella parte de Suiza. Ello le permitía ver buena parte de lo que tenía por delante y distinguir lo que identificó como el Renault de Liesl, detenido en un semáforo. En el siguiente cruce había una carretera señalizada como la 10. Si ella girara a la izquierda tomando la 10, se dirigiría al bosque que él había localizado. Si girara a la derecha o siguiera adelante más allá de la 10, no tendría ni idea de adónde se dirigía.

El Renault giró a la izquierda.

Aceleró y llegó al cruce con la 10 sólo unos minutos después de que ella lo hubiera hecho. Había suficientes automóviles en la carretera como para que su presencia no llamara demasiado la atención. Estaba seguro de que ella seguía sin saber que él le estaba pisando los talones.

La carretera, de cuatro carriles, discurría paralela a unas vías de tren, pasando por delante de varias fincas agrícolas inmensas y de grandes campos de labranza que se extendían hasta donde alcanzaba la vista. De repente, ella se desvió varios kilómetros antes de lo que él esperaba.

En cuanto enfiló la estrecha y tortuosa carretera, se dio cuenta de que el suyo era el único vehículo que la seguía. Mala cosa. Se había hecho oscuro y en la carretera apenas había tráfico, por lo que ella no tardaría en darse cuenta de que él la seguía. ¿Cómo no iba a darse cuenta? Cuando se diera cuenta, aminoraría la marcha para ver quién la seguía o, más probablemente, intentaría perderlo. Si empezara a circular de manera extraña, él no tendría más remedio que manifestarse.

Por suerte, las vueltas de la carretera lo ayudaban a esconderse siempre y cuando permaneciera por lo menos una curva por detrás de ella. Pasaron por delante de una zona escasamente arbolada que poco a poco se fue haciendo cada vez más tupida. De vez en cuando veía el destello de sus luces delanteras, que aparecían y desaparecían. Ello le permitía seguirla a cierta distancia sin perderla.

Pero unos minutos después ya no pudo ver sus luces.

¿Dónde se habría metido? ¿Se habría apartado de la carretera? Aceleró para ver si ella también había acelerado, pero, después de un kilómetro, no vio ni rastro de ella.

Tenía que haber girado hacia el interior del bosque, aunque él no creía haber pasado ante ningún camino o carretera que llevaran al bosque. Se detuvo, describió una curva cerrada —no se acercaba ningún vehículo en ninguna de las dos direcciones— e invirtió el sentido de su marcha, bajando muy despacio en busca de algún desvío.

No era fácil; ya estaba muy oscuro.

Muy pronto distinguió lo que difícilmente se hubiera podido llamar una carretera. Era un camino de tierra que parecía un sendero para peatones, aunque, tras echar un vistazo, vio unas rodadas de neumático.

Se adentró en él y vio enseguida que tendría que circular muy despacio. Su anchura era justo la suficiente para el Renault, pero no había espacio suficiente para el Rover. Las ramas arañaban los costados del vehículo. Aminoró todavía más la marcha: el ruido podía llamar la atención de Liesl.

El mapa de St. Gallen le había dicho que el bosque en el que acababa de entrar no era muy grande. Rodeaba un pequeño lago —más bien un estanque— y, al parecer, no había ningún otro camino para entrar o salir de él.

Muy bien.

Suponiendo que el mapa fuera exacto.

El camino llegaba a una bifurcación y allí se detuvo Ben, bajó del vehículo y vio que un ramal del camino terminaba en un callejón sin salida a unos trescientos metros de distancia. El otro ramal seguía adelante, marcado por unas profundas rodadas. Bajó por aquel camino y circuló con cierta dificultad, preguntándose cómo era posible que el Renault de Liesl pudiera hacerlo si al Range Rover le estaba costando tanto esfuerzo.

El camino tampoco tardó demasiado en terminar.

Entonces vio el Renault.

Aparcó a su lado y bajó. Para entonces ya había oscurecido por completo y él no podía ver nada. En cuanto apagó el motor sólo hubo silencio. De vez en cuando se oían unos crujidos que parecían producidos por pequeños animales. El gorjeo y el piar de unos pájaros.

Sus ojos se acostumbraron a la oscuridad y pudo distinguir otro camino todavía más estrecho, protegido por el dosel de unas ramas. Agachándose por debajo de una de ellas, entró tropezando varias veces con las manos extendidas hacia delante para protegerse los ojos de las ramas.

Vio una luz y llegó a un claro. Había una casita construida con troncos partidos y una tosca argamasa de color blanco. Tenía varias ventanas protegidas por cristales; estaba claro que la construcción no era tan rústica como parecía. Una luz brillaba en el interior. Aquélla era la parte de atrás de la casita; la entrada tenía que estar al otro lado. Caminando con cuidado, se acercó a la casita y la rodeó hasta la parte anterior, donde esperaba que estuviera la entrada.

De repente, oyó un clic metálico. Levantó la vista, presa del sobresalto.

Liesl se encontraba de pie delante de él, apuntándolo con una pistola.

—¡Alto ahí! —le escupió con súbita determinación.

—¡Espera! —le gritó Ben a su vez.

Qué valiente era, enfrentándose con el intruso. Hubiera bastado una décima de segundo para que lo matara.

—¡Eres tú! —le soltó ella al darse cuenta—. ¿Qué demonios estás haciendo aquí?

Bajó el arma.

—Necesito tu ayuda, Liesl —le dijo.

Bajo la oblicua luz de la luna su rostro envuelto en sombras mostraba una torcida mueca de rabia.

—¡Debes de haberme seguido desde el hospital! ¡Cómo te atreves!

—Me tienes que ayudar a encontrar algo, Liesl, por favor.

Tenía que conseguir que ella lo escuchara.

Ella meneó desesperadamente la cabeza de un lado a otro.

—¡Has... puesto en peligro mi seguridad! ¡Vete al maldito infierno!

—Liesl, no me han seguido.

—¿Y cómo puedes saberlo? ¿Has alquilado este vehículo?

—En Zúrich.

—Pues claro. ¡Serás idiota! ¡Si te vigilaban en Zúrich, sabrán que has alquilado un automóvil!

—Pero nadie me ha seguido hasta aquí.

—¿Qué sabes tú? —le replicó ella—. ¡Eres un aficionado!

—Y tú también.

—Sí, pero yo soy una aficionada que lleva cuatro años viviendo con la amenaza de la muerte. Ahora vete, por favor. ¡Vete!

—No, Liesl —le dijo él con serena determinación—. Tenemos que hablar.

16

La casita era sencilla pero acogedora, con techos bajos y paredes cubiertas de estanterías con libros. El propio Peter había construido los estantes, dijo Liesl con orgullo. El suelo era de anchas tablas de madera de pino. Había una chimenea de piedra con un impecable montón de troncos cortados a su lado, una estufa de leña y una pequeña cocina. Todo el lugar olía a humo.

Hacía frío; ella encendió la estufa de leña para caldear un poco el ambiente. Ben se quitó el abrigo.

—Estás herido —le dijo Liesl—. Te han alcanzado.

Peter se miró y vio que tenía el hombro izquierdo de la camisa tieso a causa de la sangre reseca. Curiosamente, no le había dolido... La tensión y el agotamiento lo habían hecho insensible a la herida, y se había olvidado de ella durante el largo viaje a través de las montañas.

—Estoy seguro de que parece mucho peor de lo que es —dijo Ben.

—Eso depende de lo que parezca —le dijo ella—. Quítate la camisa.

Ben se desabrochó los botones de la camisa blanca de tejido Oxford. La tela se había pegado a la parte superior de su hombro izquierdo, y cuando empezó a tirar de ella, experimentó una punzada de dolor. Liesl tomó una esponja limpia, la empapó de agua caliente y humedeció la zona. Después retiró cuidadosamente la camisa de su hombro herido.

—Has tenido una suerte increíble; la bala te ha hecho un simple surco, nada más. Cuéntame qué ha ocurrido.

Mientras Liesl le curaba la herida, Ben le describió los acontecimientos de unas horas atrás.

—Aquí hay unos restos. Hay que limpiarlos con mucho cuidado para evitar el riesgo de infección. Lo sentó al lado del fregadero, echó un poco de agua caliente de una olla y la dejó enfriar en un cuenco de loza. Se retiró unos minutos y regresó con un trozo de gasa y una botella de plástico amarillo de antiséptico.

Ben hizo una mueca mientras ella limpiaba cuidadosamente la zona e hizo otra cuando le aplicó una torunda de algodón empapada del antiséptico de color marrón.

—La limpieza duele más que el disparo —dijo Ben.

Liesl aplicó cuatro tiras de cinta adhesiva para inmovilizar el vendaje.

—No tendrás tanta suerte la próxima vez —le dijo secamente.

—Lo que más necesito ahora no es suerte —dijo Ben—. Es saber. Necesito comprender qué demonios está ocurriendo. Necesito aclarar lo que es Sigma. Y parece que ellos ya han aclarado lo que soy yo.

—Suerte, saber... hazme caso, ambas cosas te van a hacer falta.

Le entregó una camisa. Una gruesa camisa de tejido de algodón. Una de las de Peter.

De repente, la realidad de los últimos días, la realidad que él había intentado mantener a raya, apareció con toda su fuerza y él experimentó una oleada de vértigo, pánico, tristeza y desesperación.

—Te ayudaré a ponértela —le dijo ella, percatándose de la angustia que reflejaba su rostro.

Ben tenía que recuperar la compostura, lo sabía, aunque sólo fuera por ella. Adivinaba el desgarrador dolor que la embargaba. Cuando le hubo puesto la camisa, Liesl se lo quedó mirando un momento.

—Sois tan parecidos. Peter nunca me lo dijo. Creo que nunca se dio cuenta de lo parecidos que erais.

—Los gemelos nunca se reconocen el uno en el otro.

—Era algo más que eso. Y no me refiero al físico. Algunas personas hubieran dicho que Peter iba a la deriva. Yo sabía que no. Era como una vela, algo que se afloja sólo hasta que recibe el viento. Y entonces posee la fuerza del viento. —Meneó la cabeza como si se sintiera decepcionada por sus torpes intentos de expresarse—. Lo que quiero decir es que Peter tenía un sentido muy profundo de su propósito.

—Sé lo que quieres decir. Es lo que yo más admiraba en él, la vida que consiguió crearse.

—Era una pasión —dijo Liesl con los ojos brillantes a causa de la emoción—, una pasión por la justica que impregnaba todos los aspectos de su ser.

—Una pasión por la justicia. Son unas palabras que no significan mucho en el mundo de la administración de activos —dijo Ben con amargura.

—Un mundo que a ti te asfixiaba —dijo Liesl—. Te estaba asfixiando poco a poco tal como Peter dijo que ocurriría, ¿verdad?

—Hay maneras más rápidas de morir —dijo Ben—. Tal como yo he tenido ocasión de aprender últimamente.

—Háblame de la escuela donde enseñabas. En Nueva York, dijo Peter. He estado un par de veces en Nueva York, en mi adolescencia y más tarde en un congreso de medicina.

—Estaba en Nueva York, sí. Pero no en el Nueva York que ven los turistas. Enseñaba en el East New York. Unos ocho kilómetros cuadrados habitados por algunas de las personas que viven en peores condiciones de toda la ciudad. Hay establecimientos de automóviles y bodegas, lugares donde te venden cigarrillos y alcohol y lugares donde te cobrarán los talones bancarios. El Distrito Setenta y Cinco, el que los policías, los que tienen la desgracia de que los destinen allí, llaman el Siete-Cinco. Cuando yo daba clase, había más de cien homicidios en el Siete-Cinco. Algunas noches aquello parecía Beirut. Te ibas a dormir al ritmo de los Especiales del Sábado Noche. Un lugar desesperado. Bastante apartado del resto de la sociedad.

—Y es allí donde tú dabas clase.

—Me parecía obsceno que en Estados Unidos, la nación más rica del mundo, todavía resultara aceptable semejante desolación. Aquel lugar hacía que Soweto pareciera el centro de vacaciones de Scarsdale. Sí, estaban los consabidos e inútiles programas de lucha contra la pobreza, pero también había la tácita convicción de que todo aquello no servía de nada. «Los pobres siempre estarán con nosotros»... Ya nadie utilizaba estas palabras, pero eso era lo que querían decir. Utilizaban otras palabras en clave, hablaban de «estructural» y de «conductual», pero a ellos, a la clase media, les iba bastante bien, ¿comprendes? Por eso me quedé allí. No iba a salvar el mundo, no era tan ingenuo. Pero me decía que, si podía salvar a un niño o incluso a dos o a tres, mis esfuerzos no habrían sido en vano.

—¿Y lo hiciste?

—Es posible —contestó Ben, súbitamente cansado—. Es posible. No me quedé allí el tiempo suficiente para averiguarlo, ¿comprendes? —Escupió las palabras con repugnancia—: Pedía timbales de trufa en Aureole, bebía copas de champán Cristal con los clientes.

—Esa clase de cambio parece un golpe terrible contra el sistema —dijo amablemente Liesl. Escuchaba atentamente sus palabras, tal vez porque necesitaba distraerse de su propio dolor.

—Creo que era un analgésico. Vaya si lo era, pero yo lo hacía francamente bien. Tenía muy buena mano con los rituales del cortejo de los clientes. Si necesitabas a alguien capaz de pedir platos en los restaurantes más caros de la ciudad sin echar ni un solo vistazo al menú, allí estaba yo. Y además, siempre que podía me jugaba el pellejo, con fines recreativos, dedicándome a las chorradas deportivas más exclusivas. Practicaba la escalada en Vermillion Cliffs, en Arizona. Navegaba en solitario hasta las Bermudas. Volaba en paraesquí en Cameron Pass. Courtney, una vieja amiga mía, solía decir que yo tenía un deseo de muerte. Pero no era eso en absoluto. Yo hacía todas esas cosas para sentirme vivo. —Meneó la cabeza—. Parece una tontería, ¿verdad? Las diversiones ociosas de un mimado niño rico, alguien que aún no ha encontrado un motivo para levantarse por la mañana.

—A lo mejor fue porque te habían arrancado de tu elemento natural —dijo Liesl.

—¿Y qué era eso? No estoy muy seguro de que el hecho de salvar almas en East New York pudiera llegar a convertirse en una vocación para toda la vida. Sea como fuere, jamás tuve la oportunidad de averiguarlo.

—Creo que fuiste una vela, como Peter. Simplemente necesitabas encontrar tu viento.

Liesl sonrió con tristeza.

—Pues parece que el viento me encontró a mí. Y es un maldito monzón. Una conspiración que empezó hace medio siglo y sigue cobrándose vidas. Quizá tú nunca has estado a bordo de una pequeña embarcación durante un temporal, Liesl, pero yo sí. Y lo primero que haces es arriar la vela.

—¿Y ésta es ahora una opción real?

Liesl escanció una pequeña cantidad de brandy en una copa de agua.

—Ni siquiera sé cuáles son las opciones. Tú y Peter os pasasteis mucho más tiempo que yo pensándolo. ¿A qué conclusiones llegasteis?

—Sólo a las que te acabo de decir. Muchas conjeturas, en buena parte. Lo que descubrió lo desanimó. La Segunda Guerra Mundial fue un conflicto que tuvo muchos aciertos y muchos fallos y, sin embargo, muchos de los que participaron en ella eran absolutamente indiferentes a aquello que estaba en juego. Había muchas empresas cuya única preocupación era la conservación de su margen operativo. Algunas, por desgracia, incluso veían la guerra como una oportunidad digna de ser aprovechada, una oportunidad para aumentar los beneficios. Los vencedores jamás llegaron a abordar de manera adecuada este legado de doblez empresarial. Jamás fue conveniente hacerlo. —Su irónica media sonrisa le recordó a Ben el reprimido sentido de la indignación de su hermano, los rescoldos de su cólera.

—¿Por qué no?

—Demasiadas industrias norteamericanas y británicas hubieran podido ser acusadas de comerciar con el enemigo, de colaboracionismo. Mejor barrer el problema bajo la alfombra. Ya se encargaron de eso los hermanos Dulles, ¿verdad? Localizar a los verdaderos colaboradores... no hubiera estado muy bien. Hubiera difuminado las fronteras entre el bien y el mal, hubiera desestabilizado el mito de la inocencia aliada. Perdóname que no me explique muy bien... son historias que he oído contar muchas veces. Hubo un abogado del Departamento de Justicia que se atrevió a pronunciar un discurso acerca de la colaboración entre hombres de negocios norteamericanos y los nazis. Fue inmediatamente despedido. Después de la guerra, algunos funcionarios alemanes fueron censurados. Y, sin embargo, la existencia de la ciudadela de los industriales del Eje nunca fue demostrada, nunca se tocó. ¿Por qué acusar a unos industriales alemanes que habían hecho negocios con Hitler, que, de hecho, habían hecho posible la realidad de Hitler, siendo así que ahora se lo estaban pasando igual de bien haciendo negocios con Estados Unidos? Cuando en Nuremberg unos funcionarios demasiado diligentes consiguieron que algunos de ellos fueran declarados culpables, vuestro John J. McCloy, el alto comisionado norteamericano, consiguió que les conmutaran las penas. Los «excesos» del fascismo eran lamentables, pero los industriales tenían que cuidar los unos de los otros, ¿no?

Una vez más, Ben pudo casi detectar la apasionada voz de Peter en sus palabras. «Todavía me cuesta obviarlo mentalmente... ¿sociedades financieras cuando ambas partes estaban en guerra?», había dicho con profunda tristeza.

—Las cosas no siempre son lo que parecen. El principal agente de espionaje de Hitler, Reinhard Gehlen, ya había empezado a preparar su propia rendición en 1944. El alto mando sabía en qué dirección estaba soplando el viento, sabía que Hitler estaba loco, que actuaba de manera irracional. Y, por consiguiente, hicieron un trueque. Microfilmaron sus archivos sobre la URSS, los enterraron en unos cilindros impermeables en los prados montañosos de los Alpes, a menos de ciento cincuenta kilómetros de aquí, y se presentaron al Servicio de Contraespionaje norteamericano para cerrar un trato. Después de la guerra, vosotros, los norteamericanos, pusisteis a Gehlen al frente de la «Organización del Desarrollo Industrial del Sur de Alemania».

Ben meneó la cabeza con gesto cansado.

—Parece que los dos hicisteis una profunda inmersión en este asunto. Y parece que yo he perdido pie. —Se bebió el resto del brandy.

—Sí, supongo que profundizamos bastante en todo esto. Teníamos que hacerlo. Recuerdo algo que me dijo Peter. Me dijo que la verdadera cuestión no es dónde están ellos. Es dónde no están. Que la verdadera cuestión no es en quién no se puede confiar sino en quién se puede confiar. Antes esto parecía una paranoia.

—Pero ya no.

—No —convino Liesl con voz levemente trémula—. Y ahora ellos han unido sus fuerzas contra ti a través de canales oficiales y extraoficiales. —Vaciló—. Hay otra cosa que te tengo que dar.

Una vez más, desapareció en el dormitorio y regresó con una sencilla caja de cartón de las que suelen usar las lavanderías para las camisas. La abrió encima de la tosca mesa que tenían delante. Papeles. Carnets de identidad plastificados. Pasaportes. La moneda de curso legal de la moderna burocracia.

—Eran de Peter —dijo Liesl—. Los frutos de cuatro años de escondite.

Ben examinó rápidamente los documentos de identidad como si fueran naipes de una baraja. Tres nombres distintos, todos aplicados a un mismo rostro. El rostro de Peter. Y, a todos los efectos prácticos, el suyo propio.

—«Robert Simon.» Muy hábil. Tiene que haber miles de personas con este nombre en Estados Unidos. «Michael Johnson.» Lo mismo. «John Freedman.» Parece un buen trabajo, un trabajo profesional, si se me permite juzgarlo.

—Peter era un perfeccionista —dijo Liesl—. Estoy segura de que son impecables.

Ben siguió examinando los documentos y vio que los pasaportes iban acompañados de tarjetas de crédito a juego. Aparte, había otros documentos a nombre de «Paula Simon» y otras identidades conyugales: si Robert Simon necesitara viajar con su «mujer», estaría preparado. Ben se quedó asombrado, pero su admiración quedó envuelta en la sombra de una profunda tristeza. Las precauciones de Peter habían sido meticulosas, obsesivas y exhaustivas... y, sin embargo, no lo habían podido salvar.

—Tengo que preguntarlo, Liesl: ¿Podemos estar seguros de que los perseguidores de Peter, el grupo Sigma o quienesquiera que sean, no los conocen? Cualquiera de éstos se podría identificar.

—Las posibilidades no son probabilidades.

—¿Cuándo fue la última vez que utilizó la identidad de «Robert Simon»? ¿Y en qué circunstancias?

Liesl cerró los ojos para concentrarse mejor y consiguió recuperar los detalles con extraordinaria precisión. Al cabo de veinte minutos, Ben pudo tener la certeza de que por lo menos dos de los alias de Peter, no utilizados en los últimos veinticuatro meses, era improbable que hubieran sido detectados. Se guardó los papeles en los amplios bolsillos interiores de su chaqueta de cuero. Apoyó una mano en la de Liesl y la miró a los claros ojos azules.

—Gracias, Liesl —dijo. «Qué mujer tan extraordinaria», pensó una vez más, y qué suerte había tenido su hermano al encontrarla.

—La herida del hombro cicatrizará y se curará en cuestión de pocos días —dijo ella—. Te resultará considerablemente más duro despojarte de tu identidad, aunque estos papeles te ayudarán.

Liesl abrió una botella de vino tinto y sirvió dos copas. El vino era excelente, intenso, rico y rebosante de taninos, por lo que Ben no tardó en empezar a relajarse.

Ambos se pasaron unos momentos contemplando el fuego en silencio. Ben pensó: «Si Peter había escondido el docu-

mento aquí, ¿dónde puede estar? Y si no está aquí, ¿dónde?».
Dijo que lo tenía guardado a buen recaudo. ¿Se lo habría confiado a Matthias Deschner? Pero eso no tenía sentido. ¿Por qué se habría tomado la molestia de abrir una cuenta bancaria por la cámara de seguridad que la acompañaba si después no guardó en ella el documento de la creación del consorcio?

¿Por qué no había ningún documento en la cámara?

Se hizo una pregunta acerca de Deschner. ¿Cuál había sido su papel, si es que había tenido alguno, en los acontecimientos que habían tenido lugar en el banco? ¿Habría avisado en secreto al banquero de que Ben se encontraba ilegalmente en el país? En caso afirmativo, la elección del momento no encajaba: Deschner lo hubiera hecho antes de que Ben hubiera tenido acceso a la cámara. ¿Sería posible que Deschner hubiera entrado en la cámara —tal como fácilmente hubiera podido hacer a pesar de sus afirmaciones en sentido contrario— unos meses o unos años antes, hubiera sacado el documento y se lo hubiera entregado a los perseguidores de su hermano? Sin embargo, Liesl había dicho que confiaba en su primo. Unos pensamientos contradictorios se arremolinaban en su cerebro, luchando entre sí hasta impedirle seguir pensando con claridad. Al final, Liesl habló, interrumpiendo sus angustiadas reflexiones.

—El hecho de que me hayas podido seguir tan fácilmente hasta aquí me preocupa —dijo—. No te ofendas, por favor, pero eres un aficionado. Piensa en lo fácil que hubiera podido ser para un profesional.

Tanto si tenía razón como si no, Ben intuyó que lo más importante era tranquilizarla.

—Pero ten en cuenta, Liesl, que Peter me había dicho que vosotros dos vivíais en una casita en medio del bosque, cerca de un lago. En cuanto descubrí tu hospital, el margen se redujo considerablemente. Si no hubiera sabido eso, probablemente te hubiera perdido el rastro mucho antes.

Ella se limitó a contemplar el fuego sin decir nada.

—¿Sabes cómo se usa esto? —preguntó Ben, contemplando el revólver que ella había dejado encima de la mesa cerca de la puerta.

—Mi hermano pertenecía al Ejército. Todos los chicos suizos saben cómo disparar un arma de fuego. Hay incluso una fiesta nacional en la que los muchachos suizos salen a pegar tiros. Resulta que mi padre pensaba que una chica es en todo igual a un chico y que también tenía que aprender a manejar un arma de fuego. O sea que estoy preparada para esta vida. —Se levantó—. Bueno, me muero de hambre y voy a preparar un poco de cena.

Ben la siguió a la cocina.

Liesl encendió el horno de gas, sacó un pollo entero del pequeño frigorífico, lo untó con mantequilla, lo espolvoreó con hierbas secas y lo puso a asar en el horno. Mientras ponía a hervir unas patatas y salteaba unas verduras, ambos conversaron acerca de sus respectivos trabajos y acerca de Peter.

Al cabo de un rato Ben sacó la fotografía que guardaba en el bolsillo de la chaqueta. Por el camino había comprobado que el sobre parafinado la había protegido del agua. Ahora se la mostró a Liesl.

—¿Tienes alguna idea de quiénes pueden ser estos hombres? —le preguntó.

Una expresión de alarma apareció súbitamente en sus ojos.

—¡Oh, Dios mío, éste tiene que ser vuestro padre! Se parece mucho a vosotros dos. ¡Qué guapo era!

—¿Y estos otros?

Vaciló y meneó la cabeza, visiblemente alterada.

—Parecen hombres importantes, pero todos lo parecían, vestidos con estos pesados trajes de calle. Lo siento, no lo sé. Peter nunca me la enseñó. Simplemente me habló de ella.

—Y el documento que he mencionado, los artículos de la incorporación a la asociación, ¿te comentó alguna vez si lo había escondido en algún sitio?

Ella interrumpió la tarea de revolver las verduras.

—Nunca.

Lo dijo con absoluta certeza.

—¿Estás segura? No estaba en la cámara de seguridad.

—Me lo habría dicho si lo hubiera escondido aquí.

—No necesariamente. Esta fotografía no te la enseñó. A lo mejor te quería proteger o impedir que te preocuparas.

—Pues entonces, tu conjetura es tan buena como la mía.

—¿Te importa que busque un poco por aquí?

—Estás en tu casa.

Mientras ella terminaba de preparar la cena, Ben registró metódicamente la casa, tratando de ponerse en la cabeza de su hermano. ¿Dónde podía Peter haber escondido el documento? Descartó cualquier lugar que Liesl pudiera limpiar con regularidad o en el que ella hubiera tenido alguna razón para buscar. Una de las dos pequeñas habitaciones situadas cerca de la zona de estar era el dormitorio de Liesl y Peter, la otra era el estudio de Peter. Ambas estancias estaban espartanamente amuebladas y no escondían nada.

Examinó todo el suelo en busca de tablas sueltas y después inspeccionó las paredes de troncos y argamasa, pero nada.

—¿Tienes una linterna? —preguntó, regresando a la cocina—. Quiero mirar fuera.

—Pues claro. Hay una linterna en todas las habitaciones... la luz se apaga cada dos por tres. Hay una encima de la mesa junto a la puerta. Pero vamos a cenar dentro de unos minutos.

—Seré muy rápido.

Tomó la linterna y salió fuera, donde hacía frío y reinaba una oscuridad absoluta. Recorrió rápidamente la zona cubierta de hierba que rodeaba la casa. Había un lugar chamuscado donde estaba claro que cocinaban al aire libre, y un gran montón de troncos cubiertos con un hule. El documento podía estar escondido en algún envase debajo de una piedra, pero para eso habría que esperar a que fuera de día. Iluminó con el haz de la linterna el exterior de la casa, caminó muy despacio pegado a las paredes, buscó alrededor de un depósito de propano, pero una vez más no pudo encontrar nada.

Cuando volvió a entrar en la casa, Liesl ya había puesto dos platos y unos cubiertos de plata sobre un mantel a cuadros rojos y blancos encima de una mesita redonda pegada a una ventana.

—Qué bien huele —dijo Ben.

—Siéntate, por favor.

Liesl llenó otras dos copas de vino y sirvió la comida, que tenía un aroma delicioso y que Ben devoró. Ambos se concentraron en comer y sólo se pusieron a hablar tras haber satisfecho su apetito. La segunda copa de vino puso melancólica a Liesl. Mientras hablaba de Peter y de cómo se habían conocido, se echó a llorar. Recordó cómo se había enorgullecido Peter de amueblar la casita, su hogar, y de construir él solito la librería y buena parte del mobiliario.

«La librería —pensó Ben—. Peter había construido la librería.»

Se levantó de un salto.

—¿Te importaría que examinara un poco más a fondo las estanterías?

—¿Por qué no? —contestó ella, haciendo un cansado gesto con la mano.

Las estanterías daban la impresión de haber sido construidas en varias unidades separadas que después se habían ensamblado en su sitio. No eran estantes abiertos; no se podían ver los troncos y la argamasa que había detrás. Peter había construido un fondo de madera.

Estante a estante, Ben sacó todos los libros y miró detrás.

—¿Qué estás haciendo? —le preguntó Liesl en tono enojado.

—Los volveré a poner todos en su sitio, no te preocupes —contestó Ben.

Media hora después, no había encontrado nada. Liesl había terminado de lavar los platos y había anunciado que estaba agotada. Pero Ben siguió adelante, vaciando todas las estanterías y mirando detrás de ellas, cada vez más desanimado. Cuando llegó a la hilera de las novelas de Scott Fitzgerald, esbozó una triste sonrisa. *El gran Gatsby* era la preferida de Peter.

Entonces, detrás de los Fitzgeralds, encontró un pequeño compartimiento casi invisible en el fondo de madera del estante. Peter había realizado un impecable trabajo de carpintería: incluso con todos los libros fuera del estante, apenas se distinguía el fino perfil rectangular del compartimiento. Intentó arrancarlo con las uñas, pero no cedió. Le dio unos golpecitos, ejerció presión hacia dentro y entonces se abrió de golpe. Un pulcro trabajo de artesanía. Peter el perfeccionista.

El documento estaba cuidadosamente enrollado y sujeto con una goma elástica. Ben lo sacó, retiró la goma y lo desenrolló.

Era una frágil y amarillenta hoja de papel cubierta de letras mimeografiadas. Sólo una página. Sólo la página inicial de un archivo empresarial.

El encabezamiento decía «sigma ag». Y una fecha: «6 de abril de 1945».

Después, una lista de los que debían de ser los ejecutivos y directores de la empresa.

«Dios mío», pensó anonadado. Peter tenía razón: allí había nombres que él conocía. Nombres de empresas que todavía existían, empresas que fabricaban automóviles y armas y bienes de consumo. Nombres de magnates y presidentes de compañías. Aparte de las figuras que él había reconocido en la fotografía, estaba el legendario Cyrus Weston, cuyo imperio del acero había superado incluso al de Andrew Carnegie, y Avery Henderson, considerado por los historiadores del mundo empresarial como el financiero más importante del siglo XX después de John Pierpont Morgan. Estaban los principales ejecutivos de las primeras empresas automovilísticas; de las firmas de tecnología de primera generación pioneras en el desarrollo de las tecnologías del radar, los microondas y la refrigeración, tecnologías cuyo máximo potencial tardaría años, décadas, en desarrollarse. Los jefes de las tres petroleras más grandes, con base en Estados Unidos, Gran Bretaña y los Países Bajos. Gigantes de las telecomunicaciones, antes de que se las conociera por este nombre. Las empresas más poderosas de la época, algunas todavía intactas, otras asimiladas a empresas todavía más grandes que ellas. Industriales de Estados Unidos, de Europa Occidental y, sí, también unos cuantos de la Alemania del tiempo de la guerra. Y en la parte superior de la lista, el nombre del tesorero: max hartman (obersturmführer, SS).

El corazón le empezó a latir con fuerza. Max Hartman, teniente de las SS hitlerianas. Si aquello era una falsificación... no cabía duda de que estaba muy bien hecha. Había visto documentos de consorcios empresariales muchas veces y aquello tenía toda la pinta de ser una página de uno de ellos.

Liesl salió de la cocina.

—¿Has encontrado algo?

El fuego ya se estaba apagando y la estancia se estaba empezando a enfriar.

—¿Conoces alguno de estos nombres? —preguntó Ben.

—Los más famosos. Los poderosos «capitanes de la industria», tal como los llamaba Peter.

—Pero ahora casi todos ellos han muerto.

—Tendrán sus herederos, sus sucesores.

—Sí. Muy bien protegidos —dijo Ben—. Aquí hay otros nombres también, unos nombres que no reconozco. No soy historiador. —Señaló algunos de ellos, aquellos que no pertenecían al mundo de habla inglesa—. ¿Te resulta conocido alguno de estos nombres? ¿Hay alguno que esté vivo?

Liesl lanzó un suspiro.

—Sé que Gaston Rossignol tiene que vivir todavía en Zúrich, todo el mundo ha oído hablar de él. Un pilar de la banca suiza durante buena parte de la era posbélica. Gerhard Lenz era socio de Josef Mengele, ese que hizo todos aquellos terribles experimentos médicos con los prisioneros. Un monstruo. Murió en algún lugar de Sudamérica hace muchos años. Y naturalmente...

Su voz se perdió.

—Peter tenía razón —dijo Ben.

—¿Acerca de vuestro padre?

—Sí.

—Es curioso. *Der Apfel fällt nicht weit vom Stamm*, dice mi gente. Tú y Peter sois muy parecidos. Y, cuando miro a Max Hartman de joven, os veo en él. Pero ambos sois completamente distintos de vuestro padre. El aspecto es una guía insegura.

—Es un hombre malvado.

—Lo siento. —Liesl lo miró largo rato. Si fue por dolor, compasión o algo más, Ben no supo establecerlo—. Sólo sé que te pareces más que nunca a tu hermano.

—¿Qué quieres decir?

—Es como si estuvieras obsesionado. Tal como estaba él en los últimos... los últimos meses. —Liesl cerró los ojos y parpadeó para reprimir las lágrimas. Al cabo de un momento, añadió—: El sofá del estudio de Peter es un sofá-cama. Déjame que te lo prepare.

—Descuida —dijo Ben—. Lo puedo hacer yo.

—Deja por lo menos que te traiga unas sábanas. Y después, buenas noches. Estoy a punto de caerme de agotamiento y de demasiado vino. Nunca he sido una gran bebedora.

—Has pasado unos tiempos muy duros últimamente —dijo Ben—. Los dos los hemos pasado.

Ben le deseó buenas noches, se desnudó, dobló cuidadosamente el documento y lo guardó en el bolsillo de su chaqueta de cuero, junto a los documentos de identidad de Peter. En cuestión de minutos, se sumió en un profundo sueño.

Él y su hermano estaban apretujados junto a otras personas en un furgón de carga, insoportablemente caluroso y maloliente, porque todos los prisioneros llevaban varios días sin bañarse. No podía mover las extremidades. Muy pronto se desmayó y, en cuanto volvió en sí, estaban en otro sitio, de nuevo junto a un numeroso grupo de prisioneros, esqueletos ambulantes con las cabezas rapadas. Pero Peter parecía aliviado porque, al final, se le permitiría ducharse, ¿y qué más daba que fuera una ducha comunitaria? Ben se llenó de terror porque lo sabía. De alguna manera lo sabía. Trató de gritar: «¡Peter! ¡No! Eso no es una ducha... ¡Es una cámara de gas! ¡Sal! ¡Es una cámara de gas!». Pero las palabras no le salían. Los otros estaban por allí como zombis y Peter lo miraba con rabia, sin comprender nada. Un bebé lloraba y después lloraron varias chicas. Trató de volver a gritar, pero no le salió la voz. Estaba muerto de terror. Se sentía asfixiado, experimentaba una sensación de claustrofobia. Vio a su hermano con la cabeza vuelta hacia arriba, esperando a que el agua saliera de las boquillas. Al mismo tiempo, oía cómo se abrían los grifos, el chirrido de las oxidadas válvulas al abrirse, el silbido del gas.

—¡No! —gritó. Abrió los ojos y miró a su alrededor en medio de la oscuridad.

Lentamente se incorporó y prestó atención. No se oía ningún chirrido oxidado; lo había soñado. Se encontraba en la casita de su difunto hermano en el bosque y estaba durmiendo.

Pero había oído un ruido, ¿o acaso también lo había soñado?

Después oyó el sordo ruido de una puerta de automóvil al cerrarse. Era un vehículo grande, quizá una camioneta. ¿Su Range Rover?

Se levantó de un salto de la cama, tomó la linterna, se puso rápidamente los vaqueros y las zapatillas deportivas y se echó la chaqueta de cuero sobre los hombros. Pensó: «¿Y si fuera Liesl la que hubiera subido o bajado del Range Rover por algún motivo?». Pasó por delante de su dormitorio y empujó la puerta para abrirla. Estaba en la cama con los ojos cerrados, durmiendo.

Oh, Dios mío. Era otra persona. ¡Había alguien allí fuera!

Corrió a la puerta principal, tomó el revólver que descansaba sobre la mesa y abrió en silencio la puerta. Miró por todo el claro del bosque iluminado por la pálida luz de la luna, en cuarto creciente. No quería encender la linterna, no quería llamar la atención sobre su persona o poner en estado de alerta a quienquiera que estuviera allí fuera.

Después oyó el rugido de un motor que se ponía en marcha. Corrió fuera, vio el Range Rover todavía aparcado en su sitio, vio las luces rojas de cola de una camioneta.

—¡Eh! —gritó, echando a correr en pos del vehículo.

La camioneta estaba bajando a toda velocidad por el estrecho camino de tierra, sólo obstaculizada por la cercanía de los árboles. Ben corrió más rápido, con el arma en una mano y la linterna Mag-Lite en la otra, como si fuera el testigo de las carreras de relevos de la universidad. Las luces de cola se alejaban y él ni siquiera se daba cuenta de que las ramas le azotaban el rostro. Era una máquina, una máquina de correr, un astro de la pista de atletismo una vez más, y no permitiría que la camioneta se alejara. Mientras bajaba por el camino de tierra que se juntaba con el camino de la casita, se preguntó: ¿Habrían oído algún ruido en la casa? ¿Se proponían allanar la vivienda, pero se habían asustado? Seguía corriendo cada vez más rápido y las luces rojas se iban volviendo cada vez más pequeñas. La camioneta se iba alejando de él y entonces comprendió que jamás la podría alcanzar. La camioneta había desaparecido. Se volvió para regresar a la casa y entonces recordó de repente el Range Rover. ¡Podía intentar perseguirlos con el Rover! La camioneta sólo podía haber seguido dos direcciones. Bajó corriendo por el camino hacia la casa y, de pronto, lo sobresaltó una ensordecedora explosión procedente de la casa, una explosión que cubrió el cielo nocturno de un fulgor tan rojo y anaranjado como el de unos fuegos de artificio. Después vio con terror que la casa estaba en llamas; se había convertido en una bola de fuego.

17

Washington, D.C.

La cremallera de la bolsa de la ropa de Anna se enganchó en uno de sus vestidos mientras el taxi llegaba y tocaba el claxon con impaciencia.

—Bueno, ya vale —rezongó—. Tranquilo.

Tiró una vez más de la cremallera, pero no hubo suerte. Entonces sonó el teléfono.

—¡Dios santo!

Iba con retraso para llegar al aeropuerto internacional Reagan y tomar el vuelo nocturno a Zúrich. No tenía tiempo de atender la llamada. Decidió dejar que contestara el contestador, pero después cambió de idea.

—Agente Navarro, espero que me perdone por llamarla a su casa. —Anna reconoció de inmediato la estridente y áspera voz, a pesar de que sólo había hablado con él una vez—. Me ha facilitado el número de su domicilio el sargento Arsenault. Soy Denis Weese, de la Sección de Química del Laboratorio Forense de Nueva Escocia.

Hablaba de manera dolorosamente baja.

—Sí —contestó ella con impaciencia—, el toxicólogo. ¿Qué ocurre?

—Bueno, ¿recuerda el líquido ocular que usted me pidió que examinara?

Al final, consiguió arrancar la tela del vestido de los dientes de la cremallera. Procuró no pensar en lo mucho que le había costado el vestido. Se había producido un desperfecto, pero puede que no se notara demasiado.

—¿Ha encontrado algo?

—Es muy interesante.

El claxon del taxi era cada vez más insistente.

—¿Me permite un segundo? —dijo, dejando caer el teléfono sobre la alfombra del suelo y corriendo a la ventana. —¡Bajo dentro de unos minutos! —gritó.

El taxista contestó con voz airada:

—¿Navarro? ¿Ha pedido un taxi?

—Ponga el taxímetro. Bajo enseguida. —Regresó corriendo para recoger el teléfono. —Perdón. El líquido ocular, ha dicho.

—En la electroforesis apareció una banda —prosiguió diciendo el toxicólogo— de una proteína que no se produce de manera natural.

Arrojó la prenda al suelo.

—¿Una especie de componente sintético, eso es lo que está diciendo? Una proteína creada en un laboratorio. ¿Y eso qué puede significar?

—Una proteína que se une de manera selectiva a los neurorreceptores. Eso explica por qué no encontramos ningún rastro de ella en la corriente sanguínea. Sólo se pueden detectar trazas en el líquido cefalorraquídeo y en el ocular.

—Lo cual básicamente significa que va directo al cerebro.

—Así es.

—¿De qué clase de componente estamos hablando?

—Es exótico. Creo que lo más próximo que se puede encontrar en la naturaleza es un péptido tóxico, como el veneno de una serpiente. Pero la molécula es claramente sintética.

—O sea que es un veneno.

—Una molécula totalmente nueva, una de las nuevas toxinas que los científicos ahora pueden sintetizar. Supongo que lo que hace es inducir un paro cardíaco. Va directamente al cerebro, atravesando la barrera sangre-cerebro, pero no deja ninguna huella en el suero sanguíneo. Algo realmente impresionante.

Una molécula totalmente nueva.

—Permítame preguntarle una cosa. ¿Para qué uso cree usted que está destinada esta toxina? ¿Guerra biológica?

El toxicólogo soltó una incómoda carcajada.

—No, no, no, nada de todo eso. Estos péptidos sintéticos se pueden ver creados, modelados, podríamos decir, en los venenos naturales que se encuentran en los sapos o los caracoles o las serpientes o lo que sea, en investigaciones biotecnológicas básicas. Verá, el hecho de que se unan de manera selectiva a ciertas proteínas permite que sean útiles para identificarlas. Es la misma propiedad que las convierte en tóxicas, pero no es por eso por lo que la gente las crea.

—¿O sea que esta... esta sustancia... podría haberla creado una empresa biotecnológica?

—O cualquier empresa con una división de investigación en bioquímica molecular. Podría ser también cualquiera de las grandes empresas agrícolas. Monsanto, Archer Daniels Midland, la que usted quiera. No sé dónde se pudo crear ésta, claro.

—Le voy a pedir un favor —dijo Anna—. Voy a pedirle que envíe por fax cualquier cosa que haya encontrado acerca de esta cuestión a este número, ¿de acuerdo?

Le facilitó el número de fax, le dio las gracias, colgó y llamó a la UCI. Si perdiera el avión, paciencia. En aquel momento nada era más importante que aquel asunto.

Averigua quién lo fabrica y encontrarás al asesino.

Esperaba que fuera así de sencillo.

El taxista volvía a tocar el claxon y ella se acercó a la ventana para decirle que se calmara.

Suiza

Prácticamente en estado catatónico, Ben se dirigió por carretera a Zúrich. «Otra vez en la guarida del león», pensó con tristeza. Sí, allí era una persona non grata, pero era una ciudad de casi cuatrocientos mil habitantes; lo conseguiría siempre y cuando fuera discreto y evitara provocar olas. ¿Y dónde estarían ellos? Era un riesgo, un riesgo definido y calculado, pero no había ninguna razón para creer que el escondrijo pudiera estar en otro sitio. Liesl había citado las palabras de advertencia de Peter: la cuestión no es dónde están; es dónde no están.

¡Oh, Dios mío, Liesl! El olor a humo de leña que había impregnado su ropa era un doloroso recordatorio de su persona, de la cómoda casita, de la explosión de la cual él había sido testigo y apenas podía comprender.

Lo único a lo que se aferraba, lo único que le permitía conservar la cordura, era el hecho de que Liesl probablemente ya estuviera muerta cuando la casa estalló en llamas.

¡Oh, Dios mío!

A aquellas alturas, ya había logrado deducir lo que había ocurrido; todo tenía un escalofriante sentido. El chirrido que él había oído en mitad de la noche y que había incorporado a su terrible sueño procedía de la válvula del depósito de propano, cuando se abrió al máximo. La casa se había llenado rápidamente de gas propano —él ya había salido al exterior para entonces—, que asfixiaría y mataría a sus ocupantes. Para borrar las pruebas, se había hecho estallar de alguna manera una mecha de explosión retardada. Ésta no había tardado mucho en encender el gas inodoro, altamente inflamable. Las autoridades locales atribuirían el accidente a un fallo en el depósito de propano, un riesgo en modo alguno insólito en las zonas rurales.

Y después, quienquiera que lo hubiera hecho, se había subido a la camioneta y la había robado para largarse.

Cuando Ben llegó al Range Rover, unos segundos después de la explosión, la casita prácticamente había desaparecido.

Liesl no habría sufrido. Debía de estar dormida o había muerto antes de que su casa se convirtiera en un infierno.

¡No podía soportar la idea!

Durante cuatro años, Liesl y Peter habían vivido allí, habían vivido escondidos, alertas pero tranquilos. Probablemente hubieran podido seguir viviendo años allí.

Hasta que Ben apareció en Zúrich.

Y provocó a aquellos fanáticos, induciendo a Peter a picar el anzuelo que lo había llevado a la muerte.

Y empujando a aquellos anónimos fanáticos sin rostro hacia Liesl, la mujer que una vez le había salvado la vida a Peter.

Ben ya estaba más allá del dolor. Ya no sentía el punzante alfilerazo de la culpa porque estaba entumecido. Ya no sentía nada. El sobresalto lo había convertido en un cadáver que circulaba de noche por la carretera mirando directamente hacia delante, una máquina sin emociones.

Pero a medida que se iba acercando a la ciudad envuelta en las sombras, empezó a experimentar una sola emoción: una ardiente cólera que crecía poco a poco contra aquellos que habían convertido en blancos a unas personas buenas e inocentes cuya única culpa había sido tropezarse accidentalmente con una determinada información.

Aquellos asesinos y quienes los dirigían seguían sin tener ningún rostro en la mente de Ben. No se los podía imaginar, pero estaba decidido a desenmascararlos. Lo querían muerto y tenían intención de amedrentarlo para que se callara. Pero, en lugar de huir corriendo, en lugar de esconderse, él había decidido correr a su encuentro, desde una dirección que ellos no pudieran prever. Ellos querían actuar desde la sombra; él les arrojaría encima una luz. Ellos querían esconderse; él actuaría a cara descubierta.

Y si su padre fuera uno de ellos...

Ahora necesitaba escarbar en el pasado, cavar para averiguar quiénes eran aquellos asesinos y de dónde procedían y, por encima de todo, qué ocultaban. Ben sabía que la reacción racional era el miedo y, a pesar de que no cabía duda de que lo tenía, ahora su temor estaba subordinado a su furia.

Sabía que había cruzado la línea de una obsesión más allá de toda lógica.

Pero ¿quiénes eran aquellos atacantes sin rostro?

Unos hombres movilizados por el consejo de administración de un consorcio que Max Hartman había contribuido a organizar. ¿Locos? ¿Fanáticos? ¿O simplemente mercenarios contratados por un consorcio empresarial fundado unas décadas atrás por un grupo de destacados industriales y nazis de alto nivel —entre los cuales se hallaba su propio padre— que ahora estaban tratando de ocultar los ilegales orígenes de su riqueza? Unos mercenarios a sangre fría sin más ideología que la de los beneficios, el todopoderoso dólar, el marco alemán, el franco suizo...

Había capas y más capas de posibilidades blindadas y entrelazadas entre sí.

Necesitaba información, pura y dura.

Recordó vagamente haber oído decir que una de las mejores bibliotecas de Suiza se encontraba en la Universidad de

Zúrich, que se levantaba en lo alto de la colina que miraba a la ciudad, y allí se dirigía ahora, el lugar lógico en el que empezar a desenterrar el pasado.

Washington, D.C.

Anna observó con inquietud cómo el auxiliar de vuelo les mostraba aquella frágil pieza con la que tenías que cubrirte la nariz y la boca para ayudarte a respirar en caso de que el avión cayera. Una vez había leído en un artículo de una revista digital que nadie había sobrevivido jamás a un aterrizaje de emergencia de un avión en el agua. Jamás. Sacó del bolso un frasco de Ativan. Ya había superado la fecha de caducidad, pero a ella no le importaba demasiado. Sería la única manera de que pudiera sobrevolar el Atlántico.

Se sobresaltó al oír el sonido de su StarTac fabricado por la UCI en lo más profundo de su bolso. Criptotelefonía reglamentaria del Gobierno, ligeramente más grande que el habitual modelo destinado al usuario normal. Había olvidado apagarlo.

Lo sacó.

—Navarro.

—Por favor, manténgase a la espera de Alan Bartlett —oyó que le decía una voz con ligero acento jamaicano.

Notó la palmadita de una mano en su hombro. Era un auxiliar de vuelo.

—Lo siento, señora —dijo el hombre—. No está permitido mantener encendido ningún teléfono móvil durante el vuelo.

—Aún no estamos volando —señaló Anna.

—Agente Navarro —dijo Bartlett—. Me alegro mucho de haberla encontrado.

—Señora —insistió el auxiliar de vuelo—, la normativa de las líneas aéreas prohíbe que usted utilice teléfonos móviles una vez el avión ha abandonado la puerta.

—Perdón, será sólo un minuto. —Y se dirigió a Bartlett —: ¿Qué tiene que decirme? Me encuentro a bordo de un avión con destino a Zúrich.

—Señora —dijo el auxiliar de vuelo, levantando la voz, exasperado.

Sin mirarle, Anna sacó con la mano libre su tarjeta de identidad del Departamento de Justicia y se lo enseñó de manera ostensible.

—Hemos perdido a otro —dijo Bartlett.

¿A otro? ¿Tan pronto? Los asesinos estaban intensificando el ritmo.

—Mis disculpas, señora. —El auxiliar de vuelo se retiró.

—Bromea usted —rezongó Anna.

—En Holanda. Una ciudad llamada Tilburg, a un par de horas al sur de Amsterdam. Quizá le interese cambiar de avión en Zúrich y dirigirse allí.

—No —contestó ella—. Me voy a Zúrich. Será muy sencillo para mí pedirle al delegado del fbi en Amsterdam que solicite una autopsia inmediata. Esta vez al menos podremos decirles exactamente qué venenos deben buscar.

—¿De veras?

—Me voy a Zúrich, señor director. Voy a atrapar a uno que está vivo. Los muertos no hablan. Por cierto, ¿cuál es el nombre de la víctima de Tilburg?

Bartlett hizo una pausa.

—Un tal Hendrik Korsgaard.

—¡Un momento! —dijo Anna, levantando la voz—. Este nombre no figuraba en mi lista.

Hubo un silencio en el otro extremo de la línea.

—¡Hábleme, Bartlett, maldita sea!

—Hay otras listas, agente Navarro —dijo lentamente Bartlett—. Esperaba que no resultaran... significativas.

—A no ser que esté muy equivocada, eso es una violación de nuestro acuerdo, señor director Bartlett —dijo Anna sin alterarse, desplazando rápidamente la mirada a su alrededor para cerciorarse de que nadie la estuviera escuchando.

—De ninguna manera, señorita Navarro. Mi despacho trabaja como cualquier otro, mediante una distribución de las tareas. La información se prepara siguiendo los mismos criterios. Su responsabilidad era encontrar a los asesinos. Teníamos motivos para creer que los nombres que figuraban en la lista que yo le facilité a partir de los archivos de autorización eran objetivos. No teníamos motivos para pensar que... los otros también corrían peligro.

—¿Y sabía usted dónde residía la víctima de Tilburg?

—Ni siquiera sabíamos si todavía estaba vivo. Le aseguro que todos los intentos de localizarlo habían sido infructuosos.

—En tal caso, podemos descartar la posibilidad de que los asesinos hayan tenido acceso a sus archivos.

—Es algo mucho más que eso —dijo Bartlett en tono tajante—. Quienesquiera que estén asesinando a estos viejos, tienen unas fuentes mucho mejores que las nuestras.

No eran mucho más de las cuatro de la madrugada cuando Ben localizó la *Universitätsbibliothek* en la Zähringerplatz. La biblioteca aún tardaría cinco horas en abrir.

En Nueva York, calculó, eran las diez de la noche. Probablemente su padre aún estaría despierto —solía acostarse tarde y levantarse temprano, siempre lo había hecho así— y, aunque estuviera durmiendo, a Ben no le preocupaba despertarlo. Ya no.

Mientras bajaba por la Universitätstrasse para estirar un poco las piernas, comprobó que su móvil estuviera conectado al gsm Standard utilizado en Europa y efectuó una llamada a Bedford.

Contestó el ama de llaves, la señora Walsh.

La señora Walsh, una versión irlandesa de la señora Danvers de *Rebeca*, tal como Ben siempre había pensado, llevaba más de veinte años al servicio de la familia, y Ben jamás había logrado superar su altiva discreción.

—Benjamin —dijo. Su tono era extraño.

—Buenas noches, señora Walsh —dijo Ben con voz cansada—. Necesito hablar con mi padre. —Se dispuso a batallar con la guardiana de su padre.

—Benjamin, tu padre se ha ido.

Se quedó helado.

—¿Ido adónde?

—Bueno, pues de eso se trata, no lo sé.

—¿Y quién lo sabe?

—Nadie. Esta mañana vino un automóvil a recoger a tu padre, pero él no quiso decir adónde iba. Ni una palabra. Dijo que estaría fuera «algún tiempo».

—¿Un automóvil? ¿Era Gianni?

Gianni era el chófer habitual de su padre, un atolondrado sujeto por quien el viejo sentía un cierto afecto distante.

—No era Gianni. No era un automóvil de la empresa. Se ha ido sin más. Sin dar explicaciones.

—No lo entiendo. Jamás lo había hecho, ¿verdad?

—Jamás. Sé que se llevó el pasaporte porque ha desaparecido.

—¿El pasaporte? Bueno, eso ya nos dice algo, ¿no?

—Pero yo llamé a su despacho, hablé con su secretaria y ella tampoco sabía nada de ningún viaje internacional. Yo esperaba que te hubiera dicho algo a ti.

—Ni una palabra. ¿Recibió alguna llamada telefónica...?

—No, que yo sepa... Déjame echar un vistazo al cuaderno de llamadas. —Regresó al teléfono un minuto después—. Sólo un tal señor Godwin.

—¿Godwin?

—Bueno, en realidad, aquí dice profesor Godwin.

El nombre lo pilló por sorpresa. Tenía que ser su tutor universitario, el historiador de Princeton John Barnes Godwin. Y entonces se dio cuenta de que no tenía nada de raro que Godwin llamara a Max: unos años atrás, impresionado por lo que Ben le había contado acerca del famoso historiador, Max había donado dinero a Princeton para la creación de un Centro de Estudios de Valores Humanos, del cual Godwin había sido nombrado director. Sin embargo, su padre no había mencionado a Godwin. ¿Por qué habían estado hablando los dos la mañana anterior a la desaparición de Max?

—Deme el número —dijo.

Le dio las gracias y colgó.

«Curioso», pensó. Por un breve instante, imaginó que su padre estaba huyendo a algún sitio porque sabía que su pasado había sido descubierto o estaba a punto de descubrirse. Pero eso no tenía sentido. ¿Huir de qué? ¿Huir adónde?

Ben estaba agotado y emocionalmente vacío, y sabía que no pensaba con claridad. Ahora estaba estableciendo unos nexos que no eran muy lógicos.

Pensó: «Peter sabía cosas, cosas acerca del pasado de su padre, acerca de la empresa que Max había contribuido a crear, y entonces Peter había sido asesinado.»

Y después...

«Y después encontré una fotografía de los fundadores de esta empresa, mi padre entre ellos. Y me fui a la casa de Liesl y Peter y encontré una página del documento de la asociación que

había creado esta empresa. Y después intentaron matarnos a
Liesl y a mí y borrar las pruebas, prendiendo fuego a la casa.

»*Por consiguiente, era posible que ellos... una vez más los*
anónimos Ellos sin rostro... se hubieran puesto en contacto
con mi padre, le hubieran informado de que el secreto se ha-
bía dado a conocer... ¿El secreto de su pasado o quizá el se-
creto de aquel extraño consorcio? ¿O ambas cosas?»

Sí, por supuesto que era posible. Puesto que, al parecer,
ellos están tratando de eliminar a cualquiera que sepa algo de
esta empresa...

¿Por qué si no había desaparecido Max tan de repente y
de manera tan misteriosa?

A lo mejor se había visto obligado a ir a algún sitio para
reunirse con ciertas personas...

Sólo había una cosa de la cual Ben estaba seguro: que la
súbita desaparición de su padre estaba en cierto modo relacionada con los asesinatos de Peter y Liesl y con el descubrimiento de aquel documento.

Regresó al Range Rover, vio a la pálida luz del sol nacien-
te los profundos arañazos que afeaban sus costados y regresó
con él a la Zähringerplatz.

Después permaneció sentado en el Rover y efectuó una
llamada a Princeton, Nueva Jersey.

—¿Profesor Godwin?

Parecía que el anciano profesor acababa de despertarse.

—Soy Ben Hartman.

John Barnes Godwin, historiador de la Europa del siglo XX
y antaño uno de los más célebres profesores de Princeton, llevaba años jubilado. Tenía ochenta y dos años, pero seguía acudiendo a trabajar a su despacho todos los días.

La imagen de Godwin asomó a la mente de Ben: alto y enjuto, cabello blanco, rostro profundamente arrugado.

Godwin no sólo había sido el asesor del claustro de profesores de Ben, sino también una especie de figura paterna para él. Ben recordó una de sus conversaciones en el despacho atestado de libros de Godwin en el Dickinson Hall. La ambarina luz, el olor a vainilla del moho de los viejos libros. Estaban hablando de cómo Franklin Delano Roosevelt se las había arreglado para arrastrar a los aislacionistas Estados Unidos a la Segunda Guerra Mundial. Ben estaba escribiendo su tesis de licenciatura acerca de Roosevelt y le había dicho a Godwin que se sentía ofendido por el tramposo comportamiento del presidente.

—Ah, señor Hartman —replicó Godwin. Así llamaba a Ben por aquel entonces—. ¿Cómo vamos de latín? *Honesta turpitudo est pro causa bona.*

Ben miró al profesor como si no lo comprendiera.

—«Para una buena causa —le tradujo Godwin con una lenta y taimada sonrisa en los labios— las malas obras son una virtud.» Publio Siro, que vivió en Roma un siglo antes de Cristo y dijo muchas cosas inteligentes.

—No creo que pueda estar de acuerdo —dijo Ben, el indignado estudiante—. Eso a mí me suena a justificación para joder a la gente. Espero no sorprenderme jamás diciendo estas cosas.

Godwin lo miró con algo muy parecido a la perplejidad.

—Supongo que es por eso por lo que te niegas a incorporarte al negocio de tu padre —dijo con intención—. Prefieres ser puro.

—Prefiero dedicarme a la enseñanza.

—Pero ¿por qué estás tan seguro de que quieres enseñar?

—Porque me encanta.

—¿Estás seguro?

—No —reconoció Ben—. ¿Cómo puede un chico de veinte años estar seguro de algo?

—Pues yo me encuentro con veinteañeros que están seguros de casi todo.

—Pero ¿por qué tengo yo que incorporarme a algo por lo que no siento el menor interés? ¿Para ganar todavía más dinero, un dinero que no necesito? ¿Por qué debería yo poseer una riqueza tan inmensa mientras otros no tienen comida en la mesa?

Godwin cerró los ojos.

—Es un lujo arrugar la nariz ante el dinero. Yo he tenido en mi clase alumnos extremadamente ricos, incluso un Rockefeller. Y todos se debaten en el mismo dilema... no dejar que el dinero gobierne tu vida o te defina sino más bien hacer algo significativo con tu vida. Resulta que tu padre es uno de los grandes filántropos de nuestro país...

—Sí, pero ¿no fue Reinhold Niebuhr quien dijo que la filantropía es una forma de paternalismo? ¿Eso de que la clase privilegiada intenta conservar su posición repartiendo dinero entre los necesitados?

Godwin levantó la vista, impresionado. Ben hizo un esfuerzo por no sonreír. Lo acababa de leer en la clase de teología y la frase se le había quedado grabada en la mente.

—Una pregunta, Ben. El hecho de convertirte en profesor de escuela primaria, ¿es tu manera de rebelarte contra tu padre?

—Puede que sí —contestó Ben, negándose a mentir. Hubiera querido añadir que había sido Godwin quien lo había inspirado para que se dedicara a la enseñanza, pero hubiera podido sonar demasiado... algo.

Se sorprendió cuando Godwin le replicó:

—Qué valiente eres. Hace falta valor para eso. Y vas a ser un gran profesor. No me cabe la menor duda.

Ahora Ben dijo:

—Le pido perdón por llamarle tan tarde...

—Faltaría más, Ben. ¿Dónde estás? La conexión...

—En Suiza. Mire, mi padre ha desaparecido...

—¿Qué quieres decir con eso de que «ha desaparecido»?

—Salió de casa esta mañana, se fue a algún sitio, no sabemos adónde, y me extraña, porque usted le llamó esta mañana poco antes de...

—En realidad, le devolvía la llamada. Quería hablarme de otra donación que tiene intención de hacer al centro.

—¿Es eso?

—Me temo que sí. Nada extraordinario, que yo recuerde. Pero, si por casualidad me volviera a llamar, ¿hay alguna manera de que me pueda poner en contacto contigo?

Ben le facilitó a Godwin su número de móvil.

—Otra pregunta: ¿Conoce usted a algún profesor de la Universidad de Zúrich? Alguien que se dedique a lo mismo que usted... historia moderna europea.

Godwin hizo una breve pausa.

—¿En la Universidad de Zúrich? No podrías encontrar a nadie mejor que Carl Mercandetti. Un investigador de primera. Su especialidad es la historia económica, pero sus conocimientos son muy amplios, según la mejor tradición europea. Este hombre tiene también una sorprendente colección de botellas de grappa, el aguardiente italiano, aunque supongo que eso no importa. En cualquier caso, Mercandetti es tu hombre.

—Se lo agradezco —dijo Ben, y colgó.

Después reclinó el asiento del automóvil y trató de dormir unas cuantas horas.

Tuvo un sueño intranquilo, turbado por incesantes pesadillas en las cuales se veía obligado a ver la casita del bosque estallando una y otra vez.

Cuando despertó, unos minutos después de las nueve, vio en el espejo retrovisor que iba sin afeitar y tenía una pinta de suciedad espantosa, con unas profundas ojeras bajo los ojos, pero no tenía ánimo para buscar un lugar donde afeitarse y lavarse.

Y tampoco tenía tiempo, en cualquier caso.

Ya era hora de empezar a desenterrar un pasado que ya no era el pasado.

18

París

Sólo una pequeña placa de latón indicaba el despacho del
Groupe TransEuroTech SA, en la tercera planta de un edificio
de piedra caliza de la avenida Marceau, en el distrito octavo.
La placa, fijada a la piedra a la izquierda de la entrada principal, no era más que una de las siete placas en las cuales figuraban los nombres de bufetes jurídicos y otras pequeñas empresas, por lo que, como tal, apenas llamaba la atención.

El despacho de TransEuroTech jamás recibía visitas no con-
certadas previamente, pero cualquier persona que hubiera pasado por la tercera planta no hubiera visto nada fuera de lo corriente: un joven recepcionista sentado al otro lado de un
mostrador estilo cajero de banco, hecho de un policarbonato a
prueba de balas que parecía de cristal normal. A su espalda, una
pequeña estancia amueblada con unas cuantas sillas de plástico
y una puerta que daba acceso a los despachos interiores.

Como es natural, nadie hubiera adivinado que el recepcionista era, en realidad, un experto ex comando armado o
hubiera visto las ocultas cámaras de vigilancia, los pasivos
detectores infrarrojos de movimientos o los simétricos interruptores magnéticos empotrados en todas las puertas.

La sala de reuniones ubicada en el interior de los despachos era, en realidad, una sala dentro de una sala: un módulo

separado de las paredes de hormigón que lo rodeaban por medio de unos bloques de treinta centímetros de grosor que impedían la salida al exterior de cualquier vibración (concretamente, la voz humana). Inmediatamente adyacente a la sala de reuniones había una instalación permanente de antenas que buscaban en todo momento transmisiones de HF, UHF, VHF y microondas... es decir, cualquier intento de captar las conversaciones que se mantenían dentro de la estancia. Conectado con las antenas, había un analizador espectrográfico programado para comprobar cualquier anomalía en el espectro.

En un extremo de la mesa de caoba en forma de féretro permanecían sentados dos hombres. Su conversación estaba protegida contra las interceptaciones mediante unos generadores de ruido blanco y una «cinta de murmullos» que sonaba como el parloteo de un bar atestado de gente durante una *happy hour*. Alguien que pudiera de alguna manera superar las complejas medidas de seguridad y oír la conversación, no hubiera podido distinguir ninguna de las palabras de los dos hombres de la mesa del ruido que se oía en segundo plano.

El mayor de los dos hablaba a través de un teléfono estéril, una aplanada caja negra de fabricación suiza. Era un hombre de cincuenta y tantos años, pálido rostro y expresión preocupada, con gafas de montura dorada, suaves y mofletudas mejillas, tez grasienta y cabello teñido de un color castaño rojizo muy poco natural, con visibles entradas. Se llamaba Paul Marquand y era vicepresidente de seguridad del Consorcio. Marquand había llegado al Consorcio siguiendo el camino habitual de los directores de seguridad empresarial de las sociedades internacionales: había pasado algún tiempo en la infantería francesa, había sido expulsado por mala conducta, se había alistado en la Legión Extranjera francesa y más tarde se había trasladado a Estados Unidos, donde había trabajado como esquirol en una compañía minera antes de ser contratado para dedicarse a tareas de seguridad por cuenta de una multinacional.

Marquand habló rápidamente en voz baja y después colgó el teléfono.

—El sector de Viena está alterado —le dijo Marquand al hombre que tenía a su lado, un francés de cabello castaño y tez aceitunada, unos veinte años menor que él, llamado Jean-Luc Passard—. El americano sobrevivió al accidente de propano de St. Gallen. No puede haber más errores —añadió en tono sombrío—. No después del desastre de la Bahnhofplatz.

—La decisión de asignar la misión al soldado americano no fue suya —dijo suavemente Jean-Luc.

—Por supuesto que no, pero tampoco me opuse. La lógica era convincente: había pasado algún tiempo cerca del sujeto y podía distinguir su rostro en medio de una muchedumbre en cuestión de segundos. Por mucho que se le muestre a alguien una fotografía de un desconocido, jamás se moverá con tanta rapidez y seguridad como alguien que ha conocido personalmente al objetivo.

—Ahora hemos movilizado al mejor —dijo Passard—. Teniendo al Arquitecto en el caso, no tardaremos en resolver por completo este desastre.

—Su perfeccionismo lo hace tenaz —observó Marquand—. No obstante, no hay que subestimar al mimado americano.

—Lo asombroso es que ese aficionado todavía esté vivo —convino Passard—. El hecho de ser un fanático del *fitness* no le otorga a uno habilidades para la supervivencia. —Soltó un bufido y habló en tono burlón en un inglés fuertemente marcado por su acento—: No conoce la selva. Sólo conoce el gimnasio.

—Aun así —dijo Marquand—, hay que contar con eso que se llama la suerte del principiante.

—Ya no es un principiante —observó Passard.

Viena

El anciano y bien trajeado americano cruzó la puerta caminando con paso rígido y cansino y sujetando una maleta de ruedas. Estudió a la muchedumbre hasta que vio al chófer uniformado de una limusina, sosteniendo en alto un pequeño letrero con su nombre.

El anciano hizo un gesto de reconocimiento con la mano y el chófer, acompañado por una mujer vestida con un blanco uniforme de enfermera, se acercó presuroso a él. El chófer se hizo cargo de la maleta y la enfermera le preguntó amablemente:

—¿Qué tal ha sido su vuelo, señor? —Hablaba en inglés con acento germano-austríaco.

El hombre masculló:

—Aborrezco viajar. Ya no lo soporto.

La enfermera lo escoltó a través del gentío hasta llegar a la calle, donde estaba aparcada una limusina Daimler de color negro. Lo ayudó a subir al interior del automóvil, equipado con todos los accesorios habituales: teléfono, televisión y bar. Discretamente colocado en un rincón, había todo un equipo médico de emergencia, que incluía una pequeña bombona de oxígeno, tubos y mascarillas, almohadillas de desfibrilación y tubos de IV.

—Bien, señor —dijo la enfermera en cuanto él se hubo acomodado entre los mullidos almohadones del sillón de cuero—, el trayecto no va a ser muy largo.

El anciano soltó un gruñido, empujó el asiento hacia atrás y cerró los ojos.

—Por favor, dígame si hay algo que yo pueda hacer para que usted se sienta más cómodo —dijo la enfermera.

19

Zúrich

Anna fue recibida en su hotel por un oficial de enlace de la Fiscalía del cantón de Zúrich. Se llamaba Bernard Kesting, un joven de cabello castaño, fornido y de baja estatura, con una poblada barba y unas cejas que se juntaban en el entrecejo. Kesting, que no sonreía, iba al grano y era muy profesional: la quintaesencia del burócrata suizo.

Tras unos cuantos minutos de formal conversación preliminar, Kesting la acompañó a su automóvil, un BMW 728, aparcado en la calzada semicircular que había delante mismo del hotel.

—Como es natural, conocemos muy bien a Rossignol —dijo Kesting, manteniendo abierta la portezuela del automóvil para ella—. Una venerada figura de la comunidad durante muchos, muchos años. Le aseguro que nuestra oficina jamás ha tenido ningún motivo para ponerle en tela de juicio.

Anna subió al vehículo, pero él se quedó allí con la portezuela todavía abierta.

—Me temo que todavía no tenemos muy clara la naturaleza de su investigación. El caballero jamás ha sido acusado de ningún delito, ¿sabe?

—Comprendo. —Anna alargó la mano hacia el tirador y cerró ella misma la puerta. Aquel hombre la ponía nerviosa.

Sentado al volante, Kesting retomó la palabra mientras se apartaba de la calzada y bajaba por la Steinwiesstrasse, una tranquila calle residencial cerca de la Kunsthaus.

—Era, o es, un brillante financiero.

—No le puedo revelar la naturaleza de nuestra investigación —dijo Anna—, pero le puedo decir que él no es el objetivo de la misma.

Kesting guardó silencio un rato y después dijo con cierta turbación:

—Usted pidió una vigilancia protectora. Tal como usted sabe, no hemos podido localizarlo exactamente.

—¿Y eso es costumbre en el caso de los banqueros suizos? ¿Que desaparezcan... sin más?

—¿Costumbre? No. Pero, a fin de cuentas, está jubilado. Tiene derecho a sus excentricidades.

—¿Y cómo se manejan sus comunicaciones oficiales?

—Se reciben por medio de un fideicomiso, unos representantes domésticos de una entidad extraterritorial que es opaca incluso para ellos.

—La transparencia no es un valor suizo demasiado notable.

Kesting la miró rápidamente, sin saber muy bien si hablaba en tono sarcástico.

—Parece ser que en un determinado momento del año pasado decidió que quería, bueno, mantener un perfil más bajo. A lo mejor tuvo la falsa sensación de que le estaban pisando los talones, de que lo estaban persiguiendo... A fin de cuentas, tiene noventa y tantos años y el deterioro mental puede llevar a veces a fantasías paranoicas.

—Y a lo mejor no era una fantasía.

Kesting le dirigió una penetrante mirada, pero no dijo nada.

Herr Professor Doktor Carl Mercandetti se había mostrado extremadamente cordial al mencionarle Ben su amistad con el profesor John Barnes Godwin.

—No es ninguna molestia y no tiene por qué disculparse. Tengo un despacho en la biblioteca. ¿Por qué no se reúne usted allí conmigo a media mañana? Yo estaré allí de todos modos. Espero que Godwin no le haya dicho... Tengo que escribir una monografía para una colección de Cambridge University Press que él está editando, ¡y ya llevo dos años de retraso! Me dice que mi sentido del tiempo es un tanto mediterráneo. —La carcajada de Mercandetti resonó a través del teléfono.

Ben se había mostrado vago acerca de lo que quería de Mercandetti, y éste, a juzgar por su jovialidad, probablemente había pensado que no era más que una llamada de carácter social.

Ben se pasó la primera parte de la mañana examinando todas las guías de empresas en Suiza que pudo encontrar, e incluso efectuó una búsqueda informática de todos los listados telefónicos. Pero no pudo encontrar ningún registro de una tal empresa Sigma AG. Hasta donde había podido comprobar, no había ningún registro público de su existencia.

Carl Mercandetti tenía un aspecto más austero de lo que Ben había imaginado cuando había hablado con él por teléfono. De unos cincuenta años, delgado, cabello gris cortado en cepillo y gafas ovaladas de montura metálica. Sin embargo, cuando Ben se presentó, los ojos se le iluminaron y el apretón de su mano fue de sincera bienvenida.

—Cualquier amigo de God... —dijo Mercandetti.

—Y yo que pensaba que sólo los alumnos de Princeton le llamaban así.

Mercandetti meneó la cabeza sonriendo.

—Desde que le conozco, yo diría que se ha ido adaptando cada vez más a su apodo. Me aterroriza encontrármelo allí, en la puerta del cielo, diciéndome: «Ahora, una pequeña pregunta acerca de la nota a pie de página cuarenta y tres de su último artículo...».

Al cabo de unos minutos, Ben le comentó sus esfuerzos por localizar una empresa llamada Sigma AG, fundada en Zúrich hacia finales de la Segunda Guerra Mundial. No dio más explicaciones: el estudioso supondría sin duda que era la clase de cosa que podría interesar a un banquero internacional, tal vez como parte de una auditoría empresarial. Sea como fuere, Ben comprendió que aquella reticencia no le perjudicaría.

Al saber cuáles eran las inmediatas preocupaciones de Ben, Mercandetti se mostró cortés pero no manifestó mucho interés. Estaba claro que el nombre de Sigma significaba muy poco para él.

—¿Dice que se fundó en 1945? —preguntó el historiador.

—Eso es.

—Un año espléndido para el burdeos, ¿lo sabía? —Se encogió de hombros—. Claro que estamos hablando de hace medio siglo. Muchas empresas que se fundaron durante la guerra o poco después fracasaron. Nuestra economía no era tan buena como lo es ahora.

—Tengo motivos para pensar que sigue existiendo —dijo Ben.

Mercandetti ladeó afablemente la cabeza.

—¿Qué clase de información tiene usted?

—No es una información muy sólida, en realidad. Es más bien algo del tipo de... bueno, personas que dicen... Personas que están en condiciones de saber.

Mercandetti parecía divertido y escéptico.

—¿Estas personas tienen alguna otra información? El nombre se podría haber cambiado fácilmente.

—¿Y no hay en algún sitio un registro de los cambios de nombre de las empresas?

El historiador levantó los ojos hacia el techo abovedado de la biblioteca.

—Hay un lugar donde lo podría usted comprobar. Se llama el *Handelsregisteramt des Kantons Zürich*... el registro de todas las empresas fundadas en Zúrich. Todas las sociedades establecidas aquí tienen que presentar papeles en este registro.

—Muy bien. Permítame preguntarle otra cosa. Esta lista... —Deslizó la lista de los directores de Sigma AG, que había copiado directamente de su propia mano, sobre la sólida mesa de madera de roble—. ¿Reconoce alguno de estos nombres?

Mercandetti se puso unas gafas de lectura.

—Casi todos estos nombres... son nombres de conocidos industriales, ¿sabe? Este Prosperi es un hombre destacado del mundo del hampa... creo que acaba de morir hace poco. En Brasil o Paraguay, no recuerdo dónde. Casi todos éstos han muerto o son muy viejos ahora. Ah, y Gaston Rossignol, el banquero... tiene que vivir en Zúrich.

—¿Vive todavía?

—No me consta lo contrario. Pero, si vive, andará por los ochenta y tantos o los noventa y tantos años.

—¿Hay alguna manera de averiguarlo?

—¿Ha probado en la guía telefónica? —preguntó el profesor con expresión risueña.

—Había un puñado de Rossignol, pero ninguno con la inicial apropiada.

Mercandetti se encogió de hombros.

—Rossignol era un financiero importante. Ayudó a restaurar la solidez de nuestro sistema bancario después de la Segunda Guerra Mundial. Tenía muchos amigos aquí. Pero a lo mejor se ha retirado a Cap d'Antibes y ahora mismo, mientras nosotros hablamos, se está untando los hombros cubiertos de manchas hepáticas con aceite de coco. O quizá procura no llamar la atención por algún motivo personal. Con las recientes controversias acerca del oro suizo y la Segunda Guerra Mundial, han surgido agitadores. Ni siquiera un banquero suizo puede vivir en una cámara acorazada. Y entonces uno toma precauciones.

Uno toma precauciones.

—Gracias —dijo Ben—. Todo eso me resulta extremadamente útil. —Sacó la fotografía en blanco y negro que había extraído del Handelsbank y se la mostró al académico—. ¿Le resulta familiar alguno de estos hombres?

—Ya no sé si realmente es usted un banquero o un aficionado a la historia —dijo alegremente Mercandetti—. O un comerciante de viejas fotografías... todo un negocio últimamente. Los coleccionistas pagan fortunas por ferrotipos del siglo XIX. No es lo mío, la verdad. A mí, que me las den en color.

—Ésta no es exactamente una instantánea de vacaciones —dijo Ben en tono pausado.

Mercandetti esbozó una sonrisa y tomó la fotografía.

—Éste debe de ser Cyrus Weston, sí, con su sombrero de marca —dijo. Después señaló con un rechoncho dedo—: Y éste parece Avery Henderson, fallecido hace muchos años. Éste es Émil Ménard, que construyó el Trianon, el primer consorcio moderno. Éste podría ser Rossignol, pero no estoy seguro. Uno siempre se lo imagina con su llamativa calva, no con esta mata de cabello castaño, pero aquí era mucho más joven. Y por aquí... —Transcurrió un minuto de silencio antes de que Mercandetti soltara la fotografía. Su sonrisa había desaparecido—. ¿Qué clase de broma es ésta? —le preguntó a

Ben, mirándole por encima de sus gafas de lectura con expresión perpleja.

—¿Qué quiere usted decir?

—Esto tiene que ser una especie de montaje, una fotografía amañada. —El académico hablaba con cierto tono de hastío.

—¿Por qué lo dice? Seguramente Weston y Henderson se conocían.

—¿Weston y Henderson? Pues claro que se conocían. Y seguro que nunca estuvieron en el mismo sitio donde se encontraban Sven Norquist, el magnate naviero noruego, y Cecil Benson, el magnate de la industria de la automoción británica, y Drake Parker, el jefe del gigante petroquímico, y Wolfgang Siebing, el industrial alemán cuya empresa familiar se dedicaba antaño a la fabricación de equipos militares y ahora es conocida sobre todo por sus cafeteras. Y una docena más de la misma ralea. Algunos de estos hombres eran archirrivales, algunos pertenecían a sectores empresariales completamente distintos. Afirmar que todos estos hombres se habían reunido supondría, para empezar, volver a escribir toda la historia empresarial del siglo XX.

—¿No pudo ser una especie de reunión económica de mediados de siglo, como la de Davos? —apuntó Ben—. ¿Una precursora tal vez de las reuniones de Bilderberg? ¿Alguna reunión de titanes empresariales?

El historiador señaló otra figura.

—Esto sólo puede ser un chiste. Una imagen muy hábilmente falseada.

—¿A quién se refiere usted?

—Éste es, naturalmente, Gerhard Lenz, el científico vienés —contestó Mercandetti con dureza.

El nombre le sonaba a Ben vagamente familiar, pero no estaba seguro del contexto en el que lo conocía.

—¿Quién es, si no le importa repetirlo?

—Era. Murió en Sudamérica. El doctor Gerhard Lenz, una mente brillante, sin duda, por no decir el mejor producto de la medicina de Viena, el epítome de la civilización vienesa. Disculpe mi sarcasmo, impropio de un historiador. El caso es que Lenz, al igual que su amigo Josef Mengele, merece el calificativo de infame por sus experimentos en los campos de concentración con niños tullidos. Tenía cuarenta y muchos años cuando terminó la guerra. Su hijo vive todavía en Viena.

Dios mío. Gerhard Lenz era uno de los veinte monstruos más grandes del siglo XX. Ben se sintió aturdido. Gerhard Lenz, un oficial nazi de ojos claros, estaba exactamente al lado de Max Hartman.

Mercandetti sacó una lupa de ocho aumentos del bolsillo de su chaqueta —Ben pensó que en su trabajo de investigación de archivos debía de recurrir habitualmente a las ampliaciones— y estudió la imagen. Después examinó la amarillenta cartulina en la cual se había fijado la emulsión. A los pocos minutos, meneó la cabeza.

—La verdad es que parece auténtica. Y, sin embargo, no es posible. No puede ser auténtica. —Mercandetti hablaba con pausada vehemencia y Ben se preguntó si estaría tratando de convencerse a sí mismo. Pues, a pesar de negar la prueba que estaban viendo sus ojos, el historiador había palidecido. —Dígame —añadió en un tono cortante del que había desaparecido toda huella de afabilidad—. ¿De dónde ha sacado esto?

Uno toma precauciones. Gaston Rossignol estaba vivo. La muerte de tan augusta figura no hubiera pasado inadvertida. Y, sin embargo, después de otra hora de investigación, Mercandetti y él habían acabado con las manos vacías.

—Pido disculpas por esta búsqueda infructuosa —dijo Mercandetti en tono resignado—, pero es que yo soy historiador, no investigador privado. Además, yo hubiera pensado que una cosa así sería pan comido para usted, dada su familiaridad con las estratagemas financieras.

El académico tenía razón; a Ben ya se le hubiera tenido que ocurrir. Aquello a lo que Mercandetti se estaba refiriendo —estratagemas financieras, lo había llamado él— recibía el nombre de protección de activos, y era algo con lo cual él estaba bastante familiarizado. Ahora le tocaba a él sentarse a pensar. Los hombres importantes no desaparecen sin más; crean edificios legales en los que guarecerse. La tarea de ocultar el propio lugar de residencia para ponerse a salvo de los perseguidores no era muy distinta de la tarea de ocultarse de los acreedores o de los poderes tributarios del Estado. Rossignol querría conservar el control de sus bienes aunque aparentemente se hubiera deshecho de ellos. No sería fácil vigilar a un hombre sin propiedades.

Ben Hartman recordaba a un cliente especialmente avaro de Hartman Capital Management que estaba obsesionado con las tretas destinadas a la protección de los activos. Ben llegó a sentir un profundo desagrado por aquel hombre obsesionado, pero, a pesar de lo mucho que lamentaba haber perdido el tiempo trabajando en la cuenta del avaro, se daba cuenta de lo que había aprendido acerca de los subterfugios de la «protección de activos»; éstos le serían ahora muy útiles.

—Gaston Rossignol tiene que tener familiares directos en la zona —le dijo Ben a Carl Mercandetti—. Estoy pensando en alguien obediente y de toda confianza. Alguien lo bastante próximo como para cumplir las órdenes, pero bastante más joven que él.

Ben sabía que, en cualquier variante de un plan de donación-arrendamiento, una complicación no deseada era la de que el seudobeneficiario lo premuriera a uno. Y la clandestinidad de cualquier proyecto dependía de la discreción del partícipe que se hubiera reclutado.

—Usted está hablando de Yves-Alain, claro —dijo el profesor.

—¿De veras?

—Lo acaba de describir. Yves-Alain Taillé, el sobrino del banquero. Un líder cívico considerablemente distinguido gracias a la importancia de su familia, y un banquero sin ninguna distinción debido a su mediocridad intelectual. Débil pero bienintencionado, es la opinión unánime que se tiene de él. Era el presidente del Consejo de las Artes de Zúrich o algo por el estilo. Disfruta de una prebenda en uno de los bancos privados, vicepresidente de no sé qué. Fácil de localizar.

—¿Y si yo quisiera averiguar si Taillé tiene propiedades en el cantón, aparte de su residencia principal? ¿No hay documentos públicos fiscales sobre las cesiones de bienes?

—Están los registros municipales del Rathaus, el Ayuntamiento, justo a dos pasos del Limmat. Pero si la cesión es reciente, de los últimos cinco años, puede hacer una búsqueda *on-line*. Lo mismo puede hacer con los documentos fiscales que le interesan. Tendrían que ser públicos, pero se conservan en un servidor seguro, de acuerdo con una de las dos grandes aficiones suizas: el secreto; la otra es el chocolate, claro. Yo mismo tengo una tarjeta de usuario y una contraseña que me permiten el acceso. Porque, verá, no hace mucho tiempo los prohombres de la ciudad me contrataron para que escribiera algo destinado a un folleto conmemorativo del seiscientos cincuenta aniversario de la incorporación de Zúrich a la Confederación Helvética. Algo de carácter más local de lo que suelen ser mis habituales investigaciones, pero fueron muy generosos con los francos.

Una hora más tarde Ben disponía de una dirección, la de una residencia bastante más modesta que la que antaño había ocupado Rossignol. Dos horas después, tras haberse sumergido en toda una serie de documentos fiscales de sorprendente complejidad, llegó a la conclusión de que aquella residencia era la de Gaston Rossignol. La escritura estaba a nombre de Taillé y, sin embargo, no era su residencia principal. ¿Una casa de campo? Nadie la tenía en la propia ciudad de Zúrich. ¿Una vivienda para una amante? Demasiado majestuosa para eso. ¿Y qué decir de la sociedad de inversión inmobiliaria que conservaba los privilegios de cogestión? Taillé no disfrutaba del control unilateral de la disposición de la propiedad: no podía vender o ceder la propiedad sin permiso de la sociedad de inversión. ¿Y dónde estaba la sede de la sociedad? En una de las islas del Canal, Jersey. Ben esbozó una sonrisa. Muy bien hecho... un paraíso fiscal, pero no uno de los más infames. No era tan célebre como Nauru, pero su establecimiento bancario estaba todavía más fuertemente entretejido y era todavía más difícil de penetrar que el de éste.

Ben volvió a contemplar la dirección que había anotado. Le parecía increíble pensar que un corto trayecto en automóvil le pudiera llevar hasta uno de los fundadores de Sigma. Peter había tratado de ocultarse de Sigma y ésta lo había destruido. Ben respiró hondo y sintió que la cólera almacenada ardía en su interior. «Bueno, ha habido un cambio de planes —pensó—. Ahora, que Sigma intente ocultarse de mí.»

20

Ben encontró la casa de Gaston Rossignol en un sector de Zúrich llamado Hottingen, una montañosa y empinada zona construida de cara a la ciudad. Todos los edificios se levantaban en amplias parcelas protegidas por árboles, muy privadas y aisladas.

La casa de Rossignol estaba en la Hauserstrasse, cerca del Dolder Grand Hotel, la joya de los hoteles de Zúrich, generalmente considerado el mejor de toda Europa. La casa era amplia y de poca altura, construida al parecer a principios de siglo en piedra pardusca.

«No parecía en modo alguno una casa segura», pensó Ben, pero quizá por eso resultaba tan eficaz. Rossignol había crecido en Zúrich, pero se había pasado buena parte de su carrera en Berna. Conocía a ciertos zuriqueses de gran poder e influencia, claro, pero no era un lugar donde tuviera amigos habituales. Además, los residentes de la Hauserstrasse eran muy reservados; en el barrio no se practicaba demasiado la buena vecindad. Un anciano que cuidara de su propio jardín jamás llamaría la atención. La suya sería una vida cómoda y eficazmente oscura.

Ben aparcó el Range Rover en una pendiente un poco más allá de la manzana y puso el freno de mano para evitar que se deslizara. Abrió la guantera y sacó el revólver de Liesl. Quedaban cuatro balas en la recámara. Tendría que comprar más munición. Tras comprobar que tenía puesto el seguro, se la guardó en el bolsillo de la chaqueta.

Llamó al timbre. No hubo respuesta y, a los pocos minutos, volvió a llamar. Ninguna respuesta. Probó a girar el tirador, pero la puerta estaba cerrada con llave.

Vio un Mercedes último modelo aparcado en el cobertizo que había a un lado de la casa. El automóvil de Rossignol o el de otra persona, Ben no podía saberlo.

Se volvía para marcharse cuando decidió probar todas las puertas, y dobló una esquina de la casa. El césped estaba recién cortado y los parterres de flores muy bien cuidados. Alguien se encargaba del mantenimiento de la propiedad. La parte posterior de la casa era más impresionante que la fachada, con un amplio terreno rodeado por más parterres de flores, bañados por el sol matinal. Un cenador se levantaba en el centro de una gran terraza, junto a unas cuantas tumbonas.

Ben se acercó a la entrada trasera. Abrió una contrapuerta de cristal y probó a girar el tirador.

El tirador giró.

Abrió la puerta mientras se le aceleraban los latidos del corazón, temiendo que se disparara una alarma, pero no oyó ninguna.

¿Estaría Rossignol allí? ¿O alguien más, un sirviente, un ama de llaves, un familiar?

Entró en la casa, a una oscura antesala de suelo embaldosado. Unos cuantos abrigos colgaban de unas perchas junto con todo un surtido de bastones de madera con puños decorativos. Cruzó la estancia, entró en lo que parecía un estudio, un cuartito amueblado con un impresionante escritorio y unas cuantas estanterías con libros. Gaston Rossignol, antiguo puntal del sector bancario suizo, parecía un hombre de gustos relativamente sencillos.

Encima de la mesa había un cuaderno de apuntes de color verde al lado de un estilizado teléfono Panasonic con toda una serie de modernos artilugios incorporados: conferencias, identificación de llamadas, circuito de intercomunicación, altavoz, contestador digital.

Mientras contemplaba el teléfono, éste se puso a sonar. Era un sonido ensordecedor, el dispositivo de llamada estaba al máximo volumen. Se quedó petrificado, esperando la entrada de Rossignol y preguntándose cómo iba a explicar su presencia allí. El teléfono sonó tres veces, cuatro, y se detuvo.

Esperó.

Nadie contestó. ¿Significaba aquello que no había nadie en casa? Echó un vistazo a la pantalla de identificación de llamadas, vio que el número era una larga serie de dígitos, evidentemente una llamada de larga distancia.

Decidió adentrarse un poco más en la casa. Mientras bajaba por un pasillo, oyó el suave sonido de una música —parecía Bach—, pero ¿de dónde salía?

¿Habría efectivamente alguien en casa?

Al fondo del pasillo vio el resplandor de una luz procedente de una habitación. Se acercó y el volumen de la música se intensificó.

Entró en lo que inmediatamente reconoció como un comedor, con una larga mesa en el centro de la estancia, cubierta con un crujiente mantel blanco de hilo, sobre la cual descansaba una cafetera de plata en una bandeja de plata y un apetitoso plato de huevos con salchichas. El desayuno debía de haberlo servido un ama de llaves, pero ¿dónde estaba? Un tocadiscos portátil encima de un aparador adosado a la pared estaba reproduciendo una suite para violonchelo de Bach.

Y, sentado a la mesa de espaldas a Ben, había un anciano en una silla de ruedas. Una calva bronceada orlada de cabello gris, cuello de toro, hombros redondeados.

Al parecer, el viejo no había oído entrar a Ben. «Probablemente estaba un poco sordo», pensó Ben, suposición que confirmó el audífono en la oreja derecha.

Sin embargo, para no correr ningún riesgo, Ben se introdujo la mano en el bolsillo de la pechera de su chaqueta de cuero, tocó el bulto del revólver, lo extrajo y lo amartilló. El viejo no se movió. O estaba muy sordo o el audífono estaba apagado.

De repente, Ben se sobresaltó al oír el timbre del teléfono, tan sonoro allí como un minuto antes en el estudio.

Pero el viejo no se movió.

Después oyó la voz de un hombre en tono muy alterado, procedente del fondo del pasillo. Ben se dio cuenta enseguida de que la voz salía del contestador, aunque no pudo entender lo que decía.

Se adelantó unos pasos y colocó el cañón del revólver en contacto con la cabeza del viejo.

—No se mueva.

La cabeza del anciano se inclinó hacia delante y quedó colgando sobre el pecho.

Ben asió el brazo de la silla de ruedas con la mano libre y la hizo girar.

La barbilla del viejo descansaba sobre su pecho y sus ojos abiertos miraban al suelo. Sin vida.

El cuerpo de Ben se llenó de terror.

Tocó la comida del plato. Los huevos y las salchichas aún estaban calientes.

Al parecer, Rossignol acababa de morir. ¿Lo habrían matado?

En caso afirmativo, ¡el asesino podía estar en la casa en aquellos momentos!

Bajó corriendo por el pasillo por el que había entrado, y el teléfono volvió a sonar. En el estudio contempló la pantalla de identificación de llamadas: la misma larga serie de dígitos que empezaban por 431. ¿De dónde sería la llamada? Los números le resultaban conocidos. De un país de Europa, estaba seguro.

El contestador se puso en marcha.

—¿Gaston? ¿Gaston? —gritó la voz de un hombre.

Hablaba en francés pero con un fuerte acento, parecía extranjero.

¿Quién llamaba a Rossignol y por qué?

Otro timbre: ¡el de la puerta!

Corrió a la entrada de la parte de atrás, que él había dejado parcialmente abierta. Allí no había nadie.

¡Date prisa!

Salió fuera y rodeó corriendo la parte lateral de la casa, y aminoró la marcha al acercarse a la fachada. Desde detrás de unos altos arbustos, vio un blanco vehículo de la policía, «que debía de estar patrullando por el barrio», pensó.

Una verja de hierro forjado separaba el patio de Rossignol del de la casa de al lado, de aproximadamente el mismo tamaño, aunque el jardín no estaba tan cuidado. Corría el riesgo de que sus habitantes lo vieran, pero nadie le llamó, nadie gritó, por lo que él siguió corriendo alrededor del extremo más alejado de la casa y salió a la Hauserstrasse. A unos treinta metros calle abajo se encontraba el Rover. Corrió hacia él, subió de un salto y giró la llave de encendido. El motor rugió.

Trazó una rápida curva cerrada y bajó a toda prisa por la pendiente de la calle, aminorando progresivamente la marcha hasta alcanzar la de un ciudadano corriente que se estuviera dirigiendo al trabajo.

Alguien acababa de llamar a Rossignol. Alguien que llamaba desde un lugar cuyo número empezaba por 431.

Los dígitos brincaron por su cerebro hasta que algo hizo clic. Viena, Austria.

La llamada procedía de Viena. Estos hombres tienen sucesores, herederos, había dicho Liesl. Uno de ellos, le había dicho Mercandetti, residía en Viena: el hijo del monstruo Gerhard Lenz. Muerto Rossignol, era una pista tan lógica como cualquier otra. No una certeza... pero, por lo menos, una posibilidad. Una posible pista donde apenas había ninguna.

En cuestión de minutos llegó al centro de la ciudad, cerca de la Bahnhofplatz, donde Jimmy Cavanaugh había intentado matarlo. Donde todo había empezado.

Tenía que tomar el primer tren a Viena.

Los Alpes austriacos

Llamaron suavemente a la puerta y el anciano dijo en tono irritado:

—¿Sí?

Entró un médico vestido con bata blanca, un hombre bajito y rechoncho con los hombros redondeados y una prominente barriga.

—¿Qué tal va todo, señor? —preguntó el médico—. ¿Qué le parece su suite?

—¿A esto lo llama usted suite? —replicó el Paciente Dieciocho. Permanecía tumbado en una estrecha cama, completamente vestido con su arrugado traje de tres piezas— . Esto es una maldita celda de monje.

La habitación estaba muy sencillamente amueblada, en efecto, con tan sólo una silla, un escritorio, una lámpara de lectura y un televisor. El suelo de baldosas de piedra estaba desnudo.

El médico esbozó una leve sonrisa.

—Soy el doctor Löfquist —dijo, sentándose en la silla al lado de la cama—. Quisiera darle la bienvenida, pero también tengo que hacerle una advertencia. Van a ser unos diez días muy duros y rigurosos. Será sometido a las más exhaustivas pruebas físicas y mentales a las que jamás se haya sometido.

El Paciente Dieciocho no se tomó la molestia de incorporarse.

—¿Y por qué demonios las mentales?

—Porque, como comprenderá, no todo el mundo es apto.

—¿Qué ocurre si usted piensa que estoy loco?

—Cualquiera que no sea invitado a participar, es enviado a casa con nuestras sentidas excusas.

El paciente no dijo nada.

—Quizá debería tomarse un descanso, señor. Esta tarde va a ser agotadora. Habrá un TAC, una radiografía torácica y después toda una serie de tests cognitivos. Y, como es natural, un test de depresión estándar.

—Yo no estoy deprimido —replicó el paciente.

El médico no le hizo caso.

—Esta noche se le pedirá que ayune para que podamos analizar cuidadosamente el colesterol plasmático, los triglicéridos, las lipoproteínas y demás.

—¿Que ayune? ¿Quiere decir que me muera de hambre? ¡Pues yo no pienso morirme de hambre!

—Señor —dijo el médico levantándose—, es libre de irse cuando lo desee. Si se queda y es invitado a unirse a nosotros, descubrirá que el procedimiento es largo y bastante doloroso, tengo que serle sincero. Pero no será nada que usted no haya experimentado en su larga vida. Eso se lo prometo.

Kesting no ocultó su sorpresa cuando Anna regresó varias horas después con una dirección; y la verdad era que Anna compartía en parte aquella sorpresa. Había hecho lo que estaba decidida a hacer, y le había dado resultado. Al cabo de unas cuantas lecturas del archivo Rossignol, había encontrado un nombre que la podría ayudar: el de un funcionario de la Administración pública de Zúrich llamado Daniel Taine. El nombre se repetía en varios contextos distintos y otras investigaciones habían confirmado su intuición. Gaston Rossignol había sido el primer patrón de Taine y, por lo visto, algo así como su mentor. En los años setenta Taine y Rossignol habían sido socios de una empresa de alto riesgo con responsabilidad limitada, relacionada con eurobonos de máxima rentabilidad. Rossignol había apoyado la solicitud de ingreso de Taine en la Kifkintler Society, un club masculino entre cuyos socios figuraban casi todos los ciudadanos más poderosos de Zúrich. Ahora Taine, tras haber ganado una pequeña fortuna, ocupaba varios cargos honoríficos en el cantón. Era la persona con la clase de acceso y de recursos necesarios para garantizar que los planes de su antiguo mentor pudieran llevarse tranquilamente a la práctica.

Anna se había dejado caer por la casa de Taine sin previo aviso, se había identificado y había puesto sus cartas sobre la mesa. Su mensaje era sencillo. Gaston Rossignol se encontraba en un grave e inminente peligro.

Taine se quedó visiblemente consternado, pero mantuvo su discreción, tal como ella esperaba.

—No la puedo ayudar. Se ha cambiado de casa. Nadie sabe adónde y no es asunto de nuestra incumbencia.

—¿Lo es sólo de los asesinos?

—Aunque existieran dichos asesinos —Taine hablaba con cierto escepticismo—, ¿quién le dice que han podido encontrarlo si usted no ha podido? Está claro que usted dispone de recursos considerables.

—Tengo motivos para pensar que ellos ya se han abierto camino.

Una penetrante mirada.

—¿De veras? ¿Y por qué?

Anna meneó la cabeza.

—Hay ciertas cuestiones que sólo puedo discutir con el propio Gaston Rossignol.

—¿Y por qué supone usted que hay alguien que quiere matarle? Es uno de los zuriqueses más admirados.

—Lo cual explica por qué vive escondido.

—Pero qué disparates dice usted —exclamó Taine tras una breve pausa.

Anna le miró fijamente un momento. Después le entregó una tarjeta con su nombre y sus números de teléfono de la Oficia de Investigaciones Especiales.

—Regresaré dentro de una hora. Tengo motivos para pensar que cuenta usted con medios más que suficientes. Compruebe lo que digo. Verifique mi sinceridad. Haga todo lo que pueda ayudarle a comprobar que realmente soy quien digo ser.

—¿Cómo puedo yo, un simple ciudadano suizo...?

—Usted tiene medios, señor Taine. Y, si no usted, los tienen sus amigos. Estoy completamente segura de que deseará ayudar a su amigo. Creo que nos entendemos.

Dos horas después, Anna efectuó una visita a Taine en su lugar de trabajo. El Ministerio de Asuntos Económicos ocupaba un edificio de mármol construido según el conocido estilo Beaux Arts de finales del siglo XIX. En cuanto llegó, fue inmediatamente acompañada a su presencia. El despacho de Taine era espacioso y soleado y tenía las paredes cubiertas de libros. La puerta, revestida de paneles oscuros, se cerró discretamente a su espalda.

Taine estaba tranquilamente sentado detrás de su escritorio, de nudosa madera de nogal.

—Ésta no ha sido mi decisión —puntualizó—. Ha sido decisión de monsieur Rossignol. Yo no la apoyo.

—Ya me ha investigado.

—Ha sido usted investigada —replicó cuidadosamente Taine, subrayando la pasiva. Le devolvió la tarjeta.

—Adiós, señorita Navarro.

La dirección estaba escrita a lápiz en letra menuda en un espacio en blanco a la izquierda de su nombre.

Su primera llamada fue a Bartlett, para ponerlo al día acerca de sus progresos.

—Nunca deja usted de sorprenderme, señorita Navarro —le contestó él con una asombrosa nota de genuina cordialidad en su voz.

Mientras ella y Kesting se dirigían en automóvil a la dirección de Hottingen, éste dijo:

—Su petición de vigilancia ha sido aprobada esta mañana. Varios vehículos de la policía sin identificar se utilizarán a tal fin.

—Y su teléfono.

—Sí, podemos instalar un dispositivo de escucha en cuestión de pocas horas. Un agente de la *Kantonspolizei* se encargará de hacer las escuchas en la *Mutterhaus*.

—¿La *Mutterhaus*?

—El cuartel general de la policía, la Casa Madre, la llamamos.

Subieron cuesta arriba por la Hottingerstrasse. Las casas eran cada vez más grandes y bonitas y los árboles más tupidos. Al final, llegaron a la Hauserstrasse y entraron en la calzada cochera de una casa de piedra pardusca que se levantaba en el centro de un precioso patio ajardinado. Anna vio que no había por allí cerca ningún coche patrulla de la policía sin identificar.

—Ésta es la dirección correcta —dijo Kesting.

Ella asintió con la cabeza. «Otro banquero suizo, pensó, con una espaciosa casa y un bonito jardín.»

Bajaron y se acercaron a la entrada principal. Kesting llamó al timbre.

—Espero que no le importe que yo dirija la entrevista.

—En absoluto —dijo Anna. La «colaboración internacional»: éste era el protocolo y ambos lo sabían.

Tras esperar unos minutos, Kesting volvió a llamar al timbre.

—Es un hombre anciano y lleva unos cuantos años confinado en una silla de ruedas. Debe de costarle moverse por la casa.

Al cabo de unos cuantos minutos más de espera, Kesting dijo:

—Supongo que no sale mucho a su edad.

Volvió a llamar.

«Ya sabía yo que eso era demasiado fácil —pensó Anna—. Menuda metedura de pata.»

—Quizá está enfermo —dijo Kesting. Giró con inquietud el tirador de la puerta, pero la puerta estaba cerrada. Juntos rodearon la casa hasta llegar a la puerta de atrás; ésta se abrió sin ninguna dificultad. Kesting habló hacia el interior de la casa:

—Doctor Rossignol, soy Kesting, de la Oficina del Fiscal.

Lo de «Doctor» parecía un título puramente honorífico.

Silencio.

—¿Doctor Rossignol?

Kesting entró en la casa, seguido de Anna. Las luces estaban encendidas y se oía una pieza de música clásica.

—¿Doctor Rossignol? —dijo Kesting, levantando un poco más la voz.

Avanzaron un poco más y muy pronto llegaron al comedor, donde las luces estaban encendidas y un tocadiscos reproducía una pieza musical. Anna aspiró efluvios de café, huevos y carne frita.

—Doctor... ¡Oh, Dios mío!

Horrorizada, Anna vio lo que Kesting acababa de ver.

Un viejo sentado en una silla de ruedas junto a la mesa, delante de un plato de desayuno. Tenía la cabeza inclinada sobre el pecho y los ojos fijos y dilatados. Estaba muerto.

¡También habían llegado hasta él! Eso, en sí mismo, no la sorprendió. Lo que la sorprendió fue el momento elegido... justo antes de su llegada. Como si supieran que las autoridades se iban a presentar.

Saboreó el miedo.

—Maldita sea —dijo—. Avise a una ambulancia. Y llame a la brigada de homicidios. Y, por favor, no permita que toquen nada.

21

Una patrulla de oficiales de la brigada de homicidios de la *Kantonspolizei* de Zúrich se presentó antes de una hora, y los hombres filmaron vídeos y sacaron fotografías. Se aplicaron polvos cuidadosamente y se buscaron huellas digitales, sobre todo en las puertas principal y posterior y en las tres ventanas a través de las cuales se podía acceder al interior de la casa desde la planta baja. Anna le pidió al especialista que sacara huellas tanto en la silla de ruedas de Rossignol como en toda la piel visible del cuerpo de la víctima. Se sacaron huellas de eliminación del propio Rossignol antes de la retirada del cadáver.

Si los americanos no hubieran mostrado tanto interés por Rossignol antes de su asesinato, llegando a pedir incluso su vigilancia, la muerte del anciano hubiera sido tratada sin duda como un hecho natural. A fin de cuentas, Gaston Rossignol tenía noventa y un años.

En cambio, se había ordenado una autopsia, con especial atención al líquido ocular. La necropsia se acabaría realizando en las instalaciones del Instituto de Medicina Legal de la Universidad de Zúrich según el procedimiento habitual, pues Zúrich no contaba con médico forense.

Anna regresó a su hotel. Agotada —no había dormido en el avión, pues había decidido no tomarse un Ativan—, corrió las cortinas, se puso una amplia camiseta y se metió en la cama.

La despertó con un sobresalto el timbre del teléfono. Momentáneamente desorientada, pensó que se encontraba de vuelta en Washington y que era de noche. Echó un vistazo a la esfera fosforescente de su reloj de pulsera y vio que eran las dos y media de la tarde, hora de Zúrich. Se puso al teléfono.

—¿La señorita Navarro? —preguntó una voz de hombre.

—Soy yo —contestó con la voz ronca, antes de carraspear para aclarársela—. ¿Con quién hablo?

—Soy el sargento mayor Schmid, de la *Kantonspolizei*. Soy investigador de homicidios. Perdone, ¿la he despertado?

—No, no, sólo estaba adormilada. ¿Qué ocurre?

—Hemos recibido las huellas dactilares con unos resultados interesantes. ¿Podría ser tan amable de venir al cuartel general de la policía?

Schmid era un hombre afable, de ancho rostro, cabello corto y un ridículo y pequeño flequillo.

Su despacho era agradable, inundado de luz y sin apenas mobiliario. Dos escritorios de madera clara estaban situados el uno de cara al otro; ella se sentó en uno y Schmid en el otro.

Schmid jugueteaba con un sujetapapeles.

—Las huellas dactilares se trataron en la *Kriminaltechnik*. Las huellas de Rossignol se eliminaron, dejando otras huellas, la mayoría de ellas sin identificar. Era viudo y, por consiguiente, suponemos que pertenecen a su ama de llaves y a algunas pocas personas más que trabajaban en su casa. El ama de llaves estaba de servicio durante la noche; le preparó el desayuno y después se fue. Ellos debían de estar vigilando la casa y la vieron marcharse.

—¿No tenía una enfermera?

—No —dijo Schmid, doblando el sujetapapeles de alambre hacia delante y hacia atrás—. Verá, ahora nosotros tenemos una base de datos informatizada exactamente igual que la que ustedes tienen. —Se refería al Automated Fingerprint Identification Service, que almacenaba una base de millones de huellas—. Las huellas se escanearon, digitalizaron y enviaron por módem al registro central de Berna, donde se cotejaron con todas las bases de datos disponibles. El cotejo no duró demasiado. Rápidamente obtuvimos una coincidencia.

Anna se incorporó en su asiento.

—Ah, ¿sí?

—Sí, por eso el caso me fue asignado a mí. Las huellas pertenecen a un americano que estuvo detenido aquí justamente hace unos días a propósito de un tiroteo que hubo en las inmediaciones de la Bahnhofplatz.

—¿Quién es?

—Un americano llamado Benjamin Hartman.

El nombre no significaba nada para ella.

—¿Qué saben de él?

—Muchas cosas. Mire, yo mismo lo interrogué. —Le entregó una carpeta de archivador que contenía fotocopias del pasaporte de Hartman, su permiso de conducir, sus tarjetas de crédito y sus antecedentes policiales suizos con las fotografías de rigor.

Ella examinó detenidamente las fotocopias, fascinada. ¿Podría ser su hombre, el asesino? ¿Un norteamericano? Treinta y tantos años, asesor de inversiones bancarias por cuenta de una empresa financiera llamada Hartman Capital Management. Un negocio familiar, suponía ella. Lo cual significaba probablemente que tenía dinero. Vivía en Nueva York. Estaba allí, en Suiza, de vacaciones, esquiando, según le había dicho a Schmid.

Pero eso podía ser mentira.

Tres de las restantes víctimas de Sigma habían muerto mientras él se encontraba allí, en Zúrich. Una víctima vivía en Alemania, a un viaje en tren de distancia, lo cual era una posibilidad. Otro estaba en Austria; también posible.

Pero ¿Paraguay? Eso estaba a un largo vuelo de distancia.

Sin embargo, la posibilidad no se podía descartar. Y tampoco se podía descartar la posibilidad de que no trabajara solo.

—¿Qué ocurrió en la Bahnhofplatz? —preguntó—. ¿Disparó contra alguien?

El sujetapapeles que Schmid estaba maltratando se rompió por la mitad.

—Hubo un tiroteo en la calle y en la galería comercial subterránea situada bajo la Bahnhofplatz. Fue interrogado a este respecto. Personalmente, no creo que fuera él el tirador. Insiste en que alguien intentó disparar contra él.

—¿Hubo algún muerto?

—Varias personas que se encontraban presentes allí en aquel momento. Entre ellas, el tipo que él insiste en decir que intentó disparar contra él.

—Mmmm —dijo ella, perpleja. Una historia grotesca: ¿Hasta qué punto sería cierta? ¿Quién era aquel sujeto?—. ¿Y usted lo dejó libre?

—No teníamos ninguna prueba para detenerle. Y su empresa tiró de unos cuantos hilos. Recibió la orden de abandonar el cantón.

No en mi casa. ¿Era ésta la idea que tenía Zúrich del cumplimiento de la ley?, se preguntó amargamente Anna.

—¿Se sabe algo de dónde está ahora?

—En aquel momento afirmó que tenía previsto trasladarse a St. Moritz. Al hotel Carlton. Pero después hemos sabido que jamás firmó en el registro de dicho establecimiento. Sin embargo, ayer recibimos un informe según el cual había reaparecido en Zúrich, en el Handelsbank Schweiz. Intentamos traerlo aquí para un ulterior interrogatorio, pero escapó. Otro contratiempo, acompañado de un tiroteo. Los percances lo siguen dondequiera que va.

—Sorpresa, sorpresa —dijo Anna—. ¿Tiene usted algún medio de averiguar si Hartman se aloja en algún otro hotel de Zúrich o en algún otro lugar del país?

Schmid asintió con la cabeza.

—Puedo establecer contacto con el Control Hotelero de cada uno de los cantones. Envían copias de todos los impresos de registro de los hoteles a la policía local.

—¿Están al día?

—A veces, no mucho —reconoció Schmid—. Pero al menos sabremos dónde ha estado.

—Siempre y cuando se registrara con su nombre.

—Todos los hoteles legalmente establecidos exigen a los extranjeros la exhibición de su pasaporte.

—A lo mejor tiene más de un pasaporte. A lo mejor no se aloja en un hotel «legalmente establecido». A lo mejor tiene amigos aquí.

Schmid pareció sentirse un poco molesto.

—Mire, yo lo he conocido y no me dio la impresión de ser alguien que lleva pasaportes falsos.

—Algunos de estos hombres de negocios tienen segundos pasaportes de lugares como Panamá o Irlanda o Israel. A veces resultan útiles.

—Sí, pero esos pasaportes seguirían estando a su nombre, ¿no?

—Puede que sí y puede que no. ¿Hay alguna manera de saber si ha abandonado el país?

—Hay distintas maneras de abandonar el país... avión, carretera, tren, e incluso a pie.

—¿No lleva un registro, la policía de fronteras?

—Bueno, la policía de fronteras debería examinar todos los pasaportes —reconoció Schmid—, pero a menudo no lo hace. Nuestra mejor apuesta serían las compañías aéreas. Conservan los datos de todos los pasajeros.

—¿Y si se hubiera ido en tren?

—En tal caso, puede que no encontráramos ni rastro, a menos que reservara asiento en un tren internacional. Pero yo no abrigaría demasiadas esperanzas.

—No —dijo Anna, pensativa—. ¿Podría usted iniciar la investigación?

—Por supuesto que sí —contestó Schmid, indignado—. Es lo habitual.

—¿Cuándo espera que se reciban los resultados de la autopsia? Me interesa especialmente la toxicología.

Sabía que probablemente estaba agobiando demasiado al hombre. Pero no tenía más remedio que hacerlo.

Schmid se encogió de hombros.

—Podría tardar una semana. Yo podría cursar la petición de que se aceleraran las cosas.

—Hay una neurotoxina en concreto cuya presencia me gustaría que se analizara. Eso no puede tardar tanto.

—Puedo llamar en su nombre.

—¿Lo hará? E informes bancarios. Necesito los informes bancarios de Rossignol de los últimos dos años. ¿Los bancos suizos colaborarán o nos vendrán con el numerito del secreto bancario?

—Probablemente colaborarán con la policía, tratándose de un caso de homicidio —contestó Schmid en tono algo irritado.

—Es una agradable sorpresa. Ah, y otra cosa. Las fotocopias que usted sacó de sus tarjetas de crédito. ¿Cree que me las podría facilitar?

—No veo por qué no.

—Estupendo —dijo ella.

Aquel tipo le estaba empezando a gustar.

Sao Paulo, Brasil

El banquete de la boda se estaba celebrando en el club privado más exclusivo de todo Brasil, el Hipica Jardins.

Los socios del club pertenecían principalmente a los *cuatrocentões*, la aristocracia de Brasil, descendientes de los primeros colonizadores portugueses, que llevaban por lo menos cuatrocientos años en el país. Eran los barones terratenientes, los propietarios de las fábricas de celulosa y de los periódicos, de las editoriales y de las fábricas de naipes, los magnates hoteleros... los más ricos de los ricos, tal como atestiguaba la larga fila de Bentleys y Rolls-Royces aparcados delante de la sede del club.

Esa noche muchos de ellos se habían presentado, resplandecientes con sus esmóquines y sus fracs, para celebrar la boda de la hija de uno de los plutócratas de Brasil, el Doutor Otavio Carvalho Pinto. Su hija Fernanda se había casado con uno de los representantes de una familia no menos ilustre, los Alcantara Machado.

Uno de los invitados era un digno caballero de cabello canoso, de casi noventa años de edad. A pesar de que no era uno de los *cuatrocentões* —de hecho había nacido en Lisboa y había emigrado a Brasil en los años cincuenta—, era un banquero y terrateniente inmensamente rico que desde hacía varias décadas era socio y amigo del padre de la novia.

El anciano se llamaba Jorge Ramago y permanecía sentado viendo bailar a las parejas sin haber tocado aún sus *noisettes* de *veau Périgourdine*. Una de las camareras, una joven morena, se acercó indecisa al viejo y le dijo en portugués:

—Señor Ramago, hay una llamada telefónica para usted.

Ramago se volvió muy despacio a mirarla.

—¿Teléfono?

—Sí, señor, dicen que es urgente. De su casa. Su esposa.

Ramago adoptó de inmediato una expresión preocupada.

—¿Dónde?... ¿Dónde?... —tartamudeó.

—Por aquí, señor —dijo la camarera, ayudándolo amablemente a levantarse.

Cruzaron lentamente la sala del banquete, pues el anciano lisboeta padecía de reumatismo, aunque por lo demás gozaba de excelente salud.

Fuera del salón del banquete, la camarera acompañó a Ramago a una cabina telefónica y lo ayudó a entrar en ella, alisándole solícitamente las arrugas del esmoquin.

Justo en el momento de alargar la mano hacia el teléfono, experimentó un agudo pinchazo en la parte superior del muslo. Emitió un jadeo, miró a su alrededor, pero la camarera ya había desaparecido. Sin embargo, el dolor cedió rápidamente y él se acercó el auricular a la oreja y prestó atención. Pero lo único que pudo oír fue el tono de marcar.

—No hay nadie en la línea —fue lo único que consiguió decir Ramago a nadie en particular antes de perder el conocimiento.

Aproximadamente un minuto después, uno de los camareros vio al viejo desmayado en la cabina telefónica. Alarmado, llamó pidiendo ayuda.

• • •

Los Alpes austriacos

El Paciente Dieciocho fue despertado a medianoche.

Una de las enfermeras le aplicó cuidadosamente un torniquete en la parte superior del brazo y empezó a extraerle sangre.

—¿Qué demonios es esto? —rezongó.

—Lo siento, señor —contestó la enfermera—. Nos mandan extraer muestras de sangre venosa cada cuatro horas a partir de las doce de la noche a lo largo de todo el día.

—¿Para qué, por Dios bendito?

—Es para medir sus niveles séricos de Epo, eritropoyetina.

—No sabía que tuviera eso.

Todos aquellos procedimientos médicos eran muy molestos, pero él sabía que tenía mucho más por delante.

—Por favor, vuelva a dormir, señor. Le espera un día muy largo.

El desayuno se sirvió en una lujosa sala de banquetes en compañía de los demás. Había un bufet rebosante de fruta fresca, bizcochos y panecillos recién hechos, salchichas, huevos, tocino y jamón.

Cuando el Paciente Dieciocho terminó, lo acompañaron a una sala de examen situada en otra ala del edificio.

Allí, otra enfermera le practicó cuidadosamente una incisión en la parte superior e interior del brazo con un pequeño escalpelo.

Él soltó un gemido.

—Siento haberle hecho daño —dijo la enfermera.

—Todo el maldito cuerpo es un gran dolor. ¿Y eso para qué es?

—Una biopsia de la piel para examinar las fibras elásticas de la dermis reticular —contestó la enfermera, aplicando un vendaje.

En segundo plano, dos médicos en bata blanca estaban conversando tranquilamente en alemán. El Paciente Dieciocho comprendía todas las palabras.

—Su función cerebral está un poco deteriorada —dijo el bajito y regordete—, pero no es nada que no quepa esperar en un hombre de su edad. No hay ninguna señal de demencia senil o Alzheimer.

Un hombre alto y delgado de rostro cetrino preguntó:

—¿Y qué tal está la masa muscular cardíaca?

—Aceptable. Pero hemos medido la presión sanguínea en la arteria tibial posterior, esta vez utilizando ultrasonografía Doppler, y hemos descubierto una cierta enfermedad arterial periférica.

—O sea que tiene la tensión sanguínea elevada.

—Un poco, pero ya lo esperábamos.

—¿Se ha contado el número de células sanguíneas picadas?

—Me parece que lo están haciendo ahora mismo en el laboratorio.

—Bien. Creo que éste es un buen candidato. Sugiero que aceleremos las pruebas.

Un buen candidato, pensó el Paciente Dieciocho. O sea que, al final, ocurriría. Se volvió hacia los médicos que estaban conversando en la parte de atrás y les miró con una ancha sonrisa en los labios, fingiendo gratitud.

22

Viena

El investigador privado llevaba casi media hora de retraso. Ben permanecía sentado en el amplio vestíbulo de su hotel, a un tiro de piedra de la Kärntner Strasse, sin tocar su *mélange*, esperando la llegada del investigador cuyo nombre había obtenido en las páginas amarillas.

Sabía que había maneras mucho mejores que buscar el nombre de un investigador privado en la guía telefónica de Viena... como, por ejemplo, llamar a alguno de sus contactos de negocios afincados allí, pidiéndole que le recomendara a alguien. Pero el instinto le decía que en aquellos momentos evitara en lo posible a sus conocidos.

Había tomado el primer tren, se había presentado sin previo aviso en un pequeño hotel, había tenido la suerte de encontrar habitación y se había registrado con el nombre de Robert Simon, uno de los alias de su hermano. Le pidieron el pasaporte y contuvo la respiración mientras lo examinaban, pero era evidente que el documento parecía estar en regla y estaba verosímilmente gastado y sellado, como debería estar después de varios años de uso.

Lo primero que hizo fue echar un vistazo a la guía telefónica de Viena en busca de un investigador que pareciera, al menos por su manera de anunciarse, suficientemente respetable. Había varios en el primer distrito, el corazón de la ciudad, donde se ubicaba su hotel; uno de ellos en particular anunciaba sus servicios en la localización de familiares durante largo tiempo perdidos. Ben contactó con él por teléfono, y le pidió que hiciera una recopilación de los antecedentes de un ciudadano austriaco.

Ahora se estaba empezando a preguntar si el investigador privado se presentaría.

Poco después, un corpulento sujeto de unos cuarenta años se sentó en el sillón que había al otro lado de la mesita, delante de Ben.

—¿Es usted el señor Simon?

Depositó una gastada maleta de cuero sobre la mesa.

—En efecto.

—Hans Hoffman —dijo—. ¿Tiene usted el dinero?

—Encantado igualmente de conocerle —contestó Ben con ironía.

Sacó el billetero del bolsillo, contó cuatrocientos dólares y los deslizó sobre la mesa.

Hoffman los miró un momento.

—¿Ocurre algo? —preguntó Ben—. ¿Prefiere chelines austriacos? Lo siento, aún no he ido a ningún banco.

—Hay un gasto adicional —dijo el investigador.

—Ah, ¿sí?

—Un pago de cortesía a un viejo amigo mío del hna, el *Heeres Nachrichtenamt,* el Servicio de Espionaje Militar austriaco.

—Traducción: un soborno —dijo Ben.

Hoffman se encogió de hombros.

—Supongo que ese amigo suyo no le habrá dado un recibo, ¿verdad?

Hoffman lanzó un suspiro.

—Así es como se hacen las cosas aquí. No puedes conseguir la clase de información que necesitas sin explorar distintos canales. Este amigo mío tendrá que utilizar su tarjeta de identidad de espionaje militar para obtener información. Serán otros doscientos dólares. El número, que no figuraba en la guía, por cierto, y la dirección se los puedo facilitar ahora.

Ben contó; era el último dinero en efectivo que le quedaba. El investigador contó los billetes.

—No sé por qué quiere usted el número y la dirección de esa persona, pero debe de estar metido en algún asunto interesante.

—¿Por qué lo dice?

—Ese hombre es una figura muy importante en Viena.

Le hizo una seña a la camarera; cuando ésta se acercó, le pidió un *mélange* y una tarta Maximilian. Sacó un ordenador portátil de la cartera de documentos, lo abrió y lo encendió.

—Lo último en biométrica —dijo con orgullo—. Sensor digital. Utiliza la huella de mi dedo como contraseña. Sin ella, el ordenador está cerrado. Nadie hace estas cosas como los alemanes.

El investigador pulsó unas cuantas teclas y después se volvió para mirar a Ben. La pantalla estaba en blanco, exceptuando el nombre y la dirección de Jürgen Lenz.

—¿Lo conoce? —preguntó Hoffman, volviendo de nuevo el ordenador hacia sí mismo—. ¿Es amigo suyo?

—No exactamente. Hábleme de él.

—Ah, bueno, el doctor Lenz es uno de los hombres más ricos de Viena, uno de los principales filántropos y un mecenas de las artes. La fundación de su familia construye hospitales para los pobres. Forma parte también del consejo de la Filarmónica de Viena.

La camarera dejó el café y la pasta delante de Hoffman. El investigador se abalanzó sobre ellos antes incluso de que la camarera hubiera dado media vuelta para retirarse.

—¿Qué clase de doctor es el doctor Lenz?

—Un doctor en medicina, pero abandonó el ejercicio de su profesión hace diez años.

—¿Qué edad tiene?

—Unos cincuenta y tantos, diría yo.

—La medicina debe de ser algo así como una tradición familiar.

Hoffman soltó una carcajada.

—Está recordando usted a su padre. Gerhard Lenz. Un caso interesante. Nuestro país no es tal vez el más avanzado en algunos aspectos. Mis compatriotas preferirían olvidar esas cosas tan desagradables. Es el estilo de Austria: suele decirse que nos hemos convencido de que Beethoven era austriaco y Hitler era alemán. Pero Jürgen es diferente. Es un hijo que intenta reparar los crímenes de su padre.

—¿De veras?

—Pues sí. En algunos círculos se le reprocha el hecho de ser tan sincero a propósito de aquellos crímenes, pues llega al extremo de condenar a su propio padre. Es bien sabido que se avergüenza profundamente de lo que hizo. —El investigador contempló su pasta con impaciencia—. Pero, a diferencia de muchos otros hijos de famosos nazis, él hace algo al respecto. La Fundación Lenz es en Austria la principal promotora de los estudios sobre el Holocausto, y se ocupa de dotar a las bibliotecas israelíes... Financia cualquier iniciativa que luche contra el racismo.

Volvió a la pasta y se la zampó como si temiera que se la quitaran.

Así que el hijo de Lenz era un destacado anti-nazi. A lo mejor tenían más en común de lo que él pensaba.

—Muy bien —dijo Ben, pidiéndole la cuenta a la camarera con el gesto universal de un garabato en el aire—. Gracias.

—¿Puedo hacer alguna otra cosa por usted? —preguntó el investigador, sacudiéndose las migas de la pasta de las solapas de su chaqueta.

Trevor Griffiths abandonó su hotel, el Imperial del Kärntner Ring, a pocas manzanas de la Ópera. «El Imperial, pensó Trevor, no sólo era el mejor hotel de Viena, sino que además era famoso por haber sido el cuartel general de los nazis durante la guerra, el lugar desde el cual éstos gobernaban la ciudad.» Sea como fuere, el hotel le gustaba.

Era un breve paseo bajando por la Mariahilfer Strasse hasta un bar de la Neubaugasse. El chillón rótulo rojo de luz intermitente de neón anunciaba el nombre del bar: «broadway club». Se sentó en un reservado al fondo del mal iluminado local del sótano y esperó. Con su discreto traje cruzado de estambre gris, parecía un poco fuera de lugar, como un hombre de negocios, un ejecutivo de alto nivel o tal vez un próspero abogado.

El bar estaba lleno de humo de tabaco. Trevor no lo podía aguantar, no soportaba el pestazo que le quedaría después en el cabello y la ropa. Consultó su reloj, un Audemars Piguet, el mejor de la serie, uno de los pocos caprichos que se permitía. Ropa y relojes caros y sexo duro. ¿Qué otra cosa podía haber realmente cuando a uno no le interesaban la comida, el arte o la música?

Estaba impaciente. El contacto austriaco se estaba retrasando y Trevor no podía aceptar las demoras.

Al final, al cabo de más de media hora, apareció el austriaco, un gigantesco y cuadrado troglodita llamado Otto.

Otto se deslizó al interior del reservado y depositó una gastada bolsa de fieltro rojo delante de Trevor.

—Es usted inglés, ¿verdad?

Trevor asintió con la cabeza y abrió la cremallera de la bolsa. Contenía dos piezas de metal de gran tamaño, una Makarov de 9 milímetros con el cañón fileteado para un silenciador, y el largo y perforado silenciador propiamente dicho.

—¿Municiones? —preguntó Trevor.

—Están aquí dentro —dijo Otto—. Nueve por dieciocho. Montones.

La Makarov era una buena elección. A diferencia de la Parabellum de 9 milímetros, era subsónica.

—¿Y la fabricación? —preguntó Trevor—. ¿Húngara? ¿China?

—Rusa. Pero es buena.

—¿Cuánto?

—Tres mil chelines austriacos.

Trevor hizo una mueca. No le importaba gastar dinero, pero le molestaban los atracos a mano armada. Pasó al alemán para que Otto, cuyos conocimientos de inglés eran escasos, no se perdiera nada:

—El mercado está inundado de Makarovs. —Otto se puso súbitamente en guardia—. Estas cosas se venden a diez céntimos la docena. Los fabrica todo el mundo, están por todas partes. Le doy mil chelines austriacos y con eso tendría usted que considerarse afortunado.

Otto lo miró con respeto.

—¿Es usted alemán? —preguntó, sorprendido.

En realidad, si Otto hubiera escuchado con atención, hubiera identificado el alemán de Trevor como originario de la región de Dresde.

Trevor llevaba mucho tiempo sin hablar alemán; no había tenido ocasión de hacerlo. Pero lo había recuperado sin dificultad.

A fin de cuentas, era su idioma natal.

Anna cenó sola en un restaurante Mövenpick situado a unas cuantas manzanas de su hotel. No había en el menú nada que le interesara y llegó a la conclusión de que no era una experta en cocina suiza.

Por regla general, el hecho de cenar sola en una ciudad extranjera le parecía deprimente, pero esa noche estaba demasiado absorta en sus pensamientos como para sentirse sola. Se había sentado junto a la ventana, incorporándose a una larga hilera de solitarios comensales, casi todos ellos leyendo periódicos o libros.

En el consulado de Estados Unidos, utilizó una línea segura de fax para transmitir todo lo que había averiguado acerca de Hartman, incluyendo sus tarjetas de crédito, a la UCI, y había pedido que la Unidad de Identificación se pusiera en contacto con cada una de las compañías de tarjetas de crédito y activara una búsqueda inmediata para que ellos pudieran estar informados en cuestión de minutos cada vez que él utilizara una de sus tarjetas.

También les había pedido que averiguaran todo lo que pudieran acerca del propio Hartman, y alguien la había llamado a su móvil codificado menos de una hora después.

Habían dado con una mina de oro.

Según el despacho de Hartman, éste se encontraba de vacaciones en Suiza, pero llevaba varios días sin establecer contacto con el despacho. No conocían su itinerario; él no se lo había facilitado. No tenían manera de ponerse en contacto con él.

Pero entonces la técnica de Identificación había descubierto algo interesante: el único hermano de Hartman, un hermano gemelo, había muerto en un accidente de aviación en Suiza cuatro años atrás. Al parecer, antes de su muerte se había embarcado en una especie de cruzada por el oro suizo. No sabía cómo interpretarlo, pero era algo que planteaba toda clase de preguntas.

Y Benjamin Hartman, le dijo la técnica, estaba forrado. La empresa para la que trabajaba, Hartman Capital Management, gestionaba fondos de inversión y había sido fundada por su padre.

El cual era un conocido filántropo y superviviente del Holocausto.

Las posibilidades se sugerían por sí solas. Al pobre niño rico, hijo de un superviviente, se le mete en la cabeza que los banqueros suizos no lo habían estado haciendo bien con las víctimas del Holocausto. Y ahora su hermano gemelo emprende la misma cruzada, tratando de tomarse una desencaminada venganza contra un pez gordo de la banca suiza. La precipitada venganza de un niño rico.

O quizá estuviera implicado de una manera más profunda... trabajando para cualquier montaje que aquella Sigma se hubiera inventado. Por alguna inexplicable razón.

Después estaba la cuestión de cómo había averiguado los nombres y direcciones de todos aquellos viejos que permanecían escondidos.

Y la de la relación de la muerte de su hermano con todo aquello... ¡si es que había alguna!

Poco después de las nueve de la noche regresó a su hotel y el recepcionista del turno de noche le entregó una nota. Había llamado Thomas Schmid, el investigador de homicidios.

Le devolvió inmediatamente la llamada desde su habitación. Estaba todavía en su despacho.

—Nos han enviado algunos de los resultados de la autopsia —dijo el investigador—. Sobre ese veneno del cual usted pidió que los de toxicología hicieran una criba...

—¿Sí?

—Han encontrado esa neurotoxina en el líquido ocular, la coincidencia ha sido positiva. Rossignol fue efectivamente envenenado.

Anna se sentó en la silla al lado del teléfono. Progresos. Experimentó el agradable hormigueo que siempre sentía cuando se abría alguna brecha.

—¿Encontraron en el cuerpo alguna señal de inyección?

—De momento, no, pero dicen que es muy difícil encontrar señales tan pequeñas como ésas. Dicen que seguirán buscando.

—¿Cuándo lo mataron?

—Al parecer, esta mañana poco antes de que nosotros llegáramos allí.

—Eso significa que Hartman podría estar aún en Zúrich. ¿Está al tanto de eso?

Una pausa y después Schmid contestó fríamente:

—Estoy al tanto.

—¿Alguna noticia sobre los informes bancarios?

—Los bancos colaborarán, pero tardan lo suyo. Tienen también sus propios procedimientos.

—Claro.

—Podríamos tener los informes bancarios de Rossignol mañana...

En el extremo de la línea de Anna, un bip interrumpió a Schmid.

—Un segundo, creo que me está entrando otra llamada.

Pulsó un botón. El telefonista del hotel le dijo que era una llamada de su despacho de Washington.

—Señorita Navarro, soy Robert Polozzi, de la Unidad de Identificación.

—Gracias por llamar. ¿Se ha encontrado algo?

—El servicio de seguridad de MasterCard acaba de llamar. Hartman ha utilizado su tarjeta hace unos minutos. Ha hecho un pago en un restaurante de Viena.

Kent, Inglaterra

En su finca de Westerham, Kent, sir Edward Downey, ex primer ministro del Reino Unido, estaba jugando una partida de ajedrez con su nieto en la rosaleda cuando sonó el teléfono.

—Otra vez, no —gruñó Christopher, de ocho años.

—Para el carro, jovencito —replicó jovialmente sir Edward.

—Sir Edward, soy el señor Holland —dijo la voz.

—Señor Holland, ¿todo bien? —preguntó sir Edward, súbitamente preocupado—. ¿Nuestra reunión sigue en pie, según lo acordado?

—Por supuesto. Pero se ha producido un pequeño contratiempo y no sé si usted podría echar una mano.

Mientras escuchaba, sir Edward le digirió a su nieto una mirada amenazadora, en respuesta a la cual Christopher soltó una risita, tal como solía hacer siempre.

—Bueno, señor Holland, déjeme hacer unas cuantas llamadas, a ver qué puedo hacer.

* * *

Viena

La casa de Jürgen Lenz se levantaba en un exclusivo barrio densamente arbolado del sector suroccidental de Viena llamado Hietzing; una zona en la que residían algunos de los más ricos ciudadanos de Viena. La casa de Lenz o, mejor dicho, su chalet, era grande y moderno, una intrigante y bonita mezcla de arquitectura tirolesa y Frank Lloyd Wright.

«El elemento sorpresa —pensó Ben—. Lo voy a necesitar cuando me enfrente con Lenz.» En parte, era una cuestión de supervivencia. No quería que los asesinos de Peter descubrieran que él estaba en Viena y, a pesar de la semilla de la duda que Hoffman había plantado, la suposición más probable era la de que Lenz fuera uno de ellos.

Como es natural, no podía presentarse sin más en la puerta de Lenz y esperar que le franquearan la entrada. El plan tenía que ser más sofisticado. Ben repasó una lista mental de las personas más importantes e influyentes a las que conocía personalmente y que responderían por él e incluso mentirían por él.

Recordó al director de una importante asociación benéfica de Estados Unidos que había recurrido varias veces a él en demanda de dinero. La familia Hartman, y la empresa, habían respondido siempre con generosas donaciones.

«Era el momento del pago de la deuda», pensó Ben.

El director de la asociación benéfica, Winston Rockwell, estaba postrado en el hospital gravemente enfermo de hepatitis, según Ben había oído decir, y era imposible acceder a él. Era una desgracia tremenda para Rockwell, pero muy útil para él.

Llamó al domicilio de Lenz, preguntó por Jürgen Lenz, y le dijo a la mujer que se puso al teléfono —¿la señora Lenz?—

que era amigo de Winston Rockwell y estaba interesado en la Fundación Lenz. Lenguaje cifrado: tengo dinero que ofrecerle. Ni siquiera las fundaciones ricas rechazan las donaciones.

La señora Lenz contestó que su marido estaría en casa a las cinco. ¿Querría el señor Robert Simon pasarse por allí a tomar una copa? Jürgen estaría encantado de conocer a cualquier amigo de Winston Rockwell.

La mujer que abrió la puerta era una elegante dama de unos cincuenta y pocos años y bonita figura, con un vestido de punto gris, una gargantilla de perlas y unos pendientes a juego.

—Pase, por favor —le dijo—. El señor Simon, ¿verdad? Soy Ilse Lenz. Encantada de conocerle.

—Gracias por recibirme, casi sin previo aviso por mi parte.

—No diga bobadas, nos encanta conocer a cualquiera que Winston nos recomiende. Usted es de... ¿de dónde me ha dicho?

—Los Ángeles —contestó Ben.

—Estuvimos allí hace años en un congreso de tecnología fascinante. Jürgen tendría que haber bajado ya... ¡Ah, ya está aquí!

Un hombre atlético y delgado como un galgo bajó brincando por la escalera.

—Hola, ¿qué tal? —dijo Jürgen Lenz.

Con su blazer azul, sus pantalones de franela gris y su corbata roja de seda, hubiera podido ser un alto ejecutivo norteamericano, o tal vez un presidente de la Ivy League. Su terso rostro resplandecía de salud; su sonrisa era risueña.

Aquello no era en absoluto lo que Ben esperaba. El arma de Liesl, enfundada junto a su hombro en el interior de su chaqueta deportiva y cargada de munición —se había detenido en una tienda de artículos deportivos de la Kärntner Strasse—, de repente le pesaba.

Lenz estrechó con firmeza la mano de Ben.

—¡Cualquier amigo de Winston Rockwell es mi amigo! —Después su voz se suavizó y enterneció—. ¿Cómo está últimamente?

—No muy bien —contestó Ben—. Lleva varias semanas en el Medical Center de la Universidad de Washington, y los médicos le dicen que no es probable que pueda volver a casa hasta dentro de dos semanas por lo menos.

—Lamento saberlo —dijo Lenz, rodeando con su brazo la fina cintura de su mujer—. Es un hombre estupendo. Bueno, no nos quedemos aquí de pie. ¿Tomamos algo? ¿Cuál es la expresión americana...? Deben de ser las seis en punto, ¿no?

Trevor aparcó su Peugeot robado al otro lado de la calle de la casa de Lenz en Hietzing, apagó el motor y se sentó a esperar. Cuando el objetivo saliera de la casa, él bajaría del vehículo, cruzaría la calle y se acercaría a él. No tenía previsto fallar.

23

No había tiempo.

No había tiempo en absoluto para seguir los canales habituales, comprendió Anna.

Hartman acababa de cargar en la tarjeta la cuenta de un hotel del primer distrito de Viena. Era una pequeña suma, lo equivalente a unos quince dólares. ¿Significaba eso que se había detenido en el hotel sólo para tomar una copa, un café, un almuerzo tardío? Si así fuera, ya se habría ido hacía un buen rato. Pero, si se alojaba allí, ya lo tenía.

Podía recurrir al delegado del fbi en Viena, pero, para cuando la oficina se pusiera en contacto con la policía local a través del Ministerio de Justicia austriaco, Benjamin Hartman ya podría haberse ido a otra ciudad.

Así pues, se dirigió a toda prisa al Aeropuerto de Zúrich-Kloten, adquirió un billete de las líneas aéreas austriacas para el siguiente vuelo a Viena y después buscó un teléfono público.

La primera llamada que hizo fue a un contacto suyo en la policía de Viena, la *Bundespolizeidirektion*. Era el doctor Fritz Weber, jefe del *Sicherheitsbüro*, el servicio de seguridad de la policía de Viena, especializado en delitos violentos. No era exactamente la sección de la policía con la que ella necesitaba establecer contacto, pero sabía que Weber estaría encantado de ayudarla.

Había conocido a Weber unos años atrás, cuando la habían enviado a Viena para un caso relacionado con un agregado cultural de la embajada norteamericana que se había visto implicado en un negocio de sexo que facilitaba *Mädchen* menores de edad.

Weber, hombre afable y fino político, le había agradecido su ayuda y su discreción para arrancar de raíz un problema que podía resultar embarazoso para ambos países, y la había invitado a una agradable cena antes de su partida. Ahora pareció encantado de tener noticias de la agente Navarro y prometió asignar inmediatamente el caso a alguien.

La segunda llamada fue al delegado del fbi en Viena, un hombre llamado Tom Murphy, a quien ella no conocía, pero del cual había oído contar cosas muy buenas. Le hizo a Murphy un abreviado y aséptico informe de por qué tenía que trasladarse a Viena. Él le preguntó si quería que le organizara un enlace con la policía de Viena, pero ella le dijo que no, que ya tenía su propio contacto. Murphy, un hombre como Dios manda, no pareció muy contento, pero no puso ningún reparo.

En cuanto llegó al aeropuerto de Schwechat de Viena, volvió a llamar a Fritz Weber, el cual le facilitó el nombre y el número de teléfono del inspector de distrito al mando de la patrulla de vigilancia que estaba trabajando en aquellos momentos en el caso.

El sargento Walter Heisler no hablaba con soltura el inglés, pero consiguió salir del paso.

—Fuimos al hotel donde Hartman pagó con la tarjeta de crédito —explicó Heisler—. Se aloja allí.

El sargento trabajaba rápido. La cosa prometía.

—Buen trabajo —dijo ella—. ¿Alguna posibilidad de encontrar el automóvil?

El cumplido pareció animarlo. Puesto que el objetivo de la investigación era un ciudadano de Estados Unidos, se daba cuenta de que la participación de un representante del Gobierno de Estados Unidos eliminaría casi todo el complicado papeleo y buena parte de las cuestiones jurisdiccionales que la detención de un ciudadano extranjero hubiera planteado normalmente.

—Ya le estamos, ¿cómo lo suelen decir ustedes?, siguiendo la pista —dijo Heisler con cierto entusiasmo.

—¡No me diga! ¿Y cómo lo hacen?

—Bueno, en cuanto averiguamos que se aloja en el hotel, colocamos a dos hombres de vigilancia delante del lugar. Vieron que se desplaza con un automóvil alquilado, un Opel Vectra, y lo siguieron hasta una zona de Viena llamada Hietzing.

—¿Y qué hace allí?

—Visitar a alguien, quizá. Una residencia privada. Estamos tratando de averiguar a quién pertenece.

—Asombroso. Un trabajo fantástico. —Y lo creía en serio.

—Gracias —dijo él, rebosante de satisfacción—. ¿Quiere que la recoja en el aeropuerto?

Mantuvieron una charla intrascendente de varios minutos, lo cual le provocó a Ben una considerable tensión, pues su tapadera sólo estaba elaborada a medias. El mítico Robert Simon estaba al frente de una próspera empresa de gestión financiera radicada en Los Ángeles —Ben pensaba que cuanto más se acercara a la verdad, tantas menos posibilidades habría de que cometiera un fallo grave—, gestionaba los bienes de estrellas del cine, magnates inmobiliarios, multimillonarios de Silicon Valley. Ben pidió disculpas por el hecho de que la lista de sus clientes tuviera que ser confidencial, aunque no le importó mencionar uno o dos nombres de los cuales ellos sin duda habrían oído hablar.

Y se pasó todo el rato preguntándose: ¿Quién es este hombre? El único heredero de Gerhard Lenz... el infame científico y uno de los miembros más destacados de algo que se llamaba Sigma.

Mientras conversaba con los Lenz y bebían Armagnac, Ben estudió furtivamente el salón. Estaba cómodamente amueblado con piezas antiguas francesas e inglesas. Los cuadros ostentaban marcos dorados y cada uno de ellos estaba perfectamente iluminado. En una mesita situada al lado del sofá, vio unas fotografías en marcos de plata que él supuso que eran familiares. Llamaba la atención la ausencia de cualquier fotografía del padre de Lenz.

—Pero ya basta de mi trabajo —dijo Ben—. Yo quería preguntarle acerca de la Fundación Lenz. Tengo entendido que su principal finalidad es la promoción de estudios sobre el Holocausto.

—Sí, financiamos estudios históricos y dotamos bibliotecas de Israel —explicó Jürgen Lenz—. Dedicamos mucho dinero a combatir el odio. Consideramos de suma importancia que los colegiales austriacos estudien los delitos de los nazis. No olvide que muchos austriacos acogieron favorablemente a los nazis. Cuando Hitler vino aquí en los años treinta y pronunció un discurso desde el balcón del Imperial, atrajo a una inmensa muchedumbre y las mujeres lloraban al contemplar a aquel hombre tan grande.

—Pero su padre... si no le importa que lo mencione... —empezó diciendo Ben.

—La historia sabe que mi padre fue inhumano —dijo Lenz—. Sí, lo fue. Llevó a cabo los más horrendos y abominables experimentos con prisioneros de Auschwitz, con niños...

—Discúlpeme, por favor —dijo Ilse Lenz, levantándose—. No puedo oír hablar de su padre —musitó, abandonando la estancia.

—Lo siento, cariño —le dijo Lenz a su espalda. Después se volvió hacia Ben con expresión angustiada—. No se lo puedo reprochar. Ella no tuvo que vivir con este legado. Su padre murió en la guerra cuando ella era pequeña.

—Siento haberlo mencionado —dijo Ben.

—No, por favor. Es una pregunta perfectamente natural. Estoy seguro de que a los americanos les resulta extraño que el hijo del infame Gerhard Lenz dedique su vida a donar dinero para el estudio de los crímenes de su padre. Pero tiene que comprender que aquellos de nosotros que por el azar de nuestro nacimiento hemos tenido que luchar con todo esto, nosotros, los hijos de dirigentes nazis, reaccionamos de muy distintas maneras. Están los que, como Wolf, el hijo de Rudolph Hess, se pasan la vida tratando de limpiar el nombre de sus progenitores. Y hay quienes crecen perplejos e intentan comprender lo que ocurrió. Yo nací demasiado tarde como para poder conservar recuerdos personales de mi padre, pero hay muchos que conocieron a sus padres en la vida doméstica, no como hombres de Hitler.

Jürgen Lenz se iba acalorando por momentos.

—Crecimos en hogares privilegiados. Recorríamos el gueto de Varsovia acomodados en el asiento de atrás de una limusina sin comprender por qué los niños de allí fuera parecían tan tristes. Veíamos cómo se iluminaban los ojos de nuestros padres cuando el Führer en persona llamaba para desear felices Navidades a la familia. Y algunos de nosotros, en cuanto crecimos lo suficiente como para pensar, aprendimos a aborrecer a nuestros padres y todo lo que ellos representaban. A despreciarlos con todas las fibras de nuestro ser.

El rostro sorprendentemente juvenil de Lenz estaba arrebolado.

—No pienso en mi padre como mi padre, ¿comprende? Es alguien ajeno a mí, un extraño. Poco después de terminar la guerra, él huyó a Argentina, tal como estoy seguro de que usted sabe, saliendo a escondidas de Alemania con documentación falsa. Nos dejó a mi madre y a mí sin un céntimo, en un campo de detención militar. —Hizo una pausa—. Como ve, jamás he tenido la menor duda o conflicto a propósito de los nazis. La creación de esta fundación era lo menos que podía hacer.

El silencio envolvió un momento la estancia.

—Vine a Austria para estudiar medicina —prosiguió—. En cierto modo, fue un alivio abandonar Alemania. Me encantaba vivir aquí, yo nací aquí, y me quedé ejerciendo la medicina y procurando por todos los medios mantener el anonimato. Cuando conocí a Ilse, el amor de mi vida, juntos discutimos lo que podíamos hacer con el dinero que ella había heredado de su familia, pues su padre había ganado una fortuna publicando libros religiosos e himnarios, y decidimos que yo dejaría la medicina y dedicaría mi vida a luchar contra aquello por lo que mi padre había luchado. Nada podrá borrar jamás la oscuridad del Tercer Reich, pero yo me he dedicado a intentar ser, a mi propia y pequeña manera, una fuerza de mejora humana.

Las palabras de Lenz parecían demasiado pulidas y ensayadas, como si ya las hubiera pronunciado mil veces antes. Y sin duda así debía de ser. Y, sin embargo, no se advertía ninguna nota falsa. Por debajo de su serena seguridad, Lenz era evidentemente un hombre atormentado.

—¿Jamás volvió a ver a su padre?

—No. Le vi dos o tres veces antes de su muerte. Vino desde Argentina para visitar Alemania. Tenía un nuevo nombre y una nueva identidad. Pero mi madre no quiso verle. Yo le vi, pero no sentí nada por él. Era un extraño para mí.

—¿Su madre lo rechazó?

—Viajó a Argentina para su funeral. Lo hizo como si necesitara comprobar que había muerto. Y lo más curioso fue que descubrió que le encantaba el país. Y fue allí donde finalmente se retiró.

Hubo otro silencio y después Ben dijo en voz baja pero firme:

—Tengo que decir que me impresiona ver todos los medios que usted ha dedicado a arrojar luz sobre su legado paterno. Me pregunto, a este respecto, si usted me podría decir algo acerca de una organización conocida como Sigma. —Estudió detenidamente el rostro de Lenz mientras pronunciaba aquel nombre.

Lenz le miró largo rato. Ben pudo oír los fuertes latidos de su propio corazón pulsando con fuerza en medio del silencio.

Al final, Lenz habló.

—Usted ha mencionado Sigma como por casualidad, pero creo que ésta puede ser la verdadera razón de su venida aquí —dijo—. ¿Por qué está usted aquí, señor Simon?

Ben se estremeció. Había permitido que lo acorralaran. Ahora los caminos divergían: ahora podía intentar aferrarse a su falsa identidad o revelar la verdad.

Había llegado el momento de ser directo. De soltar prenda.

—Señor Lenz, le invito a revelar la naturaleza de su compromiso con Sigma.

Lenz frunció el entrecejo.

—¿Por qué está usted aquí, señor Simon? ¿Por qué se introduce subrepticiamente en mi casa y me miente? —Lenz esbozó una extraña sonrisa mientras hablaba en tono pausado—. Usted es de la CIA, señor «Simon», ¿no es cierto?

—¿De qué está usted hablando? —replicó Ben, perplejo y asustado.

—¿Quién es usted realmente, señor «Simon»? —preguntó Lenz en un susurro.

—Bonita casa —dijo Anna—. ¿De quién es? —preguntó, sentada en el asiento del copiloto de un bmw azul de la policía sin identificación.

Al volante iba el sargento Walter Heisler, un hombre musculoso y enérgico de unos cuarenta años, fumando un Casablanca. Era, además, simpático y cordial.

—De uno de nuestros más, cómo diría, destacados ciudadanos —contestó Heisler, dando una calada a su cigarrillo—. Jürgen Lenz.

—¿Quién es?

Ambos estaban contemplando un bonito chalet unos cien metros más abajo de la Adolfstorgasse. Anna observó que casi todos los vehículos aparcados tenían placas de matrícula de color negro con letras blancas. Heisler le explicó que había que pagar para conservar aquellas placas; era el antiguo estilo aristocrático.

Exhaló una nube de humo.

—Lenz y su mujer participan activamente en los círculos sociales, el Baile de la Ópera y demás. Creo que se les podría llamar, ¿cómo lo dicen ustedes, filo... filántropos? Lenz está al frente de la fundación de su familia. Se trasladó a vivir aquí hace unos veintitantos años desde Alemania.

—Mmmm. —A Anna le escocían los ojos a causa del humo, pero no quería quejarse. Heisler le estaba haciendo un gran favor. Le gustaba ir sentada allí, en aquel vehículo policial lleno de humo, como si fuera una compañera suya—. ¿Cuántos años tiene?

—Cincuenta y siete, creo.

—Y es importante.

—Mucho.

Había otros tres automóviles sin identificación, uno cerca de donde ellos se encontraban y los otros dos a unos cuantos cientos de metros manzana abajo, al otro lado del chalet de Lenz. Los vehículos estaban dispuestos en la clásica formación de caja, de tal manera que cualquiera que fuera la forma en que Hartman optara por abandonar el barrio, ellos lo tendrían atrapado. Todos los agentes que esperaban a bordo de los automóviles eran miembros altamente cualificados del equipo de vigilancia. Cada uno de ellos iba armado y provisto de un walkie-talkie.

«Anna no iba armada. Era altamente improbable, pensó, que Hartman opusiera resistencia.» Sus informes revelaban que jamás había tenido un arma o había presentado una petición de licencia para tenerla. Todos los ancianos habían sido asesinados por medio de veneno, mediante una jeringa. Probablemente no iba armado.

De hecho, ella no sabía gran cosa acerca de Hartman. Pero sus compañeros vieneses todavía sabían menos. A su amigo Fritz Weber sólo le había dicho que el americano había dejado huellas en el escenario del delito de Zúrich, nada más. A su vez, Heisler sólo sabía que Hartman era buscado por el asesinato de Rossignol. Pero eso era suficiente para que la *Bundespolizei* accediera a detener a Hartman y, en respuesta a la petición oficial del delegado del fbi en Viena, colocarlo bajo arresto.

No era una cuestión teórica. Hartman se encontraba allí dentro, reunido con un hombre que...

Se le ocurrió una idea.

—Este Lenz... —dijo, con los ojos irritados a causa del humo—. La pregunta puede parecer extraña, pero ¿tiene algo que ver con los nazis?

Heisler apagó la colilla del cigarrillo en el cenicero lleno a rebosar del automóvil.

—Bueno, la pregunta es extraña —dijo—. Su padre... ¿Conoce el nombre del doctor Gerhard Lenz?

—No. ¿Debería conocerlo?

Heisler se encogió de hombros: ingenuos americanos.

—Uno de los peores. Un compañero de Josef Mengele que hizo toda clase de horripilantes experimentos en los campos de concentración.

—Ah.

Aquello sugería otra idea. Hartman, hijo de un superviviente y animado por su sed de venganza, perseguía a los de la siguiente generación.

—El hijo es un hombre bueno, muy distinto del padre. Dedica su vida a deshacer el mal cometido por su padre.

Anna miró a Heisler y, después, a través del parabrisas. Sus ojos se posaron en el soberbio chalet de Lenz. ¿El hijo era anti-nazi? Asombroso. Se preguntó si Hartman lo sabría. Puede que sólo supiera que era el hijo de Gerhard, es decir, el hijo de un nazi. Si fuera un auténtico fanático, no le importaría que Lenz Junior pudiera convertir el agua en vino.

Lo cual significaba que Hartman podía haberle administrado ya a Jürgen Lenz una inyección fatal.

«Dios mío —pensó mientras Heisler se encendía otro Casablanca—. ¿Y por qué nos quedamos aquí sentados como si nada?»

—¿Es suyo? —preguntó súbitamente Heisler.

—Si es mío el qué.

—Ese automóvil. —Heisler señaló un Peugeot aparcado al otro lado de la calle del chalet de Lenz—. Lleva por la zona desde que llegamos.

—Pues no. ¿No es uno de los suyos?

—Rotundamente no. Lo sé por la matrícula.

—A lo mejor es de un vecino o un amigo.

—No sé si sus compañeros americanos podrían estar implicados en esto, tal vez vigilándola a usted —dijo Heisler, muy alterado—. Porque, si así fuera, ¡anulo ahora mismo esta operación!

Inquieta y a la defensiva, Anna contestó:

—No puede ser. Tom Murphy me hubiera avisado antes de enviar a alguien. —¿De veras lo hubiera hecho?—. En cualquier caso, no me pareció que tuviera mucho interés cuando hablé con él.

Pero ¿y si la estuviera vigilando a ella? ¿Sería posible?

—Bueno, pues ¿quién es, entonces? —preguntó Heisler.

—¿Quién es usted? —repitió Jürgen Lenz, cuyo rostro reflejaba ahora temor—. ¿No es amigo de Winston Rockwell?

—En cierto modo —reconoció Ben—. Quiero decir que le conozco a través de un trabajo que hice. Soy Benjamin Hartman. Mi padre es Max Hartman.

Estudió a Lenz para calibrar su reacción.

Lenz palideció y después su expresión se suavizó.

—Dios bendito —murmuró—. Ya veo el parecido. Lo que le ocurrió a su hermano fue algo terrible.

Ben tuvo la sensación de haber recibido un puñetazo en el estómago.

—¿Qué sabe usted? —gritó.

La radio de la policía cobró vida con un chirrido.

—*Korporal, wer ist das?* —Cabo, ¿quién es?

—*Keine Ahnung.* —Ni idea.

—*Keiner von uns, oder?* —Ninguno de nosotros, ¿verdad?

—*Richtig.* —Correcto.

Ahora el otro equipo quería saber si el Peugeot era uno de los suyos; Heiser confirmó que no tenía ni idea de quién era. Tomó un monóculo de visión nocturna que descansaba en el asiento de atrás y se lo acercó a un ojo. La calle estaba a oscuras y el automóvil sin identificar había apagado las luces. No había ninguna farola cerca, por lo que resultaba imposible ver la cara del conductor. «El dispositivo de visión nocturna era una buena idea», pensó Anna.

—Se cubre la cara con un periódico —dijo Heisler—. Un tabloide. *Die Kronen Zeitung*... casi no puedo leerlo.

—No le debe de resultar muy fácil al tipo leer el periódico en la oscuridad, ¿no? —dijo Anna, y pensó: «Lenz Junior ya podría estar muerto y nosotros aquí sentados, esperando».

—No creo que esté leyendo demasiado —contestó Heisler, compartiendo aparentemente su sentido del humor.

—¿Le importa que eche un vistazo?

Le pasó el monóculo. Lo único que pudo ver Anna fue el papel de periódico.

—Evidentemente, está evitando ser identificado —dijo. ¿Y si fuera realmente del fbi?—. Lo cual ya nos dice algo. ¿Le importa que utilice su móvil?

—Faltaría más.

Le pasó su anticuado Ericsson y ella marcó el número local de la embajada de Estados Unidos.

—Tom —dijo cuando Murphy se puso al aparato—. Soy Anna Navarro. No habrá enviado a alguien a Hietzing, ¿verdad?

—¿Hietzing? ¿Aquí, en Viena?

—El caso que tengo entre manos.

Una pausa.

—No. Usted no me lo pidió, ¿verdad?

—Bueno, pues alguien me está fastidiando la vigilancia. ¿Nadie de su despacho habrá asumido la tarea de vigilarme sin contar previamente con su autorización?

—Se guardarían mucho de hacerlo. En todo caso, aquí todos están controlados, que yo sepa.

—Gracias. —Anna desconectó y le devolvió el móvil a Heisler—. Qué extraño.

—Pues entonces, ¿quién ocupa ese vehículo? —preguntó Heisler.

—Si me permite la pregunta, ¿por qué pensó que yo era de la CIA?

—Hay algunos veteranos de esta comunidad que la han tomado conmigo —dijo Lenz, encogiéndose de hombros—. ¿Sabe usted algo del proyecto Paper Clip? —Se habían pasado al vodka. Ilse Lenz aún no había regresado al salón, había transcurrido más de una hora desde su brusca retirada—. Puede que no lo conozca por su nombre. Sabe que, inmediatamente después de la guerra, el Gobierno de Estados Unidos, o la Oficina de Servicios Estratégicos, tal como entonces se llamaba el precursor de la CIA, ayudó a algunos de los más destacados científicos de la Alemania nazi a salir a escondidas de Alemania y trasladarse a América, ¿verdad? Paper Clip fue el nombre en clave de ese plan. Los norteamericanos limpiaron los historiales de los alemanes, falsificaron sus antecedentes. Taparon el hecho de que estos hombres hubieran sido asesinos en serie. Porque, verá, inmediatamente después de la guerra, los americanos se dedicaron a pensar en una nueva guerra... la Guerra Fría. De repente, lo más importante era luchar contra la Unión Soviética. Estados Unidos había perdido cuatro años e innumerables vidas combatiendo contra los nazis y, de pronto, resulta que los nazis eran sus amigos... siempre y cuando éstos pudieran ayudarles en su lucha contra los comunistas, pudieran ayudarles a construir armas y demás. Estos científicos eran hombres brillantes, los cerebros que se ocultaban detrás de los impresionantes logros científicos del Tercer Reich.

—Y criminales de guerra.

—Exactamente. Algunos de ellos responsables de la tortura y el asesinato de miles y miles de prisioneros de los campos de concentración. Algunos de ellos, como Wernher von Braun y el doctor Hubertus Strughold, habían inventado muchas de las armas bélicas nazis. A Arthur Rudolph, que había contribuido al asesinato de veinte mil personas inocentes en Nordhausen, ¡se le concedió la más alta distinción civil de la nasa!

Había caído el crepúsculo. Lenz se levantó y encendió varias lámparas por todo el salón.

—Los americanos se llevaron al hombre que estaba a cargo de los campos de la muerte en Polonia. Un científico nazi al que concedieron asilo había sido responsable de los estremecedores experimentos de Dachau... y acabó en la base de las Fuerzas Aéreas de Randolph en San Antonio como eminente profesor de medicina espacial. Los responsables de la CIA que organizaron todo esto, los pocos que sobreviven, no me han agradecido demasiado mis esfuerzos por arrojar luz sobre este episodio.

—¿Sus esfuerzos?

—Sí, y los de mi fundación. No es una parte insignificante de las investigaciones que patrocinamos.

—Pero ¿qué clase de amenaza podía suponer la CIA?

—La CIA, si no estoy mal informado, no existió hasta unos años después de la guerra, pero heredó el control operativo de estos agentes. Hay ciertos aspectos de la historia que algunos individuos de la vieja guardia de la CIA prefieren dejar tranquilos. Algunos de ellos se toman molestias extraordinarias para garantizar que así sea.

—Lo siento, pero eso no me lo puedo creer. La CIA no anda por ahí matando a la gente.

—No, ya no —reconoció Lenz con una pizca de sarcasmo en la voz—. No desde que mataron a Allende en Chile y a Lumumba en el Congo belga e intentaron asesinar a Castro. No, la ley les prohíbe hacer estas cosas. Así que ahora «externalizan», tal como a ustedes, los hombres de negocios americanos, les gusta decir. Contratan a colaboradores independientes, a mercenarios, a través de cadenas de organizaciones que dan la cara de tal forma que los protagonistas de las acciones jamás se puedan relacionar con el Gobierno de Estados Unidos. —Interrumpió sus palabras—. El mundo es más complicado de lo que ustedes parecen pensar.

—¡Pero todo eso es antiguo, es historia que no viene al caso!

—No viene al caso si es usted uno de los ancianos hombres que podrían estar implicados —añadió Lenz con inexorable furia—. Hablo de ancianos estadistas, diplomáticos en situación de retiro, antiguos dignatarios que hicieron sus pinitos en la Oficina de Servicios Estratégicos en su juventud. Mientras andan por ahí rebuscando en las bibliotecas y escribiendo sus memorias, no pueden evitar una cierta inquietud. —Contempló el claro líquido de su copa como si hubiera visto algo en él—. Son hombres acostumbrados al poder y al respeto. No desean que se produzcan revelaciones capaces de ensombrecer sus años dorados. Claro que siempre se podrán decir a sí mismos que lo que hacen es por el bien del país y por el buen nombre de Estados Unidos. Muchas de las maldades que cometen los hombres se hacen por el bien común. Eso yo lo sé, señor Hartman. Los perros viejos y frágiles pueden ser los más peligrosos. Se pueden hacer llamadas, se pueden pedir favores. Mentores que recurren a la lealtad de sus protegidos. Viejos asustados determinados a morir con su buena fama intacta. Ojalá pudiera menospreciar la importancia de esta cuestión. Pero sé lo que son estos hombres. Conozco demasiado bien la naturaleza humana.

Ilse reapareció sosteniendo en la mano un librito encuadernado en cuero.

—Veo que ustedes, caballeros, siguen todavía con lo mismo.

—Comprende por qué estamos un poco nerviosos, ¿verdad? —le dijo suavemente Lenz a Ben—. Tenemos muchos enemigos.

—Ha habido muchas amenazas contra mi marido —dijo Ilse—. Hay fanáticos en la derecha que lo consideran en cierto modo un chaquetero, el hombre que ha traicionado el legado de su padre. —Sonrió sin cordialidad y se refugió en la estancia contigua.

—A decir verdad, me preocupan menos que las egoístas almas racionales que simplemente no comprenden por qué no podemos dejar las cosas en paz. —Los ojos de Lenz se pusieron en guardia—. Y cuyos amigos, tal como le digo, podrían experimentar la tentación de tomar medidas un tanto drásticas con tal de conseguir que sus años dorados sigan siendo dorados. Pero yo sigo adelante. Tenía usted unas preguntas acerca del período de la posguerra, unas preguntas que usted esperaba que quizá yo le pudiera responder.

Jürgen Lenz examinó la fotografía, sosteniéndola con ambas manos. Su rostro estaba en tensión.

—Éste es mi padre —dijo—. Sí.

—Es usted igualito a él —dijo Ben.

—Menudo legado, ¿no? —dijo tristemente Lenz. Ya no era el afable y encantador anfitrión. Estudió con detenimiento el resto de la fotografía—. Dios mío, no. No puede ser. —Se hundió en su asiento con el rostro muy pálido.

—¿Qué es lo que no puede ser? —le preguntó Ben, implacable—. Dígame lo que sabe.

—¿Es auténtica?

La misma reacción que había tenido Carl Mercandetti, el historiador.

—Sí. —Ben respiró hondo y contestó con la máxima vehemencia—. Sí.

Las vidas de Peter, Liesl y Dios sabía cuántas personas más, eran las garantes de su autenticidad.

—¡Pero Sigma era un mito! ¡Un cuento de viejas! Todos nos convencimos de que lo era.

—¿O sea que usted sabe algo al respecto?

Lenz se inclinó hacia delante.

—Tiene que recordar que en el torbellino que siguió a la guerra corrió toda clase de descabelladas historias. Una de ellas fue la leyenda de Sigma, a pesar de lo vaga y misteriosa que era. Esta especie de alianza se forjó entre los mayores industriales del mundo. —Señaló dos rostros—. Esos hombres, como sir Alford Kittredge y Wolfgang Siebing, uno venerado y el otro denostado, formaron un frente común. Se reunieron en secreto e hicieron un pacto clandestino.

—¿Y cuál era la naturaleza de aquel pacto?

Lenz meneó desesperado la cabeza.

—Ojalá lo supiera, señor Hartman... ¿Me permite llamarle Ben? Perdone. Nunca me había tomado tan en serio aquellas historias como hoy.

—¿Y la participación de su padre?

Lenz meneó muy despacio la cabeza.

—Rebasa usted mis propios conocimientos. A lo mejor Jakob Sonnenfeld sabría algo de todo eso.

Sonnenfeld... Sonnenfeld era el más importante cazador de nazis vivo.

—¿Estaría dispuesto a ayudarme?

—Como uno de los más destacados benefactores de su institución —contestó Lenz—, estoy seguro de que haría todo lo posible. —Se escanció una vigorizante cantidad de alcohol—. Hemos estado dando vueltas alrededor de una cuestión, ¿verdad? Todavía no me ha explicado cómo llegó a interesarse por todo esto.

—¿Reconoce al hombre que hay al lado de su padre?

—No —contestó Lenz. Entrecerró los ojos—. Se parece un poco a... pero tampoco es posible.

—Sí. Es mi padre el que está al lado del suyo. —La voz de Ben era puramente expositiva.

—No tiene sentido —protestó Lenz—. Todo el mundo en mi ambiente conoce a su padre. Es un importante filántropo. Una fuerza del bien. Y un superviviente del Holocausto, naturalmente. Sí, se parece a él... a usted, en realidad. Pero repito: no tiene sentido.

Ben soltó una amarga carcajada.

—Lo siento. Pero las cosas dejaron de tener sentido para mí cuando un compañero de estudios de la universidad trató de asesinarme en la Bahnhofstrasse.

Los ojos de Lenz lo miraron apenados.

—Dígame cómo encontró todo esto.

Ben le contó a Lenz los acontecimientos de los últimos días, procurando conservar la mayor serenidad que le fué posible.

—Pues entonces, usted también conoce el peligro —dijo Lenz solemnemente—. Hay filamentos, filamentos invisibles, que vinculan esta fotografía con aquellas muertes.

La frustración se apoderó de Ben mientras luchaba por comprender el sentido de todo lo que le estaba diciendo Lenz y trataba de reorganizar los fragmentos de información para conseguir una imagen coherente. Pero, en lugar de aclararse, las cosas resultaban cada vez más confusas, más exasperantes.

Ben fue consciente del regreso de Ilse a la estancia por el aroma de su perfume.

—Este joven trae peligro —le dijo la mujer a su marido con una voz que parecía de papel de lija. Se volvió hacia Ben—: Disculpe, pero ya no puedo guardar silencio por más tiempo. Usted trae la muerte a esta casa. Mi marido lleva muchos años amenazado por extremistas a causa de esta lucha suya por la justicia. Siento lo que ha tenido que pasar. Pero es que es usted tan temerario como la mayoría de los americanos. Viene a ver a mi marido, con falsos pretextos, buscando su propia venganza privada.

—Por favor, Ilse —terció Lenz.

—Y ahora ha traído consigo la muerte como un invitado no anunciado. Le agradecería que abandonara mi casa. Mi marido ya ha hecho suficiente por la causa. ¿Tiene que entregarle también su vida?

—Ilse está nerviosa —dijo Lenz en tono de disculpa—. Hay ciertos aspectos de mi vida a los que ella jamás se ha podido acostumbrar.

—No —dijo Ben—. Probablemente tiene razón. Ya he puesto demasiadas vidas en peligro. —Su voz sonaba hueca.

El rostro de Ilse era una máscara, con los músculos paralizados por el temor.

—*Gute Nacht* —dijo en tono irrevocable.

Mientras acompañaba a Ben al recibidor, Lenz murmuró en tono apremiante:

—Si usted quiere, estaré encantado de ayudarle. A hacer lo que pueda. A tirar de los hilos donde pueda hacerlo, a facilitarle contactos. Pero Ilse tiene razón en una cosa. No se imagina a lo que se enfrenta. Le aconsejo que tenga cuidado, amigo mío.

Había algo familiar en la atormentada expresión del rostro de Lenz y, al cabo de un momento, le recordó a Ben la que había visto en el de Peter. Al parecer, en el corazón de ambos hombres ardía una sed de justicia apagada por unas fuerzas inmensas que, sin embargo, no se podía confundir con otra cosa.

Ben abandonó la casa de Lenz, aturdido. No sabía lo que hacía: ¿por qué no podía reconocer que era impotente, que estaba desesperadamente mal preparado para una tarea que había derrotado a su propio hermano? Y los mismos hechos que acababa de descubrir ahora se habían clavado en su mente como unos trozos de cristal en las plantas de los pies. Max Hartman, filántropo, superviviente del Holocausto, humanista... ¿sería de hecho un hombre como Gerhard Lenz, un confederado de la barbarie? Se mareaba con sólo pensarlo. ¿Podía Max haber sido cómplice del asesinato de Peter? ¿Sería el hombre que se ocultaba detrás de la muerte de su propio hijo?

¿Sería por eso por lo que había desaparecido de repente? ¿Para no tener que enfrentarse con la revelación de su propio crimen? ¿Y qué decir de la complicidad de la CIA? ¿Cómo pudo un *Obersturmführer* de las SS de Hitler arreglárselas para emigrar y establecerse en Estados Unidos si no hubiera contado con la ayuda del Gobierno norteamericano? ¿Se encontraban sus aliados, sus íntimos y viejos amigos, detrás de todos aquellos horrendos acontecimientos? ¿Había alguna posibilidad de que lo estuvieran haciendo en nombre de su padre, para protegerlo a él y protegerse también a sí mismos, sin que el viejo lo supiera?

«Hablas de cosas que no puedes comprender», le había dicho su padre.

Ben se debatía entre emociones contradictorias. Una parte de él, la del hijo cariñoso y fiel, quería creer que había alguna otra explicación, lo había querido desde las revelaciones de Peter. Alguna razón para creer que su propio padre no era un... ¿un qué? Un monstruo. Había oído la voz de su madre, hablando en susurros mientras se moría, suplicándole que comprendiera, que intentara cerrar la brecha y seguir adelante. Que amara a aquel hombre complicado y difícil que era Max Hartman.

Mientras que su otra parte experimentaba una satisfactoria claridad.

«¡He hecho un gran esfuerzo por comprenderte, hijo de la gran puta! —gritó Ben en su fuero interno—. He intentado quererte. Pero un engaño como éste, la fealdad de tu verdadera vida... ¿Qué otra cosa puedo sentir sino odio?»

Había aparcado a una considerable distancia de la casa de Lenz. No quería que se pudiera seguir la pista a las placas de su matrícula y que por este medio se pudiera llegar hasta él; al menos así había pensado antes, cuando aún creía que Lenz era uno de los conspiradores.

Bajó por la calzada particular de la casa de Lenz. Justo antes de llegar a la calle, vio encenderse una luz.

Era la lámpara del techo de un automóvil estacionado a pocos metros de distancia.

Alguien había bajado del vehículo y se acercaba a él.

* * *

Trevor vio encenderse una luz al otro lado de la calle y volvió la cabeza para mirar. La puerta principal estaba abierta. El objetivo estaba conversando con un caballero de más edad, que él supuso que era Lenz. Antes de bajar del automóvil, Trevor esperó a que los hombres se estrecharan la mano y a que el objetivo empezara a bajar por la calzada.

24

—Quiero que analicéis las matrículas —dijo Heisler a través de la radio de la policía. Se volvió hacia Anna—. Si no es de ustedes y no es nuestro, ¿quién demonios es? Tiene que tener alguna idea.

—Alguien que también está vigilando la casa —contestó Anna—. Eso no me gusta.

Pensó: «Aquí está ocurriendo algo. ¿Tengo que revelarle a Heisler mis sospechas acerca de Hartman?». Sin embargo, era una conjetura tan descabellada... A fin de cuentas, ¿y si Hartman estuviera allí simplemente para obtener información de Lenz, información acerca de dónde podían estar viviendo los antiguos amigos de su padre... y no para matarlo?

No obstante... tenían toda la justificación legal que necesitaban para tomar la casa por asalto. ¿Y si resultara que, mientras ellos estaban allí fuera vigilando la casa, uno de los ciudadanos más importantes de la ciudad estuviera siendo asesinado en su interior? El escándalo sería mayúsculo; sería un incidente internacional, y toda la culpa caería sobre sus hombros.

Heisler interrumpió sus pensamientos.

—Quiero que pase junto al automóvil y eche un vistazo a la cara del hombre —dijo. Parecía una orden, no una petición—. Asegúrese de que no lo reconoce.

Ella accedió porque quería verlo por sí misma.

—Necesito un arma —dijo.

Heisler le entregó la suya.

—La recogió usted del suelo del automóvil. Yo la debí de dejar allí. No se la di.

Anna bajó del vehículo y echó a andar hacia el chalet de Lenz.

La puerta principal de la casa de Lenz se abrió.

Dos hombres estaban allí de pie, conversando. Uno de más edad y otro más joven.

Lenz y Hartman.

Vio con alivio que Lenz estaba vivo.

Los hombres se estrecharon cordialmente la mano. Después Hartman empezó a bajar por la calzada que conducía a la calle.

Y súbitamente se encendió una luz en el interior del Peugeot y el hombre bajó del asiento del piloto con una gabardina colgada del brazo derecho.

Fue entonces cuando vio por primera vez el rostro del hombre.

¡El rostro!

Lo conocía. Lo había visto antes.

Pero ¿dónde?

El hombre de la gabardina colgada del brazo cerró la puerta de su automóvil en el momento en que Hartman alcanzaba la calle, a menos de cinco metros de distancia.

Por un instante vio al hombre de perfil.

Le hizo evocar un viejo recuerdo.

Una instantánea de perfil. Había visto la imagen de perfil de aquel hombre. Imágenes de frente y de perfil. La asociación era desagradable, advertía peligro.

Fotografías de la policía. Instantáneas. Unas fotografías de mala calidad de aquel hombre, de frente y de perfil. Un chico malo.

Sí, había visto esas fotografías una o dos veces en el transcurso de la Instrucción Semanal de Espionaje.

Pero no eran fotografías policiales propiamente dichas; eran fotografías de vigilancia tomadas a cierta distancia y ampliadas hasta el punto de presentar una superficie granulosa.

Sí.

No era un criminal corriente, claro.

Un asesino.

Aquel hombre era un asesino internacional extraordinariamente hábil. Poco se sabía de él... sólo se habían recogido pruebas fragmentarias. Sobre sus patrones, suponiendo que no trabajara por libre, no sabían nada en absoluto. Pero las pruebas que tenían sugerían que se trataba de alguien de insólitos recursos y amplio alcance. Le vino a la mente otra fotografía: el cuerpo de un dirigente laboral de Barcelona a quien se creía que había asesinado. La imagen se le había quedado grabada en la memoria; tal vez por la manera en que la sangre bajaba por la pechera de la camisa de la víctima, como si fuera una corbata. Otra imagen: un popular candidato político del sur de Italia, un hombre que dirigía un movimiento nacional de carácter reformista. Su muerte había sido atribuida inicialmente a la Mafia, pero después se había clasificado de otra manera, cuando unas informaciones fragmentarias habían implicado a un hombre a quien sólo se conocía como el Arquitecto. El candidato, ya bajo la amenaza del crimen organizado, estaba muy bien protegido, recordó ella. Y el asesinato se había planeado de una manera muy brillante no sólo desde la perspectiva meramente balística sino también desde la política. El candidato había muerto de un disparo en un burdel repleto de inmigrantes de Somalia, y las embarazosas circunstancias de su muerte garantizaban que sus partidarios no pudieran convertirla en un martirio.

El Arquitecto. Un asesino internacional de primer orden.

Con Hartman en el punto de mira.

Trató de comprenderlo: «Hartman está cumpliendo una venganza —pensó—. ¿Y el otro hombre?»

«Oh, Dios mío. ¿Y ahora qué hago? ¿Intentar atrapar al asesino?»

Se acercó el transmisor a los labios, pulsó la tecla *Talk*.

—Conozco a este tipo —le dijo a Heisler—. Es un asesino profesional. Voy a intentar detenerlo. Usted cubra a Hartman.

—Disculpe —le dijo el hombre a Ben, apurando el paso hacia él.

«Algo le pasa a este tío —pensó Ben—. Algo está a punto de ocurrir.»

El abrigo colgado del brazo derecho.

El rápido ritmo al que se estaba acercando.

El rostro... un rostro que había visto antes. Un rostro que jamás olvidaría.

Ben deslizó la mano derecha bajo la solapa izquierda de su chaqueta, alargó los dedos hacia el frío y duro acero del arma y tuvo miedo.

Anna necesitaba a Hartman vivo; Hartman muerto no le servía de nada.

El asesino estaba a punto de cargarse a Hartman, estaba segura. De pronto, todo se había convertido en un complejo cálculo. Por lo que a ella respectaba, era preferible que Hartman, el sospechoso, escapara con vida a que muriera. En cualquier caso, tendría que dejar la persecución de Hartman a otros.

Levantó la Glock de Heisler.

El asesino parecía no haber reparado en ella. Estaba concentrado en Hartman. Anna sabía por sus cursos de adiestramiento que el asesino había caído víctima de la mayor debilidad de un profesional: la obsesión por el objetivo. Había perdido el sentido de la conciencia de la situación. El momento en que los grandes felinos son más vulnerables a los cazadores es precisamente cuando tensan los músculos para saltar.

Puede que eso le diera la ventaja que necesitaba.

Ahora ella tenía que romper súbitamente su concentración y distraer su atención.

—¡Alto! —le gritó—. ¡Quieto, maldita sea!

Vio que Hartman se volvía a mirarla.

El asesino ladeó ligeramente la cabeza hacia la izquierda, pero no se volvió para ver de dónde procedía el grito, no apartó su felina mirada de Hartman.

Anna apuntó directamente al pecho del asesino, al centro de su masa. Fue un gesto reflejo; la habían adiestrado a disparar para matar, no para herir.

Pero ¿qué estaba ocurriendo ahora? El hombre seguía avanzando hacia Hartman, quien, tal como ella vio de repente, había extraído su propia arma.

El Arquitecto tenía a su objetivo en el punto de mira; supondría que quienquiera que hubiera gritado no constituía una amenaza inmediata; en cualquier caso, él ya había hecho su propio cálculo; volverse y trabar combate con ella —quienquiera que fuera— significaba perder a su objetivo, y él no estaba dispuesto a hacerlo.

De repente, el asesino empezó a girarse...

Ella había interpretado erróneamente sus intenciones.

Sus movimientos eran tan preternaturalmente suaves como los de un bailarín de danza clásica. Girando en redondo sobre las plantas de los pies, realizó un giro de unos ciento ochenta grados con el arma levantada, disparando sin cesar a unos intervalos exactos de fracciones de segundo. El arma apenas experimentó una sacudida en la poderosa presa de sus manos. Sólo cuando se volvió a mirar, Anna se dio cuenta de lo que había conseguido. ¡Dios bendito! Un momento antes había cuatro policías armados que lo estaban apuntando. ¡Ahora cada uno de ellos había recibido un disparo! Cada disparo había dado en el blanco. ¡Los cuatro agentes se habían desplomado! Fue una ejecución estremecedora, con un nivel de habilidad que ella jamás había visto en su vida. Se llenó de puro terror.

Ahora oyó unos aterrorizados sonidos, los jadeos y los mugidos de las incapacitadas víctimas del tiroteo.

Aquel hombre era un profesional; había decidido eliminar todos los obstáculos antes de regresar a su objetivo... y ella era su último obstáculo.

Sin embargo, cuando el hombre giró en redondo hacia ella, Anna ya había apuntado. Oyó gritar a Hartman. Ahora le correspondía a ella centrarse con perseverancia en su objetivo, por lo que decidió apretar el gatillo.

¡Había dado en el blanco!

El hombre, alcanzado por la bala, se desplomó, y su arma cayó ruidosamente hacia un lado.

Lo había abatido.

¿Estaría muerto?

El caos reinaba por todas partes. El sospechoso, Hartman, se estaba alejando a toda prisa calle abajo.

Pero ella sabía que la policía había bloqueado la calle en ambas direcciones. Echó a correr hacia el hombre abatido, recogió su arma y reanudó su carrera en pos de Hartman.

Entre los gritos de las víctimas supervivientes del tiroteo, oyó unas voces en alemán, pero no significaban nada para ella.

—*Er steht auf!* —¡Se ha levantado!

—*Er lebt, er steht!* —¡Está vivo, se ha levantado!

—*Nein, nimm den Verdächtigen!* —¡No, atrapa al sospechoso!

Al final de la manzana, Hartman se había tropezado con el grupo de expertos de vigilancia, todos ellos apuntándole con sus armas. Ella oyó más gritos...

—*Halt! Keinen Schritt weiter!* —¡Alto! ¡Ni un paso más!

—*Polizei! Sie Sind verhaftet!* —¡Policía! ¡Queda usted detenido!

Pero un ruido a su espalda, procedente del lugar donde yacía el asesino, atrajo su atención, y ella se volvió justo a tiempo para ver cómo el asesino se acercaba tambaleándose a su Peugeot y cerraba la puerta a su espalda.

Estaba herido, pero había sobrevivido, ¡y ahora estaba huyendo!

—¡Eh! —gritó—, ¡deténganlo! ¡El Peugeot! ¡No lo dejen escapar!

Tenían a Hartman; estaba rodeado por cinco *Polizisten*. De momento Anna podía desentenderse tranquilamente de él. Corrió hacia el Peugeot justo en el momento en que éste arrancaba y se lanzaba directamente hacia ella.

En las pocas ocasiones en que se había permitido el lujo de volver a evocar en su mente su encuentro con el automóvil Lincoln Town Car en Halifax, había imaginado que tenía una pistola en las manos y podía abrir fuego contra el conductor.

Ahora lo hizo y efectuó un disparo tras otro contra el hombre. Pero el parabrisas sólo sufrió unos pequeños orificios y unas pequeñas roturas en forma de telaraña y el vehículo seguía acercándose a ella. Anna se apartó a un lado dejando el camino libre mientras el Peugeot pasaba rugiendo por su lado y los neumáticos chirriaban manzana abajo, rozando dos vehículos de vigilancia vacíos —los conductores y los pasajeros estaban ahora en la calle—, hasta perderse de vista.

¡Había conseguido escapar!

—¡Mierda! —gritó, volviéndose y viendo a Hartman con las manos en alto.

Trastornada, corrió manzana abajo hacia su recién atrapado sospechoso.

25

El Paciente Dieciocho estaba corriendo muy despacio en una rueda.

Un dispositivo parecido a un tubo de respiración de buceo le salía de la boca, conectado a dos largos tubos. Le habían tapado la nariz con unas abrazaderas.

Fijados con esparadrapo a su arrugado y cóncavo pecho desnudo, había doce alambres conectados con un monitor de electrocardiograma. Otro alambre surgía de un pequeño dispositivo fijado en la punta de su dedo índice. Sudaba y estaba muy pálido.

—¿Cómo vamos? —preguntó el médico, un sujeto de elevada estatura y rostro cetrino.

El paciente no podía hablar, pero levantó un trémulo pulgar.

—Recuerde que hay un botón de pánico directamente delante de usted —dijo el médico—. Utilícelo, si lo necesita.

El Paciente Dieciocho siguió con sus prácticas de *jogging*.

El médico le dijo a su bajito y rechoncho colega:

—Creo que ya hemos llegado a la máxima capacidad de ejercicio. Parece que ya ha superado la proporción del intercambio respiratorio... está sobre uno. No hay signos de isquemia. Es fuerte, éste. Bueno, vamos a darle el resto del día libre. Mañana empezaremos el tratamiento.

Por primera vez aquel día, el médico de rostro cetrino se permitió el lujo de esbozar una sonrisa.

• • •

Princeton, Nueva Jersey

El viejo y prestigioso historiador de Princeton estaba trabajando en su estudio del Dickinson Hall cuando sonó el teléfono.

Todo en el despacho del profesor John Barnes Godwin se remontaba a los años cuarenta o cincuenta, tanto el negro reloj de disco giratorio como los cajones de roble del fichero o la máquina de escribir Royal; no utilizaba ordenador. Le gustaba así, le gustaba el aspecto de las cosas antiguas, la solidez de los objetos de la época en que las cosas se hacían de baquelita, madera y acero y no de plástico, plástico y plástico.

No era, sin embargo, uno de aquellos viejos que vivían totalmente en el pasado. Le gustaba el mundo actual. A menudo pensaba que ojalá su querida Sarah, su mujer durante cincuenta y siete años, pudiera estar aquí para compartirlo con él. Siempre habían planeado dedicarse a viajar cuando él se retirara.

Las clases de Godwin, ganador del Premio Pulitzer, siempre habían sido inmensamente populares en el campus de Princeton. Muchos de sus antiguos alumnos ocupaban ahora puestos de gran importancia en sus diversos campos. El presidente de la Reserva Federal había sido uno de los más brillantes, lo mismo que el presidente de la WorldCom, el secretario y el subsecretario de Defensa, el embajador de Estados Unidos en la onu, incontables miembros del Consejo de Asesores Económicos, incluso el actual presidente del Comité Nacional Republicano.

El profesor Godwin carraspeó antes de contestar al teléfono.

—¿Dígame?

La voz le resultó inmediatamente familiar.

—Ah, sí, señor Holland, me alegro de oírle. ¿Seguimos en ello, espero? —Prestó atención un momento—. Pues claro que le conozco, fue alumno mío... Bueno, si usted me pide mi opinión, lo recuerdo como alguien encantador aunque un poco testarudo, muy inteligente pero no exactamente un intelectual o, por lo menos, no le interesaban las ideas en sí mismas. Con un fuerte sentido moral, me pareció. Pero Ben Hartman siempre me dio la impresión de ser muy razonable y equilibrado.

Volvió a prestar atención.

—No, no es un cruzado. No tiene ese temperamento. Y, por supuesto, no es un mártir. Creo que se puede razonar con él.

Otra pausa.

—Bueno, ninguno de nosotros quiere que el proyecto se interrumpa. Pero me gustaría que le dieran una oportunidad. Sinceramente, lamentaría que le ocurriera algo.

Viena

La sala de interrogatorios era fría y estaba casi desprovista de mobiliario, tan sólo con los accesorios estándar de las salas de interrogatorios de todas partes. «Me estoy convirtiendo en un experto», pensó sombríamente Ben. El espejo de observación de una sola dirección, nada discreto y tan grande como la ventana de un dormitorio de una casa de un barrio residencial. La tela metálica de la ventana que daba a un triste patio interior.

La americana permanecía sentada al otro lado de la pequeña estancia, vestida de gris y enroscada en una silla metálica plegable como el muelle de un reloj. Se había identificado como la agente especial Anna Navarro, del Departamento de Justicia de Estados Unidos, Oficina de Operaciones Especiales, y había sacado una tarjeta de la Unidad de Identificación para demostrarlo. Por si fuera poco, era una verdadera belleza, una mujer francamente atractiva: ondulado cabello oscuro, ojos color caramelo, piel aceitunada; alta, delgada y de piernas muy largas. Y muy bien vestida... con un sentido del estilo que no debía de ser muy habitual en el Departamento de Justicia. Sin embargo, iba directamente al grano, sin el menor asomo de una sonrisa. No llevaba anillo, lo cual significaba que estaba probablemente divorciada, porque a las mujeres tan guapas como ella las solían atrapar muy pronto, sin duda algún apuesto compañero de mandíbula cuadrada, investigador del Gobierno como ella, que la había seducido con las historias de su valentía en la detención de delincuentes... hasta que la tensión de las carreras de dos funcionarios de alto nivel del Estado se había cobrado su tributo y había hecho naufragar el matrimonio...

En la silla plegable que tenía al lado se sentaba un matón de la policía, un musculoso sujeto que guardaba silencio con expresión enfurruñada y fumaba cigarrillos Casablanca sin parar. Ben no tenía ni idea de si el agente entendía el inglés. Sólo había dicho su nombre: sargento Walter Heisler, del *Sicherheitsbüro*, la brigada de delitos graves de la policía vienesa.

Cuando ya llevaba media hora de interrogatorio, Ben empezó a perder la paciencia. Procuró ser razonable, trató de hablar con sentido común, pero sus interrogadores eran implacables.

—¿Estoy detenido? —preguntó finalmente.

—¿Quiere estarlo? —le replicó la agente Navarro.

Oh, Dios mío, otra vez no.

—¿Tiene derecho a hacer eso? —le preguntó al policía vienés, el cual se limitó a seguir fumando mientras lo miraba con aire pausado.

Silencio.

—¿Y bien? —dijo Ben—. ¿Quién manda aquí?

—Mientras responda a mis preguntas, no hay ningún motivo para detenerle —dijo la agente Navarro—. Todavía.

—¿O sea que me puedo ir?

—Usted está detenido para ser sometido a interrogatorio. ¿Por qué fue a visitar a Jürgen Lenz? Todavía no lo ha explicado debidamente.

—Tal como ya he dicho, sólo fue una visita social. Pregúnteselo a Lenz.

—¿Estaba en Viena por negocios o por placer?

—Ambas cosas.

—No tiene previstas reuniones de negocios. ¿Es así como normalmente viaja por asuntos de negocios?

—Me gusta la espontaneidad.

—Tenía reservados cinco días en una estación de esquí de los Alpes suizos, pero jamás se presentó.

—Cambié de idea.

—¿Por qué será que lo dudo?

—No tengo ni idea. Me apetecía ver Viena.

—Y entonces se presentó en Viena sin más, sin haber reservado hotel.

—Tal como ya le he dicho, me gusta la espontaneidad.

—Comprendo —dijo la agente Navarro, visiblemente contrariada—. Y su visita a Gaston Rossignol en Zúrich... ¿también fue de negocios?

Dios mío, ¡eso también lo sabía! Pero ¿cómo? Experimentó una oleada de pánico.

—Era amigo de un amigo.

—¿Y así es como trata usted a un amigo de un amigo... matándolo?

Por Dios.

—¡Ya estaba muerto cuando yo llegué!

—Ya —dijo la agente Navarro, claramente escéptica—. ¿Lo esperaba?

—No, me presenté sin más.

—Porque le gusta la espontaneidad.

—Quería darle una sorpresa.

—Pero, en cambio, la sorpresa se la dio él a usted, ¿verdad?

—Fue una sorpresa, en efecto.

—¿De qué conocía usted a Rossignol? ¿Quién le puso en contacto con él?

Ben titubeó una décima de segundo de más.

—Prefiero no decirlo.

Ella lo aprovechó.

—Porque no era un amigo común ni nada por el estilo, ¿verdad? ¿Qué relación tenía Rossignol con su padre?

¿A qué demonios se refería? ¿Cuántas cosas sabría? Le dirigió una penetrante mirada.

—Permítame decirle una cosa —dijo secamente Anna Navarro—. Conozco a la gente como usted. Un niño rico que siempre consigue lo que quiere. Cada vez que se hunde co la mierda hasta el cuello, su papi lo salva o quizá el abogado de la familia paga la fianza para sacarlo. Usted está acostumbrado a hacer lo que le da la real gana y cree que nunca tendrá que pagar la factura. Pues bien, esta vez no va a ser así, amigo mío.

Ben esbozó una involuntaria sonrisa, pero se negó a darle la satisfacción de montar una discusión.

—Su padre es un superviviente del Holocausto, ¿verdad? —preguntó ella, insistiendo.

«No lo sabe todo.»

Ben se encogió de hombros.

—Eso me han dicho.

Ella no tenía derecho a conocer la verdad.

—Y Rossignol era un pez gordo de la banca suiza, ¿no es cierto?

Ahora lo estaba mirando fijamente. ¿Adónde quería ir a parar?

—Por eso usted y todos esos policías austriacos estaban apostados fuera, delante de la casa de Lenz —dijo Ben—. Estaban allí para detenerme.

—Pues la verdad es que no —dijo fríamente la americana—. Para hablar con usted.

—Hubiera podido pedir hablar conmigo, simplemente. No necesitaba la mitad de las fuerzas policiales de Viena. Apuesto a que le encantaría endilgarme el asesinato de Rossignol. Y sacar del apuro a la CIA, ¿verdad? ¿O acaso la gente del Departamento de Justicia odia a la CIA? Yo es que no me aclaro.

La agente Navarro se inclinó hacia delante y sus dulces ojos castaños lo miraron con dureza.

—¿Por qué iba usted armado?

Ben titubeó, pero sólo un segundo.

—Para protegerme.

—¿Es eso cierto? —Era una manifestación de escepticismo, no una pregunta—. ¿Tiene usted licencia de armas en Austria?

—Creo que éste es un asunto entre as autoridades austriacas y yo.

—Las autoridades austriacas están sentadas en esta silla a mi lado. Si él decide acusarle por tenencia ilícita de un arma, yo no me interpondré en su camino. Los austriacos están firmemente en contra de los visitantes extranjeros que portan armas sin declarar.

Ben se encogió de hombros. La agente se había apuntado un tanto, desde luego. Aunque ahora mismo ésta le parecía la menor de sus preocupaciones.

—O sea que permítame que le diga lo siguiente, señor Hartman —dijo la agente Navarro—. Me cuesta un poco creer que llevara usted un arma para hacer una visita a un «amigo de un amigo». Sobre todo tras haber descubierto sus huellas digitales esparcidas por toda la casa de Rossignol. ¿Comprende?

—No, más bien no. ¿Me está usted acusando de haberle asesinado? Si es así, ¿por qué no me lo dice directamente?

Le estaba costando respirar y su tensión aumentaba por momentos.

—Los suizos creen que su hermano quería vengarse de los miembros del sector bancario. Quizá algo se revolvió en usted cuando él murió, algo que lo indujo a llevar la persecución que él había emprendido a un nivel más letal. No sería difícil encontrar un motivo. Y están sus huellas dactilares. Creo que un tribunal suizo no tendría ningún problema para declararlo culpable.

¿Creía de veras que él había matado a Rossignol? Y, en caso afirmativo, ¿qué interés podía tener aquella investigadora especial del Departamento de Justicia? No tenía ni idea del poder que ella tenía en aquel caso ni de la clase de apuro en que estaba metido realmente, y la sola incertidumbre lo ponía nervioso. «No te pongas a la defensiva —pensó—. Reacciona al ataque.»

Ben se reclinó en su asiento.

—Usted no tiene ninguna autoridad aquí.

—Es absolutamente cierto. Pero no me hace falta.

¿Qué demonios quería decir?

—¿Pues qué quiere usted de mí?

—Quiero información. Quiero saber por qué había ido realmente a visitar a Rossignol. Y por qué había ido realmente a visitar a Jürgen Lenz. ¿Qué se trae usted entre manos, señor Hartman?

—¿Y si no me apetece contestar?

Procuraba transmitir confianza en sí mismo.

Ella ladeó la cabeza.

—¿De veras quiere saber qué ocurrirá? ¿Por qué no le da una vuelta a la ruleta y prueba a ver?

«Qué buena era la tía», pensó Ben. Respiró hondo. Tenía la sensación de que las paredes de la estancia se estaban cerrando a su alrededor. Mantuvo el rostro inexpresivo e ilegible.

—¿Sabe que hay una orden de detención contra usted en Zúrich?

Ben se encogió de hombros.

—Me da risa. —Llegó a la conclusión de que ya era hora de mostrarse agresivo, ofendido e indefenso... tal como hubiera hecho cualquier norteamericano injustamente detenido—. Puede que yo conozca mejor que usted el estilo de los suizos. En primer lugar, dictan una orden de detención si escupes un chicle en la acera. En segundo lugar, no hay ninguna maldita posibilidad de extradición. —Lo había averiguado a lo largo de sus conversaciones con Howie—. Bastantes dificultades tiene el cantón de Zúrich para conseguir la colaboración de la *Polizei* de los demás cantones suizos. Y el hecho de que Suiza se haya hecho famosa por la acogida que dispensa a los fugitivos fiscales significa que los demás países no atienden las peticiones de extradición suizas por cuestión de política. —Aquellas habían sido las palabras de Howie y él las recitó ahora con rostro impasible, mirándola desde arriba. Que se enterara de una vez de que no podía jugar con él—. Los toros de Zúrich, así llaman aquí a los policías, alegan que me quieren «interrogar». Ni siquiera pueden pretender tener un motivo. Por consiguiente, ¿por qué no nos dejamos de tonterías?

Ella se inclinó un poco más hacia delante.

—Ya es del dominio público que su hermano había intentado buscar un motivo contra el estamento bancario suizo. Gaston Rossignol era un destacado banquero suizo. Usted lo visita, y aparece muerto. Volvamos a eso. Y después de repente aparece en Viena y se reúne con el hijo de un infame nazi. Y su padre estuvo en un campo de concentración. Eso se parece tremendamente a una especie de viaje de venganza que usted ha emprendido.

Conque era eso. Puede que así se lo pareciera a alguien que no supiera la verdad. «¡Pero yo a ésta no le puedo decir la verdad!»

—Eso es completamente absurdo —replicó Ben—. Ni siquiera quiero ennoblecer sus fantasías acerca de venganzas y violencia. Usted habla de los banqueros suizos. Yo hago negocios con estas personas, agente Navarro. Es mi trabajo. Las finanzas internacionales no se prestan demasiado a desenfrenos asesinos, ¿no cree? En mi mundo, las principales lesiones que se producen son los cortes que se hace uno con una hoja de papel.

—Pues entonces explíqueme qué ocurrió en la Bahnhofplatz.

—No puedo. Ya lo he repasado con los toros suizos una y otra vez.

—Y explíqueme cómo localizó a Rossignol.

Ben meneó la cabeza.

—Y a los otros. Vamos. Quiero saber cómo averiguó sus nombres y sus paraderos.

Ben se limitó a mirarla.

—¿Dónde estaba usted el miércoles?

—No me acuerdo.

—¿En Nueva Escocia, por casualidad?

—Ahora que lo pienso, me estaban deteniendo en Zúrich —replicó él—. Lo puede comprobar con sus amigos de la policía de Zúrich. Verá, es que a mí me gusta que me detengan en todos los países que visito. Es realmente lo que más aprecio de las costumbres locales.

Ella no prestó atención a su irónico comentario.

—Dígame por qué lo detuvieron.

—Usted lo sabe tan bien como yo.

Navarro se volvió hacia su enfurruñado ayudante, el cual exhaló una nube de humo y después volvió a mirar a Ben.

—Varias veces en los últimos dos días usted mismo ha estado a punto de ser asesinado. Hoy mismo incluido...

En su sorda y aturdida ansiedad, Ben se sorprendió de experimentar una cálida oleada de gratitud.

—Usted me salvó la vida. Creo que tendría que darle las gracias.

—Evidentemente que me las tendría que dar —contestó ella—. Y ahora dígame por qué piensa que alguien intentaba matarle. ¿Quién podía saber lo que usted se llevaba entre manos?

Bonita apuesta, señora.

—No tengo ni idea.

—Pues yo creo que tiene cierta idea.

—Lo siento. A lo mejor podría preguntar a sus amigos de la CIA qué trataban de encubrir. ¿O acaso su oficina también se dedica a labores de encubrimiento?

—Señor Hartman, su hermano gemelo resultó muerto en un sospechoso accidente de aviación en Suiza. Más recientemente, se ha visto involucrado inexplicablemente en un tiroteo en ese país. Parece que la muerte le acompaña por doquier como una colonia barata. ¿Qué debo pensar?

—Piense lo que quiera. Yo no he cometido ningún delito.

—Se lo voy a preguntar una vez más: ¿Dónde averiguó usted sus nombres y direcciones?

—¿De quiénes?

—Rossignol y Lenz.

—Ya se lo he dicho, amigos comunes.

—No me lo creo.

—Crea lo que quiera.

—¿Qué oculta usted? ¿Por qué no intenta ser sincero conmigo, señor Hartman?

—Lo siento. No tengo nada que ocultar.

La agente Navarro cruzó y después descruzó sus largas y bien torneadas piernas.

—Señor Hartman —dijo exasperada—. Le voy a ofrecer un trato. Si usted colabora conmigo, yo haré todo lo posible para que los suizos y los austriacos se retiren.

¿Era sincera? Su desconfianza ya casi se había convertido en un reflejo.

—Puesto que parece que es usted la que los instiga a perseguirme, me suena a promesa hueca. Nada me retiene aquí ya, ¿verdad?

Ella lo observó en silencio, mordiéndose el interior de la mejilla.

—No. —Sacó una tarjeta profesional, anotó algo en el reverso y se la entregó—. Si cambia de idea, aquí tiene mi hotel de Viena.

Todo había terminado. Gracias a Dios. Respiró hondo y sintió que el aire le llegaba al fondo de los pulmones y que la ansiedad se disipaba de golpe.

—Ha sido un placer conocerla, agente Navarro —dijo Ben, levantándose—. Y gracias una vez más por haberme salvado la vida.

26

El dolor era intenso y abrumador; otro hombre se hubiera desmayado. Reuniendo todos sus poderes de concentración mental, Trevor asignó el dolor a otro cuerpo... a un doble intensamente imaginado, alguien que estaba crispado por la agonía, pero que no era él. Echando mano de toda su fuerza de voluntad, consiguió encontrar el camino a través de las calles de Viena hasta llegar a un edificio de la Taborstrasse.

Entonces recordó que el automóvil era robado —su manera de pensar era lenta, eso era lo que más lo alarmaba—, por cuyo motivo recorrió con él cinco manzanas y lo dejó abandonado, con las llaves colgando del encendido. A lo mejor algún idiota lo robaría y se vería atrapado en la red de investigación que sin duda abarcaría todo el ámbito urbano.

Bajó renqueando por la calle sin prestar atención a las numerosas miradas de los viandantes. Sabía que la chaqueta de su traje estaba empapada de su propia sangre; se había puesto la gabardina encima, pero ésta también había quedado empapada. Había perdido mucha sangre y se sentía mareado.

Consiguió regresar a la Taborstrasse, al despacho a pie de calle rotulado con una placa de latón que decía «dr. theodor schreiber, medicina interna & cirugía general».

El despacho estaba a oscuras y no hubo respuesta cuando llamó al timbre. A Trevor no le extrañó, pues ya eran más de las ocho de la tarde y el doctor Schreiber seguía un horario muy estricto. Pero él siguió llamando de todos modos. Schreiber vivía en el apartamento situado detrás del pequeño despacho y el timbre sonaba también en su vivienda, Trevor lo sabía.

Pasados cinco minutos, se encendió la luz del despacho y después se oyó a través del altavoz una voz fuerte e irritada:

—*Ja?*

—*Doktor Schreiber, es ist Christoph. Es ist ein Notfall.*

—Doctor Schreiber, soy Christoph. Es una urgencia.

La puerta principal del edificio se abrió electrónicamente. Y después también se abrió la puerta del vestíbulo, identificada con el nombre del médico en otra placa de latón.

El doctor Schreiber estaba de mal humor.

—Ha interrumpido usted mi cena —dijo severamente—. Confío en que sea importante... —Vio la gabardina empapada de sangre—. Bueno, bueno, sígame.

El médico se volvió y regresó a la sala de examen.

El doctor Schreiber tenía una hermana que llevaba décadas viviendo en Dresde, en Alemania del Este. Hasta la caída del Muro, aquel simple accidente geográfico —él había huido de Berlín oriental en 1961 mientras que su hermana se había visto obligada a quedarse— había permitido al espionaje de Alemania del Este ejercer un poder suficiente sobre el médico.

Pero la Stasi no había tratado de someterlo a chantaje o de convertirlo en una especie de espía, como si un médico pudiera ser útil alguna vez como espía. No, la Stasi podía utilizarlo con un fin más mundano: simplemente para atender como médico de guardia a sus agentes en Austria en caso de emergencia. En Austria, como en muchos otros países del mundo, los médicos están legalmente obligados a informar a la policía de todas las heridas de bala. El doctor Schreiber sería más discreto cuando algún agente herido de la Stasi se presentara en su consulta, normalmente en mitad de la noche.

Trevor, que había vivido muchos años en Londres como miembro ilegal de la Stasi antes de ser reclutado por Sigma, había sido enviado de vez en cuando a Viena bajo la tapadera de viajes de negocios y dos veces había necesitado visitar al buen médico.

Incluso ahora que la Guerra Fría ya había terminado hacía tiempo y los días de Schreiber como ayudante encubierto de la Alemania del Este ya habían tocado prácticamente a su fin, a Trevor no le cabía la menor duda de que el médico se prestaría a colaborar. Schreiber podía ser acusado por su ayuda encubierta a la Stasi. Y eso él no lo quería.

Pero su vulnerabilidad no impedía al doctor Schreiber enfurecerse y mostrarse resentido.

—Ha tenido usted mucha suerte —dijo bruscamente el médico—. Porque, mire, la bala le ha entrado justo por encima del corazón. Con un ángulo ligeramente más directo, hubiera muerto instantáneamente. En cambio, parece que ha entrado con un ángulo oblicuo, abriendo una especie de trinchera en la piel y el tejido adiposo subyacente. Incluso ha arrancado algunas fibras superficiales del pectoral mayor. Y ha salido por aquí, por la axila. Debe usted de haberse girado justo a tiempo.

El doctor Schreiber miró por encima de sus gafas a Trevor, el cual no dijo nada.

Hurgó con un fórceps y Trevor hizo una mueca. El dolor era espantoso. Todo su cuerpo estaba invadido por la fiebre.

—También ha estado a punto de causarle graves daños a los nervios y los vasos sanguíneos de la zona del plexo braquial. Si lo hubiera hecho, usted habría perdido permanentemente el uso del brazo derecho. E incluso tal vez el propio brazo.

—Soy zurdo —dijo Trevor—. En cualquier caso, no necesito conocer los detalles más espeluznantes.

—Sí —dijo el médico con aire ausente—. Bueno, la verdad es que tendría usted que ir al hospital, el Allgemeines Krankenhaus, para que lo podamos hacer bien.

—Eso está descartado y usted lo sabe.

Un relámpago de dolor le bajó por el brazo.

El médico se puso la bata de cirujano e inyectó varias jeringas de anestesia local alrededor de la herida. Con unas pequeñas tijeras y un fórceps cortó un poco de tejido ennegrecido, irrigó la herida y después se dispuso a suturarla.

Trevor experimentó una intensa y tirante sensación de molestia, pero no dolor. Le rechinaron los dientes.

—Quiero que se asegure de que la herida no se abrirá al moverme —dijo.

—Tendrá que tomárselo con calma durante algún tiempo.

—Yo me curo enseguida.

—Es cierto —dijo el médico—. Ahora lo recuerdo.

Aquel hombre se curaba enseguida... de una manera prodigiosa.

—El tiempo es un lujo del que no dispongo —dijo Trevor—. Quiero que me lo cosa muy fuerte.

—En tal caso, puedo utilizar materiales de sutura más gruesos, digamos nailon 3-0, pero le podría quedar una cicatriz bastante fea.

—Eso no me preocupa.

—Muy bien —dijo el médico, volviéndose hacia el carrito de acero del instrumental.

Al terminar, dijo:

—Para el dolor le puedo administrar un poco de Demerol. ¿O prefiere irse sin nada? —añadió en tono cortante.

—Un poco de Ibuprofeno será suficiente —dijo Trevor.

—Como usted quiera.

Trevor se levantó, haciendo una mueca.

—Muy bien, pues, le agradezco su ayuda.

Le entregó al médico unos cuantos billetes de mil chelines austriacos.

El médico lo miró y le dijo con absoluta hipocresía:

—Siempre a su disposición.

Anna se arrojó agua caliente a la cara. Se lo había enseñado su madre treinta veces: la única vanidad de su madre. Te deja la piel viva y resplandeciente.

Sobre el trasfondo del ruido del agua, oyó el sonido del teléfono. Tomando una toalla para secarse la cara, corrió para atender la llamada.

—Anna, soy Robert Polozzi. ¿Llamo demasiado tarde?

Robert Polozzi, de la Unidad de Identificación.

—No, de ninguna manera, Robert. ¿Qué hay?

—Preste atención: sobre la búsqueda de la patente.

Había olvidado la búsqueda de la patente. Se dio unas palmadas en la cara mojada.

—La neurotoxina... —dijo Robert.

—Ah, sí. ¿Ha encontrado algo?

—Anote lo siguiente. 16 de mayo de este año, número de patente... bueno, es un número bastante largo, en cualquier caso, una patente de este compuesto sintético en particular fue solicitada por parte de una pequeña empresa biotecnológica de Filadelfia llamada Vortex. Es, dice aquí, «un equivalente sintético del veneno del caracol marino *conus* para determinadas aplicaciones in vitro». Y después, toda una jerigonza acerca de la «localización de canales de iones» y la «identificación de los receptores del quimioquimo»—. El funcionario hizo una pausa y después añadió en tono dubitativo—: He llamado a este sitio. A Vortex, quiero decir. Con una excusa, claro.

Un poco heterodoxo, pero a Anna no le importó.

—¿Has averiguado algo?

—Bueno, no exactamente. Dicen que sus existencias de esta toxina son mínimas y se encuentran bajo un severo control. Es difícil de producir y por eso no tienen mucha y, en cualquier caso, la sustancia se utiliza en cantidades ridículamente mínimas y se encuentra todavía en fase experimental. Les he preguntado si se podía utilizar como veneno y el tío con quien hablé, el director científico de la empresa, me ha contestado que por supuesto que se podía... El veneno del caracol marino *conus*, tal como se encuentra en la naturaleza, es altamente letal. Me ha dicho que una pequeña cantidad puede inducir una insuficiencia cardíaca inmediata.

Anna sintió que su emoción aumentaba por momentos.

—Le ha dicho que la sustancia se encuentra bajo estricto control... ¿Eso significa que la guardan bajo llave?

—Exactamente.

—¿Y le parece que ese hombre hablaba con sinceridad?

—Yo creo que sí, pero ¿quién sabe?

—Buen trabajo, muchas gracias. ¿Puede averiguar a través de ellos si se ha echado en falta alguna parte de sus existencias de esta sustancia, o si se ha perdido?

—Ya lo he hecho —contestó con orgullo el investigador—. La respuesta es no.

Una punzada de decepción.

—¿Me puede buscar todo lo que haya sobre Vortex? Propietarios, directores, empleados y demás.

—Lo haré.

Anna colgó y se sentó en el borde de la cama para pensar. Cabía la posibilidad de que, tirando del hilo, se pudiera descubrir la conspiración que se ocultaba detrás de aquellos asesinatos. O de que no se descubriera nada.

Toda aquella investigación estaba resultando cada vez más desalentadora. La policía de Viena tampoco había tenido suerte en la persecución del tirador. El Peugeot había sido denunciado previamente como robado... sorpresa, sorpresa.

Hartman le parecía desconcertante. En contra de su voluntad, le resultaba interesante, e incluso atractivo. Pero era un personaje de un tipo muy especial. Un chico de oro que nadaba en dinero, apuesto y rebosante de confianza en sí mismo. Era Brad, el jugador de fútbol americano que la había violado. El mundo creaba hombres así a paletadas. Los hombres así, solía decir una mal hablada compañera suya de la universidad, pensaban que su mierda no apestaba. Se creían capaces de conseguir todo lo que quisieran.

Pero ¿era él el asesino? En cierto modo le parecía improbable. Se creía su versión de lo ocurrido en casa de Rossignol en Zúrich; coincidía con el patrón de las huellas digitales y con la idea que ella se había formado de él. Y, sin embargo, iba armado, en el control de pasaportes no constaba su llegada a Austria y él no había dado ninguna explicación al respecto... Por otra parte, un exhaustivo registro de su automóvil no había revelado nada. Ninguna jeringa, veneno, nada.

Resultaba difícil decir si formaba parte de aquella conspiración. Pensaba que su hermano había sido asesinado cuatro años atrás; puede que aquel asesinato hubiera sido el catalizador de aquellos asesinatos que hubo después. Pero ¿por qué tantos y en tan breve espacio de tiempo?

Una cosa era segura: Benjamin Hartman sabía más. Y, sin embargo, ella carecía de autoridad y de motivos para detenerlo. Era algo profundamente desalentador. Se preguntaba si su deseo —mejor dicho, y hablando claro, su obsesión— de atraparlo tendría que ver con la cuestión del niño rico, las viejas heridas, Brad...

Tomó la agenda de direcciones que descansaba en el extremo de la mesa, buscó un número telefónico y marcó.

El timbre del teléfono sonó varias veces antes de que una grave voz masculina contestara: «Donahue». Donahue era un gurú del blanqueo de dinero del Departamento de Justicia cuya ayuda ella había solicitado discretamente antes de trasladarse a Suiza. Ninguna explicación; simplemente un poco de información sobre una cuenta. A Donahue no le importaba quedar al margen de la naturaleza de la investigación que ella estaba llevando a cabo; parecía considerarlo un reto.

—Soy Anna Navarro —le dijo ella.

—Ah, sí, ¿qué tal te va por ahí, Anna?

Anna se descubrió hablando con aquella voz de chico. Le resultaba muy fácil, era la manera de hablar de los amigos de su padre, de sus vecinos:

—Muy bien, gracias. ¿Cómo vamos con las huellas del dinero?

—Pues nada. Nos estamos golpeando la cabeza contra una enorme pared de ladrillo. Parece que cada uno de los muertos recibía aportaciones regulares a sus cuentas desde algún paraíso fiscal. Las islas Caimán, las Vírgenes Británicas, Curaçao. Ahí es donde nos damos repetidamente de cabeza contra la pared.

—¿Qué ocurre cuando vas a los bancos de estos paraísos fiscales con alguna petición oficial?

Una breve carcajada burlona de Donahue.

—Pues que nos dan largas. Nosotros les cursamos una petición del mlat sobre sus recursos financieros y ellos nos dicen que ya nos atenderán dentro de unos cuantos años. —Anna sabía que el mlat era el tratado de asistencia judicial mutua en vigor entre Estados Unidos y muchos de aquellos paraísos fiscales—. Los de las Vírgenes Británicas y las Caimán son los peores; nos dicen que, a lo mejor, dentro de dos o tres años les llegará la orden.

—Ya.

—Pero, aunque nos abrieran ahora mismo las puertas mágicas y nos lo enseñaran todo, lo único que conseguiríamos saber es de dónde reciben el dinero, y ya te puedes apostar el sueldo a que es de algún otro paraíso fiscal. La isla de Man, las Bahamas, Bermudas, Lux, San Marino, Anguila. Probablemente toda una cadena de paraísos fiscales y empresas fantasma. Actualmente, el dinero se puede mover por el mundo entre una docena de cuentas en cuestión de segundos.

—¿Te importa que te haga una pregunta? —dijo ella.

—Adelante.

—¿Cómo conseguís vosotros averiguar alguna vez algo sobre el blanqueo de dinero?

—Bueno, algo conseguimos —contestó el otro un poco a la defensiva—. Sólo que tardamos años.

—Estupendo —dijo ella—. Gracias.

En una pequeña estancia del quinto piso del *Sicherheitsbüro*, la jefatura general de la policía de Viena en Rossauer Lände, un joven permanecía sentado delante de la pantalla de un ordenador con unos auriculares puestos. De vez en cuando apagaba la colilla de un cigarrillo en un cenicero dorado de gran tamaño que descansaba sobre una mesa de formica gris al lado de un letrero de «Prohibido Fumar».

En una ventanita del ángulo superior izquierdo de la pantalla figuraba el número telefónico que estaba controlando, junto con la fecha, la hora de inicio, la duración de la llamada medida en décimas de segundo y el número de teléfono marcado. En otro sector de la pantalla había una lista de números telefónicos, cada uno de los cuales representaba una llamada efectuada desde aquel número. Lo único que se tenía que hacer era mover el cursor hacia cualquiera de los números y hacer doble clic para que la conversación grabada digitalmente empezara a sonar a través de los auriculares o bien a través de los altavoces externos. Se podía ajustar no sólo el volumen sino también la velocidad del *playback*.

Cada conversación que la mujer había hecho desde su habitación del hotel se había grabado en el disco duro de aquel ordenador. La tecnología era impresionante; se la habían facilitado los israelíes.

Se abrió la puerta de aquella pequeña estancia con suelo de linóleo verde y entró el sargento Walter Heisler. Él también estaba fumando. Sacudió levemente la cabeza a modo de saludo. El técnico se quitó los auriculares, apagó el cigarrillo y levantó la vista.

—¿Algo interesante? —preguntó el sargento.

—Casi todas las llamadas han sido a Washington.

—Estrictamente hablando, tendríamos que informar a la Interpol siempre que grabamos llamadas internacionales. —Un centelleo se encendió en sus ojos.

El técnico enarcó las cejas en tácita complicidad. Heisler acercó una silla.

—¿Te importa que te acompañe?

California

El joven y multimillonario magnate de la informática Arnold Carr recibió la llamada en su móvil mientras paseaba por un bosque de secuoyas del norte de California con su viejo amigo y asesor, el mago de las inversiones Ross Cameron.

Ambos estaban pasando un fin de semana en compañía de algunos de los hombres más ricos y poderosos en el exclusivo complejo conocido como Bohemian Grove. Algunos estaban en el campamento de la parte de atrás jugando a una especie de juego idiota llamado *paintball*, presidido por el presidente de BankAmerica y el embajador de Estados Unidos en la Corte de San Jaime.

Pero Carr, el fundador de una inmensamente próspera empresa de software, raras veces tenía ocasión de reunirse con su multimillonario amigo Ross Cameron, el llamado sabio de Santa Fe. Por eso se habían pasado un montón de tiempo paseando por el bosque y hablando de dinero y negocios, de filantropía y coleccionismo de arte, de sus hijos y del extraordinario y altamente secreto proyecto al que ambos habían sido invitados a incorporarse.

Carr se sacó el minúsculo móvil del bolsillo de su camisa Pendleton a cuadros escoceses, visiblemente molesto por su zumbido. Casi nadie conocía aquel número y los pocos empleados que se atrevían a llamar habían recibido instrucciones de no molestarlo bajo ningún pretexto durante su fin de semana de descanso.

—Sí —dijo Carr.

—Señor Carr, siento mucho molestarle un domingo por la mañana —ronroneó la voz—. Soy el señor Holland, espero no haberle despertado.

Carr reconoció inmediatamente la voz.

—No, faltaría más —dijo, súbitamente cordial—. Llevo horas despierto. ¿Qué ocurre?

Cuando el «señor Holland» terminó, Carr dijo:

—Déjeme ver qué puedo hacer

27

Ben llegó a su hotel sobre las nueve de la noche, muerto de hambre pero incapaz de comer y nervioso a causa de un exceso de cafeína. Había tomado un taxi al salir de la jefatura general de la policía, puesto que ponerse al volante del Vectra estaba descartado. Dos de las ventanillas del vehículo se habían roto durante el tiroteo y los asientos de cuero estaban cubiertos de fragmentos de cristal.

El vestíbulo estaba tranquilo, los huéspedes del hotel habían salido a cenar o habían regresado a sus habitaciones. Varias alfombras orientales se superponían entre sí; aquí y allá brillaban retazos de mármol perfectamente abrillantado.

El recepcionista, un hombre de mediana edad excesivamente empalagoso y con una vigilante mirada detrás de unas gafas de montura de acero, le entregó la llave de la habitación antes de que Ben dijera una sola palabra.

—Gracias —dijo Ben—. ¿Algún mensaje para mí?

A lo mejor, el investigador privado.

El recepcionista pulsó el teclado de su ordenador.

—No, señor, sólo el que usted ya ha recibido.

—¿Cuál?

«¿Cómo? —pensó, alarmado—, si yo no he recibido ni un solo mensaje desde que llegué a Viena.»

—No lo sé, señor. Usted llamó hace unas horas. —Volvió a teclear—. A las seis y veinte de esta tarde recibió usted un mensaje del telefonista del hotel.

—¿Me lo podría volver a facilitar?

O era un error o...

—Lo siento, señor, en cuanto el huésped recibe el mensaje, éste se borra del sistema. —Le dirigió a Ben una cruel sonrisa—. No podemos conservar para siempre todos los mensajes.

Ben subió en el pequeño ascensor revestido de latón hasta la cuarta planta, acariciando nerviosamente la voluminosa esfera de latón que colgaba de la llave de la habitación. No podía descartar que la agente Navarro hubiera pedido a algún compañero suyo que llamara al hotel para recibir los mensajes y ver con quién estaba él en contacto.

Pero ¿quién le había dejado un mensaje? Aparte de la agente Navarro, sólo el investigador privado conocía su paradero. Ya era demasiado tarde para llamar al investigador, Hans Hoffman; no estaría en su despacho a aquella hora de la noche.

Navarro sospechaba de sus motivos y, sin embargo, no podía creer en serio que él hubiera matado a Rossignol. ¿O sí? Tenía que saber que no estaba tratando con un asesino en serie. A fin de cuentas, había comentado que era experta en homicidios; tenía que saber quién encajaba con el perfil y quién no.

Por consiguiente, ¿qué pretendía?

¿Sería posible que estuviera trabajando, en realidad, para la CIA o para algún contingente de cabellos grises de la agencia, limpiando con estropajo, ayudándoles a tapar su intervención en el asunto y desviando la sospecha hacia él?

Y había algo innegable: Gaston Rossignol, fundador de aquel misterioso consorcio que podía haber tenido relación con la CIA, acababa de ser asesinado. Tal como lo había sido Peter, cuyo único error había sido, al parecer, haber desenterrado una lista de directores de aquel consorcio en particular. ¿Les habrían matado las mismas personas? Desde luego, parecía lo más probable.

Pero ¿eran asesinos norteamericanos? ¿La CIA?

Costaba creerlo. Jimmy Cavanaugh era norteamericano... Pero podría haber estado trabajando por cuenta de extranjeros.

Y después estaba la desconcertante desaparición de Max.

¿Por qué se había desvanecido? Godwin no había arrojado ninguna luz sobre aquel misterio. ¿Por qué había llamado Max a Godwin poco antes de marcharse?

¿Estaría ahora su padre también muerto?

Ya era hora de volver a llamar a Bedford.

Bajó por el largo pasillo. Luchó un momento con la llave de la habitación y abrió la puerta. Se quedó helado.

Las luces estaban apagadas.

Y, sin embargo, él había dejado las luces encendidas al marcharse. ¿Quién las había apagado?

Vamos, hombre. Seguro que las había apagado la camarera. Los austriacos se enorgullecen de ser muy respetuosos con el medio ambiente.

¿Se estaba pasando de la raya en sus elucubraciones? ¿Se estaba volviendo ridículamente paranoico? ¿Era éste el efecto que estaban ejerciendo en él los acontecimientos de los últimos días?

Pero...

Silenciosamente y sin entrar, cerró la puerta, volvió a girar la llave en la cerradura para cerrarla y bajó de nuevo por el pasillo en busca de un mozo o un botones. No se veía a nadie. Dio media vuelta y bajó por la escalera al tercer piso. Allí, al fondo de otro largo pasillo, vio a un mozo saliendo de una habitación.

—Perdone —dijo, apurando el paso—. ¿Sería tan amable de ayudarme?

El joven mozo se volvió:

—Dígame, señor.

—Mire —le dijo Ben—. Me he quedado fuera de mi habitación. ¿Me puede usted ayudar a entrar? —Le soltó al mozo un billete de cincuenta chelines, aproximadamente unos ochenta dólares, y añadió tímidamente—: Es la segunda vez que me ocurre. No quiero tener que volver a bajar a recepción. Está un piso más arriba. Cuatro dieciséis.

—Faltaría más, señor. Ah, un momento, por favor. —El mozo rebuscó en el llavero que llevaba colgado al cinto—. Sí, señor.

Subieron en ascensor a la cuarta planta. El mozo abrió la puerta de la 416. Sintiéndose un poco tonto, Ben se situó a su espalda y hacia un lado para poder ver la habitación desde un ángulo oblicuo sin ser visto.

¡Distinguió una forma, una silueta! La figura de un hombre recortada contra la luz indirecta procedente de la puerta abierta del cuarto de baño. ¡El hombre estaba agachado y apuntando hacia la puerta con un arma de cañón largo!

El hombre se volvió y su rostro quedó a la vista. ¡Era el mismo asesino que había intentado matarle unas horas atrás delante del chalet de Jürgen Lenz! El asesino del hostal suizo.

El hombre que había matado a su hermano.

—¡No! —gritó el mozo, echando a correr pasillo abajo.

Por un instante, el asesino se desconcertó... Esperaba a Ben, no a un empleado uniformado del hotel. El titubeo fue suficiente para que Ben pudiera largarse. A su espalda hubo una serie de mudos disparos, seguidos de unas explosiones de balas mucho más ruidosas que agujerearon las paredes. Los gritos del mozo se intensificaron y se volvieron más desesperados mientras los disparos sonaban cada vez más cerca y se oían las rápidas pisadas del pistolero. Ben aceleró. Justo delante tenía la puerta de la escalera, pero él la descartó de inmediato... no quería quedarse atrapado en una escalera con un asesino armado a su espalda. En vez de eso dobló el pasillo a la izquierda, vio la puerta de una habitación abierta con un carrito de la limpieza delante, saltó al interior de la habitación y cerró la puerta. Con la espalda pegada a la puerta, jadeó para recuperar el resuello, preguntándose si el asesino lo habría visto entrar en la habitación. Oyó unas pisadas amortiguadas corriendo: el asesino había pasado de largo. Oyó gritar al mozo, llamando a alguien; no parecía que estuviera herido, lo cual era un alivio. ¡Un grito en el interior de la habitación! Vio a una muchacha bajita y de piel morena vestida con un uniforme azul claro, muerta de miedo en un rincón.

—¡Quieta! —le dijo Ben en voz baja.

—¿Quién es usted? —preguntó la chica, jadeando aterrorizada. Hablaba un inglés con fuerte acento—. ¡Por favor, no me haga daño!

—Quieta —repitió Ben—. Agáchese. ¡Si no se mueve, no sufrirá ningún daño!

La chica se tumbó sobre la alfombra, gimoteando de terror.

—¡Cerillas! —dijo Ben—. ¡Necesito cerillas!

—¡En el cenicero! Por favor... ¡En el escritorio al lado del televisor!

Ben encontró ambas cosas y localizó el detector de humo/calor instalado en el techo encima de él. Se subió a una silla, encendió una cerilla y la acercó al cable. En cuestión de unos segundos oyó la sirena de una alarma contra incendios en la habitación y en el pasillo exterior... un áspero chillido metálico maullando a rápidos y regulares intervalos. ¡El sonido estaba por todas partes! Se oyeron gritos y chillidos en el pasillo cuando los huéspedes del hotel salieron corriendo de sus habitaciones. En cuestión de segundos, el agua empezó a salir del sistema de aspersión instalado en el techo y empapó la alfombra y la cama. La camarera volvió a gritar mientras Ben abría la puerta y miraba rápidamente en ambas direcciones. El pasillo era un caos: la gente corría por todas partes, algunas personas se abrazaban desconcertadas y señalaban hacia aquí y hacia allá, dando voces mientras los aspersores vomitaban agua desde todo el techo del pasillo. Ben salió corriendo de la habitación y se unió a la gente enloquecida que corría hacia la escalera. Sabía, por la altura de la escalera principal que conducía a la entrada del hotel, que la escalera tenía que tener su propia salida a la calle o a un callejón de la parte de atrás.

La puerta de la escalera se abría a un oscuro pasillo iluminado tan sólo por una lámpara fluorescente que parpadeaba y emitía un zumbido, pero era suficiente para iluminar la puerta de doble hoja de la cocina del hotel. Corrió hacia ella, la empujó hacia dentro sin detenerse y vio la consabida entrada de servicio. Llegó a la puerta, percibió la fría corriente de aire del exterior, corrió el pesado pestillo de acero y abrió la sólida puerta. Una rampa bajaba a un angosto callejón lleno de contenedores de basura. Se lanzó hacia abajo y, mientras las sirenas de los bomberos sonaban a lo lejos, desapareció en el oscuro callejón.

Veinte minutos más tarde llegó al vestíbulo del alto y moderno edificio que daba al canal del Danubio, en el extremo más alejado del Stadtpark, un anodino hotel norteamericano perteneciente a una cadena hotelera internacional. Avanzó con paso decidido hacia los ascensores como si fuera un huésped del hotel.

Llamó con los nudillos a la puerta de la habitación 1423.

La agente especial Anna Navarro entreabrió la puerta. Vestía un camisón de franela, se había quitado el maquillaje y, sin embargo, estaba radiante.

—Creo que estoy dispuesto a colaborar.

Anna Navarro le preparó a Hartman un trago, aprovechando el mueble bar: una botellita de whisky escocés, una botellita verde de agua mineral, unos cuantos cubitos de hielo en miniatura del minicongelador. Encima del camisón de franela se había puesto un albornoz blanco de rizo. No debía de ser muy cómodo tener a un desconocido en los limitados confines de su habitación de hotel, estando ella vestida para irse a la cama.

Ben aceptó de buen grado la bebida. Estaba aguada. Anna no solía beber. Pero, trastornado como estaba, necesitaba desesperadamente beber algo y la bebida dio resultado.

A pesar del sofá donde él se sentaba, la habitación no estaba hecha para las visitas. Ella iba a sentarse de cara a él en el borde de la cama, pero rechazó la idea y optó por un mullido sillón orejero que acercó en ángulo al sofá.

El cristal de la ventana era un lienzo puntillista de color negro: desde allí arriba se veía Viena iluminada de neón y las luces que parpadeaban bajo un cielo cuajado de estrellas.

Navarro se inclinó hacia delante y cruzó las piernas. Iba descalza y sus delicados y finos pies, bellamente arqueados, llevaban las uñas pintadas.

—¿Cree usted que era el mismo hombre? —El tono cortante de su voz había desaparecido.

Ben tomó otro sorbo.

—Con toda seguridad. Jamás olvidaré su rostro.

Anna lanzó un suspiro.

—Y yo que creía por lo menos haberle herido en serio. Por lo que sé, este sujeto es increíblemente peligroso. Y lo que hizo con aquellos cuatro policías... sorprendente. Como una máquina de matar. Usted ha tenido suerte. O quizá debería decir que ha sido listo... intuyendo que algo no marchaba, utilizando al mozo para desconcertarlo, desequilibrando a nuestro amigo, ganando tiempo para escapar. Bien hecho.

Ben se encogió de hombros para quitarse importancia y se alegró en su fuero interno de aquel inesperado cumplido.

—¿Sabe algo de este tipo?

—He leído un expediente, pero está incompleto. Creen que vive en Inglaterra, probablemente en Londres.

—¿Es británico?

—Miembro del servicio de espionaje de la antigua Alemania del Este... la Stasi. Sus agentes tenían fama de ser los mejor preparados. Y los más despiadados, desde luego. Parece ser que abandonó la organización hace mucho tiempo.

—¿Qué hace en Inglaterra?

—¿Quién sabe? Quizá evitar a las autoridades alemanas, como casi todos sus ex compañeros. Lo que no sabemos es si es un asesino a sueldo o bien está al servicio de alguna organización.

—¿Su nombre?

—Vogler, creo. Hans Vogler. Evidentemente, su presencia aquí obedece a algún trabajo.

Algún trabajo. «Yo soy el siguiente.» Ben se sintió aturdido.

—Dice usted que podría estar al servicio de alguna organización.

—Eso es lo que decimos cuando aún no tenemos clara la pauta. —Anna frunció los labios—. Usted podría estar al servicio de alguna organización, y no me refiero a Hartman Capital Management.

—Sigue sin creerme, ¿verdad?

—Bueno, ¿quién es usted? ¿Qué se trae realmente entre manos?

—Vamos —dijo Ben en tono alterado—. ¡No me diga que ustedes no tienen un maldito expediente sobre mí!

Ella le miró enfurecida.

—Lo único que sabemos acerca de usted son hechos aislados sin ninguna explicación lógica que los relacione entre sí. Dice usted que estaba en Zúrich cuando, de repente, aparece alguien de su pasado e intenta matarlo, pero, en su lugar, el que resulta muerto es él. Y después su cuerpo desaparece. Lo que sé también es que usted entró en Suiza ilegalmente. A continuación, se encuentran sus huellas por toda la casa de un banquero llamado Rossignol del que usted afirma que ya estaba muerto cuando usted llegó allí. Lleva un arma, pero no quiere decir dónde la obtuvo y por qué.

Ben la escuchó en silencio, dejando que hablara.

—¿Y por qué se reunió con ese Lenz, el hijo de un famoso nazi?

Ben parpadeó sin estar muy seguro de lo que le convenía revelar. Pero, antes de que pudiera formular una respuesta, ella se le adelantó:

—Eso es lo que yo quiero saber. ¿Qué tiene Lenz en común con Rossignol?

Ben apuró su whisky.

—Mi hermano... —empezó diciendo.

—El que murió hace cuatro años.

—Eso creía yo. Resultó que se estaba escondiendo de ciertas personas peligrosas. No sabía quiénes eran exactamente y yo sigo sin saberlo. Un grupo de industriales, o sus descendientes o quizá unos mercenarios de la CIA, quizá otra cosa completamente distinta... ¿quién sabe? Pero, al parecer, mi hermano había descubierto una lista de nombres...

Los ojos color caramelo de la agente Navarro se abrieron de asombro.

—¿Qué clase de lista?

—Una lista muy antigua.

El rostro de Anna se arreboló de emoción.

—¿Dónde consiguió esa lista?

—Se tropezó con ella en los archivos de un banco suizo.

—¿Un banco suizo?

—Es una lista de los miembros del consejo de administración de un consorcio que se fundó en los últimos días de la Segunda Guerra Mundial.

—Santo cielo —exclamó ella en voz baja—. Conque es eso.

Ben se sacó del bolsillo de la chaqueta una sucia hoja de papel doblada y se la entregó.

—Perdone que esté un poco pringosa. La llevaba en el zapato. Para que no acabara en las manos de personas como usted.

Ella le echó un vistazo, frunciendo el ceño.

—Max Hartman. ¿Su padre?

—Por desgracia.

—¿Le habló él de este consorcio?

—De ninguna manera. Mi hermano se interpuso en su camino.

—Pero ¿su padre no era un superviviente del Holocausto...?

—Y ahora vamos con la pregunta de los sesenta y cuatro mil dólares.

—¿No había alguna marca física... un tatuaje o algo por el estilo?

—¿Un tatuaje? En Auschwitz, sí. En Dachau, no.

Ella parecía no escucharle.

—Dios mío —dijo—. La cadena de misteriosos homicidios... Todos los nombres están aquí. —Parecía hablar para sus adentros y no con él—. Rossignol… Prosperi... Ramago... Están todos aquí. No, en mi lista no figuran todos. Algunos coinciden, pero... —Levantó la vista—. ¿Qué esperaba averiguar de Rossignol?

¿Adónde quería ir a parar?, se preguntó Ben.

—Pensé que, a lo mejor, sabría por qué razón habían matado a mi hermano, y quién lo hizo.

—Pero a él también lo mataron antes de que usted consiguiera llegar hasta él.

—Eso parece.

—¿Buscó esta empresa, Sigma? ¿Trató de localizarla y descubrir su historia?

Ben asintió con la cabeza.

—Pero no encontré nada. Quizá es que jamás existió, usted ya me entiende—. Al ver su ceño fruncido, añadió—: Una entidad imaginaria, como una empresa fantasma.

—¿Qué clase de empresa fantasma?

Ben meneó la cabeza.

—No sé. Algo relacionado con el espionaje militar norteamericano, quizá. —Le comentó las preocupaciones de Lenz.

—Me parece que no me lo creo.

—¿Por qué no?

—Trabajo para el Gobierno, no lo olvide. La burocracia filtra como un tamiz. Jamás conseguirían coordinar toda una serie de asesinatos sin que el mundo se enterara.

—Pues entonces, ¿cuál cree usted que es el eslabón? Aparte de lo evidente, quiero decir.

—No estoy muy segura de cuántas cosas le puedo decir.

—Mire —dijo Ben en tono irritado—, si vamos a compartir información, si nos vamos a ayudar el uno al otro, usted no puede omitir ciertas cosas. Tiene que confiar en mí.

Ella asintió con la cabeza y después pareció haber tomado una decisión.

—Ante todo, no son ni han sido nunca unos porteros, puede creerme, ninguno de ellos. Todos son dueños de grandes y visibles riquezas, o casi todos. El único que vivía modestamente, al menos por lo que yo vi, tenía toneladas de dinero en el banco.

Anna le habló de su investigación en términos generales.

—Dice que uno de ellos trabajaba para Charles Highsmith, ¿verdad? O sea que es como si usted tuviera aquí a sus titanes y después a los hombres que trabajan para ellos, sus lugartenientes de confianza o lo que sea. Y allá en 1945, más o menos, Allen Dulles les facilita autorizaciones porque resulta que todos juegan juntos y a Dulles no le gusta que sus compañeros de juego le den una sorpresa.

—Lo cual deja sin respuesta una pregunta más amplia. ¿En qué consiste el juego? ¿Por qué se creó Sigma, para empezar? ¿Y para qué?

—A lo mejor la explicación es muy sencilla —dijo Ben—. Un grupo de ricachos se reunieron en 1944 o 1945 para sacar a escondidas una enorme cantidad de dinero del Tercer Reich. Se repartieron el botín y se hicieron todavía más ricos. Tal como piensan los hombres como ellos, probablemente se dijeron que se limitaban a recuperar lo que por derecho les correspondía.

Anna parecía perpleja.

—De acuerdo, pero aquí hay algo que no encaja. Tenemos a unas personas que hasta el mismo momento de su muerte, hace apenas unos días, estaban recibiendo regularmente grandes sumas de dinero. Que recibían transferencias por cable en sus cuentas bancarias, en cantidades que oscilaban entre el cuarto de millón y el medio millón de dólares.

—¿Transferidas desde dónde?

—Blanqueadas. No sabemos de dónde procedía el dinero; sólo conocemos los últimos eslabones de las cadenas: lugares como las islas Caimán, Turks y Caicos.

—Paraísos fiscales —dijo Ben.

—Exactamente. Más allá, resulta imposible obtener información.

—No necesariamente —dijo Ben—. Depende de a quién conozcas. Y de si estás dispuesto a torcer un poco la ley. Untando algunas manos.

—No necesitamos torcer la ley —dijo la agente Navarro con cierta altivez.

—Eso es porque no tiene ni puta idea de dónde procedía el dinero.

Ella pareció sorprenderse, como si acabara de recibir una bofetada. Después se echó a reír.

—¿Qué sabe usted acerca del blanqueo de dinero?

—Yo no me dedico a estas cosas, si es eso lo que piensa, pero mi empresa tiene una división de paraísos fiscales que maneja fondos... para sortear impuestos, normativas gubernamentales y todas esas cosas. Además, tengo clientes que son expertos en ocultar sus activos a la gente como usted. Conozco a personas que pueden obtener información de bancos de paraísos fiscales. Están especializadas en eso. Cobran una fortuna. Pueden obtener información financiera en cualquier lugar del mundo, a través de sus contactos personales, sabiendo a quién tienen que sobornar.

Al cabo de unos segundos, Anna dijo:

—¿Qué le parecería trabajar en eso conmigo? De manera extraoficial, naturalmente.

Sorprendido, Ben preguntó:

—¿Y eso qué significa exactamente?

—Compartir información. Nuestros intereses se solapan. Usted quiere saber quién mató a su hermano y por qué. Yo quiero saber quién ha matado a los viejos.

«¿Sería sincera?», se preguntó Ben. ¿Sería aquello alguna especie de triquiñuela? ¿Qué se proponía realmente?

—¿Cree usted que los asesinos son los mismos? ¿Los de mi hermano y también los de los hombres que tiene usted en su lista?

—Ahora ya estoy convencida. Todos forman parte del mismo mosaico.

—¿Y qué consigo yo a cambio? —La miró con altivez, pero lo suavizó con una sonrisa.

—Nada de tipo oficial, permítame que se lo diga de entrada. Quizá un poco de protección. Digámoslo de esta manera... Ya han intentado matarle a usted más de una vez. ¿Cuánto tiempo cree que va a durar su buena suerte?

—¿Y si me mantengo cerca de usted estaré a salvo?

—Más a salvo, quizá. ¿Se le ocurre alguna idea mejor? A fin de cuentas, ha venido a mi hotel. Sea como fuere, los policías le han quitado el arma, ¿verdad?

—Pues sí. Estoy seguro de que usted comprende mi reticencia... Al fin y al cabo, hasta hace poco usted me quería enviar a la cárcel.

—Mire, regrese tranquilamente a su hotel. Y descanse.

—Entendido. Me está haciendo una generosa oferta. Una oferta que quizá yo sería un insensato en rechazar. Yo... no sé.

—Bueno, pues piénselo mientras duerme.

—Hablando de dormir...

Los ojos de Anna recorrieron la estancia.

—Yo...

—Llamaré a recepción y pediré una habitación.

—Dudo que la consiga. Hay una especie de congreso y están a tope. Yo conseguí una de las últimas habitaciones disponibles. ¿Por qué no duerme en el sofá?

Él le dirigió una rápida mirada. ¿Acaso la remilgada agente especial Anna Navarro lo estaba invitando a pasar la noche en su habitación? No. Se estaba engañando. Su lenguaje corporal, sus señales tácitas lo decían claro: lo había invitado a esconderse allí, no a dormir en su cama.

—Gracias —dijo.

—Sólo una cosa: el sofá es un poco pequeño, quizá un poco demasiado corto.

—He dormido en lugares peores, créame.

Ella se levantó, se dirigió al armario, encontró una manta y se la entregó.

—Puedo pedir al servicio que suban un cepillo de dientes. Por la mañana, vamos a tener que recoger su ropa y su equipaje en su hotel.

—No tengo previsto regresar.

—No es una buena idea, se lo aseguro. Tomaré medidas. —Anna pareció darse cuenta de que lo tenía demasiado cerca y dio torpemente un paso atrás—. Bueno, me voy a dormir.

De repente, a Ben se le ocurrió algo, una idea con la que había estado jugueteando vagamente desde que abandonara el chalet de Lenz.

—El viejo cazador de nazis Jakob Sonnenfeld vive en esta ciudad, ¿verdad?

Ella se volvió a mirarlo.

—Eso creo.

—Hace poco leí algo donde se decía que es viejo, pero que está más vivo que nunca. Además, parece que tiene unos amplios archivos. Me pregunto...

—¿Cree que accederá a recibirle?

—Creo que merece la pena intentarlo.

—Bueno, pues tenga cuidado si lo hace. Tome algunas precauciones de seguridad. No permita que nadie lo siga hasta allí. Se lo digo por él.

—Aceptaré cualquier consejo que usted quiera darme a este respecto.

Mientras ella se preparaba para acostarse, Ben llamó a Bedford a través de su teléfono digital.

Contestó la señora Walsh. Parecía alterada.

—No, Benjamin, no he recibido ni una sola palabra, ¡ni una! Es como si hubiera desaparecido sin dejar ni rastro. Yo he... bueno, he informado a la policía, ¡estoy al borde de un ataque de nervios!

Ben empezó a experimentar un sordo dolor de cabeza: la tensión que momentáneamente se había disipado se volvió a intensificar. Trastornado, musitó unas palabras tranquilizadoras, cortó la llamada, se quitó la chaqueta y la colgó en el respaldo de la silla del escritorio. Después, todavía vestido con la camisa y los pantalones, se tumbó en el sofá y se cubrió con la manta.

¿Qué significaba la desaparición de su padre sin decir ni una sola palabra? Había subido voluntariamente a una limusina: no era un secuestro. Cabía suponer que sabía adónde iba.

¿Adónde?

Trató de ponerse cómodo en el sofá, pero Navarro tenía razón, era tres o cuatro centímetros demasiado corto para estar a gusto. La vio incorporada en la cama leyendo un informe a la luz de la lamparilla. Sus suaves ojos castaños estaban iluminados por el charco de luz.

—¿Qué era eso acerca de su padre? —preguntó ella—. Perdone, ya sé que no hubiera tenido que escuchar, pero...

—No se preocupe. Pues sí, mi padre desapareció hace unos días. Subió a una limusina para dirigirse al aeropuerto y ya no se ha vuelto a saber de él.

Anna dejó el informe y se incorporó.

—Eso es un posible secuestro. Lo cual lo convierte en un asunto federal.

Ben tragó saliva y se notó la boca seca. ¿Podían haberlo secuestrado?

—Dígame lo que sabe —dijo ella.

A las pocas horas sonó el teléfono y los sobresaltó a los dos.

Anna contestó:

—¿Sí?

—¿Anna Navarro?

—Sí, ¿con quién hablo?

—Anna, soy Phil Ostrow, de la embajada americana de aquí. Espero no haberla llamado demasiado tarde. —Un sencillo acento del Medio Oeste norteamericano con vocales de Chicago.

—Me tenía que levantar de todos modos para atender la llamada —dijo ella en tono cortante—. ¿En qué puedo ayudarle?

¿Qué funcionario del Departamento de Estado llamaba a medianoche?

—Yo, bueno... Jack Hampton me sugirió que la llamara.

Hizo una significativa pausa.

Hampton era un responsable de operaciones de la CIA que había ayudado a Anna más de una vez en una misión anterior. Un buen hombre, todo lo recto que se podía ser en una actividad tan oblicua. Recordó las palabras de Bartlett acerca de la «torcida madera de la humanidad». Pero Hampton no estaba hecho de aquella madera.

—Tengo cierta información acerca del caso en el que está usted trabajando.

—¿Cuál es su... quién es usted, si me permite la pregunta?

—Preferiría no entrar en estos detalles por teléfono. Soy un compañero de Jack.

Anna comprendió el significado: la CIA. De ahí la relación con Hampton.

—¿Cuál es su información, o también prefiere no entrar en eso?

—Digamos simplemente que es importante.

—¿Podría pasar por el despacho mañana por la mañana a primera hora? ¿Las siete es demasiado temprano para usted?

¿Qué podría ser tan urgente?, se preguntó ella.

—Empiezan ustedes muy pronto, ¿no? Sí, creo que podré.

—Muy bien, pues hasta mañana por la mañana. Ya ha estado antes en el despacho, ¿verdad?

—¿La embajada?

—En la acera de enfrente de la sección consular.

Le dio instrucciones. Ella colgó, desconcertada. Desde el otro extremo de la estancia Ben le preguntó:

—¿Todo bien?

—Sí —contestó ella, no muy convencida—. Todo bien.

—Aquí no podemos quedarnos, ¿sabe?

—Muy cierto, mañana tendríamos que irnos.

—Parece preocupada, agente Navarro.

—Yo siempre estoy preocupada —dijo ella—. Vivo preocupada. Y llámeme Anna.

—Antes yo nunca me preocupaba demasiado —dijo Ben—. Buenas noches, Anna.

28

Fue el sonido de un secador de pelo lo que despertó a Ben; tras unos momentos de atontamiento, comprendió que se encontraba en una habitación de hotel de Viena y que le dolía la espalda por culpa de la noche en el sofá.

Estiró el cuello hacia delante, oyó el satisfactorio crujido de las vértebras y experimentó cierto alivio en la rigidez.

Se abrió la puerta del cuarto de baño y la luz inundó media estancia. Anna Navarro vestía un traje marrón de tweed un poco anticuado pero de buen gusto, y se había maquillado la cara.

—Vuelvo dentro de aproximadamente una hora —dijo con cierta crispación—. Siga durmiendo.

Justo enfrente de la sección consular de la embajada de Estados Unidos, tal como Ostrow le había dicho, se levantaba un triste y moderno edificio de oficinas. Un tablero en el vestíbulo anunciaba varios despachos norteamericanos y austriacos y, en la séptima planta, se encontraba, como era de esperar, la Oficina del Representante de Comercio de Estados Unidos, la tapadera en Viena de la oficina de la CIA. Semejantes tentáculos institucionales distaban mucho de ser insólitos; y a veces constituían las mejores pistas.

Anna entró en una anodina zona de recepción donde una joven permanecía sentada detrás de un mostrador de estilo gubernamental debajo del Gran Sello de Estados Unidos, atendiendo el teléfono y dándole al teclado de un ordenador. No levantó la vista. Anna se presentó y la recepcionista pulsó un botón y la anunció.

En menos de un minuto salió un hombre con la palidez propia de un burócrata. Tenía unas hundidas mejillas salpicadas de cicatrices de acné y un cabello cobrizo entreverado de hebras grises. Sus pequeños ojos grises miraban desde detrás de unas grandes gafas de montura metálica.

—¿Señorita Navarro? —dijo tendiéndole una mano—. Soy Phil Ostrow.

La recepcionista pulsó un botón y les franqueó la entrada a través de la puerta de la que él había salido, y Ostrow la acompañó a una pequeña sala de reuniones donde un apuesto hombre, delgado y moreno, permanecía sentado junto a una mesa con tablero de formica. Su cabello castaño cortado en cepillo estaba salpicado de hebras grises; tenía los ojos castaños y unas largas pestañas negras. De unos cuarenta años, quizá, de Oriente Medio. Ostrow y Anna se sentaron junto a él, uno a cada lado.

—Yossi, te presento a Anna Navarro. Anna, Yossi.

El rostro de Yossi estaba bronceado y presentaba unas profundas arrugas alrededor de los ojos, causadas por su costumbre de entornar los ojos o quizá por una vida de gran tensión. Su barbilla era cuadrada y hendida. Había algo casi hermoso en su rostro, al que la piel curtida por la intemperie y la barba de un día daban no obstante un aspecto viril.

—Me alegro de conocerle, Yossi —dijo ella saludándole con un movimiento de cabeza y sin sonreír.

Él hizo lo mismo, pero no le tendió la mano.

—Yossi es un agente secreto... no te importa que se lo diga, ¿verdad, Yossi? —dijo Ostrow—. Trabaja bajo una sólida tapadera comercial aquí, en Viena. Una situación muy sencilla. Emigró a Estados Unidos desde Israel en su adolescencia. Ahora todo el mundo cree que es israelí... lo cual significa que cada vez que se mete en un lío, la culpa se la echan a otro.

—Ostrow, ya basta... no más —dijo Yossi. Hablaba con una áspera voz de barítono, acentuando el inglés con guturales erres hebreas—. Ahora, entendámonos: varios hombres han aparecido muertos en distintos lugares del mundo en las últimas semanas. Usted está investigando esas muertes. Usted sabe que son asesinatos, pero no sabe quién está detrás de ellos.

Anna lo miró con rostro inexpresivo.

—Ha interrogado a Benjamin Hartman en el *Sicherheitsbüro*. Y ha mantenido un estrecho contacto con él desde entonces. ¿Es así?

—¿Adónde quiere usted ir a parar con eso?

Habló Ostrow:

—Estamos cursando una petición entre agencias para que usted ponga de nuevo bajo nuestra custodia a Hartman.

—Pero ¿qué demonios...?

—Usted no respeta la autoridad, agente —dijo Ostrow, volviéndose a mirarla directamente a la cara.

—No le sigo.

—Hartman es un riesgo para la seguridad. Un hombre con dos mujeres, ¿vale?

Anna reconoció la jerga de la agencia... Se refería a los agentes dobles, los activos americanos reclutados por grupos hostiles.

—No lo entiendo. ¿Está usted diciendo que Hartman es uno de los suyos?

Aquello era una locura. ¿O no? Explicaría por qué había podido viajar a través de varios países europeos sin provocar ninguna alerta en los controles de pasaportes, entre otras cosas desconcertantes. ¿Y acaso su tapadera de financiero internacional no se prestaba a toda clase de trabajos de la agencia? El vástago de un conocido grupo financiero... Ninguna leyenda inventada hubiera podido ser más versátil y convincente.

Yossi y Ostrow se intercambiaron unas miradas.

—No exactamente de los nuestros.

—¿No? ¿Pues de quién?

—Nuestra hipótesis es que está a sueldo de alguien de nuestra organización que ha estado trabajando por libre, por decirlo de alguna manera. Podríamos estar hablando de un reclutamiento bajo una falsa bandera.

—¿Me han hecho venir aquí para hablarme de hipótesis?

—Lo necesitamos de nuevo en territorio norteamericano. Por favor, agente Navarro. Usted no sabe realmente con quién está tratando aquí.

—Estoy tratando con alguien que está desconcertado a propósito de varios sucesos. Y que todavía se encuentra bajo los efectos de la muerte de su hermano gemelo... asesinado, cree él.

—Lo sabemos. ¿No se le ha ocurrido pensar que lo puede haber matado él?

—Usted bromea.

La acusación era increíble y terrible; ¿podía ser cierta?

—¿Qué sabe usted realmente acerca de Benjamin Hartman? —insistió en preguntar Ostrow—. Le haré otra pregunta. ¿Qué sabe usted acerca de cómo su lista de objetivos empezó a pasar de boca en boca? La información no quiere ser libre, agente Navarro. La información quiere estar al servicio de una considerable suma de dólares, y alguien como Benjamin Hartman tiene los medios necesarios para pagar.

Untar algunas manos: ésas habían sido las palabras de Hartman.

—Pero ¿por qué? ¿Cuál es su programa?

—Nunca lo averiguaremos mientras siga brincando por Europa, ¿verdad? —Ostrow hizo una pausa—. Yossi se entera de cosas a través de sus antiguos compatriotas. El Mossad también tiene agentes en esta ciudad. Hay una posible conexión con las víctimas que usted está investigando.

—¿Un grupo escindido? —preguntó ella—. ¿O acaso está usted hablando del Kidon? —Se refería a la unidad de asesinatos del Mossad.

—No. No es nada de tipo oficial. Es un asunto privado.

—¿En el que están implicados agentes del Mossad?

—Y algunos colaboradores independientes a los que éstos contratan.

—Pero estos asesinatos no llevan el sello del Mossad.

—Por favor —dijo Yossi mientras se le arrugaba la cara de asco—. No sea ingenua. ¿Usted cree que mis hermanos se pasan la vida dejando sus tarjetas de visita por ahí? Cuando quieren que se les atribuya el mérito de algo, seguro que lo hacen. ¡Vamos!

—O sea que no quieren que se les atribuya el mérito.

—Por supuesto que no. Es algo demasiado delicado. En el clima actual, podría ser incluso explosivo. Israel no quiere que se la vincule con nada de todo esto.

—¿Pues para quién trabajan?

Yossi miró a Ostrow y después de nuevo a Anna, encogiéndose de hombros.

—No para el Mossad, ¿eso es lo que usted está diciendo?

—Ordenar asesinatos es algo muy normal para el Mossad. Hay todo un sistema interno, la «lista de ejecuciones», que tiene que firmar el primer ministro. Tiene que aprobar cada nombre con su inicial, de lo contrario, no se puede hacer. Hay gente del Mossad y del Shin Bet que ha sido despedida por haber ordenado asesinatos sin una autorización superior. Por eso le digo que eso no ha sido autorizado.

—Y yo le vuelvo a preguntar: ¿Para quién trabajan?

Yossi volvió a mirar a Ostrow, pero esta vez su mirada pareció un estímulo, un codazo.

—Yo no le he dicho eso —dijo Ostrow.

Anna sintió que se le ponía la carne de gallina. Aturdida, murmuró:

—Me están tomando el pelo.

—Verá, la agencia jamás se mancharía directamente las manos —dijo Ostrow—. Ya no. En los viejos tiempos dorados, no hubiéramos dudado en eliminar a cualquier dictador de pacotilla que nos hubiera mirado de una manera equivocada. Ahora tenemos normativas presidenciales y comités de vigilancia del Congreso y directores de la CIA a los que les han cortado los cojones. Dios mío, si hasta nos da miedo provocarle un resfriado a un ciudadano extranjero.

Llamaron con los nudillos a la puerta. Un joven asomó la cabeza.

—Langley en el tres, Phil —dijo.

—Diles que aún no he llegado.

La puerta se cerró y Ostrow puso los ojos en blanco.

—Vamos a puntualizar una cosa —dijo Anna dirigiéndose a Ostrow—. ¿Ustedes pasaron información a colaboradores independientes del Mossad?

—Alguien lo hizo. Es lo único que sé. Corren rumores de que Ben Hartman actuó de intermediario.

—¿Tiene pruebas seguras?

—Yossi ha descubierto algunos detalles muy sugerentes —dijo Ostrow, bajando la voz—. Describió muy bien las «marcas de agua», los procedimientos de «saneamiento», las «marcas» entre oficinas, para decirme que eso procedía directamente de la CIA. Estoy hablando de la mierda que no se puede falsificar, de marcas y glifos que se alternan diariamente.

Anna echó las cuentas. El propio Yossi tenía que haber sido un agente de penetración americano, un activo de profunda cobertura que espiaba al Mossad por cuenta de la CIA. Pensó en la posibilidad de preguntárselo directamente, pero llegó a la conclusión de que eso hubiera sido un quebrantamiento de la etiqueta profesional.

—¿Quién de Langley? —preguntó.

—Ya se lo he dicho, no lo sé.

—¿No lo sabe o no me lo quiere decir?

Yossi, como un espectador de una corrida de toros, sonrió por primera vez. Su sonrisa era deslumbrante.

—Usted no me conoce —dijo Ostrow—, pero los que me conocen saben que soy un jugador burocrático lo suficientemente ávido como para fastidiar a cualquiera de allí que no me guste. Si yo conociera el nombre, se lo facilitaría sólo para joderlo.

Eso Anna lo creía: sería la respuesta natural de un luchador interno de la agencia. Pero estaba firmemente dispuesta a no permitirle comprender que estaba convencida.

—¿Cuál sería aquí el motivo? ¿Me está usted hablando de fanáticos del interior de la CIA?

Él meneó la cabeza.

—Me temo que no conozco a nadie de allí que tenga profundos intereses acerca de nada que no sea la política de las vacaciones.

—¿Pues entonces por qué? ¿Cuál puede ser el motivo?

—¿Quiere que lo intente adivinar? Permítame decirle una cosa. —Ostrow se quitó las gafas y se limpió los cristales con la camisa—. Usted tiene una lista de estafadores y capitalistas, de peces chicos que trabajan para los grandes. A propósito de la CIA y de los nazis inmediatamente después de la guerra, allí es donde están enterrados algunos de los esqueletos más importantes.

¿Mi teoría? Alguien de muy arriba, y quiero decir de muy arriba, vio que algunos nombres de hace mucho tiempo estaban a punto de salir.

—¿Y eso qué significa?

Ostrow volvió a ponerse las gafas.

—Nombres de viejos que nosotros utilizábamos y pagábamos. Tíos que en su mayoría se habían perdido en las brumas de la historia, ¿comprende? De pronto, aparece una lista, y ¿a que no sabe qué ocurre? Algunos de los veteranos de la agencia que colaboraron y encubrieron esa mierda también van a salir. Quizá alguna jugarreta financiera, alguna doble inmersión en el viejo pozo. Los viejos chiflados se pondrán a chillar como unos cerdos, delatarán a sus jefes. ¿Y a quién va usted a llamar? ¿A quién sino a unos cuantos fanáticos israelíes? De pura cepa. Hable de los fantasmas residuales de la Segunda Guerra Mundial, haga aspavientos y hable de unos inexplicables asesinatos por venganza, proteja la espalda de los viejos chicos... y todos contentos.

«Sí», pensó ella tristemente. Todos contentos.

—Escúcheme bien. Aquí hay una convergencia de intereses. Usted está intentado aclarar una serie de homicidios. Nosotros estamos intentando aclarar una cadena de violaciones de la seguridad. Pero no podremos resolverlo sin Ben Hartman. No voy a agobiarla con suposiciones, pero hay muchas posibilidades de que lo estén persiguiendo las mismas personas para quienes trabaja. Las limpiezas nunca terminan... eso es lo malo que tienen.

Limpiezas: ¿era eso lo que ella misma estaba haciendo?

Ostrow pareció responder a la vacilante mirada de sus ojos.

—Tenemos que saber lo que es verdad y lo que no lo es.

—¿Tiene el papeleo? —preguntó Anna.

Ostrow golpeó un abultado documento con un rechoncho dedo. Destacaba un encabezamiento en letras mayúsculas: «traslado de un ciudadano norteamericano bajo custodia».

—Sí, tengo el papeleo. Ahora lo único que necesito es el cuerpo. Jack Hampton dijo que usted comprendía estas cosas.

—¿Qué clase de entrega tiene prevista?

—Mire, aquí hay unas cuestiones muy delicadas de extraterritorialidad...

—Lo cual significa que no quiere que yo lo traiga aquí...

—Lo ha entendido muy bien. Pero haremos visitas domiciliarias. Usted lo puede esposar, nos da la señal y nosotros nos presentamos encantados. Si usted quiere conservar las manos completamente limpias, por nosotros, muy bien. Indíquenos la hora y el lugar, preferentemente algún lugar semiaislado, y...

—Y nosotros nos encargaremos del resto. —Yossi se había vuelto a poner muy serio.

—Pero bueno, ustedes son unos auténticos vaqueros, ¿verdad? —dijo Anna.

—Unos vaqueros que cabalgan casi siempre a lomos de unas sillas ergonómicas Aeron —contestó irónicamente Ostrow—. Pero, por supuesto, estamos preparados para la exfiltración de agentes en terreno urbano cuando tenemos que hacerlo. Nadie sufre ningún daño. Es una limpia intervención quirúrgica: secuestrar y capturar.

—La cirugía hace daño.

—No le dé demasiadas vueltas. Es lo que hay que hacer. Y significa que todos hacemos nuestro trabajo.

—Lo tendré en cuenta —dijo Anna, haciendo una mueca.

—Pues tenga también esto en cuenta. —Ostrow sacó una hoja de papel con las horas de salida de los vuelos sin escala desde el aeropuerto de Viena al aeropuerto internacional Dulles de

Washington y al aeropuerto Kennedy de Nueva York—. El tiempo reviste la máxima importancia.

En un oscuro despacho del segundo piso de la Wallnerstrasse, el corpulento *Berufsdetektiv* Hans Hoffman colgó enfurecido el teléfono y soltó una maldición. Eran las diez de la mañana y ya había llamado infructuosamente cuatro veces al americano a su hotel. El mensaje que le había dejado la víspera tampoco había obtenido respuesta. El hotel no disponía de ningún otro número de teléfono para Hartman, y tampoco quería revelar si éste había pasado o no la noche en el hotel.

El investigador privado necesitaba ponerse en contacto de inmediato con Hartman.

Era urgente. Había facilitado una información equivocada al americano, y, pese a cualquier otra cosa que se pudiera decir acerca de Hans Hoffman, nadie podía negar que era un hombre escrupuloso. Era vitalmente importante que se pusiera en contacto con Hartman antes de que éste fuera a ver a Jürgen Lenz.

Pues lo que el investigador había descubierto a última hora de la tarde de la víspera era sensacional. Las pesquisas que había puesto en marcha acerca de Jürgen Lenz habían dado lugar a la más inesperada y sorprendente de las respuestas.

Hoffman sabía que el doctor Lenz ya no ejercía la medicina, pero él quería saber por qué. A tal fin, había pedido una copia de la licencia médica de la *Arztekammer*, el colegio oficial de médicos, donde se guardan las licencias de todos los médicos de Austria.

No había ninguna licencia a nombre de Jürgen Lenz.

Jamás la había habido.

Hoffman se había sorprendido. ¿Cómo era posible? ¿Habría mentido Lenz? ¿Jamás había ejercido la medicina?

La biografía oficial de Lenz, que se entregaba gratuitamente en las oficinas de la Fundación Lenz, decía que se había licenciado en la escuela de medicina de Innsbruck, y allí Hoffman había hecho averiguaciones.

Jürgen Lenz jamás había estudiado medicina en Innsbruck.

Movido por su insaciable curiosidad, Hoffman había acudido a la Universidad de Viena, donde se conservaban todos los registros de los exámenes para la licenciatura en medicina de todos los médicos de Austria.

Nada.

Hans Hoffman le había facilitado a su cliente el nombre y la dirección de un hombre cuya biografía era falsa. Allí estaba pasando algo muy raro.

Hoffman había estudiado las notas que guardaba en su ordenador portátil, tratando de comprender el sentido y de reunir los datos de alguna otra manera.

Ahora volvió a contemplar la pantalla y repasó las listas de los registros que había examinado en un intento de descubrir alguna omisión que pudiera explicar aquella extraña situación.

Un sonoro zumbido lo sobresaltó. Alguien estaba llamando a su despacho desde la calle. Se levantó y se acercó al interfono, montado en la pared.

—¿Sí?

—Busco al señor Hoffman.

—¿Sí?

—Me llamo Leitner. No he concertado cita, pero tengo un asunto importante que discutir.

—¿Qué clase de asunto? —preguntó Hoffman. Esperaba que no fuera un vendedor.

—Un trabajo confidencial. Necesito su ayuda.

—Suba. —Hoffman pulsó el botón que abría electrónicamente el portal del edificio.

Guardó el informe sobre Lenz, apagó el ordenador portátil y abrió la puerta de su despacho.

Un hombre con chaqueta negra de cuero, cabello gris acero, perilla y pendiente en la oreja izquierda, le dijo:

—¿El señor Hoffman?

—¿Sí?

Hoffman lo estudió tal como hacía con todos sus clientes en potencia, tratando de calcular cuánto dinero estaría dispuesto a gastar aquel sujeto. El hombre tenía un terso rostro sin arrugas, casi estirado alrededor de los altos pómulos. A pesar del cabello gris acero, no debía de superar la cuarentena. Un tipo físicamente impresionante, aunque de rasgos extremadamente anodinos, dejando aparte los apagados ojos grises. Un hombre muy serio.

—Pase —dijo Hoffman cordialmente—. Dígame en qué puedo servirle.

Eran sólo las nueve de la mañana cuando Anna regresó a su hotel.

Mientras insertaba la tarjeta-llave electrónica en la ranura situada encima del picaporte de la puerta, oyó el rumor del agua del grifo. Entró rápidamente, colgó el abrigo en el armario que había junto a la puerta y se dirigió al dormitorio. Tenía por delante una importante decisión: tendría que fiarse de su intuición, lo sabía.

Después oyó que se cerraba el grifo de la ducha y Ben apareció en la puerta del cuarto de baño sin que aparentemente se hubiera dado cuenta de que ella había regresado.

Chorreaba agua y llevaba una toalla anudada alrededor de la cintura. Su cuerpo estaba como esculpido, tan musculoso como si se hubiera dedicado siempre a un duro trabajo manual, aunque ella sabía que había que atribuirlo más bien a una vida privilegiada... entrenador personal y una intensa actividad deportiva. Con ojo clínico, examinó la evidencia de su régimen físico: el estómago plano, los pectorales semejantes a dos escudos gemelos, los poderosos bíceps. El agua le bajaba por la piel bronceada. Se quitó el vendaje del hombro, donde se veía una pequeña e irritada roncha roja.

—Ha vuelto —dijo él finalmente, tomando nota de su presencia—. ¿Qué hay de nuevo?

—Déjeme que le eche un vistazo al hombro —dijo Anna, acercándose a él. ¿Era su interés de carácter puramente profesional? Algo en la boca de su estómago la indujo a preguntárselo.

—Ya está casi curado —anunció. Pasó un dedo alrededor del perímetro de la zona enrojecida—. La verdad es que ya no necesita el vendaje. Una fina capa de Bacitracina, quizá. Tengo un equipo de primeros auxilios en mi equipaje.

Fue en su busca. Cuando regresó, él llevaba unos shorts y se había secado con una toalla, pero aún no se había puesto la camisa.

—Ayer me contaba usted algo acerca de la CIA —dijo Anna mientras buscaba el tubo de pomada.

—A lo mejor estoy equivocado, no lo sé —dijo Ben—. Lenz tenía sus sospechas. Pero yo no me lo acabo de creer.

¿Estaría mintiendo? ¿La habría engañado la víspera? Le parecía increíble. Desafiaba todo su instinto, todas las intuiciones que tenía. No percibía ningún asomo de jactancia, ninguna tensión en su voz... ninguna de las habituales señales de falsedad.

Mientras le untaba el hombro con pomada antiséptica, los rostros de ambos se acercaron. Ella aspiró el aroma del jabón, la fragancia de manzana verde del champú del hotel y algo más, algo ligeramente arcilloso, que era el hombre propiamente dicho. Aspiró profundamente el aroma. Y después, dominada bruscamente por una tormenta de emociones, se apartó.

¿Estaría su radar, su honrada evaluación de aquella persona, deformado por otros sentimientos? ¿Sería algo que ella no se podía permitir en la situación en que se encontraba, sobre todo dadas las circunstancias?

Por otra parte, ¿y si los funcionarios de la CIA hubieran estado mal informados? ¿Quiénes eran sus fuentes, en cualquier caso? Un agente valía lo que sus activos, los medios con los que contaba. Sabía también, tal como sabían los demás, hasta qué extremo podía ser falible el sistema. Y si la CIA estuviera implicada, ¿sería prudente volver a colocarlo bajo su custodia? Había demasiada incertidumbre en su mundo: tendría que confiar en su instinto o estaría perdida.

Entonces marcó el número de Walter Heisler.

—Necesito pedirle un favor —le dijo—. He llamado al hotel de Hartman. Parece que se ha ido sin pagar la cuenta. Hubo una especie de tiroteo. Está claro que se ha dejado el equipaje allí. Necesito registrarlo y voy a tardar un poco.

—Bueno, verá, es que esto ahora nos pertenece a nosotros, porque ya se ha iniciado una investigación.

—¿Han iniciado una investigación?

—No, todavía no, pero...

—Pues entonces, ¿me podría hacer el favor de mandar que me envíen su equipaje aquí, a mi hotel?

—Bueno, supongo que se podría arreglar —contestó Heisler en tono malhumorado—. Aunque es... muy poco ortodoxo.

—Gracias, Walter —dijo cordialmente Anna, y colgó.

Ben se acercó a ella, todavía vestido tan sólo con los shorts.

—Bueno, eso es lo que yo llamo un servicio completo —dijo, sonriendo.

Ella le arrojó una camiseta.

—Fuera hace un poco de frío —dijo con la garganta seca.

Ben Hartman salió del hotel, mirando nerviosamente a su alrededor. Duchado y afeitado, y a pesar de que llevaba puesta la misma ropa arrugada con que había dormido, se sentía aceptablemente vigorizado. Bajó por la ancha avenida llena de tráfico, llegó hasta más allá de la mancha de verdor del Stadtpark, sintiéndose desprotegido y vulnerable, giró a la derecha y siguió adelante en dirección al primer distrito.

Se había pasado la última media hora haciendo incesantes llamadas telefónicas. Primero había despertado a un contacto, un amigo de un amigo en las islas Caimán, que dirigía una empresa de «investigación» integrada por dos hombres que, al parecer, llevaban a cabo servicios de investigación de antecedentes personales para empresas internacionales. En realidad, la empresa se encargaba sobre todo de los asuntos de acaudalados individuos o de multinacionales que, de vez en cuando, tenían algún motivo para violar el secreto de los bancos de allí abajo.

O'Connor Security Investigation era la empresa ultrasecreta de un expatriado y antiguo oficial de policía irlandés llamado Fergus O'Connor, el cual había llegado inicialmente a las islas Caimán como guardia de seguridad de un banco británico de allí, en el que se había quedado hasta convertirse primero en agente de seguridad y después en jefe de seguridad. Al darse cuenta de que su red de contactos y su experiencia tenían valor comercial —conocía a todos los demás jefes de seguridad, sabía a quién se podía sobornar y a quién no, conocía cómo operaba realmente el sistema—, decidió entrar él mismo en el negocio.

—Más te vale que eso sea importante de verdad —masculló Fergus a través del teléfono.

—Eso no lo sé —contestó Ben—. Pero será tremendamente lucrativo.

—Ahora ya empezamos a entendernos —dijo Fergus, más apaciguado.

Ben leyó una lista de claves de itinerarios y de números de transferencias por cable y dijo que volvería a llamar por la noche.

—Me llevará mucho más tiempo —objetó Fergus.

—¿Incluso si duplicamos tus honorarios? ¿Eso acelerará las cosas?

—Vaya si las acelerará. —Hubo una pausa—. Por cierto, ya sabes que se dicen de ti unas cosas increíbles, ¿verdad?

—¿Qué quieres decir?

—Un montón de chorradas. Ya sabes cómo crecen los rumores. Dicen que te has lanzado a un frenesí de asesinatos.

—Bromeas.

—Dicen que fuiste tú quien mató a tu propio hermano.

Ben no hizo ningún comentario, pero experimentó una sensación de mareo. ¿Acaso no tendría algún sentido, aquel infundio?

—Bobadas así. No es mi especialidad, pero algo sé de cómo la gente propaga rumores en el mundo financiero, simplemente para animar el ambiente. Un montón de chorradas, tal como te digo. Pero es curioso que alguien haya decidido propagarlas.

Dios mío.

—Gracias por la información, Fergus —dijo Ben, hablando con voz más trémula de lo que a él le hubiera gustado.

Respiró hondo varias veces para tranquilizarse y efectuó una segunda llamada a una joven de un despacho de Nueva York perteneciente a una empresa dedicada a investigaciones de una clase totalmente distinta. La empresa era grande, de carácter internacional, y estaba legalmente constituida e integrada por antiguos agentes del fbi e incluso por algunos antiguos agentes de la CIA. Knapp Incorporated estaba especializada en ayudar a las compañías a llevar a cabo las «obligadas averiguaciones empresariales» acerca de posibles socios en los negocios y a resolver delitos de cuello blanco, desfalcos, robos internos... una agencia de fisgoneo a escala global. De vez en cuando Hartman Capital Management contrataba sus servicios. Uno de los investigadores estrella de Knapp era Megan Crosby, una licenciada en Derecho de Harvard que llevaba a cabo estudios de antecedentes empresariales como nadie. Tenía una habilidad extraordinaria para descubrir y desenredar complejas estructuras empresariales fuertemente protegidas, destinadas a escapar al examen de los reguladores, los precavidos inversores o los competidores, y para desentrañar quién era realmente el propietario de quién o quién estaba detrás de qué empresa fantasma. Jamás revelaba a sus clientes cómo lo hacía. Un mago no tiene que revelar sus trucos. Ben la había invitado varias veces a comer y, puesto que alguna vez la había llamado desde Europa, ella le había facilitado su número de teléfono particular.

—Son las tres de la madrugada, ¿quién es? —fue su manera de contestar al teléfono.

—Ben Hartman, Megan. Perdóname, es importante.

Megan se puso inmediatamente en estado de alerta ante la voz de su lucrativo cliente.

—Tranquilo. ¿En qué puedo ayudarte?

—Estoy en mitad de una importante reunión en Amsterdam —explicó Ben, bajando la voz—. Hay en Filadelfia una pequeña empresa de biotecnología llamada Vortex Laboratories. Y estoy intrigado. —Anna, que necesitaba su ayuda, le había hablado de Vortex—. Quiero saber quién es el propietario, con quién podría estar asociada, este tipo de cosas.

—Haré lo que pueda —dijo ella—, pero no te prometo nada.

—¿Al término de la jornada?

—Qué barbaridad. —Megan hizo una pausa—. ¿Al término de qué jornada estamos hablando? ¿De la tuya o de la mía? Estas seis horas extra marcarán la diferencia.

—Pues entonces, al término de tu jornada. Haz lo que puedas.

—Entendido.

—Otra cosa. Hay un tipo llamado Oscar Peyaud, con base en París, que hcm ha utilizado para investigaciones empresariales en Francia. Knapp lo tiene en nómina. Necesito establecer contacto directo con él.

A las diez de la mañana, el Graben, uno de los grandes paseos peatonales de Viena, estaba lleno a rebosar de mirones de escaparates, gente de negocios y turistas. Giró por Kohlmarkt y pasó por delante del Café Demel, la célebre pastelería, donde se volvió para contemplar los espléndidos escaparates. En el reflejo de sus cristales, vio que alguien lo miraba y después apartaba rápidamente la vista.

Un hombre de elevada estatura y pinta de matón, vestido con un impermeable de color azul marino que no le sentaba muy bien. Tenía una desgreñada mata de cabello negro salpicado de hebras grises, un rostro rubicundo y las cejas más pobladas que Ben jamás hubiera visto, un auténtico trigal de unos dos centímetros de grosor, casi todo negro, pero salpicado de gris. Sus mejillas estaban moteadas de manchitas rojas, capilares rotos a causa de una fuerte ingesta de alcohol.

Ben sabía que había visto a aquel hombre otras veces. Estaba convencido.

En algún lugar, en algún momento del día o de los dos últimos días, había visto aquella misma cara rubicunda con aquellas cejas que parecían trigales. En algún lugar en medio de la gente, pero ¿dónde?

¿O no?

¿Estaba siendo víctima de una paranoia?

¿Estaba viendo caras, imaginando que sus enemigos se encontraban en todas partes?

Ben se volvió otra vez a mirar, pero el hombre había desaparecido.

—Mi querida señorita Navarro —dijo Alan Bartlett—. No sé si tenemos conceptos distintos de aquello en que consiste el cumplimiento de sus instrucciones. Debo decir que estoy decepcionado. Usted nos hizo abrigar elevadas expectativas.

Anna había efectuado una llamada a Robert Polozzi, de la Unidad de Identificación, y la habían puesto sin previo aviso con Bartlett.

—Perdone —protestó ella con el auricular alojado entre el cuello y el hombro izquierdo—, creo que estoy al borde de...

Bartlett ahogó sus palabras con las suyas.

—Usted tenía que ponerse en contacto con regularidad, agente Navarro, y no desaparecer como un estudiante universitario durante la pausa de primavera.

—Si usted escucha lo que he encontrado... —empezó diciendo Anna, exasperada.

—No, escúcheme usted a mí, agente Navarro. Sus instrucciones son cerrar este caso, y eso es lo que va a hacer. Hemos sabido que Ramago ya ha sido eliminado. Rossignol era nuestra última y mejor oportunidad. No puedo hablar de los medios que usted utilizó para llegar hasta él, pero está muy claro que esos medios dieron lugar a su muerte. Al parecer, me engañaron a propósito de su sentido de la discreción.

La voz de Bartlett era un témpano.

—Pero la lista Sigma...

—Usted me habló de vigilancia y prioridad a propósito de este tema. No me advirtió de que usted tenía intención de colocarlo en su punto de mira. ¿Cuántas veces le subrayé la delicadeza de esta misión? ¿Cuántas veces?

Anna tuvo la sensación de haber recibido un puñetazo en el estómago.

—Pido disculpas si algo de lo que he hecho ha dado lugar a...

—No, agente Navarro, la culpa es mía. Fui yo quien me encargué de hacer la asignación. No puedo decir que no me aconsejaran en contra. Fue mi propia terquedad. Confiarle esta misión fue un error por mi parte. Yo asumo la responsabilidad.

—Corte el rollo —dijo Anna, sintiéndose de repente hasta la coronilla—. No dispone de datos que puedan respaldar sus acusaciones.

—Usted ya se enfrenta a responsabilidades administrativas. La espero mañana por la tarde en mi despacho no más tarde de las cinco, y no me importa si tiene que alquilar un jet privado para venir.

Anna tardó unos cuantos segundos en darse cuenta de que su interlocutor había colgado. El corazón le latía con fuerza, tenía el rostro arrebolado. Si él no le hubiera colgado, ella habría estallado y allí habría terminado sin duda su carrera de una vez por todas.

«No —se dijo— eso ya estaba hecho.» Todo había terminado. Dupree, cuando se enterara del lío que ella había armado con la Unidad de Cumplimiento Interno, revocaría sus privilegios en cuestión de cinco minutos.

Bueno, vayámonos por lo menos dando un portazo.

Experimentó una deliciosa sensación de inevitabilidad. Era como viajar en un tren rápido del que uno no se pudiera apear. Disfruta del viaje.

29

El despacho del legendario y mundialmente famoso Jakob Sonnenfeld —el extraordinario cazador de nazis que había sido portada de incontables revistas, el tema de innumerables perfiles y documentales, e incluso el protagonista de cameos en películas—, estaba ubicado en un pequeño, sombrío y relativamente moderno edificio de la Salztorgasse, una mísera calle llena de establecimientos de venta con descuento y de tristes cafés. El número de teléfono de Sonnenfeld figuraba en la guía telefónica de Viena, pero sin la dirección. Ben había marcado el número sobre las ocho y media de aquella mañana y se había sorprendido de que le contestaran. Una mujer le preguntó bruscamente de qué asunto se trataba y por qué quería ver al gran hombre.

Ben le explicó que era el hijo de un superviviente del Holocausto y que se encontraba en Viena haciendo unas investigaciones personales sobre el régimen nazi. Aquí su principio era: limítate a lo que sabes. Fue grande su sorpresa cuando la mujer accedió a su petición de reunirse con la leyenda aquella misma mañana.

La víspera, Anna Navarro le había sugerido algunas de las que ella llamaba «medidas evasivas» para despistar a cualquiera que le pudiera estar pisando los talones. En su tortuoso camino hasta allí, tras haber visto al hombre de rostro rubicundo y cejas pobladas como trigales, había vuelto varias veces sobre sus pasos, había cruzado súbitamente la calle, había entrado de repente en una librería, hojeado los libros y esperado. Le pareció que había despistado al que le pisaba los talones; o, quizá, por alguna razón el hombre no había querido que lo volviera a ver.

Ahora, tras haber llegado al edificio de Sonnenfeld en la Salztorgasse, le abrieron electrónicamente la puerta y tomó el ascensor hasta el cuarto piso, donde un solitario guardia de seguridad lo invitó por señas a pasar. Le abrió la puerta una joven que le indicó una incómoda silla de un vestíbulo cuyas paredes estaban cubiertas de placas, distinciones y testamentos en honor de Sonnenfeld.

Mientras esperaba, se sacó el teléfono móvil del bolsillo y dejó un mensaje para Oscar Peyaud, el investigador con base en París. Después llamó al hotel que tan desconsideradamente había abandonado la víspera.

—Sí, señor Simon —dijo la telefonista del hotel, con una familiaridad que a él le pareció impropia—. Sí, señor, hay un mensaje para usted... Es, si espera un momento, sí, de un tal señor Hans Hoffman. Dice que es urgente.

—Gracias —dijo Ben.

—Por favor, señor Simon, ¿puede esperar un momento, por favor? El director me acaba de indicar que quiere hablar con usted.

El director del hotel se puso al teléfono. Ben no prestó atención a su primer instinto, que hubiera sido el de colgar inmediatamente; mucho más importante era para él averiguar lo que sabía la dirección del hotel y hasta qué extremo se mostraría dispuesta a colaborar.

—Señor Simon —dijo el director del hotel con una alta y autoritaria voz de bajo profundo—, una de nuestras camareras me dice que usted la amenazó y que, además, anoche hubo aquí un incidente con disparos de arma de fuego, y la policía quiere que usted regrese de inmediato para ser sometido a interrogatorio.

Ben pulsó la tecla *End*.

No era de extrañar que el director quisiera hablar con él. Se habían producido daños en el hotel; el director estaba obligado a avisar a la policía. Pero algo en la voz del hombre, el tono súbitamente pendenciero y seguro de alguien que se siente respaldado por todo el peso de las autoridades, alarmó a Ben.

¿Y qué quería con tanta urgencia Hoffman, el investigador privado?

Se abrió la puerta del despacho de Sonnenfeld y apareció un viejecito de hombros encorvados que, con un débil gesto, le indicó a Ben que pasara. El hombre le estrechó temblorosamente la mano y se sentó detrás de un escritorio atestado de papeles. Jakob Sonnenfeld tenía un erizado bigote gris, un rostro mofletudo, unas grandes orejas y unos lagrimosos ojos de caídos párpados y bordes enrojecidos. Llevaba una anticuada corbata ancha torpemente anudada y un apolillado jersey-chaleco de color marrón bajo una chaqueta a cuadros.

—Muchas personas quieren examinar mis archivos —dijo bruscamente Sonnenfeld—. Algunas de ellas por buenos motivos, y otras por motivos no tan buenos. ¿Usted por qué quiere examinarlos?

Ben carraspeó, pero la voz de Sonnenfeld siguió retumbando como un trueno.

—Dice usted que su padre es un superviviente del Holocausto. ¿Y qué? Hay miles de ellos vivos. ¿Por qué le interesa tanto mi trabajo?

«¿Me atreveré a ser sincero con este hombre?», se preguntó.

—Lleva usted varias décadas cazando nazis —se lanzó de repente—. Debe de odiarlos con toda su alma, tal como yo los odio.

Sonnenfeld agitó la mano para rechazar sus palabras.

—No, no los odio. No podría haberme pasado más de cincuenta años trabajando en esto si me animara el odio. Me devoraría las entrañas.

Ben se sintió simultáneamente escéptico y molesto por la compasión de Sonnenfeld.

—Pues bueno, resulta que yo no creo que los criminales de guerra puedan andar sueltos por ahí.

—Ah, pero es que no son realmente criminales de guerra, ¿comprende? Un criminal de guerra comete sus crímenes para favorecer sus objetivos bélicos, ¿no es cierto? Asesina y tortura para contribuir a ganar la guerra. Pero dígame: ¿necesitaban los nazis masacrar y gasear hasta la muerte a millones de inocentes para ganar? Por supuesto que no. Lo hicieron simplemente por razones ideológicas. Para limpiar el planeta, creían ellos. Era absolutamente innecesario. Era algo que hacían por añadidura. Desviaron valiosos recursos en tiempos de guerra. Yo diría que su campaña de genocidio obstaculizó su esfuerzo bélico. No, éstos no fueron en absoluto criminales de guerra.

—¿Pues cómo los llama usted? —preguntó Ben, comprendiendo al fin.

Sonnenfeld sonrió. Varios dientes de oro brillaron.

—Monstruos.

Ben respiró hondo. Tendría que fiarse del viejo cazador de nazis; comprendió que sería la única manera de asegurarse su colaboración. Sonnenfeld era demasiado listo.

—Pues entonces, permítame ser muy directo con usted, señor Sonnenfeld. Mi hermano, mi hermano gemelo, mi amigo más íntimo, fue asesinado por personas que creemos relacionadas de alguna manera con algunos de estos monstruos.

Sonnenfeld se inclinó hacia delante.

—Ahora me ha dejado usted perplejo —dijo con gran interés—. Usted y su hermano son demasiado jóvenes para haber vivido la guerra.

—Eso ocurrió hace no más de una semana —dijo Ben.

Sonnenfeld frunció el entrecejo y sus ojos se entrecerraron con expresión de incredulidad.

—Pero ¿qué está diciendo? Eso no tiene sentido.

Ben le explicó rápidamente todo lo relacionado con el descubrimiento que había hecho Peter.

—Este documento llamó la atención de mi hermano porque uno de los miembros del consejo era nuestro padre. —Hizo una pausa—. Max Hartman.

Sorprendido silencio. Y después:

—Conozco el nombre. Ha entregado mucho dinero para buenas causas.

—En el año 1945, una de sus causas era algo que se llamaba Sigma —añadió Ben, impertérrito—. Entre los otros miembros figuraban muchos industriales occidentales y un pequeño puñado de oficiales nazis. Entre ellos el tesorero identificado con el título de *Obersturmführer* y con el nombre de Max Hartman.

Los húmedos ojos de Sonnenfeld no parpadearon.

—Extraordinario. Ha dicho usted «Sigma», ¿verdad? Dios santo.

—Me temo que es una vieja historia —dijo el visitante de la chaqueta de cuero negra.

—La esposa —sugirió el investigador privado Hoffman, guiñando el ojo.

El hombre esbozó una tímida sonrisa.

—Es joven y muy guapa, ¿verdad?

Un suspiro.

—Sí.

—Son lo peor que hay, las jóvenes guapas —dijo Hoffman, de hombre a hombre—. Yo le aconsejaría que la olvidara sin más. Ya nunca podrá confiar en ella.

La mirada del visitante pareció sentirse atraída por el nuevo y sofisticado ordenador portátil de Hoffman.

—Bonito —dijo.

—No sé cómo he podido utilizar otra cosa —dijo Hoffman—. No se me da muy bien la técnica, pero éste es muy sencillo. ¿Quién necesita archivadores? Todo está aquí.

—¿Le importa que le eche un vistazo?

Hoffman titubeó. Un hombre que acababa de entrar desde la calle... a fin de cuentas, fácilmente podría ser un ladrón. Lo volvió a mirar, tomó nota de sus anchos hombros y su fina cintura sin un solo gramo de grasa. Abrió lentamente dos o tres centímetros el largo cajón metálico del escritorio a la altura de sus rodillas y comprobó la presencia de la pistola Glock.

—Quizá en otra ocasión —dijo Hoffman—. Todos mis archivos confidenciales están aquí. En fin, facilíteme los detalles de su joven esposa y del hijoputa que está follando con ella.

—¿Por qué no lo enciende? —preguntó el visitante.

Hoffman lo miró con semblante severo. Aquello no era una sugerencia sino una exigencia.

—¿Por qué ha venido? —rezongó Hoffman, observando que tenía delante el cañón de una Makarov con un silenciador.

—Encienda el ordenador —dijo suavemente el hombre—. Abra sus archivos.

—Le voy a decir una cosa. Este documento jamás estuvo destinado a ver la luz del día —dijo Sonnenfeld—. Era un rigorismo destinado exclusivamente al uso interno de la banca suiza. Sólo para los expertos de Zúrich.

—No entiendo.

—Sigma lleva mucho tiempo siendo material de leyenda. Jamás ha surgido ni una sola prueba que pueda dar cuerpo a la sombra de la sospecha. Y yo lo sabría. Puede creerme.

—Hasta ahora, ¿verdad?

—Eso parece —dijo Sonnenfeld en un susurro—. Está claro que es una empresa ficticia. Una tapadera, una estratagema... un medio para que los empresarios de ambos bandos se aseguraran la paz por separado, cualesquiera que pudieran ser los términos del armisticio. El documento que su hermano descubrió podría ser su única realidad material.

—Usted dice que ha sido un material de leyenda... ¿Cuál era la naturaleza de esa leyenda?

—Unos poderosos hombres de negocios y unos poderosos políticos reuniéndose en secreto para transferir fuera de la patria unos inmensos fondos robados al Estado. No todo el mundo que se oponía a Hitler era un héroe, convendría que usted lo supiera. Muchos eran unos fríos pragmáticos. Sabían que el esfuerzo bélico estaba condenado al fracaso y sabían también quién era el culpable. Lo que más les preocupaba era la perspectiva de la repatriación, de la nacionalización. Tenían sus propios imperios que cuidar. Los imperios de la industria. Hay abundantes pruebas de tales planes. Pero nosotros siempre creímos que el plan era simplemente un plan. Y casi todos los protagonistas ya se han ido a la tumba.

—Ha dicho usted «casi todos» —repitió severamente Ben—. Permítame hacerle unas preguntas acerca de los pocos miembros del consejo que entran dentro de su radio de acción. Los nazis. Gerhard Lenz. Josef Strasser. —Hizo una pausa antes de pronunciar el último nombre—. Max Hartman.

Sonnenfeld guardó silencio. Acunó la cabeza en sus grandes y arrugadas manos.

—¿Quiénes son estas personas? —se dijo a sí mismo, formulando una pregunta puramente retórica—. Ésta es su pregunta. Y la mía es siempre: ¿quién me lo pregunta? ¿Por qué lo quiere saber?

—Baje la pistola —dijo Hoffman—. No sea insensato.

—Y usted cierre el cajón del escritorio —dijo el intruso—. Le estoy vigilando muy de cerca. Un movimiento en falso y no vacilaré en matarle.

—Pues entonces, jamás tendrá acceso a mis archivos —dijo Hoffman con aire triunfal—. El ordenador está dotado de un dispositivo biométrico de autentificación... un escáner de huellas dactilares. Sin mi huella dactilar, nadie lo puede hacer funcionar. Por consiguiente, ya ve usted que sería muy insensato matarme.

—Bueno, todavía no necesito ir tan lejos —dijo tranquilamente el visitante.

—Pero ¿conoce usted la verdad acerca de mi padre? —preguntó Ben—. Me sorprende que pueda usted haber elaborado un archivo sobre un superviviente de un perfil tan elevado y, perdóneme, potencial benefactor de sus esfuerzos. Usted, más que nadie, hubiera estado en condiciones de adivinar lo que había detrás de sus mentiras. Usted tiene todas las listas de las víctimas de los campos de concentración, un almacén de registros más exhaustivo que el de ninguna otra persona. Por eso tengo que preguntarle: ¿Conocía usted la verdad acerca de mi padre?

—¿La conoce usted? —replicó bruscamente Sonnenfeld.

—He visto la verdad por escrito.

—Ha visto algo escrito, es cierto, pero no ha visto la verdad. Un error de aficionado. Perdóneme, señor Hartman, pero ésas no son cuestiones que se puedan resolver por escrito. Se enfrenta usted con una situación cuyas ambigüedades me son muy conocidas. Tiene que estar preparado, sin embargo, para entrar en un reino de claroscuro moral. De sombras, de vaguedades éticas. Empecemos por el simple hecho de que, si un judío tenía dinero, los nazis estaban dispuestos a negociar con él. Éste es uno de los desagradables secretos de la guerra de los que raras veces se habla. Con mucha frecuencia, los ricos se compraban un salvoconducto. Los nazis aceptaban oro, joyas, valores, lo que fuera. Era pura y simplemente una extorsión directa. Incluso tenían un programa de precios... ¡Trescientos mil francos suizos a cambio de una vida! Uno de los Rothschild cambió sus acerías por su libertad... Las cedió a los Talleres Hermann Goering. Pero eso usted jamás lo leerá en ningún sitio. De eso nadie habla. Hubo una familia húngaro-judía muy rica, los Weiss... que tenía negocios en veintitrés países de todo el mundo. Entregaron toda su fortuna a las SS y, a cambio, fueron escoltados sanos y salvos hasta Suiza.

Ben estaba aturdido.

—Pero un *Obersturmführer...*.

—¿Un *Obersturmführer* judío? ¿Puede ser? Perdone un momento. —Sonnenfeld hizo una pausa antes de seguir adelante—. Le puedo hablar de un coronel de las SS, Kurt Becher, que se encargaba de cerrar tratos como éste por orden de Eichmann y Himmler. Becher cerró un trato con un húngaro, el doctor Rudolf Kastner... Mil setecientos judíos a mil dólares cada uno. Todo un tren lleno. Los judíos de Budapest se peleaban por subir a aquel tren. Usted sabe que su familia tenía dinero antes de la guerra, ¿verdad? El procedimiento era muy sencillo si usted se llamaba Max Hartman. Un día el *Obergruppenführer* Becher viene a verle. Usted cierra un trato. ¿De qué vale su fortuna si todos van a morir? Y entonces paga usted el rescate de su familia. Sus hermanas y usted. Aquello no era un conflicto moral. Uno hacía lo que fuera con tal de conservar la vida.

Ben jamás había imaginado a su padre como un joven asustado y desesperado. La cabeza le daba vueltas. Su tía Sarah había muerto antes de que él naciera, pero recordaba a su tía Leah, que murió cuando él estaba en el instituto: un alma pequeña, dulce y cariñosa que había vivido discretamente como bibliotecaria en Filadelfia. El afecto que sentía por su hermano era sincero, pero también lo era su reconocimiento de la fuerza del carácter de su hermano. Conversaba con él acerca de mil cosas. Si hubiera habido secretos que guardar, ella los hubiera guardado.

Pero su padre... ¿qué otra cosa ocultaba en su interior?

—Si es cierto lo que usted dice, ¿por qué jamás nos lo dijo? —preguntó Ben.

—¿Usted cree que él hubiera querido que ustedes lo supieran? —había una pizca de desprecio en la voz de Sonnenfeld—. ¿Usted cree que ustedes lo hubieran comprendido realmente? ¿Millones de incinerados en los hornos crematorios mientras que Max Hartman llega a América simplemente porque tiene la suerte de ser rico? Las personas que se encontraban en su situación jamás se lo decían a nadie, amigo mío. A menudo hacían todo lo posible por intentar olvidarlo ellas mismas. Sé estas cosas porque mi obligación es saber, pero es mejor mantenerlas en secreto.

Ben no supo qué contestar y no dijo nada.

—Hasta Churchill y Roosevelt... Himmler les hizo una oferta, ¿sabe? En mayo del 44. Los nazis estaban dispuestos a vender a los aliados a todos y cada uno de los judíos que tenían en su poder si los aliados les entregaban un camión por cada cien judíos. Los nazis inactivarían las cámaras de gas, dejarían de asesinar de inmediato a los judíos... todo a cambio de unos cuantos camiones que ellos pudieran utilizar contra los rusos. Los judíos estaban a la venta... ¡pero no hubo compradores! Roosevelt y Churchill dijeron que no... no querían vender sus almas al diablo. Muy fácil decirlo, para ellos, ¿verdad? Hubieran podido salvar a millones de judíos europeos, pero no lo hicieron. Había dirigentes judíos que deseaban desesperadamente cerrar ese trato. Mire, usted quiere hablar de moralidad, pero eso no era tan fácil, ¿comprende? —Sonnenfeld hablaba con amargura—. Ahora es muy fácil hablar de manos limpias. Pero el resultado es que usted está aquí en la actualidad. Usted existe porque su padre hizo ese deshonroso trato para salvar su propia vida.

La mente de Ben regresó rápidamente a la imagen de su padre, viejo y frágil en Bedford, y luego a su imagen claramente definida en la vieja fotografía. Lo que había tenido que sufrir su padre para llegar donde estaba, Ben no podía ni imaginarlo. Y, sin embargo, ¿se habría sentido realmente obligado a ocultarlo? ¿Cuántas otras cosas había estado ocultando?

—Pero, aun así, eso no responde a la pregunta de la presencia de su nombre en este documento —lo aguijoneó Ben—, identificándolo como un miembro de las SS...

—Sólo de nombre, estoy seguro.

—¿Y eso qué significa?

—¿Cuánto sabe usted acerca de su padre?

«Buena pregunta», pensó Ben.

—Parece que menos de lo que pensaba.

Max Hartman, poderoso y amedrentador, dirigiendo una reunión del consejo con la seguridad de un gladiador. Levantando en sus brazos a Ben a la edad de seis años. Leyendo *The Financial Times* a la hora del desayuno, distante y completamente esquivo.

¡Cuánto me esforcé por ganarme su cariño y su respeto! Y qué cálida emoción me producía su aprobación las pocas veces que me la otorgaba.

Qué enigma tan grande había sido siempre aquel hombre.

—Eso es lo que yo puedo decirle —dijo con indiferencia Sonnenfeld—. Cuando era todavía un joven, su padre ya se había convertido en una leyenda en los círculos financieros alemanes. Un genio, decían. Pero era judío. A principios de la guerra, cuando los judíos eran enviados lejos, a él, en cambio, se le ofreció la oportunidad de trabajar para el *Reichsbank*, diseñando los complejos programas financieros que permitirían a los nazis evitar los bloqueos aliados. Le ofrecieron el título de las SS como una especie de tapadera.

—O sea que, de alguna manera, contribuyó a financiar el régimen nazi —dijo Ben en tono apagado. En cierto modo, no le extrañaba, pero, aun así, sintió que el estómago se le encogía al oír la confirmación.

—Por desgracia, sí. Estoy seguro de que tuvo sus motivos... Estaba sometido a una fuerte presión, no tenía más remedio que hacerlo. Se incorporó al proyecto Sigma de una manera natural. —Sonnenfeld hizo una nueva pausa, mirando fijamente a Ben—. Creo que no se le da muy bien la visión de los matices del gris.

—Curiosas palabras, viniendo de un cazador de nazis.

—Otra vez la etiqueta periodística —dijo Sonnenfeld—. Yo lucho por la justicia y, en la lucha por la justicia, hay que distinguir entre lo venial y lo mortal, entre las fechorías corrientes y las extraordinarias. No se llame a engaño: las penalidades no sacan lo mejor de nadie.

La habitación empezó a dar vueltas lentamente a su alrededor. Ben se abrazó con sus propios brazos y respiró hondo, buscando un momento de sosiego, un momento de claridad.

Vio una súbita imagen mental de su padre en su estudio, escuchando el *Don Giovanni* de Mozart, sentado en su mullido sillón en la oscuridad. A menudo, por la noche después de cenar, Max se sentaba solo con las luces apagadas, escuchando el *Don Giovanni* en su equipo de alta fidelidad. Qué solitario debía de sentirse, qué grande debía de ser su temor de que algún día emergiera a la superficie aquel pasado suyo tan espantoso. Ben se sorprendió de la ternura que de repente estaba experimentando. «El viejo me quería tanto como podía querer a cualquier persona. ¿Cómo lo puedo despreciar?» Se le ocurrió pensar que el verdadero motivo de que Lenz llegara a odiar a su propio padre se debía no tanto a la repugnancia que le inspiraba el nazismo cuanto al hecho de que éste los hubiera abandonado.

—Hábleme de Strasser —dijo Ben, comprendiendo que sólo un cambio de tema podría disminuir la sensación de vértigo que estaba experimentando.

Sonnenfeld cerró los ojos.

—Strasser era un asesor científico de Hitler. *Gevalt*, en realidad, no era un ser humano. Strasser era un brillante científico. Contribuyó a dirigir la I. G. Farben. ¿Conoce esta gran industria controlada por los nazis? Allí contribuyó a inventar un nuevo gas en forma de *pellets* llamado Zyklon-B. Se agitaban los *pellets* y éstos se convertían en gas. ¡Como por arte de magia! Lo probaron primero en las duchas de Auschwitz. Un invento fantástico. El gas venenoso ascendía en las cámaras de gas y, a medida que subía el nivel, las víctimas de mayor estatura pisoteaban a las otras en su intento de respirar. Pero todo el mundo moría en cuestión de cuatro minutos. —Sonnenfeld hizo una pausa, con la mirada perdida a media distancia. En medio del largo silencio, Ben podía oír el tictac de un reloj mecánico—. Muy eficiente. —Sonnenfeld reanudó finalmente su explicación—. Eso se lo tenemos que agradecer al doctor Strasser. ¿Y sabe usted que Allen Dulles, el director de la CIA en los años cincuenta, fue el abogado y defensor legal americano de la I. G. Farben? Pues sí, es cierto.

Algo de eso había oído Ben alguna vez, pero le seguía sorprendiendo.

—O sea que tanto Strasser como Lenz fueron socios de alguna manera —dijo muy despacio.

—Sí. Dos de los más brillantes y más terribles científicos nazis. Lenz, con sus experimentos con niños, con hermanos gemelos. Un científico brillante, muy por delante de su tiempo. Lenz tenía un especial interés por el metabolismo de los niños. A algunos de ellos los mataba de hambre para poder observar cómo se retrasaba y se paralizaba su desarrollo. A otros los mataba de frío para ver en qué medida eso afectaba a su desarrollo. Se encargaba de que todos los niños aquejados de progeria, una terrible forma de envejecimiento prematuro, le fueran enviados a él para su estudio. Un hombre encantador, el doctor Lenz —añadió con amargura—. Muy cercano al alto mando, naturalmente. Como científico, gozaba de más crédito que la mayoría de los políticos. Se consideraba que trabajaba con «pureza de intención». Como nuestro doctor Strasser. Lenz se fue a Buenos Aires, como muchos de ellos hicieron después de la guerra. ¿Ha estado usted allí? Es una ciudad encantadora. De veras. El París de Sudamérica. No es de extrañar que todos los nazis quisieran vivir allí. Y, al final, Lenz murió allí.

—¿Y Strasser?

—A lo mejor la viuda de Lenz conoce el paradero de Strasser, pero ni se le ocurra preguntárselo. Jamás lo revelará.

—¿La viuda de Lenz? —preguntó Ben, incorporándose en su asiento—. Sí, Jürgen Lenz comentó que su madre se había retirado allí.

—¿Ha hablado usted con Jürgen Lenz?

—Sí. Deduzco que usted lo conoce.

—Ah, bueno, es una historia muy complicada, la de Jürgen Lenz. Tengo que confesarle que, al principio, me resultaba extremadamente difícil aceptar dinero de este hombre. Naturalmente, sin sus aportaciones tendríamos que cerrar. En este país, donde siempre se ha protegido a los nazis e incluso se les protege hoy en día, no recibo donaciones. ¡Ni un céntimo! ¡Aquí jamás se ha juzgado un solo caso nazi en más de veinte años! Aquí yo fui durante muchos años el Enemigo Público Número Uno. Solían escupirme por la calle. Y Lenz, bueno, viniendo de Lenz eso parecía con toda evidencia un dinero culpable. Pero después conocí al hombre y cambié rápidamente de idea. Está sinceramente entregado a obrar el bien. Por ejemplo, es el único asegurador de la fundación para la progeria de Viena. No cabe duda de que quiere borrar la obra de su padre. No tenemos que echarle la culpa de los crímenes de su padre.

Las palabras de Sonnenfeld resonaron en la estancia. Los crímenes de su padre. Qué curioso que Lenz y yo nos encontremos en una situación parecida.

—Mire, el profeta Jeremías nos dice: «Ya no dirán, los padres han comido agraces y los hijos sufren dentera». Y Ezequiel dice: «El hijo no soportará la iniquidad del padre». Está muy claro.

Ben guardó silencio.

—Dice usted que Strasser podría estar vivo.

—O puede que esté muerto —se apresuró a contestar Sonnenfeld—. ¿Quién sabe algo acerca de estos viejos? Yo nunca he podido estar seguro.

—Debe de tener un archivo sobre él.

—No me hable de estas cosas. ¿Sueña acaso con encontrar a esta criatura y que ella le diga lo que usted quiere, como si fuera un geniecillo? —El tono de Sonnenfeld sonaba evasivo—. Durante años me han seguido los pasos unos jóvenes fanáticos que buscaban venganza para poder saciar su sed con la sangre de un villano declarado. Es una tarea pueril que acaba mal para todos. Usted me convenció de que no era uno de ellos. Pero Argentina es otro país y estoy seguro de que el miserable ya ha muerto.

La joven que le había abierto la puerta a Ben al llegar entró de nuevo en la estancia y hubo una breve conversación en voz baja.

—Tengo que atender una importante llamada telefónica —dijo Sonnenfeld en tono de disculpa, retirándose a una habitación de la parte de atrás.

Ben miró a su alrededor y vio los enormes archivadores de color pizarra. Sonnenfeld se había mostrado claramente evasivo al llegar al tema del actual paradero de Strasser. ¿Guardaba algún secreto acerca de él? Y, en caso afirmativo, ¿por qué?

Dedujo de la actitud de Sonnenfeld que éste esperaba que la conversación telefónica fuera larga. A lo mejor, lo suficientemente larga como para permitir un rápido registro de los archivos. Ben se acercó impulsivamente a un inmenso archivador de cinco cajones, con la indicación r-s. Los cajones estaban cerrados, pero la llave descansaba encima del archivador: aquello no era exactamente de máxima seguridad, observó Ben. Abrió el cajón del fondo, estaba lleno de amarillentas carpetas y de papeles arrugados. Stefans. Sterngeld. Streitfeld.

STRASSER. El nombre escrito en desteñida tinta marrón. Lo sacó y después se le ocurrió una idea. Fue al archivador k-m. Había una abultada carpeta correspondiente a Gerhard Lenz, pero no era eso lo que a él le interesaba. La que él quería era la delgada carpeta que había a su lado, la carpeta de su viuda. Estaba fuertemente encajada entre las demás. Oyó unas pisadas. ¡Sonnenfeld estaba regresando antes de lo que Ben esperaba! Tiró de la carpeta, la movió de un lado a otro hasta conseguir separarla de las demás. Tomando la gabardina que había dejado colgada de una silla cercana, escondió rápidamente las amarillentas carpetas debajo de ella y regresó a su asiento justo en el momento en que entraba Sonnenfeld.

—Es peligroso turbar la paz de los viejos —anunció Sonnenfeld al reunirse con él—. A lo mejor uno piensa que son unas criaturas desdentadas y arrugadas. Y lo son, en efecto. Pero tienen una poderosa red de apoyos, incluso ahora. Especialmente en Sudamérica, donde cuentan con un amplio sector de partidarios. Unos matones como los *Kamaradenwerk*. Los protegen tal como los animales salvajes protegen a sus debilitados congéneres mayores. Matan siempre que tienen que hacerlo... jamás les tiembla el pulso.

—¿En Buenos Aires?

—Allí más que en ningún otro sitio. En ningún otro lugar son tan poderosos. —Sonnenfeld hablaba con cautela—. Por eso nunca tiene usted que ir allí y preguntar por los viejos alemanes.

Sonnenfeld se levantó con dificultad y Ben también se levantó.

—Mire, incluso hoy en día yo tengo que tener constantemente un guardia de seguridad. No es mucho, pero es lo que nos podemos permitir pagar.

—Pero se empeña en vivir en una ciudad donde a la gente no le gusta que le hagan preguntas acerca de su pasado —dijo Ben.

Sonnenfeld apoyó la mano en el hombro de Ben.

—Ah, bueno, pero es que si usted está estudiando la malaria, señor Hartman, tiene que vivir en un pantano, ¿verdad?

Julian Bennett, el subdelegado de operaciones de la Agencia Nacional de Seguridad, permanecía sentado de cara a Joel Skolnik, el subdirector del Departamento de Justicia, en el pequeño comedor de los ejecutivos del cuartel general de la ans en Fort Mead. Aunque Skolnik, delgado y medio calvo, ocupaba un cargo burocrático más alto, el tono de Bennett era autoritario. La Agencia Nacional de Seguridad estaba estructurada de manera que a las personas como Bennett se las pudiera mantener aisladas de la vigilancia burocrática fuera del ámbito de la agencia. El propósito era favorecer una cierta arrogancia y Bennett no era de los que la disimulaban.

Una chuleta de cordero muy hecha y una porción de espinacas al vapor casi intactas descansaban en el plato delante de Skolnik. Hacía rato que éste había perdido el apetito. Más allá de un fino barniz de amabilidad, los modales de Bennett eran sutilmente amenazadores y su mensaje, francamente alarmante.

—Eso no pinta muy bien para usted —le estaba diciendo Bennett, no por primera vez. Sus pequeños ojos separados y sus claras pestañas le conferían un aspecto vagamente porcino.

—Ya lo veo.

—Usted aquí tendría que estar al mando de un barco absolutamente estanco —dijo Bennett. Su plato estaba limpio; había devorado el bistec en pocos y rápidos bocados; era de los que comía sólo para abastecerse de combustible—. Y las cosas que hemos ido recibiendo son francamente alarmantes.

—Eso ya me lo ha dicho usted con toda claridad —dijo Skolnik, lamentando de inmediato el tono que había utilizado...

deferente e incluso acobardado. Sabía que era siempre un error mostrarse atemorizado en presencia de un hombre como Bennett. Era lo que la sangre en el agua para un tiburón.

—La temeridad que su gente ha puesto de manifiesto en cuestiones relacionadas con la seguridad nacional nos perjudica a todos. Veo el comportamiento de sus subordinados y no sé si echarme a reír o a llorar. ¿De qué sirve cerrar a cal y canto la puerta principal si se deja abierta la puerta de atrás?

—No exageremos la importancia de la posible revelación de un asunto delicado —dijo Skolnik. Incluso a él sus rígidas palabras le sonaron defensivas.

—Quiero que me asegure que la raíz se limita a esta Navarro. —Bennett se inclinó hacia delante y dio unas palmadas en el antebrazo de Skolnik en un gesto entre afectuoso y amenazador—. Y que utilizará todos los medios a su alcance para contener a esta mujer.

—Ni que decir tiene que así se hará —dijo el hombre del Departamento de Justicia, tragando saliva.

—Ahora, levántese —dijo el hombre de la perilla, moviendo la Makarov que sujetaba en la mano izquierda.

—De nada le servirá. Yo no apoyaré el dedo en el sensor —dijo el investigador Hans Hoffman—. Ahora, lárguese de aquí antes de que ocurra algo que usted tenga que lamentar.

—Yo nunca he lamentado nada —dijo tranquilamente el otro—. Levántese.

Hoffman se levantó a regañadientes.

—Le digo que...

El intruso también se levantó y se acercó.

—Se lo repito —dijo Hoffman—. De nada le servirá matarme.

—No necesito matarle —dijo serenamente el hombre.

Con la rapidez de un rayo, arremetió contra él.

Hoffman vio el brillo de algo metálico antes de sentir estallar en su mano un dolor insoportable. Bajó la mirada. Vio un muñón donde antes estaba su dedo índice. El corte había sido perfecto. En la base del lugar donde antes estaba su dedo, justo al lado de la parte más gruesa del pulgar, vio un círculo blanco de hueso dentro de un círculo más grande de carne. En la milésima de segundo antes de que se pusiera a gritar, vio en la mano del hombre un cuchillo de caza más afilado que una navaja y después observó con aturdida fascinación el dedo cortado sobre la alfombra, como una parte inservible de un pollo arrojada allí por un carnicero negligente.

Emitió un grito, un estridente chillido de incredulidad y terror y de intenso e incomprensible dolor.

—¡Oh, Dios mío! ¡Oh, Dios mío! ¡Oh, Dios mío!

Trevor recogió el dedo y lo levantó en alto. Del extremo cortado, todavía manaba sangre.

30

Anna efectuó una llamada a David Denneen.

—¿Eres tú, Anna? —dijo David en tono cortante, con su habitual cordialidad afectada por un insólito cansancio—. Hay mierda volando por todas partes.

—Háblame, David. Dime qué demonios está pasando.

—Una locura. Dicen que tú has... —su voz se perdió.

—¿Qué?

—Una locura. ¿Estás en una línea estéril?

—Claro.

Hubo una pausa.

—Oye, Anna. El departamento ha recibido la orden de colocar un p-47 contra ti, Anna... interceptación de toda la correspondencia, las comunicaciones cablegráficas y telefónicas.

—¡Dios mío! —dijo Anna—. No me lo puedo creer.

—Y la cosa va a peor. Desde esta mañana eres un 12-44: Atrapar y traer por cualquier medio que sea necesario. Dios mío, no sé qué has estado haciendo, pero te consideran un peligro para la seguridad nacional. Dicen que llevas años aceptando dinero de elementos hostiles. Yo ni siquiera tendría que estar hablando contigo.

—¿Cómo?

—Dicen que el fbi ha descubierto toda suerte de dinero y joyas en tu apartamento. Ropa cara. Cuentas en bancos de paraísos fiscales.

—¡Mentiras! —estalló Anna—. ¡Todo malditas mentiras!

Hubo una larga pausa.

—Yo sabía que no podía ser, Anna. Pero me alegro de que tú me lo digas a pesar de todo. Alguien te ha estado metiendo en un lío muy serio. ¿Por qué?

—¿Por qué? —Anna cerró brevemente los ojos—. Para que yo no pueda descubrir el porqué. Eso es lo que yo pienso —dijo antes de colgar precipitadamente el aparato.

¿Qué demonios estaba ocurriendo? ¿Habrían «Yossi» o Phil Ostrow puesto veneno en la oreja de Bartlett? Ella jamás los había llamado; a lo mejor, Bartlett se había molestado porque éstos se habían enterado de la investigación que ella estaba llevando a cabo aunque ella no fuera la responsable. O quizá Bartlett se había enojado porque ella no había obedecido su petición de atrapar a Hartman.

De repente se dio cuenta de que ninguno de los dos funcionarios de la agencia había mencionado a Hans Vogler, el ex asesino de la Stasi. ¿Significaba eso que «Yossi» no sabía nada al respecto? En caso afirmativo, ¿significaba eso que los colaboradores por libre del Mossad no tenían nada que ver con la contratación de Vogler? Sacó la tarjeta de Phil Ostrow y marcó el número. Le salió el contestador y decidió no dejar ningún mensaje.

Quizá Jack Hampton sabía algo. Le llamó a su casa de Chevy Chase.

—Jack —empezó diciendo—. ¿Es...?

—Por el amor de Dios, dime que no me estás llamando —contestó precipitadamente Jack—. Dime que no estás poniendo en peligro la autorización de seguridad de tus amigos mediante una llamada telefónica inoportuna.

—¿Tienes el teléfono pinchado?

—¿Yo? —Hampton hizo una pausa—. No. Nunca. Yo mismo me encargo de que eso no ocurra.

—Pues entonces no estás en peligro. Yo aquí utilizo una línea segura. No veo ninguna manera de seguir la pista de una conexión.

—Digamos que tienes razón, Anna —dijo él en tono dubitativo—. Me sigues planteando una cuestión muy difícil. Corren rumores de que eres una sinvergüenza de primera... Tal y como te han descrito, eres algo así como una combinación de Ma Barker, la célebre gánster de Arizona, y Mata Hari. Con el vestuario de Imelda Marcos.

—Eso es mentira. Y tú lo sabes.

—Puede que sí, Anna, y puede que no. Las sumas de dinero que he oído comentar por ahí serían tremendamente tentadoras. Cómprate un buen terrenito en Virgin Gorda. Toda aquella fina arena de color de rosa, el cielo azul. Practica el submarinismo cada día...

—¡Ya basta, Jack, maldita sea!

—Permíteme un consejo. No aceptes ningún kopek de mierda y no sigas esquilmando a más banqueros suizos.

—¿Es eso lo que dicen de mí?

—Una de las cosas que dicen. Una de las muchas cosas. Digamos simplemente que es la cantidad de dinero más grande de que he oído hablar desde Wen Ho Lee. Es un poco exagerado, si quieres que te diga la verdad. Me sigo preguntando, ¿quién tiene todo este dinero para repartir por ahí? Rusia está en una situación tan apurada que buena parte de sus científicos nucleares lo han dejado todo para irse a trabajar como taxistas en Nueva York. ¿Y qué clase de moneda fuerte tiene China?... El mejor sitio es Zambia, con sus plantas nucleares. Lo que quiero decir es que hay que ser realistas. —La voz de Hampton pareció suavizarse—. ¿O sea que para qué me llamas? ¿Quieres nuestros códigos actuales de misiles para vendérselos a China? Deja que me anote tu número de fax.

—Dame un respiro.

—Así me gusta el tamal caliente —bromeó Hampton, un poco más tranquilo.

—Vete al cuerno. Oye, antes de que toda esta mierda cayera del cielo, yo mantuve una reunión con tu amigo Phil Ostrow...

—¿Ostrow? —dijo Hampton con recelo—. ¿Dónde?

—En Viena.

Tuvo un arrebato de cólera.

—¿Qué estás tramando, Navarro?

—Un momento. No sé de qué me hablas.

Algo en su voz lo hizo dudar.

—¿Me estás soltando trolas o alguien te las ha estado soltando a ti?

—¿Ostrow no está agregado al puesto de Viena? —preguntó Anna en tono vacilante.

—Está en 0-15.

—Ayúdame a entenderlo.

—Eso significa que se mantiene oficialmente en las listas pero, en realidad, está de permiso. Para sembrar la confusión entre los chicos malos. Diabólico, ¿a que sí?

—¿De permiso cómo?

—Ahora ya lleva unos cuantos meses en Estados Unidos. Depresión, por si quieres saberlo. Ya tuvo algunos episodios en el pasado; la situación llegó a ser muy grave. Ha estado hospitalizado en el Walter Reed.

—Y es allí donde se encuentra ahora. —Anna experimentó una sensación de tensión en el cuero cabelludo; trató de reprimir su creciente ansiedad.

—Allí es donde ahora se encuentra. Triste pero cierto. Una de aquellas salas donde todas las enfermeras tienen autorizaciones de seguridad.

—¿Si te dijera que Ostrow era un tipo bajito, de cabello castaño tirando a gris, tez pálida y gafas de montura metálica...?

—Te diría que comprobaras los datos. Ostrow tiene pinta de surfista maduro... alto, delgado, cabello rubio...

Transcurrieron varios segundos de silencio.

—Anna, ¿qué demonios te ocurre?

31

Aturdida, se reclinó en la cama.

—¿Qué pasa? —preguntó Ben.

—Es que no lo entiendo.

—Si es algo que se refiere al asunto en el que ambos estamos trabajando...

—No. A eso, no. ¡Estos malnacidos!

—¿Qué ha ocurrido?

—Por favor —exclamó ella—. ¡Déjame pensar!

—Muy bien.

Con expresión irritada, Ben se sacó el móvil del bolsillo de la chaqueta.

Anna pensó: «No era de extrañar que "Phil Ostrow" la hubiera llamado por la noche... cuando ya era demasiado tarde para llamar a la embajada de Estados Unidos y comprobar su autenticidad». Pero entonces, ¿quién era aquel con quien ella se había reunido en el puesto de la CIA?

¿Era de veras un puesto de la CIA?

¿Quiénes eran «Ostrow» y «Yossi»?

Oyó a Ben hablando rápidamente en francés. Después, éste guardó silencio y escuchó un rato.

—Oscar, eres un genio —dijo finalmente.

Minutos después hizo otra llamada.

—¿Megan Crosby, por favor?

Si «Phil Ostrow» era alguna especie de impostor, era un actor extraordinario. ¿Y qué estaría haciendo? «Yossi» podía ser israelí o de algún país de Oriente Medio; no era fácil decirlo.

—Megan, soy Ben —dijo.

¿Quiénes eran?, se preguntó Anna. Tomó el teléfono y volvió a llamar a Jack Hampton.

—Jack, necesito el número del puesto de la CIA.

—Pero bueno, ¿qué es lo que soy, un apéndice de la guía telefónica?

—Está en el edificio que hay enfrente de la sede del consulado, ¿verdad?

—El puesto de la CIA está en el edificio principal de la embajada, Anna.

—No, en el edificio anexo. Un edificio comercial de la acera de enfrente. Bajo la tapadera de la Oficina del Representante Comercial de Estados Unidos.

—No sé de qué me estás hablando. La CIA no tiene ninguna otra tapadera, aparte de la que hay en la embajada. En todo caso, eso es lo que yo sé.

Anna colgó mientras el pánico se propagaba por todo su cuerpo. Si no se había reunido con Ostrow en un puesto de la CIA, ¿dónde se había reunido con él? El lugar, el ambiente... todos los detalles eran correctos. ¿Demasiado correctos, demasiado convincentes?

—Debes de estar bromeando —le oyó decir a Ben—. Hay que ver lo rápida que eres.

¿Quién estaba tratando de manipularla? ¿Y con qué propósito? Evidentemente, alguien o algún grupo que sabía que ella estaba en Viena, sabía que estaba llevando a cabo una investigación y sabía en qué hotel se hospedaba.

Si Ostrow era un impostor, la historia que le había contado acerca del Mossad debía de ser falsa. Y ella había sido la víctima inconsciente de algún complicado chanchullo ilegal. Pretendían secuestrar a Hartman... y que ella les entregara el «paquete» directamente en sus garras.

Se sentía aturdida y extraviada.

Lo repasó todo mentalmente, desde la llamada de «Ostrow» hasta el lugar donde se había reunido con él y con «Yossi». ¿De veras era posible que todo hubiera sido una complicada patraña?

Oyó decir a Hartman:

—De acuerdo, déjame que lo anote. Buen trabajo, niña. Tremendo.

¿O sea que la historia del Mossad, con todos sus rumores y susurros no documentados, no era más que un relato tejido por unos embusteros a partir de fragmentos verosímiles? Dios mío, en tal caso, ¿cuánto de lo que ella sabía era falso?

¿Y quién estaba tratando de inducirla a error... y con qué propósito?

«¿Cuál era la verdad?» Dios mío, ¿dónde estaba la verdad?

—Ben —dijo.

Éste levantó un dedo índice para indicarle que esperara, dijo rápidamente algo a través de su móvil y después lo cerró. Pero entonces ella cambió de idea y decidió no revelarle nada de lo que acababa de averiguar. Todavía no. En vez de eso, le preguntó:

—¿Has sabido algo a través de Sonnenfeld?

Hartman le dijo lo que Sonnenfeld le había contado mientras ella lo interrumpía de vez en cuando para aclarar un dato o pedirle una explicación más detallada.

—¿O sea que estás diciendo que en el fondo tu padre no era un nazi?

—No, según Sonnenfeld, por lo menos.

—¿Y él tenía alguna idea acerca del significado de Sigma?

—Aparte lo que yo le dije, se mostró bastante vago al respecto. Y claramente evasivo en la cuestión de Strasser.

—¿Y acerca del motivo por el cual tu hermano fue asesinado?

—Evidentemente lo mataron a causa de la amenaza de que los descubrieran. Alguien, tal vez un grupo, temía la revelación de aquellos nombres.

—O de la existencia de ese consorcio. Con toda certeza, alguien que se jugaba mucho desde el punto de vista económico. Lo cual nos dice que esos viejos eran... —De repente, Anna se detuvo—. ¡Claro! ¡El blanqueo de dinero! A estos viejos les pagaban. Quizá alguien que controlaba el consorcio que todos ellos habían contribuido a crear.

—O bien les pagaban en forma de soborno —añadió Ben—, o bien recibían un reparto previamente acordado, una participación en los beneficios.

Anna se levantó.

—Si se elimina a los beneficiarios, se acabaron las transferencias. Se acaban los días de pago para todo un hato de viejos chochos. Lo cual nos dice que quienquiera que haya ordenado los asesinatos se iba a beneficiar económicamente de ellos. Tiene que ser eso. Alguien como Strasser, o incluso tu padre. —Miró a Ben. No lo podía descartar automáticamente. Aunque él no quisiera oírlo. Puede que su padre hubiera sido un asesino... puede que tuviera las manos manchadas de sangre... puede que estuviera detrás de los asesinatos, al menos.

Pero ¿cómo explicar el complicado engaño de Ostrow, el falso hombre de la CIA? ¿Estaría relacionado tal vez con los herederos de alguna inmensa fortuna oculta?

—Supongo que, teóricamente, mi padre podría ser uno de los chicos malos —dijo Ben—. Pero la verdad es que no lo creo.

—¿Por qué no? —Anna no sabía hasta qué extremo acosarlo a este respecto.

—Porque mi padre ya tiene más dinero del que podría gastar. Porque puede que sea un despiadado hombre de negocios y un mentiroso, pero, después de haber hablado con Sonnenfeld, tiendo a pensar que no es en el fondo un mal hombre.

Anna dudaba de que Hartman le estuviera ocultando algo; no cabía duda de que la lealtad filial constituía un obstáculo. Ben parecía una persona fiel... una cualidad admirable, pero a veces la fidelidad podía impedir ver la verdad.

—Lo que yo no entiendo es lo siguiente: todos estos tíos son viejos achacosos —prosiguió diciendo Hartman—. ¿Por qué contratar a alguien para que los elimine? No merece la pena correr el riesgo.

—A menos que uno tema que alguno de ellos se vaya de la lengua y revele el arreglo económico o lo que sea.

—Pero, si se han pasado medio siglo sin hablar, ¿por qué razón iban a empezar a hacerlo ahora?

—Quizá alguna presión de las autoridades legales, desencadenada por el descubrimiento de esta lista. Enfrentado con la amenaza de una acción legal, cualquiera de ellos podría haber hablado fácilmente. O a lo mejor el Consorcio está pasando a una nueva fase, una transición, y se siente vulnerable durante este proceso.

—Todo eso son conjeturas —dijo Ben—. Necesitamos hechos.

Anna hizo una pausa.

—¿Con quién estabas hablando por teléfono hace un momento?

—Con una investigadora de empresas cuyos servicios he utilizado en otras ocasiones. Descubrió unos antecedentes muy intrigantes en Vortex Laboratories.

Anna se puso repentinamente en estado de alerta.

—Ah, ¿sí?

—Pertenece por entero al gigante químico y tecnológico Armakon ag. Una empresa austriaca.

—Austriaca... —murmuró ella—. Qué interesante.

—Estas grandes empresas tecnológicas siempre están comprando pequeños avances tecnológicos con la esperanza de quedarse con los derechos de algo que no han inventado sus propios científicos. —Ben hizo una pausa—. Y otra cosa. Mi amigo de las islas Caimán ha podido localizar el origen de algunas transferencias cablegráficas.

Qué barbaridad. En cambio, su hombre del Departamento de Justicia no había descubierto nada. Anna procuró disimular su emoción.

—Cuéntame.

—El dinero se envió desde una empresa fantasma registrada en las islas del Canal, segundos después de su llegada desde Liechstenstein, desde una *Anstalt*, una compañía de acciones al portador. Una especie de empresa ciega.

—Si se envió desde una empresa, ¿significa eso que los nombres de los verdaderos propietarios están archivados en otro sitio?

—Aquí está lo más complicado. Las *Anstalts* suelen estar dirigidas por un agente, generalmente un abogado. Son esencialmente empresas ficticias que sólo existen sobre el papel. Un agente en Liechstenstein puede gestionar miles de ellas.

—¿Pudo tu amiga averiguar el nombre del agente de la *Anstalt*?

—Creo que sí. Lo malo es que, a no ser que lo sometan a tortura, ningún agente soltará el nombre de ninguna de las *Anstalts* que dirige. No se pueden permitir el lujo de sabotear la fama de discreción de que gozan. Pero mi amiga está trabajando en ello.

Anna sonrió. El tipo le estaba gustando.

Sonó el teléfono.

Lo tomó.

—Navarro.

—Anna, soy Walter Heisler. Tengo resultados para usted.

—¿Resultados?

—Del arma que soltó el tirador en Hietzing. Las huellas que usted me pidió obtener. Coinciden con una huella, una huella digitalizada de un archivo de la Interpol. Un tal Vogler, ex miembro de la Stasi. O no esperaba fallar o no esperaba que nosotros estuviéramos allí, porque no utilizó guantes.

La información de Heisler no constituía ninguna novedad, pero las huellas dactilares serían una valiosa prueba.

—Estupendo. Oiga, Walter, necesito pedirle otro favor.

—No parece sorprendida —dijo Heisler, ofendido—. He dicho que es un ex miembro de la Stasi, ¿comprende? El antiguo servicio de espionaje secreto de Alemania del Este.

—Sí, Walter, lo comprendo y le doy las gracias. Todo es impresionante. —Anna volvía a mostrarse brusca y excesivamente profesional y trató de suavizar su tono—. Muchas gracias, Walter. Y otra cosa...

—¿Sí? —dijo el otro, cansado.

—Un segundo. —Anna cubrió el micrófono con la mano y le preguntó a Ben—: ¿Aún no te has puesto en contacto con Hoffman?

—Ni una palabra. No hay respuesta por su parte... qué raro.

Anna apartó la mano del micrófono.

—Walter, ¿podría averiguar todo lo que pueda acerca de un investigador privado de Viena llamado Hans Hoffman?

Silencio.

—¿Oiga?

—Sí, Anna, estoy aquí. ¿Por qué me pregunta usted por este Hans Hoffman?

—Necesito una ayuda externa —contestó Anna, pensando rápidamente— y me facilitaron su nombre...

—Bueno, pues creo que tendrá que buscarse a otro.

—¿Y eso por qué?

—Hace aproximadamente una hora se recibió una llamada en el *Sicherheitsbüro* de una empleada de un *Berufsdetektiv* llamado Hans Hoffman. La mujer, una investigadora del despacho de Hoffman, acudió a su lugar de trabajo y descubrió a su jefe muerto. De un disparo a quemarropa en la frente. Y, curiosamente, tenía el dedo índice cortado. ¿Podría ser el Hoffman de quien usted me está hablando?

Ben miró con incredulidad a Anna cuando ésta le dijo lo que acababa de averiguar.

—Dios mío, es como si siempre tuviéramos a alguien detrás de nosotros, cualquier cosa que hagamos… —murmuró.

—Quizá sería más preciso decir «delante de nosotros».

Ben se masajeó las sienes con los índices de ambas manos y, al final, habló en voz baja:

—El enemigo de mi enemigo es mi amigo.

—¿Qué quieres decir?

—Es evidente que Sigma ha estado matando a los tuyos. Las víctimas que tú estás intentando encontrar… todas tienen algo en común conmigo, un enemigo compartido. Hemos observado la pauta: unos viejos asustados que se esconden en el ocaso de sus vidas y viven bajo nombres falsos. Es seguro que ellos tienen cierta idea de lo que está ocurriendo. Eso significa que nuestra esperanza estriba en establecer contacto con alguien de la lista que viva todavía y pueda hablar. Alguien con quien yo pueda entenderme y recabar su ayuda para su propia protección.

Anna se levantó y se puso a pasear por la estancia.

—Eso siempre y cuando quede alguien vivo, Ben.

Él la miró largo rato sin decir nada mientras la determinación que expresaban sus ojos vacilaba. Anna comprendió que estaba deseando con toda su alma confiar en ella tanto como ella esperaba poder confiar en él. Suavemente y titubeando, dijo Ben:

—Tengo la impresión, y es sólo una impresión, una conjetura, de que puede haber por lo menos uno que todavía vive.

—¿Quién es?

—Un francés llamado Georges Chardin.

Anna asintió lentamente con la cabeza.

—Georges Chardin... Vi su nombre en la lista Sigma... Pero no, murió hace cuatro años.

—Pero el hecho de que su nombre figure en la lista Sigma significa que Allen Dulles lo tenía fichado por alguna razón.

—Allá en los años cincuenta, en efecto. Pero recuerda que casi todas estas personas llevan mucho tiempo muertas. Yo me centro en las que han caído víctimas de la reciente tanda de asesinatos... o que han estado a punto de caer. Chardin no entra en ninguna de las dos categorías. Y no es un fundador; por consiguiente, no figura en tu documento de la creación del consorcio. La lista Sigma contiene más nombres aparte de los de los fundadores. —Anna miró con dureza a Ben—. Mi pregunta es, ¿cómo has podido preguntar por él? ¿Me ocultas algo?

Ben meneó la cabeza.

—No tenemos tiempo para entregarnos a juegos —dijo Anna—. Georges Chardin... lo conozco como un nombre sobre un papel. Pero no es famoso, no es nadie de quien yo haya oído hablar nunca. Por consiguiente, ¿qué significado tiene?

—El significado es su jefe, un legendario empresario francés... un hombre que era uno de los fundadores que figuran en la foto. Un hombre llamado Émil Ménard. En sus tiempos, uno de los más grandes titanes de la industria. Allá en 1945 era un venerable anciano; lleva mucho tiempo muerto.

—A ése lo conozco. Fue el fundador del Trianon, generalmente considerado el primer consorcio empresarial moderno, ¿es así?

—En efecto. El Trianon es uno de los más grandes imperios industriales de Francia. Émil Ménard convirtió el Trianon en un gigante petroquímico a cuyo lado hasta la Schlumberger parecía una tiendecita de mierda.

—¿O sea que este Georges Chardin trabajaba para el legendario Émil Ménard?

—¿Que trabajaba para él? Prácticamente respiraba por él. Chardin era su lugarteniente de confianza, ayudante de campo, factótum y todo lo que tú quieras llamarle. No era sólo el hombre clave de Ménard sino prácticamente su mano derecha. Chardin fue contratado en 1950 cuando apenas contaba veinte años y, en muy poco tiempo, el novato cambió la manera de explicar los costes del capital, introdujo una nueva y sofisticada manera de calcular el rédito de las inversiones y reestructuró la empresa de acuerdo con estos criterios. Se adelantó enormemente a su tiempo. Una figura impresionante.

—En tu mundo, tal vez.

—Por supuesto. El caso es que, en muy poco tiempo, el viejo se lo confió todo a su joven protegido, todos los detalles de la dirección de su gigantesca empresa. A partir de 1950, Émil Ménard ya no iba a ningún sitio sin Chardin. Dicen que Chardin se conocía de memoria todos los libros mayores de la empresa. Era un ordenador ambulante. —Ben sacó la amarillenta fotografía del grupo Sigma, la colocó delante de Anna y señaló el demacrado aspecto de Émil Ménard—. ¿Qué es lo que ves?

—Ménard tiene una pinta ojerosa, si tengo que ser sincera. Nada buena.

—Exacto. Estaba gravemente enfermo en aquel momento. Se pasó la última década de su vida luchando contra el cáncer, a pesar de que fue un hombre de fortaleza increíble hasta el mismo final. Pero murió con la suprema confianza de que su empresa seguiría siendo fuerte y creciendo gracias a su joven y brillante *Directeur Général du Département des Finances...* básicamente su principal ejecutivo financiero.

—¿O sea que tú crees que Ménard podría haber confiado también a Georges Chardin el secreto de la empresa Sigma?

—Estoy prácticamente seguro de que sí. No cabe duda de que Chardin permanecía siempre en segundo plano. Pero era en todo la sombra de Ménard. Sería inconcebible que Chardin no tuviera ningún conocimiento de la esencia de Sigma, cualesquiera que fueran sus objetivos y sus métodos. Y míralo también desde el punto de vista de Sigma: para seguir viviendo, independientemente de sus propósitos, Sigma necesitaba aportar nuevos efectivos para sustituir a los fundadores. Por eso Chardin no tiene más remedio que haber desempeñado un papel significativo, probablemente como miembro de su consejo interno... Ménard debió de encargarse de que así fuera.

—De acuerdo, de acuerdo, me has convencido —dijo Anna con impaciencia—. Pero ¿eso adónde nos lleva? Sabemos que Chardin murió hace cuatro años. ¿Tú crees que podría haber dejado archivos, papeles o algo por el estilo?

—Nos dicen que Chardin murió hacia cuatro años, desde luego. Aproximadamente hacia la fecha en que mi hermano Peter organizó su falsa muerte. ¿Y si hubiera hecho algo parecido a lo que hizo Peter... organizando su desaparición y escondiéndose para huir de los asesinos que él sabía que iban tras él?

—¡Vamos, Ben! ¡Estás haciendo todo tipo de conjeturas y llegando a conclusiones infundadas!

Ben contestó pacientemente:

—Tu lista señalaba que había muerto en un incendio, ¿verdad? ¿El viejo truco de «quemado más allá de cualquier posible reconocimiento»? ¿Como mi hermano? Lo siento; no te engañes. —Ben percibió el escepticismo de su rostro—. ¡Escúchame! Tú misma lo has dicho. Tenemos a toda una serie de viejos presuntamente asesinados porque alguien los consideraba una amenaza. Sigma o bien sus herederos y los que la controlaban. Por consiguiente, vamos a pensarlo de esta manera: ¿por qué una serie de viejos en el ocaso de sus vidas se consideran una amenaza tan grande como para ser asesinados? —Ben se levantó y empezó a pasear—. Mira, mi error desde el principio fue considerar Sigma como una organización tapadera, un falso consorcio empresarial... en lugar de uno auténtico.

—¿Qué quieres decir?

—¡Era tan obvio! Puedo darte cien ejemplos de mis tiempos en Wall Street. En 1992 un tipo echó a otro rival para convertirse en el único presidente de la Time Warner. Y su primera orden como tal, ¿cuál fue? Eliminar a los elementos hostiles del consejo de administración. Eso es lo que hace la dirección. ¡Librarse de sus adversarios!

—Pero el tipo de la Time Warner no mató a sus oponentes —dijo ella secamente.

—En Wall Street utilizamos otras técnicas para eliminar a los enemigos. —Ben esbozó una torcida sonrisa—. Pero él los eliminó de todos modos. Es lo que siempre ocurre cuando se produce un cambio brusco en la dirección.

—O sea que tú insinúas que se ha producido un «cambio de dirección» en Sigma.

—Exactamente. Una purga de los que se podrían llamar miembros disidentes del consejo de administración.

—Rossignol, Mailhot, Prosperi y los demás... ¿Dices que todos eran disidentes? ¿Situados en el lado equivocado de la nueva dirección?

—Algo así. Y en cuanto a Georges Chardin, se sabía que era brillante. No cabe duda de que lo vio venir y decidió desaparecer.

—Puede que sí y puede que no. Pero es algo que sigue perteneciendo al ámbito de las conjeturas.

—No del todo —dijo Ben en voz baja. Se volvió para mirar directamente a Anna—. Siguiendo el acreditado principio de «Sigue el dinero», contraté a un investigador privado francés al que ya habíamos contratado otras veces en Hartman Capital Management. Un mago llamado Oscar Peyaud. Lo hemos utilizado para trabajos de investigación empresarial en París y cada vez nos deja asombrados con la rapidez y la calidad de su trabajo. Y con el tamaño de su factura, pero eso es otra cuestión.

—Gracias por mantenerme informada acerca de tus gestiones —dijo Anna con evidente ironía—. Menos mal que somos socios.

—Mira. Un hombre no puede vivir sin cierta forma de respaldo económico. Entonces me puse a pensar qué ocurriría si pudiera localizar al albacea de la fortuna de Chardin y ver de qué manera éste dejó sus propiedades y cómo pudo conservar el acceso a ellas. —Ben hizo una pausa y se sacó del bolsillo de la chaqueta una hoja de papel doblada—. Hace una hora he recibido esto de Oscar Peyaud desde París.

La página estaba en blanco, exceptuando una breve dirección:

Rogier Chabot
1554 Rue des Vignoles
París 20

Anna levantó la vista, perpleja y emocionada a un tiempo.

—¿Chabot?

—El falso nombre de Georges Chardin, me apuesto lo que sea. Creo que tenemos a nuestro hombre. Ahora sólo es cuestión de llegar hasta él antes de que lo haga Sigma.

Una hora más tarde sonó el teléfono del escritorio de Walter Heisler. Un ciclo de dos breves timbrazos: una línea interna. Heisler estaba dando una fuerte calada a un cigarrillo —ya iba por el tercer paquete de Casablanca del día— cuando tomó el teléfono, y hubo una pausa de dos segundos antes de que hablara:

—Heisler.

Era el técnico del pequeño cuarto del quinto piso.

—¿Ya has recibido el boletín sobre la americana, Navarro?

—¿Qué boletín? —Heisler dejó escapar muy despacio el cálido humo a través de las ventanas de la nariz.

—Se acaba de recibir.

—Eso significa probablemente que se ha pasado toda la mañana esperando en el centro de mensajes. —El centro de mensajes del *Sicherheitsbüro*, cuya ineficacia él consideraba tercermundista, era la pesadilla de su vida—. ¿Y qué es lo que dice? ¿O es que tengo que averiguarlo escuchando el noticiario de la radio?

Ésta era su manera de formular las quejas. Una vez averiguó efectivamente el paradero de un fugitivo a través de una radio local, pues los boletines enviados por fax aquella mañana se extraviaron en la ruta hacia su escritorio.

—Parece que es una sinvergüenza. Nos han utilizado. El Gobierno de Estados Unidos ha dictado una orden de captura contra ella. No es asunto mío, pero he pensado que alguien te tenía que avisar.

—¡Dios! —exclamó Heisler, dejando caer el cigarrillo desde su boca hasta la taza de café, donde chisporroteó de la colilla—. ¡Mierda! Vaya cagada.

—No tanto si eres tú quien la captura, ¿no? —dijo cuidadosamente el técnico.

—Dejo la habitación 1423 —le dijo Anna al atareado recepcionista.

Depositó sus dos tarjetas electrónicas sobre la negra superficie de granito del mostrador.

—Un momento, por favor. ¿Puede usted firmar la cuenta final, *ja*?

Aquel cuarentón de mejillas ligeramente hundidas, con el cabello rubio sucio —¿teñido?— peinado hacia adelante y aplastado sobre el cráneo en un aparente intento de simular un aspecto juvenil, daba la impresión de estar agotado. Llevaba una chaqueta de uniforme de una especie de material sintético de color marrón con unas charreteras ligeramente deshilachadas. Anna imaginó el aspecto que debía de tener a la salida del trabajo: vestido de cuero negro, fuertemente perfumado con una colonia de aroma de musgo y visitando las salas de fiestas donde la escasa iluminación tal vez le permitiera tener suerte con alguna *schöne Mädchen*.

—Faltaría más —dijo Anna.

—Esperamos que haya usted disfrutado de su estancia, señorita Navarro. —El hombre tecleó unos números y la miró con una sonrisa que dejó al descubierto unos grandes y amarillentos dientes—. Le pido disculpas, los registros tardan un poco en salir. Es un problema del sistema. De los ordenadores, ¿comprende? —Esbozó una sonrisa más ancha, como si acabara de pronunciar una frase ingeniosa—. Unos aparatos maravillosos que te ahorran un montón de trabajo. Cuando funcionan. Voy a llamar al director.

Descolgó un auricular de color rojo y pronunció unas cuantas palabras en alemán.

—¿Qué ocurre? —preguntó Ben, de pie a su espalda.

—Un problema con el ordenador, dice —murmuró Anna.

Desde detrás del mostrador emergió un hombre bajito y barrigudo, vestido con traje oscuro y corbata.

—Soy el director y lamento el retraso —dijo el hombre. Intercambió una mirada con el recepcionista—. Un fallo. Tardará unos minutos en recuperar los registros. Llamadas telefónicas y demás. Los recuperaremos enseguida y entonces usted podrá echar un vistazo y asegurarse de que todo está conforme. No quisiera que le cobraran llamadas telefónicas de la habitación 1422. A veces ocurre, con el nuevo sistema. Milagros de la moderna tecnología.

Algo fallaba, y no era el sistema informático.

El director se mostraba amable, tranquilizador y efusivo y, sin embargo, a pesar de la ligera sensación de frío que se notaba en el vestíbulo, Anna vio unas gotas de sudor en su frente.

—Venga a sentarse a mi despacho mientras lo arreglamos. Deles un poco de alivio a sus pies, ¿no? Se va al aeropuerto, ¿verdad? ¿Ya tiene arreglado el medio de transporte? ¿Por qué no deja que la lleve el vehículo del hotel? Es lo menos que podemos hacer para compensarla por las molestias.

—Es muy amable de su parte —dijo Anna, pensando que conocía muy bien a aquella clase de persona por haberla encontrado a menudo a lo largo de sus años de investigaciones... La clase de persona a quien la tensión volvía locuaz.

El hombre había recibido la orden de entretenerla. Eso estaba claro.

—Faltaría más, faltaría más. Venga usted conmigo a tomar una buena taza de café. Nadie lo prepara como los vieneses, ¿verdad?

Lo más probable era que no hubiera sido informado del porqué o de si eran peligrosos. Debían de haberle ordenado que lo comunicara a los de seguridad, pero los de seguridad todavía no debían de haber llegado. De otro modo, no estaría tan nervioso. Ella estaba dejando el hotel prematuramente. Lo cual significaba... bueno, había más de una posibilidad. A lo mejor había sido identificada —¿identificados?— como objetivo hacía poco. En cuyo caso los preparativos no estarían enteramente a punto.

—Mire —le dijo ella—, ¿por qué no lo aclara usted tranquilamente y me envía la cuenta después? No le importa, ¿verdad?

—Serán sólo unos minutos —dijo el director, pero no la miraba a ella.

Estaba mirando a un guardia que se encontraba al otro lado del vestíbulo.

Anna consultó ostensiblemente su reloj de pulsera.

—Tus primos se estarán preguntando qué nos ha ocurrido —le dijo a Ben—. Será mejor que nos pongamos en marcha.

El director rodeó el mostrador y apoyó una pegajosa mano en su brazo.

—Sólo unos minutos —dijo. De cerca, despedía un desagradable olor a queso a la parrilla y aceite para el cabello.

—Quíteme las manos de encima —le dijo Anna en tono levemente amenazador.

Ben se sorprendió ante la súbita frialdad de su voz.

—Les podemos acompañar adonde ustedes quieran —protestó el director en un tono más lisonjero que amenazador.

Desde el otro extremo del vestíbulo, el guardia de seguridad estaba reduciendo la distancia que lo separaba de ellos con largas y rápidas zancadas.

Anna se echó al hombro la bolsa de la ropa y se encaminó hacia la puerta.

—Sígueme —le dijo a Ben.

Ambos se dirigieron rápidamente hacia la entrada. Anna sabía que el guardia del vestíbulo tendría que hablar con el director antes de seguirlos hasta el exterior del edificio.

Ya en la acera delante del hotel, miró cuidadosamente a su alrededor. Al final de la manzana, vio a un agente de la policía hablando a través de un walkie-talkie, seguramente facilitando su localización. Lo cual significaba que era probablemente el primero en haber llegado al escenario de los hechos.

Anna le arrojó la bolsa a Ben y se encaminó directamente hacia el agente.

—¡Por Dios, Anna! —exclamo Ben.

Anna le hizo señas al agente y le habló levantando la voz en tono autoritario:

—¿Habla usted inglés?

—Sí —titubeó el agente—. Inglés, sí.

Llevaba el cabello cortado en cepillo y aparentaba unos veintitantos años.

—Trabajo en el Federal Bureau of Investigation de Estados Unidos —dijo Anna—. El Federal Bureau of Investigation, ¿comprende? El fbi. Buscamos a una fugitiva de la justicia norteamericana y tengo que pedirle su ayuda. La mujer se llama Anna Navarro. —Exhibió rápidamente su placa de la OIE, sosteniéndole la mirada para que no se fijara en la placa.

—¿Dice usted Anna Navarro? —dijo el agente sin reconocerla y sin el menor deseo de prestarle ayuda—. Sí. Se nos ha notificado. En el hotel, ¿verdad?

—Se ha atrincherado en su habitación —dijo Anna—. Planta catorce. Habitación 1423. Y viaja con alguien, ¿verdad?

El policía se encogió de hombros.

—Anna Navarro es el nombre que tenemos —dijo.

Anna asintió con la cabeza. Era una información importante.

—Tengo dos agentes destacados, ¿sabe? Pero como observadores. No podemos actuar en territorio austriaco. Eso les corresponde a ustedes. Voy a pedirle que vaya a la entrada de servicio de la parte lateral del edificio y suba a la planta catorce. ¿De acuerdo?

—Sí, sí —contestó el agente.

—Y corra la voz, ¿de acuerdo?

El policía asintió con la cabeza, deseoso de ayudar.

—La vamos a atrapar para usted. Austria es, ¿cómo dicen ustedes?, un lugar donde imperan la ley y el orden, ¿verdad?

Anna le dedicó la más cordial de sus sonrisas.

—Contamos con ustedes.

Pocos minutos después, Ben y Anna ya se encontraban a bordo de un taxi camino del aeropuerto.

—Hay que tener cojones —dijo Ben en voz baja—. Dirigirse al agente de esta manera.

—No creas. Son mi gente. Pensé que habrían acabado de recibir los datos; de lo contrario, habrían estado mejor preparados. Lo cual significa que no tenían ni idea de cuál era mi aspecto. Lo único que saben es que buscan a una americana en nombre de los americanos. No podían saber si yo soy la que tienen que perseguir o la que participa en la persecución.

—Dicho de esta manera... —Ben meneó la cabeza—. Pero ¿por qué te persiguen?

—Todavía no lo he acabado de entender exactamente. Sé que alguien ha estado corriendo la voz de que me he vuelto una desvergonzada. Que he estado vendiendo secretos de Estado o yo qué sé. La pregunta es quién, cómo y por qué.

—Me parece que Sigma está siguiendo unos canales. Y utilizando a la policía de verdad por medio de la manipulación.

—Ah, ¿sí?

—Y eso no es bueno —dijo Ben—. El hecho de que vayamos a tener a todos los policías de Europa pisándonos los talones, aparte de todos los asesinos en serie que Sigma tiene en nómina, va a obstaculizar el plan del juego.

—Es una manera de verlo —dijo Anna.

—Estamos muertos.

—Eso es un poco fuerte. —Anna se encogió de hombros—. ¿Qué te parece si abordamos este asunto paso a paso?

—¿Cómo?

—Ben Hartman y Anna Navarro van a reservar un vuelo desde Graz, a unos ciento cincuenta kilómetros al sur de Múnich.

—¿Y qué vamos a hacer en Múnich?

—No vamos a Múnich. El caso es que yo ya estoy siguiendo la pista de tus tarjetas de crédito. Es un genio que no puedo volver a introducir en la botella. Si tú utilizas cualquier tarjeta a tu nombre, se va a disparar una alarma inmediata en Washington y Dios sabe en qué otras de las filiales que tenemos.

—O sea que estamos jodidos.

—Y eso es lo que vamos a utilizar. Necesito que te concentres, Ben. Mira, tu hermano preparó unos documentos de viaje para él y Liesl por si tuvieran que marcharse de incógnito. Que sepamos, los documentos de identidad siguen siendo válidos y la tarjeta de crédito tendría que estar en vigor. John y Paula Freedman van a reservar billetes para el primer vuelo disponible de Viena a París. La sustitución de la fotografía de Liesl por la mía no será ningún problema. Una pareja de americanos corrientes entre las decenas de miles que llegan y salen del aeropuerto todos los días.

—Muy bien. —dijo Ben—. Muy bien. Perdona, Anna. No pienso con claridad. Pero sigue habiendo riesgos, ¿no?

—Por supuesto que los hay. Cualquier cosa que hagamos tiene un riesgo. Pero, si nos vamos ahora, hay muchas posibilidades de que no tengan las fotografías correctas y no buscarán al señor y la señora Freedman. Lo más importante es conservar la calma y mantenerse alerta. Dispuestos a improvisar si fuera necesario.

—Por supuesto —dijo Ben, sin estar demasiado convencido.

Anna lo miró. En cierto modo, parecía joven, más joven que antes; había perdido la impertinencia y ella intuía que necesitaba que lo tranquilizaran de alguna manera.

—Después de todo lo que has pasado, sé que no vas a perder la cabeza. Todavía no la has perdido. Y ahora mismo eso es probablemente lo más importante.

—Lo más importante es llegar hasta Chardin.

—Llegaremos —dijo Anna, rechinando los dientes con determinación—. Llegaremos hasta él.

Zúrich

Matthias Deschner se cubrió fuertemente el rostro con ambas manos, esperando encontrar un momento de claridad en medio de la oscuridad. Una de las tarjetas de crédito que el novio de Liesl había creado y mantenido gracias a sus buenos oficios, se había utilizado finalmente. La llamada había sido una pura formalidad: puesto que la cuenta llevaba bastante tiempo sin utilizarse, a un funcionario del departamento de seguridad de créditos de algún sitio le correspondería la tarea de efectuar una llamada para comprobar que la tarjeta no se hubiera extraviado.

Peter se había encargado de satisfacer el pago automático de la cuota anual; el nombre, el número de teléfono y el correo electrónico correspondían a una sociedad que Matthias había creado para él; todas las comunicaciones iban a parar a Deschner en su calidad de representante legal. Deschner se sentía bastante incómodo con todo aquel asunto —le parecía bastante dudoso, por no decir otra cosa peor—, pero Liesl había implorado su ayuda y, bueno, él había hecho lo que había hecho. Mirando retrospectivamente la situación, hubiera tenido que huir, huir en dirección contraria. Deschner se creía un hombre honrado, pero nunca se había imaginado en el papel de héroe.

Ahora había surgido un dilema por segunda vez en cuestión de días. Maldito fuera aquel Ben Hartman. Malditos fueran los dos chicos Hartman.

Deschner quería cumplir la palabra dada a Peter y Liesl... lo quería a pesar de que ahora ambos ya estaban muertos. Pero ellos habían muerto y, con ellos, su juramento. Y ahora había otras consideraciones más amplias a tener en cuenta.

Su propia supervivencia, de entrada.

Bernard Suchet, del Handelsbank, era demasiado listo como para haberle creído al decirle él que ignoraba por completo lo que Peter Hartman se traía entre manos. Se trataba más bien de no querer saber, de creer que aquello que no sabía no podía hacerle daño.

Pero eso ya no era cierto.

Cuanto más pensaba en ello, tanto más se enfurecía.

Liesl era una muchacha encantadora —se le hacía un nudo en la garganta cuando pensaba en la necesidad de tener que usar el tiempo pasado—, pero, aun así, no había estado bien que ella lo hubiera mezclado en sus asuntos. Era un abuso de las lealtades familiares, ¿no? Se imaginaba conversando, o más bien discutiendo, con su difunta prima. No había estado bien, nada bien. Él jamás había querido participar en su cruzada. ¿Tenía ella alguna idea de la situación en la que lo había puesto?

Le volvieron a la mente sus palabras: «Necesitamos tu ayuda. Eso es todo. No hay nadie más a quien podamos recurrir». Deschner recordaba la luminosa claridad que desprendían sus ojos azules, como un profundo embalse de agua alpina, unos ojos cuya honradez parecía esperar la misma honradez en los demás.

Deschner experimentó los primeros síntomas de un palpitante dolor de cabeza. La joven había pedido demasiado, eso era todo. Probablemente al mundo, y con toda seguridad a él.

Se había ganado la hostilidad de una organización que asesinaba a la gente con la misma indiferencia con que reparte tickets una agente policial de aparcamiento urbano. Ahora Liesl había muerto, y parecía bastante posible que se lo llevara consigo también a él.

Descubrirían que la tarjeta se había activado. Y después descubrirían que el doctor Mathias Deschner había sido informado de ello, pero no lo había denunciado. Muy pronto dejaría de existir el doctor Matthias Deschner. Pensó en su hija Alma, que se iba a casar en cuestión de dos meses. Alma había comentado cuánto estaba deseando bajar por el pasillo del brazo de su padre. No, no podría ser. Sería algo no sólo temerario sino también decididamente egoísta por su parte. Las pulsaciones que experimentaba detrás de los ojos no habían disminuido. Alargó la mano hacia el cajón de su escritorio, sacó un frasco de Panadol y se tragó a palo seco un amargo comprimido.

Consultó el reloj de pared.

Denunciaría la llamada correspondiente a la activación de la tarjeta. Pero no inmediatamente. Dejaría pasar unas cuantas horas. Después llamaría.

El retraso se podría explicar fácilmente y ellos le agradecerían que hubiera facilitado voluntariamente la información. Vaya si lo harían.

Y puede que la demora le ofreciera al chico Hartman una ventaja inicial. Unas cuantas horas más en esta tierra en todo caso. «Eso le debía, al menos, pensó Deschner, pero tal vez no más.»

32

París

El vigésimo distrito de París, el más oriental y degradado, baja por una ladera paralela a la autopista que rodea París y define sus límites, la *Périphérique*. En el siglo xviii el territorio albergaba una aldea de viñadores llamada la Charonne. Con el paso de los años, las viñas cedieron su lugar a unas casitas y las casitas a su vez habían acabado cediendo el lugar a unos feos edificios de cemento sin el menor encanto. Hoy en día las calles con nombres tales como Rue des Vignoles parecían ridículamente fuera de lugar en aquel devastado medio urbano.

El viaje a París les había destrozado los nervios; cada mirada accidental les parecía encerrar una amenaza, la misma indiferencia de los *douaniers* se les antojaba un posible subterfugio, un preludio de la detención. Pero Anna tenía experiencia con la lentitud de las alertas internacionales, sabía hasta qué extremo las burocracias de la autoridad de cada frontera obstaculizaban el cumplimiento de las normas de seguridad. No le sorprendió que ambos pasaran rápidamente. También sabía que la siguiente vez probablemente ya no podrían.

Sólo en el semianonimato del abarrotado rer, el tren de cercanías al que habían subido en el aeropuerto De Gaulle, empezaron a relajarse. Ahora Anna y Ben salieron de la boca del metro de Gambetta, pasaron por delante de la enorme *Mairie*, el

Ayuntamiento, y bajaron por la Rue Vitrube hasta llegar a la Rue des Orteaux. Giraron a la derecha. Delante de ellos, a ambos lados de la Rue des Vignoles, había varias angostas callejuelas que seguían el trazado exacto de los viñedos a los que habían sustituido.

La zona que rodeaba la Charonne, justo al sur de Belleville, figuraba entre los barrios menos prototípicamente parisinos de París, y sus habitantes igual podían ser africanos, españoles o antillanos como franceses. Pero ya antes de las recientes oleadas de inmigración se había ganado el desprecio de los burgueses de la ciudad. Era un lugar en el que al parecer se habían congregado las clases pobres y criminales, un lugar en el que los insurgentes de la Comuna de París, alentados por el desorden del Segundo Imperio, encontraron el respaldo populista que necesitaban. Un lugar para los despreciados y los olvidados. El único derecho a la fama que tenía el distrito veinte era el Cimetière du Père Lachaise, un jardín de sepulcros de cuarenta y cuatro hectáreas; a partir del siglo XIX, parisinos que jamás se hubieran dignado a visitar aquel distrito y tanto menos vivir en él, accedieron a ser enterrados allí después de su muerte.

Vestidos con los habituales atuendos de los turistas americanos, Anna y Ben tomaron buena nota del ambiente que los rodeaba mientras caminaban; el aroma de los tenderetes de *falafel*, el sordo y sincopado ritmo del pop norteafricano que se derramaba al exterior a través de las ventanas abiertas, los vendedores callejeros que vendían TubeSocks y gastados ejemplares atrasados de *Paris Match*. La gente por la calle era de todos los colores y hablaba con toda una variedad de acentos distintos. Había jóvenes artistas con complicados *piercings* corporales que sin duda se veían a sí mismos como los legítimos herederos de Marcel Duchamp; había inmigrantes del Magreb que confiaban en ganar suficiente dinero para poder enviarlo a sus familiares de Túnez o Argelia. El olor de marihuana o de hachís, denso y resinoso, se aspiraba desde algún que otro pasadizo.

—Cuesta imaginar que un magnate empresarial se haya retirado a vivir en esta clase de barrio —dijo Anna—. ¿Qué pasó, se les acabaron los chalets de primera línea de playa en la Costa Azul?

—En realidad, es casi perfecto —dijo Ben en tono meditabundo—. Si uno quiere desaparecer, no hay sitio mejor. Nadie se fija en nadie, nadie conoce a nadie. Si, por alguna razón, tú quisieras quedarte en la ciudad, es el lugar más heterogéneo que podrías encontrar, lleno a rebosar de extranjeros, nuevos inmigrantes, artistas, excéntricos de todas clases.

A diferencia de Anna, Ben conocía la ciudad, y su familiaridad le otorgaba en parte la confianza que tanto necesitaba.

Anna asintió con la cabeza.

—La tranquilidad reside en la cantidad.

—Por si fuera poco, uno sigue teniendo cerca el transporte público, un laberinto de calles, un tren rápido para salir de la ciudad y la *Périphérique*. Una situación ideal cuando uno planea múltiples rutas de fuga.

Anna esbozó una sonrisa.

—Aprendes muy rápido. ¿Seguro que no te interesa un trabajo como investigador del Gobierno? Te podemos ofrecer un sueldo de cincuenta y cinco mil dólares y parking propio.

—Muy tentador —dijo Ben.

Pasaron por delante de La Flèche d'Or, el restaurante de techumbre de tejas rojas colgado sobre unas antiguas y oxidadas vías de tren. Después Ben encabezó la marcha bajando otra manzana hasta llegar a un pequeño café donde se aspiraba en el aire el húmedo y fragante aroma de distintos platos de cuscús.

—No puedo garantizar la calidad de la comida —dijo—. Pero el panorama es digno de recomendación.

A través de la luna del establecimiento pudieron ver el triángulo de piedra que era el número 1554 de la Rue des Vignoles. Con sus siete pisos de altura, el edificio ocupaba una isla independiente rodeada de tres estrechas calles. La fachada estaba ennegrecida por el humo de los vehículos y salpicada de ácidos excrementos de pájaros. Entrecerrando los párpados, Anna pudo distinguir los anómalos restos de unas gárgolas decorativas; la erosión de los elementos hacía que éstos parecieran fundidos por el sol. Los rebordes de mármol, los revestimientos ornamentales y los parapetos parecían el resultado de la locura de un constructor de otros tiempos, un regreso a una era en que algunos todavía soñaban con que el distrito pudiera experimentar una revalorización. El edificio, insignificante por varios motivos, respiraba la suave decrepitud de la desidia y la indiferencia.

—Según mi fuente, Peyaud, se le conoce como «*L'Ermite*», el ermitaño. Ocupa toda la planta superior. Mete ruido de vez en cuando para que sepan que está ahí. Eso y los envíos que recibe... productos comestibles y cosas por el estilo. Pero ni siquiera los repartidores lo han visto jamás. Dejan las cosas en el montacargas y cobran los francos cuando el montacargas vuelve a bajar. Las pocas personas que le prestan alguna atención lo consideran en general un auténtico excéntrico. —Se lanzó ávidamente sobre su tajín de cordero.

—O sea que vive aislado.

—Muy aislado. No evita sólo a los repartidores... nadie le ha visto jamás. Peyaud habló con la mujer que vive en la planta baja. Ella y todos los demás ocupantes del edificio han llegado a la conclusión de que es un anciano, paranoico y patológicamente tímido *rentier*. Un caso de agorafobia avanzada. No saben que es el propietario del edificio.

—¿Y tú crees que vamos a poder hacer una visita no anunciada a este posiblemente desequilibrado, posiblemente paranoico, posiblemente peligroso y ciertamente perturbado y asustado individuo, y que él nos va a invitar a un descafeinado y nos va a contar cualquier cosa que a nosotros nos interese saber?

—No, yo no digo eso en absoluto. —Ben le dirigió una tranquilizadora sonrisa—. Puede que no sea descafeinado.

—Tienes una confianza ilimitada en tu propio encanto. —Anna estudió con expresión dubitativa su propio cuscús vegetariano—. ¿Habla inglés?

—Con fluidez. Casi todos los hombres de negocios franceses lo hablan, lo cual los distingue de los intelectuales franceses. —Ben se secó la boca con una fina servilleta de papel—. Mi aportación es que ambos hayamos llegado hasta aquí. La profesional eres tú: ahora tú mandas. ¿Qué dicen los manuales de campaña? ¿Qué se hace en una situación como ésta? ¿Cuál es el modus operandi que se utiliza?

—Déjame que lo piense. ¿El modus operandi de una visita amistosa a un psicópata a quien el mundo cree muerto y que tú crees en posesión del secreto de una amenazadora organización global? No estoy muy segura de que eso figure en el manual de campaña, Ben.

El tajín de cordero ya estaba empezando a pesarle en el estómago.

Ella le tomó la mano mientras ambos se levantaban.

—Limítate a seguir mis indicaciones.

Thérèse Broussard contemplaba con expresión malhumorada el tráfico peatonal de la Rue des Vignoles siete pisos más abajo. Lo contemplaba como hubiera podido contemplar el fuego de su chimenea si no la hubieran tapiado con hormigón varios años atrás. Lo miraba como hubiera podido mirar su pequeño televisor si no se le hubiera estropeado el mes pasado. Lo miraba para calmarse los nervios y aliviar su aburrimiento; lo miraba porque no tenía nada mejor que hacer. Además, se acababa de pasar diez minutos planchando sus grandes y holgadas prendas de ropa interior y necesitaba un descanso.

Thérèse, que era una voluminosa mujer de rasgos porcinos, rostro de aspecto pastoso y lacio cabello teñido de negro, seguía diciéndole a la gente que era modista a pesar de que llevaba diez años sin cortar una pieza de tejido y a pesar de que la cosa jamás se le había dado muy bien. Se había criado en Belleville, había dejado la escuela a los catorce años y nunca había sido lo bastante agraciada como para atraer a la clase de hombre que la hubiera podido mantener. En resumen, había tenido que aprender un oficio. Resultó que su abuela tenía una amiga que era modista y accedió a aceptar a la chica como ayudante. Las manos de la anciana estaban rígidas a causa de la artritis y la mirada se le había apagado; Thérèse le podría ser útil, a pesar de que la anciana —Tati Jeanne, le habían recomendado a Thérèse que la llamara— siempre le entregaba a regañadientes los pocos francos que le pagaba cada semana. La escasa clientela de Tati Jeanne era cada vez más reducida y, junto con ella, habían menguado también las ganancias; era doloroso tener que compartir con otra persona aunque sólo fuera una pequeña parte.

Un día de 1945 una bomba cayó muy cerca de Thérèse cuando ésta bajaba por la Porte de la Chapelle y, a pesar de que no sufrió ningún daño físico, la explosión penetró en sus sueños y le impidió dormir. Su estado nervioso se agravó con el paso del tiempo. Experimentaba un sobresalto al menor ruido y empezó a comer como una desesperada siempre que podía encontrar comida con que atiborrarse. Cuando murió Tati Jeanne,

Thérèse se quedó con las pocas clientas que a ésta le quedaban, pero con eso a duras penas se ganaba la vida.

Estaba sola, tal como siempre había temido estar, pero había aprendido que hay cosas mucho peores: eso por lo menos se lo debía a Laurent. Poco después de haber cumplido los sesenta años, conoció a Laurent en la Rue Ramponeau, delante de las Soeurs de Nazareth, donde iba a recoger un paquete semanal de comida. Laurent, otro residente de la zona de Ménilmontant, le llevaba diez años y aparentaba muchos más. Calvo y encorvado, vestía una chaqueta de cuero con unas mangas demasiado largas para él. Paseaba un perrito, un terrier. Ella le preguntó el nombre del perro y ambos iniciaron una conversación. Él le dijo que le daba de comer a su perra, *Poupée*, antes que a sí mismo, que a su perra le daba lo mejor de lo mejor. Ella le habló de sus crisis de pánico y le comentó que un magistrado de los servicios sociales, el *Assedic*, la había puesto bajo vigilancia. El magistrado también se había encargado de que el Estado le pagara quinientos francos a la semana. El interés del hombre por ella aumentó al enterarse de la suma que recibía. Se casaron un mes después. Él se instaló en el piso que ella ocupaba cerca de la Charonne; a un ojo imparcial, el piso le hubiera podido parecer pequeño, deslucido y mísero, pero, aun así, era más atractivo que su propio apartamento, del cual estaba a punto de ser desahuciado. Poco después de casarse, Laurent la convenció de que regresara a sus trabajos de costura; necesitaban el dinero, los paquetes de comida de las Soeurs apenas les duraban media semana, los cheques del *Assedic* eran dolorosamente insuficientes. Ella le decía a la gente que era modista, ¿no? Pues entonces, ¿por qué no hacía vestidos? Al principio, ella se mostró reacia, alegando en tono sosegado que sus rechonchos dedos no daban para mucho y explicando que ya no tenía la misma destreza manual de antes. Él protestó en tono no tan sosegado. Ella replicó con no menos vehemencia, señalando que él tenía la habilidad de que lo despidieran hasta de los trabajos más modestos y que ella jamás se hubiera casado con él de haber sabido la clase de borrachín que era. Siete meses más tarde, en medio de una de sus discusiones cada vez más acaloradas, Laurent se desplomó de repente. Sus últimas palabras fueron «*T'es grasse comme une truie*», estás más gorda que una cerda. Thérèse dejó pasar unos minutos para que se le calmara la furia y después pidió una ambulancia por teléfono. Más tarde averiguó que su marido había sido víctima de una hemorragia masiva... a causa de un aneurisma profundamente alojado en el cerebro. Un atareado médico le explicó que los vasos sanguíneos eran como unos tubos interiores y que a veces la debilidad de la pared de un vaso podía dar lugar a una repentina rotura. Ella pensó que ojalá las últimas palabras que le dirigió Laurent hubieran sido más civilizadas.

A sus pocos amigos les hablaba de su marido como si fuera un santo, pero nadie se engañaba. Haber estado casada había sido en cualquier caso una experiencia. Durante buena parte de su vida había creído que un marido habría completado su vida. Laurent le había enseñado la indigna naturaleza de todos los hombres. Mientras contemplaba a las distintas figuras de la esquina de la calle cerca del enorme edificio de hormigón en el que se ubicaba su apartamento, imaginó sus desviaciones personales. ¿Cuál de aquellos hombres era un camello? ¿Cuál un ladrón? ¿Cuál zurraba a su chica?

Una fuerte y autoritaria llamada a su puerta la arrancó de sus reflexiones.

—*Je suis de l'Assedic, laissez-moi entrer, s'il vous plaît!*

Un hombre del Departamento de Bienestar social pedía permiso para entrar.

—¿Por qué no llama al timbre? —le ladró madame Broussard.

—Pero si ya he llamado varias veces. El timbre está roto. El portal también. ¿Dice usted que no lo sabía?

—Pero ¿a qué ha venido? Mi situación no ha cambiado —protestó ella—. El subsidio...

—Se está revisando —explicó el hombre amablemente—. Creo que lo podremos aclarar si repasamos unos cuantos detalles. De lo contrario, los pagos se terminarán. Y yo no quiero que eso ocurra.

Thérèse se acercó con paso cansino a la puerta y miró a través de la mirilla. El hombre presentaba el arrogante aspecto propio de todos los *fonctionnaires* del Estado francés... unos hombres a quienes se otorgaba un puñado de poder que los convertía en déspotas. Algo en su acento y en su voz le sonaba menos familiar. A lo mejor pertenecía a una familia belga. A Thérèse no le gustaban *les belges*.

Miró de soslayo. El hombre iba vestido con la fina chaqueta de estambre y la barata corbata que parecían propias del trabajo que desempeñaba; su cabello era una mata salpicada de hebras grises y parecía un tipo vulgar, excepto por su terso rostro sin arrugas; su piel era como la de un bebé, aunque parecía casi tirante.

Thérèse abrió las dos cerraduras y soltó la cadena antes de descorrer el último pestillo y abrir la puerta.

Mientras abandonaba el café siguiendo a Anna, Ben mantuvo los ojos clavados en el 1554 de la Rue des Vignoles, tratando de comprender sus misterios. El edificio era la viva imagen del deterioro habitual... Demasiado estropeado como para despertar la admiración de alguien aunque no tanto como para llamar la atención. Sin embargo, examinándolo cuidadosamente —un ejercicio al que Ben imaginaba que nadie se había entregado desde hacía muchos años—, uno podía ver el esqueleto de un antaño lujoso edificio de apartamentos. Se deducía claramente de los miradores rematados con piedra caliza labrada, ahora desconchada y resquebrajada aquí y allá. Se deducía de las esquinas del edificio, los *quoins*, donde las piedras talladas habían sido colocadas de tal manera que sus caras fueran alternativamente grandes y pequeñas; y de las mansardas rodeadas por un bajo y desmoronado parapeto. Se deducía incluso de los estrechos salientes que antaño fueran un balcón antes de retirar la barandilla, sin duda después de que se hubiera oxidado y roto en pedazos y planteara un peligro para la seguridad pública. Un siglo atrás, la construcción del edificio se había llevado a cabo con un cierto esmero que varias décadas de indiferencia no habían podido borrar por completo.

Las instrucciones que le había dado Anna habían sido muy claras. Se incorporarían a un grupo de viandantes para cruzar la calle y seguirían el ritmo de sus pasos. No se les podría distinguir de las personas cuyo destino era la cercana tienda que vendía bebidas alcohólicas baratas y cigarrillos y el establecimiento de *shawarma* de al lado donde un enorme, ovalado y grasiento pedazo de carne giraba en el espetón lo bastante cerca de la acera como para poder alargar la mano y tocarlo; eso era lo que hacían efectivamente los enjambres de moscas. Cualquiera que mirara desde la ventana no hubiera visto nada que se apartara del habitual tráfico peatonal; sólo cuando pasaran por delante del portal ambos se detendrían y entrarían.

—¿Llamo al timbre? —preguntó Ben al llegar al portal del edificio.

—Si llamamos al timbre, no nos presentaremos sin avisar, ¿verdad? Pensé que ése era el plan.

Mirando rápidamente a su alrededor, Anna insertó una estrecha lengua de acero en la cerradura y la manipuló unos momentos.

Nada.

Ben experimentó una creciente sensación de pánico. Hasta entonces habían procurado mezclarse con la gente y sincronizar sus pasos con los de los demás peatones. Pero estaban petrificados en aquel lugar; cualquier observador casual se daría cuenta de que algo ocurría, de que ellos no estaban en el lugar que les correspondía.

—Anna —musitó Ben con sereno apremio.

Ella estaba concentrada en su tarea y él vio que su frente estaba mojada a causa de un sudor nervioso.

—Saca el billetero y empieza a contar los billetes —murmuró ella—. Saca un móvil y examina los mensajes. Haz algo. Tranquilamente. Despacio. Con languidez. —Mientras ella hablaba se oía el leve chirrido del metal contra el metal.

Al final, se oyó el sonido de un pestillo empujado hacia atrás. Anna giró el tirador y abrió la puerta.

—A veces estas cerraduras exigen un amoroso cuidado. En cualquier caso, ésta no es exactamente de alta seguridad.

—Escondido, pero a la vista, creo que ésta es la idea.

—Escondido en todo caso. Creo que me dijiste que nadie le había vuelto a ver.

—Es cierto.

—¿Te has parado a pensar que, si no estaba loco cuando se retiró, ahora ya podría estarlo? El aislamiento social absoluto ejerce ese efecto en una persona.

Anna lo acompañó al maltrecho ascensor. Pulsó el botón de llamada y ambos prestaron atención al matraqueo de una cadena antes de llegar a la conclusión de que la opción más segura era subir a pie por la escalera. Subieron los siete pisos, procurando hacer el menor ruido posible.

El rellano del último piso, una sucesión de sucios azulejos blancos, se extendía ante ellos.

Experimentaron un sobresalto cuando la puerta del único apartamento de la planta se empezó a abrir.

—Monsieur Chabot —llamó Anna.

No hubo respuesta.

—¡Monsieur Chardin! —gritó, intercambiándose una mirada con Ben.

Hubo un movimiento dentro en medio de la oscuridad.

—¡Georges Chardin! —volvió a llamar Anna—. Traemos una información que le puede ser valiosa.

Siguieron unos momentos de silencio... y despés una ensordecedora explosión.

«¿Qué había ocurrido?»

Una mirada al rellano permitió aclarar las cosas: estaba acribillado por una mortífera descarga de balas de plomo.

Quienquiera que se encontrara allí dentro estaba disparando contra ellos con una escopeta de caza.

—No sé qué les pasa a ustedes —dijo Thérèse Broussard mientras sus mejillas recuperaban el color—. Nada ha cambiado en mis circunstancias desde la muerte de mi marido. Nada, se lo aseguro.

El hombre se presentó con una maleta negra de gran tamaño y pasó por su lado para acercarse a la ventana sin prestarle atención de momento. Un hombre muy extraño.

—Bonita vista —dijo el hombre.

—No recibe luz directa —le contradijo Thérèse en tono de reproche—. Durante buena parte del día está oscuro. Aquí se podrían revelar fotos.

—En algunas actividades eso puede ser una ventaja.

Algo fallaba. Su acento resbalaba, su francés perdía las regulares cadencias de la burocracia y sonaba más informal y en cierto modo menos francés.

Thérèse se apartó un poco del hombre. Se le aceleró el pulso al recordar de repente las noticias acerca de un violador que había estado cometiendo atrocidades contra varias mujeres en las inmediaciones de la Place de la Réunion. Algunas de las mujeres eran mayores también. Llegó a la conclusión de que aquel hombre era un impostor. Su instinto se lo decía. Algo en su manera de moverse con sinuosa fuerza de reptil confirmaba su creciente sospecha de que era, en efecto, el violador de la Réunion. «Mon Dieu!» Se había ganado la confianza de sus víctimas, según ella había oído decir... ¡Unas víctimas que habían invitado a su agresor a entrar nada menos que en sus hogares!

Durante toda su vida la gente le había dicho que sufría *une maladie nerveuse*. Pero ella sabía que no: veía cosas, sentía cosas que los demás no sentían. Pero ahora, en un momento crucial, sus antenas le habían fallado. ¡Cómo había podido ser tan insensata! Sus ojos miraron angustiados a su alrededor por el apartamento, buscando algo con que poder protegerse. Tomó una pesada maceta de barro que contenía un ficus ligeramente marchito.

—¡Le exijo que se vaya ahora mismo! —dijo con voz trémula.

—*Madame*, sus exigencias no significan nada para mí —dijo en voz baja el hombre de terso rostro. La miró con una serena expresión amenazadora, como un confiado depredador que supiera que su presa estaba irremediablemente perdida.

Vio un destello plateado cuando él desenvainó una larga y curvada hoja, y entonces le arrojó con todas sus fuerzas la pesada maceta. Pero el peso de la maceta obró en su contra: describió una breve curva hacia abajo, alcanzando al hombre en las piernas y obligándolo a retroceder unos pasos pero sin causarle el menor daño. ¡Dios! ¿Qué otra cosa podía utilizar para defenderse? ¡Su pequeño televisor averiado! Lo tomó de la repisa, lo levantó con gran esfuerzo por encima de su cabeza y se lo arrojó, apuntando hacia el techo. El hombre esquivó el pesado proyectil con una sonrisa en los labios. El televisor se estrelló con un ruido sordo contra la pared y cayó al suelo, donde se hizo pedazos.

«¡No, Dios mío!» Tenía que haber algo más. «Sí...» ¡La plancha, encima de la tabla de planchar! ¿La había apagado? Thérèse corrió hacia la plancha, pero, mientras la agarraba, el intruso adivinó lo que pretendía hacer.

—Quieta ahí, vaca asquerosa —le dijo el hombre, haciendo una mueca de desagrado—. *Putain de merde!*

Con la rapidez de un rayo, sacó otro cuchillo más pequeño y lo arrojó a través de la estancia. El acero profundamente biselado terminaba en un canto tan afilado como una navaja a lo largo de toda la hoja en forma de flecha; la ahuecada cola constituía un contrapeso aerodinámico.

Thérèse jamás lo vio llegar, pero experimentó su impacto cuando la hoja se hundió profundamente en su seno derecho. Al principio, pensó que algo la había golpeado. Después bajó la vista y vio el mango de acero sobresaliendo de su blusa. «Era extraño —pensó— que no sintiera nada»; pero después una sensación fría como un témpano empezó a crecer mientras una mancha roja florecía alrededor del acero. El temor que sentía fue sustituido por pura rabia. Aquel hombre pensaba que era una simple víctima más, pero se había equivocado. Recordó las visitas nocturnas de su padre borracho, que se habían iniciado cuando ella tenía catorce años, su aliento que olía a leche agria mientras hundía en ella sus rechonchos dedos, lastimándola con sus irregulares uñas. Recordó a Laurent y las últimas palabras que le había dirigido. La indignación se desbordó como el agua de una cisterna subterránea por todas las veces que había sido burlada, engañada, intimidada y maltratada.

Soltando un rugido, se abalanzó contra el perverso intruso con sus ciento quince kilos de peso.

Y lo arrojó al suelo con la simple fuerza de su impulso.

Se hubiera sentido orgullosa de lo que había hecho, por muy *truie grasse* que fuera, si el hombre no le hubiera disparado una décima de segundo antes de que su cuerpo se desplomara sobre el suyo.

Trevor se estremeció de repugnancia mientras se quitaba de encima el obeso cuerpo sin vida. «La mujer era sólo ligeramente menos desagradable muerta que viva», pensó mientras volvía a guardar la pistola con silenciador en la funda, sintiendo el calor del cilindro contra el muslo. Los dos orificios de bala en su frente eran como un segundo par de ojos. La arrastró lejos de la ventana. Pensando retrospectivamente, hubiera tenido que dispararle inmediatamente después de haber entrado, pero ¿quién iba a pensar que resultaría ser una chiflada de semejante calibre? En cualquier caso, siempre ocurría algo inesperado. Por eso le gustaba su oficio. Nunca era totalmente rutinario; siempre había la posibilidad de la sorpresa y de nuevos desafíos. Nada que él no pudiera manejar, por supuesto. Jamás había surgido nada que el Arquitecto no pudiera manejar.

—Dios mío —murmuró Anna. Había evitado la rociada de la escopeta de caza por un par de palmos como mucho—. No es exactamente el carro de bienvenida.

«Pero ¿dónde estaba el tirador?»

La ininterrumpida sucesión de disparos procedía de la puerta abierta del apartamento, de algún lugar de su oscuro interior. Al parecer, el tirador estaba disparando a través del hueco entre la pesada puerta de acero y la jamba de la puerta.

El corazón de Ben latía con fuerza.

—Georges Chardin —llamó—, no hemos venido a hacerle daño. Queremos ayudarle... ¡Y también necesitamos su ayuda! ¡Por favor, escúchenos! ¡Atiéndanos!

Desde los oscuros recovecos del apartamento se oía un extraño jadeo, un trémulo gemido de terror aparentemente involuntario, como el grito nocturno de un animal herido. Pero el hombre seguía siendo invisible, envuelto por el manto de la oscuridad. Oyeron el clic de un cartucho deslizándose hacia la cámara de la escopeta de caza mientras cada uno de ellos corría hacia uno de los dos extremos del largo rellano.

¡Otra explosión! Una rociada de balas surgió de la puerta abierta, astillando el revestimiento de madera del rellano y abriendo irregulares agujeros en el enlucido de las paredes. En el aire se aspiraba el intenso olor de la cordita. Ahora todo el rellano parecía un campo de batalla.

—¡Oiga! —le gritó Ben a su invisible adversario—. Nosotros no le devolvemos los disparos, ¿es que acaso no lo ve? ¡No hemos venido aquí para hacerle el menor daño! —Hubo una pausa: quizá el hombre del interior del apartamento le estaba escuchando—. ¡Estamos aquí para protegerle contra Sigma!

Silencio.

¡El hombre efectivamente le estaba escuchando! La invocación del nombre de Sigma, la consigna de una conspiración largo tiempo enterrada había tenido un fuerte impacto.

En aquel mismo instante, Ben pudo ver que Anna le hacía señas con la mano. Quería que se quedara donde estaba mientras ella se acercaba al apartamento de Chardin. Pero ¿cómo? De una sola mirada, Ben vio la gran ventana de guillotina, vio a Anna abrir en silencio el pesado bastidor y sintió el azote del frío aire del exterior. Observó con horror que ella iba a salir por la ventana y avanzar por el estrecho saliente exterior hasta otra ventana que le permitiera acceder directamente al apartamento del francés. ¡Era una locura! El terror se apoderó de él. Una sola ráfaga de viento y ella se precipitaría a su muerte. Pero ya era demasiado tarde para que él le dijera nada, ya había abierto la ventana y había saltado al saliente. «¡Dios todopoderoso!», hubiera querido gritar. «¡No lo hagas!»

Al final, una extraña y profunda voz de barítono emergió del apartamento:

—Así que esta vez ellos envían a un americano.

—«Ellos» no existen, Chardin —replicó Ben—. Estamos sólo nosotros.

—¿Y quiénes son ustedes? —replicó la voz, teñida de escepticismo.

—Somos americanos, sí, y tenemos... razones personales por las cuales necesitamos su ayuda. Mire, Sigma mató a mi hermano.

Hubo otro largo silencio. Y después:

—No soy idiota. Ustedes quieren que salga para atraparme y llevarme vivo. Pues bien, ¡no se me llevarán vivo!

—Hay maneras mucho más fáciles, si fuera eso lo que quisiéramos hacer. Por favor, permítanos entrar... Déjenos hablar con usted, aunque sólo sea un minuto. Puede seguir apuntándonos con su arma.

—¿Y con qué objeto quieren hablar conmigo?

—Necesitamos su ayuda para derrotarlos.

Una pausa. Después, un breve y áspero ladrido de burla.

—¿Para derrotar a Sigma? ¡No se puede! Hasta ahora mismo he pensado que lo único que uno podía hacer era esconderse. ¿Cómo me han encontrado?

—A través de una inteligente labor de investigación. Pero cuenta usted con toda mi admiración: ha hecho un buen trabajo, borrando sus huellas, lo reconozco. Un trabajo francamente estupendo. Es difícil abandonar el control de las propiedades familiares. Yo lo comprendo. Utilizó usted una *fictio juris*. Una agencia remota. Bien diseñada. Pero es que usted siempre ha sido un brillante estratega. Por algo se convirtió en el *Directeur Général du Départment des Finances* del Trianon.

Otro largo silencio, seguido del ruido de arrastre de una silla desde el interior del apartamento. ¿Se estaba preparando Chardin para mostrar finalmente su rostro? Ben miró con inquietud hacia el fondo del rellano, vio a Anna deslizando cuidadosamente un pie detrás del otro a lo largo del saliente, aferrada con ambas manos al parapeto. Su cabello volaba al viento. Después desapareció de su campo visual.

Tenía que distraer a Chardin, evitar que viera la aparición de Anna en su ventana. «Tenía que mantener la atención de Chardin.»

—¿Qué es lo que quieren ustedes de mí? —dijo la voz de Chardin.

Ahora su tono parecía neutro. «Escuchaba: ése era el primer paso.»

—Monsieur Chardin, tenemos una información que podría ser muy valiosa para usted. Sabemos muchas cosas acerca de Sigma, acerca de los herederos, de la nueva generación que se ha hecho con el control. La única protección, tanto para usted como para nosotros, es el conocimiento.

—¡No existe ninguna protección contra ellos, insensato!

Ben levantó la voz.

—¡Maldita sea! Su racionalidad era antaño legendaria. Si ahora la ha perdido, Chardin, ¡ellos han ganado a pesar de todo! ¿Acaso no comprende lo absurdo que es su comportamiento?
—En tono más amable, añadió—: Si usted nos despide, siempre se preguntará qué podría haber averiguado. O quizá nunca tendrá la oportunidad...

De repente, se oyó un ruido de rotura de cristales desde el interior del apartamento, seguido de inmediato por un sonoro estruendo y un fragor.

¿Habría conseguido Anna entrar sana y salva a través de la ventana en el apartamento de Chardin? Pocos segundos después se oyó la voz de Anna, fuerte y clara:

—¡Tengo su escopeta de caza! Y ahora lo estoy apuntando con ella. —Hablaba para ambos, evidentemente.

Ben se acercó a la puerta abierta y entró en la estancia todavía a oscuras. No se podía ver nada más que sombras; cuando sus ojos se acostumbraron a la oscuridad al cabo de unos segundos, distinguió a Anna vagamente perfilada sobre una cortina, sosteniendo en sus manos el arma de cañón largo.

Un hombre envuelto en una curiosa y gruesa bata con capucha se levantó lenta y temblorosamente. No parecía un hombre vigoroso; estaba efectivamente confinado en su casa.

Estaba claro lo que había ocurrido. Anna, al entrar a través de la ventana, había saltado contra la larga e incómoda escopeta, inmovilizándola en el suelo; el impacto debió de derribar al hombre.

Durante unos momentos, los tres guardaron silencio. Se oía la respiración de Chardin... pesada, casi agonizante, con el rostro oculto en las sombras del interior de la capucha.

Vigilando atentamente para asegurarse de que Chardin no escondía otra arma entre los pliegues de su hábito de monje, Ben buscó a tientas un interruptor. Cuando se encendieron las luces, Chardin se volvió bruscamente de cara a la pared. ¿Estaría alargando la mano hacia otra arma?

—¡Quieto! —le gritó Anna.

—Utilice sus alabados poderes de raciocinio, Chardin —dijo Ben—. Si hubiéramos querido matarle, usted ya estaría muerto. ¡Está claro que ésa no es la razón de nuestra presencia aquí!

—Vuélvase a mirarnos —le ordenó Anna.

Chardin guardó silencio un momento.

—Tengan cuidado con lo que piden —graznó.

—¡Ahora, maldita sea!

Moviéndose como en cámara lenta, Chardin obedeció la orden y, cuando la mente de Ben captó la realidad de lo que estaba viendo, se le revolvió el estómago y estuvo a punto de vomitar. Anna tampoco pudo disimular su sobrecogida inspiración de aire. Era un horror inimaginable.

Estaban contemplando una masa casi informe de tejido cicatricial de textura increíblemente variada. En algunas zonas presentaba un aspecto denticulado y casi festoneado; en otras, la orgullosa carne era suave y casi brillante, como lacada o cubierta por una envoltura de plástico. Los visibles vasos capilares habían convertido el óvalo que antaño fuera su rostro en una iracunda y mofletuda masa de color rojo, excepto en los lugares donde el tejido varicoso formaba unos ovillos de oscuro color púrpura. Los opacos ojos grises parecían sorprendentemente fuera de lugar... dos grandes canicas abandonadas por un niño negligente sobre una resbaladiza superficie alquitranada.

Ben apartó la mirada y después hizo el doloroso esfuerzo de volver a mirar. Otros detalles resultaban visibles. Incrustados en una concavidad central horriblemente membranosa y arrugada, había dos orificios nasales que se abrían más arriba del lugar donde hubieran tenido que estar. Más abajo había una boca que era poco más que una cuchillada, una herida dentro de una herida.

—Oh, Dios mío —exclamó Ben, pronunciando muy despacio las palabras.

—¿Se sorprende? —dijo Chardin, cuyas palabras no parecían surgir de la herida de su boca. Parecía el muñeco de un ventrílocuo, diseñado por un sádico desequilibrado mental. Una carcajada semejante a un acceso de tos—. Los informes de mi muerte fueron muy precisos, exceptuando el detalle de la muerte propiamente dicha. «Quemado más allá de cualquier posible reconocimiento»... pues sí, lo estaba, en efecto. Hubiera tenido que morir en el incendio. A veces pienso que ojalá hubiera muerto. Mi supervivencia fue un extraño accidente. Una enormidad. El peor destino que puede tener un ser humano.

—Intentaron matarlo —dijo Anna en un susurro—. Y fallaron.

—Oh, no, creo que en casi todos los sentidos prácticamente lo consiguieron —dijo Chardin, haciendo un guiño: una sacudida de un músculo rojo oscuro alrededor de uno de sus globos oculares. Estaba claro que el simple hecho de hablar le resultaba doloroso. Pronunciaba con exagerada precisión, pero el daño significaba que algunas consonantes sonaban confusas—. Un estrecho confidente mío tuvo sospechas de que ellos podrían intentar eliminarme. Ya se había empezado a hablar de la posibilidad de enviar a los *angeli rebelli*, los ángeles rebeldes. Se presentó en mi hacienda campestre... demasiado tarde. Había ceniza, madera ennegrecida y ruinas calcinadas por todas partes. Y mi cuerpo, lo que quedaba de él, estaba tan negro como todo lo demás. A mi amigo le pareció que podía percibir mi pulso. Me llevó a un pequeño hospital provincial a treinta kilómetros de distancia, les contó una historia de una lámpara de queroseno volcada y les facilitó un nombre falso. Era muy listo. Comprendió que, si mis enemigos se enteraran de que había sobrevivido, volverían a intentarlo. Pasé varios meses en aquella pequeña clínica. Tenía quemaduras en el noventa y cinco por ciento del cuerpo. No creían que pudiera sobrevivir.

Hablaba en un tono vacilante e hipnótico: una historia jamás contada. Se sentó en una silla de madera de alto respaldo, aparentemente exhausto.

—Pero sobrevivió —dijo Ben.

—No tuve la fuerza suficiente para obligarme a dejar de respirar —dijo Chardin. Hizo otra pausa porque el recuerdo del dolor le provocaba más dolor—. Me querían trasladar a un hospital metropolitano, pero, como es natural, yo me negué. De todas maneras, ya no tenía remedio. ¿Se puede imaginar lo que ocurre cuando la conciencia no es más que la conciencia del dolor?

—Y, sin embargo, sobrevivió —repitió Ben.

—El sufrimiento fue superior a cualquier otra cosa que nuestra especie pueda resistir. Los vendajes de las heridas eran un suplicio casi imposible de imaginar. El hedor del tejido necrótico era insoportable incluso para mí, y más de un auxiliar vomitaba al entrar en mi habitación. Después, cuando se formó el llamado tejido de granulación, me esperaba un nuevo horror... la contractura. Las cicatrices se encogían y el sufrimiento se reavivaba una vez más. Aún hoy, el dolor con el que vivo cada momento de cada día es de un grado que jamás había experimentado en toda mi vida anterior. Cuando tenía vida. No me pueden mirar, ¿verdad? Nadie puede. Pero es que ni yo mismo puedo hacerlo.

Anna habló, sabiendo claramente que era necesario restablecer el contacto humano.

—La fuerza que usted debe de haber tenido... es extraordinaria. Ningún texto médico la podría describir. El instinto de supervivencia. Usted salió del incendio. Usted se salvó. Algo en su interior luchó por la vida. ¡Tuvo que ser por algún motivo!

Chardin habló en tono pausado.

—A un poeta le preguntaron una vez: si su casa se incendiara, ¿qué salvaría? Y él contestó: salvaría el fuego. Sin el fuego, nada es posible. —Su carcajada fue un bajo y desconcertante retumbo—. A fin de cuentas, el fuego fue lo que hizo posible la civilización: pero también puede ser un instrumento de barbarie.

Anna le devolvió la escopeta a Chardin, tras haber retirado la última cápsula de la cámara.

—Necesitamos su ayuda —le dijo en tono apremiante.

—¿Le parece que estoy en condiciones de ayudar a alguien, yo, que no me puedo ayudar a mí mismo?

—Si quiere arreglarles las cuentas a sus enemigos, nosotros podríamos ser su mejor apuesta —dijo Ben en tono sombrío.

—No hay venganza para algo como esto. No sobreviví bebiéndome la hiel de la rabia.

De entre los pliegues de su vestidura sacó un pequeño aerosol de plástico y dirigió la rociada de líquido sobre sus ojos.

—Durante años usted estuvo al frente de un importante complejo petroquímico, el Trianon —lo aguijoneó Ben. Necesitaba demostrarle a Chardin que habían aclarado el rompecabezas de la situación básica y que necesitaban reclutarlo—. Era y sigue siendo un líder empresarial. Usted era el lugarteniente de Émile Ménard, el cerebro que se ocultaba detrás de la reestructuración del Trianon que tuvo lugar a mediados de siglo. Él fue uno de los fundadores de Sigma. Y, a su debido tiempo, usted debió de convertirse también en uno de los jefes.

—Sigma —repitió Chardin con trémula voz—. Allí empezó todo.

—Y no cabe duda de que sus habilidades contables contribuyeron a que se llevara a cabo la importante tarea de sacar en secreto los activos del Tercer Reich.

—¿Cómo? ¿Usted cree que eso fue el gran proyecto? Eso no fue nada, un ejercicio sin importancia. El gran proyecto... *le grand projet...* —Dejó la frase sin terminar—. Eso fue algo de una naturaleza totalmente distinta. Nada que usted esté en condiciones de comprender.

—Póngame a prueba.

—¿Para que divulgue los secretos que me he pasado toda la vida protegiendo?

—Usted mismo lo ha dicho: ¿Qué vida? —Ben dio un paso para acercarse a él, reprimiendo la repugnancia que sentía, para poder seguir manteniendo el contacto visual con él—. ¿Qué otra cosa le queda por perder?

—Al menos, usted habla con sinceridad —dijo en un susurro Chardin, mientras sus ojos desnudos parecían moverse para dirigir una penetrante mirada a los de Ben.

Durante un buen rato guardó silencio. Y después se puso a hablar muy despacio en un tono hipnótico.

—La historia empieza antes que yo. Y seguirá sin duda después de mí. Pero sus orígenes se sitúan en los últimos meses de la Segunda Guerra Mundial, cuando un grupo de los más poderosos empresarios del mundo se reunió en Zúrich para configurar la marcha del mundo después de la guerra.

Ben evocó la dura mirada de los hombres de la vieja fotografía.

—Eran hombres enfurecidos —prosiguió diciendo Chardin— que se enteraron de lo que el achacoso Franklin Roosevelt se proponía hacer... hacerle saber a Stalin que no pondría obstáculos a la masiva apropiación de tierras por parte de los soviéticos. Y eso es naturalmente lo que hizo antes de su muerte. ¡De hecho, cedió media Europa a los comunistas! ¡Fue la mayor traición! Aquellos dirigentes empresariales sabían que no podrían desbaratar el desdichado pacto norteamericano-soviético que se había cerrado en Yalta. Así pues, crearon un consorcio que sería una cabeza de playa, un medio de canalizar inmensas sumas de dinero para luchar contra el comunismo, fortaleciendo de esta manera la voluntad de Occidente. La siguiente guerra mundial acababa de empezar.

Ben miró a Anna y después su mirada se perdió en la distancia, hipnotizado y asombrado por las palabras de Chardin.

—Estos dirigentes del capitalismo previeron con toda exactitud que la población de Europa, amargada y asqueada por el fascismo, se volvería hacia la izquierda. Estos empresarios se dieron cuenta de que el territorio había sido devastado por los nazis y, sin la masiva inyección de recursos en los momentos clave, el socialismo empezaría a echar raíces, primero en Europa y después en todo el mundo. Vieron que su misión era preservar y fortalecer el estado industrial. Lo cual significaba también acallar las voces de la disidencia. ¿Les parecen exageradas estas inquietudes? Pues no lo eran. Aquellos empresarios sabían cómo funcionaba el péndulo de la historia. Y que, si a un régimen fascista le sucedía un régimen comunista, Europa podría estar realmente perdida, tal y como ellos lo veían.

»Pareció cuando menos prudente reclutar a ciertos destacados dirigentes nazis que sabían hacia dónde soplaba el viento y estaban también empeñados en combatir el estalinismo. Y, en cuanto el grupo consiguió afianzar sus fundamentos políticos y económicos, empezó a manipular los acontecimientos mundiales, financiando los partidos políticos entre bastidores. ¡Su éxito fue extraordinario! Su dinero, cuidadosamente dirigido, dio lugar al nacimiento de la Cuarta República de De Gaulle en Francia y mantuvo el régimen derechista de Franco en España. En los años sucesivos los generales se instalaron en el poder en Grecia, acabando con el régimen izquierdista elegido por el pueblo. En Italia, la Operación Gladio se encargó de que una constante campaña de subversión de bajo nivel frustrara los intentos de la izquierda de organizar e influir en la política nacional. Se trazaron planes para que la policía paramilitar, los *carabinieri*, tomara las emisoras de radio y televisión nacionales en caso necesario. Contábamos con amplios archivos de políticos, sindicalistas y curas. Los partidos ultraderechistas de todas partes estaban siendo apoyados económicamente desde Zúrich de tal manera que los conservadores ofrecieran, en comparación con ellos, una imagen moderada. Se controlaban las elecciones, se pagaban sobornos, se asesinaba a dirigentes políticos izquierdistas mientras los titiriteros de Zúrich tiraban de los hilos en condiciones de secreto absoluto. Se facilitaban fondos a políticos como el senador Joseph McCarthy de Estados Unidos. Se financiaban golpes de estado en toda Europa, África y Asia. En la izquierda, se creaban también grupos extremistas para que actuaran como *agents provocateurs* y garantizaran la aversión popular, dirigiéndola hacia su causa.

»Esta camarilla de empresarios y banqueros se había encargado de que el mundo fuera un lugar seguro para el capitalismo. El presidente Eisenhower, que advirtió acerca del desarrollo de la industria militar, sólo veía la punta del iceberg. En realidad, buena parte de toda la historia del mundo en el pasado medio siglo fue escrita por estos hombres de Zúrich y sus sucesores.

—¡Dios mío! —lo interrumpió Ben—. Está hablando de...

—Sí —dijo Chardin, asintiendo con su horrenda cabeza sin rostro—. Su camarilla dio lugar al nacimiento de la Guerra Fría. Ellos lo hicieron. O quizá debería decir, nosotros lo hicimos. ¿Empieza a comprender?

Los dedos de Trevor se movieron con rapidez mientras abría su maleta y tomaba el rifle del calibre 50, una versión customizada del bmg ar-15. Era, en su opinión, una belleza, un arma de precisión con relativamente pocas piezas móviles y un alcance de hasta siete mil cuatrocientos metros. A distancias más cercanas, sus capacidades de penetración eran sorprendentes: podía perforar planchas de acero de ocho centímetros y dejar un orificio de salida en un automóvil o bien arrancar la esquina de un edificio. Podía atravesar y desintegrar fácilmente un mortero. La bala tenía una velocidad de proyección de más de trescientos metros por segundo. Descansando sobre un bípode y rematado por un telescopio Leupold Vari-X con una cámara de infrarrojos de visión nocturna, el rifle tenía la precisión que él necesitaba. Sonrió mientras apoyaba el rifle en el bípode. Difícilmente se le hubiera podido considerar insuficientemente equipado para el trabajo que tenía entre manos.

A fin de cuentas, su objetivo se encontraba directamente al otro lado de la calle.

33

—Es increíble —dijo Anna—. Es... ¡es demasiado para asimilarlo!

—He vivido tanto tiempo con eso que para mí es algo muy normal —dijo Chardin—. Pero reconozco los inmensos trastornos que podrían producirse si otros descubrieran que la historia de su tiempo fue escrita en buena parte como un guión... por un grupo de hombres de negocios, financieros, empresarios, que trabajaban a través de sus aliados ampliamente dispersos. Que fue escrita por Sigma. Los libros de historia se tendrían que volver a escribir. Las vidas de repente no parecerían más que la vibración del extremo del hilo de una marioneta. Sigma es la historia de cómo cayeron los poderosos y de cómo los caídos se convirtieron en poderosos. Es una historia que jamás se debe contar. ¿Lo entiende? Jamás.

—Pero ¿quién tendría el valor, la locura, suficiente para llevar a cabo semejante empresa?

Ben posó los ojos en los suaves ropajes de color marrón de Chardin. Ahora comprendía la necesidad física de aquellas extrañas y holgadas prendas.

—Primero tiene usted que comprender el visionario y triunfalista sentido de misión y realización que impregnaba la empresa de mediados de siglo —dijo Chardin—. Ya habíamos transformado el destino del hombre, recuérdelo. Dios mío, el automóvil, el avión y muy pronto el reactor: el hombre se podía mover por la tierra a unas velocidades inconcebibles para nuestros antepasados... ¡El hombre podía surcar los cielos volando! Se podían utilizar ondas radiofónicas y ondas sónicas para adquirir un sexto sentido, una visión donde jamás había sido posible. Ahora se podía automatizar el cálculo. Y los adelantos en las ciencias materiales eran igualmente extraordinarios... en metalurgia, en plásticos, en técnicas de producción que permitían obtener nuevas formas de goma y adhesivos y tejidos y centenares de otras cosas. El habitual paisaje de nuestras vidas estaba siendo transformado. Una revolución estaba teniendo lugar en todos los aspectos de la industria moderna.

—Una segunda revolución industrial —dijo Ben.

—Una segunda, una tercera, una cuarta, una quinta —replicó Chardin—. Las posibilidades parecían infinitas. Las capacidades de la empresa moderna parecían ilimitadas. Y tras la aparición de la ciencia nuclear... Dios mío, ¿qué no hubiéramos podido conseguir si nos lo hubiéramos propuesto? Teníamos a Vannevar Bush, Lawrence Marshall y Charles Smith en la Raytheon desarrollando innovaciones de todo tipo, desde la generación de microondas a los sistemas de guía de misiles y los equipos de vigilancia por radar. Muchos de los descubrimientos que se volvieron omnipresentes en décadas posteriores, como la xerografía, las tecnologías de microondas, el cálculo binario, la electrónica del estado sólido, ya se habían concebido y prototipado en Bell Labs, General Electric, Westinghouse, rca, ibm y otras empresas. El mundo material estaba sucumbiendo a nuestra voluntad. ¿Por qué no también el reino político?

—¿Y dónde estaba usted durante todo este proceso? —preguntó Ben.

Los ojos de Chardin se clavaron en un punto indeterminado. De entre los pliegues de su bata sacó el pulverizador y volvió a humedecerse los ojos. Se aplicó un blanco pañuelo bajo la boca, que estaba viscosa de saliva. Y, en tono vacilante al principio, empezó a hablar.

Yo era un niño de ocho años cuando estalló la guerra. Un alumno de una mísera escuelita provincial, el Lycée Beaumont de Lyon. Mi padre era un ingeniero civil que trabajaba como funcionario del ayuntamiento y mi madre era maestra de escuela. Yo era sólo un niño, pero algo así como un prodigio. A los doce años ya estaba cursando estudios de matemática aplicada en la École Normale Supérieure de Lyon. Tenía auténticas dotes y, sin embargo, el mundo académico no me atraía. Yo quería otra cosa. Los misterios perfumados con ozono de la teoría de los números me llamaban muy poco la atención. Yo quería influir en el mundo real, en el reino cotidiano. Mentí sobre mi edad la primera vez que busqué trabajo en el departamento de contabilidad del Trianon. Émil Ménard ya se anunciaba como un profeta entre los presidentes empresariales, un auténtico visionario. Un hombre que había creado una empresa ensamblando piezas dispares allí donde nadie había visto jamás la menor posibilidad de conexión. Un hombre que se había dado cuenta de que, reuniendo operaciones previamente segmentadas, se podía crear un poder industrial infinitamente más grande que la suma de las partes. En mi opinión de analista del capital, el Trianon fue una obra maestra... la Capilla Sixtina del diseño empresarial.

En cuestión de pocos meses, las noticias de mis proezas estadísticas llegaron al jefe del departamento en el cual yo trabajaba, monsieur Arteaux. Era un caballero de cierta edad, un hombre con muy pocas aficiones y una entrega prácticamente total a la visión de Ménard. Algunos de mis compañeros de trabajo me encontraban frío, pero no así monsieur Arteaux. La conversación entre nosotros fluía como la de dos aficionados al deporte. Discutíamos acerca de las relativas ventajas de los mercados del capital interior o acerca de las medidas alternativas al beneficio de las primas de riesgo, y lo hacíamos durante horas y horas. Cuestiones que dejarían estupefactos a casi todo el mundo, pero que tenían que ver con la misma arquitectura del capital... racionalizar las decisiones sobre dónde invertir y reinvertir o la mejor manera de repartir los riesgos. Arteaux, que ya estaba a punto de jubilarse, lo tuvo todo en cuenta, decidiendo que yo fuera presentado al gran hombre y catapultándome por encima de interminables capas de ejecutivos. Ménard, a quien le hacía gracia mi evidente juventud, me planteó unas cuantas preguntas paternalistas. Yo le contesté con unas respuestas más bien serias y provocadoras... de hecho, unas respuestas que rayaban en la grosería. El mismo Arteaux se quedó consternado. Pero, por lo visto, cautivé a Ménard. Una reacción insólita que fue un botón de muestra de su grandeza. Me dijo más tarde que mi combinación de insolencia y respeto le había recordado nada menos que a sí mismo. Era un ególatra impresionante, pero era una egolatría bien ganada. Mi propia arrogancia, pues ya de niño se me aplicaba tal etiqueta, quizá tampoco fuera infundada. La humildad era una cosa estupenda para los representantes del clero. Pero la razón decía que uno tenía que ser sensible a las propias aptitudes. Yo tenía una considerable experiencia en las técnicas de evaluación. ¿Por qué no se podían extender lógicamente a la evaluación de uno mismo? Creía que mi propio padre tenía el inconveniente de unos modales respetuosos; pensaba que sus propias dotes eran insignificantes y convencía a los demás de que las infravaloraran a su vez. Éste no sería mi error.

En cuestión de pocas semanas me convertí en el ayudante personal de Ménard. Lo acompañaba absolutamente a todas partes. Nadie sabía si yo era un amanuense o un consejero. Y, en realidad, pasaba sin dificultad de interpretar el primer papel a interpretar el segundo. El gran hombre me trataba más como a un hijo adoptivo que como a un empleado pagado. Yo era su único protegido, el único acólito que le parecía digno de su ejemplo. Yo le planteaba propuestas a veces muy audaces, ocasionalmente propuestas capaces de invertir el sentido de varios años de planificación. Le sugería, por ejemplo, que vendiera una división de prospecciones petrolíferas en cuyo desarrollo sus directores habían invertido varios años. Le sugería inversiones masivas en tecnologías cuya eficacia todavía no se había demostrado. Y, sin embargo, cuando seguía mis consejos, casi invariablemente se alegraba de los resultados. L'ombre de Ménard —la sombra de Menard— se convirtió en mi apodo a principios de los años cincuenta. E incluso mientras luchaba contra su enfermedad, el linfoma que al final acabaría con su vida, él y el Trianon confiaron cada vez más en mis consejos. Mis ideas eran atrevidas, inauditas, aparentemente insensatas... pero rápida y crecientemente imitadas. Ménard me estudiaba tanto como yo a él con cierta distancia pero también con sincero afecto. Ambos éramos hombres en los cuales semejantes cualidades disfrutaban de una cómoda coexistencia.

Y, sin embargo, a pesar de todos los privilegios que me otorgaba, yo intuí durante algún tiempo la existencia de un lugar sagrado, el acceso al cual no me había sido concedido. Hacía viajes sin darme explicaciones, destinaba a la gente a unas tareas cuyo significado yo no entendía y acerca de las cuales no admitía ninguna discusión. Llegó un día en que descubrí que iba a ser introducido en una sociedad acerca de la cual no sabía nada, una organización que usted conoce como Sigma.

Seguía siendo el wunderkind, el niño prodigio, de Ménard, un prodigio empresarial a mis veintitantos años, absolutamente inmaduro para lo que iba a ver en la primera reunión a la que asistí. Tuvo lugar en un château de la Suiza rural, un soberbio y antiguo castillo situado en un inmenso y aislado terreno cuyo propietario era uno de los directores. La seguridad era allí extraordinaria: hasta el paisaje, los árboles y los arbustos que rodeaban la mansión, estaba diseñado de tal forma que permitiera la llegada y la partida clandestina de los distintos individuos. O sea que en mi primera visita no estuve en condiciones de ver llegar a los demás. Y ninguna clase de equipo de vigilancia hubiera podido sobrevivir a las ráfagas de alta intensidad de las altas y bajas pulsaciones electromagnéticas que eran el último grito de la tecnología por aquel entonces. Se exigía que todos los objetos metálicos se depositaran en unos recipientes hechos de osmio; de otro modo, las pulsaciones hubieran detenido en seco hasta un simple reloj de pulsera. Ménard y yo nos presentamos allí de noche y fuimos acompañados directamente a nuestras habitaciones, él a una soberbia suite que daba al pequeño lago de un glaciar, yo a una habitación contigua menos impresionante, pero extremadamente cómoda.

Las reuniones empezaron a la mañana siguiente. Acerca de lo que entonces se dijo, apenas recuerdo nada. Las conversaciones partían de otras anteriores, acerca de las cuales yo no sabía nada... A un recién llegado le resultaba difícil orientarse. Pero conocía los rostros de los hombres sentados alrededor de la mesa y fue una experiencia auténticamente surrealista, algo que un director teatral hubiera podido llevar a un escenario. Ménard era un hombre incomparable desde el punto de vista de su riqueza, su poder empresarial o su visión. Pero todos los que se podían equiparar con él estaban allí, en aquella estancia. Los jefes de dos poderosos consorcios del acero en lucha entre sí. El jefe del más destacado fabricante de equipos eléctricos de Estados Unidos. La industria pesada. Las industrias petroquímicas. La tecnología. Los responsables del llamado siglo americano. Sus equivalentes de Europa. El más famoso barón de la prensa del mundo. Los principales ejecutivos de compañías con carteras ampliamente diversificadas. Unos hombres que, en su conjunto, ejercían el control de unos activos que superaban con creces el producto interior bruto de casi todos los países del mundo juntos.

Aquel día, y ya para siempre, mi visión del mundo quedó destrozada. A los niños, en las clases de historia, se les enseñan los nombres y los rostros de dirigentes políticos y militares. Éste de aquí es Winston Churchill, éste es Dwight Eisenhower, éstos son Franco y De Gaulle, Atlee y Macmillan. Aquellos hombres eran importantes. Pero, de hecho, eran poco más que unos portavoces. Eran, en un sentido amplio, secretarios de prensa, empleados. Y Sigma se aseguró de que así fuera. Los hombres en cuyas manos estaban realmente las palancas del poder se sentaban alrededor de aquella alargada mesa de caoba. Eran los verdaderos amos de las marionetas.

Con el paso de las horas, mientras bebíamos café y mordisqueábamos unas pastas, me di cuenta de aquello de lo que estaba siendo testigo: una reunión del consejo de administración de una sola e importante empresa que controlaba a todas las demás empresas.

¡Un consejo de administración a cuyo cargo estaba la historia de Occidente!

Fue su actitud, su perspectiva, lo que se me quedó grabado, mucho más que cualquiera de las palabras que se pronunciaron. Pues eran dirigentes profesionales que no tenían tiempo para las inútiles emociones o los sentimientos irracionales. Creían en el desarrollo de la productividad, en el establecimiento del orden, en la concentración racional del capital. Creían, en palabras sencillas, que la historia —el destino mismo de la raza humana— era demasiado importante como para descansar en las manos de las masas. Los trastornos de las dos guerras mundiales se lo habían enseñado. La historia se tenía que dirigir. Las decisiones las tenían que tomar profesionales imparciales. Y el caos con que amenazaba el comunismo —los tumultos, la redistribución de la riqueza que éste preconiza-ba— convertía su proyecto en una cuestión de genuina e inmediata urgencia. Era un peligro presente que había que evitar, no un utópico programa.

Se aseguraron los unos a los otros la necesidad de crear un planeta en el que el verdadero espíritu empresarial estuviera permanentemente a salvo de la envidia y la codicia de las masas. A fin de cuentas, ¿acaso un mundo purulento de comunismo y fascismo sería un mundo que alguno de nosotros querría dejar en herencia a nuestros hijos? El capital moderno nos señalaba el camino... pero el futuro del estado industrial se tenía que proteger, resguardar de las tormentas. Ésta era la visión. Y, aunque los orígenes de esta visión se encontraban en la depresión global que precedió a la guerra, la visión se volvió infinitamente más urgente como consecuencia de la destrucción provocada por la propia guerra.

Aquel día apenas dije nada, no porque fuera por naturaleza taciturno sino porque me había quedado literalmente sin habla. Era un pigmeo entre gigantes. Era un campesino cenando con emperadores. Estaba fuera de mí, pero era lo único que podía hacer para conservar una actitud de indiferencia, a ejemplo de mi gran mentor. Aquellas fueron las primeras horas que pasé en compañía de Sigma y ya mi vida jamás volvería a ser la misma. El forraje diario de la prensa —una huelga por aquí, una reunión de un partido por allá, un asesinato en otro sitio— ya no era un historial de acontecimientos fortuito. Detrás de aquellos acontecimientos se podía discernir una pauta... las complejas e intrincadas intrigas de una compleja e intrincada maquinaria.

Como era de esperar, los fundadores, los jefes, aprovecharon inmediatamente la situación. Sus empresas prosperaron en todos los casos mientras que muchas otras, no tan afortunadas como para formar parte de Sigma, se hundieron. Sin embargo, la verdadera motivación fue su visión más amplia: Occidente se tenía que unir contra un enemigo común, de lo contrario se ablandaría y sucumbiría. Y el endurecimiento de sus almenas se tendría que llevar a cabo con prudencia y discreción. Si éstas fueran demasiado agresivas, una ofensiva excesivamente rápida podría desencadenar una violenta reacción. Se tenían que emprender reformas. Una división se centró en el tema de los asesinatos, en la eliminación de voces moderadas por parte de la izquierda. Otra forjó —el verbo es apropiado— la clase de grupos extremistas, la banda Baader-Meinhof y las Brigadas Rojas, capaces de garantizar el antagonismo de los simpatizantes moderados.

El mundo occidental y buena parte del resto respondería a sus acciones y aceptaría las historias falsas que las acompañaban. En Italia creamos una cadena de veinte mil «comités cívicos» que canalizaban dinero hacia la Democracia Cristiana. El mismo Plan Marshall, como muchas otras cosas, fue obra de Sigma... ¡Muy a menudo Sigma se inventaría incluso el lenguaje de los decretos que se someterían al Congreso de Estados Unidos y serían posteriormente aprobados por éste! Todos los planes de recuperación europeos, los organismos de cooperación económica y finalmente hasta la propia OTAN se convirtieron en órganos de Sigma, la cual se mantuvo en la sombra... precisamente porque estaba en todas partes. Unas ruedas dentro de las ruedas... ésta fue nuestra manera de trabajar. En *todos los libros de texto encuentra usted la misma descripción de la reconstrucción de Europa, acompañada por una fotografía del general Marshall. Pero todos los detalles los habíamos perfilado y decidido nosotros mucho antes.*

Jamás se le pasó a nadie por la cabeza la idea de que Occidente había caído bajo la administración de un consorcio oculto. Hubiera sido una idea inconcebible. Porque, en caso de ser cierta, significaría que la mitad del planeta era efectivamente una sucursal de una sola megaempresa.

Sigma.

Con el tiempo, los viejos magnates murieron y fueron sustituidos por sus protegidos más jóvenes. Sigma perduró, experimentando una metamorfosis allí donde fue necesario. No éramos unos ideólogos. Éramos unos pragmáticos. Sigma trataba simplemente de remodelar todo el mundo moderno. Trataba de exigir nada menos que la propiedad de la historia misma.

Y lo consiguió.

Trevor Griffiths miró con los párpados entrecerrados a través de la cámara de infrarrojos de visión nocturna. Los pesados cortinajes que oscurecían la estancia eran ópticamente opacos, pero para la cámara de infrarrojos no eran más que un lienzo tan ligero como una gasa. Las figuras humanas eran unas confusas sombras verdes, como glóbulos de mercurio que cambiaban visiblemente de forma mientras se movían alrededor de las columnas y las piezas del mobiliario. La figura sentada sería su blanco principal. Las otras se apartarían de las ventanas y se sentirían a salvo, pero él las destruiría a través de la pared de ladrillo. Una bala despejaría el camino; la segunda destruiría a su objetivo. El resto de los proyectiles completaría el trabajo.

—Si es cierto lo que usted está diciendo... —dijo Ben.

—Los hombres mienten en general para salvar las apariencias. Usted puede ver que ya no tengo esta motivación. —Las comisuras de la cuchillada que era la boca de Chardin se tensaron hacia arriba en algo que debía de ser una mueca o una sonrisa—. Le advertí de que usted no estaba preparado para comprender lo que yo le iba a decir. Pero puede que ahora comprenda la situación con un poco más de claridad que antes. Muchos hombres poderosos en todas partes, incluso hoy en día, tienen motivos para mantener enterrada la verdad. Más que nunca, en efecto. Pues Sigma, a lo largo de los años, se ha ido desplazando en otra dirección. En parte, como consecuencia de sus propios éxitos. El comunismo ya no era una amenaza... parecía inútil seguir soltando miles de millones para la organización de actos civiles y de fuerzas políticas. Pudiendo haber un medio más eficaz de alcanzar los objetivos de Sigma.

—Los objetivos de Sigma —repitió Ben como un eco.

—Lo cual quiere decir la estabilidad. Aplastando la disidencia, haciendo «desaparecer» a los alborotadores y acabando con las amenazas contra el estado industrial. Cuando Gorbachov resultó ser un alborotador, decidimos echarlo. Cuando los regímenes de la costa del Pacífico opusieron resistencia, decidimos una brusca y masiva huida del capital extranjero, hundiendo sus economías en una recesión. Cuando los dirigentes de México empezaron a negarse a colaborar, decretamos un cambio de gobierno.

—Dios mío —dijo Ben, con la boca seca—. Lo que está diciendo...

—Sí. Se organizaba una reunión, se tomaba una decisión y, poco después, se llevaba a la práctica. Se nos daba muy bien, la verdad... Podíamos tocar los gobiernos del mundo como si fueran un órgano de tubos. Tampoco nos venía mal que Sigma llegara a ser propietaria de una inmensa cartera de empresas con sus propios intereses ocultos a través de toda una serie de sociedades anónimas privadas. Pero un pequeño círculo interno pensó que, en una nueva era, la respuesta no podía ser cambiar de política y adaptarse a las crisis sociales. La respuesta era perpetuar un liderazgo estable. Y, de esta manera, en los últimos años se abrió camino un proyecto muy especial de Sigma. La perspectiva de su éxito revolucionaría la naturaleza del control mundial. Ya no se trataría de asignar fondos o de encauzar recursos. Sería una simple cuestión de decidir quiénes serían los «elegidos». Y yo a esto me opuse.

—Tuvo una discrepancia con Sigma —dijo Ben—. Y se convirtió en un hombre marcado. Y, sin embargo, guardó sus secretos.

—Lo repito: si alguna vez se descubriera la verdad acerca de la manera en que se manipularon y se dirigieron en secreto muchos de los principales acontecimientos de la posguerra por parte de esta camarilla, la reacción sería muy violenta. Habría disturbios callejeros.

—¿Por qué esta súbita escalada de actividad...? ¡Usted está describiendo algo que se desarrolló a lo largo de un período de varias décadas! —dijo Ben.

—Sí, pero estamos hablando de días —replicó Chardin.

—¿Y usted lo sabe?

—¿Le extraña que un recluso como yo esté informado de lo que ocurre? Uno aprende a leer las vísceras. Aprende, si quiere sobrevivir. Y, además, hay poco más con que ocupar las horas de confinamiento en casa. Los años pasados en compañía de estas personas me han enseñado a detectar señales en lo que a usted le sonarían como interferencias radiofónicas, simples ruidos. —Se señaló con un gesto la parte lateral de la cabeza. A pesar de la capucha, Ben adivinó que el oído externo del hombre estaba completamente ausente y que el meato auditivo era un simple agujero en el interior de una orgullosa excrecencia carnosa.

—¿Y eso explica esta repentina ráfaga de asesinatos?

—Es lo que ya le he explicado: últimamente, Sigma ha estado experimentando una última transformación. Un cambio de gestión, si usted quiere.

—Al cual usted se oponía.

—Mucho antes de que la mayoría de los demás lo aceptaran. Sigma siempre se ha reservado el derecho de «sancionar» a cualquier miembro cuya absoluta lealtad estuviera en entredicho. En mi arrogancia, no me di cuenta de que mi elevada posición no me ofrecía la menor protección. Todo lo contrario. Sin embargo, la limpieza, la purga de los disidentes, sólo empezó en serio en las últimas semanas. Los que fuimos percibidos como hostiles a la nueva dirección, junto con aquellos que trabajaban para nosotros, fuimos calificados de desleales. Nos llamaban los *angeli rebelli*, los ángeles rebeldes. Si usted tiene en cuenta que los *angeli rebelli* originales se rebelaron contra Dios Todopoderoso, comprenderá el sentido del poder y los derechos de los actuales jefes supremos de Sigma. O, mejor dicho, el jefe supremo, puesto que el consorcio se encuentra ahora bajo la dirección de un... temible individuo. En cualquier caso, a Sigma se le ha agotado el plazo.

—¿Qué plazo? Explíquemelo. En mi mente se agolpan demasiadas preguntas.

—Estamos hablando de días —repitió Chardin—. Si es que quedan. Qué necios son ustedes acudiendo a mí como si el hecho de conocer la verdad pudiera servir de algo a estas alturas. ¡Acudiendo a mí cuando ya no hay tiempo! Estoy seguro de que ya es demasiado tarde.

—¿De qué está usted hablando?

—Es la razón por la cual yo había supuesto al principio que ustedes habían sido enviados. Ellos saben que nunca son más vulnerables que poco antes del predominio final. Tal como ya he dicho, ahora es el momento de la limpieza final, de la esterilización y la desinfección, el momento de eliminar cualquier prueba que pudiera señalarlos a ellos.

—Una vez más le pregunto, ¿por qué ahora?

Chardin sacó el pulverizador y se volvió a humedecer los empañados ojos grises. Se produjo una repentina explosión que sacudió y propulsó a Chardin hacia atrás contra el suelo. Tanto Anna como Ben se levantaron de un salto y vieron con horror el redondo agujero de seis centímetros abierto en el yeso de la pared de enfrente, como si lo hubiera provocado un taladro de gran calibre.

—¡Rápido! —gritó Anna.

¿De dónde habría salido aquel proyectil que parecía demasiado grande como para proceder de una simple escopeta? Ben saltó hacia un lado de la estancia mientras Anna saltaba hacia el otro, y después él giró en redondo para ver el cuerpo del legendario financiero tumbado en el suelo. Obligándose a sí mismo a contemplar una vez más las horribles hondonadas y grietas del tejido cicatricial, observó que los ojos de Chardin habían regresado a su cabeza, dejando visible tan sólo el blanco.

Un jirón de humo surgió de un segmento carbonizado de la capucha y Ben vio que una bala inmensa había atravesado el cráneo de Chardin. El hombre sin rostro, el hombre cuya voluntad de supervivencia le había permitido resistir años de indescriptible angustia, había muerto.

¿Qué había ocurrido? ¿Cómo? Ben sólo sabía que, a no ser que procuraran buscar refugio de inmediato, ellos serían los siguientes en ser asesinados. Pero ¿hacia dónde podían dirigirse, cómo podían huir de un ataque si no sabían cuál era su procedencia? Vio a Anna correr hacia el extremo más alejado de la estancia y tumbarse rápidamente en el suelo, e hizo lo mismo.

Y entonces se produjo una segunda explosión, y otra bala traspasó la sólida pared exterior y después la pared de yeso interior. Ben vio un círculo de luz diurna en el muro de ladrillo, y comprendió que los disparos procedían del exterior.

Cualquier cosa que estuviera disparando el atacante, las balas habían traspasado la pared de ladrillo como si fuera una cortina de abalorios. La última bala había pasado peligrosamente cerca de Anna.

Ningún lugar era seguro.

—¡Oh, Dios mío! —gritó Anna—. ¡Tenemos que salir de aquí!

Ben giró en redondo y miró a través de la ventana. En un destello del reflejo de la luz del sol, vio el rostro de un hombre en una ventana del edificio situado justamente enfrente.

«La tersa piel sin arrugas, los pómulos altos.»

El asesino del chalet de Lenz. El asesino del hostal de Suiza...

«El asesino que había matado a Peter.»

Dominado por una creciente furia, Ben emitió un grito de advertencia, de incredulidad, de cólera. Él y Anna echaron a correr simultáneamente hacia la puerta del apartamento. Hubo otra ensordecedora explosión en el muro exterior; Ben y Anna corrieron hacia la escalera. Aquellos proyectiles no se alojarían en la carne, no chamuscarían la piel; abrirían el cuerpo humano como abriría una lanza una telaraña. Estaba claro que habían sido diseñados para su uso contra carros blindados. La devastación que habían causado en el viejo edificio era increíble.

Ben corrió en pos de Anna, saltando y bajando a brincos por la oscura escalera mientras la descarga de explosiones se sucedía y tanto el yeso como el ladrillo se desintegraban ruidosa-

mente a su espalda. Al final, llegaron tambaleándose al pequeño vestíbulo.

—¡Por aquí! —murmuró Anna, corriendo hacia una salida que no los conduciría a la Rue des Vignoles sino a una calle
lateral, dificultándole extremadamente al asesino la tarea de
apuntarles con su arma. Al salir del edificio, miraron desesperados a su alrededor.

Rostros por todas partes. En la esquina con la Rue des Orteaux, una rubia con tejanos y falso abrigo de pieles. A primera vista parecía una prostituta o una drogadicta, pero algo en
ella llamó la atención de Ben. Era un rostro que había visto
en otro lugar. Pero ¿dónde?

De repente, recordó la Bahnhofstrasse. Una rubia elegantemente vestida que llevaba unas bolsas de una lujosa boutique.
El seductor intercambio de miradas.

Era la misma mujer. ¿Una centinela del Consorcio? Al otro
lado de la calle en la que ella se encontraba, un adolescente con
camiseta y tejanos deshilachados: él también se le antojaba familiar, pero no conseguía ubicarlo. ¡Dios mío! ¿Otro?

En el otro extremo de la calle había un hombre de rubi-
cundas mejillas curtidas por la intemperie y unas cejas que parecían trigales.

«Otro rostro conocido.»

¿Tres asesinos del Consorcio colocados estratégicamente a
su alrededor? Profesionales entregados a la tarea de impedir
que ellos jamás se pudieran escapar...

—Estamos atrapados —le dijo a Anna—. Por lo menos hay
uno en cada extremo de la calle.

Permanecieron inmóviles, sin saber hacia dónde dirigirse.

Los ojos de Anna estudiaron la calle y después contestó:

—Mira, Ben. Tú dijiste que Chardin había elegido este barrio y esta manzana por buenos motivos. No sabemos qué pla-

nes de emergencia tenía, qué rutas de huida había organizado por anticipado, pero sabemos que debía de tener algo preparado. Era demasiado listo como para no haber previsto una ruta de redundancia.

—¿Una ruta de redundancia?

—Sígueme.

Anna echó a correr directamente hacia el edificio de apartamentos en cuyo séptimo piso el asesino se había atrincherado. Ben comprendió adónde se dirigía.

—¡Eso es una locura! —protestó, siguiéndola a pesar de todo.

—No —contestó Anna—. La base del edificio no está a su alcance.

El pasadizo era oscuro y hediondo, las ratas que correteaban por allí demostraban la cantidad de basura que debía de acumularse en él. Una verja metálica cerrada impedía la salida a la Rue des Halles.

—¿La escalamos? —Ben contempló con expresión dubitativa la verja cuyos puntiagudos barrotes, afilados como lanzas, se elevaban a tres metros de altura por encima de ellos.

—Tú puedes escalarla, si quieres… —dijo Anna, desenfundando una Glock. Tres certeros disparos rompieron la cadena que cerraba la verja—. El tío utiliza un rifle del calibre 50. Hubo una inundación de ellos después de la Guerra del Golfo. Era un artículo muy útil porque, con la munición apropiada, podía abrir un agujero en un tanque iraquí. Con uno de esos monstruos, una ciudad como ésta parece de cartón.

—Mierda. Bueno, ¿pues qué hacemos? —preguntó Ben.

—No dejar que nos den —contestó lacónicamente Anna, echando a correr, seguida de cerca por Ben.

Sesenta segundos más tarde ya se encontraban en la Rue de Bagnolet, delante del restaurante La Flèche d'Or. De repente, Ben cruzó la calle corriendo.

—No te apartes de mí —le dijo a Anna.

Un hombre corpulento estaba bajando de una Vespa, uno de aquellos *vélocipèdes* motorizados que habían adquirido el carácter de estorbo entre los automovilistas franceses.

—*Monsieur* —le dijo Ben—. *J'ai besoin de votre vélo. Pardonnez-moi, s'il vous plâit.*

El oso lo miró con incredulidad.

Ben lo apuntó con su arma y le arrebató las llaves. El propietario se echó hacia atrás acobardado mientras Ben subía de un salto al vehículo y ponía en marcha el motor.

—¡Sube! —le gritó a Anna.

—Estás loco —protestó ella—. Seremos vulnerables para cualquiera que viaje en automóvil en cuanto lleguemos a la *Périphérique*. Estos trastos no circulan a más de cincuenta kilómetros por hora. ¡Va a ser un juego de niños!

—No vamos a la *Périphérique* —dijo Ben—. Ni a ninguna otra carretera. ¡Sube!

Perpleja, Anna obedeció, sentándose detrás de Ben en la motocicleta.

Ben rodeó con la Vespa La Flèche d'Or y después bajó dando brincos por un terraplén de hormigón que conducía a unas viejas vías de tren. Anna vio ahora que el restaurante estaba construido directamente sobre las vías.

Ben dirigió la motocicleta sobre las oxidadas vías. Cruzaron un túnel y regresaron de nuevo a un tramo abierto. La Vespa salpicaba polvo a su alrededor, pero el paso del tiempo había aplanado las vías hundiéndolas en la tierra y ahora la circulación era más rápida y cómoda.

—¿Qué ocurrirá cuando encontremos un tren? —gritó Anna, agarrándose fuertemente a él mientras rodaban sobre las vías.

—Aquí hace medio siglo que no circula ningún tren.

—Voy de sorpresa en sorpresa.

—El producto de una malgastada juventud —replicó Ben, levantando la voz—. Yo estuve una vez paseando por aquí cuando era un chaval. Estamos en una línea ferroviaria fantasma conocida como la *Petite Ceinture*, el pequeño cinturón. Rodea toda la ciudad. Unas vías fantasma. De hecho, La Flèche d'Or es una vieja estación de ferrocarril construida en el siglo XIX. Conectaba veinte paradas en un lazo alrededor de París... Neuilly, Porte Maillot, Clichy, Villette, Charonne y muchas más. El automóvil acabó con él, pero nadie reclamó jamás el cinturón. Ahora es en su mayor parte un largo tramo de nada. Estaba pensando acerca de por qué Chardin eligió este barrio en particular y entonces recordé esta línea fantasma. Un útil fragmento del pasado.

Cruzaron otro espacioso túnel y vuelta al aire libre.

—¿Dónde estamos ahora? —preguntó Anna.

—Es difícil saberlo, porque desde aquí no se puede ver ningún monumento característico —contestó Ben—. Pero probablemente en Ford d'Obervillier. O quizá Simplon. Muy lejos. El centro de París no es muy grande, naturalmente. Tendrá unos setenta kilómetros cuadrados. Si conseguimos llegar al metro y mezclarnos allí con unos cuantos centenares de miles de parisinos, podremos empezar a dirigirnos a nuestra siguiente cita.

El Flann O'Brien —el nombre del bar figuraba en una espiral de neón y también en una escritura adornada con volutas en la luna— estaba en el primer distrito, en la Rue Bailleul, cerca de la estación de Louvre-Rivoli. Era un local oscuro que olía a cerveza, con mucha madera profusamente rayada y un oscuro suelo de madera que había absorbido muchos charcos de Guinness a lo largo de los años.

—¿Nos reunimos con él en un bar irlandés? —preguntó Anna.

Su cabeza giró a su alrededor como en un gesto reflejo, estudiando el ambiente, atenta a cualquier señal de amenaza.

—Oscar tiene sentido del humor, qué quieres que te diga.

—Recuérdame por qué estás tan seguro de que podemos confiar en él.

Ben se puso muy serio.

—Tenemos que enfrentarnos con probabilidades, no con posibilidades, en eso ya estamos de acuerdo. Y hasta ahora ha sido sincero. Lo que convierte a Sigma en una amenaza es el hecho de que exige la lealtad de los verdaderos creyentes. Oscar es demasiado codicioso para ser un creyente. Nuestros cheques siempre se han aceptado. Creo que eso es lo que cuenta en el caso de Oscar.

—El honor del cínico.

Ben se encogió de hombros.

—Tengo que atenerme a lo esencial. Me gusta Oscar, siempre me ha gustado. Y creo que yo le gusto a él.

El ruido del Flann O'Brien, incluso a aquella hora, era ensordecedor, y los ojos de ambos tardaron un buen rato en acostumbrarse a la escasa iluminación.

Oscar, un hombre menudo de cabello gris, estaba escondido en una banqueta tapizada del fondo, detrás de una enorme jarra de viscosa cerveza negra. Al lado de la jarra descansaba un periódico cuidadosamente doblado, con un crucigrama a medio hacer. Su rostro mostraba una expresión divertida, como si estuviera a punto de guiñar el ojo —Anna se dio cuenta enseguida de que ésta era su expresión habitual—, y los saludó con un simple gesto de la mano.

—Llevo cuarenta minutos esperando —dijo, estrechando la mano de Ben con un cariñoso y fuerte apretón—. Cuarenta minutos que habrá que cargar en la cuenta —añadió, saboreando la palabra cuando salía de su boca.

—Tuvimos un pequeño retraso en nuestra cita anterior —explicó lacónicamente Ben.

—Ya me lo imagino. —Oscar saludó con una inclinación de cabeza a Anna—. *Madame* —dijo—. Siéntese, por favor.

Ben y Anna se deslizaron en la banqueta tapizada, uno a cada lado del menudo francés.

—*Madame* —dijo Oscar, concentrando toda su atención en ella—. Es usted incluso más guapa que en la fotografía.

—¿Cómo? —replicó Anna, perpleja.

—Una serie de fotografías suyas se cablegrafiaron recientemente a mis compañeros de la *Sûreté*. Archivos de imágenes digitales. Yo mismo tengo una serie. Me vino muy bien.

—Para su trabajo —explicó Ben.

—Mis *artisans* —dijo Oscar—. Tan buenos y tan caros. —Le dio a Ben una palmada en el antebrazo.

—No esperaba menos.

—Como es natural, Ben, no puedo decir que tu fotografía te haya favorecido demasiado. Estos *paparazzi* nunca encuentran el ángulo adecuado, ¿verdad?

La sonrisa de Ben desapareció.

—¿De qué estás hablando?

—Me enorgullezco de haber hecho el crucigrama del *Herald Tribune*. No todos los franceses podrían hacerlo, te lo aseguro. Acabo de terminar éste. Lo único que me falta ahora es una palabra de quince letras correspondiente a un fugitivo de la justicia buscado internacionalmente. —Dio la vuelta al periódico—. Benjamin Hartman... ¿podría ser?

Benjamin contempló la primera plana del *Tribune* y tuvo la sensación de haber sido arrojado de cabeza a un estanque de agua helada. «se busca a un asesino en serie», decía el titular.

Era una fotografía suya de baja resolución, aparentemente captada por una cámara de vigilancia. El rostro estaba en sombra y la imagen era granulosa, pero no cabía duda de que era él.

—¿Quién hubiera pensado que mi amigo era tan famoso? —dijo Oscar, dando otra vez la vuelta al periódico. Soltó una sonora carcajada y Ben se unió con retraso a él, comprendiendo que ésta era la única manera de no llamar la atención en un bar lleno de jolgorio alimentado por la bebida.

Desde la banqueta de al lado, oyó a un francés intentando cantar «Danny Boy» con timbre inseguro y sólo una versión aproximada de las vocales: «*Oh, Danny Boy, ze peeps, ze peeps are caaalling*».

—Esto es un problema —dijo Ben, cuyo tono apremiante contradecía la empalagosa sonrisa de su rostro. Sus ojos regresaron inmediatamente a los periódicos—. Esto es un problema del tamaño de la Torre Eiffel.

—Me estás matando —dijo Oscar, dándole a Ben una palmada en la espalda como si acabara de contarle un chiste muy divertido—. Las únicas personas que dicen que la mala publicidad no existe —dijo— son las que jamás han sido objeto de una mala publicidad. —Después sacó un paquete de debajo del cojín de su asiento—. Toma —dijo.

Era una bolsa de plástico blanca de una tienda de regalos turísticos de algún sitio, con unas llamativas letras. «*I love Paris in the Springtime*», decía, con un corazón en lugar de la palabra «love». Tenía la clase de rígidas asas de plástico que se cierran cuando se las aprieta la una contra la otra.

—¿Para nosotros? —dijo Anna en tono dubitativo.

—Ningún turista puede ir sin eso —contestó Oscar. Sus ojos traviesos estaban también profundamente serios.

«*Teez I'll be here in sunshine or in shaaadow.*»

«*Oh, Danny Boy, I love you sooo.*»

Al francés borracho de la banqueta de al lado se habían unido ahora sus tres acompañantes, cantando en distintos tonos.

Ben se hundió un poco más en su asiento, abrumado por todo el peso de su apurada situación.

Oscar le propinó en broma un pequeño puñetazo en el brazo que, sin embargo, le hizo daño.

—No te hundas en el asiento —le murmuró Oscar—. No mires con disimulo, no evites el contacto visual y no procures pasar inadvertido. Eso es tan eficaz como un astro del cine que se pone gafas de sol para comprar en Fred Segal, *tu comprends?*

—*Oui* —dijo Ben con un hilillo de voz.

—Y ahora —dijo Oscar—, ¿dónde has dejado esa expresión americana tuya tan encantadora? Largo de aquí ahora mismo.

Tras adquirir unas cuantas cosas en unos tenderetes de una callejuela, ambos regresaron al metro, donde, para cualquier espectador casual, sólo serían otra pareja más de embobados turistas.

—Tenemos que elaborar planes... planes para lo que demonios tengamos que hacer a continuación —dijo Ben.

—¿A continuación? No veo qué alternativa se nos ofrece —dijo Anna—. Strasser es el único eslabón superviviente, que nosotros sepamos... Un miembro del consejo de administración de Sigma que todavía sigue vivo. Tenemos que llegar hasta él de la manera que sea.

—¿Quién dice que sigue vivo?

—No podemos permitirnos el lujo de suponer lo contrario.

—Ten en cuenta que estarán vigilando todos los aeropuertos, todas las terminales, todas las puertas.

—Ya se me ha ocurrido pensarlo, sí —contestó Anna—. Estás empezando a pensar como un profesional. Un alumno muy rápido.

—Creo que a eso lo llaman método de inmersión.

En el transcurso de un largo recorrido en metro hasta una de las *banlieues,* las deprimidas zonas que rodean la ciudad de París propiamente dicha, ambos conversaron en voz baja, elaborando planes como unos tortolitos o unos fugitivos.

Bajaron en la estación de La Courneuve, un anticuado barrio de la clase trabajadora. Estaba a pocos kilómetros de distancia, pero era un mundo totalmente distinto... un lugar de casas de dos plantas y tiendas sin pretensiones que vendían cosas para usar, no para exhibir. En las lunas de los *bistros* y de las tiendas de conveniencia destacaban pósters del Red Star, el equipo de fútbol de segunda división. La Courneuve no estaba lejos del aeropuerto Charles De Gaulle, pero no era allí adonde ellos se dirigían.

Ben señaló un reluciente Audi rojo al otro lado de la calle.

—¿Ése qué te parece?

Anna se encogió de hombros.

—Creo que podremos encontrar algo menos llamativo.

Unos minutos después se tropezaron con un Renault azul. El vehículo estaba cubierto por una ligera capa de suciedad y en el suelo del interior había unos envoltorios amarillos de comida rápida y unos cuantos vasos de café de cartón.

—Apuesto a que el propietario se quedará a pasar la noche en casa —dijo Ben.

Anna puso manos a la obra con su ganzúa y un minuto después ya había conseguido abrir la puerta. Desmontar el cilindro de encendido de la columna de dirección le llevó un poco más de tiempo, pero el motor no tardó en cobrar vida y ambos bajaron por la calle a la velocidad legalmente permitida.

Diez minutos más tarde se encontraban en la autopista A1, de camino hacia el aeropuerto de Lille-Lesquin, en el Nord-Pas de Calais. El viaje duraría varias horas y entrañaría riesgos, pero eran unos riesgos calculados: el robo de automóviles era habitual en La Courneuve y la previsible respuesta de la policía consistiría en hacer rutinarias investigaciones entre los habitantes de la zona en cuyos antecedentes constara su participación en semejante actividad. Seguro que los hechos no se comunicarían a la *Police Nationale*, que recorría con sus coches patrulla las calles principales.

Se pasaron media hora circulando en silencio, perdidos en sus propios pensamientos.

Al final, habló Anna.

—Todo eso de que ha hablado Chardin... es casi imposible de asimilar. Alguien te dice que todo lo que sabes acerca de la historia moderna es falso de arriba abajo. ¿Cómo puede ser? —Sus ojos permanecían clavados en la carretera que tenía delante y su voz sonaba tan absolutamente agotada como se sentía Ben.

—No lo sé, Anna. Las cosas dejaron de tener sentido para mí aquel día en la Bahnhofplatz.

Ben trató de reprimir una profunda sensación de debilidad. El ajetreo de su afortunada huida ya hacía mucho rato que había cedido el lugar a una sensación más amplia de miedo y terror.

—Hace unos días yo estaba llevando a cabo una mera investigación de homicidio, no estudiando los fundamentos de la era moderna —dijo Anna—. ¿Te imaginas?

Ben no contestó directamente: ¿qué respuesta podía haber?

—Los homicidios —dijo. Experimentó una vaga inquietud—. Tú dijiste que todo había empezado con Mailhot en Nueva Escocia, el hombre que trabajaba para Charles Highsmith, uno de los fundadores de Sigma. Y después fue Marcel Prosperi, que también era uno de los jefes. Rossignol, lo mismo.

—Tres puntos determinan un plano —dijo Anna—. Geografía de instituto.

Algo hizo clic en la mente de Ben.

—Rossignol estaba vivo cuando tú tomaste un vuelo para ir a verle, pero ya había muerto cuando llegaste, ¿verdad?

—Sí, pero...

—¿Cómo se llama el hombre que te encargó esta misión?

Anna titubeó.

—Alan Bartlett.

—Y cuando tú localizaste a Rossignol en Zúrich, se lo dijiste, ¿verdad?

—Inmediatamente —contestó Anna.

Ben se notó la boca seca.

—Sí. Por supuesto que lo hiciste. Es por eso por lo que él te introdujo en este asunto.

—Pero ¿de qué estás hablando?

Anna estiró el cuello y le miró.

—¿Es que no lo ves? Tú fuiste el instrumento, Anna. Él te estaba utilizando.

—¿Utilizándome a mí, cómo?

La secuencia de acontecimientos se derramó como una cascada en la mente de Ben.

—¡Piensa, maldita sea! Es la manera en que tú podrías preparar a un sabueso. Primero Alan Bartlett te da la pista. Conoce tu manera de trabajar. Sabía que lo siguiente que tú le pedirías...

—Sabía que yo le pediría la lista —dijo Anna con la voz hueca—. ¿Es posible? Su maldita y fingida desgana... ¿Una representación teatral para mi consumo, sabiendo que ello sólo serviría para fortalecer mi determinación? Lo mismo que ocurrió con el maldito automóvil en Halifax: a lo mejor, él sabía que un susto de ese calibre serviría para aumentar mi perspicacia.

—Y entonces tú recibes una lista de nombres. Unos nombres de unas personas relacionadas con Sigma. Pero no unos nombres cualesquiera: son de personas que están escondidas. Unas personas a las que Sigma no puede encontrar... no lo puede hacer sin ponerlas en estado de alerta. Nadie que tuviera relación con Sigma podía llegar hasta dichas personas. De lo contrario, ya estarían muertas.

—Porque... —empezó Anna lentamente—. Porque todas las víctimas eran *angeli rebelli*. Los apóstatas, los disidentes. Personas en quienes ya no se podía confiar.

—Y Chardin nos dijo que Sigma se estaba acercando a una delicada fase de transición... un momento de máxima vulnerabilidad. Era necesario eliminar a estas personas. Pero tú pudiste encontrar a alguien como Rossignol precisamente porque era quien decía ser. Tú tratabas verdaderamente de salvarle la vida. Y tu buena fe se podía verificar con todo detalle. ¡Y, sin embargo, habías sido programada sin que tú lo supieras!

—Lo cual es el motivo de que Bartlett me diera esta asignación —dijo Anna, levantando progresivamente la voz al darse cuenta de lo ocurrido—. Para que yo pudiera localizar a los restantes *angeli rebelli* —añadió, golpeando el salpicadero con la mano.

—Los cuales Bartlett dispondría después que fueran asesinados. Porque Bartlett trabaja para Sigma. —Se aborreció a sí mismo por el dolor que sus palabras le debían de estar provocando a Anna, pero ahora todo estaba empezando a resultar más claro.

—Y, de hecho, yo también. ¡Maldita sea! ¡*Yo* también!

—Sin querer —puntualizó Ben—. Como un peón. Y cuando tú empezaste a resultar demasiado difícil de controlar, trató de apartarte del caso. Ya habían encontrado a Rossignol, a ti ya no te necesitaban.

—¡Dios mío! —exclamó Anna.

—Por supuesto que eso no es más que una teoría —dijo Ben, a pesar de tener la seguridad de que estaba en lo cierto.

—Una teoría, sí. Pero tiene mucho sentido, por desgracia.

Ben no contestó. La exigencia de que la realidad fuera lógica y tuviera sentido parecía ahora un exótico lujo. Las palabras de Chardin ocupaban su mente y su significado era tan repugnante como el rostro del hombre que las había pronunciado. «*Las ruedas dentro de las ruedas... ésta fue nuestra manera de trabajar... órganos de Sigma, que permanecía en la sombra... Todos los detalles los habíamos perfilado y decidido nosotros... mucho antes... jamás se le pasó a nadie por la cabeza la idea de que Occidente había caído bajo la administración de un consorcio oculto. Hubiera sido una idea inconcebible. Porque, en caso de ser cierta, significaría que la mitad del planeta era efectivamente una sucursal de una sola megaempresa. Sigma.*»

Transcurrieron otros diez minutos de silencio antes de que Ben dijera sin la menor inflexión en la voz:

—Tenemos que preparar un itinerario.

Anna volvió a estudiar el artículo del *Herald Tribune*.

—«Se cree que el sospechoso utilizó los nombres de Robert Simon y John Freedman en sus viajes.» O sea que estas identidades ya están quemadas.

¿Cómo? Ben recordó la explicación de Liesl de cómo se habían mantenido operativas las tarjetas de crédito, de cómo Peter había adoptado las disposiciones necesarias a través de su primo segundo, de absoluta confianza.

—Deschner —dijo Ben con una fuerte tensión en la voz—. Tienen que haber llegado hasta él. —Un momento después, añadió—: Me pregunto por qué no han divulgado mi verdadero nombre. Han facilitado los alias, pero no el nombre de «Benjamin Hartman».

—No, es lo más inteligente que se podía hacer. Mira, ellos sabían que tú no viajabas con tu verdadero nombre. Sacar a la luz tu verdadera identidad hubiera podido enturbiar las aguas. Después resulta que tu profesora inglesa de Deerfield opina que el Benny que ella conoció jamás hubiera hecho una cosa así. Además, los suizos tienen unos análisis de residuos de disparos de arma de fuego que te dejan a salvo... pero todo está archivado bajo el nombre de Benjamin Hartman. Si tú haces unas pesquisas, lo más lógico es no complicar las cosas.

Cerca de la ciudad de Croisilles, vieron el letrero de un motel y se acercaron a un moderno y bajo edificio de hormigón, perteneciente a un estilo que Ben calificaba de Feo Internacional.

—Sólo una noche —dijo Ben, contando varios cientos de francos.

—¿Pasaporte? —pidió el recepcionista de rostro inexpresivo.

—Están en las maletas —dijo Ben en tono de disculpa—. Se los bajaré después.

—¿Sólo una noche?

—Por lo menos —dijo Ben, dirigiéndole a Anna una mirada teatralmente lasciva—. Hemos estado recorriendo Francia en nuestra luna de miel.

Anna se acercó y apoyó la cabeza en el hombro de Ben.

—Es un país precioso —le dijo al recepcionista—. Y muy sofisticado. Todavía no me he recuperado de la impresión.

—Su luna de miel —repitió el recepcionista y, por primera vez, esbozó una sonrisa.

—Si no le importa, tenemos un poco de prisa —dijo Ben—. Llevamos muchas horas de carretera. Necesitamos un descanso. —Guiñó el ojo.

El recepcionista le entregó una llave colgada de un peso recauchutado.

—Justo al final del pasillo. Habitación 125. Si necesitan algo, llamen.

La habitación estaba escasamente amueblada; el suelo aparecía cubierto por una jaspeada alfombra de color verde y el fuerte ambientador de aire con aroma a cereza no lograba disimular un inconfundible y ligero olor a moho.

En cuanto se cerró la puerta a su espalda, vaciaron la bolsa de plástico que les había dado Oscar sobre la cama, junto con sus otras compras más recientes. Anna tomó un pasaporte de la Unión Europea. La fotografía era suya, aunque digitalmente alterada de distintas maneras. Anna pronunció varias veces su nuevo nombre, procurando acostumbrarse a los desconocidos sonidos.

—Sigo sin ver cómo va a funcionar esto —dijo Ben.

—Tal como ha dicho tu amigo Oscar, te incluyen en una categoría antes de mirarte a la cara. Eso se llama perfilar. Si no perteneces al género del sospechoso, te dan un permiso de libre circulación.

Anna sacó una barra de carmín y, mirándose al espejo, se lo aplicó cuidadosamente. Lo secó varias veces antes asegurarse de que lo había hecho bien.

Para entonces Ben ya estaba en el cuarto de baño con el cabello cubierto por una almibarada espuma de tinte que despedía un olor a brea y amoníaco. Las instrucciones decían que había que esperar veinte minutos antes de enjuagar. También advertía en contra del tinte de las cejas a riesgo de sufrir ceguera. Ben decidió correr el riesgo. Con una torunda de algodón, se aplicó el espeso líquido a las cejas, protegiéndose los ojos con varias capas de papel de celulosa para evitar que el tinte goteara sobre ellos.

Los veinte minutos se le antojaron dos horas. Al final, entró en la ducha, se echó abundante agua encima y abrió los ojos sólo cuando estuvo seguro de que el peróxido se había escapado totalmente por el sumidero.

Salió de la ducha y se miró al espejo. Era un rubio aceptable.

—Saluda a David Paine —le dijo a Anna.

Ella meneó la cabeza.

—El cabello está demasiado largo. —Sostuvo en alto el cortapelo eléctrico enteramente cromado, excepto el mango recauchutado de color claro—. Para eso está la nena.

En cuestión de otros diez minutos, los rizos fueron eliminados y él ya estuvo listo para ponerse el uniforme de faena cuidadosamente arrugado del Ejército de Estados Unidos que Oscar Peyaud le había facilitado. Rubio, con el cabello cortado en cepillo, parecía un oficial, con sus insignias, sus parches y sus galones del servicio de ultramar aplicados a su chaqueta verde de uniforme. Los oficiales del Ejército de Estados Unidos llevaban placas de identificación cuando viajaban en avión, eso él lo sabía. No era una manera de viajar muy discreta; pero resultar visible de la manera apropiada podía equivaler a una distracción capaz de salvar la vida.

—Mejor que nos vayamos —dijo Anna—. Cuanto antes salgamos de este país, tanto más seguros estaremos. El tiempo está a favor de ellos, no de nosotros.

Cargados con sus pertenencias, ambos se dirigieron al final del pasillo y salieron al aparcamiento.

Arrojaron la bolsa de la ropa de Anna al asiento de atrás del Renault azul, junto con la bolsa blanca de plástico que Oscar les había dado. Contenía el frasco vacío del tinte para el cabello y algunos otros desechos inservibles que ellos no querían dejar a su espalda. En aquellos momentos, el más pequeño detalle los podía delatar.

—Tal como ya he dicho, nos queda la última carta, nuestra última jugada —dijo Anna mientras regresaban a la autopista que se dirigía al norte—. Strasser fue uno de los fundadores. Tenemos que encontrarlo.

—Si es que está vivo todavía.

—¿Había alguna referencia en uno u otro sentido en el archivo de Sonnenfeld?

—Esta mañana lo he vuelto a leer —dijo Ben—. No, si he de ser sincero. Y Sonnenfeld pensaba que era muy posible que Strasser hubiera muerto, puede que incluso hace varios años.

—O puede que no.

—Puede que no. Tú eres una optimista incurable. Pero ¿qué te induce a pensar que no nos van a detener en Buenos Aires?

—Bueno, tal como tú has dicho, hubo durante varias décadas unos conocidos nazis que vivían allí sin esconderse. La policía local va a ser el menor de nuestros problemas.

—¿Qué me dices de la Interpol?

—Eso es lo que yo estaba pensando... Quizá nos puedan ayudar a localizar a Strasser.

—¿Estás loca? Eso es meternos en la guarida del león. Tendrán tu nombre en alguna lista de vigilancia, ¿no es así?

—Está claro que no tienes ni idea de la manera de funcionar de la oficina de la Interpol allí abajo. Nadie controla los documentos de identidad. Eres tú el que dice quién eres. No es una manera muy sofisticada de actuar, que digamos. ¿Se te ocurre alguna otra idea mejor?

—Sonnenfeld dijo que la viuda de Gerhard Lenz podría estar viva —dijo Ben en tono meditabundo—. ¿No estaría ella en condiciones de saber algo?

—Cualquier cosa es posible.

—Procuraré recordarlo —dijo Ben—. ¿Crees de veras que tenemos alguna posibilidad de salir de este país sin que nos detecten?

—No habrá ningún vuelo trasatlántico en este aeropuerto. Pero podemos volar a alguna de las capitales europeas. Sugiero que viajemos por separado. Hay alguna posibilidad de que busquen a un hombre y una mujer viajando juntos.

—Claro —dijo Ben—. Yo iré vía Madrid; tú ve por Amsterdam.

Ambos se sumieron en otro silencio menos tenso y más sociable. De vez en cuando, Ben sentía que su mirada se desviaba hacia Anna. A pesar de todo lo que habían pasado aquel día, ella estaba extravagantemente guapa. En determinado momento, sus miradas se cruzaron; Anna borró los efectos de una leve torpeza con una torcida sonrisa.

—Perdona, aún estoy tratando de acostumbrarme a tu nuevo aspecto de oficial ario —dijo.

Poco después, Anna sacó del bolso de mano su móvil y marcó un número.

La voz de David Denneen sonaba con la metálica y artificial claridad que le otorgaba la telefonía desencriptada.

—¡Anna! —exclamo éste—. ¿Todo bien?

—Escúchame, David. Me tienes que ayudar... Eres el único en quien confío.

—Te escucho.

—David, necesito cualquier cosa que puedas conseguir sobre Josef Strasser. Era como el hermano mayor y más listo de Mengele.

—Haré lo que pueda —contestó Denneen, en tono vacilante y desconcertado—. Por supuesto. Pero ¿adónde quieres que se te envíe el material?

—B. A.

Él comprendió que la abreviatura se refería a Buenos Aires.

—Pero no creo que deba enviar los datos a la atención de la embajada, ¿verdad?

—¿Qué te parece si lo haces a la atención de la oficina de American Express?

Anna le facilitó el nombre que debería utilizar.

—De acuerdo. Un perfil discreto es una buena idea allí abajo.

—Eso me han dicho. ¿Cómo está de mal la situación?

—País estupendo, gente estupenda. Pero unos recuerdos muy largos. Vigila tu espalda allí abajo. Por favor, Anna. Lo hago ahora mismo. —Dicho lo cual, Denneen colgó.

La principal sala de seguridad del control de fronteras del Aeropuerto de Lille-Lesquin era un mísero espacio interior sin ventanas, con unos bajos techos acústicos revestidos de azulejos y una blanca pantalla de proyección en un extremo de la estancia. Unas fotografías en color de criminales buscados internacionalmente colgaban bajo un letrero en blanco y negro que decía «défense de fumer». Nueve agentes de inmigración y de control de fronteras permanecían sentados en unas sillas plegables de tubo metálico y plástico beige mientras su jefe, Bruno Pagnol, el director de seguridad, les facilitaba información acerca de las notificaciones de la tarde. Uno de ellos era Marc Sully, el cual trataba de no parecer tan aburrido como se sentía. No apreciaba en absoluto su trabajo, pero tampoco estaba deseando perderlo.

Justo la semana anterior, les recordó Pagnol, habían detenido a siete muchachas turcas procedentes de Berlín con cargas ilegales en el vientre: tras haber sido reclutadas como «mulas», se habían tragado condones llenos de la llamada China White, es decir, heroína blanca. El hecho de encontrarlas había sido en parte una cuestión de suerte, pero el mérito se le tenía que atribuir a Jean-Daniel Roux —Roux asintió con la cabeza entornando los ojos cuando el jefe lo señaló, complacido pero firmemente decidido a no dejarlo entrever—, el cual estuvo lo bastante alerta como para atrapar a la primera. La mujer le pareció visiblemente atontada, pues, tal como averiguaron más tarde, uno de los preservativos enrollado en su colon había empezado a rezumar. De hecho, la mujer había estado a punto de sufrir los efectos de una sobredosis. En el hospital habían recuperado quince bolitas doblemente envueltas en látex y atadas con hilo de pescar, cada una de ellas con varios gramos de heroína extremadamente pura.

—¿Cómo se lo sacaron? —preguntó uno de los agentes.

Marc Sully, sentado en la parte de atrás, soltó un audible pedo.

—Extracción trasera —dijo.

Los demás se rieron.

El rubicundo director de seguridad del aeropuerto frunció el entrecejo. No tenía ninguna gracia.

—La mujer estuvo a punto de morir. Son mujeres desesperadas, dispuestas a hacer cualquier cosa. ¿Cuánto dinero creen que le pagaron? Mil francos, nada más, y estuvo a punto de morir por ello. Ahora se enfrenta a una larga condena de prisión. Estas mujeres son como maletas ambulantes. Esconden droga en su propia mierda. Y nuestro deber es impedir que este veneno salga del país. ¿Quieren ustedes que sus hijos se enganchen? ¿Para que algún culón asiático se haga rico? Creen que se pueden pasear delante de nuestras narices. ¿Van ustedes a enseñarles que no es así?

Marc Sully llevaba cuatro años en la *police aux frontières* y había participado en centenares de sesiones de instrucción exactamente iguales. Cada año el rostro de Pagnol se volvía un poco más rubicundo y su cuello un poco más apretado. Y no es que Sully fuera quién para hablar de eso. Siempre había pesado un poco más de la cuenta y no se avergonzaba de ello. Se mordía las uñas hasta la raíz y había desistido de intentar librarse de aquel vicio. El jefe le había dicho una vez que iba un poco «desaliñado», pero, al preguntarle él por qué, se había limitado a encogerse de hombros. O sea que nadie lo iba a colocar en un letrero de alistamiento.

Marc sabía que no era muy popular entre algunos de sus compañeros más jóvenes, los que se bañaban cada día, temerosos de oler como un ser humano y no como una pastilla ambulante de jabón. Se paseaban por allí con su cabello recién lavado, dirigiendo simpáticas sonrisas a las pasajeras más guapas, como si tuvieran que ligar allí mismo, en el trabajo. Marc pensaba que eran tontos. Era un trabajo que no ofrecía ninguna oportunidad de progresar. Hacer registros obligando a la gente a desnudarse podía ser una manera de husmear algo, sobre todo en el caso de un *cul* del tercer mundo, pero así no ibas a llevarte a casa a nadie.

—Y ahora dos notificaciones de la dcpaf. —La *Direction Central de la Police aux Frontières* era el organismo nacional que les daba las órdenes. Pagnol pulsó unos cuantos interruptores y proyectó unas fotografías directamente desde el ordenador—. Máxima prioridad. Ésta es una americana de ascendencia mexicana. Es una profesional. Si la encuentran, tengan mucho cuidado. Trátenla como a un escorpión, ¿de acuerdo?

Gruñidos de asentimiento.

Sully estudió las imágenes. No le hubiera importado darle a probar su *baguette*.

—Y aquí tenemos a otro —dijo el director de seguridad—. Varón blanco de treinta y tantos años. Cabello castaño rizado, ojos verdes o avellana, aproximadamente metro setenta y cinco de estatura. Posible asesino en serie. Otro americano, creen. Muy peligroso. Hay motivos para creer que hoy ha estado en el país y que intentará salir. Tendrán ustedes fotografías en sus puestos, pero quiero que ahora mismo le echen un buen vistazo. Si resulta que se han ido a través de Lille-Lesquin y que la gente de aquí los ha dejado escapar, no sería sólo mi trabajo el que estaría en peligro. ¿Lo han comprendido?

Sully asintió con la cabeza junto con todos los demás. Le molestaba que Roux, aquel cabrón de sonrosadas mejillas de manzana, hubiera tenido suerte con aquella puta *Gastarbeiter* —trabajadora extranjera—. Pero ¿quién sabía? A lo mejor hoy sería el día de suerte para Sully. Echó otro vistazo a las fotografías.

Ben dejó a Anna en una parada del autobús del aeropuerto y aparcó el Renault azul en el parking de larga estancia del aeropuerto de Lille-Lesquin. Entrarían en el aeropuerto por separado y tomarían vuelos distintos.

Habían acordado reunirse en Buenos Aires dentro de un plazo de diez horas.

Suponiendo que nada fallara.

Anna miró al rubio oficial norteamericano con el cabello cortado en cepillo y tuvo la certeza de que no sería detectado. Pero, a pesar de las valerosas palabras de aliento que le había dirigido a Ben, no estaba tan segura con respecto a su propia persona. No se había cortado el cabello ni se lo había teñido. Se lo había peinado y se había cambiado de ropa, pero, por lo demás, seguía confiando su camuflaje a algo muy pequeño en realidad. Se notó un nudo de temor en la boca del estómago, un temor que se alimentaba de sí mismo, pues sabía que nada la traicionaría con más rapidez que un aspecto atemorizado. Tenía que concentrarse. Su habitual exceso de atención al ambiente que la rodeaba podría convertirse ahora en su ruina. Antes de entrar en la terminal, tenía que librarse de los más mínimos vestigios de temor e inquietud. Se imaginó a sí misma paseando por un prado lleno de tupida hierba y flores de amargón. Se imaginó tomada de la mano de alguien constante y fuerte. Podía ser cualquiera —era sólo un ejercicio mental y ella era perfectamente consciente de que lo era—, pero la persona que ella imaginaba era siempre Ben.

Sully mantenía los ojos clavados en los pasajeros que entraban y pasaban por delante de su puesto tratando de detectar señales de ansiedad e inquietud, personas que viajaran con demasiadas maletas o demasiado pocas, personas que encajaran con la descripción que les había facilitado la dcpaf.

Un hombre, el tercero de la cola, le llamó la atención. Tenía aproximadamente la misma estatura del hombre al que estaban buscando, el cabello castaño rizado, y no paraba de hacer tintinear con un tic nervioso las monedas que guardaba en el bolsillo. Por su manera de vestir era casi con toda seguridad un americano. A lo mejor tenía motivos para estar nervioso.

Sully esperó a que el hombre le mostrara su billete y su pasaporte al agente de seguridad de las líneas aéreas y después dio un paso al frente.

—Sólo unas preguntas, señor —dijo Sully, clavando los ojos en él.

—Sí, de acuerdo —dijo el hombre.

—Venga conmigo —dijo Sully, acompañándolo a un puesto cerca del mostrador de los billetes—. Bueno, ¿qué le trajo a Francia?

—Un congreso de medicina.

—¿Es usted médico?

Un suspiro.

—Soy vendedor de un laboratorio farmacéutico.

—¡Es un narcotraficante! —Sully sonrió, pero sus ojos se mantuvieron muy serios.

—Es una manera de decirlo —contestó el hombre con un hilillo de voz. Ponía cara de haber olfateado algo que olía mal.

Los americanos y su obsesión con la higiene. Sully estudió un poco más sus rasgos. El hombre tenía el mismo rostro anguloso, la misma barbilla cuadrada y el mismo cabello rizado. Pero las facciones no encajaban del todo... eran demasiado menudas. Y Sully no percibía auténtica tensión en su voz al contestar a las preguntas. Sully estaba perdiendo el tiempo.

—De acuerdo —dijo—. Que tenga un buen viaje.

Sully reanudó su tarea de examinar la cola de la facturación. Una rubia de piel morena le llamó la atención. La sospechosa se podía haber teñido el cabello; los demás detalles coincidían. Se acercó a ella.

—¿Podría ver su pasaporte, *madame*? —le dijo.

La mujer le miró con semblante inexpresivo.

—*Votre passeport, s'il vous plaît, madame.*

—*Bien sûr. Vous me croyez être anglaise? Je suis italienne, mais tous mes amis pensent que je suis allemande ou anglaise ou n'importe quoi.*

Según su pasaporte, residía en Milán, y a Sully le pareció improbable que una americana pudiera hablar francés con un acento italiano tan espléndido.

En aquellos momentos, ninguna otra persona de la cola parecía demasiado prometedora. Delante de la rubia italiana se encontraba una mujer de aspecto indio con dos niños que no paraban de berrear. Por lo que a Sully respectaba, cuanto antes se largara aquella gente del país, mejor. El pollo *vindaloo* no tardaría en convertirse en el plato nacional, al ritmo al que estaban llegando los puñeteros indios. Los musulmanes eran peor, naturalmente, pero los indios, con sus nombres impronunciables, eran bastante inaguantables. El año anterior, cuando se había dislocado el brazo, el médico indio de la clínica se había negado a administrarle un analgésico. Como si pretendiera que ejerciera alguna especie de control mental estilo faquir. Si no hubiera tenido el brazo descoyuntado, le habría arreado una buena, al tío.

Sully examinó el pasaporte de la mujer india sin demasiado interés y le hizo señas de que pasara junto con su llorosa prole.

Una joven rusa con acné. Su apellido era alemán, o sea que probablemente era judía. *¿Mafiya?* No era precisamente su problema en aquellos momentos.

Un francés de pura cepa y su mujer, que se iban de vacaciones.

Otra maldita india vestida con sari. Se llamaba Gayatri y después algo impronunciable. Una curry *cul*.

Ninguno de los demás hombres encajaba con el perfil: demasiado viejo, demasiado gordo, demasiado joven, demasiado bajo.

Lástima. Quizá no iba a ser su día de suerte.

Anna se acomodó en su asiento de clase turista, ajustándose el sari y repitiendo mentalmente su nombre: Gayatri Chandragupta. No quedaría bien que tuviera dificultades al pronunciarlo en caso de que alguien le preguntara. Llevaba el largo cabello castaño peinado hacia atrás y, cuando se vio fugazmente reflejada en una ventana, apenas se reconoció.

34

Buenos Aires

Anna contempló nerviosamente a través de la luna de la oficina de American Express la tranquila Plaza del Libertador General San Martín, bordeada de árboles. La antigua plaza de toros y antiguo mercado de esclavos estaba ahora presidida por la gran estatua ecuestre de bronce del general José San Martín. El sol quemaba con fuerza. Dentro reinaba un aire acondicionado más frío que el hielo y se aspiraba una sensación de tranquilidad.

—¿Señorita Acampo?

Se volvió y vio a un hombre delgado con un ajustado blazer azul y unas elegantes y voluminosas gafas de montura negra.

—Lo siento muchísimo, señorita, pero no podemos localizar este paquete.

—No lo entiendo. —Pasó al español para que no hubiera errores—. ¿Está registrado que lo recibió?

—Lo recibimos, en efecto, señorita, pero no hay manera de encontrarlo.

Muy desagradable, pero, por lo menos, era un progreso. El último empleado había negado rotundamente haber recibido jamás un paquete a su nombre.

—¿Me está diciendo que lo han perdido?

Un rápido encogimiento de hombros parecido a un tic nervioso.

—Nuestros ordenadores muestran que se envió desde Washington, D. C., y que se recibió ayer, pero después, ya no sé qué decirle. Si cumplimenta este impreso, empezaremos a buscar por todo nuestro sistema. Si no se localiza, tiene usted derecho a recibir el valor equivalente.

¡Maldita sea! Le parecía improbable que el sobre se hubiera perdido. Más bien lo habían robado. Pero ¿quién? ¿Y por qué? ¿Quién sabía lo que había dentro? ¿La habría delatado Denneen? Difícilmente podía creerlo. Posiblemente su teléfono estaba pinchado sin que él lo supiera. En realidad, había demasiadas explicaciones posibles y ninguna de ellas modificaba el hecho esencial: lo habían robado y quienquiera que lo hubiera hecho sabía ahora quién era ella... y por qué estaba allí.

La oficina de Interpol Argentina se halla en el interior del cuartel general de la Policía Federal Argentina en Suipacha. El hombre de la Interpol en Buenos Aires era Miguel Antonio Peralta, jefe de la Sección de Operaciones. La placa que figuraba en su puerta decía «subcomisario departamento interpol». Era un hombre corpulento de hombros redondeados y cabeza redonda. Unos mechones de cabello negro aplastados sobre la coronilla anunciaban su calvicie en lugar de disimularla.

Su despacho, de paredes revestidas de madera, estaba lleno de tributos a la obra de la Interpol. Unas placas y lápidas conmemorativas de agradecidas fuerzas policiales de todo el mundo cubrían las paredes, junto con crucifijos y diplomas e imágenes de santos y una bendición apostólica del Papa a su familia. Una vieja fotografía de color sepia de su padre, policía, en un antiguo marco de plata, destacaba casi tanto como todo lo demás.

Los ojos de lagarto de Peralta parecían soñolientos detrás de unas gafas absolutamente redondas con montura de carey. Una pistola enfundada descansaba sobre la lustrosa y despejada superficie de su escritorio, con una funda de cuero vieja pero amorosamente cuidada. Se mostraba jovial e impecablemente cortés.

—Usted sabe que siempre estamos dispuestos a prestar ayuda en la causa de la justicia —dijo.

—Tal como mi ayudante explicó, en la cbs nos encontramos en este momento en una situación un tanto complicada —dijo Anna—. La gente de *Dateline* está a punto, al parecer, de localizar y desenmascarar a este hombre. Si ustedes llegan antes a él, que así sea. Pero yo no he llegado hasta donde me encuentro comportándome como un pelele. Estoy trabajando con un productor argentino que piensa que podemos conseguir la historia con un poco de ayuda por su parte.

—En Argentina, el fútbol, *soccer*, creo que lo llaman ustedes, es nuestro deporte nacional. Creo que este papel lo interpretan en Estados Unidos las cadenas de televisión.

—Bien lo puede usted decir —dijo Anna, recompensándolo con una radiante sonrisa mientras cruzaba las piernas—. No quiero de ninguna manera quitarles el mérito a mis compañeros de *Dateline*. Pero ambos sabemos la clase de historia que harán, porque será la misma canción de siempre. Argentina es un país atrasado que acoge a estas personas tan malas. Harán algo que sea muy rentable y resulte muy barato. Nosotros no somos así. Lo que tenemos pensado hacer es algo mucho más sofisticado y yo creo que mucho más fiel. Queremos captar la nueva Argentina. Un lugar donde la gente como usted se ha estado encargando de que se haga justicia. Un lugar donde unas modernas fuerzas del orden se encargan de hacer cumplir la ley respetando la democracia... —hizo un vago gesto con la mano— y cosas por el estilo. —Otra ancha sonrisa—. Y ciertamente su colaboración se recompensaría generosamente con unos honorarios de asesor. Entonces, señor Peralta, ¿le parece que podemos trabajar juntos?

Peralta esbozó una leve sonrisa.

—Por supuesto que sí. Si ustedes tienen pruebas de que Josef Strasser vive en Buenos aires, no tienen más que decírmelo. Preséntenme las pruebas. —Traspasó el aire con una pluma Cross de plata para subrayar lo sencillo que iba a ser—. Eso es todo.

—Señor Peralta. Alguien va a hacer este reportaje, tanto si son los de mi equipo como si son los de la competencia. —La sonrisa de Anna se desvaneció—. La única cuestión es la de cómo se hará el reportaje. Si será la historia de uno de sus éxitos o bien la de uno de sus fracasos. Vamos, seguro que tiene usted toda una carpeta de pistas sobre Strasser... alguna especie de indicación de que está aquí —dijo Anna—. Quiero decir que usted no duda de que vive en Buenos Aires, ¿verdad?

Peralta se reclinó en su asiento y éste emitió un chirrido.

—Señora Reyes —dijo con el tono de alguien que está a punto de revelar un chismorreo delicioso—, hace unos cuantos años mi despacho recibió una información creíble de una mujer que vivía en Belgrano, uno de nuestros barrios más ricos. Había visto a Alois Brunner, el *Hauptsturmführer* de las SS, por la calle, saliendo de un edificio de la zona. Inmediatamente ordenamos la vigilancia de la casa las veinticuatro horas del día. Efectivamente, la mujer tenía razón. El rostro del anciano coincidía con nuestro archivo de fotos de Brunner. Abordamos al caballero. Indignado, éste nos mostró su viejo pasaporte alemán, con las águilas del Tercer Reich impresas... y una J de gran ta-

maño, la inicial correspondiente a judío. Su apellido era Katz.
—Peralta se inclinó hacia adelante en su asiento hasta quedar
de nuevo en posición vertical—. ¿Cómo se le piden disculpas a
un hombre como éste, que ha estado en los campos?

—Sí —convino Anna en tono ecuánime—, debió de ser
tremendamente embarazoso. Pero nuestros informes de espionaje sobre Strasser son muy sólidos. Ahora mismo *Dateline*
está filmando el metraje de su segunda unidad, tomas de antecedentes, mientras nosotros estamos hablando. Deben de estar
muy seguros.

—*Dateline, 60 Minutos, 20/20*... conozco estos programas
de investigación. Si ustedes hubieran estado tan seguros de que
Josef Strasser estaba vivo, tal como a ustedes, los americanos,
les gusta decir, y vivía en Argentina, ya le habrían encontrado
hace mucho tiempo, ¿no? —Sus ojos de lagarto se clavaron en
ella.

Anna no podía decirle la verdad... que su interés no era el
pasado nazi de aquel hombre sino las actividades en las que
pudo participar cuando se separó de su Führer y unió sus fuerzas a las de los invisibles arquitectos de la era de la posguerra.

—Pues entonces, ¿dónde me sugiere usted que empiece a
buscar?

—¡Imposible contestarle! Si supiéramos que un criminal
de guerra vive aquí, lo detendríamos. Pero tengo que decirle
que ya no los hay. —Arrojó la pluma sobre el escritorio con
gesto definitivo.

—Vaya. —Anna trazó unos dibujos sin ningún significado
en su amarillo cuaderno de apuntes.

—Los tiempos han cambiado en Argentina. Los malos
tiempos de antaño en que un Josef Mengele podía vivir aquí
con toda tranquilidad, bajo su propio nombre, ya han terminado. Los días de la dictadura de Perón han terminado. Ahora Ar-

gentina es una democracia. Josef Schwammberger fue extraditado. Erich Priebke fue extraditado. Ni siquiera recuerdo la última vez que detuvimos a un nazi aquí.

Anna terminó de trazar su garabato con la pluma.

—¿Y qué me dice de los registros de inmigración? ¿Los registros de las personas que entraron en el país en los años cuarenta y cincuenta?

Peralta frunció el entrecejo.

—Puede que haya registros de entradas, de llegadas. El Registro Nacional, el Departamento de Migraciones... sus fichas, todo escrito a mano. Pero nuestra costa tiene miles de kilómetros de longitud. ¿Quién sabe cuántos remolcadores y embarcaciones de remo y barcos de pesca desembarcaron hace décadas en alguna de las centenares de estancias, ranchos, como los llaman ustedes, y jamás se detectaron? Cientos de kilómetros de costa en la Patagonia. Allí no hay nadie que pueda ver nada. —Volvió a agitar la mano en el aire—. Y después, en 1949, Perón cubrió con el manto de la amnistía a cualquiera que hubiera entrado en el país con nombre falso. Por consiguiente, no es probable que haya algún registro de inmigración de Josef Strasser aunque esté realmente aquí. Quizá podría usted bajar a Bariloche, la estación de esquí, y preguntar un poco por ahí. A los alemanes les encanta Bariloche. Les recuerda su querida Baviera. Pero yo de usted no abrigaría demasiadas esperanzas. Siento terriblemente decepcionarla.

Anna no llevaba ni dos minutos fuera del despacho de Miguel Antonio Peralta cuando el hombre de la Interpol tomó su teléfono.

—Mauricio —dijo—. Acabo de recibir una visita de lo más interesante.

En un moderno edificio de oficinas de Viena, un hombre de mediana edad y aspecto apacible observó sin el menor interés cómo un equipo de obreros retiraba las paredes de plancha de yeso que rodeaban una «zona de recepción» y una «sala de reuniones» y las trasladaban en carretilla a un montacargas. Después se llevaron la mesa de reuniones de formica, el sencillo escritorio de metal y los demás artículos de oficina, incluyendo un falso sistema telefónico y un ordenador en perfectas condiciones.

El hombre con gafas era un americano que se había pasado más o menos la última década ocupado en la tarea de efectuar en distintos lugares del mundo toda una serie de servicios cuyo significado le resultaba incomprensible. Jamás había conocido al jefe de la empresa, no tenía ni idea de quién era. Lo único que sabía era que el misterioso jefe de la empresa era un hombre de negocios que mantenía una relación laboral con el propietario de aquel edificio, el cual había estado encantado de alquilarle la undécima planta.

Era como ver desmontar un decorado teatral.

—Oigan —gritó el americano de las gafas—, alguien tiene que retirar la placa del vestíbulo. Y déjenme el sello de Estados Unidos, ¿de acuerdo? Podríamos volver a necesitarlo.

Nueva York

El doctor Walter Reisinger, el antiguo secretario de Estado, atendió la llamada sentado en el asiento posterior de su limusina mientras ésta circulaba muy despacio a través del tráfico de la hora punta matinal del East Side de Manhattan.

Al doctor Reisinger le desagradaba el teléfono, lo cual era una lástima, pues últimamente se pasaba prácticamente todas las horas de vigilia pegado al teléfono. Su empresa de asesoría internacional, Reisinger Associates, lo mantenía todavía más ocupado de lo que estaba en su época en la Secretaría de Estado.

En su fuero interno había temido que, tras retirarse del Gobierno y haber escrito sus memorias, poco a poco lo marginaran, lo trataran como a una eminencia gris, lo invitaran a aparecer de vez en cuando en *Nightline* y a escribir alguna que otra página de opinión en *The New York Times*.

En vez de eso, se había vuelto más famoso e indudablemente mucho más rico. Ahora brincaba por el globo mucho más que en su época de diplomático-lanzadera en Oriente Medio.

Pulsó el botón del altavoz.

—¿Sí?

—Doctor Reisinger —dijo la voz del otro extremo de la línea—, soy el señor Holland.

—Ah, buenos días, señor Holland —dijo jovialmente Reisinger. Ambos hombres conversaron aproximadamente por espacio de un minuto y después Reisinger dijo—: Eso no tendría que ser un problema. Tengo buenos amigos en prácticamente todos los gobiernos del mundo... pero creo que la ruta más inmediata sería acudir directamente a la Interpol. ¿Conoce usted al secretario general? Un hombre muy interesante. Deje que le haga una llamada.

El Paciente Dieciocho permanecía tumbado en una cama hospitalaria con los ojos cerrados y un tubo de alimentación intravenosa en el brazo izquierdo. Estaba temblando, tal como le ocurría constantemente desde que se iniciara el tratamiento. Además, se sentía mareado y periódicamente vomitaba en un orinal colocado al lado de la cama. Una enfermera y un técnico montaban guardia muy cerca de él.

Un médico llamado Löfquist entró en la sala de examen y se acercó a la enfermera.

—¿Cómo va la fiebre? —preguntó.

Ambos hablaban en inglés porque el inglés del médico era mejor que su alemán, incluso tras llevar más de siete años trabajando en la clínica.

—No ha bajado —contestó la enfermera en tono tenso.

—¿Y las náuseas?

—Se ha pasado el rato vomitando.

El doctor Löfquist levantó la voz para dirigirse al Paciente Dieciocho.

—¿Cómo se encuentra?

—Me duelen los condenados ojos —gimió el paciente.

—Sí, eso es normal —dijo el doctor Löfquist—. Su cuerpo está tratando de rechazarlo. Ocurre siempre.

El Paciente Dieciocho experimentó unas náuseas, se inclinó sobre el orinal y vomitó. La enfermera le secó la boca y la barbilla con un lienzo húmedo.

—La primera semana siempre es la más difícil —dijo jovialmente el doctor Löfquist—. Lo está haciendo estupendamente bien.

35

Nuestra Señora de la Merced era una basílica de estilo italiano asomada a la bulliciosa calle Defensa, al otro lado de una sucursal incongruentemente contemporánea del Banco de Galicia. La fachada de granito de la iglesia se estaba desmoronando. Una cerca de hierro forjado rodeaba un patio anterior pavimentado con unos gastados y agrietados rombos de piedra en blanco y negro, donde una gitana pedía limosna en compañía de sus hijos, de corta edad.

Ben contempló a la madre enfundada en unos vaqueros y con el cabello negro recogido hacia atrás, sentada en los peldaños y apoyada contra las ruinas del pedestal de una columna, mientras los chiquillos se desparramaban desde su regazo alrededor de sus pies. Más hacia el fondo del patio, un anciano vestido con chaqueta y corbata dormitaba con un brazo alrededor de una muleta y la bronceada calva al aire.

A la una y cuarto en punto, siguiendo las instrucciones, Ben entró en el vestíbulo de la iglesia y cruzó una puerta giratoria de madera que daba acceso a la espesa oscuridad de un atrio que olía a cirios de cera de abeja y a sudor. Cuando sus ojos se acostumbraron a la penumbra, vio que el espacio interior era inmenso, intimidatorio y desgastado por el tiempo. Las altas bóvedas de estilo románico se elevaban por encima de un suelo pavimentado con antiguas baldosas al encausto bellamente colocadas. Un cadencioso canto sacerdotal en latín, electrónicamente amplificado, resonaba como un eco en el cavernoso espacio, y los fieles respondían debidamente. Llamada y respuesta. Todos se levantaron.

Misa de una de un día laborable y, sorprendentemente, el templo estaba prácticamente lleno. «Pero es que Argentina es un país católico», pensó Ben. Aquí y allá timbres de teléfonos móviles. Se orientó y descubrió la capilla de la derecha.

Unas cuantas filas de bancos estaban dispuestas delante de un tabernáculo vitrificado que mostraba una imagen ensangrentada de Cristo y ostentaba las palabras «humildad y paciencia». A su izquierda, otra imagen de Jesús, ésta sin ninguna protección, bajo las palabras: «sagrado corazón en vos confío». Siguiendo las instrucciones recibidas, Ben se sentó en el primer banco y esperó.

Un sacerdote revestido con sus correspondientes ropajes permanecía sentado rezando al lado de una rubia de frasco con minifalda y tacones de aguja. La puerta giratoria chirrió y se cerró de golpe y, cuando se abrió, se oyó el gutural estruendo de una motocicleta. Cada vez, Ben se volvía a mirar: ¿Cuál sería? Un hombre de negocios con un móvil entró en el atrio, se santiguó y se volvió hacia la capilla —¿sería él?—, pero después tocó la imagen de Jesús, cerró los ojos y se puso a rezar. Más cánticos al unísono, más latín electrónicamente amplificado mientras Ben seguía esperando.

Tenía miedo, pero estaba firmemente decidido a no dejarlo entrever.

Unas cuantas horas atrás había marcado el número que había encontrado en las carpetas de Sonnenfeld, un número que, al parecer, había pertenecido antaño a la viuda de Lenz.

Y seguía perteneciendo.

La mujer era evidente que no se escondía, pero no se había puesto al teléfono personalmente. Contestó una brusca y hostil voz de barítono: su hijo, había dicho. ¿Un hermano de Lenz? ¿Un hermanastro?

Ben se identificó como un abogado de Nueva York experto en bienes de fideicomiso, llegado a Buenos Aires para establecer los detalles de un inmenso legado. No, no podía identificar al difunto. Sólo podía decir que a Vera Lenz le había correspondido una elevada suma de dinero, pero primero tendría que reunirse con ella. Hubo un prolongado silencio mientras el hijo decidía qué hacer. Ben añadió una información aparentemente insignificante que probablemente acabaría siendo decisiva.

—Acabo de llegar de Austria.

Ni nombres, ni la menor mención de su hijo... nada concreto a lo que aferrarse o a lo que oponerse. Cuanto menos dijera, mejor.

—Yo a usted no le conozco —replicó finalmente el hijo.

—Ni yo a usted —replicó suavemente Ben—. Si esto constituye una molestia para usted o para su madre...

—No —se apresuró a contestar el otro. Se reuniría con Ben, el «señor Johnson», en una iglesia, en determinada capilla y en determinado banco.

Ahora Ben permanecía sentado de espaldas a la entrada, volviéndose cada vez que chirriaba la puerta, cada vez que penetraba una ráfaga de ruido del exterior.

Pasó media hora.

¿Sería una trampa? El cura lo miró y le ofreció un par de cirios para encender.

—No, gracias —dijo Ben, volviéndose de nuevo hacia la puerta.

Un grupo de turistas con cámaras y guías verdes. Se volvió de nuevo hacia Jesús en su hornacina ornamental y vio que el sacerdote hacía ademán de acercarse a él. Era moreno, alto y aparentemente fuerte, de unos cincuenta y tantos años, medio calvo y con un tórax tan abombado como un tonel.

Se dirigió a Ben, hablando en voz baja en tono de barítono.

—Acompáñeme, señor Johnson.

Ben se levantó, lo siguió fuera de la capilla, bajó por la nave y después giró bruscamente a la derecha a lo largo de una hilera de bancos desierta hasta llegar a un estrecho pasillo que discurría paralelamente a la nave junto a un muro de piedra hasta casi llegar al ábside.

Una pequeña y casi escondida puerta de madera. El cura la abrió. El espacio estaba negro como el betún, húmedo y mohoso. El cura pulsó un interruptor y una pálida luz amarilla iluminó lo que parecía ser un vestidor. Un perchero con vestiduras sacerdotales. Unas cuantas sillas de madera llenas de arañazos.

El cura le estaba apuntando con una pistola.

Ben experimentó un estremecimiento de temor.

—¿Lleva usted algo encima? —preguntó el cura con inesperada amabilidad—. ¿Armas de alguna clase, dispositivos electrónicos?

El temor fue sustituido por la rabia.

—Sólo mi móvil, si usted lo considera un arma letal.

—¿Me permite verlo, por favor?

Ben se lo entregó. El cura pasó la mano libre por la pechera y por la espalda de la chaqueta del traje de Ben, por debajo de los hombros, por la cintura, las piernas y los tobillos. Un rápido y experto cacheo. Después examinó cuidadosamente el móvil y se lo devolvió a Ben.

—Necesito ver su pasaporte, alguna forma de identificación.

Ben sacó su pasaporte a nombre de Michael Johnson y le deslizó además una tarjeta de visita. A primera hora de la mañana había tenido la precaución de pasar por una copistería de la avenida 9 de Julio y encargar cincuenta tarjetas, con un recargo de urgencia. Una hora más tarde ya tenía unas tarjetas muy aceptables de Michael Jóhnson, socio de un falso bufete jurídico de Manhattan.

El cura lo examinó.

—Mire —dijo Ben, echando mano de toda su rabia—, yo no tengo tiempo para eso. Y haga el favor de apartar esta pistola.

Sin atender su petición, el cura le indicó la salida.

—Por aquí.

Abrió la puerta a un sol deslumbrador, a un minúsculo patio y a las puertas correderas laterales de una camioneta negra sin ventanillas.

—Por favor.

Un movimiento del cañón de la pistola. Quería decir: suba a la camioneta.

—Perdón —dijo Ben. ¿O sea que aquél era el hijo de la viuda? Apenas podía creerlo. No se parecía nada a Jürgen, el cual tendría que ser al menos su hermanastro—. Así no hay nada que hacer.

Los ojos del cura se encendieron de furia.

—Pues entonces, es libre de irse. Pero, si usted quiere ver a mi madre, tendrá que ser a mi manera. —Su tono se suavizó—. Mire, la gente sigue viniendo a Buenos Aires para hablar con ella. A veces son periodistas, pero otras veces son cazadores de botines, gente insensata que va armada. O agentes del Mossad. Solían amenazarla para que les dijera dónde estaba Lenz. Durante mucho tiempo hubo gente que no creía que hubiera muerto. Tal como ocurrió con Mengele, pensaban que éste los engañaba. Ahora yo no permitiré que mi madre vea a nadie a quien no conozca a no ser que yo dé el visto bueno.

—Usted ha dicho «Lenz»... ¿no es su padre?

Una mueca de desprecio.

—Mi padre se casó con la viuda de Lenz. Pero ella ha sobrevivido a sus dos maridos. Una mujer fuerte. Yo cuido de ella. Suba, por favor.

«Todo es un riesgo.» No había viajado hasta tan lejos para ahora echarse atrás. Puede que aquel hombre lo condujera finalmente a la verdad. Tras estudiar un momento al enigmático sacerdote, subió a la parte de atrás de la camioneta.

El sacerdote cerró las puertas con un retumbo como de trueno. Ahora la única iluminación procedía de una débil luz del techo. Exceptuando los asientos abatibles, la camioneta estaba totalmente vacía.

«Todo es un riesgo.»

«¿Qué he hecho?», se preguntó Ben.

El motor se puso en marcha y después se pasó un buen rato protestando hasta alcanzar la primera.

«Así es como ejecutan a la gente —pensó Ben—. No conozco a este hombre, tanto si es un cura de verdad como si no. A lo mejor pertenece a uno de esos grupos que mencionó Sonnenfeld, que defienden y protegen a los antiguos nazis.»

Pasados unos veinte minutos, la camioneta se detuvo. Sus puertas correderas se abrieron, revelando una calle adoquinada bajo una luz moteada que se filtraba a través de un dosel de árboles. La duración del viaje le dijo que estaban todavía en Buenos Aires, pero la calle parecía enteramente distinta de la ciudad que él había visto hasta aquel momento. Era apacible y tranquila, a excepción del gorjeo de los pájaros. Y, apenas audible, la música de un piano.

No, no estoy a punto de que me maten.

Se preguntó qué pensaría Anna. Sin duda se mostraría consternada por el riesgo que había corrido. Y tendría razón.

Habían aparcado delante de una casa de ladrillo de dos plantas, con un tejado de tejas semicilíndricas de barro, no muy grandes pero de elegante aspecto. Las persianas de madera de todas las ventanas estaban cerradas. La música de piano parecía proceder del interior de la casa, una sonata de Mozart. Una alta y sinuosa valla de hierro forjado rodeaba la casa y su pequeño patio.

El cura tomó a Ben del codo y lo ayudó a bajar de la camioneta. O tenía el arma escondida o, cosa menos probable, la había dejado en la camioneta. Al llegar a la verja de la entrada, marcó un código en una placa numerada y la verja se abrió con un zumbido eléctrico.

Dentro, la casa estaba fría y oscura. La grabación de Mozart procedía de una habitación situada al fondo. Falló una nota, el pasaje se repitió y Ben se dio cuenta de que no era una grabación; alguien estaba tocando el piano con gran maestría. ¿La anciana?

Siguió al cura a la habitación de la cual emanaba la música del piano. Era un saloncito con las paredes cubiertas de libros y alfombras orientales en el suelo. Una menuda anciana que parecía un pájaro permanecía inclinada sobre un piano de cola Steinway. Pareció no fijarse en ellos cuando entraron. Se sentaron en un áspero e incómodo sofá y esperaron en silencio.

Cuando terminó la pieza, ella mantuvo las manos congeladas en el aire sobre las teclas y después las bajó lentamente hasta su regazo. Los aneramientos de una concertista de piano. Poco a poco se volvió. Su rostro parecía una ciruela pasa, sus ojos estaban hundidos y su cuello era un horror. Debía de tener noventa años por lo menos.

Ben aplaudió.

La mujer habló con una trémula y áspera vocecita:

—¿Quién es éste?

—Madre, éste es el señor Johnson —contestó el sacerdote—. Señor Johnson, mi madre adoptiva.

Ben se inclinó hacia ella y tomó su frágil mano en la suya.

El sacerdote añadió, dirigiéndose a Ben:

—Y yo soy Francisco.

—Ponme en una silla cómoda —dijo la anciana.

Francisco rodeó con el brazo a su madre adoptiva y la ayudó a sentarse en un sillón.

—¿Viene usted de Austria? —preguntó la mujer en un inglés aceptable.

—Acabo de estar en Viena, en efecto.

—¿Por qué ha venido?

Ben empezó a hablar, pero ella lo interrumpió, temerosa:

—¿Pertenece a la compañía?

¿La compañía? ¿Se refería a Sigma? En caso afirmativo, tenía que hacerla hablar.

—Frau... Frau Lenz, me temo que he venido aquí con falsos pretextos.

Francisco volvió enfurecido la cabeza hacia Ben.

—¡Lo voy a matar!

—Mire, Jürgen Lenz me pidió que viniera a verla —dijo Ben, sin prestar atención a Francisco. No dio ninguna explicación. La referencia a Austria significaba que se había ganado la confianza de Jürgen Lenz. En caso de que insistieran, improvisaría. Estaba empezando a hacerlo muy bien. —Me pidió que me reuniera con usted y le dijera que tuviera mucho cuidado, que su vida podía estar en peligro.

—Yo no soy Frau Lenz —dijo en tono altivo la mujer. Llevo más de treinta años sin ser Lenz—. Soy la señora Acosta.

—Mis disculpas, señora.

Pero la altivez de la anciana había cedido el lugar al temor.

—¿Por qué lo ha enviado Lenz? ¿Qué es lo que quiere?

—Señora Acosta —empezó diciendo Ben—. Me han pedido...

—¿Por qué? —preguntó ella, levantando la trémula voz—. ¿Por qué? ¿Viene aquí desde Semmering? ¡No hemos hecho nada malo! ¡No hemos hecho nada para romper el acuerdo! ¡Déjenos en paz!

—¡No! ¡Silencio, madre! —gritó el sacerdote.

¿A qué se refería la mujer? El acuerdo... ¿Era eso aquello con lo que Peter había tropezado?

—Señora Acosta, su hijo me pidió concretamente...

—¿Mi hijo? —graznó la anciana.

—Exactamente.

—¿Dice usted que mi hijo está en Viena?

—Sí. Su hijo Jürgen.

El cura se levantó.

—¿Quién es usted? —preguntó.

—Díselo, Francisco —terció la anciana—. Francisco es mi hijo adoptivo. De mi segundo matrimonio. Jamás tuve otros hijos. —Su rostro se torció en una mueca de temor—. No tengo ningún hijo.

El cura se elevó con gesto amenazador sobre Ben.

—Es usted un mentiroso —dijo—. Dice que es un abogado que tiene que aclarar los detalles de una herencia, ¡y ahora nos vuelve a mentir!

Sintiendo que la cabeza le daba vueltas, Ben intentó recuperar rápidamente la calma.

—¿Usted no tiene ningún hijo? Pues entonces, me alegro de estar aquí. Ahora veo que no he perdido el tiempo ni el dinero de mi bufete, viniendo a Buenos Aires.

El cura se enfureció.

—¿Quién lo ha enviado aquí?

—¡No es de la compañía! —graznó la madre adoptiva.

—Ésta es la clase de engaño que necesito aclarar —dijo Ben con falsa expresión triunfal—. O sea que este Jürgen Lenz de Viena... ¿dice que es su hijo, pero no es su hijo? ¿Pues entonces quién es?

El cura se volvió hacia su madre adoptiva, la cual parecía estar a punto de hablar.

—¡No digas nada! —le ordenó—. ¡No le contestes!

—¡No puedo hablar de él! —dijo la anciana. Dirigiéndose a su hijo adoptivo, añadió—: ¿Por qué me pregunta por Lenz? ¿Por qué lo has invitado a venir aquí?

—¡Es un embustero, un impostor! —dijo el cura—. ¡Viena hubiera avisado por adelantado, antes de enviar a un mensajero!

Alargó la mano a su espalda, extrajo su revólver y apuntó directamente a la frente de Ben.

—¿Qué clase de sacerdote es usted? —preguntó Ben en voz baja.

«No es un sacerdote. Un sacerdote no me apuntaría a la cabeza con un arma.»

—Soy un hombre de Dios y protejo a mi familia. Y ahora, váyase inmediatamente de aquí.

A Ben se le ocurrió una idea, la evidente explicación, y le dijo a la anciana:

—Su marido tenía otra familia, señora. Un hijo con otra esposa.

—No es usted bienvenido en esta casa —dijo el sacerdote, haciendo un gesto con el arma—. Fuera de aquí.

—¡Gerhard Lenz no tenía hijos! —gritó la anciana.

—¡Silencio! —tronó el sacerdote—. ¡Ya basta! ¡No digas nada más!

—Finge ser el hijo de Gerhard Lenz —dijo Ben pensando en voz alta—. ¿Por qué iba a fingir ser el hijo de... un monstruo?

—¡Levántese! —le ordenó el cura.

—Gerhard Lenz no murió aquí, ¿verdad?

—¿Qué está usted diciendo? —jadeó la madre adoptiva.

—Si no sale de aquí, lo mato —dijo el cura.

Ben obedeció y se levantó, pero miró a la anciana, hundida profundamente en su sillón.

—¿Entonces los rumores eran ciertos? —dijo—. Gerhard Lenz no fue enterrado en el cementerio de La Chacarita en 1961, ¿verdad? Huyó de Buenos Aires, escapó de sus perseguidores...

—¡Murió aquí! —gritó la anciana, fuera de sí—. ¡Hubo un entierro! ¡Yo misma arrojé tierra sobre su ataúd!

—Pero usted jamás vio el cuerpo, ¿verdad? —dijo Ben.

—¡Fuera! —ladró el cura.

—¿Por qué me dice estas cosas? —gritó la mujer.

La interrumpió el timbre del teléfono en un aparador que había detrás del sacerdote. Sin mover el revólver, éste alargó la mano a su derecha y levantó el auricular.

—¿Sí?

Pareció escuchar atentamente.

Ben aprovechó la momentánea distracción del cura para deslizarse con disimulo hacia él.

—Necesito ponerme en contacto con Josef Strasser —le dijo a la anciana.

Ella le escupió su respuesta:

—Si le han enviado realmente desde Austria, usted sabe cómo ponerse en contacto con él. ¡Usted es un embustero!

¡O sea que Strasser estaba vivo!

Ben se acercó un poco más al sacerdote y siguió hablando con la madre adoptiva.

—A mí también me mintieron... ¡para atraparme!

No tenía ninguna lógica lo que decía a no ser que añadiera una explicación más amplia, pero él sólo quería confundir a la anciana para conseguir que siguiera hablando.

—Eso lo confirma —dijo el cura, sosteniendo en alto el teléfono—. Era de Viena. Este hombre es un impostor. —Miró a Ben—. ¡Nos ha mentido, señor Hartman! —dijo volviendo la cabeza momentáneamente, cosa que Ben aprovechó para abalanzarse de inmediato sobre él.

Agarró la muñeca derecha del cura, la que sostenía el revólver, la retorció con todas sus fuerzas y al mismo tiempo le apretó con la otra mano la garganta, formando una rígida V con el índice y el pulgar. La anciana gritó de terror. Pillado por sorpresa, el cura lanzó un grito de dolor. El revólver se le cayó de la mano y aterrizó ruidosamente en el suelo.

Con un poderoso movimiento, Ben obligó al cura a tumbarse en el suelo, cerrando la presa alrededor de su cuello. Sintió que el huesudo cartílago de la laringe se desplazaba hacia un lado. El grito del hombre quedó asfixiado mientras éste caía sobre el suelo de azulejos formando con la cabeza un ángulo muy poco natural y trataba de incorporarse y de recuperar su mano izquierda libre, inmovilizada debajo de su caja torácica. Luchó con todas sus fuerzas, jadeando para no perder el resuello. La anciana se cubrió el rostro con el dorso de las manos en un extraño gesto protector.

«¡El arma! ¡Tengo que conseguir el arma!»

Ben apretó con más fuerza la mano izquierda contra la garganta del hombre y le aplicó una rodilla contra el estómago, apuntando al plexo solar. La súbita e involuntaria exhalación de aliento del cura le dijo a Ben que había dado en el blanco. Los ojos oscuros del cura se volvieron hacia arriba de tal manera que sólo quedó visible el blanco. El golpe lo dejó momentáneamente paralizado. Ben recogió el revólver del suelo, le dio la vuelta y lo empujó contra la frente del hombre. Acercó el dedo al gatillo.

—¡Muévase y es hombre muerto!

El cuerpo del cura se aflojó de inmediato.

—¡No! —gritó éste con la voz entrecortada.

—¡Responda a mis preguntas! ¡Diga la verdad si quiere vivir!

—¡No, por favor, no lo haga! Soy un hombre de Dios.

—De acuerdo —dijo Ben en tono despectivo—. ¿Cómo puedo ponerme en contacto con Josef Strasser?

—Está... no lo sé... por favor... ¡la garganta!

Ben aflojó la presa justo lo suficiente para permitirle respirar y hablar.

—¿Dónde está Strasser? —rugió.

El sacerdote tragó aire.

—Strasser... no sé cómo llegar a Strasser... vive en Buenos Aires, ¡eso es todo lo que sé!

Un riachuelo de orina apareció en el suelo entre las piernas del hombre.

—¡Tonterías! —gritó Ben—. Deme una dirección o un número de teléfono. De lo contrario, ¡su madre adoptiva no tendrá a nadie que la cuide!

—¡No, por favor! —gritó la anciana viuda, todavía acobardada en su sillón.

—Si... si me mata —jadeó el cura—, ¡no saldrá vivo de Buenos Aires! Lo localizarán... Hacen estas cosas... ¡Deseará haber muerto!

—¡La dirección de Strasser!

—No la tengo —contestó el cura—. ¡Por favor! ¡No tengo ningún medio de llegar hasta Strasser!

—No mienta —dijo Ben—. Ustedes se conocen todos. Todos están unidos en una red. Si tuviera que ponerse en contacto con Strasser, encontraría la manera.

—¡Yo no soy nada! Si usted me mata, ¡no soy nada para ellos! ¡Lo encontrarán!

Ben se preguntó quiénes eran «ellos». En vez de eso, preguntó:

—¿Quién es Jürgen Lenz? —Apretó le boca del cañón del revólver contra la frente del cura. Vio unas cuantas gotas de sangre; le había rasgado la piel.

—Él... por favor, es muy poderoso, controla... es el propietario de la casa que ella ocupa, de sus bienes, el hombre que se hace llamar Jürgen Lenz...

—¿Pues entonces quién es realmente?

—Baje el arma y apártese de él.

La voz —baja, pausada y con acento español— procedía de la puerta que había detrás de Ben. Un hombre de elevada estatura permanecía de pie allí, sosteniendo una escopeta de cañones recortados. Vestía unos gruesos pantalones verdes y una camisa de trabajo de tejido vaquero, aparentaba tener veintitantos o treinta y pocos años y tenía un ancho y poderoso tórax.

—¡Socorro, Roberto! —gritó la viuda—. ¡Salva a mi Francisco! ¡Sálvalo! ¡Saca a este hombre de aquí ahora mismo!¡inmediatamente!

—Señora, ¿tengo que matar a este intruso? —preguntó Roberto.

La actitud del hombre le dijo a Ben que éste sería capaz de matar sin el menor remordimiento. Ben vaciló, sin saber qué hacer. El cura era un rehén con el revólver pegado a la frente, pero Ben sabía que no tendría valor para apretar el gatillo. Y, aunque lo hiciera, el hombre de la escopeta lo mataría a él en un abrir y cerrar de ojos.

«Pero sigo pudiendo apuntarme un farol», pensó.

—¡Roberto! —graznó la anciana—. ¡Ahora!

—¡Suelte el arma o disparo! —dijo el joven—. Me importa un bledo lo que le ocurra a esta basura —añadió, señalando al sacerdote.

—Ya, pero a la señora sí le importa —dijo Ben—. Ambos bajaremos las armas al mismo tiempo.

—De acuerdo —convino el joven—. Aparte el arma de su cabeza, levántese y lárguese de aquí. Si quiere vivir. —Bajó el cañón de la escopeta de caza y apuntó hacia el suelo mientras Ben apartaba el revólver de la frente del cura. Se levantó muy despacio, con el arma todavía inclinada—. Y ahora retroceda hacia la puerta.

Ben retrocedió, sujetando el revólver con la mano derecha mientras agitaba la izquierda a su espalda en busca de posibles obstáculos. El joven lo siguió al vestíbulo, con el rifle todavía inclinado hacia al suelo.

—Sólo quiero que salga de esta casa —dijo tranquilamente el hombre—. Si alguna vez se vuelve a acercar a esta casa, morirá en el acto.

Abatido y humillado, el sacerdote se había incorporado con expresión sombría hasta sentarse. Ben retrocedió de espaldas hacia la puerta abierta, salió a través de ella —o el cura la había dejado abierta o Roberto había entrado por allí— y después la cerró.

En cuestión de segundos ya estaba corriendo.

Anna le pagó la carrera al taxista y entró en el pequeño hotel, ubicado en una tranquila calle del distrito de La Recoleta. «No era —pensó con inquietud— la clase de lugar donde una joven soltera que viajara sola pudiera pasar fácilmente inadvertida.»

El recepcionista la saludó por su nombre, cosa que a ella la molestó. Aquel mismo día ella y Ben se habían registrado por separado y con varias horas de diferencia. También habían efectuado las reservas por separado y a distintas horas. El hecho de alojarse en el mismo hotel tenía un sentido logístico, pero también aumentaba ciertos riesgos.

El carrito de la camarera estaba delante de su habitación. Inoportuno. Quería estar sola, repasar sus carpetas, hacer llamadas telefónicas; y ahora tendría que esperar. Al entrar, vio a la camarera inclinada sobre su maleta abierta.

Sacando unas carpetas de su cartera de documentos de cuero.

Anna se detuvo en seco. La camarera levantó la vista, vio a Anna y volvió a dejar las carpetas y la cartera de documentos en la maleta.

—¿Qué demonios está usted haciendo? —le preguntó Anna, acercándose a ella.

La camarera protestó airadamente en español con toda una indignada serie de negativas. Anna la siguió al pasillo, exigiéndole saber qué estaba haciendo.

—Eh, ¿qué haces? ¡Ven para acá! ¿Qué cuernos haces revisando mi maleta?

Anna trató de leer el nombre de la mujer en la placa, pero ésta se dio bruscamente la vuelta y se alejó corriendo a toda velocidad por el pasillo.

La camarera no sólo estaba robando. Había estado revisando los papeles de Anna. No se trataba de que supiera leer el inglés o no; lo más probable era que la hubieran contratado para robar cualquier documento que hubiera. Papeles, carpetas y notas.

«Pero ¿contratada por quién?»

¿Quién podía saber que Anna estaba allí o qué estaba investigando? La estaban vigilando... pero ¿quiénes?

¿Quién sabe que estoy aquí? Denneen, sí, pero ¿se lo habría dicho a alguien, a algún compañero?

¿Habría adivinado Peralta, el representante de la Interpol, quién era ella? ¿Sería posible?

Justo cuando estaba a punto de alargar la mano hacia el teléfono, éste sonó. ¿El director, llamándola para pedirle disculpas? ¿O Ben?

Lo tomó.

—¿Diga?

Sólo se oyó el aire. No, no el aire: era el conocido silbido de una cinta de vigilancia. Después se oyó el sonido de unas débiles y confusas voces, cada vez más claras y amplificadas.

Una oleada de adrenalina.

—¿Quién es?

Distinguió una voz:

—«¿Qué hay de los registros de inmigración? ¿Los registros de las personas que entraron en el país en los años cuarenta y cincuenta?»

Era su propia voz. Y después la voz de un interlocutor varón. Peralta.

En el teléfono, alguien estaba volviendo a pasar la conversación entre Peralta y ella.

Ellos lo habían oído todo, y ellos —quienesquiera que fueran «ellos»— sabían exactamente dónde estaba ella y qué buscaba.

Se sentó en el borde de la cama, aturdida y aterrorizada. Ahora ya no podía haber ninguna duda de que su presencia era conocida, a pesar de todas sus precauciones. La criada que estaba robando no era un jugador aislado.

Volvió a sonar el teléfono.

Con todo el cuerpo temblando a causa del terror, levantó el auricular.

—¿Sí?

«Queremos captar la nueva Argentina. Un lugar donde la gente como usted se ha estado encargando de que se haga justicia. Un lugar donde unas modernas fuerzas del orden se encargan de hacer cumplir la ley respetando la democracia...» Su propia voz, frágil pero claramente reproducida a través del dispositivo de escucha que hubieran instalado en aquel lugar.

Un clic.

Con sus prisas, había dejado abierta la puerta de la habitación; corrió a cerrarla. No había nadie en el pasillo. Cerró la puerta, le dio dos vueltas a la llave y deslizó el pestillo de la cadena de seguridad hasta el fondo.

Corrió a la ventana, cuyos pesados cortinajes estaban descorridos, y se dio cuenta de que estaba desprotegida y sería un blanco fácil para cualquier tirador apostado en una ventana de cualquiera de los altos edificios de la acera de enfrente. Corrió los cortinajes para bloquear la línea de visión.

Volvió a sonar el teléfono.

Se acercó lentamente a él y se llevó el auricular a la oreja sin decir nada.

—«Yo no he llegado hasta donde me encuentro comportándome como un pelele...»

—Siga llamando —hizo el esfuerzo de decir a través del teléfono, fingiendo estar tranquila—. Estamos localizando las llamadas.

Pero nadie la escuchaba. Sólo se oía el sordo silbido de una grabación de vigilancia.

Colgó el aparato y, antes de que éste pudiera volver a sonar, llamó al mostrador de recepción.

—He estado recibiendo llamadas obscenas —dijo en inglés.

—¿Obscenas? —repitió la telefonista sin comprender.

—Amenazas —dijo ella en español—. Palabrotas.

—Ah, lo siento, señorita, ¿quiere que llame a la policía?

—Quiero que usted retenga todas las llamadas.

—Sí, señorita, faltaría más.

Se pasó un minuto pensando y después sacó una hoja de papel de su bolso, arrancada de un cuaderno de notas de la sala de salidas de Schiphol. En ella había garabateado el número de teléfono de un investigador privado local que Denneen le había recomendado. Alguien de confianza, muy experto y bien relacionado con las autoridades, pero absolutamente honrado, le había asegurado Denneen.

Marcó el número y dejó sonar el teléfono. Se puso en marcha la grabación de un contestador. Sergio Machado se identificó a sí mismo e identificó su agencia. Tras sonar un bip, Anna dejó su nombre y su número y mencionó el nombre de Denneen. Después volvió a llamar a la telefonista de la centralita del hotel y le dijo que sólo aceptaría una llamada de un tal Sergio Machado.

Necesitaba a alguien hábil y bien informado y, por encima de todo, de absoluta confianza. No podía abrigar la esperanza de llegar a alguna parte y averiguar algo sin alguien así, a no ser que contara con un contacto de confianza en la burocracia del Gobierno, cosa de la que ella carecía.

Se fue al cuarto de baño y se mojó la cara en el lavabo, primero con agua fría y después con agua caliente. Sonó el teléfono.

Se acercó despacio y medio atontada a la mesilla de noche. El teléfono sonó y volvió a sonar.

Permaneció de pie a su lado y lo miró, pensando en lo que iba a hacer.

Descolgó el auricular.

No dijo nada y esperó.

Silencio.

—¿Oiga? —dijo finalmente una voz masculina—. ¿Hay alguien ahí?

En voz baja y con la boca seca, contestó:

—¿Sí?

—¿Es Anna Navarro?

—¿Quién es? —preguntó, procurando mantener un tono neutro.

—Soy Sergio Machado... ¿Me acaba usted de llamar? Salí a recoger el correo y ahora le devuelvo la llamada.

Aliviada, Anna lanzó un suspiro.

—Oh, Dios mío, disculpe. He estado recibiendo toda una serie de llamadas obscenas. Pensaba que podía ser otra vez el comunicante.

—¿Qué quiere decir con llamadas obscenas... respiración afanosa y cosas de ese tipo?

—No, nada de eso. Demasiado complicado para explicarlo.

—¿Tiene algún problema?

—No. Sí. No lo sé, probablemente. En todo caso, gracias por devolverme la llamada. David Denneen pensó que, a lo mejor, usted me podría ayudar.

—Faltaría más, ¿le apetece un café? No esa mierda que beben ustedes en Norteamérica. Café de verdad.

—Pues claro, me encantará. —La ansiedad ya estaba empezando a disiparse.

Acordaron reunirse a primera hora de la noche delante de un café-restaurante situado no muy lejos de su despacho.

—Haré lo que pueda —dijo él—. Más no le puedo prometer.

—Me basta —dijo Anna.

Colgó y permaneció un momento de pie junto al teléfono, mirándolo como si fuera una forma de vida desconocida que hubiera invadido su habitación.

Ben y ella tendrían que cambiar de hotel. Quizá la habían seguido desde su visita a Peralta. Quizá desde el aeropuerto. Pero su localización y su misión eran conocidas: éste era el verdadero mensaje de aquellas llamadas. Se guardaría mucho de tomárselas como algo más que unas simples amenazas.

Una llamada a la puerta.

La adrenalina la indujo a correr a situarse a un lado de la misma. La cadena de seguridad estaba perfectamente colocada desde el pasador hasta la jamba.

La puerta no se podía abrir simplemente con una llave.

¿O sí?

No había mirilla.

—¿Quién es?

La voz que contestó era masculina y conocida. Jamás pensó que pudiera alegrarse tanto de oírla.

—Soy Ben —dijo la voz.

—Gracias a Dios —murmuró ella.

36

Llevaba la ropa sucia y mojada, con la camisa y la corbata torcidas y el cabello alborotado.

—¿Qué es esta cadena de la puerta? —preguntó—. ¿Tú también has vivido en el East End de Nueva York?

Ella lo miró fijamente.

—¿Qué te ha pasado?

Tras haberse contado el uno al otro los acontecimientos de las últimas horas, Anna le dijo:

—Tenemos que irnos de aquí.

—Y que lo digas —contestó Ben—. Hay un hotel en el centro, una especie de antro de mala muerte, pero que parece bastante agradable. Lo regenta una pareja de expatriados británicos. El Sphinx. —Se había comprado una guía de América del Sur en el aeropuerto. La hojeó y encontró el artículo—. Aquí está. Podemos presentarnos directamente o llamar desde la calle a través de mi móvil. No está lejos de aquí.

Anna asintió.

—Quizá sería mejor que esta vez nos alojáramos en la misma habitación. Como marido y mujer.

—La experta eres tú —dijo él. ¿Hubo un destello de regocijo en sus ojos?

—Llamarán por ahí buscando a un hombre y una mujer americanos que viajan juntos, pero se alojan en habitaciones separadas. ¿Cuánto crees que tardarán en localizarnos?

—Probablemente tienes razón. Mira... tengo una cosa. — Sacó una hoja de papel doblada del bolsillo interior de su chaqueta.

—¿Qué es?

—Un fax.

—¿De quién?

—Mi investigadora de Nueva York. Son los nombres de los miembros del consejo de administración de Armakon AG de Viena. Los propietarios de aquel pequeño laboratorio biotecnológico de Filadelfia fabricante del veneno que mató a los viejos. —Le pasó la hoja a Anna.

—Jürgen Lenz —dijo ella en voz baja.

—Uno de los directores. ¿No te parece una intrigante coincidencia?

Una vez más, Arliss Dupree regresó al papeleo que tenía delante y una vez más le resultó imposible concentrarse. Era un largo informe preparado por el director adjunto del presidente de U. S. Trustees, la junta de síndicos encargada de supervisar las masas de quiebra; el informe incluía detalladas referencias a presuntas corrupciones que implicaban a tribunales federales de quiebra. Dupree leyó tres veces la misma frase antes de apartar a un lado el informe y sacó otra taza de café casi rancio de la ruidosa máquina expendedora del final del pasillo.

Tenía otras cosas en que pensar... eso era lo malo. Los acontecimientos relacionados con la agente Navarro eran muy desagradables. Peor que desagradables. Significaban una auténtica provocación. Le importaba un bledo lo que le ocurriera. Pero, en caso de que ella hubiera sido culpable de violaciones de la seguridad, el responsable sería él. Lo cual era totalmente injusto. Y él no tenía más remedio que pensar que todo aquello se había iniciado con aquel maldito Fantasma de las manchas hepáticas de la Unidad de Cumplimiento Interno, Alan Bartlett. Fuera lo que fuera. Varias veces había llevado a cabo investigaciones —auténticas investigaciones interdepartamentales— y cada vez había sido desairado. Como si no tuviera suficientes responsabilidades de vigilancia en la Oficina de Investigaciones Especiales. Como si la OIE no fuera digna de una palabra amable. Cada vez que Dupree pensaba en ello durante demasiado tiempo, se tenía que aflojar la corbata. Era exasperante.

Primero, aquella puta de Navarro había sido especialmente elegida de entre los miembros de su equipo para que ahora anduviera por ahí pindongueando sólo Dios sabía por dónde. Después se habían recibido noticias de que era una basura, de que había estado vendiendo información a traficantes y elementos hostiles y a saber qué otra gente. En caso afirmativo, era una auténtica influencia negativa, lo cual —no podía dejar de pensarlo— sería una mala noticia para la persona ante la cual ella respondía y que no era otra que el propio Arliss Dupree. Si Dupree tenía alguna idea de hacia dónde soplaba el viento —y su carrera se basaba precisamente en el hecho de tener esta idea—, estaba a punto de caerle encima una tormenta de mierda.

Ni en broma iba él a permitir que su carrera resultara afectada por la conducta inmoral de Navarro o —puesto que las acusaciones le parecían auténticas bobadas— por la doblez de Bartlett. Dupree era por encima de todo un superviviente.

A veces sobrevivir significaba coger el toro por los malditos cuernos. Dupree tenía sus propios amigos... unos amigos que le dirían las cosas que él necesitaba saber. Y, a lo mejor, hacerle una visita al Fantasma podría ayudar al viejo a concentrarse. Bartlett parecía la maldita estela de vapor de un avión, pero ejercía un enorme poder en el departamento, era un J. Edgar Hoover en miniatura. Dupree tendría que tratar con él con mucho cuidado. Pero Bartlett tendría que enterarse de que con Dupree no se podía jugar. El Fantasma se pasaba los días dirigiendo investigaciones sobre sus propios compañeros; ¿cuándo había sido la última vez que alguien había echado un vistazo a lo que él estaba mangoneando?

Dupree rasgó un par de sobrecitos de azúcar y los echó en el café. El sabor seguía siendo fatal, pero él se lo bebió de todos modos. Tenía mucho trabajo por delante. Con un poco de suerte, Alan Bartlett se iba a tragar una dosis de su propia medicina.

Las habitaciones del Sphinx eran grandes y estaban inundadas de luz. Había una cama de matrimonio que ambos contemplaron con recelo, dejando para más tarde las decisiones acerca de la hora de dormir.

—Lo que yo sigo sin comprender —dijo Anna— es cómo pudo alguien saber que yo estaba aquí y por qué.

—El hombre de la Interpol...

—Sólo que yo lo vi después de que el paquete le hubiera sido robado a la American Express. —Se encontraba de pie junto a las altas ventanas, jugueteando con las finas cortinas de gasa—. En cuanto el paquete fue robado, los chicos malos supieron que estaba buscando a Strasser. La pregunta es cómo pudo alguien siquiera saber cómo interpretarlo. Tú no le dijiste a nadie que viajabas conmigo a Buenos Aires, ¿verdad?

A Ben no le gustó la insinuación, pero no dijo nada.

—No. Pero ¿tú hiciste alguna llamada telefónica desde el hotel?

Anna guardó silencio un momento.

—Pues sí, la hice. Una a Washington.

—No es difícil intervenir teléfonos de hotel cuando se tienen los contactos adecuados, ¿no?

Ella le miró, visiblemente impresionada.

—Eso podría explicar también la cuestión del falso hombre de la CIA. Sí. ¿Le facilitaste a Jürgen Lenz alguna indicación...?

—Yo jamás le dije a Lenz que pensaba ir a Buenos Aires porque en aquellos momentos no pensaba hacerlo.

—Ojalá pudiera haber algún medio de cotejar las huellas digitales de Lenz con las bases de datos y ver qué ocurre. Puede que haya incluso unos antecedentes penales. ¿Le diste algo... una tarjeta de visita, alguna otra cosa?

—Nada, que yo recuerde... Bueno, en realidad le dejé la fotografía para que le echara un vistazo, la que encontré en la cámara acorazada del banco de Peter en Zúrich.

—¿A cuántas personas se la has enseñado?

—A ti. A un historiador de la Universidad de Zúrich. A Liesl. A Lenz. Eso es todo.

—¿Él la tocó?

—Pues sí. Por delante y por detrás, le dio la vuelta. Sus dedos estuvieron por todas partes.

—Estupendo, mandaré hacer una copia y enviaré el original al afis, el sistema automático de identificación de huellas dactilares.

—¿Cómo? Tengo la impresión de que tus privilegios en el Departamento de Justicia se han anulado.

—Pero Denneen no los ha anulado. Si consigo ponerme en contacto con él, él lo puede pasar a algún amigo de otra agencia, probablemente el fbi. Ya encontrará la manera.

Ben vaciló.

—Bueno, si eso nos permite averiguar algo sobre Lenz... O identificar a los asesinos de Peter...

—Estupendo. Gracias. —Anna consultó su reloj—. Seguiremos con eso durante la cena. Vamos a reunirnos con este investigador, Sergio no sé qué, en una zona de la ciudad llamada La Boca. Algo encontraremos allí para comer.

La taxista era una mujer de mediana edad de brazos fláccidos, vestida con una ajustada camiseta sin mangas. Sobre el tablero de instrumentos había una fotografía en color de un niño, probablemente su hijo. Del espejo retrovisor colgaba un minúsculo mocasín de cuero.

—Un cura con un arma de fuego —comentó Anna—. Y yo que tenía miedo de las monjas dominicas... —Se había puesto una falda gris plisada, una blusa blanca y una gargantilla de perlas alrededor de su cuello de cisne y se había perfumado con un fresco aroma floral—. Te dijo que Jürgen Lenz era el propietario de la casa de la mujer, ¿verdad?

—En realidad utilizó la frase «el hombre que se hace llamar Jürgen Lenz».

Se adentraron en un mísero barrio obrero de la punta más sureña de Buenos Aires. A su izquierda estaba el canal del Riachuelo, una masa de agua estancada en la cual se encontraban medio sumergidas dragas oxidadas, chalanas y maltrechas embarcaciones. Junto a la orilla del riachuelo se levantaban almacenes y plantas de carne en conserva.

—¿Te dijo que Lenz no tenía hijos? —Anna mantenía el ceño fuertemente fruncido en gesto de concentración—. ¿Me falta algo?

—Bueno, es Lenz, pero no es Lenz.

—O sea que el hombre que conociste en Viena y a quien todo el mundo conoce como Jürgen Lenz es un impostor.

—Ésa sería la deducción.

—Y, sin embargo, quienquiera que sea realmente, está claro que la vieja y su hijo adoptivo le tienen auténtico miedo.

—De eso no cabe duda.

—Pero ¿por qué demonios iba Jürgen Lenz a fingir ser el hijo de alguien tan infame si no lo fuera? —dijo Anna—. No tiene sentido.

—Aquí no estamos hablando de alguien que finge ser Elvis, desde luego. El caso es que no sabemos muy bien cómo se produce la sucesión en Sigma. A lo mejor, fue su manera de adquirir influencia allí. El hecho de presentarse como el descendiente directo de uno de los fundadores... tal vez fue el único camino para abrirse paso hasta allí.

—Eso suponiendo que Jürgen Lenz sea de Sigma.

—En este momento, parece más seguro que suponer lo contrario. Y, a partir de lo que dijo Chardin, la cuestión de Sigma no es lo que controlan sino lo que no controlan.

Ya había caído la noche. Estaban entrando en una zona abarrotada de gente, mal iluminada y de aspecto peligroso. Las casas eran de chapa metálica, tenían techumbres de metal acanalado y estaban pintadas de rosa, ocre y turquesa.

El taxi se detuvo delante de un bar-restaurante lleno a rebosar de pendencieros clientes sentados alrededor de unas desvencijadas mesas o congregados en torno a la barra, entre gritos y carcajadas. Detrás de la barra se exhibía un retrato en color de Eva Perón. Unos ventiladores giraban lentamente en el techo.

Pidieron unas empanadas, una botella de cabernet sauvignon San Telmo y una botella de agua mineral con gas. Las copas de vino despedían el sudoroso olor de la esponja con que habían sido enjuagadas. Las servilletas eran unos satinados cuadrados de papel de charcutería.

—La viuda pensó que tú eras de «Semmering» —dijo Anna en cuanto se sentaron—. ¿Qué crees que quiso decir... un lugar? ¿Una empresa?

—No lo sé. Un lugar, supongo.

—¿Y cuando se refirió a «la compañía»?

—Pensé que era Sigma.

—Pero hay otra empresa. Jürgen Lenz, quienquiera que sea realmente, pertenece al consejo de Armakon.

—¿Hasta qué extremo te atreverás a revelarle a este Machado lo que nosotros sabemos?

—Hasta ninguno en absoluto —contestó ella—. Quiero simplemente que nos localice a Strasser.

Terminaron con un par de *humitas,* una cremosa pasta de maíz dulce envuelta en hojas de maíz, y café.

—Supongo que el tipo de la Interpol no sirvió de mucho —dijo Ben.

—Negó la posibilidad de que Strasser pueda vivir aquí. Muy sospechoso. La Interpol estuvo controlada por los nazis durante algún tiempo, poco antes de la Segunda Guerra Mundial, y algunas personas creen que nunca se ha curado de su culpa. No me sorprendería que este individuo estuviera a las órdenes de una de estas organizaciones del crimen organizado nazi que llevan a cabo actividades de protección. Y, en cuanto a tu cura armado...

—Mi cura armado insistió en que no tenía manera de ponerse en contacto con Strasser, pero yo no le creo.

—Apuesto a que se puso en contacto telefónico con Strasser en cuanto tú saliste.

Ben reflexionó.

—Si llamó a Strasser... ¿Y si pudiéramos conseguir el historial de los listados telefónicos de la viuda?

—Se lo podemos pedir a Machado. Puede que él lo consiga o sepa a quién recurrir para conseguirlo.

—Por cierto, ¿sabes qué pinta tiene este tipo?

—No, pero nos vamos a reunir con él justo aquí delante.

La calle estaba abarrotada de gente; la atronadora música rock que se escapaba de los altavoces instalados en las aceras se mezclaba con un aria de ópera y con un tango procedente de una cantina cercana. Los porteños paseaban pisando los adoquines del peatonal Caminito, contemplando los tenderetes de un mercado al aire libre. La gente entraba y salía de los restaurantes, empujando repetidamente a Anna y Ben sin pedir disculpas.

Ben vio a un ruidoso grupo de unos ocho jóvenes acercándose a él y a Anna entre gritos y risotadas, borrachos de alcohol y de testosterona. Anna le murmuró algo a Ben a través de la comisura de la boca, algo que él no consiguió entender. Los chicos los miraron con algo más que simple curiosidad, e inmediatamente los rodearon.

—¡Corre! —gritó Ben mientras recibía un puñetazo en el estómago.

Se protegió el abdomen con ambos brazos mientras algo se estrellaba contra su riñón izquierdo —¡un pie!— y él se inclinaba hacia delante para esquivar el ataque. Oyó gritar a Anna, pero le pareció que el grito venía de muy lejos. Estaba bloqueado, acorralado; sus atacantes, a pesar de ser evidentemente unos adolescentes, parecían estar adiestrados en el combate. No podía moverse y lo estaban moliendo a puñetazos. En su visión periférica pudo ver a Anna apartando a un lado a uno de los atacantes con sorprendente fuerza, pero inmediatamente después varios la agarraron. Ben trató de soltarse pero fue inmediatamente superado por una andanada de puñetazos y puntapiés.

Vio el brillo de varias hojas de navaja y enseguida una de ellas le rasgó el costado. La cálida sensación inicial se convirtió en un inmenso dolor mientras él asía la mano que empuñaba la navaja, la retorcía con fuerza y oía un grito. Propinó varios puntapiés a sus atacantes, soltó unos cuantos puñetazos que dieron en el blanco en numerosas ocasiones y sintió que un codo le golpeaba la caja torácica y que una rodilla se hundía en su estómago. Se quedó sin respiración y empezó a jadear hasta que un pie le golpeó los testículos y tuvo que doblar el espinazo a causa del dolor.

Oyó el silbido de una sirena y oyó gritar a Anna:

—¡Aquí! ¡Oh, gracias a Dios!

Un pie le golpeó con fuerza la parte lateral de la cabeza y Ben percibió el sabor de la sangre en la boca. Alargó las manos en parte para protegerse y en parte para agarrar cualquier cosa que pudiera impedir que le siguieran propinando puñetazos; oyó gritos y nuevas voces y, al levantarse, vio a un par de policías gritando contra sus agresores.

Uno de los agentes lo agarró gritando:

—¡Vamos, vamos por acá, que los vamos a sacar de acá!

Otro agente tiró de Anna hacia el coche patrulla. Ben consiguió acercarse al vehículo, vio la puerta abierta, notó que le propinaban un empujón y se encontró dentro. La puerta se cerró a su espalda y todos los gritos y chillidos de la multitud enmudecieron.

—¿Se encuentra bien? —preguntó uno de los agentes desde el asiento delantero.

Ben emitió un gruñido.

—¡Gracias! —dijo Anna.

Ben observó que tenía la blusa hecha jirones y que su gargantilla de perlas había desaparecido.

—Somos americanos... —empezó a explicar Anna, pero después pareció pensar un breve momento y añadió—: Mi bolso —dijo—. Mierda. Llevaba el dinero dentro.

—¿Y el pasaporte? —consiguió graznar Ben.

—Lo tengo en la habitación del hotel. —El vehículo se había puesto en marcha. Anna se volvió a mirarle—. Dios mío, ¿qué te han hecho? ¿Estás bien?

—No estoy muy seguro.

El intenso dolor de la entrepierna se estaba empezando a disipar. Se notaba una pegajosa sensación de calor en el lugar del navajazo. Se tocó el costado y notó sangre.

El vehículo se adentró en el tráfico y bajó por la carretera.

—Eso no ha sido un ataque fortuito —dijo Anna—. Ha sido deliberado. Planificado y coordinado.

Ben la miró con expresión apagada.

—Gracias —dijo a los agentes de los asientos delanteros.

No hubo respuesta. Vio que se había levantado una barrera de plexiglás entre los asientos delanteros y los posteriores y oyó decir a Anna:

—¿La separación...?

Al principio no había plexiglás. Lo habían subido después. Ben no oía ninguna radio de la policía, o puede que el sonido no traspasara el plexiglás.

Anna pareció darse cuenta de lo mismo en aquel mismo momento, pues se inclinó hacia adelante y empezó a aporrear el plexiglás sin que los dos agentes respondieran.

Las puertas de atrás se cerraron automáticamente.

—Oh, Dios mío —dijo Anna en un susurro—. No son policías.

Tiraron de las manijas de las puertas, que no cedieron. Trataron de accionar los botones de cierre de las puertas, pero éstos no se movieron.

—¿Dónde tienes el arma? —preguntó Ben en voz baja.

—¡No tengo ninguna!

El vehículo aceleró bajando por una autopista de cuatro carriles. Ahora habían dejado claramente a su espalda los límites de la ciudad. Ben aporreó la separación de plexiglás con ambos puños, pero ni el conductor ni el copiloto parecieron darse cuenta.

El automóvil se desvió hacia una rampa de salida. En pocos minutos llegaron a una oscura carretera de dos carriles bordeada de altos árboles y después, sin previa advertencia, giraron para apartarse de la carretera y entraron en un oscuro callejón sin salida que desembocaba en un pequeño soto poblado de altos árboles.

El motor se apagó. Por un instante sólo hubo silencio, interrumpido de vez en cuando por el ocasional sonido de algún automóvil que pasaba.

Los dos hombres del asiento delantero parecían conversar entre sí. Después el copiloto bajó y rodeó la parte posterior del vehículo. Abrió el maletero.

Al cabo de un instante volvió a aparecer al lado del automóvil sujetando en la mano izquierda algo que parecía un trozo de tela. En la derecha sostenía un arma de fuego. Después bajó el conductor y sacó un arma de una funda de bandolera. Las puertas de atrás se desbloquearon.

El conductor, que al parecer era el que mandaba, abrió la puerta del lado de Anna y le apuntó con la pistola. Ella salió despacio, con las manos en alto. Con su mano libre, el hombre cerró la puerta del coche, dejando a Ben solo en el asiento trasero.

La desierta carretera de campo, las armas... era la clásica ejecución.

El otro falso policía —o quizá eran policías de verdad; ¿acaso tenía importancia?— se acercó al lugar donde Anna permanecía de pie con las manos en alto y empezó a cachearla en busca de armas, empezando por las axilas. Sus manos se detuvieron en sus pechos. Luego se las pasó por el costado, las desvió hacia la entrepierna, donde se entretuvo demasiado, y las deslizó por la parte interior de las piernas hasta los tobillos. Se apartó y pareció considerarla segura. Después tomó un saco de arpillera, se lo puso en la cabeza y se lo ajustó alrededor del cuello.

El conductor ladró algo y ella cayó de rodillas y entrelazó las manos a su espalda.

Ben comprendió horrorizado lo que estaba a punto de ocurrirle.

—¡No!

El conductor gritó otra orden y el policía más joven abrió la puerta del vehículo apuntando con su arma a Ben.

—Baja muy despacio —le dijo en fluido inglés.

No había ninguna esperanza de correr hasta la carretera o de agarrar a Anna y conducirla a lugar seguro. No era posible en presencia de dos hombres armados. Bajó del automóvil, levantó las manos y el más joven lo empezó a cachear, esta vez de una manera más expeditiva.

—No está enfierrado —dijo el hombre en español—. Está limpio.

Dirigiéndose a Ben, añadió en tono pausado:

—Cualquier movimiento repentino y te matamos. ¿Entendido?

«Sí, lo entiendo. Nos matarán a los dos.»

Le pusieron un saco de arpillera en la cabeza. Olía a cuadra de caballos y se lo ataron al cuello tan ajustado que casi se asfixiaba. Todo estaba oscuro.

—¡Tenga cuidado! —graznó.

—¡Cállate la boca! —dijo uno de los hombres. Parecía el más veterano de los dos—. De lo contrario, te mato y nadie encontrará el cuerpo hasta pasados unos días, ¿me oyes?

Oyó murmurar a Anna.

—Sígueles la corriente, de momento. La verdad es que no se nos ofrece ninguna otra alternativa.

Ben notó que le rozaban la parte posterior de la cabeza con un objeto duro.

—Arrodíllate —dijo una voz.

Se arrodilló y, sin necesidad de que se lo dijeran, entrelazó las manos a su espalda.

—¿Qué quieren? —preguntó Ben.

—¡Cállate la boca! —gritó uno de los hombres.

Algo duro le golpeó la parte posterior de la cabeza. Soltó un gemido de dolor.

Sus secuestradores no querían hablar. Morirían en aquel remoto campo a dos pasos de una oscura carretera en medio de un país que él no conocía. Estaba pensando en cómo había ocurrido todo, en la Bahnhofplatz de Zúrich donde él había estado casi a punto de morir, ¿o todo empezó realmente con la desaparición de Peter? Recordó la angustia del asesinato de Peter en la posada rural de Suiza, pero, en lugar de desmoralizarlo, el recuerdo le infundió más valor. Si lo mataran allí, por lo menos tendría la satisfacción de saber que había hecho todo lo posible por encontrar a los asesinos de su hermano, y si no consiguiera llevarlos ante la justicia o descubrir cuáles habían sido sus motivos, por lo menos habría estado a punto de conseguirlo. No dejaría a su espalda ni una esposa ni un hijo y, con el tiempo, sus amigos lo olvidarían; pero, en la historia del mundo, todas nuestras vidas son tan breves como el parpadeo de una luciérnaga en una noche estival, y él no se compadecería de sí mismo.

Pensó en su padre, dondequiera que se hubiera desvanecido, y sólo lamentó no haber podido conocer toda la verdad acerca de él.

De entre la oscuridad surgió repentinamente una voz . El más veterano.

—Ahora respondan a unas preguntas. ¿Qué demonios quieren de Josef Strasser?

O sea que querían hablar.

Aquellos matones protegían a Strasser.

Ben esperó a que Anna hablara primero y, al ver que no lo hacía, dijo:

—Soy abogado. Un abogado americano. Estoy validando un testamento... lo cual significa que estoy tratando de conseguirle un dinero que le ha sido dejado en herencia.

Algo le golpeó con fuerza la parte lateral de la cabeza.

—¡Quiero la verdad, no tus tonterías!

—Le estoy diciendo la verdad —dijo la trémula voz de Ben—. Deje a esta mujer al margen... es sólo mi novia. No tiene nada que ver con eso. La traje conmigo, nunca había estado en Buenos Aires...

—¡A callar! —rugió uno de ellos.

Algo le golpeó el riñón derecho y él cayó al suelo, con la cara cubierta por la arpillera contra el suelo. El dolor fue tan intenso que ni siquiera pudo soltar un gemido. Después experimentó un cegador dolor cuando algo le golpeó la mejilla, quizá un pie, y percibió el sabor de la sangre. Todo palideció.

—¡Ya basta! —gritó—. ¿Qué quieren? ¡Les diré lo que quieran!

Se inclinó hacia adelante, levantó las manos para protegerse la cara jadeando a causa del incomprensible dolor y sintió que le salía sangre de la boca. Se preparó para el siguiente golpe, pero, de momento, no ocurrió nada más.

Después se oyó la voz del veterano, tranquila y prosaica, como si explicara algo razonable en el transcurso de una agradable conversación.

—La mujer no es sólo tu novia. Es la agente Anna Navarro y figura en la nómina del Departamento de Justicia de Estados Unidos. Eso lo sabemos. Queremos saber algo acerca de ti.

—La estoy ayudando —consiguió decir Ben, echándose hacia atrás mientras recibía un rápido golpe en el otro lado de la cabeza.

Un relámpago de dolor le traspasó los ojos. Ahora el dolor era tan intenso y abrumador que creyó no poder resistirlo.

Después, una pausa, una momentánea interrupción de la sesión de tortura seguida de un silencio, mientras los hombres aguardaban aparentemente a que volviera a hablar.

Pero la mente de Ben funcionaba muy despacio. ¿Quiénes... de quién eran aquellos hombres? ¿Del hombre llamado Jürgen Lenz? ¿De la propia Sigma? Sus métodos parecían demasiado caseros para eso. ¿El *Kamaradenwerk*? Eso era más probable. ¿Qué respuesta los satisfaría, acabaría con los golpes, aplazaría la ejecución?

Habló Anna. Ben tenía las orejas taponadas, probablemente de sangre, y apenas podía oír lo que ella decía.

—Si ustedes están protegiendo a Strasser —dijo Anna con una voz sorprendentemente firme—, querrán saber qué estoy haciendo aquí. He venido a Buenos Aires para avisarle... no para pedir su extradición.

Uno de los hombres soltó una carcajada, pero ella siguió adelante.

—¿Sabe cuántos compañeros de Strasser han sido asesinados en las últimas semanas?

No hubo respuesta.

—Tenemos información de que Strasser está a punto de ser asesinado. El Departamento de Justicia de Estados Unidos no tiene el menor interés en detenerlo, de lo contrario ya lo habríamos hecho hace mucho tiempo. Cualesquiera que sean las cosas terribles que haya hecho, no se le busca por sus crímenes. Estoy tratando de impedir que lo asesinen para poder hablar con él.

—¡Embustera! —gritó uno de los hombres.

Se oyó un golpe sordo y Anna gritó.

—¡Ya basta! —dijo con la voz quebrada por el dolor—. ¡Hay medios de comprobar que les estoy diciendo la verdad! ¡Necesitamos ponernos en contacto con Strasser para advertirle! ¡Si nos matan, lo perjudicarán a él!

—¡Anna! —gritó Ben. Necesitaba establecer contacto con ella—. ¿Estás bien, Anna? Dime simplemente que estás bien.

Se notó la garganta como a punto de estallar. El esfuerzo de gritar había hecho que la cabeza le pulsara dolorosamente.

Silencio. Después la voz amortiguada de Anna:

—Estoy bien.

Fue lo último que oyó antes de que todo se desvaneciera.

37

Ben se despertó en una cama de una espaciosa y desconocida habitación de techos altos y grandes ventanas que daban a una calle urbana que no reconoció.

Noche, ruido de tráfico, parpadeo de luces.

Una esbelta mujer de cabello castaño oscuro y ojos castaños, vestida con una camiseta y unos shorts de ciclismo de lycra de color negro, lánguidamente acurrucada en una silla, mirándolo.

«Anna.»

A Ben le pulsaba la cabeza.

—Hola —le dijo ella en un suave susurro.

—Hola —contestó él—. Estoy vivo.

La escena de pesadilla regresó poco a poco a su mente, pero no lograba recordar cuándo había perdido el conocimiento.

—¿Cómo te encuentras? —le preguntó ella sonriendo.

Ben lo pensó un momento.

—Esto es como uno que cae desde lo alto de un rascacielos y alguien asoma la cabeza por la ventana del décimo piso y le pregunta qué tal está y el otro contesta: «Bueno, de momento, bien».

Anna se rió.

—Tengo una especie de leve dolor de cabeza. —Ben movió la cabeza de un lado a otro y sintió que el dolor le quemaba y soltaba chispas detrás de los globos oculares—. Puede que no tan leve.

—Bueno, es que te han vapuleado a base de bien. Me pasé un rato pensando que habías sufrido una conmoción cerebral, pero supongo que no. No, por lo que puedo ver. —Anna hizo una pausa—. A mí también me han pegado unos cuantos puntapiés, pero creo que se han centrado más en ti.

—Unos auténticos caballeros. —Ben reflexionó un momento, todavía desorientado—. ¿Cómo he vuelto aquí?

—Supongo que se han cansado de pegarte o, a lo mejor, se han asustado al ver que te desmayabas. Sea como fuere, nos han devuelto a la ciudad y nos han soltado en algún lugar de La Boca.

La única iluminación de la estancia procedía de una lámpara situada al lado de la cama donde él descansaba. Ben reparó en los vendajes de su frente y de su costado.

—¿Y eso quién lo ha hecho?

—¿Qué quieres decir... quiénes eran? ¿O quién te vendó?

—Quién me ha vendado.

—*Moi* —contestó ella, inclinando modestamente la cabeza—. Suministros médicos cortesía del Sphinx, principalmente agua oxigenada y Betadine.

—Gracias. —Sus pensamientos eran lentos y confusos—. Bueno, pues, ¿quiénes eran aquellos chicos?

—Bueno, estamos vivos —contestó ella—, por consiguiente, supongo que son matones locales. Pistoleros, los llaman, armas de alquiler.

—Pero el vehículo de la policía...

—La policía argentina es famosa por su corrupción. Muchos agentes trabajan también como pistoleros. Pero no creo que tuvieran ninguna relación con Sigma. Ni con el *Kamaradenwerk* ni nada por el estilo... Matones que actúan como centinelas de los viejos alemanes. La cadena local puede haber sido avisada de muchas maneras. Mi amigo de la Interpol... Le facilité un nombre falso, pero pudo haber visto una fotografía de la Unidad de Identificación. A lo mejor estaba en el paquete robado en American Express. A lo mejor fue mi investigador, Machado. A lo mejor, el cura de la pistola. Pero ya basta de preguntas. Quiero que te lo tomes con calma.

Ben trató de incorporarse, notó que le dolía el costado y volvió a tumbarse. Ahora recordó que le habían propinado patadas en el estómago, la entrepierna y los riñones.

Los párpados se le seguían cerrando, la habitación se desenfocaba y Ben no tardó en sucumbir al sueño.

Cuando se volvió a despertar, seguía siendo de noche y la habitación estaba prácticamente a oscuras. La única luz procedía de la calle, pero era suficiente para ver la figura que tenía a su lado, en la cama. Pudo aspirar un suave perfume. «Ahora está dispuesta a compartir una cama», pensó.

La segunda vez que se despertó, la habitación estaba inundada de luz. Le dolieron los ojos cuando miró a su alrededor. Oyó el rumor del agua en el cuarto de baño y trató de incorporarse.

Anna emergió en una nube de vapor, envuelta en una toalla de baño.

—Estás despierto —dijo—. ¿Qué tal te encuentras?

—Un poco mejor.

—Muy bien. ¿Quieres que pida un poco de café al servicio de habitaciones?

—¿Aquí tienen servicio de habitaciones?

—Sí, ya veo que te encuentras mejor —dijo ella riéndose—. Estás empezando a recuperar el viejo sentido del humor.

—Tengo hambre.

—Se comprende. Anoche no tuvimos ocasión de cenar.

Anna regresó al cuarto de baño.

Ben llevaba puesta una camiseta y unos calzoncillos.

—¿Quién me ha cambiado la ropa?

—Yo.

—¿Los calzoncillos también?

—Mmm… Estabas empapado de sangre.

«Vaya, vaya —pensó él, divertido—. Nuestro primer momento de intimidad y yo, durmiendo.»

Anna empezó a cepillarse los dientes y volvió a salir unos cuantos minutos después, ya maquillada y vestida con una camiseta blanca y unos shorts de gimnasia de color violeta.

—¿Qué crees que ha ocurrido? —preguntó Ben. La cabeza se le estaba empezando a despejar—. ¿Crees que tu llamada a aquel investigador privado, como se llame, fue interceptada?

—Posiblemente.

—A partir de ahora sólo utilizaremos mi teléfono digital. Vamos a suponer que la centralita del Sphinx también está pinchada.

Anna le colocó dos almohadas detrás de la espalda. Ahora no llevaba perfume, pero olía muy bien a jabón y champú.

—¿Te importa que lo utilice ahora para llamar a nuestro último hotel? Mi amigo de Washington cree que me alojo allí y podría estar intentando ponerse en contacto conmigo. —Le arrojó un ejemplar del *International Herald Tribune*—. Tómatelo con calma. Lee, duerme, lo que quieras.

—Comprueba que esté cargado. A lo mejor lo tendrás que enchufar. —Se reclinó contra las almohadas y empezó a pasar distraídamente las páginas del periódico. Un terremoto en el estado indio de Gujarat. Una empresa de servicios públicos de California se enfrentaba a una denuncia de los accionistas. Los dirigentes mundiales acuerdan reunirse en el Foro Internacional de la Salud Infantil. Apartó el periódico a un lado y cerró los ojos, pero sólo para descansar. La oyó hablar con el hotel de La Recoleta y su voz lo sosegó. Tenía una risa alegre y contagiosa.

Daba la impresión de haber perdido el tono cortante, la actitud defensiva. Ahora parecía más segura y confiada, pero sin la fragilidad de antes. «A lo mejor, pensó Ben, su propia debilidad había favorecido la fortaleza de Anna.» Quizá a ella le gustaba cuidar de los demás. A lo mejor era la aventura compartida que ambos acababan de vivir o su propia preocupación por ella o quizá la compasión de Anna por lo que a él le había ocurrido o una sensación equivocada de culpa. A lo mejor eran todas estas cosas.

Anna terminó su conversación telefónica.

—Vaya, qué interesante.

—¿Mmm? —Ben abrió los ojos. Ella se encontraba de pie al lado de la cama, con el cabello alborotado, los pechos perfilados bajo la camiseta blanca de algodón. Ben experimentó el efecto de la excitación.

—Tenía un mensaje de Sergio, el detective privado, disculpándose por su retraso, se había entretenido con un caso. Parece totalmente inocente.

—Probablemente la llamada fue interceptada en el hotel.

—Voy a reunirme con él.

—¿Estás loca? ¿No has caído ya en suficientes trampas?

—Con las condiciones que yo imponga. Lo que yo decida.

—No lo hagas.

—Sé lo que hago. Puede que falle, a veces fallo, pero, ¿sabes una cosa?, me consideran bastante buena en lo que hago.

—No lo dudo. Pero no conoces el mundo del crimen organizado o las drogas, tú no te dedicas a tirotear a la gente. Creo que ninguno de los dos entiende nada...

Se sentía curiosamente protector con respecto a ella, a pesar de que Anna era sin duda mucho mejor tiradora que él y estaba mucho mejor preparada para defenderse. Pero, al mismo tiempo —cosa que lo dejaba todavía más perplejo—, se sentía más seguro teniéndola al lado.

Ella se acercó y se sentó en la cama a su lado. Él se apartó un poco para dejarle sitio.

—Te agradezco que te preocupes por mí —dijo Anna—. Pero tengo una buena preparación y he sido agente de campaña.

—Perdón, no quería insinuar...

—No tienes por qué disculparte. No me he ofendido.

Él le dirigió una rápida mirada. Hubiera querido decirle: «Dios mío, qué guapa eres», pero no sabía cómo se lo iba a tomar ella. Se la veía bastante a la defensiva.

—¿Todo eso lo haces por tu hermano o por tu padre? —le preguntó ella.

La pregunta lo pilló por sorpresa. No esperaba tal brusquedad. Y comprendió que la respuesta no era fácil.

—Puede que por los dos —dijo—. Sobre todo por Peter, naturalmente.

—¿Cómo os llevabais tú y Peter?

—¿Conoces a alguna pareja de gemelos? —preguntó Ben.

—No mucho.

—Creo que es la relación más estrecha que hay, más estrecha que la de muchos maridos con sus mujeres. Y no es que yo sepa mucho a este respecto. Pero nos protegíamos el uno al otro. Casi nos podíamos leer el pensamiento. Incluso cuando nos peleábamos, y lo hacíamos, puedes creerme, después nos sentíamos más culpables que enojados. Competíamos el uno con el otro en los deportes y cosas por el estilo, pero no en otras cosas. Cuando él estaba contento, yo también lo estaba. Cuando algo le ocurría a él, yo tenía la sensación de que me había ocurrido a mí. Y viceversa.

Para su asombro, vio lágrimas en los ojos de Anna. Y, por una extraña razón, ello hizo que las lágrimas asomaran a los suyos.

—Cuando digo que estábamos muy unidos —añadió—, me parece muy inadecuado. Tú no dices que estás muy unida a tu pierna o a tu mano, ¿verdad? Él era como una parte de mi cuerpo.

Todo regresó a él de golpe, un revoltijo de recuerdos o más bien de imágenes. El asesinato de Peter. Su reaparición, que tanto le conmocionó. Los dos cuando eran pequeños, corriendo por la casa entre risas. El funeral de Peter.

Apartó el rostro, turbado, y se lo cubrió con la mano sin poder reprimir el sollozo que brotó de su garganta.

Oyó un leve gemido y comprendió que Anna también estaba llorando, cosa que lo sorprendió y, por encima de todo, lo conmovió. Ella tomó su mano en la suya y se la estrechó con fuerza. Con las mejillas mojadas de lágrimas, le rodeó los hombros con un brazo y después con los dos y lo abrazó procurando no comprimirle las heridas mientras apoyaba el húmedo rostro en su hombro. Aquella intimidad lo sorprendió; le pareció que estaba empezando a descubrir una parte de la compleja y apasionada Anna. Él se sentía consolado por ella y ella por él. Ben sentía su corazón latiendo contra su pecho, su calor. Anna apartó la cabeza de su hombro y poco a poco, de manera experimental al principio, posó sus labios sobre los suyos y cerró fuertemente los ojos. Se besaron despacio, al principio con ternura y después con intensidad y abandono. Los brazos de Ben rodearon su esbelto cuerpo y sus dedos la exploraron mientras su boca y su lengua hacían lo mismo. Habían cruzado una línea invisible que ambos habían trazado con firmeza algún tiempo atrás, una frontera, una alta muralla que mantenía a raya y aislaba los impulsos naturales, las poderosas cargas eléctricas que ahora chisporroteaban entre ellos. Y en cierto modo, cuando hicieron el amor, a él no le pareció una cosa tan torpe como había imaginado las veces en que se había permitido el lujo de imaginar algo.

Al final, exhaustos, se pasaron aproximadamente media hora durmiendo abrazados.

Cuando Ben despertó, vio que ella se había ido.

El hombre del cabello gris aparcó el Mercedes alquilado y bajó por el pavimento adoquinado de Estomba varias manzanas hasta que localizó la casa. Estaba en el centro de un barrio de Buenos Aires llamado Belgrano, una de las zonas residenciales más ricas. Un joven pasó por su lado con seis perros. El hombre del cabello gris, vestido con traje azul a medida, le dedicó una cordial sonrisa.

La casa era una mansión de estilo georgiano construida en ladrillo rojo. Pasó por delante de ella, admirando aparentemente su arquitectura, y después dio media vuelta tras haber reparado en la garita de seguridad que se levantaba en la acera, delante de la casa; una garita con ventanas de un color tirando a blanco en la cual permanecía de pie un hombre uniformado que llevaba un chaleco reflectante de color anaranjado. Al parecer, allí había una de aquellas garitas de seguridad en cada manzana.

«Un barrio muy tranquilo y seguro», pensó Trevor Griffiths. Muy bien. El guardia de seguridad le miró de arriba abajo. Trevor le saludó amablemente con una inclinación de cabeza y se acercó a la garita como para hacerle una pregunta.

Anna envolvió cuidadosamente en un paquete la fotografía de Ben y la llevó a una sucursal de dhl, donde pagó para su entrega en el domicilio privado de Denneen en Dupont Circle a la mayor rapidez posible. Todo lo que ahora estaba haciendo entrañaba un cierto grado de riesgo, pero no había mencionado a dhl a través del teléfono ni siquiera a Ben en la habitación, y se había asegurado de que nadie la siguiera hasta allí. Estaba razonablemente segura de que la fotografía llegaría sana y salva a su destino.

Ahora se encontraba de pie en la entrada de una tienda bajo un rótulo de Lucky Strike, contemplando la luna de cristal de un café situado en la esquina entre Junín y Viamonte, en la calle de la Facultad de Medicina. El nombre del café, Entre Tiempo, estaba pintado en la luna con un revoltijo de letras que desde dentro debían de parecer ilógicamente divertidas. Pasaban parejas mirándose absortas, manadas de estudiantes con mochilas. Y un montón de taxis negro-amarillos.

Esta vez no habría sorpresas.

Ella había examinado el lugar por adelantado, había decidido reunirse allí a las seis y media en punto con Sergio Machado y llegó unos cuarenta y cinco minutos antes. Un lugar público a plena luz del día. Le había pedido que se sentara a una mesa junto a la luna si hubiera alguna libre o lo más cerca posible de allí. Y que llevara su móvil. Machado pareció más divertido que molesto por sus precauciones.

A las seis y veinticinco, un hombre de cabello gris con un blazer azul y una camisa azul con las puntas del cuello abotonadas, coincidente con la descripción que él mismo había facilitado, entró en el café. Aproximadamente un minuto después apareció en una mesa junto a la luna y miró hacia la calle. Ella retrocedió en la entrada de la tienda para que él no la viera y siguió mirando a través del cristal. Ya le había explicado al propietario de la tienda que estaba esperando a su marido. A las seis y media Machado le hizo señas a un camarero.

A los pocos minutos, el camarero depositó una botella de Coca-Cola encima de la mesa.

Si Machado hubiera sido cómplice del secuestro de la víspera, seguramente habría otros paseando por allí cerca, pero ella no vio señales de nadie. Nadie estaba paseando o fingiendo mirar escaparates, detenido junto a un quiosco de periódicos o sentado en el interior de un automóvil aparcado junto a un bordillo. Sabía lo que tenía que buscar. Machado estaba solo.

¿Habría otros en el café, esperando su llegada?

Tal vez. Pero ella estaba preparada para aquella posibilidad.

A las seis cuarenta y cinco, encendió el teléfono de Ben y llamó al móvil de Machado.

Sonó un solo timbrazo.

—¿Sí?

—Soy Anna Navarro.

—¿Se ha perdido en algún sitio?

—Dios mío, esta ciudad es tan confusa —dijo—. Creo que estoy en un lugar equivocado... ¿Le importaría mucho reunirse conmigo donde estoy ahora? ¡Sé que me volveré a perder!

Le facilitó la dirección de un café situado a unas cuantas manzanas de distancia.

Le vio levantarse, dejar unas monedas y, sin hacer señas ni consultar con nadie del interior del café, salió a la calle. Anna sabía qué aspecto tenía él, pero suponía que él no la reconocería.

El investigador cruzó la calle y pasó por su lado y entonces ella pudo verle mejor. El cabello gris parecía prematuro; era un hombre de cuarenta y tantos años con unos suaves ojos castaños y un aspecto agradable. No llevaba ninguna cartera de documentos o carpeta, sólo el móvil.

Esperó unos segundos y lo siguió.

Él localizó fácilmente el café y entró. Ella siguió su ejemplo aproximadamente un minuto después.

—¿Le importa explicarme a qué ha venido todo esto? —preguntó Machado.

Ella le contó lo que les había ocurrido la víspera a Ben y a ella mientras estudiaba detenidamente su rostro; parecía consternado.

Machado tenía el melancólico aspecto de un astro del cine italiano de los años sesenta. Estaba intensa y cuidadosamente bronceado. Lucía alrededor del cuello una fina cadena de oro y otra cadena de oro le rodeaba la muñeca izquierda. Una línea vertical de preocupación surcaba su entrecejo, entre sus ojos de color marrón claro. No llevaba ninguna alianza matrimonial.

—La policía de aquí es absolutamente corrupta, en eso tiene usted toda la razón —dijo—. Me contratan para que les haga trabajos de investigación como asesor externo, ¡porque no se fían de su propia gente!

—No me sorprende.

El temor que le había dejado el secuestro se había transformado en cólera.

—Mire, aquí, en Argentina, no tenemos espectáculos de policías como tienen ustedes en Estados Unidos, porque aquí los policías no son héroes. Son escoria. Yo lo sé. Estuve veinte años en la Policía Federal. Conseguí mi pensión y me fui.

En una cercana mesa alargada, un grupo de estudiantes, a juzgar por su aspecto, rompió en una sonora carcajada.

—Aquí todo el mundo le tiene miedo a la policía —añadió Machado en tono acalorado—. A la brutalidad de la policía. Cobran a cambio de ofrecer protección. Disparan a matar siempre que quieren. ¿Le gustan sus uniformes?

—Parecen policías de Nueva York.

—Eso es porque sus uniformes fueron copiados exactamente de los del Departamento de Policía de Nueva York. Pero es todo lo que copiaron. —Machado esbozó una seductora sonrisa—. Bueno, ¿en qué puedo servirla?

—Necesito encontrar a un hombre llamado Josef Strasser.

Machado abrió mucho los ojos.

—Ah, bueno, ese viejo cabrón vive bajo un nombre falso. No sé dónde vive, pero puedo hacer unas cuantas preguntas. No es tan fácil. ¿Lo quiere extraditar?

—No. Necesito hablar con él.

—¿De veras? —Machado enderezó la espalda.

—Puede que tenga medios para localizarlo, pero necesito su ayuda. —Anna le habló del encuentro de Ben con la viuda de Lenz—. Si Vera Lenz o su hijo adoptivo están en contacto con Strasser y lo llamaron para avisarlo... ¿usted podría averiguar qué número marcaron?

—Ah —dijo él—. Muy bonito. Sí, por supuesto, pero sólo si usted puede conseguir el número telefónico de la señora Lenz.

Anna le entregó un trozo de papel con el número.

—Las compañías telefónicas de Argentina graban el principio y el final de todas las conversaciones telefónicas, el número marcado y la duración de la llamada. Es el sistema Excalibur, tal como lo llaman. Mis amigos de la policía, a cambio del precio adecuado, me facilitarán todas las llamadas efectuadas desde este número.

Como para demostrar lo fácil que era, efectuó una llamada, habló brevemente y leyó el número escrito en la hoja de papel.

—No hay problema —dijo—. Lo sabremos enseguida. Venga conmigo, la invito a un bistec.

Caminaron unas cuantas manzanas hasta llegar a su automóvil, un Ford Escort cuyo asiento posterior se había retirado por alguna razón. La acompañó a un restaurante al antiguo estilo cerca del cementerio de La Recoleta llamado Estilo Múnich, con las paredes adornadas con jabalíes disecados y cabezas de venado. El suelo era de mármol, pero parecía de deslustrado linóleo; el techo era de azulejos acústicos. Unos cansados camareros se movían lentamente entre las mesas.

—Le pediré un bife de chorizo —dijo Machado—. Con salsa chimichurri. Muy jugoso, ¿le parece bien?

—Me gusta poco hecho, sí. ¿Hay algún simbolismo en la circunstancia de que usted me haya llevado a un restaurante llamado Múnich?

—Sirven uno de los mejores bistecs de Buenos Aires, y nosotros somos una ciudad que sabe de bistecs. —Machado le dirigió una mirada de complicidad—. Antes había en Buenos Aires muchos restaurantes llamados Múnich... estaban muy de moda entonces. Ahora no tanto.

—No hay muchos alemanes.

Machado tomó un trago de Carrascal. Sonó su móvil, habló brevemente y cortó la comunicación.

—Mi novia —se disculpó—. Pensé que a lo mejor teníamos algunos resultados acerca de nuestra búsqueda, pero no.

—Si Strasser ha conseguido vivir tanto tiempo sin que nadie lo encuentre, debe de tener una falsa identidad muy buena.

—La gente como él obtuvo una documentación falsa excelente. Durante mucho tiempo sólo Jakob Sonnenfeld consiguió localizarlo. Mire, durante años corrieron rumores de que Martin Bormann seguía vivo en Argentina, hasta que se descubrió su cráneo en Alemania. En 1972, en Berlín. Estaban construyendo un puente, cavaron en la tierra y encontraron un cráneo. Identificado como de Bormann.

—¿Y lo era?

—Hace un par de años hicieron finalmente el examen del ADN. Era el cráneo de Bormann, en efecto.

—¿Y qué fue del resto del cuerpo?

—Jamás se encontró. Creo que lo enterraron aquí, en Bariloche, y alguien se llevó el cráneo a Alemania. Para confundir a los perseguidores. —Le brillaron los ojos de regocijo—. Usted sabe que el hijo de Bormann vive aquí. Es sacerdote católico. En serio. —Otro trago de Carrascal—. Es verdad. Siempre rumores sobre Bormann. Es como con Josef Mengele. Después de su entierro, todo el mundo cree que simuló su propia muerte. Con Lenz ocurre lo mismo. Durante años después del anuncio de su muerte, corrieron rumores de que seguía vivo. Encontraron sus huesos.

—¿Se les hizo también la prueba del ADN?

—No creo.

—Nadie encontró su cráneo en ningún sitio.

—No hubo ningún cráneo.

—¿Podría estar vivo en algún lugar?

Machado se echó a reír.

—Tendría más de ciento veinte años.

—Es que sólo los buenos mueren jóvenes. Murió de un ataque, ¿verdad?

—Eso es lo que se dice. Pero yo creo que Lenz fue asesinado por unos agentes israelíes. Mire, cuando Eichmann llegó aquí, él y su mujer adquirieron nombres falsos, pero sus tres hijos... ¡utilizaron el apellido Eichmann! En el colegio todo el mundo conocía a los chicos por Eichmann. Pero nadie vino a buscarlos. Nadie vino a buscarlos hasta que apareció Sonnenfeld.

Les sirvieron los bistecs. «Sorprendentemente delicioso», pensó Anna. No era muy aficionada a la carne, pero aquello la podía convertir.

—¿Le importa que le pregunte por qué quiere hablar con Strasser? —inquirió Machado.

—Lo siento. No se lo puedo decir.

Machado pareció aceptarlo de buen grado.

—Strasser fue uno de los inventores del Zyklon-B.

—El gas utilizado en Auschwitz.

—Pero la idea de utilizarlo en seres humanos fue suya. Un tipo inteligente, este Strasser. Se le ocurrió la manera de matar judíos más rápido.

Después de la cena, ambos bajaron por la calle hasta un café llamado La Biela, en la Avenida Quintana, que, pasadas las once de la noche, estaba abarrotado de gente y era muy ruidoso.

Mientras se tomaba un café, Anna preguntó:

—¿Me puede conseguir un arma?

Él la miró con expresión socarrona.

—Se puede arreglar.

—¿Mañana por la mañana?

—Veré qué puedo hacer.

Volvió a sonar su teléfono.

Esta vez Machado apuntó unas notas en una pequeña servilleta cuadrada.

—Su teléfono figura a nombre de Albrecht —dijo Machado al terminar—. La edad adecuada, también. En los impresos de solicitud utilizó su verdadera fecha de nacimiento. Creo que ya ha encontrado usted a su hombre.

—O sea que alguien le llamó desde la casa de Lenz.

—Sí. Con el número de teléfono fue sencillo conseguir el nombre y la dirección. Creo que debe de haber estado mucho tiempo fuera de la ciudad, porque en las últimas cinco semanas no se ha hecho ninguna llamada desde su casa. Hace un par de días las llamadas volvieron a empezar.

«Eso explicaría por qué no se había informado del asesinato de Strasser como se había hecho con todos los demás —pensó ella—. Había estado fuera de la ciudad.» Por eso había conservado la vida.

—Su contacto —dijo Anna—. Quienquiera que le haya conseguido la información... ¿por qué cree que está usted interesado?

—Quizá piensa que estoy planeando alguna especie de extradición.

—¿Y no le habrá dicho a Strasser que usted lo ha estado buscando?

—Mis contactos policiales son demasiado estúpidos como para participar en esta clase de juegos.

—Esperemos que así sea. —Pero no era fácil librarse de su preocupación—. ¿Y qué me dice de la clase de matones que nos secuestraron...?

Machado frunció el entrecejo.

—Los hijos y nietos de los fugitivos no quieren saber nada de mí. Tengo demasiados amigos en la policía. Es peligroso para ellos. A veces, cuando hago esta clase de trabajo, vuelvo a casa y me encuentro a Wagner en el contestador, una velada amenaza. A veces me cruzo con ellos por la calle y me sacan una instantánea. —Se encendió un cigarrillo—. Usted tampoco tiene ningún motivo para preocuparse.

«No, ningún motivo para preocuparme», pensó ella.

«Para usted es fácil decirlo.»

—Me temo que el señor Bartlett no puede recibir ninguna visita en estos momentos, y no veo que tenga ninguna cita con usted —dijo la recepcionista con fría autoridad.

—Estoy concertando... una cita para ahora mismo —dijo Arliss Dupree—. Dígale que le gustará verme. Es acerca de una cuestión de interés común. Una cuestión interdepartamental, ¿de acuerdo?

—Lo siento muchísimo, señor Dupree, pero...

—Ahórrese la molestia, bajaré tranquilamente y llamaré con los nudillos a su puerta. Su despacho está por aquí abajo, ¿verdad? —Una sonrisa jugueteó en el rubicundo rostro de luna llena de Dupree—. No se preocupe, muchacha. Vamos a estar muy bien.

La recepcionista habló precipitadamente en voz baja por el micrófono de los auriculares. Un momento después se levantó.

—El señor Bartlett ha dicho que estará encantado de verle. Yo le acompaño.

Dupree miró a su alrededor en el espartano despacho del director y, por primera vez, experimentó una punzada de alarma. No era la agradable guarida del típico funcionario de carrera... del que convierte su trabajo en su vida y se rodea de fotografías de sus seres queridos y de montones de papeles sin archivar. Apenas mostraba signos de ser una morada humana.

—Bueno, ¿en qué puedo servirle hoy, señor Dupree?

Alan Bartlett permanecía sentado detrás de un escritorio de gran tamaño tan desprovisto de papeles que hubiera podido parecer un modelo de una tienda de mobiliario de oficina. «Había algo glacial en la cortés sonrisa del hombre —pensó Dupree— algo ilegible en los ojos grises que miraban desde detrás de sus gafas de aviador.»

—En muchas cosas, supongo —contestó Dupree, acomodándose sin ceremonias en la silla de madera clara de cara al escritorio de Bartlett—. Empezando por todo este asunto de Navarro.

—Muy desafortunadas, las recientes revelaciones —dijo Bartlett—. Nos afecta negativamente a todos.

—Tal como usted sabe, no me satisfizo la asignación temporal que usted decidió —dijo, refiriéndose a la asignación interdepartamental de misiones provisionales.

—Eso ya me lo dejó muy claro. Tal vez usted sabía algo de ella acerca de lo cual prefirió no dar demasiados detalles.

—Bueno, no fue así exactamente. —Dupree hizo un esfuerzo por aguantar la fija mirada de Bartlett. Era como hablar con un iceberg—. La verdad es que siento que se socava mi autoridad cuando un miembro de mi equipo se desplaza de acá para allá de esta manera, sin mi conocimiento o consentimiento. Algunos funcionarios siempre supondrán que se trata de una especie de ascenso.

—Sospecho que no ha venido usted aquí para comentar sus dificultades personales o su estilo de gestión, señor Dupree.

—No, por Dios —dijo Dupree—. Ahí está la cosa. El resto de nosotros, los del Departamento de Justicia, siempre procuramos apartarnos al máximo de ustedes, los de la uci. Ustedes se dedican a sus asuntos y la mayoría de las veces nosotros estamos encantados de no enterarnos. Pero esta vez usted puso en marcha algo que me está dejando en la alfombra unas manchas de mermelada muy difíciles de limpiar, ¿comprende lo que quiero decir? Y me está poniendo en un apuro. No estoy formulando ninguna acusación, digo simplemente que todo eso me ha dado mucho que pensar.

—Sin duda una actividad insólita en usted. Con la práctica, ya verá cómo poco a poco le irá resultando más fácil. —Bartlett hablaba con un pausado desprecio de mandarín.

—Puede que yo no sea la herramienta más afilada de la caja. Pero comprobará que corto mucho todavía.

—No sabe cuánto me tranquiliza.

—Lo que ocurre es que algo en todo este asunto me olía mal.

Bartlett olfateó el aire.

—Aqua Velva, ¿no? ¿O quizá Old Spice? Su *aftershave* siempre llega antes que usted.

Dupree se limitó a menear la cabeza en una muestra de amable desconcierto.

—Entonces hurgué un poco por ahí. Averigüé algo más acerca de usted, acerca de dónde había estado. No me había dado cuenta antes de que usted era propietario de unos inmensos terrenos en la costa oriental. No es muy típico en un funcionario federal, supongo.

—El padre de mi madre fue uno de los fundadores de Holleran Industries. Ella fue una de las herederas de la finca. No es un secreto. Pero tampoco es algo sobre lo cual yo haya querido llamar la atención, lo reconozco. Me interesa poco la vida de la alta sociedad. La vida que yo he decidido llevar es más bien sencilla y mis gustos son en general modestos. Sea como fuere, ¿ocurre algo?

—Pues sí, su madre era una heredera Holleran... eso también lo descubrí. Y tengo que decir que me llevé una sorpresa. Tal y como yo lo veo, es un tanto halagador que un multimillonario se digne a trabajar entre nosotros.

—Todos nosotros tenemos que tomar decisiones en la vida.

—Supongo que sí. Pero después me pregunto cuántas otras cosas sobre Alan Bartlett ignoro. Probablemente muchas, ¿verdad? Por ejemplo, ¿qué hay de todos aquellos viajes a Suiza? Porque Suiza, quizá porque en la OIE siempre estamos tratando con asuntos de blanqueo de dinero, es un lugar que siempre dispara timbres de alarma. Por consiguiente, me llaman la atención todos esos viajes suyos.

Una breve pausa.

—¿Perdón?

—Bueno, es que usted va mucho a Suiza, ¿me equivoco?

—Pero ¿qué le induce a pensar eso?

Dupree se sacó una hoja de papel ligeramente arrugada del bolsillo superior de la chaqueta. La colocó sobre el escritorio de Bartlett. En ella había toda una serie de puntos que seguían un diseño aproximadamente circular.

—Siento que sea un dibujo tan tosco, yo mismo lo he hecho. —Señaló el punto de más arriba—. Por aquí llegamos a

Múnich. Justo más abajo, Innsbruck. Más al sureste, Milán, Turín. Después, un poco más al este y más al norte, Lyon, Dijon, Friburgo.

—¿Está usted siguiendo un curso de geografía para adultos?

—No —contestó Dupree—. Me llevó mucho tiempo conseguir todo esto. Tuve que examinar los ordenadores del control de pasaportes y de las principales líneas aéreas. Fue un autentico incordio, se lo aseguro. Pero éstos son todos los aeropuertos por los que usted ha pasado en determinado momento a lo largo de los últimos quince años. A muchos de ellos ha llegado directamente desde el Dulles, y a otros con enlace a través de Frankfurt o París. Y aquí estoy yo echando un vistazo a todos estos puntos dispersos, todos estos malditos y aburridos aeropuertos, ¿y qué es lo que tienen en común?

—Supongo que me lo va a decir usted —dijo Bartlett, mirándole con una fría y risueña expresión en los ojos.

—Eche un vistazo a todos estos puntos dispersos, por el amor de Dios. ¿A qué conclusión llegaría? Está claro, ¿no? Forman un círculo dentro de un radio de trescientos kilómetros alrededor de Zúrich. Todos se encuentran a un tiro de piedra de Suiza... eso es lo que todos estos lugares tienen en común. Son lugares a los que uno iría si quisiera ir a Suiza pero quizá no quisiera que estamparan el nombre de «Suiza» en su pasaporte. En ninguno de sus pasaportes: me impresionó ver que tiene usted dos pasaportes autorizados.

—Lo cual no es insólito entre los funcionarios que desarrollan el particular tipo de actividad al que yo me dedico. Está usted siendo absurdo, señor Dupree, pero le seguiré la corriente. Digamos que efectivamente he visitado Suiza... ¿y qué?

—Exacto, ¿y qué? Si no hay daño, no hay delito. Sólo que, ¿por qué iba usted a decirme que no causó ninguno?

—Está siendo deliberadamente espeso, ¿no, señor Dupree? Si yo decidiera discutir mis planes de vacaciones con usted, usted sería el primero en saberlo. Su comportamiento de hoy pone en tela de juicio su aptitud para desempeñar sus tareas oficiales. Y también, permítame que se lo diga, raya en la insubordinación.

—Yo no respondo ante usted, Bartlett.

—No, porque hace siete años, cuando pidió usted el traslado a nuestra unidad, fue rechazado. Se consideró que no tenía el calibre necesario para pertenecer a la uci. —La voz de Bartlett se mantuvo fría, pero sus mejillas se habían arrebolado. Dupree sabía que lo había incomodado—. Y ahora me temo que tendré que dar por finalizada esta conversación.

—No he terminado con usted, Bartlett —dijo Dupree, levantándose.

Una sonrisa mortal:

—«Las grandes obras nunca se terminan. Sólo se abandonan.» Lo dijo Valéry.

—¿Harper?

—Adiós, señor Dupree —dijo serenamente Bartlett—. El viaje a su casa de Arlington es muy largo a esta hora del día y sé que usted querrá evitar la hora punta.

Ben se despertó, consciente al principio de la suave luz de primera hora de la mañana y después de la suave respiración de Anna. Habían dormido en la misma cama. Se incorporó muy despacio, sintiendo el sordo dolor de sus extremidades y su cuello. Percibía el calor que irradiaba del cuerpo vestido con un camisón a pocos centímetros de distancia.

Se dirigió lentamente al cuarto de baño mientras el dolor también se despertaba. Se dio cuenta de que había dormido todo un día y toda una noche. Sabía que estaba machacado, pero era mejor moverse y mantenerse lo más ágil posible que quedarse en la cama. En cualquiera de los dos casos, tardaría en recuperarse.

Regresó al dormitorio y tomó en silencio su móvil. Fergus O'Connor estaba esperando su llamada en las Caimán. Pero, cuando intentó encender el móvil, descubrió que se había quedado sin batería. Por lo visto, Anna había olvidado recargarlo. La oyó agitarse en la cama.

Introdujo el teléfono en su cargador y llamó a Fergus.

—¡Hartman! —exclamó cordialmente Fergus, como si estuviera esperando la llamada de Ben.

—Dame noticias —dijo Ben mientras se acercaba renqueando a la ventana para contemplar el tráfico de abajo.

—Bueno, tengo una buena noticia y una mala. ¿Cuál quieres primero?

—Siempre la buena primero.

Se oyó un bip en la línea —otra llamada entrante—, pero no le hizo caso.

—Muy bien. Hay un sospechoso abogado de Liechtenstein que esta mañana, al llegar a su despacho, descubrió que habían entrado a robar.

—Lo siento muchísimo.

—Sí. Sobre todo porque falta una de sus carpetas... la carpeta sobre un *Anstalt* que él gestiona por cuenta de un grupo o de unos grupos no mencionados que residen en Viena.

—Viena. —A Ben se le encogió el estómago.

—Ningún nombre, por desgracia. Una serie de instrucciones por cable, códigos de espionaje y mierdas de este tipo. Los propietarios se encargaron de mantener sus nombres en secreto, incluso ante él. El cual, por cierto, probablemente no va a llamar a la policía de Liechstenstein por la pérdida de una carpeta. No lo va a hacer, con toda esta mierda ilegal en la que está metido.

—Bien hecho, Fergus. ¿Y cuál es la mala noticia?

—Te ha subido mucho la factura. Sólo el trabajo de Liechstenstein me ha costado cincuenta de los grandes. ¿Crees que estos sujetos salen baratos? ¡Son unos malditos ladrones!

Incluso tratándose de Fergus, el importe era significativo. Pero, dada la información que había obtenido —y que ningún organismo de las fuerzas del orden hubiera podido conseguir jamás—, merecía la pena.

—Supongo que no me tendrás preparado ningún recibo —replicó Ben.

En cuanto colgó, sonó el teléfono.

—¿Sí?

—¡Anna Navarro, por favor! —gritó la voz de un hombre—. ¡Necesito hablar con ella!

—Está... ¿quién es?

—Dígale simplemente que es Sergio.

—Ah, sí. Un momento, por favor.

Anna estaba despierta; el sonido del teléfono la había despertado.

—¿Machado? —murmuró con la voz ronca a causa del sueño.

Ben le pasó el teléfono.

—Sergio —dijo ella—. Perdón, tenía el teléfono apagado, creo... Muy bien, claro, esto es... ¿Cómo?... ¿Qué?... Sergio, ¿oiga? ¿Está usted ahí? ¿Oiga? —Colgó—. Qué extraño.

—¿Qué ocurre? —preguntó Ben.

Ella lo miró, visiblemente desconcertada.

—Dice que se ha pasado toda la noche intentando establecer contacto conmigo. Llamaba desde su automóvil, en una zona de la ciudad llamada San Telmo. Quiere que nos reunamos en el bar Plaza Dorrego, creo que ha dicho... tiene un arma para mí.

—¿Por qué parecía tan nervioso?

—Dice que ya no quiere seguir participando en esta investigación.

—Lo han pillado.

—Parecía francamente asustado, Ben. Dijo que unas personas se habían puesto en contacto con él, que lo han amenazado... y que éstos no eran la típica gente de aquí que monta guardia por cuenta de los fugitivos. —Levantó los ojos, angustiada—. Y la llamada se ha cortado a media frase.

Aspiraron el olor del incendio antes incluso de entrar en la Plaza Dorrego. Cuando el taxi se acercaba al bar, vieron montones de gente, ambulancias, vehículos de la policía y bombas contra incendios.

El taxista habló rápidamente.

—¿Qué dice? —preguntó Ben.

—Dice que ya no se puede acercar más, que ha habido una especie de accidente. Vamos —dijo Anna.

Le pidió al taxista que esperara y después ella y Ben bajaron a toda prisa y echaron a correr hacia la plaza. Casi todo el humo se había disipado, pero el aire olía a azufre y carbón y gasolina quemada. Los vendedores ambulantes habían abandonado temporalmente sus tenderetes de la zona ajardinada del centro de la plaza, con su bisutería y sus perfumes baratos, mientras se congregaban para mirar. Los ocupantes de las vetustas casas de la vecindad se acurrucaban en los portales para contemplar el espectáculo con fascinado horror.

Quedó inmediatamente claro lo que había ocurrido. Un automóvil aparcado delante del bar Plaza Dorrego había estallado, rompiendo la luna del bar y todos los cristales de las ventanas de la otra acera de la calle. Al parecer, el fuego había ardido un buen rato antes de que los bomberos pudieran apagarlo. Hasta las rayas blancas del paso de cebra situado en la calle adyacente al lugar del siniestro habían quedado ennegrecidas.

Una anciana de cabello blanco con una blusa marrón estampada gritaba una y otra vez: «¡Madre de Dios! ¡Madre de Dios!».

Ben sintió que Anna le tomaba la mano y se la apretaba con fuerza mientras ambos contemplaban cómo los trabajadores del equipo médico de urgencia cortaban con una sierra para metales la carrocería quemada del Ford Escort blanco, tratando infructuosamente de sacar de entre los hierros el cuerpo carbonizado.

Ben la sintió estremecerse cuando uno de los obreros consiguió arrancar un trozo de metal, dejando al descubierto un brazo carbonizado con la muñeca rodeada por una ennegrecida cadena de oro, y la mano abrasada sosteniendo un pequeño móvil.

38

Permanecieron sentados, aturdidos, en la parte de atrás del taxi.

Hasta que no hubieron recorrido varias manzanas, ninguno de ellos dijo nada.

—Oh, Dios mío, Ben. Dios bendito.

Anna se reclinó contra el respaldo con los ojos cerrados.

Él le rodeó los hombros con su brazo, en un simple gesto de consuelo. No había nada que pudiera decirle, nada que significara algo.

—Cuando Machado y yo cenamos anoche —dijo ella—, me dijo que en todos sus años de investigaciones jamás había tenido miedo. Y que yo tampoco debía tenerlo.

Ben no supo cómo responder. No podía sacudirse de encima el horror de haber visto el cuerpo carbonizado de Machado. La mano que sujetaba el móvil. «Algunos dicen que el mundo terminará con fuego.» Estremeciéndose de angustia, evocó el semblante sin rostro de Chardin, el testimonio de que los horrores de la supervivencia podían ser mucho mayores que los de la muerte. Por lo visto, Sigma mostraba tendencia a las soluciones incendiarias. Con toda la dulzura que pudo, dijo:

—Anna, quizá tendría que hacerlo yo solo.

—No, Ben —contestó ella bruscamente.

Ben vio su firmeza de acero. Miraba directamente hacia delante con el rostro en tensión y la mandíbula apretada.

Fue como si aquello de lo que acababan de ser testigos hubiera fortalecido su determinación, en lugar de disuadirla. Estaba empeñada en visitar a Strasser por mucho que le costara y en llegar hasta el fondo de aquella conspiración que era Sigma. Puede que fuera una auténtica locura —puede que ambos estuvieran locos—, pero él sabía que tampoco volvería la espalda.

—¿Crees que podremos regresar sin más a nuestras vidas después de lo que hemos descubierto? ¿Crees que tenemos derecho a hacerlo? —preguntó Ben.

Hubo otro largo silencio.

—Daremos un rodeo —dijo ella—. Nos aseguraremos de que nadie vigila la casa y nos espera. A lo mejor pensarán que, tras haber eliminado a Machado, ya no hay más amenazas. —Su voz sonaba más aliviada, pero Ben no podía estar seguro.

El taxi circuló a toda velocidad por las abarrotadas calles de Buenos Aires en dirección al acomodado barrio de Belgrano. Ben pensó en la extraña y terrible ironía de que un hombre bueno acabara de morir para que ellos intentaran salvarle la vida a un malvado. Se preguntó si la misma idea se le habría ocurrido a ella. «Ahora nosotros estamos a punto de arriesgar la vida para salvar la de un famoso villano», pensó.

¿Y cuál era el verdadero propósito de su maldad? ¿Había alguna manera de saberlo?

Recordó las inquietantes palabras.

Las ruedas dentro de las ruedas... ésta fue nuestra manera de trabajar... Jamás se le pasó a nadie por la cabeza la idea de que Occidente hubiera caído bajo la administración de un consorcio oculto. Hubiera sido una idea inconcebible. Porque, en caso de ser cierta, significaría que la mitad del planeta era efectivamente una sucursal de una sola megaempresa.

Sigma.

En los últimos años se abrió camino un proyecto muy es-
pecial de Sigma. La perspectiva de su éxito revolucionaría la
naturaleza del control mundial. Ya no se trataría de asignar
fondos o de encauzar recursos. Sería una simple cuestión de
decidir quiénes serían los «elegidos».

¿Sería el propio Strasser uno de los elegidos? ¿O quizá él también había muerto?

—Hablé con Fergus, el de las Caimán. Ha seguido la pista
de las transferencias por cable directamente hasta Viena.

—Viena —repitió ella sin la menor inflexión en la voz.

Y no dijo nada más. Ben se preguntó qué estaría pensando,
pero, antes de podérselo preguntar, el taxi se detuvo delante de
un chalet de ladrillo rojo con persianas blancas. Una camioneta estaba aparcada en la pequeña calzada particular.

Anna le dijo algo al taxista en español y después se volvió
hacia Ben.

—Le he dicho que rodee la manzana. Quiero ver si hay vehículos aparcados, vagabundos o cualquier otra cosa que sea
sospechosa.

Ben comprendió que, una vez más, había llegado el momento de dejarlo todo en sus manos. Tendría que confiar en que
ella supiera lo que hacía.

—¿Cuál va a ser nuestro plan? —preguntó.

—Lo único que tenemos que hacer es acercarnos a su puerta. Hacerle una advertencia. Decirle que su vida corre peligro.
Yo tengo mis credenciales del Departamento de Justicia, que
tendrían que ser suficientes para legitimarnos a sus ojos.

—Tenemos que asumir que ha sido advertido... por los matones del *Kamaradenwerk*, por Vera Lenz, por cualquier otra
clase de sistema de alerta temprana que tenga instalado. ¿Y si

su vida no estuviera en peligro? ¿Y si él estuviera detrás de los asesinatos? ¿Lo has pensado?

Tras una breve pausa de silencio, Anna reconoció:

—Es un auténtico riesgo.

Un auténtico riesgo. Eso era subestimar tremendamente la situación.

—No vas armada —le recordó Ben.

—Sólo necesitamos que nos preste atención un momento. Después, si decide escuchar más, lo podrá hacer.

«¿Y si fuera el que estaba detrás de los asesinatos?» Pero era inútil discutir.

Tras haber rodeado la manzana, el taxi se detuvo y ellos bajaron.

A pesar de que era un día cálido y soleado, Ben se estremeció, sin duda a causa del temor. Estaba seguro de que Anna también tenía miedo, pero lo disimulaba. Admiró su fuerza.

A unos diez metros de la casa de Strasser había una garita de seguridad en la acera. El guardia era un anciano encorvado de ralo cabello blanco y bigote caído, con un sombrero azul encasquetado en la cabeza de una manera casi cómica. «Si se produjera un incidente serio en la calle, aquel viejo no serviría de nada», pensó Ben. Sin embargo, mejor no ponerlo sobre aviso, por lo cual ambos siguieron caminando con paso decidido, como si fueran de allí.

Se detuvieron delante de la casa de Strasser, rodeada por una valla como casi todas las casas de aquella calle. La suya era de madera de color oscuro, no de hierro forjado, y su altura no superaba el pecho de Ben. Era de carácter puramente ornamental y parecía querer transmitir el mensaje de que su morador no tenía nada que ocultar. Anna levantó la aldaba de madera de la verja, la abrió y ambos entraron en un pequeño jardín primorosamente cuidado. A su espalda, oyeron unas pisadas en la acera.

Nervioso, Ben se volvió. Era el guardia de seguridad, que se estaba acercando, aproximadamente a unos seis metros de distancia. Ben se preguntó si Anna tendría una coartada preparada; él no la tenía. El guardia sonrió. Su amarillenta dentadura postiza no estaba muy bien encajada. Dijo algo en español.

Anna murmuró:

—Quiere ver nuestra identificación.

—¡Cómo no, señor! —le dijo al guardia.

El guardia se introdujo curiosamente la mano en el bolsillo de la chaqueta, como para mostrarles su placa.

Ben observó un ligero movimiento al otro lado de la calle y se volvió.

Había un hombre en la acera. Un hombre alto de rostro rubicundo, con una mata de cabello negro entrecano y unas pobladas cejas que parecían trigales.

Ben se sobresaltó al reconocerlo. El rostro le resultaba tremendamente familiar.

«¿Dónde lo he visto antes?»

París... la Rue des Vignoles.

Viena. El Graben.

Y en algún otro sitio antes.

Uno de los asesinos.

Los estaba apuntando con un arma.

—¡Agáchate, Anna! —gritó Ben, arrojándose a la calzada de hormigón del jardín.

Anna se inclinó a su izquierda, apartándose de la línea de fuego.

Hubo un disparo y el pecho del guardia estalló en un chorro carmesí mientras éste caía hacia atrás sobre las baldosas de piedra de la acera. El hombre de rostro rubicundo echó a correr hacia ellos.

Estaban atrapados en el jardín de Strasser.

¡El asesino había disparado contra el guardia! Ben y Anna se habían agachado y el pobre guardia había sido sorprendido en la línea de fuego.

«La próxima vez el asesino no fallaría.»

«Aunque pudiera correr —pensó Ben— sólo podría hacerlo en dirección al asesino.»

¡Y ambos iban desarmados!

Oyó al hombre gritar en inglés:

—¡Ya vale! ¡Ya vale! ¡No voy a disparar!

El cara colorada llevaba el arma al costado cuando echó a correr hacia ellos.

—¡Hartman! —gritó—. ¡Benjamin Hartman!

Ben levantó la mirada, sorprendido.

—¡Voy armada! ¡Atrás! —gritó Anna.

Pero el hombre de rostro rubicundo seguía sin levantar el arma.

—¡Ya vale! ¡No voy a disparar! —El hombre arrojó el arma a la acera delante de él y extendió las manos—. Ha estado a punto de matarle —dijo el hombre de rostro rubicundo, echando a correr hacia el lugar donde se encontraba el cuerpo del viejo—. ¡Mire!

Éstas fueron las últimas palabras que pronunció el cara colorada.

Como un maniquí que cobrara vida súbitamente, el viejo guardia movió un brazo, sacándose de los pantalones un delgado revólver con silenciador y apuntando contra el cara colorada, que se encontraba de pie a su lado. Se oyó un sordo chasquido y entonces una bala penetró en su frente y le arrancó la parte posterior del cráneo.

«¿Qué demonios estaba ocurriendo?»

Ahora el viejo guardia empezó a incorporarse a pesar de que la sangre le seguía empapando la pechera de la camisa. Estaba herido, tal vez de muerte, pero el brazo que sostenía el arma se mantenía absolutamente firme.

Oyeron un fuerte rugido a su espalda:

—¡No!

Ben se volvió y vio a otro hombre de pie junto a un roble en diagonal respecto a ellos: en el mismo lado de la calle, pero a unos veinte metros a su izquierda. Aquel hombre sostenía un impresionante rifle de mira telescópica, modelo especial para tiradores de precisión.

¿El sustituto del asesino de rostro rubicundo?

El cañón apuntaba en dirección a ellos.

«No había tiempo para huir de su puntería mortal.»

Inmediatamente, Ben oyó el disparo del rifle de alta potencia, demasiado paralizado por el miedo incluso para estremecerse.

Dos, tres balas alcanzaron al viejo guardia en mitad del pecho y éste cayó súbitamente hacia atrás sobre la acera.

Una vez más les habían perdonado la vida. ¿Por qué? Con el rifle de mira telescópica, era imposible que el tirador hubiera errado el blanco que pretendía alcanzar.

El hombre del rifle —un hombre de lustroso cabello negro y tez aceitunada— echó a correr hacia el encogido y ensangrentado cuerpo del vigilante, sin prestarles a ellos la menor atención.

Era absurdo. ¿Por qué habían tenido los pistoleros tanto empeño en matar al viejo guardia? ¿Quién era su verdadero objetivo?

Ben se levantó lentamente y vio cómo el hombre introducía la mano en la chaqueta del uniforme del viejo y sacaba otra arma: un segundo y delgado rifle automático con un silenciador enroscado en el cañón.

—Oh, Dios mío —exclamó Anna.

El hombre de tez aceitunada agarró un mechón de cabello blanco del viejo, tiró de él y el cabello se desprendió totalmente como el pellejo de un conejo, dejando al descubierto el cabello gris acero que había debajo.

Tiró del bigote blanco, que se desprendió con la misma facilidad, y después agarró la piel suelta del rostro del anciano y arrancó unos trozos irregulares de goma arrugada de color carne.

—Prótesis de látex —dijo el hombre, arrancando la nariz y las arrugadas bolsas de debajo de los ojos del viejo, hasta que Ben reconoció el terso rostro sin arrugas del hombre que había intentado matarle delante de la casa de Jürgen Lenz en Viena. El hombre que había intentado matarlos en París.

El hombre que había matado a su hermano.

—El Arquitecto —dijo Anna.

Ben se quedó helado. Boquiabierto de asombro y sin poderlo creer, pero era cierto.

—Os iba a matar a los dos —dijo el hombre. Ben se fijó en su piel tostada, sus pestañas extrañamente largas y su mandíbula cuadrada. El hombre hablaba con un vago acento de Oriente Medio—. Cosa que hubiera hecho fácilmente, pues su aspecto os engañó.

Ben recordó el extraño gesto, la imagen del frágil anciano introduciendo la mano en la chaqueta, la expresión casi de disculpa.

—Un momento —dijo Anna—. Usted es «Yossi». De Viena. El agente israelí de la CIA. O eso fingió ser.

—¡Maldita sea, dígame quién es! —dijo Ben.

—Mi nombre no tiene importancia —contestó el otro.

—Para mí, sí. ¿Quién es usted?

—Yehuda Malkin.

Aquel nombre no le decía nada.

—Me ha estado siguiendo —dijo Ben—. Vi a su compañero en Viena y en París.

—Sí, cometió un error y lo identificaron. Lo ha estado siguiendo toda la semana pasada. Yo le prestaba apoyo. Más vale que lo sepa: su padre nos contrató, Ben.

«Mi padre los contrató.» ¿Para qué?

—¿Los contrató...?

—Max Hartman les compró a nuestros padres el medio de escapar de la Alemania nazi hace más de cincuenta años. Y el hombre que ha muerto no era solamente mi compañero. También era mi primo. —Cerró los ojos un momento—. Maldita sea, Avi no hubiera tenido que morir. No era su hora. Maldita sea. —Meneó enérgicamente la cabeza. La muerte de su primo no lo había hundido y ahora no permitiría que lo hundiera... no era el momento. Miró con dureza a Ben y vio el desconcierto de su rostro—. Los dos se lo debíamos todo a tu padre. Supongo que debía de tener cierta influencia con los nazis porque hizo lo mismo para un montón de familias judías de Alemania.

Max había rescatado a unos judíos... ¿Les había comprado la liberación de los campos de exterminio? En tal caso, lo que había dicho Sonnenfeld era cierto.

—¿Quién lo instruyó? —terció Anna—. A usted no lo adiestraron los americanos.

El hombre se volvió a mirarla.

—Nací en Israel, en un *kibbutz*. Mis padres se trasladaron a Palestina tras huir de Alemania.

—¿Estuvo usted en el Ejército israelí?

—Paracaidista. Nos trasladamos a América en el 68, después de la Guerra de los Seis Días. Mis padres estaban hartos de los combates. Al terminar el instituto, me incorporé al Ejército israelí.

—Toda aquella farsa de la CIA en Viena... ¿Qué demonios pretendía? —preguntó Anna.

—Para eso, me llevé a un compañero americano. Nuestras órdenes eran sacar en secreto a Ben del peligro, llevarlo de nuevo a Estados Unidos bajo nuestra directa protección. Mantenerlo a salvo.

—Pero ¿cómo pudieron...? —empezó a decir Anna.

—Mire, ahora no tenemos tiempo para eso. Si pretende interrogar a Strasser, será mejor que entre antes de que lleguen los policías.

—De acuerdo —dijo Anna.

—Un momento —terció Ben—. Usted dice que mi padre los contrató. ¿Cuándo?

El hombre miró con impaciencia a su alrededor.

—Hace aproximadamente una semana. Nos llamó a Avi y a mí, nos dijo que usted corría no sé qué peligro. Dijo que estaba en Suiza. Nos facilitó nombres y también direcciones, lugares en los que él pensaba que podría usted aparecer. Quería que hiciéramos todo lo posible por protegerle. Dijo que no quería perder a otro hijo. —Miró rápidamente a su alrededor—. Estuvo usted a punto de morir durante nuestra vigilancia en Viena. Lo mismo ocurrió en París. Y aquí ha estado muy cerca.

En la mente de Ben se arremolinaban las preguntas.

—¿Adónde ha ido mi padre?

—No lo sé. Dijo que a Europa, pero no especificó adónde. Dijo que no mantendría contacto con nadie durante varios meses. Nos dejó un montón de dinero para los gastos del viaje. —Esbozó una sombría sonrisa—. Mucho más de lo que íbamos a necesitar, francamente.

Entretanto, Anna permanecía inclinada sobre el cuerpo de Vogler y había extraído un arma de una funda de nylon de bandolera. Desenroscó el silenciador, se lo guardó en el bolsillo de su blazer e introdujo el arma en la cinturilla de su falda para que la chaqueta la tapara.

—Pero usted no nos siguió hasta aquí, ¿verdad que no lo hizo? —preguntó.

—No —reconoció él—. El nombre de Strasser figuraba en la lista que Max Hartman me dio, junto con su dirección y su falsa identidad.

—¡Sabe lo que está ocurriendo! —exclamó Ben—. Sabe quiénes son todos los jugadores. Pensó que, al final, yo localizaría a Strasser.

—Pero nosotros conseguimos seguir a Vogler, el cual no estaba demasiado preocupado por el hecho de que lo siguieran. Por consiguiente, en cuanto supimos que viajaría a Argentina y obtuvimos la dirección de Strasser...

—Han estado vigilando la casa de Strasser los últimos dos días —dijo Anna—. Esperando a que apareciera Ben.

El hombre volvió a mirar a su alrededor.

—Ustedes se tienen que ir.

—De acuerdo, pero primero dígame una cosa —añadió Anna—. Puesto que han estado desarrollando tareas de vigilancia: ¿regresó Strasser recientemente a Buenos Aires?

—Parece ser que sí. Como si volviera de unas vacaciones. Llevaba un montón de equipaje.

—¿Ha recibido alguna visita desde su regreso?

El hombre pensó un minuto.

—No, que yo sepa. Sólo una enfermera que vino aquí aproximadamente media hora...

—¡Una enfermera! —exclamó Anna. Contempló la camioneta blanca aparcada delante de la casa. El vehículo llevaba escritas las palabras «permanencia en casa»—. ¡Vamos! ¡vamos! —gritó.

—Vaya —dijo Ben, siguiéndola mientras ella echaba a correr hacia la puerta principal de la casa y llamaba repetidamente al timbre.

—Mierda —rezongó ella—. Llegamos demasiado tarde.

Yehuda Malkin se encontraba de pie a su espalda y a un lado.

En menos de un minuto, la puerta se abrió lentamente. Tenían ante sus ojos a un anciano encogido y encorvado, con un correoso rostro intensamente bronceado que era una masa de arrugas.

Josef Strasser.

—¿Quién es éste? —dijo con expresión ceñuda en español—. Se está metiendo en mis cosas... Ya llegó la enfermera que me tiene que revisar.

—Dice que su enfermera está aquí para hacerle un chequeo —explicó Anna en inglés. Y gritó—: ¡No!... ¡Herr Strasser, apártese de esa enfermera, se lo advierto!

Una blanca forma se acercó por detrás al alemán.

—¡Anna! —dijo Ben—. ¡A su espalda!

La enfermera se acercó a la puerta, dirigiéndose a Strasser en español en tono de aparente reproche:

—¡Vamos, señor Albrecht, vamos para allá, que estoy apurada! ¡Tengo que ver al próximo paciente todavía!

—Le está diciendo que se dé prisa. Tiene que ver a otro paciente —le dijo Anna a Ben—. Herr Strasser, esta mujer no es una verdadera enfermera... ¡le aconsejo que le pida la documentación!

La mujer del uniforme blanco asió al anciano por el hombro y tiró de él hacia ella con un violento gesto.

—Ya mismo —le dijo—, ¡vamos!

Con la mano libre agarró la puerta para cerrarla, pero Anna se inclinó hacia delante para bloquear el arco de la puerta con la rodilla.

De repente, la enfermera empujó a Strasser a un lado. Introdujo la mano en el bolsillo de su uniforme y, con un rápido movimiento, extrajo un arma.

Pero Anna se movió todavía con mayor rapidez.

—¡Quieta!

La enfermera efectuó un disparo.

Al mismo tiempo, Anna se volvió hacia un lado, empujando a Ben al suelo.

Mientras rodaba por el suelo, Ben oyó un disparo, seguido de un rugido animal.

Se dio cuenta de lo que había ocurrido: la enfermera había abierto fuego contra Anna, pero ésta se había desviado hacia un lado para apartarse de la línea de fuego y el que había sido alcanzado era el protector israelí.

Un óvalo rojo había aparecido en la frente del hombre y una profusión de sangre señalaba el orificio de salida de la bala en su cráneo.

Anna efectuó dos rápidos disparos y la falsa enfermera se arqueó hacia atrás y se desplomó.

De pronto, por un brevísimo instante, se hizo la calma. En medio del silencio, Ben oyó el lejano canto de un pájaro.

—Ben, ¿estás bien? —preguntó Anna.

Ben soltó un gruñido para decir que sí.

—Dios mío —exclamó ella, volviéndose para ver lo que había ocurrido. Después giró de nuevo en redondo de cara a la puerta.

Agazapado en el suelo con su albornoz azul claro, cubriéndose los ojos con las manos, Strasser gemía sin cesar.

—¿Strasser? —repitió ella.

—*Gott im Himmel* —gimió Strasser—. *Gott im Himmel. Sie haben mein Leben gerettet!* —Dios del cielo, me ha salvado usted la vida.

Imágenes. Sin forma y desenfocadas, carentes de significado y definición, perfiles borrosos convertidos en penachos de color gris que se desintegraban en la nada como las estelas de los gases de escape de un reactor en un cielo ventoso. Al principio, sólo hubo conciencia sin siquiera un objeto definido de conciencia. Tenía frío. Mucho frío. Exceptuando el calor que se estaba extendiendo por su pecho.

Y allí donde notaba calor, experimentaba dolor.

Eso era bueno. El dolor era bueno.

El dolor era el amigo del Arquitecto. El dolor lo podía manejar, lo podía desterrar en caso necesario. Al mismo tiempo, significaba que todavía estaba vivo.

El frío no era bueno. Significaba que había perdido mucha sangre. Que su cuerpo había entrado en estado de choque para reducir una ulterior pérdida de sangre: su pulso habría disminuido, el corazón debía de latir con menos fuerza, los vasos sanguíneos de sus extremidades se habrían estrechado para minimizar el flujo de sangre a las partes no vitales del cuerpo.

Tenía que hacer un inventario. Se encontraba inmóvil en el suelo. ¿Podía oír? Por un instante, nada perturbó el profundo silencio que reinaba en el interior de su cabeza. Después, como si se hubiera establecido una conexión, pudo oír unas débiles voces amortiguadas, como si en el interior de un edificio...

En el interior de una casa.

¿En el interior de la casa de quién?

Debía de haber perdido mucha sangre. Ahora hizo un esfuerzo por recuperar los recuerdos de la última hora.

Argentina. Buenos Aires.

La casa de Strasser. Donde había esperado a Benjamin Hartman y a Anna Navarro y donde había encontrado... a otros. Incluyendo a alguien armado con un rifle de precisión.

Había recibido varios disparos en el pecho. Nadie podía sobrevivir a eso. ¡No! Desterró el pensamiento. Era un pensamiento estéril. Un pensamiento que sólo a un aficionado se le podría ocurrir.

No había habido ningún disparo en absoluto. Se encontraba bien. Debilitado hasta un extremo que podría compensar, pero no fuera de combate. Ellos pensaban que estaba fuera de combate, y ésta sería su fuerza. Las imágenes fluctuaban en su mente, pero, durante un momento, pudo fijar, como si fueran fotografías de pasaporte, las imágenes de sus tres objetivos. En orden: Benjamin Hartman; Anna Navarro; Josef Strasser.

Su mente estaba tan espesa y opaca como el viejo aceite de un cigüeñal, pero sí, funcionaría. Sin embargo, seguía pensando que era una cuestión de concentración mental: asignaría las heridas a otro cuerpo... a un *doppelgänger* gráficamente muy conseguido, alguien que estaba cubierto de sangre y se encontraba en estado de choque pero que no era él. Él estaba bien. En cuanto hiciera acopio de sus reservas, podría moverse e incluso caminar con paso furtivo. Matar. Su sola fuerza de voluntad siempre había triunfado sobre la adversidad, y lo volvería a hacer.

Si un observador hubiera mantenido bajo una estrecha vigilancia el cuerpo de Hans Vogler, era muy posible que hubiera detectado, durante aquel poderoso acopio de fortaleza mental, un aleteo apenas perceptible de un párpado, nada más. Ahora todos los movimientos físicos los planearía y mediría por adelantado de la misma manera que un hombre que se muere de sed en un desierto puede racionar los tragos de una cantimplora. No malgastaría ningún movimiento.

El Arquitecto vivía para matar. Era su especialidad, su singular vocación. Ahora mataría aunque sólo fuera para demostrar que todavía estaba vivo.

—¿Quién es usted? —preguntó Strasser con una voz alta y ronca.

Ben paseó su mirada desde la falsa enfermera tendida en el suelo con su blanco uniforme empapado de sangre al asesino que había estado a punto de matarlos a los dos, y después a los misteriosos protectores que su padre había contratado, ambos caídos sobre las rojas baldosas de arcilla del patio.

—Herr Strasser —dijo Anna—, la policía llegará de un momento a otro. Nos queda muy poco tiempo.

Ben comprendió lo que estaba diciendo: no había que fiarse de la policía argentina; ellos no podían estar allí cuando llegara la policía.

Dispondrían de muy poco tiempo para averiguar lo que necesitaban saber del viejo alemán.

El rostro de Strasser estaba profundamente arrugado y marcado por incontables líneas entrecruzadas. Sus amarillentos labios, también arrugados como unas alargadas ciruelas, se torcieron hacia abajo en una mueca. A cada lado de su agrietada nariz de anchas ventanas había unos hundidos ojos negros que parecían dos granos de uva incrustados en una masa de pasta.

—Yo no soy Strasser —protestó—. Está usted equivocada.

—Conocemos su verdadero nombre y cada uno de sus seudónimos —dijo Anna con impaciencia—. Dígame: la enfermera... ¿era la de siempre?

—No. La de siempre estaba enferma esta semana. Padezco anemia y necesito mis inyecciones.

—¿Dónde ha estado usted el último mes o los últimos dos meses?

Strasser desplazó el peso del cuerpo de un pie a otro.

—Me tengo que sentar —jadeó.

Bajó lentamente por el pasillo.

Ambos lo siguieron hasta llegar a una espaciosa y adornada estancia con las paredes cubiertas de libros. Era una biblioteca, un atrio de dos pisos con paredes y estanterías de reluciente madera de caoba.

—Usted vive escondido —dijo Anna—. Porque es un criminal de guerra.

—¡Yo no soy un criminal de guerra! —gritó Strasser—. Soy tan inocente como un bebé.

Anna sonrió.

—Si no es usted un criminal de guerra —replicó—, ¿por qué se esconde?

Strasser titubeó, pero sólo un momento.

—Aquí se ha puesto de moda expulsar a antiguos nazis. Y sí, yo fui miembro del Partido Nacionalsocialista. Argentina firma acuerdos con Israel y Alemania y Estados Unidos... quieren cambiar su imagen. Ahora lo único que les preocupa es lo que piensa Norteamérica. Me expulsarían sólo para arrancarle una sonrisa al presidente de Estados Unidos. ¡Y usted sabe que aquí, en Buenos Aires, localizar nazis es un negocio! Para algunos periodistas es un trabajo a tiempo completo, ¡su manera de ganarse la vida! Pero yo nunca fui leal a Hitler. Hitler era un loco desastroso... eso estuvo claro al principio de la guerra. Sería la destrucción de todos nosotros. Los hombres como yo sabíamos que había que llegar a otros acuerdos. Mi gente trató de matarlo antes de que pudiera causar ulteriores daños a nuestro poderío industrial. —Strasser hizo una pausa y esbozó una sonrisa—. Aquel hombre era simplemente malo para los negocios.

—Si usted se volvió contra Hitler, ¿por qué sigue estando protegido por el *Kamaradenwerk*? —preguntó Ben.

—Unos matones analfabetos —dijo Strasser en tono despectivo—. Son tan ignorantes de la historia como los vengadores a los que tratan de superar.

—¿Por qué abandonó la ciudad? —lo interrumpió Anna.

—Estuve en una estancia de la Patagonia propiedad de la familia de mi esposa. La familia de mi difunta esposa. Al pie de los Andes, en la provincia de Río Negro. Una finca de ganado vacuno y ovino, muy próspera.

—¿Va usted allí habitualmente?

—Es la primera vez que he ido. Mi mujer murió el año pasado y... ¿Por qué me hace estas preguntas?

—Por eso no lo pudieron encontrar para matarlo —dijo Anna.

—Matarme... Pero ¿quién está intentando matarme?

Ben miró a Anna, instándola a que siguiera hablando.

—La compañía —contestó ella.

—¿La compañía?

—Sigma.

Se estaba echando un farol. Ben lo sabía, pero ella lo había hecho con gran convicción. Las palabras de Chardin regresaron espontáneamente a su mente. «El mundo occidental y buena parte del resto respondería a sus acciones y aceptaría las falsas historias que las acompañaban.»

Ahora Strasser estaba meditando.

—El nuevo liderazgo. Sí, eso es. Ah, sí. —Le brillaron los ojos, como granos de uva.

—¿Qué es el «nuevo liderazgo»? —preguntó Ben, animándolo a seguir.

—Sí, claro —añadió Strasser como si no hubiera oído a Ben—. Tienen miedo de que yo sepa cosas.

—¿Quiénes? —preguntó Ben, levantando la voz.

Strasser lo miró, sobresaltado.

—Yo los ayudé a organizarlo todo. Alford Kittredge, Siebert, Aldridge, Holleran, Conover... todas aquellas cabezas coronadas de los imperios empresariales. Me despreciaban, pero me necesitaban. Si el arriesgado negocio no hubiera sido debidamente multinacional, no hubiera tenido muchas probabilidades de triunfar. Yo gozaba de la confianza de los hombres que estaban en la mismísima cima. Sabían que yo había hecho cosas por ellos que me habían situado para siempre por encima de la humanidad normal. Sabían que yo había hecho por ellos el sacrificio definitivo. Era un intermediario en quien todos los bandos confiaban. Y ahora esta confianza ha sido traicionada, y ha quedado al descubierto el engaño que siempre fue. Ahora ha quedado claro que me utilizaban para sus propios fines.

—Ha hablado usted de los nuevos dirigentes… ¿Es Jürgen Lenz uno de ellos? —preguntó Anna en tono apremiante—. ¿El hijo de Lenz?

—Nunca he conocido a Jürgen Lenz. No sabía que Lenz tuviera un hijo, pero también es cierto que yo jamás fui íntimo amigo suyo.

—Pero ustedes dos eran científicos —dijo Ben—. De hecho, usted inventó el Zyklon-B, ¿verdad?

—Yo era uno de los miembros del equipo inventor del Zyklon-B —contestó Strasser. Tiró de su gastado albornoz azul y se lo ajustó al cuello—. Ahora todos los apologistas me atacan por mi papel en todo esto, pero no tienen en cuenta lo elegante que era este gas.

—¿Elegante? —repitió Ben. Por un instante, pensó que no había oído bien. Elegante. Aquel hombre era odioso.

—Antes del Zyklon-B, los soldados tenían que disparar contra todos los prisioneros —dijo Strasser—. Unos terribles baños de sangre. El gas era tan limpio, sencillo y elegante. ¿Y sabe una cosa? El hecho de gasear a los judíos les salvó la vida, en realidad.

—Les salvó la vida —repitió Ben como un eco. —Se sentía mareado.

—¡Sí! Había tantas enfermedades mortales en aquellos campos que hubieran sufrido durante mucho más tiempo y mucho más dolorosamente. Gasearlos fue la alternativa más humanitaria.

«Humanitaria. Estoy contemplando el rostro del mal —pensó Ben—. Un viejo en albornoz, soltando palabras piadosas.»

—Qué bonito —dijo Ben.

—Por eso lo llamábamos «tratamiento especial».

—Su eufemismo para calificar el exterminio.

—Si usted quiere. —Strasser se encogió de hombros—. Pero ¿sabe una cosa? Yo no seleccionaba personalmente a las víctimas de las cámaras de gas tal como hacían el doctor Mengele o el doctor Lenz. Llaman a Mengele el Ángel de la Muerte, pero fue Lenz el verdadero Ángel de la Muerte.

—Pero usted, no —dijo Ben—. Usted era un científico.

Strasser intuyó el sarcasmo.

—¿Qué sabe usted de ciencia? —le escupió—. ¿Acaso es científico? ¿Tiene usted alguna idea de lo adelantados que estábamos los científicos nazis en comparación con el resto del mundo? ¿Tiene usted alguna idea? —Hablaba levantando la trémula voz y se le acumulaba saliva en las comisuras de la boca—. Critican los estudios de Mengele con los gemelos, ¡y, sin embargo, sus hallazgos los siguen mencionando los principales genetistas del mundo! Los experimentos de Dachau con la congelación de seres humanos... ¡esos datos se siguen utilizando! Lo que averiguaron en Ravensbrück acerca de lo que ocurre con el ciclo menstrual femenino en situaciones de estrés, cuando las mujeres se enteraban de que estaban a punto de ser ejecutadas, ¡fue un auténtico descubrimiento! O los experimentos del doctor Lenz acerca del envejecimiento. Los experimentos acerca del hambre con los prisioneros de guerra soviéticos, los trasplantes de extremidades... podría seguir hasta el infinito. Puede que no sea educado hablar de todo eso, pero ustedes siguen utilizando nuestra ciencia. Prefieren no pensar en cómo se llevaron a cabo los experimentos, pero ¿acaso no se dan cuenta de que una de las principales razones de que nosotros estuviéramos tan adelantados se debió precisamente a que podíamos experimentar con seres humanos vivos? —El arrugado rostro de Strasser se había vuelto todavía más pálido mientras hablaba y ahora estaba más blanco que la tiza. Le faltaba la respiración—. A ustedes, los americanos, les repugna nuestra manera de investigar, pero ustedes utilizan tejido fetal procedente de abortos para sus trasplantes, ¿verdad? ¿Y eso les parece aceptable?

Anna estaba paseando arriba y abajo.

—Ben, no discutas con este monstruo.

Pero Strasser no quería terminar.

—Claro que también había muchas ideas descabelladas. Tratar de convertir a las chicas en chicos y viceversa. —Soltó una risita—. O tratar de crear hermanos siameses conectando los órganos vitales de los gemelos, un fracaso total, perdimos muchos gemelos de esta manera.

—Y después del establecimiento de Sigma, ¿siguió usted manteniendo contacto con Lenz? —preguntó Anna, interrumpiéndole.

Strasser se volvió, aparentemente molesto por la interrupción.

—Por supuesto que sí. Lenz confiaba en mí por mi experiencia y mis contactos.

—¿Eso qué significa? —preguntó Ben.

El anciano se encogió de hombros.

—Dijo que hacía un trabajo, que estaba haciendo una investigación, investigación molecular, que cambiaría el mundo.

—¿Le dijo en qué consistía esa investigación?

—No, a mí no. Lenz era un hombre muy reservado y callado. Pero recuerdo que dijo una vez: «No se puede imaginar en qué estoy trabajando». Me pidió que le facilitara sofisticados microscopios electrónicos, muy difíciles de conseguir por aquel entonces. Se acababan de inventar. También quería distintas sustancias químicas. Muchas cosas que se habían embargado a causa de la guerra. Quería que todo se embalara y se enviara a una clínica privada que había organizado en un viejo *Schloss*, un castillo, del que se había apoderado durante la invasión de Austria.

—¿En qué lugar de Austria? —preguntó Anna.

—En los Alpes austriacos.

—¿En qué lugar de los Alpes? ¿Qué ciudad o pueblo, recuerda? —insistió ella.

—¿Cómo quiere que lo recuerde después de tantos años? Quizá jamás me lo dijo. Lenz lo llamaba «el Reloj» porque antes había sido una especie de fábrica de relojes.

Un proyecto científico de Lenz.

—¿Un laboratorio, entonces? ¿Para qué?

Strasser inclinó los labios hacia abajo y lanzó un suspiro de reproche.

—Para seguir adelante con la investigación.

—¿Qué investigación? —preguntó Ben.

Strasser se calló, como perdido en sus pensamientos.

—¡Vamos! —dijo Anna—. ¿Qué investigación?

—No lo sé. Hubo muchas importantes investigaciones que empezaron durante el Reich. Como la de Gerhard Lenz.

Gerhard Lenz: ¿qué había dicho Sonnenfeld acerca de los espantosos experimentos de Lenz en los campos de concentración? Experimentación humana... pero ¿cuál?

—¿Y usted no conoce la naturaleza de ese trabajo?

—Hoy no. La ciencia y la política... todo era lo mismo para aquella gente. Sigma fue desde el principio un medio de canalizar el apoyo a ciertas organizaciones políticas y de destruir otras. Los hombres de quienes estamos hablando... ya eran hombres de enorme influencia en el mundo. Sigma les demostró que, si unían su influencia, el todo podría ser mucho más grande que la suma de las partes. Colectivamente, pocas eran las cosas en las cuales no pudieran influir, que no pudieran dirigir, orquestar. Pero, verá, Sigma era una cosa viva. Y, como todas las cosas vivas, experimentó una evolución.

—Sí —dijo Anna—. Con los fondos facilitados por los más grandes consorcios mundiales junto con los fondos robados al *Reichsbank*. Sabemos quiénes eran los miembros del consejo fundacional. Usted es el último miembro vivo de aquel consejo. Pero ¿quiénes son sus sucesores?

Strasser miró hacia el fondo del pasillo, pero fue como si no viera nada.

—¿Quién lo controla ahora? ¡Denos nombres! —gritó Ben.

—¡No lo sé! —La voz de Strasser se quebró—. A los hombres como yo nos mantenían tranquilos, enviándonos dinero con regularidad. Éramos lacayos excluidos finalmente de los consejos internos del poder. Tendríamos que ser todos varias veces multimillonarios. Nos envían millones, pero son las migajas que caen de la mesa. —Los labios de Strasser se curvaron en una repugnante sonrisa—. A mí me dan las sobras de la mesa y ahora me quieren echar. Me quieren matar porque no quieren seguir pagándome. Son codiciosos y se avergüenzan.

Después de todo lo que yo hice por ellos, me miran como algo vergonzoso. Y como un peligro porque, aunque las puertas están cerradas para mí desde hace muchos años, siguen pensando que sé demasiado. Por haber hecho posible todo lo que hacen, ¿cómo me recompensan? ¡Con desprecio! —La creciente sensación de rabia, el agravio reprimido de muchos años, hacía que sus palabras sonaran duras y metálicas—. Se comportan conmigo como si yo fuera un pariente pobre, una oveja negra, un maloliente pelagatos. Los peces gordos se reúnen elegantemente vestidos en sus foros y su mayor temor es que yo me presente y les fastidie la fiesta, como una mofeta en un *Kaffeeklatsch,* una reunión de señoras. Sé dónde se reúnen. No soy tan tonto, tan zopenco. No me reuniría con ellos en Austria aunque me lo pidieran.

«Austria.»

—¿De qué está usted hablando? —preguntó Ben—. ¿Dónde se reúnen? Dígamelo.

Strasser le miró con una mezcla de cautela y desafío. Estaba claro que ya no pensaba decir nada más.

—¡Contésteme, maldita sea!

—Son todos iguales —le escupió Strasser—. ¡Cabría esperar que a mi edad se me tratara con respeto! No tengo nada más que decirle.

Anna se puso súbitamente en estado de alerta.

—Oigo unas sirenas. Se acabó, Ben. Tenemos que irnos de aquí.

Ben se situó delante de Strasser.

—Herr Strasser, ¿sabe usted quién soy?

—¿Quién es? —dijo Strasser tartamudeando.

—Mi padre es Max Hartman. Estoy seguro de que usted recuerda el nombre.

Strasser entornó los ojos.

—¿Max Hartman... el judío, nuestro tesorero...?

—Exactamente. Y también fue oficial de las SS, me dicen.

«Pero Sonnenfeld había dicho que eso debió de ser una tapadera, una estratagema.» El corazón le latía con fuerza, temía oír a Strasser confirmar el siniestro pasado de Max.

Strasser se echó a reír, dejando al descubierto sus estropeados dientes marrones.

—No era de las SS. Le facilitamos documentación falsa de las SS para que odessa lo hiciera pasar en secreto desde Alemania a Suiza sin que se le hiciera ninguna pregunta. Ése fue el trato.

La sangre rugió en las orejas de Ben, que experimentó una oleada de alivio, una sensación casi física.

—Bormann lo eligió personalmente para la delegación alemana —añadió Strasser—. No sólo porque era muy hábil en colocar el dinero por ahí sino también porque necesitábamos una... ¿cómo se dice?... una cabeza falsa...

—Un testaferro.

—Sí. Los industriales de América y de otros lugares no se sentían muy cómodos con lo que habían hecho los nazis. Era necesario un participante judío para legitimar... para demostrar que no éramos la clase de alemanes inadecuados, para demostrar que no éramos unos fanáticos, que no éramos los discípulos de Hitler. Por su parte, su padre consiguió mucho a cambio, consiguió mantener a su familia fuera de los campos, al igual que a muchas otras familias judías, y le dieron cuarenta millones de francos suizos... casi un millón de dólares estadounidenses. Un montón de dinero. —Una horrible sonrisa—. Y ahora se presenta como el protagonista de la historia del pobre que se hizo rico. ¿A usted le parece que un millón de dólares son una muestra de pobreza? Yo no lo creo.

—¡Ben! —gritó Anna. Sacó rápidamente el billetero de cuero que contenía su documentación del Departamento de

Justicia—. Bueno, ¿quiere ahora saber quién soy yo, señor Strasser? Estoy aquí en nombre de la Oficina de Investigaciones Especiales del Departamento de Justicia de Estados Unidos. Estoy segura de que usted sabe quiénes son.

—Ah, vaya —dijo Strasser—. Bueno, pues siento decepcionarla, pero soy ciudadano argentino y no reconozco su autoridad.

Las sirenas sonaban cada vez más cerca, parecía que a unas cuantas manzanas de distancia.

Anna se volvió a mirarle.

—Así que habrá que ver si el Gobierno argentino se toma en serio la cuestión de la extradición de los criminales de guerra. Por la puerta de atrás, Ben.

El rostro de Strasser se encendió de rabia.

—Hartman —dijo con la voz ronca.

—Vamos, Ben.

Strasser dobló un dedo, haciéndole señas a Ben de que se acercara. Ben no pudo negarse. El anciano se puso a hablar en voz baja. Ben se arrodilló para oírle mejor.

—Hartman, ¿sabe usted que su padre era un hombrecillo muy débil? —dijo Strasser—. Un hombre sin temple. Un cobarde y un impostor que finge ser una víctima. —Los labios de Strasser se encontraban a pocos centímetros de la oreja de Ben. Su voz sonaba monótona—. Y usted es el hijo del impostor, eso es todo. Eso es todo lo que es usted para mí.

Ben cerró los ojos e hizo un esfuerzo por dominar su cólera.

«El hijo del impostor.»

¿Sería verdad? ¿Tendría razón Strasser?

Strasser estaba disfrutando visiblemente del desconcierto de Ben.

—Ya sé que le encantaría matarme ahora mismo, ¿verdad, Hartman? —dijo Strasser—. Pero no lo hace. Porque es un cobarde, como su padre.

Ben vio que Anna empezaba a bajar por el pasillo.

—No —dijo—. Porque preferiría verle pasar a usted el resto de su vida en una hedionda celda de la cárcel de Jerusalén. Me gustaría que sus últimos días fueran lo más desagradables posible. Matarle es malgastar una bala.

Después bajó corriendo por el pasillo siguiendo a Anna hacia la parte de atrás de la casa mientras el silbido de las sirenas se intensificaba.

«Arrástrate, no camines.» El Arquitecto sabía que el esfuerzo de mantener la presión sanguínea ortostática en su cabeza le resultaría más difícil permaneciendo de pie, y aún no tenía ninguna necesidad de levantarse. Era una decisión racional y su capacidad de tomarla fue tan tranquilizadora como la pistola Glock que guardaba en una funda junto al tobillo.

La puerta de la entrada estaba abierta y el pasillo, desierto. Se arrastró siguiendo el sistema habitual de la infantería, indiferente al ancho reguero de sangre que estaba dejando la pechera de su camisa sobre el suelo de madera clara. Cada metro le parecía un kilómetro. Pero nada lo disuadiría de su intento.

«Eres el mejor.» Tenía diecisiete años y así se lo había dicho su instructor en presencia de todo el batallón. «Eres el mejor.» Tenía veintitrés años y su comandante en la Stasi así lo había dicho en un informe oficial que le mostró al joven Hans antes de enviárselo a su superior. «Eres el mejor.» Fueron las palabras de su jefe en la Stasi; acababa de regresar de una «expedición de caza» en Berlín occidental tras haber liquidado a cuatro médicos —miembros de un equipo internacionalmente reconocido de la Universidad de Leipzig— que habían desertado la víspera. «Eres el mejor.» Un alto representante de Sigma, un americano de cabello blanco con unas gafas de color carne, le había dedicado estas palabras; fue tras haber organizado la muerte de un destacado izquierdista italiano, disparando contra él desde la acera de enfrente mientras el hombre se entregaba a los ardores de la pasión con una prostituta somalí de quince años. Pero volvería a escuchar aquellas palabras una vez más. Y otra. Porque eran verdad.

Y porque eran verdad, no se daría por vencido. No sucumbiría a la casi opresiva necesidad de rendirse, dormirse, detenerse.

Con robótica precisión, movió la mano y la rodilla y se lanzó pasillo abajo.

Al final, llegó a una espaciosa estancia de doble altura con las paredes cubiertas de libros. Sus ojos barrieron la habitación. Su principal objetivo no estaba presente. Una decepción, no una sorpresa.

En su lugar, encontró al asmático y sudoroso Strasser, un traidor que también merecía la muerte.

¿Cuántos minutos más de conciencia le quedaban al Arquitecto? Miró ávidamente a Strasser, como si el hecho de extinguir su luz pudiera ayudarle a recuperar la suya propia.

Se levantó temblorosamente del suelo para agacharse como un tirador. Sintió que los músculos de su cuerpo trataban de contraerse en un espasmo, pero mantuvo los brazos completamente inmóviles. La pequeña Glock que sostenía en sus brazos había adquirido ahora el peso de un cañón, pero él consiguió a pesar de todo levantar el arma hasta alcanzar el ángulo apropiado.

Fue en aquel momento cuando Strasser, alertado tal vez por el conocido olor de la sangre, fue finalmente consciente de su presencia.

El Arquitecto vio cómo sus ojos se abrían momentáneamente y se volvían a cerrar. Apretar el gatillo sería como levantar un escritorio con un dedo, pero lo haría... sin duda lo haría. Lo hizo.

«¿De veras lo había hecho?»

Al no haber oído el pistoletazo, temió primero no haber ejecutado su propósito. Después se dio cuenta de que era su conciencia sensorial la que le estaba empezando a fallar.

La habitación se estaba quedando rápidamente a oscuras: sabía que las células cerebrales privadas de oxígeno dejaban de funcionar... que las funciones auditivas y visuales eran las que fallaban primero, y la conciencia no tardaría en seguirlas.

Esperó hasta que vio a Strasser caer al suelo, y entonces permitió que sus ojos se cerraran. Cuando lo hicieron, tuvo la fugaz conciencia de que jamás se volverían a abrir; y después ya no hubo la menor conciencia de nada.

De vuelta a la habitación de su hotel, Ben y Anna rebuscaron entre el montón de periódicos que habían comprado a toda prisa por el camino en un quiosco. Chardin se había referido a un inminente acontecimiento. Y el «foro» de Austria donde se iban a reunir los personajes «elegantemente vestidos» al que Strasser se había referido coincidía con una noticia con la que ellos se habían tropezado recientemente: pero ¿qué era?

Tenían la respuesta al alcance de la mano.

Era Anna la que había tropezado con la noticia en *La Nación*, el principal periódico de Argentina. Era otro breve artículo sobre el Foro Internacional de la Salud Infantil... una reunión de dirigentes mundiales para discutir asuntos urgentes de mutuo interés, sobre todo a propósito del mundo en desarrollo. Pero lo que le había llamado la atención esta vez era la ciudad en la que se iba a celebrar la reunión: Viena, Austria.

Siguió leyendo. Había una lista de patrocinadores... entre ellos, la Fundación Lenz. Traduciendo del español, Anna le leyó a Ben el artículo en voz alta.

Un estremecimiento le recorrió la columna vertebral a Ben.

—Dios mío —dijo—. ¡Tiene que ser eso! Tiene que serlo. Chardin dijo que sólo quedaban unos días. Aquello de que hablaba tiene que estar relacionado con esta reunión. Vuélveme a leer la lista de los patrocinadores.

Así lo hizo Anna.

Y Ben empezó a efectuar unas cuantas llamadas telefónicas. Eran llamadas a profesionales de fundaciones que se mostraron encantados de hablar con uno de sus colaboradores. Pasando a interpretar un papel bien conocido, Ben habló con ellos utilizando un tono amable y cordial, pero lo que averiguó fue profundamente desalentador.

—Son una gente estupenda, los de la Fundación Lenz —dijo Geoffrey Baskin, director de programas de la Fundación Robinson, hablando con su melodioso acento de Nueva Orleans—. En realidad, ellos son los responsables, pero querían mantener una cierta discreción. Ellos lo organizaron todo, corrieron con casi todos los gastos... no es justo que nosotros nos llevemos el mérito. Pero creo que lo que ellos querían era asegurarse de que el asunto tuviera repercusión internacional. Como te digo, son auténticamente desinteresados.

—Me alegro de saberlo —dijo Ben jovialmente, a pesar de que estaba experimentando una creciente sensación de temor—. Nosotros puede que colaboremos con ellos en un proyecto especial, y yo quería simplemente que me dieras tu opinión. Me alegro mucho de saberlo.

«Dignatarios y dirigentes de todo el mundo se iban a reunir en Viena bajo los auspicios de la Fundación Lenz...»

Tenían que ir a Viena.

Era el único lugar del mundo en el que no deberían mostrar sus rostros y el único lugar al que no tenían más remedio que ir.

Anna y él empezaron a pasear por la habitación del hotel. Podrían tomar precauciones... unas precauciones que ahora ya se habían convertido en su segunda piel: disfraces, identidades falsas, vuelos por separado.

Pero ahora los riesgos parecían mucho mayores.

—Si no estamos persiguiendo una quimera, tenemos que suponer que todos los vuelos comerciales a Viena serán minuciosamente examinados —dijo Anna—. Estarán en alerta máxima.

A Ben le vino la sombra de una idea.

—Repíteme lo que has dicho.

—Estarán en alerta máxima. El control de fronteras no va a ser una perita en dulce. Será más bien un desafío.

—Lo que has dicho antes.

—He dicho que tenemos que suponer que todos los vuelos comerciales a Viena...

—Eso es.

—¿Qué?

—Anna, voy a arriesgarme. Y calculo que será un riesgo inferior a aquel con el que de otro modo nos tendríamos que enfrentar.

—Soy toda oídos.

—Voy a llamar a un tipo llamado Fred McCallan. Era el vejestorio con el que yo tenía que ir a esquiar a St. Moritz.

—Tenías que ir a esquiar con un vejestorio a St. Moritz...

Ben se ruborizó.

—Bueno, había una nieta de por medio.

—Sigue.

—El caso es que en el lote entraba un jet privado. Un Gulfstream. Estuve en él una vez. Rojo por todas partes. Asientos tapizados de rojo, alfombras rojas, televisor rojo. Fred estará todavía en el hotel Carlton de allí y el avión ya estará probablemente en el pequeño aeropuerto de Chur.

—O sea que le vas a llamar y vas a pedirle las llaves. Algo así como pedirle prestada la camioneta a alguien para hacer la compra en el súper, ¿no?

—Bueno...

Anna meneó la cabeza.

—Es cierto lo que dicen... la verdad es que los ricos son muy diferentes a nosotros. —Le dirigió una rápida mirada—. Me refería sólo a mí, claro.

—Anna...

—Me muero de miedo, Ben. Los chistes malos se incluyen en el paquete. Mira, yo no conozco a este tipo de nada. Si tú crees que puedes confiar en él, si eso es lo que te dice el corazón, entonces lo podré aguantar.

—Porque tú tienes razón, son los vuelos comerciales los que van a vigilar...

Anna asintió enérgicamente con la cabeza.

—Siempre y cuando no vengan de lugares como Colombia, los vuelos privados gozan de bastantes privilegios. Si el piloto de este individuo puede trasladar el Gulfstream a Bruselas, por ejemplo...

—Iremos directamente a Bruselas, asumiendo que nadie anda detrás de las identidades que Oscar nos facilitó. Después subiremos a bordo del jet privado de Fred y volaremos a Viena. Así es como viajan los jefes de Sigma. Es probable que no esperen la llegada de un Gulfstream con dos fugitivos a bordo.

—De acuerdo, Ben —dijo Anna—. Eso ya me parece el principio de un plan.

Ben marcó el número del hotel Carlton y esperó un minuto a que recepción pasara su llamada.

La poderosa voz de Fred McCallan retumbaba incluso a través de las líneas telefónicas internacionales.

—Dios mío, Benjamin, ¿tienes alguna idea de la hora que es? No importa, supongo que llamas para disculparte. Aunque yo no soy la persona con quien deberías disculparte. Louise está destrozada. Destrozada. Y eso que los dos tenéis muchas cosas en común.

—Lo comprendo, Fred, y yo...

—Pero, en realidad, me alegro de que al final hayas llamado. ¿Te das cuenta de que están contando las cosas más absurdas que te puedas imaginar acerca de ti? Un tío me llamó y no sabes las cosas que me dijo. Dicen que...

—Tienes que creerme, Fred —dijo Ben, interrumpiéndole en tono apremiante—, no hay la más mínima pizca de verdad en esos informes... Quiero decir que, cualquier cosa de la que me acusen, tienes que creerme si te digo que...

—... ¡Y yo me reí en su cara! —estaba diciendo Fred, que había seguido hablando a pesar de la interrupción de Ben—. Le dije que, a lo mejor, eso es lo que se aprende en los inquietantes internados ingleses que tanto le gustan, pero yo soy un hombre de Deerfield y no hay manera en esta bendita tierra de Dios de que...

—Te agradezco el voto de confianza, Fred. El caso es que...

—En tenis fuiste el mejor, le dije. Lo fuiste, ¿no es cierto?

—Bueno, en realidad...

—¿Atletismo? Yo también hice atletismo... ¿Te he enseñado alguna vez los trofeos? Louise piensa que es ridículo que siga presumiendo de ellos cincuenta años después, y tiene razón. Pero es que soy incorregible.

—Fred, tengo que pedirte un favor muy grande.

—¿Para ti, Benny? Tú eres prácticamente de la familia, ya lo sabes. Algún día puede que seas de verdad de la familia. Dime lo que sea, chico. Lo que sea.

Tal como decía Anna, era el principio de un plan, nada más. Pero conseguir que éste fuera infalible les llevaría más tiempo del que tenían. Porque lo único seguro era que tenían que viajar a Viena con la mayor rapidez posible, so pena de que fuera demasiado tarde.

A menos que, tal como había insinuado Chardin, ya fuera demasiado tarde.

39

El hotel estaba en el distrito séptimo de Viena y lo habían elegido porque parecía aceptablemente anónimo y atendía sobre todo a turistas alemanes y austriacos. Viajando a Bruselas de uniforme bajo el nombre de David Paine, Ben llegó primero, con varias horas de diferencia; Anna, utilizando una última vez la identidad de Gayatri Chandragupta, viajó en otro vuelo a través de Amsterdam. El piloto de McCallan, un simpático irlandés llamado Harry Hogan, se quedó perplejo al ver las extrañas vestimentas de sus pasajeros, y más perplejo se quedó cuando ellos se negaron a decirle adónde tenían previsto ir; pero las instrucciones del viejo habían sido tajantes: cualquier cosa que quisiera, Ben la tendría. Nada de preguntas.

Comparado con el lujo del Gulfstream y con la sincera cordialidad de Harry Hogan, el hotel le pareció a Ben descuidado y deprimente. Tanto más cuanto que Anna todavía no había llegado: habían acordado que sería mejor evitar el riesgo de viajar juntos desde el aeropuerto. Viajarían por separado y siguiendo caminos distintos.

Solo en la habitación, Ben se sentía enjaulado y nervioso. Era mediodía y hacía mal tiempo; la lluvia salpicaba los cristales de las pequeñas ventanas de la habitación, intensificando su sensación de melancolía.

Pensó en la vida de Chardin, en las increíbles maneras en que el gobierno del mundo occidental había sido moldeado y dirigido por aquellos dirigentes empresariales. Y pensó en su padre. ¿Una víctima? ¿Un victimario? ¿Ambas cosas?

Max había contratado a personas para que lo vigilaran... cuidadores, «canguros», por el amor de Dios. En cierto modo, era típico de él: si Ben se empeñaba en desenterrar los viejos secretos, Max trataría de controlarlo a su manera. Era un comportamiento indignante y conmovedor a la vez.

Cuando Anna llegó —ambos compartían la habitación bajo la identidad de señor David Paine y señora—, él la abrazó y le acarició el rostro con el suyo, sintiendo que parte de su angustia se disipaba. Sintiéndose sucios después del largo vuelo, ambos se ducharon. Anna tardó un buen rato y salió del cuarto de baño envuelta en un albornoz de rizo, con el cabello castaño oscuro peinado hacia atrás y la piel resplandeciente. Mientras se acercaba a la maleta para sacar la ropa, Ben le dijo:

—No quiero que veas a Lenz en solitario.

Ella no levantó los ojos.

—Ah, ¿y eso por qué?

—Anna —dijo Ben en tono exasperado—, ni siquiera sabemos quién es Jürgen Lenz en realidad.

Sujetando una blusa en una mano y una falda azul marino en la otra, Anna se volvió a mirarlo. Le brillaban los ojos.

—En este momento, ya no importa. Tengo que hablar con él.

—Mira, quienquiera que sea, podemos suponer que ha estado por lo menos implicado en el asesinato de ocho ancianos en todo el mundo. En el de mi hermano, también. Y es una conjetura muy posible pensar que se ha convertido en el jefe de una conspiración que, si Chardin estaba en lo cierto, carece de auténticas fronteras. Lenz conoce mi rostro y ahora sabe sin duda dónde he estado. Por consiguiente, cabe suponer que sabe que he estado viajando contigo, lo cual significa que puede haber visto una fotografía tuya. No es muy seguro que veas a este hombre.

—Eso no lo discuto, Ben. Pero no nos podemos permitir el lujo de elegir entre lo que es seguro y lo que es peligroso: cualquier cosa que hagamos en este momento entrañará un riesgo. Incluso si no hacemos nada. Además, si me matan inmediatamente después de haberle interrogado acerca de la serie de asesinatos que se han producido en todo el mundo, él sería de inmediato el foco de la sospecha... y dudo muy en serio que eso le interese.

—¿Qué te hace pensar que querrá verte?

Anna depositó la ropa en el borde de la cama.

—La mejor manera de jugar con él es no jugar con él.

—No me gusta cómo suena lo que dices.

—Este hombre está acostumbrado a ejercer el control, a manipular a la gente y los acontecimientos. Llámalo arrogancia o llámalo curiosidad, pero querrá verme.

—Escúchame, Anna...

—Ben, puedo cuidar de mí misma, te lo aseguro.

—Eso es evidente —protestó él—. Lo que ocurre es que... —Ben se calló. Ella lo estaba mirando de una manera muy rara.

—¿Qué?

—Eres un tipo protector, ¿verdad?

—Yo no sé si soy protector exactamente. Sólo soy...

Ella se le acercó y lo estudió como si fuera una pieza de un museo.

—Cuando nos conocimos, pensé simplemente que eras un rico de tantos, mimado, pijo y egoísta.

—Probablemente tenías razón.

—No, no lo creo. ¿O sea que éste era tu papel en la familia... el de guardián?

Avergonzado, Ben no supo qué contestar. Puede que ella tuviera razón pero, por algún motivo, él no quería decirlo. En su lugar, la atrajo hacia sí.

—No quiero perderte, Anna —le dijo en voz baja—. Ya he perdido a demasiadas personas en mi vida.

Anna cerró los ojos y lo abrazó con fuerza; ambos estaban alterados, nerviosos, agotados y, sin embargo, mientras se abrazaban, experimentaron un momento de sosiego. Ben aspiró un delicado aroma floral mientras algo en él se disolvía.

Después, ella se apartó suavemente.

—Tenemos un plan y lo tenemos que cumplir, Ben —dijo en tono pausado pero decidido, vistiéndose a toda prisa—. Tengo que ir a recoger un envío a la oficina de dhl y después hacer una llamada de trabajo.

—Anna —dijo Ben.

—Tengo que irme. Podemos hablar más tarde.

—Oh, Dios mío —dijo el oficial Burt Connelly.

Llevaba sólo seis meses en la autopista 166 de Virginia y todavía no se había acostumbrado al espectáculo de una carnicería al borde de la carretera. Sintió que se le revolvía el estómago, corrió al arcén y vomitó. Una salpicadura fue a parar a su impecable uniforme azul y él se la quitó frotando con un pañuelo de celulosa. Después arrojó el pañuelo a través de la ventanilla.

A pesar de la escasa luz de las primeras horas de la noche, pudo ver con demasiada claridad las salpicaduras de sangre por todo el parabrisas y la cabeza del hombre sobre el salpicadero. Estaba separada del cuerpo y horriblemente aplastada por el impacto, la «segunda colisión», la llamaban, y era la colisión del pasajero en el interior del propio vehículo siniestrado.

El compañero de Connelly, el oficial Lamar Graydon, llevaba más de un año en la patrulla de la autopista. Ya había visto unos cuantos accidentes espeluznantes y sabía cómo guardarse dentro el almuerzo.

—Es muy grave, Burt —dijo Graydon, acercándose y dándole a su compañero unas cuantas palmadas en la espalda. Una especie de jactancia jugueteó en sus ojos castaños—. Pero he visto cosas peores.

—¿Has visto la cabeza del tío?

—Al menos no hay niños pequeños implicados. Déjame que te cuente: el año pasado estuve en el escenario de un accidente donde un bebé salió despedido a través de la ventanilla abierta de un Impala y voló trescientos metros por el aire. Como un maldito muñeco de trapo. Eso sí que fue horrible.

Connelly tosió unas cuantas veces y enderezó la espalda.

—Perdón —dijo—. Es que la cara del hombre... Ahora ya estoy bien. ¿La ambulancia ya está de camino?

—Tendría que estar aquí dentro de unos diez minutos. Pero no es que le duela nada —dijo Graydon, señalando con un movimiento de la cabeza a la víctima decapitada del accidente.

—A ver, ¿cuál es la situación aquí? ¿asv? —Estadísticamente, un accidente de un solo vehículo era el más habitual.

—No es probable —contestó Graydon—. Eso no lo hace un guardarraíl. Eso es lo que ocurre cuando te la pegas contra un remolque de automóviles, y en esta autopista hay montones. En esos monstruos, la parte posterior queda muy baja y es un canto plano de acero... como una hoja de navaja. Si tú circulas detrás de uno de esos trastos y éste se detiene de golpe, o te agachas o te arranca la cabeza. Apuesto a que es eso lo que estás viendo.

—Pero ¿qué ha ocurrido con el otro tío? ¿Dónde está el maldito camión? —Connelly estaba empezando a recuperar el dominio de sí mismo. Y, curiosamente, incluso volvía a sentirse un poco hambriento.

—Parece que ha decidido no quedarse por aquí —dijo Graydon.

—Pero ¿vamos a encontrarlo?

—Ya lo he comunicado por radio. El despachador ya ha recibido la información. Pero, sinceramente, yo no apostaría demasiado dinero a que lo encuentren. Lo que tenemos que hacer ahora mismo es tratar de identificar a este hombre. Registrar los bolsillos.

Aunque el techo del Taurus rojo estaba combado hacia dentro, la puerta del asiento del conductor se abrió con facilidad. Connelly se puso unos guantes de látex antes de rebuscar en los bolsillos del hombre decapitado; éste era el procedimiento a seguir cuando la ropa estaba empapada de sangre.

—Dame un nombre y lo comunicaré por radio —dijo Graydon, levantando la voz.

—El carnet de conducir dice Dupree, Arliss Dupree —dijo Connelly—. Vive en Glebe Road, Arlington.

—Eso es todo lo que necesitamos saber —dijo Graydon—. Y no hace falta que se te congele el trasero, Burt—. Ahora ya podemos sentarnos a esperar en el coche patrulla.

El edificio que albergaba la Fundación Lenz era de estilo Bauhaus, todo mármol y cristal. El vestíbulo estaba inundado de luz y amueblado sencillamente con sillones y sofás de cuero blanco.

Anna le pidió a la recepcionista que llamara al despacho del director. Que éste se encontraba en la fundación ya lo había averiguado antes por medio de una llamada telefónica.

—¿Quién tengo que decir que desea hablar con el doctor Lenz? —preguntó la recepcionista.

—Me llamo Anna Navarro. Soy funcionaria del Departamento de Justicia de Estados Unidos.

Ya había considerado y rechazado previamente la idea de presentarse a él bajo una falsa identidad. Tal como le había dicho a Ben, había decidido que la mejor manera de jugar con él era no jugar con él. Si Lenz efectuara aunque sólo fuera un control superficial acerca de ella, descubriría su situación de fugitiva. Pero ¿obstaculizaría eso que ella pudiera verle, o al contrario? Si sus teorías acerca de Alan Bartlett fueran correctas, cabía la posibilidad de que Jürgen Lenz ya supiera muchas cosas sobre ella. Pero no sabría —no podría saber— exactamente lo que ella había averiguado y podía haber transmitido a otras personas. Anna tenía que confiar en su curiosidad, su arrogancia y, por encima de todo, su deseo de controlar la situación. Lenz querría saber si ella suponía una amenaza para él y lo querría comprobar por sí mismo.

La recepcionista levantó el auricular de su teléfono de sobremesa, habló en voz baja y después se lo pasó a Anna.

—Por favor.

La mujer que habló con ella se mostró amable, pero firme.

—Me temo que hoy el doctor Lenz tiene una agenda muy apretada. Quizá podría usted concertar una cita para otro día. Me temo que con el Foro Internacional de la Salud Infantil toda la gente de aquí está muy ocupada.

Lenz la debía de estar esquivando, pero ¿se debía ello a la institución a la que representaba o a que ya conocía su nombre? A lo mejor, la mujer ni siquiera se había molestado en transmitir su mensaje.

—Es algo que no admite espera —dijo Anna—. Necesito verle cuanto antes a propósito de un asunto extremadamente urgente.

—¿Puede decirme de qué desea usted hablar con el doctor Lenz?

Anna titubeó.

—Dígale, por favor, que es un asunto extremadamente personal.

Colgó el teléfono y empezó a pasear nerviosamente por el vestíbulo.

«Estoy aquí, en la guarida de la bestia —pensó—. El corazón de las tinieblas, ventilado y lleno de luz.»

Las paredes de blanco mármol de Carrara estaban desnudas, exceptuando una hilera de grandes ampliaciones fotográficas que mostraban toda la variada serie de causas humanitarias sostenidas por la Fundación Lenz.

Había una imagen de varias generaciones de una familia de refugiados... una encorvada anciana desdentada, un marido y una mujer agotados y curtidos por la intemperie, sus hijos vestidos de andrajos. El título era simplemente kosovo.

¿Qué significaba aquello? ¿Qué tenía que ver la Fundación Lenz con los refugiados?

Había una imagen de una muchacha especialmente marchita, con una nariz ganchuda, una piel apergaminada, unos ojos saltones y un largo cabello que era evidentemente una peluca. Sonreía dejando al descubierto unos irregulares dientes amontonados los unos sobre los otros. Aquella fotografía estaba etiquetada como «síndrome de progeria hutchinson-gilford».

Había una famosa y tremenda fotografía de unos demacrados prisioneros de un campo de concentración que miraban con curiosidad a la cámara desde sus literas. «el holocausto.»

Una variada serie de causas. ¿Qué las unía entre sí?

Anna adivinó una presencia y levantó la vista. Una mujer de venerable aspecto se había presentado en el vestíbulo, con unas gafas de lectura colgadas de una cadena alrededor del cuello.

—Señorita Navarro —dijo la mujer—. Ha tenido usted mucha suerte. El doctor Lenz ha conseguido liberar unos cuantos minutos para verla.

· · ·

En un puesto de seguridad del piso de arriba, un técnico permanecía inclinado sobre un panel de control. Manipulando una palanca de mando, hizo girar y utilizó el *zoom* en una de las cámaras montadas en la pared. Ahora el moreno rostro de la visitante llenó la pantalla plana de plasma. La pulsación de una tecla congeló la imagen. Por medio de un sistema métrico fisionómico de treinta y siete puntos, el rostro se podía comparar digitalmente con una serie de archivos de imagen pertenecientes a la amplia base de datos del sistema. El técnico sospechaba que no tardaría mucho en encontrar una imagen equivalente.

Tenía razón. Un suave pitido electrónico le avisó de que la imagen coincidía con una ficha de la lista de vigilancia. Cuando una columna de información se desplegó en el monitor, descolgó el teléfono y llamó a Lenz, marcando un número que sonaba directamente en su escritorio.

Jürgen Lenz era exactamente tal y como Ben lo había descrito: delgado como un galgo, de cabello plateado, elegante y encantador. Vestía un traje de franela gris oscuro de corte impecable, una camisa blanca perfectamente planchada y una corbata de fina seda estampada. Permanecía sentado de cara a ella en un sillón estilo Chippendale, con las manos entrelazadas sobre las rodillas.

—Bueno, aquí me tiene —dijo, devolviéndole la documentación.

—¿Cómo dice?

—Ha despertado usted mi curiosidad. Me dicen que está aquí una mujer del Gobierno norteamericano que ha venido a verme a propósito de un «asunto personal»... ¿Cómo podía resistirme a semejante cebo?

Anna se preguntó cuánto sabría acerca de ella. Ya se había dado cuenta de que era tan duro y suave como una piedra pulida.

—Gracias por recibirme. —Anna contestó cordialmente a su amabilidad—. Me han encargado una misión especial consistente en investigar una serie de asesinatos que se han estado produciendo en todo el mundo...

—¿Asesinatos? —replicó él—. ¿Y qué demonios puedo yo decirle acerca de unos asesinatos?

Anna sabía que sólo tenía una oportunidad y que tendría que descargarle un duro golpe. Cualquier debilidad, cualquier titubeo, cualquier incertidumbre sería suficiente para que el juego terminara. Se limitaría a una cuestión de escaso interés: los homicidios de Sigma.

—Las víctimas de los asesinatos estaban todas relacionadas con un consorcio llamado Sigma, del cual Gerhard Lenz fue fundador. Hemos descubierto una conexión directa entre las muertes y una filial del gigante químico Armakon, a cuyo consejo usted pertenece...

Lenz pareció relajarse. Soltó una sonora y meliflua carcajada.

—Señorita Navarro, en todos los años que llevo de cruzada contra el mal que cometió mi padre, me han acusado de muchas cosas terribles... deslealtad a mi familia, deslealtad a mi país, oportunismo, falsedad, lo que usted quiera... ¡pero nadie me había acusado jamás de asesinato!

Anna ya sabía lo que podía esperar. Lenz se mostraría tranquilo, evasivo y pacífico. Había tratado de adelantarse a todas sus respuestas y ya estaba preparada para replicar.

—Doctor Lenz —dijo—, confío en que no me niegue que forma parte del consejo de Armakon.

—Es algo puramente honorario.

Anna vaciló antes de añadir:

—No quiero hacerle perder el tiempo. Tal como usted sabe, Armakon es el propietario secreto de una innovadora empresa biotecnológica de Filadelfia llamada Vortex.

Estudió su rostro. Sus ojos miraban con expresión impasible y recelosa.

—Estoy seguro de que Armakon es propietario de muchas innovadoras empresas sin la menor importancia en todo el mundo. ¿Y qué?

—Vortex —prosiguió diciendo Anna— es el inventor y el fabricante de una sustancia sintética que se utiliza en investigaciones básicas relacionadas con la marcación molecular. Es también un veneno letal que, en cuanto se inyecta a la corriente sanguínea de una persona, provoca una insuficiencia cardíaca, y cuya presencia no se puede detectar posteriormente en la sangre.

—Qué interesante —contestó Lenz sin la menor inflexión en la voz.

—Esta toxina en particular se encontró en el líquido ocular de varias de estas víctimas de asesinato.

—¿Tiene usted algo en concreto que decir?

—En efecto —contestó tranquilamente Anna, clavando los ojos en los suyos. Se sobresaltó momentáneamente a causa de lo que vio en ellos: desprecio total y absoluto—. Tengo pruebas que lo relacionan a usted directamente con estos asesinatos.

Por un instante, sólo se oyó el tictac de un reloj. Lenz entrelazó las manos con gesto sombrío. Parecía un clérigo luterano.

—Agente Navarro, usted me arroja a mí todas estas terribles acusaciones. Usted dice que yo he hecho todas estas cosas tan terribles. Yo le he buscado un tiempo en un día extremadamente ocupado, un tiempo que no me puedo permitir el lujo de malgastar, porque pensé que podríamos ayudarnos mutuamente el uno al otro. Es posible que un amigo mío esté en apuros. Es posible que alguien necesite mi ayuda o viceversa. Pero, en cambio, usted ha venido aquí en algo que llaman, si no me equivoco, «expedición de pesca». —Se levantó de su sillón—. Me temo que tendrá que marcharse.

Con el corazón latiendo violentamente en su pecho, Anna pensó: «No tan rápido, cabrón».

—Aún no he terminado —dijo con una firmeza que ella misma pudo ver que lo sorprendía.

—Agente Navarro, la verdad es que no tengo por qué hablar con usted. Corríjame si me equivoco, pero cualquiera que me visite como representante de las autoridades norteamericanas está aquí como invitado de mi país. Si desea interrogarme acerca de quién fue mi padre, tiene que pedir permiso al Gobierno austriaco, ¿de acuerdo? ¿Lo ha hecho usted?

—No —reconoció ella, ruborizándose—. Pero permítame aclarar...

—No, *madame* —dijo Lenz, levantando la voz—, déjeme que se lo aclare yo. Usted no lo ha hecho porque ya no figura en nómina como funcionaria de su país. De hecho, es una fugitiva de la justicia. Pongamos los dos las cartas sobre la mesa. Sus investigaciones la han llevado más allá de los límites de la legalidad. Mi secretaria me transmite las insistentes peticiones de una agente americana que desea verme. A petición mía, efectúa unas cuantas llamadas telefónicas para verificar su identidad. —Sus ojos no se apartaban de su rostro—. Descubre que es usted una mujer buscada. Pero seguramente usted ya esperaba que tomaríamos semejantes precauciones. Y, sin embargo, vino a verme a pesar de todo. Lo cual me llamó la atención.

—Cualquier cosa con tal de aliviar el aburrido tedio de sus días —dijo Anna.

—Póngase en mi lugar, señorita Navarro. Una desvergonzada agente de Estados Unidos muestra un interés muy especial por mí... eso no es algo que ocurra todos los días. Como es natural, me pica la curiosidad: ¿acaso se ha tropezado usted con alguien que constituye una amenaza para mí? ¿Ha roto filas y viene para hablarme de alguna intriga hostil dentro del espionaje norteamericano? Sé que nuestras investigaciones acerca de la Operación Paper Clip me han ganado enemigos en ciertos círculos americanos. ¿Ha venido para advertirme de alguna inminente amenaza? La imaginación da vueltas. La mente vacila. Por consiguiente, ¿cómo podía yo resistirme a reunirme con usted? Usted sabía que no podía.

—Nos estamos apartando del tema —lo interrumpió Anna—. Nada de eso...

Lenz ahogó sus palabras con las suyas:

—Así que comprenderá usted la amarga decepción que sufrí cuando me enteré de que usted había venido aquí sólo para arrojarme unas absurdas e infundadas acusaciones que se pueden refutar fácilmente. Todos los datos apuntan en el sentido de que usted está como una regadera, tal como suele decirse: no está en sus cabales. —Señaló su escritorio—. Sólo necesito tomar este teléfono y llamar a un amigo mío del Ministerio de Justicia para que usted sea entregada a las amables atenciones de las autoridades norteamericanas.

«Quieres pelea —pensó Anna—, y la vas a tener.» No conseguiría intimidarla. No podría, sabiendo ella lo que sabía de él.

—Está perfectamente en su derecho —dijo con toda tranquilidad—. Podría tomar este teléfono y hacerlo. Pero me pregunto si con eso serviría mejor a sus intereses.

Lenz se había vuelto de espaldas a ella y se estaba dirigiendo a la salida.

—Señorita Navarro, sus estúpidos juegos no me interesan para nada. Y ahora, tenga la bondad de abandonar inmediatamente mi despacho o me veré obligado a...

—Poco antes de venir aquí pasé por las oficinas locales de dhl, donde un documento me estaba esperando. Contenía los resultados de un examen que yo había solicitado. Había entregado toda una serie de huellas digitales suyas y había pedido que el laboratorio las identificara. Tardaron un poco. Nuestra Sección de Huellas Digitales Latentes tuvo que cavar muy hondo para encontrar una coincidencia. Pero lo consiguió. —Respiró hondo—. Doctor Lenz, sé quién es usted. No lo entiendo. La verdad es que no alcanzo a comprenderlo, si he de ser sincera. Pero sé quién es usted realmente.

Estaba aterrorizada, más asustada de lo que jamás hubiera estado. El corazón le galopaba en el pecho; la sangre circulaba ruidosamente en sus oídos. Sabía que no tenía ningún apoyo.

Lenz se detuvo en seco a pocos pasos de la salida y cerró la puerta. Cuando se volvió, la cara se le había ensombrecido de rabia.

40

Ben se incorporó al pequeño grupo de periodistas y cámaras congregados en el exterior del Centro Cívico del Wiener Stadthalle, el imponente edificio de piedra beige donde se iba a celebrar el Foro Internacional de la Salud Infantil. Estableció contacto visual con un frío sujeto de aspecto lamentable: barrigudo, de mediana edad y vestido con una deshilachada trinchera de color tostado. Ben le tendió la mano.

—Soy Ron Adams —dijo—. De la revista *American Philanthropy*. ¿Llevas aquí mucho rato?

—Demasiado rato —contestó el maltrecho sujeto. Hablaba con marcado acento *cockney*, el de las clases populares londinenses—. Jim Bowen, *Financial Times*. Patético y desgraciado corresponsal europeo. —Le dirigió a Ben una burlona y funesta mirada—. Mi editor me ha convencido de que viniera con halagos, con promesas de disfrutar de un *Schnitzel*, un *Strudel* y una *Sachertorte*, y yo me he dicho, «Bueno, pues entonces ya me parece mejor». Higgings jamás se enterará del final: he hecho un voto solemne. Dos días bajo esta encantadora y gélida lluvia bastarán para que los deditos de los pies se me queden como polos, y todo para que al final nos suelten a todos los mismos malditos comunicados de prensa que envían por fax a todos los despachos.

—Pero verás por lo menos a algunos de los importantes personajes que deambulan por aquí. He echado un vistazo a la lista de invitados.

—Bueno, eso es lo malo... dondequiera que estén, aquí no están. A lo mejor el programa les aburre tanto como a los demás. Probablemente todos han decidido largarse para ir a tomarse unas rápidas vacaciones esquiando. Las únicas personas a las que he visto hasta ahora pertenecen estrictamente a la lista B. Nuestro fotógrafo se ha ido a tomar un trago. Y yo creo también que es una buena idea. Estoy pensando bajar a la vuelta de la esquina a tomarme una cerveza, sólo que en este país te la sirven demasiado fría. ¿Te has dado cuenta? Y además sabe a pis.

¿Que los grandes nombres no estaban allí? ¿Acaso el cónclave de Sigma se estaba celebrando en otro lugar? El desánimo se apoderó de él. ¿Lo habían engañado? Quizá Strasser se había equivocado. Quizá él y Anna habían llegado en algún momento a unas deducciones equivocadas.

—¿Y no hay rumores de dónde pueden estar esos cabrones? —preguntó Ben en tono jovial.

El periodista *cockney* soltó un bufido.

—Qué coño. ¿Sabes lo que ocurre? Es como una de esas malditas salas de fiestas en las que a la gente verdaderamente *cool* se la acompaña a una sala especial mientras que a la gente ordinaria se la encierra en una especie de corral con heno en el suelo. —Rebuscó en un maltrecho paquete casi vacío de Silk Cut—. Qué coño.

La mente de Ben corría vertiginosamente. Estaba claro que allí el que cortaba el bacalao era Jürgen Lenz. Y estaba igualmente claro que las verdaderas actividades no estaban teniendo lugar en aquel congreso. La respuesta tenía que estar sin duda en las actividades de la Fundación Lenz. Y aquí un planteamiento indirecto podría obtener probablemente resultados más rápidos.

Al regresar al hotel, se puso a hacer llamadas telefónicas sin apartar los ojos de su reloj de pulsera. Quería reunir la mayor cantidad de información posible antes de que él y Anna contrastaran sus respectivas notas al término de la jornada.

—Fundación del Cáncer de Austria.

—Quisiera hablar con el administrador que se encarga de la recogida de fondos —dijo Ben.

Se oyó un clic y seguidamente varios segundos de música enlatada —«Cuentos de los bosques de Viena», naturalmente—, y después la voz de otra mujer:

—Schimmel.

—Frau Schimmel, me llamo Ron Adams y soy un periodista americano acreditado en Viena que está trabajando en un perfil de Jürgen Lenz para la revista *American Philanthropy*.

La voz de la administradora pasó instantáneamente de recelosa a entusiasta.

—¡Sí, faltaría más! ¿En qué puedo ayudarle?

—Lo que verdaderamente me interesa, especialmente en vista del Foro Internacional de la Salud Infantil, es documentar su generosidad, el alcance de su apoyo a esta fundación, su grado de participación, toda esta clase de cosas.

La vaga petición dio lugar a una respuesta todavía más vaga. Tras su larga explicación, él colgó, decepcionado. Llamó a la Fundación Lenz y solicitó a un empleado de bajo nivel la lista de las obras benéficas que financiaban. No hubo preguntas: como institución exenta del pago de impuestos, la Fundación Lenz estaba obligada a dar a conocer todos sus donativos.

Ben no sabía qué buscaba exactamente. Estaba tanteando sin pensar. Tenía que haber una manera de traspasar la fachada de Jürgen Lenz, el filántropo. Y, sin embargo, no parecía haber ninguna lógica en la clase de aportaciones que hacía Lenz, no había ningún elemento en común, ningún principio organiza-

dor. ¿El cáncer, Kosovo, progeria, el diálogo judío-alemán? Éstos eran los principales. Pero, si había alguna relación, él aún no
la había descubierto, ni siquiera tras haber llamado a tres asociaciones benéficas distintas. «Probaría una vez más, se dijo, y
después seguiría adelante.» Se levantó del escritorio de la habitación, sacó una Pepsi del pequeño frigorífico, regresó al escritorio y marcó otro número de la lista.

—Instituto Progeria, dígame.

—¿Podría hablar con la persona encargada de la recogida
de fondos, por favor?

Pasaron unos cuantos segundos.

—Meitner.

—Sí, Frau Meitner. Me llamo Ron Adams...

Sin abrigar demasiadas esperanzas, siguió adelante con la
consabida entrevista. La mujer era, como todos los empleados con
quienes él había hablado, una gran admiradora de Jürgen Lenz y
se mostró encantada de cantar sus alabanzas.

—El señor Lenz es nuestro principal benefactor —dijo—.
Creo que sin él no podríamos existir. Como usted sabe, se trata de un trágico trastorno extremadamente raro.

—La verdad es que yo no sé nada al respecto —dijo amablemente Ben. Se dio cuenta de que estaba perdiendo el tiempo cuando ya no le quedaba ninguno que perder.

—En palabras sencillas, es un envejecimiento prematuro.
Su nombre completo es Síndrome de Progeria Hutchinson-Gilford. Un niño de diez años afectado de progeria parecerá un anciano de ochenta años, con artritis, problemas cardíacos y todo
lo demás. Casi todos ellos mueren a la edad de trece años. Raras veces superan la talla media de un niño de cinco años.

—Dios mío —dijo Ben, sinceramente consternado.

—Por ser tan rara, se la llama «enfermedad huérfana», lo
cual significa que a su investigación se dedican muy pocos re-

cursos y que las compañías farmacéuticas no ven ningún incentivo económico en la búsqueda de un remedio. Por eso la ayuda de Lenz es tan tremendamente importante.

«Compañías biotecnológicas... Vortex.»

—¿Por qué cree usted que el señor Lenz tiene tanto interés personal?

Un titubeo.

—Creo que eso quizá se lo tendría usted que preguntar al señor Lenz.

Ben percibió una súbita frialdad en su voz.

—Si hay algo que usted prefiera decirme confidencialmente...

Una pausa.

—¿Usted sabe quién era el padre de Jürgen Lenz? —preguntó cautelosamente la mujer.

«¿Alguien lo sabía?»

—Gerhard Lenz, el médico nazi —contestó Ben.

—Exacto. Confidencialmente, señor Adams: he oído que Gerhard Lenz llevó a cabo algunos experimentos espantosos con niños aquejados de progeria. No cabe duda de que Jürgen Lenz sólo desea deshacer lo que hizo su padre. Pero eso no lo publique, por favor.

—No lo haré —le prometió Ben.

«Pero si Jürgen Lenz no era el hijo de Gerhard, ¿por qué su interés por las mismas causas? ¿Qué clase de grotesca farsa era todo aquello?»

—Mire, el señor Lenz envía incluso a algunos de estos pobres niños a un sanatorio privado de los Alpes austriacos que dirige su fundación.

—¿Un sanatorio?

—Sí, creo que lo llaman el Reloj.

Ben se incorporó en su asiento. El Reloj: el lugar al que Strasser había enviado a Lenz padre, los microscopios electrónicos. Si Jürgen era efectivamente el hijo de Gerhard, lo habría heredado. Pero ¿lo utilizaba realmente como sanatorio?

Trató de hablar en tono despreocupado.

—Ah, ¿y dónde está eso?

—En los Alpes. No sé exactamente dónde. Nunca he estado allí. Es un lugar muy exclusivo, privado y lujoso. Una auténtica evasión del ajetreo de la ciudad.

—Me encantaría hablar con un niño que hubiera estado allí.

«Y averiguar lo que de veras ocurre.»

—Señor Adams —dijo la mujer en tono sombrío—, los niños que son invitados allí suelen encontrarse al final de sus breves vidas. Francamente, no sé de ninguno que todavía pueda estar vivo. Pero estoy segura de que alguno de los progenitores no tendría inconveniente en hablar con usted acerca de la generosidad del señor Lenz.

El apartamento del hombre se hallaba en el cuarto piso de un mísero edificio sin ascensor del distrito duodécimo de Viena, un pequeño y oscuro espacio que olía a humo rancio de cigarrillos y a grasa de cocinar.

Después de la muerte de su querido hijo a la edad de once años, explicó el hombre, él y su mujer se habían divorciado. Su matrimonio no había podido sobrevivir a la tensión de la enfermedad y la muerte del hijo. Expuesta en lugar destacado al lado del sofá, se podía ver una ampliación fotográfica en color de su hijo, Christoph. Era difícil decir su edad, hubiera podido tener ocho u ochenta años. Estaba completamente calvo, tenía una barbilla huidiza, una cabeza grande con un rostro pequeño de ojos saltones y un marchito semblante de hombre muy viejo.

—Mi hijo murió en el sanatorio —dijo el hombre. Tenía una barba gris, llevaba gafas bifocales y lucía un alborotado flequillo alrededor de la calva. Sus ojos estaban anegados por las lágrimas—. Pero, por lo menos, fue feliz al final de su vida. El doctor Lenz es un hombre extremadamente generoso. Me alegro de que Christoph pudiera môrir feliz.

—¿Visitó usted alguna vez a Christoph allí, en el Reloj? —preguntó Ben.

—No, la presencia de los padres no estaba permitida. Todos los problemas médicos de los niños son atendidos por un experto equipo médico. Pero me enviaba postales.

El hombre se levantó y regresó a los pocos minutos con una postal. La caligrafía era un garabato infantil de gran tamaño. Ben le dio la vuelta y vio una fotografía en color de una montaña alpina. La leyenda al pie de la fotografía decía: «semmering».

La viuda de Lenz se había referido a Semmering.

Strasser había mencionado la clínica de investigación de Gerhard Lenz en los Alpes austriacos.

¿Podría ser el mismo lugar?

Semmering.

Tenía que encontrar a Anna de inmediato, transmitirle aquella información.

Levantó la mirada de la postal y vio al padre llorando en silencio.

—Eso es lo que siempre me digo. Mi Christoph murió feliz.

Habían acordado reunirse en el hotel no más tarde de las once de la noche.

Si ella no pudiera regresar a aquella hora, había dicho Anna, llamaría. Si por alguna razón no pudiera llamar o pensara que sería peligroso que lo hiciera, había concretado un lugar alternativo para hacerlo: a las nueve en punto en la Schweizerhaus, la Casa Suiza, del parque de atracciones del Prater.

A las ocho Anna no había regresado al hotel y no había ningún mensaje.

Llevaba ausente casi todo el día. Aunque Lenz hubiera accedido a recibirla, Ben no podía creer que se hubiera pasado más de una hora o dos en la fundación. Sin embargo, llevaba ausente casi doce horas.

Doce horas.

Estaba empezando a preocuparse.

A las ocho y media, al ver que todavía no había llamado, salió para dirigirse a la Schweizerhaus, en la Strasse des Ersten Mai 2. Para entonces ya estaba más que nervioso; temía que algo le hubiera ocurrido. Se preguntó: «¿Me estaré pasando?». Ella no tiene por qué dar cuenta de su paradero en todo momento.

Aun así...

Era un lugar muy animado, famoso por sus jarretes de cerdo asados, servidos con mostaza y una salsa de rábano picante. Ben se había sentado solo a esperar en una mesa para dos, con una cerveza Budweiser checa en la mano.

Esperando.

La cerveza no le calmó los nervios. Sólo podía pensar en Anna y en lo que podía haberle ocurrido.

A las diez en punto seguía sin haber ni rastro de ella. Llamó al hotel, pero ella no había regresado ni había dejado mensaje alguno. Comprobó repetidamente su móvil para asegurarse de que estuviera encendido y ella pudiera establecer contacto con él en caso de que lo intentara.

Pidió cena para dos, pero cuando le sirvieron los platos, ya se le había pasado el apetito.

Hacia la medianoche regresó a la desierta habitación del hotel. Trató de leer un rato, pero no se pudo concentrar.

La voz de papel de lija de Chardin: «Las ruedas dentro de las ruedas... ésta fue nuestra manera de trabajar...». Strasser: «Una camarilla dentro de una camarilla... Lenz dijo que estaba haciendo un trabajo que cambiaría el mundo».

Se quedó dormido sobre la cama con la ropa puesta y todas las luces encendidas, y su sueño fue muy agitado.

Él y Peter estaban atados a sendas camillas, el uno al lado del otro; por encima de ellos estaba el doctor Gerhard Lenz con bata y mascarilla, vestido con su ropa de quirófano. Sus ojos claros eran, sin embargo, inconfundibles. «Los convertiremos a los dos en una sola persona —le estaba diciendo a un ayudante de enjuto rostro—. Les conectaremos los órganos de tal manera que ninguno de ellos será viable sin el otro. Juntos sobrevivirán... o juntos morirán.» Una mano enguantada blandía un escalpelo como si fuera un arco de violín, hundiéndolo en la carne con atrevidos y confiados trazos. El dolor era insoportable.

Luchando contra las ataduras, se volvió para ver el rostro de su hermano, mirándolo con un horror congelado.

—¡Peter! —gritó.

La boca de su hermano se quedó abierta y, bajo los potentes haces de luz, Ben pudo ver que a Peter le habían cortado la lengua. El fuerte olor a éter llenaba el aire cuando le colocaron a la fuerza una máscara negra sobre el rostro. Pero no le anestesió; si acaso, lo volvió más alerta y más consciente de los horrores que le estaban haciendo.

Se despertó a las tres de la madrugada.

Pero Anna aún no había regresado.

Siguió una larga noche sin sueños.

Trató de dormir un poco, pero no pudo. No soportaba no tener a nadie a quien llamar y nada que pudiera hacer para localizarla.

Se incorporó, trató de leer, pero no pudo enfocar la página. Sólo podía pensar en Anna.

«Dios mío, cuánto la quería.»

A las siete, aturdido y desorientado, llamó al mostrador de recepción por quinta vez para ver si Anna había llamado desde algún sitio en mitad de la noche.

Ningún mensaje.

Se duchó, se afeitó, pidió un desayuno al servicio de habitaciones.

Sabía que algo le había ocurrido a Anna; estaba seguro. No había ninguna posibilidad en absoluto de que se hubiera ido voluntariamente a algún sitio sin llamar.

Algo le había ocurrido.

Se bebió varias tazas de café solo muy cargado y después hizo un esfuerzo y se comió un panecillo duro.

Estaba aterrorizado.

En la Währinger Strasse hay un cibercafé, uno de los muchos que figuran en la guía telefónica de Viena. Éste se llamaba Internet Bar/Kaffehaus y resultó ser un local iluminado por unas chillonas luces fluorescentes, con unos cuantos iMacs sobre unas mesitas redondas de formica y una cafetera exprés. El suelo estaba pegajoso y el local olía a cerveza. Le cobraron cincuenta chelines austriacos por treinta minutos de conexión a Internet.

Tecleó la palabra *Semmering* en varios buscadores y obtuvo los mismos resultados cada vez: páginas de las estaciones de esquí y los hoteles de un pueblo de los Alpes austriacos, a unos noventa kilómetros de Viena.

Desesperado, consciente de que podía estar cometiendo un terrible error, buscó un teléfono público y llamó a la Fundación Lenz. Era el último lugar al que sabía que ella había ido. Era una locura casi inútil preguntar allí, pero ¿qué otra cosa podía hacer?

Pidió por el despacho de Jürgen Lenz y después preguntó a la ayudante de Lenz si una mujer llamada Anna Navarro había estado allí.

Le pareció que la mujer reconocía el nombre de Anna de inmediato y sin el menor titubeo. Pero, en lugar de contestar a su pregunta, la mujer le preguntó su nombre.

Ben se identificó como un «agregado» de la embajada de Estados Unidos.

—¿Con quién hablo? —quiso saber la mujer.

Facilitó un nombre falso.

—El doctor Lenz me ha pedido que anote el número para que él le pueda llamar después.

—La verdad es que no voy a estar en el despacho en todo el día. Déjeme hablar con el doctor Lenz, si es posible —dijo.

—El doctor Lenz no está disponible.

—Pues entonces, ¿tiene usted alguna idea de cuándo podré hablar con él? Es importante que hablemos.

—El doctor Lenz no está en su despacho —contestó fríamente la mujer.

—Bueno, tengo el teléfono de su domicilio particular. Probaré a ver si lo encuentro allí.

La secretaria titubeó.

—El doctor Lenz no está en Viena —señaló.

«No estaba en Viena.»

—Es que el mismo embajador me ha pedido que hable con él. Un asunto muy urgente.

—El doctor Lenz está con una delegación especial del Foro Internacional de la Salud Infantil... Los ha acompañado en un recorrido privado por algunas de nuestras instalaciones. No es ningún secreto. ¿Acaso el embajador quería reunirse con ellos? Me temo que ya es demasiado tarde.

«Demasiado tarde.»

Tras una pausa, la secretaria añadió:

—Se le puede llamar a usted al número general de la embajada de Estados Unidos, ¿verdad?

Ben colgó.

41

El tren a Semmering salió de la Südbahnhof de Viena unos cuantos minutos después de las nueve. Ben había dejado Viena sin firmar la cuenta del hotel.

Vestía unos vaqueros y su más abrigada parka de esquí y calzaba unos mocasines. El viaje de noventa kilómetros sería breve y mucho más rápido que alquilar un automóvil y circular por las tortuosas carreteras alpinas.

El tren atravesó un denso territorio, recorrió largos túneles y bordeó precipicios por encima de escarpados desfiladeros. Pasó por delante de verdes y suaves tierras de cultivo, edificios de piedra encalada con tejados rojos por detrás de los cuales se levantaban unas montañas de color gris hierro; después subió muy despacio por estrechos viaductos y atravesó impresionantes gargantas de piedra caliza.

El compartimento del tren estuvo casi todo el rato vacío; una luz ámbar iluminaba los asientos de alto respaldo tapizados con un feo tejido de sarga de color anaranjado. Pensó en Anna Navarro. Se encontraba en alguna clase de peligro. Estaba seguro.

Creía conocerla lo suficiente como para estar seguro de que jamás hubiera desaparecido voluntariamente. O se había ido repentinamente a algún sitio desde el cual no podía llamar o había sido llevada a la fuerza a otro sitio.

Pero ¿adónde?

Tras haberse reunido en el hotel de Viena, ambos se habían pasado un buen rato hablando de Lenz. Ben recordó lo que se le había escapado a la viuda de Gerhard Lenz... «¿Por qué lo ha enviado Lenz? ¿Viene aquí desde Semmering?» Y Strasser les había dicho que había enviado unos microscopios a una vieja clínica de los Alpes austriacos conocida como el Reloj.

Pero ¿qué había ahora en Sigma que tanto miedo le daba a la anciana? Evidentemente, había algo en marcha que tal vez guardaba relación con la cadena de asesinatos.

Anna estaba decidida a localizar la clínica de los Alpes en la certeza de que allí iba a encontrar las respuestas.

Lo cual sugería que, a lo mejor, se había ido en busca del Reloj. Y, en caso de que él estuviera equivocado —es decir, si ella no estuviera allí—, quizá al menos estaría más cerca de encontrarla.

Estudió el mapa Freytag & Berndt de la región de Semmering-Rax-Schneeberg que había comprado en Viena antes de salir y trató de elaborar un plan. Pero, sin saber dónde estaba la clínica o el centro de investigación, no sabía por dónde empezar.

La estación de Semmering era una modesta estructura de dos pisos, delante de la cual sólo había un banco de color verde y una máquina expendedora de Coca-Cola. En cuanto bajó del tren, se sintió azotado por un viento glacial; las diferencias climáticas entre Viena y los Alpes austriacos situados más al sur eran muy notables. Allí el frío era vigorizante. Al cabo de varios minutos de subir por la empinada y tortuosa carretera que conducía a la ciudad, las orejas y las mejillas le empezaron a doler a causa del intenso frío.

Y, mientras caminaba, empezó a abrigar dudas. «¿Qué estoy haciendo? —se preguntó—. Y si Anna no está aquí, ¿qué?»

La aldea de Semmering era muy pequeña. Tenía una sola calle, la Hochstrasse, la calle mayor, bordeada de *Gasthauses*, de fondas y posadas, y se asentaba en la cara sur de una montaña, por encima de la cual se levantaban unos impresionantes hoteles de temporada y sanatorios. Hacia el norte estaba el Höllental, el Valle del Infierno, una profunda garganta excavada por el río Schwarza.

Por encima del banco de la Hochstrasse había una pequeña oficina de información turística presidida por una muchacha sin pretensiones.

Ben le explicó que estaba interesado en practicar senderismo por la región de Semmering y le pidió una *Wanderkarte*, un mapa de itinerarios a pie. La mujer, que estaba claro que no tenía otra cosa que hacer, le facilitó uno y se pasó un rato señalándole algunos senderos especialmente pintorescos.

—Puede seguir, si quiere, el histórico ferrocarril de Semmering... donde hay una vista panorámica en la que se puede ver el tren circulando por el túnel de Weinzettlwand. Hay también un paraje precioso en el que se tomó la fotografía que aparece en el viejo billete de veinte chelines. Y una soberbia vista de las ruinas del castillo de Klamm.

—Vaya —dijo Ben, fingiendo interés. Después añadió como quien no quiere la cosa—: Me han dicho que por aquí hay una especie de famosa clínica privada que ocupa un antiguo *Schloss*. El Reloj, creo que se llama.

—¿El Reloj? —dijo la chica, mirándolo desconcertada—. *Uhrwerken?*

—Una clínica privada... quizá más bien un centro de investigación, un instituto científico, un sanatorio para niños enfermos.

En los ojos de la mujer pareció encenderse un destello de reconocimiento —¿o acaso Ben lo imaginó?—, pero ésta meneó la cabeza.

—No sé de qué me habla, señor. Lo siento.

—Creo que alguien me dijo que esta clínica era propiedad de un tal doctor Jürgen Lenz...

—Lo siento —repitió ella demasiado rápido. De pronto, había adquirido una expresión malhumorada. —No hay tal clínica.

Ben bajó un poco más por la Hochstrasse hasta llegar a lo que parecía una combinación entre una *Gasthaus* y un pub. Delante había una alta pizarra negra rematada por un letrero verde de la cerveza Wieninger y debajo una invitación en un rollo pintado de pergamino que decía: «*Herzlich Willkommen*»... Cordial bienvenida. Los platos especiales del día se anunciaban en audaces letras blancas de tiza.

Dentro estaba oscuro y olía a cerveza. Aunque no era todavía el mediodía, tres corpulentos sujetos estaban bebiendo unas jarras de cerveza. Ben se les acercó.

—Busco un viejo *Schloss* de por aquí que alberga una clínica de investigación cuyo propietario es un hombre llamado Jürgen Lenz. El viejo Reloj.

Los hombres lo miraron con recelo. Uno de ellos les murmuró algo a los demás y éstos le contestaron en susurros. Ben oyó las palabras «Lenz» y «*Klinik*».

—No, por aquí no hay nada.

Una vez más, Ben intuyó un inconfundible antagonismo. Estaba seguro de que aquellos hombres ocultaban algo, por cuyo motivo deslizó varios billetes de mil chelines sobre la mesa y empezó a juguetear distraídamente con ellos. No había tiempo para las sutilezas.

—Bueno, pues muchas gracias —dijo, volviéndose para marcharse. Después, como si hubiera olvidado algo, se volvió—. Por cierto, si alguno de ustedes tiene algún amigo que pudiera saber algo acerca de esta clínica, díganle que le pagaré la información. Soy un empresario norteamericano que busca algunas oportunidades de inversión.

Abandonó el pub y permaneció un momento de pie delante del edificio. Un grupo de hombres en vaqueros y chaquetas de cuero pasaron por su lado hablando tranquilamente en ruso con las manos en los bolsillos. Le pareció absurdo preguntarles.

Unos segundos después, alguien le dio una palmada en el hombro. Era uno de los hombres del pub.

—Ejem, ¿cuánto está dispuesto a pagar por esa información?

—Yo diría que si la información es exacta, para mí vale un par de miles de chelines austriacos.

El hombre miró furtivamente a su alrededor.

—Primero el dinero, por favor.

Ben lo estudió un momento y después le entregó dos billetes. El hombre lo acompañó unos cuantos metros calle abajo y después le señaló la escarpada montaña. Alojado en la ladera del pico nevado y rodeado por una multitud de frondosos abetos cubiertos de nieve congelada, se podía ver un castillo medieval, con una fachada barroca y una dorada torre de reloj.

Semmering.

La clínica adonde el asesor científico de Hitler, Josef Strasser, había enviado un sofisticado equipo científico varias décadas atrás.

La clínica a la que Jürgen Lenz invitaba a unos cuantos niños afortunados, aquejados de una terrible enfermedad.

La clínica que, según lo que había averiguado por medio de la secretaria de Lenz, una delegación de dirigentes y dignatarios mundiales había acudido a visitar.

Y a la que Anna podía haber ido. ¿Sería posible?

Por supuesto que era posible; en cualquier caso, era lo único que él tenía.

El Reloj estaba allí desde el principio, oculto a la vista de todo el mundo, pero él lo había podido ver al subir desde la estación del ferrocarril. Era la propiedad más grande que se podía ver desde cualquier lugar a muchos kilómetros a la redonda.

—Espléndido —dijo Ben en voz baja—. ¿Conoce a alguien que haya estado dentro alguna vez?

—No. No se permite la entrada a nadie. Allí hay mucha seguridad. Está muy aislado y nunca se puede entrar.

—Pero bueno, tienen que contratar a trabajadores de por aquí.

—No. A todos los trabajadores los trasladan en helicóptero desde Viena y tienen sus viviendas aquí. Hay un helipuerto, lo puede ver si mira bien.

—¿Y qué hacen allí, usted lo sabe?

—Yo sólo oigo cosas.

—¿Como qué?

—La gente dice que hacen cosas raras. Ves a unos niños de extraño aspecto que llegan en autocares...

—¿Usted sabe quién es el propietario?

—Tal como usted ha dicho, ese Lenz. Su padre era un nazi.

—¿Desde cuándo es el propietario?

—Desde hace mucho tiempo. Creo que su padre la adquirió después de la guerra. Durante la guerra, el *Schloss* fue utilizado por los nazis como centro de mando. Lo llamaban el *Schloss Zerwald*... Éste era el antiguo nombre de Semmering desde la Edad Media. Lo construyó uno de los príncipes Esterházy en el siglo xvii. Durante algún tiempo a finales del siglo pasado estuvo abandonado, tal como usted dice, y después se utilizó durante unos veinte años como fábrica de relojes. Los más veteranos de por aquí lo siguen llamando el *Uhrwerken*. ¿Cómo lo llama usted...?

—El Reloj. —Ben sacó otro billete de mil chelines—. Y ahora, sólo unas cuantas preguntas más.

• • •

Un hombre permanecía de pie a su lado como una vaga sombra amenazadora, un hombre vestido con bata blanca cuyo rostro entraba y salía constantemente del foco de su visión. Tenía el cabello gris, hablaba en voz baja y hasta sonreía. Parecía amable, y ella hubiera deseado comprender lo que estaba diciendo.

Se preguntó qué le ocurría, pues no podía incorporarse: ¿había sufrido un accidente? ¿Había sido un ataque de hemiplejia? Se llenó repentinamente de pánico. Oyó una vez que decía: «... haberle tenido que hacer eso, pero la verdad es que no tuvimos más remedio».

Un acento, tal vez alemán o suizo.

¿Dónde estoy?

Y después: «... un tranquilizante disociativo...»

Alguien le estaba hablando en inglés con una especie de acento centroeuropeo.

Y: «... lo más cómoda posible mientras esperamos a que la ketamina se elimine de su sistema».

Ahora empezó a recordar cosas. El sitio en el que se encontraba era un mal sitio, un sitio acerca del cual había sentido antaño una gran curiosidad, pero en el que ahora hubiera deseado no encontrarse.

Conservaba confusos recuerdos de una lucha, de haber sido agarrada por varios hombres de fuerte complexión, de haber sido pinchada con algo afilado. Después de eso, nada.

El hombre del cabello gris, que ahora ella intuía que era un hombre muy malo, había desaparecido, y ella cerró los ojos.

Cuando los volvió a abrir, estaba sola. Se le había despejado la cabeza. Se sentía magullada por todas partes y se dio cuenta de que la habían atado a una cama.

Levantó la cabeza todo lo que pudo, lo cual no era mucho porque tenía una correa ajustada alrededor del pecho. Pero fue suficiente para ver las esposas y las correas con las cuales estaba atada e inmovilizada en una camilla de hospital. Eran sujeciones médicas de poliuretano, de aquellas que también se fabricaban en cuero y se utilizaban en los manicomios para los pacientes más violentos y peligrosos. Se llamaban «sujeciones humanas» y ella misma las había utilizado en sus días de instrucción.

Tenía las muñecas esposadas, cerradas y ajustadas por medio de una larga cadena a un cinturón que también estaba cerrado con llave. Lo mismo ocurría con los tobillos. Tenía los brazos escoriados y doloridos, señal de que había luchado con todas sus fuerzas.

Las sujeciones estaban codificadas por colores: rojo para las muñecas, azul para los tobillos. Estas sujeciones pertenecían a una serie más reciente que las que ella había utilizado, pero el cierre seguro que no había cambiado. Recordó que la llave era pequeña, plana y sin dientes, recta por un lado y ahusada por el otro, hasta llegar a una punta en forma de cuña.

Recordó que las sujeciones hospitalarias eran muy fáciles de romper, siempre y cuando uno supiera cómo, pero para eso necesitaría un sujetapapeles o algo por el estilo, un trozo de alambre metálico recto y rígido.

Estiró la cabeza y examinó la voluminosa máquina de la anestesia a un lado de la cama y, al otro, el carrito metálico a sólo unos pocos y tentadores palmos de distancia.

Tenía ocho cajones. Encima de él se podían ver varios artículos médicos dispersos, vendas y fórceps, tijeras y un paquete estéril de agujas imperdibles.

Pero no había manera de alcanzarlo.

Intentó mover el cuerpo a la izquierda, hacia el reluciente carrito, en la esperanza de aflojar las sujeciones, pero no lo consiguió. Volvió a intentarlo, esta vez con violencia, mediante un repentino y fuerte tirón que no sirvió de nada; lo único que se movió fue la cama propiamente dicha, que debía de tener ruedas.

«Ruedas.»

Permaneció un momento en silencio, prestando atención por si pudiera oír acercarse algunas pisadas. Después volvió a tirar de las sujeciones y notó que las ruedas se desplazaban lo que a ella le parecieron tres o cuatro centímetros.

Animada por el movimiento, por muy pequeño que éste hubiera sido, volvió a provocar otra sacudida. Las ruedas recorrieron otra minúscula distancia.

Pero el carrito seguía pareciendo tan lejano e inalcanzable como el espejismo de un lago para un sediento en el desierto.

Descansó un momento, con el cuello contraído por unos espasmos de dolor.

Después, volvió a hacer acopio de toda su fuerza y, procurando no pensar en lo lejos que estaba el carrito, tiró de las sujeciones y ganó quizá tres centímetros más.

Tres centímetros, respecto a unos palmos, le parecieron un simple paso en la maratón de Nueva York.

Oyó unas pisadas en el pasillo y unas voces cada vez más cercanas, y se quedó inmóvil, dando un descanso al dolorido cuello mientras esperaba a que se alejaran las voces.

Una embestida a la izquierda y la camilla avanzó otros seis centímetros.

No quería pensar en lo que iba a hacer cuando llegara al carrito; eso era otro desafío completamente distinto. Tenía que seguir avanzando.

Tres centímetros cada vez.

Otros tres centímetros. Y otros tres. El carrito no estaba a mucho más de un palmo de distancia. Dio otro tirón y ganó otros tres centímetros, y entonces el hombre del cabello gris entró en la estancia.

Jürgen Lenz, tal como él mismo se hacía llamar. Pero ahora ella ya conocía la asombrosa verdad.

Jürgen-Lenz-que-no-era-Jürgen-Lenz.

42

Al final de la Hochstrasse Ben encontró una tienda de artículos deportivos que ofrecía una amplia variedad de equipos para el turista y el deportista. Alquiló un par de esquís de travesía y preguntó dónde podría alquilar un automóvil.

No había ningún sitio en varios kilómetros.

Aparcada al lado de la tienda había una motocicleta BMW que parecía vieja y decrépita pero todavía funcionaba. Cerró un trato con el chico que llevaba la tienda y que era el propietario de la motocicleta.

Con los esquís amarrados con correas a la espalda, se dispuso a cruzar la cresta del paso Semmering hasta llegar a un anónimo y estrecho camino de tierra sin identificar que serpenteaba por la empinada ladera a través de una cañada que conducía al *Schloss*. El camino estaba helado y lleno de rodadas; estaba claro que lo habían utilizado recientemente varios camiones y otros vehículos pesados.

Cuando había conseguido subir tal vez unos cuatrocientos metros, llegó a un letrero de color rojo que decía: «betreten verboten-privatbesitz»: Prohibido el paso — Propiedad privada.

Justo un poco más allá del letrero había una barrera de protección cuyo brazo estaba pintado a rayas amarillas y negras con pintura reflectante. Al parecer, disponía de control electrónico, pero Ben pudo saltar fácilmente por encima de ella y después empujar por debajo la motocicleta ligeramente inclinada.

No ocurrió nada: ni un claxon ni timbres de alarma.

Siguió subiendo por el camino a través de unos bosques cubiertos de nieve y, en cuestión de unos minutos, llegó a un alto y almenado muro de piedra. Aparentaba varios siglos de edad, aunque había sido recientemente restaurado.

En lo alto del muro se elevaban varios palmos de fino alambre tendido en sentido horizontal. Desde cierta distancia, aquel añadido no era visible, pero ahora Ben lo vio con toda claridad. Probablemente estaba electrificado, pero él no quería escalar el muro y averiguarlo de la peor manera.

En vez de eso, siguió avanzando unos cuantos metros a lo largo del muro hasta llegar a lo que parecía ser la verja principal, de un metro y medio de anchura por tres de altura, aparentemente de hierro forjado y con profusos adornos de volutas. Al verla más de cerca, Ben se dio cuenta de que la valla era de acero pintado de tal manera que pareciera hierro y que estaba enteramente protegida por una reja de alambre. Aquello era sin duda un dispositivo de máxima seguridad, destinado a inutilizar los esfuerzos de los intrusos. Se preguntó si estaba hecho para mantener a la gente fuera... o bien dentro.

«¿Habría Anna conseguido entrar?, se preguntó. ¿Sería posible? ¿O acaso la mantenían prisionera?»

El camino de tierra terminaba a unas cuantas decenas de metros de la verja. Más allá brillaba la nieve virgen. Aparcó la motocicleta, se colocó los esquís y avanzó sobre la nieve, manteniéndose pegado al muro.

Su propósito era examinar todo el perímetro de la propiedad o, por lo menos, todo lo que fuera posible inspeccionar, en la esperanza de descubrir algún agujero en las medidas de seguridad, algún posible punto de entrada. Pero la tarea no parecía demasiado prometedora. La nieve era blanda y la capa era muy gruesa, por lo que se hundía, y los ventisqueros y las dunas, cuya capa era todavía más profunda, dificultaban sus maniobras. No le resultó más fácil ni siquiera cuando le hubo cogido el tranquillo, pues entonces el terreno se volvió más empinado.

El suelo junto al muro se fue elevando hasta que muy pronto Ben pudo mirar por encima de éste.

El resplandor de la nieve lo obligaba a entrecerrar los ojos, pero ahora ya podía distinguir el *Schloss,* un irregular edificio de piedra, más horizontal que vertical. A primera vista hubiera podido parecer una atracción turística, pero entonces vio una pareja de guardias vestidos con unas guerreras de estilo militar patrullando por la propiedad con sendas metralletas en la mano.

Fuera lo que fuera lo que ocurría dentro de aquellas paredes, no era una cuestión de mera investigación.

Lo que vio a continuación le provocó un profundo sobresalto. No lo entendía, pero en el interior de aquella zona vallada había unos niños, docenas y docenas de niños harapientos, reunidos a la intemperie en medio del frío. Volvió a mirar entrecerrando los ojos para protegerse del resplandor de la nieve.

¿Quiénes eran?

¿Y por qué estaban allí?

Aquello no era un sanatorio, eso seguro; se preguntó si serían prisioneros.

Esquió cuesta arriba cubriendo una breve distancia, acercándose lo suficiente como para verlo mejor pero no tanto como para perder la línea de visión detrás del alto muro de piedra.

Dentro, pegada al muro, había una zona vallada del tamaño de una manzana urbana. En su interior se levantaban varias tiendas de campaña de estilo militar, llenas de niños. Parecía un poblado de chabolas cuyos habitantes fueran unos jóvenes de algún país de la Europa oriental. La valla de acero que lo rodeaba estaba rematada por unos rollos de alambre de cuchillas, la versión más moderna del alambre de púas.

Era una extraña visión. Ben meneó la cabeza como para disipar la posible ilusión óptica, y volvió a mirar. Sí. Había niños, algunos pequeños y otros adolescentes, de aspecto descuidado y sin afeitar, fumando y hablando a gritos los unos con los otros; muchachas con pañuelos en la cabeza, andrajosos vestidos de campesina, raídos abrigos; todo un enjambre de niños.

Ben había visto metrajes de noticias sobre gente como aquélla. Quienesquiera que fueran, de dondequiera que fueran, ofrecían el inconfundible aspecto de los jóvenes paupérrimos obligados a abandonar sus hogares a causa de la guerra: refugiados bosnios, fugitivos de los conflictos de Kosovo y Macedonia, grupos étnicos albaneses tal vez.

¿Estaba Lenz acogiendo a refugiados de guerra en los terrenos de su clínica?

¿Jürgen Lenz, el humanitario, dando cobijo a refugiados y a niños enfermos?

Improbable.

Aquello no tenía la menor pinta de ser un refugio. Aquellos niños del campo estaban apretujados en un poblado de tiendas de campaña, mal vestidos y muertos de frío. Y había unos grupos armados. Aquello parecía más bien una especie de campo de internamiento.

Después oyó un grito procedente del campamento, una voz adolescente. Alguien de allí dentro había detectado su presencia. Al grito se unieron otros de inmediato, los desventurados internos lo estaban saludando con la mano, haciéndole señas de que se acercara, llamándolo. Comprendió enseguida lo que querían.

Querían que los liberaran.

Querían su ayuda. Lo veían como a un salvador, alguien de fuera que podía ayudarlos a escapar. Se le revolvió el estómago y se estremeció, aunque no de frío.

«¿Qué les estaban haciendo?» De pronto, se oyó un grito desde otra dirección y uno de los guardias apuntó con su arma a Ben. Ahora varios guardias le estaban gritando y haciéndole señas de que se fuera.

La amenaza estaba clara: fuera de la propiedad privada o te pegamos un tiro.

Oyó un tiroteo y, al volverse, vio una rociada de balas agujereando la nieve a pocos metros a su izquierda.

No era una broma y tenían muy poca paciencia.

Allí los niños refugiados eran prisioneros. ¿Y Anna? ¿Estaría allí dentro también?

«Por favor, Dios mío, confío en que esté bien. Espero que esté viva.»

No sabía si desear que estuviera dentro... o rezar para que no lo estuviera.

Ben dio media vuelta y empezó a bajar por la ladera de la montaña.

—Bueno, ya veo que ahora ya está más despierta —dijo Lenz, sonriendo alegremente. Se detuvo al pie de su cama y entrelazó las manos—. Ahora quizá será tan amable de decirme a quién ha revelado mi verdadera identidad.

—Váyase a la mierda.

—Mejor no —dijo él tranquilamente—. En cuanto se le pasen los efectos de la ketamina —consultó su reloj de oro—, lo cual ocurrirá dentro de no más de media hora, le vamos a inyectar por vía intravenosa unos cinco miligramos de un potente opiáceo que se llama Versed. ¿Se lo han administrado alguna otra vez? ¿Durante alguna intervención quirúrgica, quizá?

Anna lo miró con semblante inexpresivo.

Él siguió adelante, impertérrito.

—Cinco miligramos es aproximadamente la dosis adecuada para que esté relajada pero pueda seguir respondiendo. Estará un poco nerviosa, pero se le pasará en unos diez segundos y después se sentirá más tranquila de lo que jamás se haya sentido en su vida. Toda su angustia se disipará. Es una sensación maravillosa. —Ladeó la cabeza como un pájaro—. Si le inyectáramos un solo bolo de esta droga, usted dejaría de respirar y probablemente moriría. Por consiguiente, lo tenemos que triturar muy despacio durante ocho o diez minutos. No queremos de ninguna manera que le ocurra nada.

Anna soltó un gruñido con el que esperaba transmitir no sólo escepticismo sino también sarcasmo. A pesar de su serenidad químicamente inducida, se sentía profundamente asustada.

—Usted será encontrada muerta en su automóvil de alquiler, como una víctima más del estado de embriaguez...

—Yo no he alquilado ningún automóvil —dijo ella con voz pastosa.

—Vaya si lo ha alquilado. O más bien otra persona lo ha hecho en su nombre, utilizando su tarjeta de crédito. La detuvieron anoche en una localidad cercana. Su nivel de alcoholemia era de dos coma cinco, lo cual explica sin duda la razón de su accidente. Se pasó la noche retenida en un calabozo y después la soltaron. Ése es el problema que tienen los bebedores... nunca aprenden.

Ella no dio muestras de reaccionar. Pero su mente corría, tratando desesperadamente de encontrar un camino que le permitiera salir del laberinto. Tenía que haber fallos en el plan que él había elaborado, pero ¿dónde?

Lenz añadió:

—Mire, Versed es el suero de la verdad más eficaz que jamás se haya inventado, aunque no estuviera destinado a este uso. Todas las drogas que ha probado la CIA, como el pentotal de sodio o la escopolamina, nunca han dado resultado. En cambio, con una dosis correcta de Versed, usted se verá tan libre de sus inhibiciones que me dirá todo lo que yo quiero saber. Y aquí viene lo más mágico: después, usted no recordará nada. Hablará y hablará con absoluta lucidez y, sin embargo, en cuanto le pongan el gota a gota, no recordará nada de lo ocurrido. Es algo realmente extraordinario.

Entró en la estancia una enfermera de mediana edad, bajita y de anchas caderas. Empujaba un carrito de instrumental —tubos, manguitos de medir la presión arterial, jeringas— y empezó a prepararlo todo. Miró recelosamente a Anna mientras llenaba unas cuantas jeringas con el contenido de unas ampollitas y les aplicaba unas etiquetas previamente impresas.

—Ésta es Gerta, su anestesista-enfermera. Es una de las mejores que tenemos. Está usted en buenas manos.

Lenz saludó brevemente a Anna con la mano y abandonó la estancia.

—¿Cómo se encuentra? —preguntó Gerta con una indiferente y severa voz de contralto mientras colgaba una bolsa de un líquido claro en el soporte del gota a gota a la izquierda de la cama de Anna.

—Bastante... atontada... —dijo ella mientras su voz se perdía y sus ojos parpadeaban como si estuvieran a punto de cerrarse. Pero estaba totalmente despierta y había elaborado un plan experimental.

Gerta hizo algo con un objeto que sonaba como un tubo de plástico. Al poco tiempo, dijo:

—Muy bien, ahora vuelvo. El doctor quiere esperar hasta que la ketamina se haya eliminado prácticamente de su sistema. Si empezáramos ahora con el Versed, usted podría dejar de respirar. En cualquier caso, tengo que ir al gabinete de anestesia. Esta sonda sat no sirve para nada.

Cerró la puerta a su espalda.

Anna abrió los ojos y arrojó el cuerpo con toda la fuerza que pudo hacia la izquierda, aumentando el impulso mediante las manos esposadas. Era un movimiento que ya estaba empezando a dominar. La cama pareció acercarse varios centímetros al carrito del instrumental. No había tiempo para descansar. Un nuevo intento y ya estaría allí.

Levantó los hombros todo lo que le permitieron las sujeciones y empujó el rostro contra la fría parte superior del canto del carrito. Por el rabillo del ojo izquierdo pudo ver las agujas imperdibles que se utilizaban para asegurar los vendajes en sus cuadrados envases de blísteres esterilizados, justo a unos cuatro o cinco centímetros de distancia.

Pero todavía lejos de su alcance. Si giraba la cabeza todo lo que podía a la izquierda casi podía ver directamente el envase de agujas imperdibles. Los tendones de su cuello y de la parte superior de su espalda estaban tan estirados que le empezaron a temblar. El dolor se volvió rápidamente insoportable.

Después, como un niño que se burlara, sacó la lengua todo lo que pudo. Unos minúsculos puntos de dolor le pincharon la parte inferior de la lengua alrededor de la raíz.

Finalmente bajó la estirada lengua hasta la superficie del carrito como si fuera una pala mecánica. Tocó el plástico del paquete y poco a poco echó la cabeza hacia atrás acercando el paquete hasta el borde del carrito. Justo antes de que éste se quedara balanceándose en equilibrio junto al borde, lo atrapó entre sus dientes.

Una pisada, y se abrió la puerta de su habitación.

Con la rapidez de una serpiente de cascabel se volvió a estirar en la cama con el paquete de blísteres oculto bajo la lengua y los afilados bordes asomando por su base. «¿Cuánto habría visto?» La enfermera se estaba acercando a ella. Anna experimentó un acceso de náuseas, pero mantuvo el paquete en el interior de la boca cerrada.

—Pues sí —dijo Gerta—, a veces la ketamina provoca náuseas, eso es lo que hace. Veo que está despierta.

Anna emitió un gemido de queja a través de la boca cerrada y bajó los párpados. La saliva se acumuló detrás de sus dientes frontales. Hizo un esfuerzo por tragar.

Gerta rodeó la cama para situarse a la derecha de Anna y empezó a rebuscar algo junto a la cabecera de la cama. Anna cerró los ojos y procuró que su respiración sonara regular.

Pocos minutos después la enfermera se volvió a retirar y cerró suavemente la puerta a su espalda.

Esta vez regresaría mucho antes, Anna lo sabía. Tenía sangre en la boca, procedente del lugar donde el paquete le había cortado el blando tejido. Se lo acercó a los labios con la lengua y después lo escupió hacia delante. Aterrizó justo en el dorso de su mano izquierda. Se frotó las manos la una contra la otra y acercó el dedo índice, colocándose el paquete de agujas imperdibles en el puño.

Ahora se movió rápidamente. Sabía lo que estaba haciendo porque más de una vez había abierto con ganzúa aquellas cerraduras cuando perdía la llave y le daba vergüenza pedir otra.

El envase se desprendió con cierta dificultad, pero después ella no tuvo ningún problema en doblar la punta de la aguja imperdible para separarla del corchete que la mantenía sujeta.

Primero la esposa izquierda. Insertó la punta de la aguja en la cerradura, empujó las clavijas interiores a la izquierda y después a la derecha, y se abrió la cerradura.

¡Tenía la mano izquierda libre!

Estaba alborozada. Ahora ya con más rapidez liberó la mano derecha y la correa de sujeción y justo en aquel momento se abrió la puerta con un sordo chirrido. Gerta había regresado.

Anna introdujo de nuevo las manos en las esposas de poliuretano para que pareciera que aún estaban ajustadas, y cerró los ojos.

Gerta se acercó a la cama.

—La he oído moverse aquí dentro.

El corazón le latía tan fuerte que a la fuerza se tenía que oír.

Anna abrió lentamente los ojos y miró como si los tuviera desenfocados.

—Le digo que ya me estoy cansando —dijo Gerta en tono amenazador—. Creo que está fingiendo —añadió por lo bajo—. Por consiguiente, tendremos que arriesgarnos.

No, Dios mío.

La enfermera le aplicó un torniquete de goma al brazo izquierdo hasta que súbitamente apareció la vena y entonces se volvió de espaldas para colocar la abrazadera de la corriente venosa al tubo del gota a gota. Con un rápido movimiento de tortuga mordedora, Anna sacó las manos de las esposas abiertas y trató en silencio de deshacer el torniquete, «muy en silencio, tiene que ser en silencio», pero Gerta oyó el chasquido de la goma y se volvió y, mientras lo hacía, Anna se incorporó en la cama todo lo que le permitió la correa que le inmovilizaba el pecho y atrapó el cuello de la enfermera en el hueco del codo derecho como en un extraño gesto de afecto. Tiró del tubo de goma con un brusco movimiento y lo soltó con violencia contra el grueso cuello de Gerta.

Un gemido.

Gerta agitó ambas manos, se las acercó al cuello, trató de introducir los dedos bajo el garrote, no tuvo éxito, las uñas de los dedos le rascaban el propio cuello mientras se retorcía desesperadamente. Se le puso la cara morada. Jadeaba e intentaba aspirar aire. Las trémulas manos de Gerta se aflojaron; probablemente estaba perdiendo el conocimiento.

En cuestión de pocos minutos, Anna, casi entumecida a causa del esfuerzo, consiguió amordazar y esposar a la enfermera a la barandilla de la cama. Abrió las esposas de los tobillos, se deslizó fuera de la cama, sintiéndose el cuerpo rebosante de vigor, y esposó también a Gerta a la máquina de la anestesia, que no se podía mover fácilmente.

Le quitó a Gerta el llavero que le colgaba del cinturón y miró hacia el carrito de la anestesia.

Estaba lleno de armas. Tomó un puñado de agujas hipodérmicas envasadas y varias ampollitas de cristal de distintos medicamentos, pero entonces recordó que llevaba puesta una bata de hospital sin bolsillos.

En el armario de suministros hospitalarios colgaban dos chaquetas de algodón blanco. Se puso una. Se guardó las cosas robadas en ambos bolsillos y abandonó corriendo la habitación.

43

El despacho de registros de la zona de Semmering ocupaba una pequeña habitación del sótano de un edificio de estilo bávaro que albergaba a toda una serie de trabajadores municipales. Había varias hileras de archivadores verdes, colocados según el número de la parcela de tierra.

—El *Schloss* Zerwald no es accesible al público —dijo categóricamente la mujer de cabello blanco que estaba al frente del despacho—. Forma parte de la Clínica de Semmering. Es estrictamente privado.

—Eso ya lo sé —dijo Ben—. Lo que a mí me interesa son los viejos mapas.

Al explicarle que era un investigador que estaba haciendo un trabajo sobre los castillos de Alemania y Austria, la mujer lo miró con vaga expresión de reproche, como si acabara de aspirar un olor a podrido, pero ordenó a su trémula ayudante, una adolescente, que sacara el mapa de la propiedad de uno de los cajones que se alineaban a lo largo de la pared lateral de la estancia. Era un sistema de archivo muy complicado, pero la mujer de cabello blanco sabía exactamente dónde encontrar los documentos que Ben quería.

El mapa se había imprimido a principios del siglo XIX. El propietario de la parcela, que en aquella época ocupaba buena parte de la ladera de la montaña, estaba identificado como J. Esterházy. Toda una serie de crípticas marcaciones recorrían la parcela.

—¿Y eso qué significa? —preguntó Ben, señalándolo con el dedo.

La anciana frunció el entrecejo.

—Las cuevas —dijo—. Las cuevas de piedra caliza de la montaña.

Unas cuevas. Era una posibilidad.

—¿Las cuevas atraviesan la propiedad del *Schloss*?

—Sí, claro —contestó la mujer con impaciencia.

O sea, por debajo del *Schloss*. Tratando de reprimir su emoción, Ben preguntó:

—¿Me puede hacer una copia de este mapa?

Una mirada hostil.

—Serán veinte chelines.

—Muy bien —dijo él—. Dígame una cosa: ¿Hay algún plano de la planta baja del *Schloss* en algún sitio?

El joven dependiente de la tienda de artículos deportivos examinó el plano de la propiedad como si fuera un problema de álgebra insoluble. Al explicarle Ben que las marcaciones indicaban una cadena de cuevas, el dependiente se mostró inmediatamente de acuerdo.

—Sí, las antiguas cuevas están situadas debajo del *Schloss* —dijo—. Hasta creo que antes había un acceso al castillo desde las cuevas, pero eso fue hace mucho tiempo y ahora debe de estar bloqueado.

—¿Ha estado usted en las cuevas?

El joven dependiente lo miró consternado.

—No, por supuesto que no.

—¿Conoce a alguien que haya estado?

El dependiente lo pensó un momento.

—*Ja*, creo que sí.

—¿Cree que estaría dispuesto a acompañarme hasta allí, a hacerme de guía?

—Lo dudo.

—¿Se lo puede preguntar?

—Se lo preguntaré, pero no le aseguro nada.

Ben no esperaba a un hombre de unos setenta años, pero eso fue lo que entró en la tienda media hora después. Era bajito y nervudo, con unas orejas en forma de coliflor y una larga y deforme nariz, un tórax abombado como el de una paloma y unos brazos fibrosos. En cuanto entró, se puso a hablar rápidamente y en tono irritado en alemán con el dependiente, pero se calló al ver a Ben.

Ben le dijo hola, y él asintió con la cabeza.

—Es un poco viejo, la verdad —le dijo Ben al vendedor—. ¿No hay alguien más joven y más fuerte?

—Hay alguien más joven, pero no más fuerte —dijo el viejo—. Y nadie conoce mejor las cuevas. En cualquier caso, no estoy tan seguro de querer hacerlo.

—Ah, habla usted inglés —dijo Ben, sorprendido.

—Casi todos nosotros aprendimos inglés durante la guerra.

—¿Sigue habiendo un acceso al *Schloss* desde las cuevas?

—Lo había. Pero ¿por qué tendría yo que ayudarle?

—Tengo que entrar en el *Schloss*.

—No se puede. Ahora es una clínica privada.

—Pero yo tengo que entrar.

—¿Por qué?

—Digamos que es por unos motivos personales que valen mucho dinero para mí. —Le dijo al austriaco lo que estaba dispuesto a pagar por sus servicios.

—Necesitaremos equipo —dijo el hombre—. ¿Sabe escalar?

Se llamaba Fritz Neumann y llevaba más tiempo recorriendo las cuevas de la zona de Semmering del que Ben llevaba vivo. Era también inmensamente fuerte, pero ágil y ligero.

Hacia el final de la guerra, cuando él era un niño de ocho años, sus padres se habían incorporado a un grupo de la resistencia integrado por obreros católicos que combatían en secreto contra los nazis, los cuales habían invadido su zona de Austria. Los nazis se habían apoderado del viejo Reloj y lo habían convertido en un puesto de mando regional.

Sin que los nazis que vivían y trabajaban en el *Schloss* lo supieran, había muy cerca del sótano del viejo castillo un espacio angosto por el que sólo podía avanzar a rastras una persona, con una estrecha entrada a una cueva de piedra caliza que se abría bajo la propiedad del castillo. En efecto, el *Schloss* se había construido deliberadamente sobre aquella boca porque los moradores iniciales, preocupados por los ataques contra su plaza fuerte, habían querido disponer de una salida secreta. A lo largo de los siglos la boca de la cueva había caído en buena parte en el olvido.

Pero durante la guerra, cuando los nazis requisaron el Reloj, los miembros de la Resistencia se dieron cuenta de que estaban en posesión de un dato crucial que les permitiría espiar a los nazis, cometer actos de sabotaje y subversión... y, si actuaban con cautela, hacerlo sin que los nazis averiguaran siquiera cómo lo habían hecho.

La Resistencia había sacado a docenas de prisioneros del *Schloss* y los nazis jamás habían comprendido cómo lo habían hecho.

Siendo un niño de ocho años, Fritz Neumann había ayudado a sus padres y a sus amigos y se había aprendido de memoria los intrincados pasadizos de la cueva.

Fritz Neumann fue el primero en apearse del telesilla, seguido inmediatamente por Ben. La zona de esquí se encontraba en la cara norte de la montaña. El *Schloss* estaba al otro lado, pero a Neumann le había parecido más fácil alcanzar la boca de la cueva de aquella manera.

Sus esquís estaban dotados de esas fijaciones que se usan para el esquí de fondo que permiten liberar el talón pero se pueden bloquear para las bajadas. Y, lo más importante, esas fijaciones les permitían calzar botas de montañismo en lugar de botas de esquí. Neumann se había encargado del equipo de ambos: crampones flexibles de doce puntas, de esos que solían utilizar los escaladores austriacos sobre el hielo duro, linternas frontales Petzl, piolets con muñequera, pitones, arneses, mosquetones de escalada y demás.

Cosas todas ellas fáciles de encontrar en la tienda.

Las armas que Ben quería no eran fáciles de encontrar. Pero aquélla era una tienda de cazadores y unos cuantos amigos del viejo tenían pistolas y también escopetas de caza y más de uno estaba dispuesto a cerrar un trato.

Con pasamontañas de lana en la cabeza, pantalones a prueba de viento y polainas, finos guantes de propileno y mochilas de alpinismo, ascendieron a la cima esquiando y después se ajustaron las fijaciones para el largo descenso por la cara sur. Ben se consideraba un buen esquiador, pero Neumann, que era más veterano que él, era un fenómeno, y a Ben le costaba seguirle mientras se abría paso por la nieve virgen. El aire era glacial y a Ben pronto empezó a dolerle el rostro, al menos la parte expuesta. Le parecía asombroso que Neumann pudiera encabezar la marcha a través de unos senderos que apenas podían llamarse senderos, hasta que vio en algún abeto unas manchas de pintura roja que parecían señalar el camino.

Llevaban veinte minutos esquiando cuando llegaron a una profunda grieta en el límite de la vegetación arbórea y, poco después, a una escarpada garganta. Se detuvieron a unos treinta metros del borde, se quitaron los esquís y los escondieron entre unos matorrales.

—A la cueva, tal como le digo, es muy difícil entrar —dijo Neumann—. Ahora bajaremos sujetos a una cuerda. Pero usted dice que ya sabe cómo, ¿verdad?

Ben asintió con la cabeza mientras inspeccionaba el peñasco. Calculó que la distancia en sentido vertical debía de ser de unos trescientos metros, puede que menos. Desde allí podía ver el *Schloss*, tan lejos allá abajo que parecía una maqueta.

Neumann hizo una impecable bobina de mariposa con la cuerda. Ben lanzó un suspiro al ver que era una de esas resistentes cuerdas hechas de hilos retorcidos de nailon.

—Es de once milímetros —dijo Neumann—. ¿Le parece bien para usted?

Ben volvió a asentir con la cabeza. Para una distancia vertical como aquélla, estaba bien. Cualquier cosa con tal de llegar hasta Anna.

Desde aquel ángulo no podía ver la boca de la cueva. Suponía que sería una abertura en la cara del peñasco.

Neumann se arrodilló cerca del borde del peñasco junto a un afloramiento de roca y empezó a clavar los pitones con un martillo que sacó de una funda. Cada pitón emitía un tranquilizador sonido metálico cuyo nivel iba aumentando a medida que se hundía, señalando de esta manera que ya estaba sólidamente clavado.

Después, haciendo una lazada con la cuerda alrededor de la roca más grande, tiró de ella y la pasó entre los pitones.

—Eso no es tan fácil de hacer, llegar a la boca de la cueva —anunció—. Haremos rápel con doble soga y nos balancearemos un poco para entrar en la cueva. Ahora nos colocaremos los crampones y los arneses de protección.

—¿Y qué me dice de los piolets?

—Para aquí no sirven —contestó Neumann—. Aquí hay muy poco hielo. Mejor para la cueva.

—¿Hay hielo en la cueva?

Pero Neumann, ocupado en desempaquetar las piezas, no contestó. Ben y Peter solían practicar espeleología cerca de Greenbriar, pero allí las cuevas eran poco más que unos agujeros donde se entraba a gatas. Jamás había tenido que enfrentarse con el hielo.

Por un instante, se notó un nudo en el estómago. Hasta aquel momento se había sentido impulsado por la adrenalina, la cólera y el temor, concentrándose tan sólo en una cosa: sacar a Anna de la clínica de Lenz, adonde él estaba convencido de que la habían llevado.

Ahora se preguntó si aquélla sería la mejor manera de hacerlo. La escalada no era especialmente arriesgada si se hacía bien, y él confiaba en sus conocimientos de escalador. Pero hasta los más expertos espeleólogos habían tenido accidentes.

Había sopesado la posibilidad de irrumpir a través de la verja principal, contando con que los guardias lo atraparan y llamara con ello la atención de Lenz.

Pero también era probable que los guardias tiraran a matar.

Por duro que fuera de aceptar, aquella cueva era la única alternativa.

Ambos se ajustaron las correas de neopreno de los crampones sobre las suelas Vibram de sus gastadas botas de montañismo. Éstos llevaban doce afilados refuerzos metálicos en la parte inferior y a la altura de los dedos de las botas para poder apoyarse sobre la ladera del peñasco. Después se colocaron los arneses de nailon alrededor de la cintura y ya estuvieron preparados para lanzarse.

—Vamos a utilizar el *Dulfersitz*, ¿de acuerdo? —dijo Neumann, utilizando la jerga suiza para referirse al rápel sin rejilla, en el que sólo se utiliza el cuerpo para controlar el descenso.

—¿Sin rejilla?

Neumann sonrió ante la inquietud de Ben.

—¿Y para qué las queremos?

Sin una rejilla de rápel el descenso sería desagradable, pero les ahorraría la molestia de tener que llevarla. Además, no estarían atados a la cuerda, lo cual hacía que el rápel resultara más peligroso.

—Usted me seguirá —dijo Neumann mientras hacía un nudo en forma de doble ocho en un extremo de la cuerda y después se colocaba la cuerda alrededor del hombro, alrededor de la cadera y a través de la entrepierna.

Caminó de espaldas hacia el borde, levantando un poco la cuerda con los pies muy separados, y después saltó de lado.

Ben observó al veterano, colgando libremente y oscilando muy despacio hacia delante y hacia atrás de cara al peñasco hasta que encontró un apoyo para el pie. Desde allí, tensando la cuerda, Neumann deslizó el pie por la cara del peñasco. Bajó un poco más, colgando otra vez en el vacío y oscilando hacia delante y hacia atrás hasta que se oyó un crujido, seguido de un grito:

—¡De acuerdo, vamos, ahora usted!

Ben se situó a horcajadas sobre la cuerda de la misma manera, se acercó al borde, contuvo la respiración y se lanzó de lado.

La cuerda se deslizó de inmediato contra su entrepierna y la fricción le provocó una dolorosa sensación de ardor a pesar de los pantalones especiales. Ahora recordó por qué le molestaba el *Dulfersitz*. Utilizando la mano derecha como freno, descendió muy despacio, echándose hacia atrás con los pies apoyados contra el peñasco en busca de apoyos, maniobrando hacia abajo, manejando la cuerda. En lo que le parecieron unos segundos, distinguió su objetivo: una pequeña elipse oscura. La boca de la cueva. Deslizando los pies unos cuantos metros más abajo, llegó a la abertura y los lanzó hacia dentro.

No iba a ser tan fácil como él esperaba. No era una simple cuestión de dejarse caer al interior de la boca de la cueva; era algo más complicado que eso. La abertura estaba alineada con la pared del peñasco.

—¡Entre un poco! —gritó Neumann—. ¡Entre!

Ben comprendió de inmediato lo que quería decir. Había un estrecho saliente en el cual tendría que aterrizar.

Quedaba muy poco margen para el error. El saliente no medía más de sesenta centímetros de anchura. Neumann permanecía en cuclillas en él, agarrado a un asidero de la roca.

Mientras lanzaba el cuerpo hacia la entrada de la cueva, Ben también empezó a oscilar hacia delante y hacia atrás. Se sentía inseguro, por cuyo motivo hizo un esfuerzo por seguir colgado hasta que cesó la oscilación.

Finalmente, soltó la cuerda muy despacio, frenando con la mano derecha mientras oscilaba hacia el interior de la cueva y después volvía a salir. Al final, cuando estaba justo lo suficientemente adelantado y lo suficientemente abajo, saltó al saliente, amortiguando el impacto con las rodillas dobladas.

—¡Muy bien! —grito Neumann.

Agarrado todavía a la cuerda, Ben se inclinó hacia la oscuridad de la cueva y miró hacia abajo. Entraba la suficiente luz solar como para iluminar el peligro que acechaba justo un poco más abajo.

Los primeros treinta metros de la entrada de la cueva, una empinada y oblicua pendiente, estaban cubiertos por una gruesa capa de hielo. Peor todavía, era hielo diluido, resbaladizo y traidor. Era algo que él jamás en su vida había visto.

—Bueno —le dijo Neumann al cabo de unos segundos, intuyendo la renuencia de Ben—. No vamos a pasarnos todo el día en este saliente, ¿verdad?

Con experiencia o sin ella, la posibilidad de bajar por la larga pendiente helada constituía una perspectiva inquietante.

—Vamos —dijo Ben con todo el entusiasmo que pudo.

Se colocaron los ligeros cascos, se los ajustaron con Velcro y después hicieron lo mismo con las linternas frontales. Neumann le entregó a Ben un par de piolets de fibra de carbono de alta tecnología. Los piolets, sujetos a cada muñeca por medio de una correa, colgaban de las manos de Ben como unos inútiles apéndices.

Con una inclinación de la cabeza, Neumann se volvió de espaldas a la boca de la cueva y Ben lo siguió con el estómago trémulo. Cada uno dio un paso atrás hasta que ambos dejaron el estrecho saliente y sus crampones hicieron crujir ruidosamente el hielo. Los primeros pasos fueron muy torpes. Ben trató de conservar el equilibrio hundiendo los crampones en el hielo y procurando tranquilizarse, hasta que retrocedió lo suficiente como para agarrar los piolets, uno en cada mano, y clavarlos en la reluciente superficie. Vio que Neumann bajaba por la empinada pendiente como si bajara por una escalera. El viejo era una cabra.

Ben siguió bajando de manera inestable, moviéndose como una araña sobre el hielo y apoyando el peso del cuerpo en los lazos de las correas de los piolets sobre las muñecas. El crujido de una bota, el sonido del piolet cortando el hielo y otra vez, y otra vez, hasta que, cuando ya estaba empezando a adquirir un cierto ritmo, llegó al final, donde el hielo daba paso a la piedra caliza.

Neumann se volvió, soltó los piolets, se sacó los crampones y empezó a bajar por una pendiente más suave. Ben lo seguía de cerca.

El descenso fue gradual, una escalera de caracol a través de la roca, y, mientras bajaban, la linterna frontal de Ben iluminaba todos los pasadizos que se abrían a ambos lados, ramales que él hubiera podido seguir fácilmente de no haber sido por Neumann. Allí no había trazos de pintura roja, nada que permitiera distinguir el camino bueno de los malos. Estaba claro que Fritz Neumann estaba navegando de memoria.

El aire se notaba más cálido que el del exterior, pero Ben sabía que la sensación era engañosa. Había hielo permanente en las paredes de la cueva, lo cual significaba que la temperatura estaba por debajo del punto de congelación, y el agua que circulaba por debajo muy pronto haría que notaran más frío. Había también mucha humedad.

El suelo de la cueva estaba cubierto de cascotes y surcado por agua corriente. Aquí y allá Ben estuvo casi a punto de perder el equilibrio, pues los cascotes del suelo estaban sueltos. Pronto el pasadizo se ensanchó y se convirtió en una galería y entonces Neumann se detuvo un momento, volviendo muy despacio la cabeza para iluminar con su linterna frontal las impresionantes formaciones. Algunas estalactitas eran como frágiles pajillas, finas y delicadas, con unas puntas que se ahusaban como afiladas agujas de hacer calceta. Había también grupos de tocones de estalagmitas de calcita, y ocasionales columnas formadas por el encuentro de una estalactita con una estalagmita. El agua rezumaba de las paredes y bajaba por las estalactitas, y el constante goteo del agua en el suelo de la cueva era el único sonido en medio del pavoroso silencio. La piedra endurecida por el goteo del agua formaba terrazas, mientras que las hojas translúcidas de calcita colgaban desde el techo como si fueran cortinajes de dentados y afilados bordes. Por todas partes se aspiraba el acre olor a amoníaco de los excrementos de los murciélagos.

—¡Ah, mire! —dijo Neumann, y Ben se volvió para ver el esqueleto perfectamente conservado de un oso.

De pronto se oyó el repentino estruendo de cientos de alas; un grupo de murciélagos que estaban hibernando se había despertado a causa de su presencia.

Ahora Ben empezó a notar el frío. De alguna manera y a pesar de todas sus precauciones, el agua se había filtrado al interior de sus botas y le había mojado los calcetines.

—Vamos —dijo Neumann—, por aquí.

Encabezó la marcha hacia un angosto pasadizo, uno de los pasillos de la galería que apenas se diferenciaba de los demás.

El suelo se fue levantando gradualmente delante de ellos mientras las paredes se juntaban cada vez más hasta casi formar un cuello de botella. La cabeza de Ben casi rozaba el techo; si hubiera medido más de un metro ochenta se hubiera tenido que agachar. Las paredes estaban heladas y el agua que se escurría les helaba los pies. A Ben se le empezaron a entumecer los dedos de los pies. En cambio, el vigoroso Neumann subía por la empinada grieta con asombrosa facilidad. Ben lo seguía con más cuidado, pisando bien las desiguales piedras, sabiendo que, como perdiera el equilibrio allí, la caída sería muy desagradable.

Al final, pareció que el suelo se nivelaba.

—Ahora estamos aproximadamente al mismo nivel que el *Schloss* —dijo Neumann.

Después, sin previa advertencia, el angosto pasadizo llegó a un callejón sin salida. Se hallaron ante lo que parecía ser una pared, delante de la cual había todo un montón de escombros, los restos evidentes de un antiguo hundimiento.

—Dios mío —exclamó Ben—. ¿Es que nos hemos perdido?

Sin una palabra, Neumann apartó a un lado con el pie unos cuantos escombros, dejando al descubierto una oxidada barra de hierro de aproximadamente un metro sesenta de largo que él levantó con un floreo.

—Está intacta —dijo Newmann—. Eso es bueno. Hace muchos años que no se utiliza. No la han descubierto.

—¿De qué está usted hablando?

Neumann tomó la barra de hierro, la introdujo debajo de una piedra de gran tamaño y apoyó su peso en ella hasta que la roca se empezó a mover, dejando al descubierto un pequeño e irregular pasadizo de no más de sesenta centímetros de altura y aproximadamente metro treinta de anchura.

—Durante la guerra, empujábamos esta piedra hacia delante y hacia atrás para ocultar el pasadizo final. —«Neumann señaló los surcos de la piedra, labrados varias décadas atrás», pensó Ben—. Ahora usted irá por su cuenta. Lo dejaré aquí. Es un camino muy estrecho y muy bajo en el que tendrá que gatear, pero creo que podrá pasar.

Ben se inclinó un poco más y lo examinó con horrorizada fascinación. Una oleada de pánico se apoderó de él.

«Esto es un maldito ataúd. No creo que pueda hacerlo.»

—Tendrá que recorrer unos doscientos metros. Casi todo está nivelado, pero, justo al final, se empina. A no ser que se haya hundido hacia dentro desde que yo era niño, llegará a un hueco en forma de ojo de cerradura.

—¿Se abre directamente al castillo?

—No, por supuesto que no. La entrada tiene una verja. Incluso hasta puede que esté cerrada bajo llave. Probablemente, sí.

—Pues ahora, usted me dirá.

Neumann se sacó del bolsillo de su vieja parka verde una llave maestra de aspecto oxidado.

—No le puedo asegurar que funcione, pero la última vez que la probé, funcionaba.

—¿La última vez fue hace cincuenta años?

—Más que eso —reconoció Neumann. Alargó la mano—. Ahora le digo adiós —dijo solemnemente—. Le deseo mucha suerte.

44

Fue un apretón de manos formidable. «Debió de hacer falta mucho valor y mucha determinación para que los luchadores de la Resistencia hicieran aquella última aproximación al *Schloss* y para que la usaran repetidamente», pensó Ben. No era de extrañar que hubieran utilizado a un niño como el joven Fritz Neumann, que podía deslizarse fácilmente a través de aquel espacio.

Ben se había arrastrado por agujeros como aquél otras veces, en las cuevas de White Sulphur Springs, pero nunca más de unos cuantos metros. Aquél, en cambio, parecía que tenía varios centenares de metros de longitud.

Sólo entonces comprendió plenamente lo que querían decir los veteranos de la espeleología cuando insistían en asegurar que sus subterráneas búsquedas les permitían enfrentarse con los terrores primordiales: el temor a la oscuridad, a caer al vacío, a quedar atrapados en un laberinto, a ser enterrados vivos.

Pero no había más remedio, por supuesto. Pensó en Anna e hizo acopio de toda su fuerza de voluntad.

Entró de cabeza en el agujero, experimentando una fría ráfaga de aire. En su entrada, el pasadizo medía unos sesenta centímetros de altura, lo cual significaba que la única manera de moverse a través de él consistiría en deslizarse boca abajo como un gusano de tierra.

Se quitó la mochila y empujó con los pies, extendiendo los brazos para mover la mochila delante de él. Había unos tres o cuatro centímetros de agua fría en el suelo del túnel. Los pantalones se le quedaron rápidamente empapados. El túnel se dobló una vez en un brusco ángulo y después en otro, obligándolo a torcer el cuerpo. Finalmente, el pasadizo se empezó a ensanchar y su techo se elevó hasta un metro veinte, permitiéndole levantar su aterido vientre del contacto con el agua, levantarse y caminar agachado.

Pero pronto le empezó a doler la espalda y, en lugar de seguir adelante, se detuvo un momento y dejó la mochila en el suelo, apoyando las manos en los muslos.

Cuando estuvo en condiciones de seguir adelante, vio que el techo volvía a bajar hasta sesenta o quizá noventa centímetros del suelo. Se puso a gatas y empezó a avanzar como un cangrejo.

Pero no por mucho tiempo. El suelo rocoso le magullaba las rótulas. Trató de aliviar la tensión apoyando el peso del cuerpo en los codos y en los dedos de los pies. Cuando se cansó, siguió arrastrándose. El techo volvió a bajar y él se tumbó de lado, empujando con los pies y avanzando con los brazos a lo largo del tortuoso túnel.

Ahora la altura del techo se había reducido a no más de cincuenta y cinco centímetros, le rascaba la espalda y tuvo que detenerse un momento para reprimir una oleada de pánico. Reanudó el avance, pero aún no se veía el final. Su linterna frontal iluminaba hasta una distancia de unos seis metros, pero el túnel, del tamaño e incluso de la forma de un ataúd, parecía no tener fin. Y las paredes parecían estrecharse cada vez más.

A través del fino lienzo de su temor, observó que el pasadizo parecía serpentear lentamente cuesta arriba, que el agua ya no se encharcaba en el suelo aunque éste siguiera estando mojado, y que ahora la horrible roca le rascaba tanto el estómago como la espalda. Siguió empujando la mochila por delante de él. Ahora la altura del túnel medía apenas treinta centímetros.

Ben estaba atrapado.

No lo estaba realmente, pero así se lo parecía a él. Se sentía abrumado por el terror. Y tenía que avanzar a presión. El corazón le latía rápidamente, se sentía el cuerpo invadido por el terror y tuvo que detenerse.

Lo peor, lo sabía, era asustarse. El pánico te dejaba helado y te hacía perder la flexibilidad. Respiró unas cuantas veces muy despacio, hacia dentro y hacia fuera, y después exhaló por completo el aire para reducir el diámetro de su pecho de tal manera que su cuerpo pudiera encajar en el pasadizo.

Con la piel sudorosa y pegajosa, trató de avanzar serpeando e hizo un esfuerzo por concentrarse en lo que hacía y en el porqué, y en lo importante que era todo aquello. Pensó por adelantado en lo que haría en cuanto consiguiera entrar en el *Schloss*.

La cuesta arriba era cada vez más empinada. Inhaló y notó que las paredes le comprimían el pecho, impidiéndole llenarse los pulmones de aire, lo cual le provocó una descarga de adrenalina cuya consecuencia fue una respiración rápida y superficial que dio lugar a una sensación de asfixia que lo obligó a detenerse una vez más.

«No pienses.»

«Relájate.»

Nadie más sabía que estaba allí abajo. Se quedaría enterrado vivo en aquel negro infierno donde no había ni día ni noche. Ben se vio escuchando su propia voz con escepticismo mientras su mejor yo asumía ahora el mando de su cerebro. Empezó a notar que su corazón se calmaba, sintió que un delicioso aire fresco le llegaba al fondo de los pulmones, sintió que la calma se propagaba por todo su cuerpo como la tinta en un papel secante.

Ahora, con firmeza y con serenidad interior, instó a su cuerpo a seguir adelante serpeando como un gusano de tierra, sin prestar atención a la dolorida zona de su espalda.

De repente, el techo se elevó y los muros se ensancharon y él se puso a cuatro patas sobre las doloridas manos y rodillas y se arrastró cuesta arriba. Había llegado a una especie de gruta iluminada por una luz crepuscular, donde pudo ponerse total y felizmente de pie.

Era consciente de una tenue y vaga luz.

Era una luz muy borrosa y distante, pero a él le pareció casi tan clara como la luz del día y tan rebosante de alegría como un amanecer.

Justo delante estaba la salida de la cueva, cuya forma se parecía en efecto a la del ojo de una cerradura. Subió trepando por un montón de guijarros y piedras y después consiguió acercarse al borde de la abertura, agachándose sobre ambas manos hasta que pudo soportar el peso del cuerpo sobre los brazos extendidos.

Después vio los oxidados barrotes de hierro de una antigua verja encajada con gran precisión en la irregular boca de la cueva. No podía distinguir lo que había detrás de la verja, pero sí pudo ver un ovalado haz de luz que parecía proceder de debajo de una puerta. Se sacó del bolsillo la llave maestra que Neumann le había dado, la insertó en la cerradura y la giró.

Trató de girarla.

Pero no giraba. La llave no se movía.

La cerradura estaba oxidada. Tenía que ser eso; la vieja cerradura no se había sustituido por otra, por lo menos durante varias décadas. Vio que toda ella era una sólida masa de herrumbre. Probó otra vez a moverla hacia delante y hacia atrás, pero no hubo manera.

—Oh, Dios mío —exclamó en voz alta.

«Estaba perdido.»

Era lo único que ni él ni Neumann habían previsto.

No se le ocurría ninguna otra manera de entrar. Aunque tuviera herramientas, no se podía cavar alrededor de la verja; estaba empotrada en la sólida roca. ¿Tendría ahora que retroceder de la manera que fuera para salir por el otro lado?

O quizá... Quizá uno de los barrotes estaría lo bastante oxidado como para que él lo pudiera sacar empujándolo. Lo probó, golpeando con su puño enguantado los barrotes de hierro hasta que el dolor fue demasiado intenso, pero no: la verja era sólida. La herrumbre sólo estaba en la superficie.

Desesperado, se agarró a los barrotes y los sacudió como un enfurecido presidiario del penal de San Quintín y, de pronto, se oyó un ruido metálico.

Se había roto una de las bisagras.

Sacudió más fuerte hasta que saltó otra bisagra.

Siguió sacudiendo más animado y, al final, cayó al suelo la tercera y última bisagra.

Agarró la verja con ambas manos, la levantó, la empujó hacia delante y la depositó cuidadosamente en el suelo.

Estaba dentro.

45

Ben tocó algo duro, suave y cubierto de polvo; era una sólida puerta de hierro, asegurada con una pesada aldaba. Levantó la aldaba, empujó la puerta y ésta emitió un leve y estridente chirrido. Estaba claro que no la habían abierto en varias décadas. La empujó con todo su peso. Con un gemido, la puerta cedió.

Se encontraba en una especie de sala más amplia, pero todavía pequeña. Sus ojos, acostumbrados a la oscuridad, empezaron a distinguir formas y él siguió el estrecho haz luminoso hasta otra puerta, donde buscó a ambos lados de la misma un interruptor.

Encontró el interruptor, lo apretó y se encendió la luz de una sola bombilla que colgaba del techo.

Vio que se encontraba en un pequeño armario de almacenamiento. Los muros de piedra estaban cubiertos de estanterías de acero pintadas de un beige indefinido en las que había viejas cajas de cartón, canastas de madera y depósitos cilíndricos de metal.

Se quitó el casco y el gorro de lana y después la mochila de la espalda, de la cual sacó las dos pistolas semiautomáticas, y dejó todo menos las armas en uno de los estantes. Se introdujo una de las pistolas en la región lumbar bajo la cinturilla de sus pesados pantalones. La otra la sostuvo en la mano mientras estudiaba la fotocopia del plano de la planta. No cabía duda de que el lugar había sido reformado desde la época en que era una fábrica de relojes, pero no era probable que el plano básico se hubiera reformado demasiado o que las recias paredes se hubieran modificado.

Probó a abrir la puerta girando el pomo. Éste giró sin dificultad y la puerta se abrió.

Salió a un pasillo brillantemente iluminado, con suelos de piedra y techos abovedados. No se veía a nadie.

Giró arbitrariamente a la derecha. Las suelas de Vibram de sus botas de montañismo amortiguaban sus pisadas. A excepción del leve chirrido del cuero mojado, sus pasos eran silenciosos.

No había llegado muy lejos cuando alguien apareció al final del pasillo y se acercó directamente a él.

«Cálmate —se dijo—. Compórtate como si fueras de aquí.»

No era fácil, vestido como estaba con su atuendo de montañismo mojado y lleno de barro, sus pesadas botas y el rostro todavía magullado y arañado a causa del incidente de Buenos Aires.

Ahora, rápido.

A su izquierda había una puerta. Se detuvo a escuchar un momento y después la abrió, esperando que lo que hubiera al otro lado de la misma no estuviera ocupado.

Mientras se inclinaba para entrar en la estancia, pasó la figura, un hombre vestido con una túnica o un mono blanco. Llevaba una pistola remetida en la cintura. Un guardia, evidentemente.

La habitación medía tal vez unos seis metros de longitud por cuatro y medio de anchura. Gracias a la luz del pasillo, pudo ver que se trataba de otro cuarto de almacenamiento, con las paredes cubiertas también de estanterías metálicas. Encontró un interruptor y encendió la luz.

Lo que vio era demasiado terrorífico para ser real y, por un instante, estuvo seguro de que sus ojos habían sido engañados por alguna especie de ilusión óptica de pesadilla.

Pero no era una ilusión.

«Dios bendito —pensó—. No es posible.»

A duras penas podía soportar el espectáculo y, sin embargo, no podía apartar los ojos.

En los estantes se alineaban polvorientas botellas de cristal, algunas de ellas del tamaño de los tarros de conserva que la señora Walsh utilizaba para las confituras de frutas y otras de unos sesenta centímetros de altura.

Cada botella contenía una especie de líquido que Ben supuso que era un conservante como el formol, ligeramente turbio a causa de los años y las impurezas.

Y flotando en ellos, como encurtidos en salmuera, uno en cada botella...

No, no podía ser.

Sintió que se le ponía la carne de gallina.

En cada botella había un bebé humano.

Las botellas estaban colocadas con espectral precisión.

Las más pequeñas contenían minúsculos embriones en la fase inicial de la gestación, pequeños camarones de pálido color rosado, insectos translúcidos con cabezas y colas grotescamente grandes.

Después, fetos de no mucho más de dos centímetros y medio de longitud: encorvados, con rechonchos brazos y cabezas exageradamente grandes, suspendidos en los sudarios de sus sacos amnióticos.

Fetos no mucho más grandes, pero de apariencia más humana, piernas dobladas y brazos que se agitaban, ojos como grosellas negras, flotando en el interior de unos sacos totalmente redondos, rodeados por la dentada aureola del saco coriónico.

Niños en miniatura, ojos cerrados, chupándose el dedo pulgar, una maraña de minúsculas extremidades perfectamente formadas.

A medida que aumentaba el tamaño de las botellas, aumentaba el de su contenido, y en las botellas más grandes flotaban fetos al término de su gestación, con los ojos cerrados, los brazos y las piernas extendidas, las manitas como si saludaran o bien cerradas en un puño, cordones umbilicales cortados, flotando sueltos, envueltos en translúcidos jirones de saco amniótico.

Debía de haber cien embriones, fetos y bebés.

Cada botella estaba etiquetada con una pulcra caligrafía alemana, con una fecha (¿la fecha en la cual se había arrancado del útero?), edad prenatal, peso en gramos, tamaño en centímetros.

Las fechas se extendían de 1940 a 1954.

«Gerhard Lenz había hecho experimentos con bebés y niños.»

Era peor de lo que había imaginado. Aquel hombre era inhumano, un monstruo...» Pero ¿por qué razón aquellas horribles muestras estaban todavía allí?»

Hizo todo lo posible para no ponerse a gritar.

Se encaminó tambaleándose hacia la puerta.

En la pared del otro lado había depósitos de cristal desde treinta hasta casi un metro y medio de altura y sesenta centímetros de diámetro, en los cuales flotaban no fetos sino niños pequeños.

Niños pequeños marchitos, desde recién nacidos a niños de corta edad y de siete u ocho años.

Niños, supuso él, aquejados del síndrome del envejecimiento prematuro conocido como progeria.

Los rostros de menudos ancianos y ancianas.

Le escocía la piel.

Niños. Niños muertos.

Pensó en el pobre padre de Christoph en su sombrío apartamento.

«Mi Christoph murió feliz.»

«Un sanatorio privado», había dicho la mujer de la fundación.

«Exclusivo, privado, muy lujoso», había dicho.

Se volvió mareado para abandonar la estancia y oyó unas pisadas.

Asomando furtivamente la cabeza por la puerta, vio acercarse a otro guardia vestido de blanco y retrocedió al interior de la estancia, escondiéndose detrás de la puerta. Al pasar el guardia, carraspeó muy fuerte y oyó que las pisadas se detenían.

Tal como Ben esperaba, el guardia entró en la habitación. Con la rapidez de una cobra, Ben se le echó encima, golpeándole la parte posterior de la cabeza con la culata del revólver. El hombre se desplomó.

Ben cerró la puerta a su espalda, acercó los dedos al cuello del guardia y le buscó el pulso. Vivo pero inconsciente, aunque durante un buen rato sin ninguna duda.

Le quitó la funda de la pistola y sacó la Walther PPK; después le quitó el mono blanco.

Se despojó de la sudorosa ropa que llevaba y se puso el uniforme. Era demasiado grande para él, pero aceptable. Por suerte, los zapatos le iban bien. Tocó con el dedo pulgar la guía de la izquierda y retiró el cargador. Los ocho cartuchos de cobre estaban allí.

Ahora disponía de tres armas de fuego, todo un arsenal. Rebuscó en los bolsillos del mono del guardia y sólo encontró un paquete de cigarrillos y una tarjeta magnética, que se guardó.

Después regresó al pasillo deteniéndose tan sólo para comprobar que no hubiera nadie. Al fondo del pasillo vio las lustrosas puertas de acero de doble hoja de un ascensor de gran tamaño, moderno para aquel edificio tan antiguo. Pulsó el botón de llamada. Un breve sonido y la puerta de doble hoja se abrió de inmediato mostrando un interior forrado de un tejido protector acolchado de color gris. Entró, inspeccionó el panel y vio que se tenía que insertar una tarjeta para que el ascensor se pusiera en marcha. Insertó la tarjeta del guardia y pulsó el botón del primer piso. Las puertas se cerraron rápidamente, el ascensor experimentó una sacudida al iniciarse la subida y se abrió pocos segundos después a otro mundo totalmente distinto.

Era un pasillo de aspecto ultramoderno y profusamente iluminado que hubiera podido pertenecer a la sede central de cualquier próspera empresa. El pavimento estaba alfombrado de un gris anodino, las paredes no eran de piedra antigua como las del piso de abajo sino de suaves azulejos blancos. Pasaron un par de hombres con chaquetas blancas, tal vez médicos o miembros del personal facultativo. Uno de ellos empujaba un carrito metálico. El otro miró a Ben, pero pareció traspasarlo con la mirada.

Bajó con paso decidido por el pasillo. Dos jóvenes asiáticas, también con chaqueta blanca, permanecían de pie junto a una puerta abierta de algo que parecía un laboratorio, hablando un idioma que Ben no reconoció. Absortas en su conversación, no se fijaron en él.

Ahora entró en un espacioso patio interior, bien iluminado por una suave luz incandescente y un ambarino sol de última hora de la tarde que se filtraba a través de unas vidrieras. Parecía la impresionante entrada del *Schloss*, artísticamente convertida en un moderno vestíbulo. Una elegante escalinata de piedra se curvaba hacia el piso de arriba. En el vestíbulo había varias puertas. Cada una de ellas se identificaba, en unas placas con letras negras sobre fondo blanco, con un número y una letra, y cada una de ellas sólo era accesible mediante la inserción de una tarjeta en un lector de tarjetas. Cada puerta conducía probablemente a un pasillo. Pasaban unas doce personas arriba y abajo por el pasillo, subiendo o bajando por la escalera, en dirección a la batería de ascensores. Casi todas llevaban batas de laboratorio, holgados pantalones blancos y zapatos o zapatillas de lona blanca. Un hombre con chaqueta blanca pasó junto a las asiáticas y les dijo algo; las dos mujeres cambiaron de rumbo para regresar al laboratorio. Estaba claro que el hombre era un superior, alguien que mandaba.

Dos auxiliares empujaron una camilla por el vestíbulo, en la cual permanecía tumbado un anciano con una bata de hospital azul claro.

Otro paciente con una bata hospitalaria de mangas cortas abierta por detrás cruzó el vestíbulo desde el pasillo 3A al pasillo 2B. Éste era un vigoroso hombre de mediana edad de unos cincuenta años que renqueaba como si le doliera mucho algo.

«¿Qué demonios era todo aquello?»

La clínica era mucho más grande y mucho más activa de lo que él había imaginado. Cualquier cosa que estuvieran haciendo —cualquiera que fuera el propósito de aquellos ejemplares de pesadilla del sótano, si es que efectivamente guardaban relación con el trabajo que se estaba realizando allí—, había muchas personas implicadas, tanto pacientes como médicos o investigadores de laboratorio.

«Ella está en algún lugar de aquí, lo sé.»

Pero ¿estaba a salvo? ¿Viva? Si hubiera descubierto cualquier cosa horrible que estuvieran haciendo allí, ¿le hubieran permitido vivir?

«Me tengo que ir. Lo tengo que dar a conocer.»

Cruzó a toda prisa el patio interior con la cara muy seria como si fuera un guardia de seguridad enviado para aclarar la causa de alguna alteración. Se detuvo a la entrada del pasillo 3B e insertó su tarjeta magnética, confiando en que le diera acceso a aquella zona. La cerradura de la puerta emitió un clic. Entró en un largo pasillo blanco que hubiera podido pertenecer a cualquier hospital.

Entre las muchas personas que pasaban, vio a una mujer enfundada en un uniforme blanco que llevaba a un niño pequeño sujeto por una correa.

Era como si estuviera paseando a un dócil perro de gran tamaño.

Ben miró al niño más de cerca y dedujo de su piel tan fina como el papel y de su rostro marchito y arrugado que se trataba de un niño aquejado de progeria, muy parecido al niño de las fotografías a cuyo padre tan recientemente había visitado. También se parecía a los niños ya crecidos conservados en formol en aquella estancia de pesadilla del sótano.

El niño caminaba como un viejo, tambaleándose con las piernas muy separadas.

La fascinación que sentía Ben se enfrió hasta convertirse en una cólera glacial.

El niño se detuvo delante de una puerta y esperó pacientemente a que la mujer que sujetaba la correa abriera la puerta con una llave que llevaba colgada de una cinta alrededor del cuello. La puerta se abrió a una espaciosa sala acristalada, completamente visible desde el pasillo.

La espaciosa sala situada al otro lado del cristal hubiera podido ser la guardería infantil de un hospital, sólo que todos los que había dentro estaban enfermos de progeria. Dentro había unos siete u ocho niños arrugados. A primera vista, Ben pensó que también estaban sujetos con correas; mirando con más detenimiento, vio que cada uno de ellos estaba conectado a una especie de tubo de plástico transparente que le salía de la espalda. Los tubos estaban conectados a su vez a unas relucientes columnas metálicas. Por lo visto, cada uno de los niños estaba conectado a un gota a gota a través del tubo. Carecían de cejas y pestañas, sus cabezas eran pequeñas y arrugadas y su piel daba grima sólo de verla. Los pocos que caminaban arrastraban los pies como unos viejos.

Algunos de ellos permanecían sentados en el suelo, absortos en distintos juegos o rompecabezas. Una niñita con una peluca de largo cabello rubio paseaba sin rumbo por la estancia, cantando o hablando para sus adentros con palabras inaudibles.

La Fundación Lenz.

Unos selectos niños aquejados de progeria eran invitados cada año a la clínica.

No estaban autorizadas las visitas.

Aquello no era un campamento de verano ni un hospital para convalecientes. Los niños eran tratados como animales. Eran, tenían que ser, seres humanos sometidos a alguna especie de experimento.

Niños del sótano conservados en formol. Niños tratados como perros.

«Un sanatorio privado.»

Pero aquello no era ni un sanatorio ni, estaba seguro, una clínica.

Pues entonces, ¿qué era? ¿Qué clase de «ciencia» se ponía en práctica allí?

Mareado, se volvió y siguió bajando por el pasillo hasta llegar al final. A su izquierda había una puerta cerrada pintada de rojo, sólo accesible por medio de una tarjeta magnética. A diferencia de casi todas las puertas de los pasillos que había visto allí, aquella puerta no tenía ventana.

La puerta carecía de identificación. Ben sabía que tenía que averiguar lo que había detrás.

Insertó la tarjeta magnética del guardia, pero esta vez sin resultado. Al parecer, aquella puerta exigía otro nivel de acceso.

Justo cuando estaba a punto de dar media vuelta, la puerta se abrió.

Salió un hombre con bata blanca, sujetando una tablilla con sujetapapeles y con un estetoscopio colgando de un bolsillo. Un médico. El hombre miró sin la menor curiosidad a Ben, lo saludó con una inclinación de cabeza y le sostuvo la puerta abierta. Ben cruzó la puerta.

No estaba preparado para lo que vio.

Era una sala de alto techo, tan grande como una cancha de baloncesto. El techo abovedado de piedra y las vidrieras emplomadas de estilo catedralicio parecían ser los únicos elementos que quedaban de la arquitectura original. La planta del piso indicaba que aquella enorme sala había sido inicialmente una grandiosa capilla privada tan grande como una iglesia. Ben se preguntó si la habrían utilizado como la planta principal de la fábrica. Calculó que debía de medir más de treinta metros de longitud y quizá treinta de anchura y que el techo debía de alcanzar fácilmente los nueve metros de altura.

Ahora era con toda evidencia un inmenso servicio médico. Pero, al mismo tiempo, parecía un club de salud, muy bien equipado aunque un tanto espartano. En un sector de la sala había una hilera de camas hospitalarias, separadas entre sí por una cortina. Algunas camas estaban desocupadas; en otras, quizá unas cinco o seis, los pacientes permanecían tumbados, conectados a una especie de monitor y un soporte de gota a gota.

En otro sector había una larga fila de andadores de color negro, todos ellos equipados con un monitor de electrocardiograma. En unos pocos de ellos, unos hombres y mujeres mayores corrían sin moverse de su sitio, con unos electrodos o sondas que les salían de los brazos y las piernas, los cuellos y las cabezas.

Aquí y allá había mostradores de enfermeras, máscaras de oxígeno y equipos de anestesia. Unos doce médicos y enfermeras observaban, prestaban alguna ayuda o iban de acá para allá. Por toda la enorme sala discurría una pasarela aproximadamente a seis metros por encima del suelo y tres metros por debajo del techo.

Ben comprendió que llevaba demasiado tiempo de pie a la entrada de la sala. Vestido con un uniforme de guardia, tenía que comportarse como si estuviera prestando servicio. Por consiguiente, entró en la sala con determinación y empezó su examen.

Sentado en un moderno sillón de cuero negro y acero, había un anciano. Tenía un tubo de plástico fijado a un brazo y conectado a un soporte de iv. El hombre estaba hablando por teléfono y sostenía sobre las rodillas una carpeta llena de papeles. Era con toda evidencia un paciente, pero estaba visiblemente ocupado con alguna especie de negocio.

En algunas zonas su cabello ofrecía el aterciopelado aspecto del cabello de un recién nacido. A los lados, el cabello era más áspero, denso y vigoroso y tenía las puntas blancas o grises, si bien crecía de color negro o castaño oscuro en la raíz.

«El hombre le parecía conocido. Su rostro figuraba a menudo en las portadas de las revistas *Forbes* o *Fortune*», pensó Ben. Un hombre de negocios o un inversor, alguien famoso.

¡Sí! Tenía que ser Ross Cameron, el llamado «sabio de Santa Fe». Uno de los hombres más ricos del mundo.

Ross Cameron. Ahora ya no le cabía ninguna duda. Sentado a su lado, había un hombre mucho más joven a quien Ben reconoció enseguida. Era indudablemente Arnold Carr, el cuarentón multimillonario del sector del software y fundador de Technocorp. Se sabía que Cameron y Carr eran amigos; Cameron era una especie de mentor o gurú de Carr y la relación entre ambos era de tipo padre-hijo. Carr también estaba enganchado a un aparato de gota a gota intravenoso; y también hablaba de negocios por teléfono, dirigiendo el asunto sin necesidad de papeles.

Aquellos dos legendarios multimillonarios permanecían sentados el uno al lado del otro como dos amigos en una barbería.

En una «clínica» de los Alpes austriacos.

Y les estaban transfundiendo una especie de líquido.

¿Los estaban sometiendo a estudio? ¿Los estaban tratando de alguna dolencia? Algo extraño estaba ocurriendo en aquel lugar, algo secreto y lo suficientemente importante como para exigir unas medidas de seguridad plenamente armadas, lo suficientemente importantes como para ir matando a la gente por ahí.

Un tercer hombre se acercó a Cameron y le dirigió unas palabras de saludo. Ben reconoció al presidente de la Reserva Federal, una de las figuras más respetadas de Washington, ahora en su séptima década.

Cerca de allí una enfermera estaba colocando un manguito de medir la presión... vaya, ése tenía que ser sir Edward Downey, pero su aspecto era el mismo que tenía cuando ocupaba el cargo de primer ministro del Reino Unido tres décadas atrás.

Ben siguió caminando hasta llegar a los andadores, donde un hombre y una mujer estaban corriendo y hablando entre sí el uno al lado del otro casi sin resuello. Ambos llevaban pantalones de entrenamiento, sudaderas de color gris y zapatillas blancas de gimnasio y a ambos les habían fijado con esparadrapo unos electrodos en la frente, la parte posterior de la cabeza, el cuello, los brazos y las piernas. Los filiformes alambres que salían de los electrodos asomaban cuidadosamente a su espalda para no molestar, conectados a unos monitores Siemens que, al parecer, estaban grabando sus frecuencias cardíacas.

Ben también los reconoció a los dos.

El hombre era Walter Reisinger, el profesor de Yale convertido en secretario de Estado. En persona, Reisinger ofrecía un aspecto más saludable del que mostraba en la televisión o en las fotografías. Le brillaba la piel, aunque puede que ello se debiera al ejercicio de correr, y su cabello parecía más oscuro, aunque probablemente era teñido.

La mujer del andador de al lado con quien estaba hablando se parecía a la jueza del Tribunal Supremo Miriam Bateman. Pero era bien sabido que la jueza Bateman estaba prácticamente inválida a causa de la artritis. Durante los discursos acerca del Estado de la Unión, en que los miembros del Tribunal Supremo iban entrando uno a uno, la jueza Bateman era siempre la más lenta y caminaba con bastón.

Aquella mujer, en cambio, aquella jueza Bateman corría como una atleta olímpica en sesión de entrenamiento.

«¿Serían aquellas personas unas copias de famosas figuras mundiales?», se preguntó Ben. ¿Unos dobles? Sin embargo, eso no explicaría las transfusiones, las sesiones de entrenamiento.

Era otra cosa.

Oyó al clon del doctor Reisinger diciéndole algo a la jueza Bateman acerca de la «decisión del Tribunal».

Ésta no era un clon. Ésta tenía que ser la jueza Miriam Bateman.

¿Pues qué era aquel lugar? ¿Sería una especie de *spa* de salud para los ricos y famosos?

Ben había oído hablar de sitios como aquél en Arizona o Nuevo México o California, a veces en Suiza o Francia. Lugares adonde iba la élite para recuperarse de la cirugía estética, del alcoholismo o de la drogodependencia o para perder cinco o diez kilos.

Pero ¿eso...?

¿Los electrodos, los tubos de las transfusiones, los electro-cardiogramas...?

Aquellos famosos —todos viejos, excepto Arnold Carr— estaban siendo objeto de una estrecha vigilancia, pero ¿para qué?

Ben llegó a una hilera de StairMasters, los simuladores de atletismo. En uno de ellos, un anciano saltaba arriba y abajo a toda velocidad tal como Ben hacía regularmente en su club de salud. Aquel hombre —que no era nadie a quien Ben hubiera reconocido— vestía también una sudadera gris. Su pechera presentaba una mancha oscura de sudor.

Ben conocía a jóvenes atletas de veintitantos años que no hubieran podido seguir aquel agotador ritmo más que durante unos pocos minutos. ¿Cómo demonios podía hacerlo aquel viejo de cara arrugada y manos cubiertas de manchas hepáticas?

—Tiene noventa y seis años —tronó una voz masculina—. Extraordinario, ¿verdad?

Ben miró a su alrededor y después levantó los ojos. La persona que hablaba se encontraba de pie en la pasarela, justo encima de él.

Era Jürgen Lenz.

46

Un suave carillón, melódico y tranquilizante, llenaba el aire. Jürgen Lenz, resplandeciente en un traje gris antracita, una camisa azul y una corbata plateada bajo una bata blanca de médico impecablemente planchada, bajó por una escalera de hierro forjado a la planta principal. Echó un vistazo a los andadores y Stairmasters. La jueza del Tribunal Supremo, el antiguo secretario de Estado y casi todos los demás estaban a punto de terminar sus sesiones de ejercicio y de bajar de las máquinas mientras unas enfermeras retiraban los alambres conectados a sus cuerpos.

—Ésta es la señal para el próximo vuelo en helicóptero a Viena —le explicó a Ben—. Hora de regresar al Foro Internacional de la Salud Infantil que ellos han sido tan amables de dejar. Huelga decir que son personas muy ocupadas a pesar de su edad. De hecho, tendría que decir debido a su edad. Todos tienen mucho que aportar al mundo... ésa es la razón de que yo los haya seleccionado.

Hizo un sutil gesto con la mano. A Ben le agarraron súbitamente ambos brazos por detrás. Dos guardias lo sujetaron mientras otro lo cacheaba hábilmente y le quitaba las tres armas. Lenz esperó con impaciencia mientas las armas eran confiscadas, como un especialista en cotilleos de sobremesa cuyo relato hubiera sido interrumpido por la llegada de la bandeja de ensalada.

—¿Qué ha hecho usted con Anna? —le preguntó Ben con una voz tan fría como el acero.

—Lo mismo estaba yo a punto de preguntarle a usted —replicó Lenz—. Insistió en inspeccionar la clínica y, como es natural, yo no me pude negar. Pero no sé cómo la perdimos por el camino. Al parecer, sabe algo acerca de los medios de eludir los sistemas de seguridad.

Ben estudió a Lenz, tratando de establecer cuánto de lo que estaba diciendo era cierto. ¿Era su manera de dar largas, de negarse a conducirlo hasta ella? ¿Estaba intentando salvar el obstáculo? Ben experimentó una oleada de pánico.

«¿Miente? ¿Se está inventando una historia que sabe que yo creeré, que yo querré creer?»

«¿La has matado, grandísimo cabrón embustero?»

Pero también era posible que Anna hubiera desaparecido para investigar lo que estaba ocurriendo en la clínica.

—Déjeme que le advierta que, si le ocurre algo...

—No le ocurrirá nada, Benjamin. Nada en absoluto. —Lenz se introdujo las manos en los bolsillos e inclinó la cabeza—. A fin de cuentas, estamos en una clínica especializada en la defensa de la vida.

—Me temo que ya he visto demasiado como para creerlo.

—¿Cuánto ha comprendido realmente acerca de lo que ha visto? —preguntó Lenz—. Estoy seguro de que, en cuanto usted comprenda la labor que estamos llevando a cabo, valorará la importancia que tiene. —Les indicó por señas a los guardias que lo soltaran—. Esto es la culminación del trabajo de toda una vida.

Ben no dijo nada. Huir estaba descartado. Y, en realidad, quería quedarse allí.

«Usted mató a mi hermano.»

«¿Y Anna? ¿También la ha matado?»

Fue consciente de que Lenz estaba hablando.

—Era la gran obsesión de Hitler, ¿sabe? El Reich de los mil años y todas esas bobadas... aunque duró, ¿cuánto, doce años? Sustentaba la teoría según la cual los linajes de los arios se habían contaminado y estaban adulterados a causa de los cruces. En cuanto se purificara, la llamada «raza dominante» sería muy longeva. Tonterías, naturalmente. Pero yo doy crédito al loco. Estaba decidido a descubrir de qué manera él y los dirigentes del Reich podrían vivir más, y por eso dio vía libre a un puñado de sus más brillantes científicos. Fondos ilimitados. Hagan sus experimentos con los prisioneros de los campos de concentración. Lo que ustedes quieran.

—Unos experimentos hechos realidad gracias al patrocinio del monstruo más grande del siglo XX —dijo Ben, mordiéndose la lengua.

—Un déspota demente, reconozcámoslo. Y sus discursos acerca del Reich de mil años de duración eran ridículos... Un hombre profundamente inestable que prometía un período de estabilidad duradera. Pero el emparejamiento de los dos desiderata —longevidad y estabilidad— no carecía de fundamento.

—No le sigo.

—Nosotros, los seres humanos, estamos singularmente mal diseñados en un sentido. De entre todas las especies del planeta, nosotros exigimos el período más largo de gestación e infancia... de desarrollo. Y, en realidad, tenemos que pensar no sólo en el desarrollo intelectual sino también en el físico. Dos décadas para alcanzar la plena madurez física, a menudo otra década o más para alcanzar la plena eficiencia profesional en nuestro campo de especialización. Alguien con un alto nivel de preparación como un cirujano puede haber cumplido cuarenta y tantos años antes de alcanzar la plena competencia en su profesión. El proceso de aprendizaje y progresivo dominio sigue adelante... y entonces, cuando llega a su máxima altura, ¿qué ocurre? Sus ojos se empiezan a empañar, los dedos pierden su precisión. Los estragos del tiempo empiezan a robarle aquello que él se ha pasado media vida adquiriendo. Es como un chiste malo. Somos Sísifo, sabiendo que, en cuanto hayamos conseguido empujar la roca hasta lo alto de la colina, ésta empezará a precipitarse ruidosamente cuesta abajo. Me han dicho que una vez usted estuvo enseñando en una escuela infantil. Piense en cuánta parte de la sociedad humana se dedica simplemente a reproducirse... a transmitir sus instrucciones, sus conocimientos y habilidades, los engranajes y los apuntalamientos de la civilización. Es un tributo extraordinario a nuestra determinación de triunfar sobre el tiempo. Y, sin embargo, ¿hasta qué extremo nuestra especie hubiera podido progresar si nuestro liderazgo político e intelectual hubiera podido concentrarse en el progreso en lugar de hacerlo tan sólo en el propio relevo? ¡Cuánto más lejos hubiéramos podido llegar si algunos de nosotros hubiéramos podido mantener el rumbo, superar la curva del aprendizaje y quedarnos allí! ¡Cuánto más lejos hubiéramos podido llegar si los mejores y los más brillantes de nosotros hubieran podido seguir empujando la roca cuesta arriba en lugar de intentar mantener alejados el asilo de ancianos o la tumba cuando la cumbre de la colina apareció ante sus ojos! —Una triste sonrisa—. Gerhard Lenz, independientemente de lo que pensemos de él, fue un hombre brillante —añadió Lenz. Ben tomó nota mentalmente: ¿De veras Jürgen Lenz era hijo de Gerhard?—. Casi todas sus teorías jamás significaron nada. Pero él estaba convencido de que el secreto del cómo y el porqué los seres humanos envejecen estaba en nuestras células. ¡Y eso fue incluso antes de que Watsin y Crick descubrieran la estructura del ADN nada menos que en 1953! Un hombre realmente extraordinario. Tan perspicaz en tantos sentidos. Sabía que los nazis perderían, que Hitler desaparecería y que los fondos se agotarían. Simplemente quería asegurarse de que su trabajo seguiría adelante. ¿Y sabe usted por qué era importante todo eso, Benjamin? ¿Me permite llamarle Benjamin?

Pero Ben estaba tan paralizado, contemplando estupefacto el siniestro laboratorio que lo rodeaba, que no contestó.

Porque estaba allí y no estaba allí.

Estaba abrazado a Anna, los cuerpos de ambos se notaban suaves y cálidos. Ben la estaba viendo llorar tras haberle contado él lo de Peter.

Estaba sentado en una fonda rural suiza con Peter; estaba de pie junto al cuerpo empapado de sangre de su hermano.

—Una empresa extraordinaria exigía recursos extraordinarios. Hitler parloteaba acerca de la estabilidad que él mismo estaba contribuyendo a destruir y lo mismo ocurrió con otros tiranos de otros lugares del mundo. Pero Sigma podía contribuir realmente a la pacificación del planeta. Sus fundadores sabían lo que para ello era necesario. Estaban entregados a un solo credo: la racionalidad. Los extraordinarios progresos tecnológicos que hemos visto a lo largo del siglo pasado tenían que correr parejas con los progresos en el manejo de nuestra raza... la raza humana. La ciencia y la política ya no se podían relegar a dos dominios separados.

Poco a poco Ben se centró.

—Lo que usted dice no tiene sentido. La tecnología resultó ser una ayuda para la locura. El totalitarismo dependía de la comunicación de masas. Y los científicos contribuyeron a hacer posible el Holocausto.

—Razón de más para que Sigma fuera necesaria... como baluarte contra esta clase de locura. Usted lo puede comprender, ¿verdad? Un solo loco había llevado a Europa al borde de la anarquía. Al otro lado de un inmenso territorio, una pequeña banda de agitadores había convertido un imperio forjado por Pedro el Grande en una caldera hirviente. La locura de la multitud amplificó la locura del individuo. Eso era lo que el siglo nos había enseñado. El futuro de la civilización occidental era demasiado importante como para dejarlo en manos de la chusma. Las desastrosas consecuencias de la guerra habían dejado un vacío muy grande. La sociedad civil estaba alterada en todas partes. En un pequeño y poderoso grupo de hombres muy bien organizados recayó la tarea de imponer el orden. Un dominio indirecto. Las palancas del poder se tendrían que manipular aunque los instrumentos oficiales del gobierno tuvieran que camuflar cuidadosamente dicha manipulación. Era necesario un liderazgo ilustrado... un liderazgo entre bastidores.

—¿Y qué podía garantizar que el liderazgo fuera ilustrado?

—Ya se lo he dicho. Lenz era un hombre muy sagaz y también lo eran los empresarios con quienes se alió. Todo se reduce una vez más al matrimonio entre la ciencia y la política: la una tendría que sanar y fortalecer a la otra.

Ben meneó la cabeza.

—Ésta es otra de las cosas que no tienen sentido. Muchos de estos hombres de negocios eran héroes populares. ¿Por qué iban a acceder a aliarse con personas como Strasser y Lenz?

—Sí, era un grupo extremadamente cerrado. Pero quizá olvida usted el indispensable papel que interpretó su propio padre.

—Un judío.

—Doblemente indispensable, se podría decir. Considerables sumas de dinero se transfirieron al Tercer Reich, y el hecho de hacerlo sin que fueran detectadas fue un reto de una complejidad inimaginable. Su padre, que era todo un mago en estas cuestiones financieras, estuvo a la altura del reto. Pero, al mismo tiempo, el hecho de que fuera judío nos fue extremadamente útil para tranquilizar a nuestros homólogos de los países aliados. Contribuyó a ratificar el hecho de que no se trataba de promover la locura del Führer. Se trataba de negocios. Y de mejoras.

Ben le dirigió una mirada decididamente escéptica.

—Todavía no ha explicado el especial atractivo que ejercía Gerhard Lenz en estos hombres de negocios.

—Lenz tenía algo que ofrecerles. O, llegados a este punto, debería decir que tenía algo que prometer. Se había corrido la voz entre los magnates de que Lenz había hecho unos descubrimientos científicos extraordinarios en un campo de interés personal y directo para todos ellos. Basándose en algunos éxitos preliminares, Lenz había pensado que estaba más cerca de lo que realmente estaba. Sentía una emoción desbordante y la emoción era contagiosa. Resultó que los fundadores no sobrevivieron para beneficiarse de sus investigaciones. Pero a todos ellos se les tiene que reconocer el mérito de haberlo hecho posible. Miles de millones de dólares se dedicaron de manera invisible a apoyar la investigación... un nivel de apoyo en comparación con el cual el Proyecto Manhattan parecía una clase de laboratorio de instituto. Pero ahora estamos tocando unos temas que podrían estar más allá de su comprensión.

—Póngame a prueba.

—No cabe duda de que sus preguntas son puramente desinteresadas, ¿verdad? —dijo secamente Lenz—. Como las de la señorita Navarro.

—¿Qué ha hecho usted con ella? —volvió a preguntar Ben, volviéndose hacia Lenz como si saliera de un estado de estupor. Ahora ya estaba más allá de la cólera. Estaba en otro lugar más tranquilo. Estaba pensando en matar a Jürgen Lenz, comprendiendo con una curiosa satisfacción que había pensado en matar a otra persona.

Y estaba pensando en cómo encontrar a Anna. «Te escucharé, cabrón. Seré educado y obediente y te dejaré hablar hasta que me lleves donde está Anna.»

«Y entonces te mataré.»

Lenz lo miró sin pestañear y después siguió con su explicación.

—Confío en que ya se haya imaginado el argumento básico. Lo que prometía su trabajo era sencillamente la oportunidad de explorar los límites de la mortalidad. Un hombre vive cien años con un poco de suerte. Los ratones sólo viven dos. Las tortugas de las Galápagos pueden vivir doscientos años. ¿Y por qué demonios ocurre eso? ¿Es la naturaleza la que ha dictado estos límites tan arbitrarios?

Lenz se había puesto a pasear muy despacio arriba y abajo delante de Ben mientras sus guardias lo miraban.

—Aunque se viera obligado a trasladarse a América del Sur, mi padre siguió dirigiendo su instituto de investigación de aquí a través de llamadas de larga distancia. Y viajaba arriba y abajo varias veces al año. A finales de los años cincuenta, uno de sus científicos hizo un intrigante descubrimiento... el de que cada vez que una célula humana se divide, ¡sus cromosomas, estas minúsculas agujas del ADN, se acortan! Son microscópicamente más cortas, en efecto, pero todavía se pueden medir. O sea que, ¿qué era exactamente lo que se acortaba? Tardaron años en descubrir la respuesta. —Lenz volvió a sonreír—. Mi padre tenía razón. El secreto estaba en realidad en nuestras células.

—Los cromosomas —dijo Ben. Estaba empezando a comprender.

«Mi padre tenía razón.»

Ahora tenía cierta idea de adónde había ido Max.

—Sólo una minúscula parte de los cromosomas, en realidad. Justo la punta de ellos... Se parece un poco a esas pequeñas puntas de plástico que hay al final de los cordones de los zapatos. Allá en 1938 se habían descubierto estos minúsculos casquetes llamados «telómeros». Nuestro equipo descubrió que, cada vez que una célula se divide, estos casquetes se van acortando y acortando hasta que la célula se empieza a morir. Se nos cae el cabello. Nuestros huesos se vuelven más quebradizos. Nuestra columna vertebral se curva. Nuestra piel se arruga y se descuelga. Nos hacemos viejos.

—Vi lo que usted está haciendo con aquellos niños, los enfermos de progeria. Supongo que hace experimentos con ellos. —«¿Y con quién más está haciendo experimentos?»—. El mundo cree que los invita a pasar unas vacaciones. Menudas vacaciones.

No, se regañó a sí mismo, tengo que conservar la calma. Trató de controlar su enojo, de evitar que se le notara.

«Escúchalo.» Enséñale el camino.

—Cierto que para ellos no son unas vacaciones —convino Lenz—. Pero estos pobres niños no necesitan vacaciones. ¡Necesitan un tratamiento! Son verdaderamente fascinantes, estas personitas jóvenes-viejas. Nacieron viejas. Si usted tomara una célula de un recién nacido progérico y la colocara bajo el microscopio al lado de una célula de un viejo de noventa años... ¡ni siquiera un biólogo molecular podría ver la diferencia! En un niño aquejado de progeria, estas puntitas ya empiezan siendo cortas. Telómeros cortos y vidas cortas.

—¿Y qué les hace usted? —preguntó Ben. Se dio cuenta de que le dolía la mandíbula de tanto rato y de tan fuerte como la mantenía apretada. Una imagen de los niños progéricos atrapados en las botellas le pasó fugazmente por la cabeza.

El doctor Reisinger y la jueza Miriam Bateman, Arnold Carr y los demás estaban abandonando la sala sin prisas, conversando animadamente entre sí.

—Esas pequeñas puntas de cordón de zapato son como unos minúsculos odómetros. O, digamos más bien, como unos dispositivos de sincronización. Tenemos en el cuerpo cien trillones de células y cada célula cuenta con noventa y dos telómeros... lo cual equivale a diez cuatrillones de relojitos que le dicen a nuestro cuerpo cuándo es hora de cerrar. ¡Estamos preprogramados para morir! —Lenz parecía incapaz de reprimir su emoción—. Pero ¿y si pudiéramos reiniciar de alguna manera los relojes, eh? ¿Evitar que se siguieran acortando? Ah, ahí está el truco. Bueno, pues resulta que algunas células, ciertas células cerebrales, por ejemplo, producen una sustancia química, un enzima, que repara sus pequeños telómeros, los reconstruye. Todas nuestras células tienen la capacidad de producirla, pero, por alguna razón, no lo hacen... tienen el interruptor apagado casi todo el rato. Por consiguiente... ¿y si pudiéramos encender este interruptor? ¿Conseguir que esos relojitos siguieran haciendo tic-tac? Algo tan elegante y tan sencillo. Pero le mentiría si le dijera que eso es fácil de hacer. Ni siquiera con todo el dinero del mundo y algunos de los más brillantes científicos se podría evitar que se tardaran décadas y que fueran necesarios toda una serie de progresos científicos, como, por ejemplo, el de los empalmes genéticos.

Conque a eso se debían los asesinatos, ¿verdad?

«Una pequeña ironía», pensó Ben. Unas personas mueren para que otras puedan vivir mucho más allá de la máxima duración natural de su vida.

Déjalo que siga hablando, explicando. Entierra la rabia. No pierdas de vista el objetivo.

—¿Cuándo hizo usted su descubrimiento? —preguntó Ben.

—Hace unos quince o veinte años.

—¿Y por qué nadie más le ha seguido?

—Hay otros trabajando en este sector, naturalmente. Pero nosotros tenemos una ventaja de la que ellos carecen.

—Fondos ilimitados. —«Hay que reconocerle el mérito a Max Hartman», pensó Ben.

—Eso ayuda, ciertamente. Y el hecho de haber seguido trabajando en ello sin parar desde los años cuarenta. Pero ésa no es toda la historia. La gran diferencia es la experimentación humana. Todos los países «civilizados» del mundo la han ilegalizado. Pero ¿cuánto se puede aprender realmente de las ratas o de las moscas de la fruta? Nosotros hicimos nuestros primeros progresos experimentando con niños aquejados de progeria, una alteración que no se produce en ninguna otra especie del reino animal. Y seguimos utilizando a los progéricos de la misma manera que seguimos puliendo nuestra comprensión de los caminos moleculares implicados. Algún día ya no los necesitaremos. Pero nos queda todavía mucho que aprender.

—Experimentación humana —dijo Ben sin apenas molestarse en disimular la repugnancia que sentía. No había ninguna diferencia entre Jürgen Lenz y Gerhard Lenz. Para ellos, los seres humanos, niños enfermos, refugiados, prisioneros de los campos, no eran más que ratas de laboratorio—. Como esos niños refugiados en sus tiendas de campaña, rodeados por una valla aquí afuera —añadió—. A lo mejor, los trajo usted aquí bajo el disfraz del «humanismo». Pero ésos también están disponibles, ¿verdad? —Recordó las palabras que había pronunciado Georges Chardin y las repitió en voz alta—: La matanza de los inocentes.

Lenz montó en cólera.

—Así la llamaron algunos de los *angeli rebelli*, pero es una descripción un tanto incendiaria —dijo—. Como tal, sólo sirve para impedir un debate racional. Sí, algunos hombres tienen que morir para que otros puedan vivir. Una idea inquietante, sin duda, pero aparte a un lado por un instante el velo del sentimentalismo y enfréntese con la brutal verdad. De otro modo, estos desventurados niños resultarían muertos en la guerra o morirían a causa de enfermedades relacionadas con la pobreza... ¿Y para qué? En cambio, son unos salvadores. Ellos cambiarán el mundo. ¿Es más ético bombardear sus hogares, dejar que los ametrallen, dejarlos morir de manera absurda, tal como el «mundo civilizado» permite? ¿O bien darles la oportunidad de cambiar el curso de la historia? Mire, la forma de la enzima telomerasa que nuestro tratamiento necesita se suele aislar más fácilmente a partir de tejidos del sistema nervioso central... de las células del cerebro y del cerebelo. Las cantidades son mucho más abundantes en los jóvenes. Por desgracia, no se puede sintetizar: es una proteína compleja y la forma, la estructura de la proteína, es crucial. Tal como ocurre con muchas proteínas complejas de este tipo, no se pueden producir por medios artificiales. Y, por consiguiente... tenemos que obtenerlas de seres humanos.

—La matanza de los inocentes —repitió Ben.

Lenz se encogió de hombros.

—El sacrificio lo inquieta, pero no ha inquietado demasiado al mundo en general.

—¿Qué quiere decir?

—Se habrá enterado sin duda de las estadísticas... del hecho de que cada año desaparezcan veinte mil niños. La gente lo sabe y se encoge de hombros. Ha llegado a aceptarlo. Tal vez podría ser un consuelo saber que esos niños no han muerto sin motivo. Hemos tardado muchos años en perfeccionar nuestros ensayos, nuestras técnicas, los niveles de la dosificación. No había ningún otro medio. Y tampoco lo habrá en un previsible futuro. Necesitamos el tejido. Tiene que ser un tejido humano y tiene que proceder de personas jóvenes. Un cerebro de un niño de siete años, aproximadamente unos mil doscientos gramos de trémula gelatina, tiene un peso apenas inferior al de una persona adulta, pero su cantidad de enzimas telomerasa es diez veces superior. Es el mayor y más valioso recurso natural de la tierra, ¿comprende? Tal como dicen sus paisanos, un terrible desperdicio.

—Y entonces usted los hace «desaparecer». Cada año. Miles y miles de niños.

—En general, procedentes de regiones devastadas por la guerra donde su esperanza de vida sería muy exigua de todos modos. De esta manera, por lo menos, no mueren en vano.

—No, no mueren en vano. Mueren por la vanidad ajena. Mueren para que usted y sus amigos puedan vivir eternamente, ¿verdad? —«Éste no es un hombre con quien se pueda discutir», pensó Ben, pero le estaba resultando cada vez más difícil reprimir su indignación.

—¿Eternamente? —replicó Lenz en tono burlón—. Por favor, ninguno de nosotros vivirá eternamente. Lo único que hacemos es detener el proceso de envejecimiento en algunos casos, e invertirlo en otros. La enzima nos permite reparar buena parte de los daños sufridos por la piel, el integumento. Invertir los daños causados por la enfermedad cardíaca. Y, sin embargo, esta terapia sólo ocasionalmente nos puede permitir regresar a la flor de la edad. E incluso el hecho de devolverle a alguien de mi edad su cuerpo de cuarenta años exige mucho tiempo...

—Todas estas personas —dijo Ben—, vienen aquí... para volverse más jóvenes.

—Sólo algunas de ellas. Casi todas son figuras públicas que no pueden modificar drásticamente su aspecto sin llamar la atención. Así que vienen aquí, a invitación mía, para detener su proceso de envejecimiento y quizá deshacer en parte el daño que la edad les ha causado.

—¿Figuras públicas? —replicó Ben en tono burlón—. ¡Todas son ricas y poderosas!

Estaba empezando a comprender lo que hacía Lenz.

—No, Benjamin. Son los grandes. Los pocos que fomentan el progreso de nuestra civilización. Los fundadores de Sigma así lo comprendieron. Vieron que la civilización era frágil y que sólo había una manera de garantizar la continuidad que necesitaba. El futuro del estado industrial se tenía que proteger y resguardar de las tormentas. Nuestras sociedades sólo podrían progresar en caso de que nosotros pudiéramos empujar hacia atrás el horizonte de la mortalidad humana. Año tras año, Sigma echó mano de todas las herramientas que tenía a su disposición, pero ahora los objetivos iniciales se pueden alcanzar a través de otros medios más eficaces... Dios mío, estamos hablando de algo más eficaz que dedicar miles de millones de dólares a los golpes de Estado y a los grupos de acción política. Estamos hablando de la formación de una élite estable y duradera.

—O sea que éstos son los dirigentes de nuestras civilizaciones...

—Exactamente.

—Y usted es el hombre que dirige a los dirigentes.

Lenz respondió con una leve sonrisa.

—Por favor, Benjamin. No tengo interés en representar el papel del jefe. Pero en cualquier organización tiene que haber un... coordinador.

—Y sólo puede haber uno.

Una pausa.

—En último término, sí.

—¿Y qué me dice de los que son contrarios a su «ilustrado» régimen? Supongo que se les expulsa del cuerpo político.

—Un cuerpo tiene que librarse de las toxinas para poder sobrevivir, Benjamin.

Lenz hablaba con sorprendente dulzura.

—Lo que usted está describiendo es una especie de utopía, Lenz. Es un matadero.

—Su reproche es tan falso como vacío —replicó Lenz—. La vida es una cuestión de trueques, Benjamin. Vive usted en un mundo en el que se gastan muchas más sumas de dinero en medicamentos para la disfunción eréctil de las que se gastan en enfermedades tropicales que se cobran la vida de millones de personas cada año. ¿Y qué me dice de sus propias decisiones personales? Cuando compra una botella de Dom Pérignon, se gasta una suma de dinero con la que se hubiera podido vacunar a una aldea de Bangladesh, salvar vidas de los estragos de la enfermedad, ¿verdad? La gente morirá, Benjamin, como consecuencia de las decisiones, de las prioridades que supondrá su compra. Hablo completamente en serio: ¿Puede negar que los noventa dólares que cuesta una botella de Dom Pérignon hubieran podido salvar fácilmente doce vidas, tal vez más? Piénselo. La botella dará siete u ocho copas de champán. Cada copa podemos decir que representa una vida perdida. —Le brillaban los ojos como a un científico que, tras haber resuelto una ecuación, pasara a la siguiente—. Por eso yo digo que semejantes trueques son inevitables. Y, en cuanto usted lo comprende, empieza a hacerse otras preguntas de más alto nivel: preguntas cualitativas, no cuantitativas. Aquí tenemos la oportunidad de prolongar considerablemente la duración máxima de la vida útil de un gran filántropo o de un pensador, de alguien cuya aportación al bienestar común es indiscutible. Comparada con este bien, ¿qué es la vida de un cabrero serbio? La de un niño analfabeto que de otro modo hubiera estado destinado a una existencia de pobreza y de delitos de menor cuantía. O la de una gitana que, de otro modo, se hubiera pasado los días vaciando los bolsillos de los turistas que visitan Florencia y las noches despiojándose el cabello. Le han enseñado que las vidas son sacrosantas y, sin embargo, cada día usted adopta unas decisiones que presuponen la conciencia de que algunas vidas son más valiosas que otras. Yo lloro por aquellos que han entregado la vida por un bien más grande. Lo digo en serio y pienso con toda sinceridad que ojalá el sacrificio que hicieron no hubiera sido necesario. Pero también sé que todas las grandes hazañas de la historia de nuestra especie se han cumplido a costa de vidas humanas. No hay ningún documento de la civilización que no sea al mismo tiempo un documento de la barbarie: eso lo dijo un gran pensador, un pensador que murió demasiado joven.

Ben parpadeó, sin poder hablar.

—Vamos —dijo Lenz—, hay alguien que quiere saludarle. Un viejo amigo suyo.

Ben se quedó boquiabierto de asombro.

—¿Profesor Godwin?

—Ben.

Era su viejo mentor de la universidad, jubilado desde hacía mucho tiempo. Pero su porte parecía más erguido y su piel antaño arrugada estaba ahora suave y sonrosada. Parecía varias décadas más joven que los ochenta y dos años que tenía. John Barnes Godwin, profesor emérito de historia de Europa del siglo XX, estaba más fuerte que un roble. Su apretón de manos era firme.

—Dios mío —dijo Ben.

De no haberle conocido, le hubiera dado cincuenta y tantos años.

Godwin era uno de los elegidos. Naturalmente: era un creador de reyes entre bastidores, era poderoso y estaba extremadamente bien relacionado.

Godwin estaba allí como una pasmosa prueba de la hazaña de Lenz. Se encontraban en una pequeña antesala del inmenso salón, cómodamente amueblado con sofás y sillones, almohadones y lámparas de lectura y montones de periódicos y revistas en toda una serie de idiomas distintos.

Godwin parecía alegrarse del asombro de Ben. Jürgen Lenz rebosaba de satisfacción.

—No debe de saber qué pensar de todo esto —dijo Godwin.

Ben tardó unos cuantos segundos en poder pensar una respuesta.

—Es una manera de decirlo.

—Es extraordinario lo que el doctor Lenz ha conseguido. Todos le estamos profundamente agradecidos. Pero también creo que somos conscientes del significado, de la gravedad, de su regalo. Esencialmente, nos ha devuelto nuestra vida. No tanto nuestra juventud cuanto... otra oportunidad. Un aplazamiento de la muerte. —Frunció el entrecejo con semblante pensativo—. ¿Es contrario a la naturaleza? Puede que sí. La manera de curar el cáncer es contraria a la naturaleza. Recuerde que Emerson nos dijo que la vejez es «la única enfermedad».

Le brillaron los ojos mientras Ben lo escuchaba en sorprendido silencio.

En la universidad, Ben siempre se había dirigido a él como profesor Godwin, pero ahora prefirió no utilizar ningún título.

—¿Por qué?

—¿Por qué? ¿A nivel personal? ¿Hace falta que lo pregunte? Me han dado otra vida. Tal vez incluso otras dos vidas.

—¿Me disculpan, caballeros? —lo interrumpió Lenz—. El primer helicóptero está a punto de salir y tengo que decirles adiós.

Abandonó la estancia casi corriendo.

—Cuando se llega a mi edad, Ben, uno no compra fruta verde —dijo Godwin, reanudando sus explicaciones—. No se acepta el proyecto de un libro que uno no cree que vaya a tener tiempo de terminar. Pero piense en la cantidad de cosas que puedo hacer ahora. Cuando me llamó el doctor Lenz, pensaba que me había pasado varias décadas luchando y trabajando y aprendiendo para llegar hasta donde estoy, para saber lo que sé, para adquirir los conocimientos que tengo, para que en cualquier momento todo eso me pudiera ser arrebatado: «Si la juventud supiera, si la vejez pudiera», ¿verdad?

—Aunque eso fuera cierto...

—Usted tiene ojos. Puede ver lo que tiene delante. ¡Míreme, por el amor de Dios! Antes no podía subir las escaleras de la Biblioteca Firestone, y ahora hasta puedo correr.

Ben se dio cuenta de que Godwin no sólo era el resultado de un experimento acertado sino que, además, era uno de ellos... un conspirador como Lenz. ¿Sabía algo acerca de la crueldad, de los asesinatos?

—Pero ¿ha visto lo que ocurre aquí... los niños refugiados que hay ahí fuera? ¿Los millares de niños secuestrados? ¿Eso no le molesta?

Godwin pareció sentirse visiblemente incómodo.

—Reconozco que hay aspectos de todo esto acerca de los cuales prefiero no saber nada, y siempre lo he dejado bien claro.

—¡Estamos hablando del asesinato en curso de miles de niños! —dijo Ben. El tratamiento lo exige. Lenz lo llama «cosecha», una bonita palabra para designar una matanza sistemática.

—Es... —Godwin titubeó—. Bueno, es moralmente complicado.

—«*Honesta turpitudo est pro causa bona.*» Por una buena causa, la maldad es virtuosa —tradujo Ben—. Publio Sirio. Usted me lo enseñó.

Godwin también. Se había pasado al otro lado; se había unido a Lenz.

—Lo importante es que la causa tiene verdadero mérito.

Se acercó a un sofá de cuero. Ben se sentó de cara a él en el sofá de al lado.

—¿Y en los viejos tiempos también estuvo usted implicado en la causa de Sigma?

—Sí, durante varias décadas. Y ahora me siento un privilegiado por el hecho de estar aquí y participar en esta nueva fase. Bajo el liderazgo de Lenz las cosas van a ser muy distintas.

—Deduzco que no todos sus colegas estuvieron de acuerdo con usted.

—En efecto. Los *angeli rebelli*, los llama Lenz. Los ángeles rebeldes. Eran un grupo de personas que querían organizar una pelea. Por vanidad o por miopía. Cualquiera que fuera la causa, jamás confiaron en Lenz o sintieron que habían bajado de categoría debido a la aparición del nuevo liderazgo. Creo que algunos de ellos se quejaban de... los sacrificios que tenían que hacer. Cada vez que se produce un cambio de poder, cabe esperar algunas formas de resistencia. Pero hace algunos años, cuando Lenz permitió que su proyecto se agilizara con vistas a las actuales pruebas, dejó bien claro que el colectivo tendría que reconocer su liderazgo. Pero tampoco lo hizo por egoísmo. Lo que ocurre es que se tendrían que tomar algunas decisiones difíciles acerca de quiénes deberían ser... bueno, admitidos a participar en el programa. Incluidos en la élite permanente. El riesgo de la aparición de bandos era demasiado grande. Lenz era el líder que necesitábamos. Casi todos nosotros lo reconocimos. Pero algunos, no.

—Dígame, ¿contempla su plan la voluntad de hacer accesible este proyecto a todo el mundo, a las masas? ¿O sólo a los que él llama «los grandes»?

—Bueno, plantea usted una cuestión muy seria. Me sentí halagado de que Jürgen me seleccionara para ser algo así como un reclutador para este augusto grupo del mundo... para estas lumbreras. Los *Wiedergeboren,* tal como nos llama el doctor Lenz, los Renacidos. Estamos muy por encima del pelotón de Sigma. Yo introduje a Walter, ya sabe, y a mi vieja amiga Miriam Bateman... la jueza Miriam Bateman. Me han encargado participar en la elección de los que parece que lo merecen. En todo el mundo, China, Rusia, Europa, África, por todas partes y sin ningún prejuicio. Como no sea el prejuicio en favor de la excelencia.

—Pero Arnold Carr no es mucho mayor que yo...

—De hecho, tiene la edad perfecta para el inicio de estos tratamientos. Puede quedarse en los cuarenta y dos años durante todo el resto de su muy dilatada vida. O volver a convertirse en el equivalente biológico de treinta y dos años. —El historiador abrió los ojos con expresión de asombro—. Ahora mismo somos cuarenta.

—Comprendo —lo interrumpió Ben—. Pero...

—¡Preste atención, Ben! El otro juez del Tribunal Supremo que hemos elegido, un gran jurista que también es negro, el hijo de un aparcero, que vivió tanto la segregación como la liberación, ¡la cantidad de sabiduría que habrá acumulado en su vida! ¿Quién podría sustituirlo? Un pintor cuyo trabajo ya está transformando el arte mundial... ¿qué otros lienzos espectaculares podría haber en él? Imagínese, Ben, si los más grandes compositores, escritores y artistas de todo el mundo... piense en Shakespeare, piense en Mozart, piense...

Ben se inclinó hacia delante.

—¡Eso es una locura! —gritó—. ¡Los ricos y poderosos consiguen vivir el doble que los pobres y los que carecen de poder! ¡Eso es una maldita conspiración de la élite!

—¿Y qué si lo es? —replicó Godwin—. Platón escribió acerca del rey-filósofo, del gobierno de los sabios. Comprendió que nuestra civilización avanza y retrocede, avanza y retrocede. Aprendemos lecciones sólo para olvidarlas. Las tragedias de la historia se repiten... el Holocausto y los genocidios que ha habido después, es como si lo hubiéramos olvidado todo. Las guerras mundiales. Las dictaduras. Los falsos mesías. La opresión de las minorías. Parece que no evolucionamos. Pero ahora, por primera vez, podemos cambiar la situación. ¡Podemos transformar la especie humana!

—¿Cómo? Su número es exiguo. —Ben cruzó los brazos sobre el pecho—. Esto es lo malo de las élites.

Godwin miró a Ben un momento y después soltó una risita.

—Nosotros somos pocos, somos pocos pero felices, somos un grupito de hermanos... sí, todo suena irremediablemente inadecuado para las grandes empresas, ¿verdad? Pero la humanidad no progresa mediante un proceso de esclarecimiento colectivo. Progresamos porque un individuo o algún pequeño grupo hace en algún lugar un descubrimiento y todos los demás se benefician de él. Hace tres siglos, en una región con un elevado índice de analfabetismo, un hombre o, mejor dicho, dos, descubren el cálculo, y el curso de nuestra especie cambia para siempre. Hace un siglo, un hombre descubre la relatividad y ya nada vuelve a ser igual. Dígame una cosa, Ben, ¿sabe usted exactamente cómo funciona un motor de combustión interna, podría montar uno incluso si yo le diera las piezas? ¿Sabe cómo se vulcaniza el caucho? Por supuesto que no, pero, aun así, usted se beneficia de la existencia del automóvil. Así es como funciona. En el mundo primitivo, y sé que no tendríamos que seguir utilizando estas palabras, pero permítame que lo haga, no hay un abismo infinito entre lo que sabe un miembro de una tribu y lo que sabe otro. No es así en el mundo occidental. La división de las tareas es el rasgo distintivo de la civilización: cuanto más alto es el grado del reparto de las tareas, tanto más avanzada es la sociedad. Y el más importante reparto de las tareas es el reparto de las tareas intelectuales. Un reducido número de personas trabajó en el Proyecto Manhattan... y, sin embargo, el planeta cambió para siempre. En la pasada década, hubo pequeños equipos que se dedicaron a descodificar el genoma humano. Aunque la mayoría de la gente no pueda recordar la diferencia entre el Nyquil y la niacina, todo el mundo se beneficiará por igual. La gente está utilizando en todas partes los ordenadores personales... gente que no tiene ni idea de lo que es una clave informática, que no tiene ni el más elemental conocimiento acerca de los sistemas de circuitos integrados. La supremacía corresponde a unos pocos afortunados y, sin embargo, los beneficios alcanzan a multitudes. El progreso de nuestra especie no se produce por medio de amplios esfuerzos colectivos... como el de los judíos que construyeron las pirámides. Se produce a través de los individuos, de las pequeñas élites que descubren el fuego, la rueda, la unidad central de procesamiento, y cambian con ello el paisaje de nuestras vidas. Y lo que es cierto en la ciencia y la tecnología también puede ser cierto en la política. Sólo que aquí la curva de aprendizaje tiene lugar durante un período de tiempo mucho más largo. Lo cual significa que, para cuando aprendemos de nuestros errores, ya nos han sustituido unos advenedizos más jóvenes que cometen los mismos errores una y otra vez. No aprendemos suficiente porque no vivimos suficiente. Las personas que fundaron Sigma comprendieron que se trataba de una limitación inherente que nuestra especie tendría que superar para poder sobrevivir. ¿Lo está empezando a comprender, Ben?

—Siga —dijo Ben como si fuera un dubitativo estudiante.

—Los esfuerzos de Sigma, nuestro intento de moderar la política de la posguerra, fueron sólo el principio. ¡Ahora podemos cambiar el rostro del planeta! Garantizar la paz, la prosperidad y la seguridad universales mediante la sabia gestión y la comercialización de los recursos del planeta. Si eso es lo que usted llama una conspiración de la élite... bueno, ¿tan malo le parece? Si unos cuantos miserables refugiados de guerra tienen que reunirse antes de tiempo con su Hacedor para salvar el mundo, ¿de veras es eso una tragedia tan grande?

—Pero eso es sólo para aquellos a quienes usted considera dignos, ¿verdad? —dijo Ben—. Es algo a lo que usted no quiere que todos los demás tengan acceso. Habrá dos clases de seres humanos.

—Los gobernados y los gobernantes. Pero eso es inevitable, Ben. Habrá los sabios y las masas gobernadas. Es la única manera de forjar una sociedad viable. El mundo ya está superpoblado. Buena parte de África ni siquiera tiene agua potable limpia. ¡Si todo el mundo viviera dos o tres veces más, piense en cuáles serían las consecuencias! ¡El mundo se vendría abajo! Es por eso por lo que, en su sabiduría, Lenz sabe que eso sólo tiene que estar al alcance de unos pocos.

—¿Y qué ocurre con la democracia? ¿El gobierno del pueblo?

Las mejillas de Godwin se ruborizaron.

—Ahórreme la retórica sentimental, Ben. La historia de la inhumanidad del hombre contra el hombre ya forma parte de la propia historia: chusmas que destruyen lo que la nobleza tan cuidadosamente había construido. La principal tarea de la política ha sido siempre la de salvar a las personas de sí mismas. Eso no encajaba muy bien con los estudiantes, pero el principio de la aristocracia fue siempre correcto: *aristos, kratos*... el gobierno de los mejores. Lo malo es que la aristocracia a menudo no te daba lo mejor. Pero imagínese si, por primera vez en la historia de la humanidad, se pudiera racionalizar el sistema, crear una aristocracia oculta basada en el mérito... donde los *Wiedergeborenen* actuaran como los custodios de la civilización.

Ben se levantó y empezó a pasear. La cabeza le daba vueltas. Godwin, exponiendo sus demenciales justificaciones, había caído en la trampa de dejarse arrastrar por la casi irresistible tentación de la casi inmortalidad.

—Ben, ¿qué edad tiene usted, treinta y cinco, treinta y seis años? Imagínese si pudiera vivir eternamente. Sé que yo a su edad lo pensaba. Pero yo quiero que se imagine a los ochenta y cinco años, a los noventa, Dios mediante llegará a esta edad. Tiene una familia, tiene hijos y nietos. Ha disfrutado de una existencia feliz, su trabajo es importante y, aunque sufre los normales achaques de la edad...

—Me querré morir —dijo Ben en tono cortante.

—Exacto. Si se encuentra usted en la situación en que se encuentran casi todas las personas a esa edad. Pero no hace falta que tenga noventa años. Si empieza esta terapia ahora, siempre vivirá en la flor de la edad, como si tuviera treinta y tantos años... ¡Dios mío, qué no daría yo por tener su edad! Por favor, no me diga que tiene alguna objeción ética que hacer.

—No sé muy bien qué pensar en este momento —dijo Ben, estudiando detenidamente a Godwin.

Godwin pareció creerle.

—Bien. Es usted razonable. Quiero que se una a nosotros. Que se una a los *Wiedergeborenen*.

Ben inclinó la cabeza entre los brazos.

—No cabe duda de que es una oferta tentadora. —Hablaba en tono apagado—. Insiste usted en unas cuestiones muy interesantes...

—¿Está usted ahí, John? —lo interrumpió la voz de Lenz, vibrante y entusiasta—. ¡El último helicóptero está a punto de salir!

Godwin se levantó rápidamente.

—Necesito coger este enlace —dijo a modo de disculpa—. Quiero que piense en lo que hemos estado discutiendo.

Lenz entró, rodeando con el brazo a un anciano de hombros encorvados.

Jakob Sonnenfeld.

—¿Ha sido fructífera su conversación? —preguntó Lenz.

«No. Él no.»

—Usted... —le soltó bruscamente Ben al anciano cazador de nazis, dominado por la repugnancia.

—Creo que es posible que tengamos un nuevo recluta —dijo Godwin en tono sombrío, dirigiéndole a Lenz una breve pero significativa mirada.

Ben se volvió hacia Sonnenfeld.

—Sabían que yo iría a Buenos Aires porque usted se lo dijo, ¿verdad?

Sonnenfeld lo miró con semblante afligido y apartó los ojos.

—Hay veces en la vida en que uno tiene que elegir —dijo—. Cuando empiece mi tratamiento...

—Vamos, caballeros —Lenz volvió a interrumpir—. Tenemos que darnos prisa.

Ben oyó el zumbido de un helicóptero en el exterior mientras Godwin y Sonnenfeld se dirigían hacia la salida.

—Ben —dijo Lenz sin volverse—. Quédese aquí, por favor. Me alegro mucho de que pueda estar interesado en nuestro proyecto. Por consiguiente, ahora usted y yo tenemos que mantener una pequeña charla.

Ben sintió que algo se cerraba ruidosamente a su espalda y que algo de acero se ajustaba alrededor de su muñeca.

Unas esposas.

No había manera de salir.

• • •

Los guardias lo llevaron a rastras a través de la espaciosa sala, pasando por delante del equipo de ejercicios y de los puestos de control sanitario.

Gritó con toda la fuerza de sus pulmones y se desplomó. Si quedaba alguno de los *Wiedergeborenen*, vería que lo estaban secuestrando y seguramente protestaría. Ésos no eran malos.

Pero no quedaba ninguno, por lo menos que él pudiera ver.

Un tercer guardia lo agarró por la parte superior del brazo y se unió a sus compañeros. Sus piernas y rodillas se arrastraron dolorosamente por el suelo de piedra y las erosiones le hicieron mucho daño. Soltó puntapiés y forcejeó. Llegó un cuarto guardia y ahora entre todos pudieron inmovilizarlo, sujetándolo por las extremidades, a pesar de que él gritaba y culebreaba hacia delante y hacia atrás para dificultarles al máximo la tarea.

Lo llevaron a rastras hasta un ascensor. Un guardia pulsó el botón de la segunda planta. En cuestión de segundos el ascensor se abrió a un pasillo de color absolutamente blanco. Mientras los guardias lo sacaban fuera —había dejado de oponer resistencia, ¿de qué le habría servido?—, una enfermera que pasaba se lo quedó mirando con asombro y apartó rápidamente la mirada.

Lo llevaron a algo que parecía una sala de quirófano modificada y lo levantaron para tumbarlo en una cama. Un enfermero que parecía esperarlo —¿acaso los guardias se habían adelantado y lo habían comunicado por radio?— le ajustó unas correas de colores a los tobillos y las muñecas y, en cuanto lo tuvo inmovilizado, le quitó las esposas.

Exhausto, permaneció tumbado con las extremidades inmóviles. Todos los guardias menos uno abandonaron la habitación una vez finalizado su trabajo. El guardia que quedaba montó guardia junto a la puerta cerrada, con una Uzi cruzada sobre su pecho.

Se abrió la puerta y entró Jürgen Lenz.

—Admiro su inteligencia —le dijo—. Me habían asegurado que la vieja cueva estaba sellada o, por lo menos, era impracticable. Por consiguiente, gracias por haberme señalado este riesgo de seguridad. Ya he ordenado que dinamiten la entrada.

Ben se preguntó: ¿sería verdad que Godwin lo había invitado a unirse a ellos? ¿O acaso su viejo mentor trataba simplemente de neutralizarlo? En cualquier caso, Lenz recelaba demasiado como para confiar en él.

¿O acaso sí confiaba?

—Godwin me pidió que me incorporara al proyecto —dijo Ben.

Lenz acercó un carrito metálico a la cama y empezó a preparar una aguja hipodérmica.

—Godwin confía en usted —dijo Lenz, volviéndose a mirarle—. Yo no.

Ben estudió su rostro.

—¿Confiar en mí a propósito de qué?

—De que respetará nuestra necesidad de discreción. Sobre aquello que usted y su compañera de investigaciones puedan haber revelado.

«¡Aquí estaba su punto vulnerable!»

—Si usted la libera incólume, usted y yo podemos llegar a un trato —dijo Ben—. Cada uno consigue lo que le interesa.

—Y, como es natural, yo puedo confiar en que usted cumplirá su palabra.

—En mi propio interés —dijo Ben.

—La gente no siempre actúa en su propio interés. Si alguna vez lo olvidara, los *angeli rebelli* estarían aquí para recordármelo.

—Vamos a simplificar. Mi interés es que usted ponga en libertad a Anna Navarro. El suyo es mantener su proyecto en secreto. Ambos estamos recíprocamente interesados en cerrar un trato.

—Bueno —dijo Lenz en tono dubitativo—. Tal vez. Pero primero necesito un poco de honradez químicamente provocada, por si a usted no le saliera espontáneamente.

Ben procuró reprimir una oleada de pánico.

—¿Y eso qué significa?

—Nada perjudicial. Una experiencia más bien agradable.

—No creo que usted tenga tiempo para eso. Sobre todo teniendo en cuenta que los agentes del orden están a punto de llegar de un momento a otro. Ésta es su última oportunidad para cerrar un trato.

—La señorita Navarro está aquí por su cuenta —dijo Lenz—. No ha solicitado la intervención de nadie más. Ella misma así me lo dijo. —Lenz sostuvo en alto la aguja hipodérmica—. Y le aseguro que estaba diciendo la verdad.

«Sigue conversando. Mantenlo distraído.»

—¿Cómo puede confiar en los científicos de su equipo?

—No confío. Todo, todos los materiales, los ordenadores, los resultados, las diapositivas, las fórmulas de las sustancias de las transfusiones... todo está aquí.

Ben insistió.

—Sigue siendo vulnerable. Alguien podría tener acceso a cualquier dispositivo de copia de seguridad remota que usted pudiera tener para sus bases de datos. Y ninguna encriptación es inquebrantable.

—Lo cual es precisamente el motivo de que no haya hecho ninguna copia de seguridad remota —dijo Lenz, demostrando con visible satisfacción la falacia de las suposiciones de Ben—. Eso representa un riesgo que yo no me puedo permitir. Le diré con toda sinceridad que no he llegado al lugar donde estoy depositando una confianza excesiva en mis semejantes.

—Puesto que ambos estamos siendo sinceros, permítame preguntarle una cosa.

—¿Sí?

Lenz dio unas palmaditas al antebrazo de Ben hasta que apareció una vena.

—Me gustaría saber por qué mandó asesinar a mi hermano.

Lenz introdujo una aguja en la vena con una fuerza aparentemente innecesaria.

—Eso jamás hubiera tenido que ocurrir. Lo hicieron unos fanáticos pertenecientes a mi equipo de seguridad y es algo que yo lamento profundamente. Un terrible error. Temían que el hecho de que él hubiera descubierto la composición del consejo inicial de Sigma pusiera en peligro nuestra labor.

El corazón de Ben empezó a latir con fuerza y, una vez más, tuvo que hacer un esfuerzo por dominarse.

—¿Y mi padre? ¿Sus «fanáticos» también lo han matado?

—¿Max? —Lenz pareció sorprenderse—. Max es un genio. Admiro enormemente a ese hombre. Oh, no, yo jamás le tocaría un solo cabello de la cabeza.

—Pues entonces, ¿dónde está?

—¿Se ha ido a algún sitio? —preguntó inocentemente Lenz.

«Sigue adelante.»

—Pues entonces, ¿por qué matar a todos aquellos otros viejos...?

Se produjo un ligero parpadeo en el ojo izquierdo de Lenz.

—Limpieza doméstica. Estamos hablando en general de individuos con una participación personal en Sigma que trataron de oponer resistencia a lo inevitable. Se quejaban de que Sigma había caído bajo mi dominio, se sentían desplazados por mi emergente papel. Bueno, la verdad es que todos nuestros miembros han sido tratados con mucha generosidad...

—Que los ha tenido usted en su puño, quiere decir. Que les ha hecho pagos para fortalecer su discreción.

—Como usted quiera. Pero eso ya no era suficiente. Ahora ya no. Todo se redujo a un fallo de nuestra visión. Queda el hecho de que ellos se negaron, ¿como diría?, a aceptar nuestro programa. Después hubo otros que se mostraron inoportunos y posiblemente indiscretos y que ya no tenían nada que ofrecer desde hacía tiempo. Eran unos hilos sueltos y había llegado la hora de cortarlos. Puede que le parezca muy duro, pero, cuando hay tantas cosas en juego, uno no se limita a soltarle a la gente un duro sermón, o a darle una zurra, o a imponerle una «suspensión temporal», ¿comprende? Toma medidas más definitivas.

«No te des por vencido —se dijo Ben—. Mantenlo ocupado.»

—Asesinar a todos estos ancianos parece en sí mismo un riesgo insensato, ¿no cree? Sus muertes no tenían más remedio que despertar sospechas.

—Por favor. Todas las muertes parecían naturales, y aunque la toxina se hubiera descubierto, ésos eran unos hombres con muchos enemigos mundanos...

Lenz oyó el ruido en el mismo momento en que lo oyó Ben.

Un estallido de fuego de ametralladora no muy lejos de allí.

Y después otro, todavía más cerca.

Un grito.

Lenz se volvió hacia la puerta con la aguja hipodérmica en una mano. Le dijo algo al guardia que permanecía de pie junto a la puerta.

La puerta se abrió de golpe en medio de una lluvia de balas.

Un grito, y el guardia se desplomó sobre un charco de su propia sangre.

Lenz cayó al suelo.

«¡Anna!»

El alivio de Ben fue inmenso. «Está viva, está viva no sé cómo.»

—¡Ben! —gritó ella, empujando la puerta a su espalda para cerrarla—. ¿Estás bien, Ben?

—Estoy bien —gritó él.

—¡Levántese! —le gritó Anna a Lenz—. Maldito hijo de puta.

Se acercó a él, apuntándolo con la ametralladora.

Llevaba puesta una corta chaqueta blanca de médico.

Lenz se levantó. Tenía el rostro arrebolado y el cabello gris alborotado.

—Mis guardias estarán aquí de un momento a otro —dijo con voz trémula.

—No cuente con ello —replicó Anna—. He sellado toda el ala del edificio, y las puertas están cerradas por fuera.

—Creo que ha matado usted al guardia —dijo Lenz, recuperando la chulería de su voz—. Yo pensaba que Estados Unidos entrenaba a sus agentes para matar sólo en defensa propia.

—¿No se ha enterado? No estoy de guardia —dijo Anna—. No se acerque las manos al cuerpo. ¿Dónde tiene el arma?

Lenz estaba indignado.

—No tengo ninguna.

Anna se le acercó.

—No le importa que mire, ¿verdad? Aparte las manos del cuerpo, le digo.

Poco a poco dio un paso hacia Lenz e introdujo la mano libre en el interior de su chaqueta.

—Vamos a ver —dijo—. Espero que pueda hacerlo sin disparar la maldita ametralladora. No estoy demasiado familiarizada con estos bichos.

Lenz palideció.

Anna sacó con un floreo un arma de fuego de pequeño tamaño del interior del traje de Lenz, como un ilusionista que sacara un conejo de una chistera.

—Vaya, vaya —dijo—. Bastante hábil para ser un viejo, Jürgen. ¿O acaso sus amigos le siguen llamando Gerhard?

47

Ben emitió un jadeo.

—Oh, Dios mío.

Lenz frunció los labios y después, curiosamente, esbozó una sonrisa.

Anna se guardó el arma de Lenz en el bolsillo.

—Durante mucho tiempo me desconcertó —dijo—. La Unidad de Identificación federal examinó las huellas digitales pero no encontró nada, por muchas bases de datos que utilizara. Probó en los archivos del espionaje militar, pero nada tampoco. Hasta que retrocedieron a las viejas cartillas de diez huellas dactilares de la guerra que fueron válidas hasta unos cuantos años después y que todavía no se han digitalizado, ¿por qué se iban a digitalizar, verdad? Sus viejas huellas digitales de las SS se incluyeron en las fichas del Ejército, supongo que porque usted desertó.

Lenz la miró con semblante risueño.

—Los técnicos hicieron conjeturas en el sentido de que tal vez las huellas de la foto que yo les había enviado eran antiguas, pero lo más extraño fue que el aceite de la huella, el residuo del sudor, lo llaman, era reciente. No les cuadraba.

Ben miró a Lenz. Sí, se parecía al Gerhard Lenz que figuraba en la fotografía junto a Max Hartman. En aquella fotografía del año 1945 Lenz tenía unos cuarenta y tantos años. Lo cual significaba que ahora debía de tener más de cien años.

«Parecía imposible.»

—Yo fui mi primer éxito —dijo Gerhard Lenz en voz baja—. Hace casi veinte años, pude detener por primera vez y después invertir mi propio envejecimiento. Hace apenas unos años inventamos una fórmula que funciona con toda seguridad en todas las personas. —Su mirada se perdió en la distancia con expresión desenfocada—. Eso significaba que todo aquello que representaba Sigma ahora se podía garantizar.

—Muy bien —Anna lo interrumpió—. Deme la llave de las sujeciones.

—No tengo la llave. El enfermero...

—Déjelo correr. —Anna se pasó la ametralladora a la mano derecha, se sacó de un bolsillo de la chaqueta un sujetapapeles estirado y liberó a Ben, entregándole un largo objeto de plástico que él miró y comprendió lo que era de inmediato.

—No mueva ni un solo músculo —gritó Anna, apuntando con la Uzi en dirección a Lenz—. Ben, toma estas sujeciones y sujeta a este hijo de puta a algo inmóvil. —Miró rápidamente a su alrededor—. Tenemos que salir cuanto antes de aquí y...

—No —dijo Ben con un tono de voz más frío y duro que el acero.

Anna se volvió, sorprendida.

—Pero ¿qué estás...?

—Tiene a unos prisioneros aquí... unos muchachos en tiendas de campaña aquí fuera, niños enfermos en por lo menos una de las salas. ¡Tenemos que sacarlos a ellos primero!

Anna lo comprendió inmediatamente y asintió con la cabeza.

—El medio más rápido es desconectar el sistema de seguridad. Deselectrificar las vallas, abrir... —Se volvió hacia Lenz, sujetando bien la ametralladora con ambas manos—. Hay un panel de control general en su despacho, un mando centralizado. Vamos a dar un paseíto.

Lenz la miró con calma.

—Me temo que no sé de qué me está hablando. Toda la seguridad de la clínica se controla desde el puesto central de la guardia ubicado en el primer nivel.

—Lo siento —dijo Anna—. Ya he «interrogado» a uno de sus guardias. —Señaló con la Uzi una puerta cerrada, no aquélla a través de la cual habían entrado—. Vamos.

El despacho de Lenz era enorme y oscuro como una catedral.

Unos destellos de pálida luz se filtraban a través de unas aspilleras abiertas en el muro de piedra muy por encima de sus cabezas. Casi toda la estancia estaba envuelta en las sombras, exceptuando un pequeño círculo de luz de una lámpara de biblioteca con pantalla de cristal de color verde colocada en el centro del impresionante escritorio de nogal de Lenz.

—Supongo que no le importará que encienda la luz para que vea lo que estoy haciendo —dijo Lenz.

—Lo siento —contestó Anna—. No la necesitamos. Vaya al otro lado de su escritorio y pulse el botón que levanta el panel de control. No pongamos dificultades.

Lenz titubeó un momento y después obedeció sus instrucciones.

—Es un ejercicio inútil —dijo con cansado desprecio mientras rodeaba su escritorio.

Ella lo siguió con cautela, sin dejar de apuntarlo con el arma.

Ben se acercó y se situó a su espalda. Un segundo par de ojos por si Lenz intentara hacer algo, tal como él estaba seguro de que iba a hacer.

Lenz pulsó un botón situado en un hueco del canto frontal del escritorio. Se oyó un retumbo metálico y, en la parte central de la superficie del escritorio, se elevó una alargada y plana sección parecida a una lápida sepulcral horizontal: un panel de instrumentos de acero pulido cuyo aspecto resultaba incongruente encima de un escritorio gótico.

Encajada en el acero había algo que parecía una pantalla plana de plasma en la cual estaban dispuestos nueve pequeños cuadrados que emitían un gélido resplandor azul en filas de tres. Cada display cuadrado mostraba una zona distinta del interior y el exterior del *Schloss*. En la parte inferior de la pantalla había toda una serie de interruptores de palanca plateados. En un display jugaban los niños progéricos, atados a sus postes; en otro, unos refugiados estaban reunidos alrededor de sus tiendas de campaña, fumando en medio de la nieve. Unos guardias permanecían de pie junto a las distintas entradas. Otros guardias patrullaban por la zona. Unas luces intermitentes de color rojo colocadas a intervalos de aproximadamente un metro brillaban en las vallas electrificadas instaladas en lo alto de los antiguos muros de piedra, indicando, al parecer, que el sistema seguía en funcionamiento.

—¡Andando! —le ordenó Anna.

Lenz inclinó la cabeza con gesto condescendiente y empezó a accionar cada uno de los interruptores de palanca de izquierda a derecha. No ocurrió nada, ninguna señal de que el sistema de seguridad se hubiera desconectado.

—Ya encontraremos a otros progéricos —dijo Lenz mientras apagaba el display—, y las existencias de jóvenes refugiados de guerra, de niños desplazados que el mundo no pierde de vista, son interminables... Parece que siempre hay una guerra en algún sitio.

Por lo visto, la idea le hizo gracia.

Las luces intermitentes se habían apagado. Un grupo de niños refugiados estaba jugando a un juego junto a una de las altas verjas de hierro. Uno de ellos señaló con la mano tras haberse dado cuenta de que las lucecitas rojas habían dejado de parpadear.

Otro se acercó corriendo a la verja y tiró de ella.

La verja se abrió muy despacio.

El niño cruzó tímidamente la verja, volviéndose a mirar a los demás mientras les hacía señas de que se acercaran. Lentamente, otro se le acercó, cruzando la verja hacia la libertad. Parecía que se hablaban a gritos los unos a los otros, aunque no se oía ningún sonido.

Después se acercaron otros niños. Una niña de aspecto descuidado y enmarañado cabello rizado. Otro chico.

Más niños.

Un frenético movimiento. Los niños empezaron a corretear, empujándose y dándose codazos los unos a los otros.

Lenz lo observó con expresión inescrutable. La atención de Anna estaba centrada en él sin dejar de apuntarlo con la Uzi.

En otra pantalla, una puerta de la sala de los niños estaba abierta. Una enfermera que estaba mirando furtivamente a su alrededor parecía estar haciéndoles señas a los niños de que salieran.

—O sea que se están escapando —dijo Lenz—, pero para ustedes no va a ser tan fácil. Cuarenta y ocho guardias de seguridad han sido adiestrados para disparar contra cualquier intruso que vean. Ustedes jamás conseguirán salir de aquí. —Alargó la mano hacia una ornamentada lámpara de latón con la intención de encenderla, y entonces Ben se cuadró en la certeza de que Lenz iba a tomar la lámpara para arrojársela o para blandirla y golpearlo con ella, pero, en lugar de eso, Lenz tiró de una parte de la base y extrajo un pequeño objeto ovalado con el cual apuntó inmediatamente contra él. Era una compacta pistola revestida de latón, hábilmente escondida.

—¡Suéltela! —le gritó Anna.

Ben se encontraba a cierta distancia de Anna y Lenz no podía apuntarlos a los dos.

—Le sugiero que baje su arma ahora mismo —dijo Lenz—. De esta manera, nadie sufrirá el menor daño.

—No lo creo —replicó Anna—. No estamos muy igualados, que digamos.

Lenz, sin desconcertarse en absoluto, dijo en un suave susurro:

—Pero, verá usted, si empieza a disparar contra mí, su amigo también morirá. Le conviene preguntarse hasta qué extremo es importante matarme... si de veras merece la pena.

—Suelte esa maldita pistola de juguete —dijo Anna, aunque Ben ya había visto que no era de juguete.

—Aunque usted consiga matarme, no va a cambiar nada. Mi obra seguirá adelante sin mí. Pero su amigo Benjamin estará muerto.

—¡No! —se oyó un áspero grito.

«La voz de un anciano.»

Lenz dio rápidamente media vuelta para mirar.

—*Lassen Sie ihn los! Lassen Sie meinen Sohn los!* —¡Déjelo en paz! ¡Deje en paz a mi hijo!

La voz procedía de un rincón de la espaciosa estancia oculto en medio de las sombras.

Lenz apuntó el arma en dirección a la voz y después pareció pensarlo mejor y volvió a apuntar a Ben.

—¡Deje en paz a mi hijo! —repitió la voz.

En medio de la penumbra Ben a duras penas podía distinguir la figura sentada.

«Su padre.» En su mano sostenía también un arma.

Por un instante, Ben se quedó sin habla.

Pensó que, a lo mejor, era un efecto de la extraña luz oblicua; pero cuando volvió a mirar, comprendió que lo que estaba viendo era real.

Ahora ya más tranquila, se oyó la voz de Max:

—Suéltelos a los dos.

—Ah, Max, amigo mío —dijo Lenz, levantando la voz en tono cordial—. A lo mejor tú podrás hacer entrar en razón a estos dos.

—Ya basta de asesinatos —dijo Max—. Basta de derramamientos de sangre. Ahora ya todo ha terminado.

—Eres un anciano insensato —replicó Lenz, tensando la voz.

—Tiene razón —dijo Max. Permaneció sentado, pero su arma seguía apuntando a Lenz—. Y también fui un joven insensato. Entonces usted me sedujo, exactamente igual que ahora. Me he pasado toda la vida temiéndole a usted y a su gente. Sus amenazas. Sus chantajes. —Su voz se elevó y se quebró de rabia—. Cualquier cosa que yo construyera o hiciera, usted estaba siempre presente.

—Ya puedes bajar el arma, amigo mío —dijo Lenz en un susurro.

Su arma apuntaba todavía a Ben, pero durante una décima de segundo, la desvió hacia Max.

«Puedo abalanzarme sobre él, inmovilizarlo en el suelo —pensó Ben—. La próxima vez que se distraiga.»

Max siguió como si no lo hubiera oído, y como si no hubiera nadie en la estancia más que Lenz.

—¿Es que no ve que ya no le tengo miedo? —Su voz reverberó en las paredes de piedra—. Jamás me perdonaré lo que hice, haberlos ayudado a usted y a sus amigos carniceros. Haber hecho un pacto con el diablo. Hubo un tiempo en que pensé que sería lo mejor para mi familia, para mi futuro, para el del mundo. Pero me engañaba. Lo que le hizo a mi hijo, a mi Peter... —Se le quebró la voz.

—¡Pero eso tú sabes que jamás hubiera tenido que ocurrir! —protestó Lenz—. Fue obra de unos fanáticos miembros del servicio de seguridad que se extralimitaron en sus funciones.

—¡Ya es suficiente! —rugió Max—. ¡Ya basta! ¡Basta de malditas mentiras!

—Pero el proyecto, Max. Dios mío, creo que no lo comprendes...

—No, el que no lo comprende es usted. ¿Piensa que a mí me importan sus sueños de jugar a ser Dios? ¿Piensa que me importaron alguna vez?

—Te invité aquí para hacerte un favor, para hacer una reparación. ¿Qué pretendes decirme? —Lenz controlaba su voz, pero por un pelo.

—¿Una reparación? Pero si eso es sólo una prolongación del horror. Por usted, todo y todos se sacrificaron a su sueño de vivir eternamente. —Una respiración afanosa—. ¡Ahora está a punto de arrebatarme al único hijo que me queda! Después de todo lo que ya me ha arrebatado.

—O sea que tus insinuaciones eran una simple estratagema. Sí, lo estoy empezando a comprender. Cuando te incorporaste a nuestro grupo lo hiciste siempre con la intención de traicionarnos.

—Era la única manera de poder entrar en una ciudad amurallada. La única manera que me podía permitir controlar las cosas desde dentro.

Lenz habló como para sus adentros:

—Mi error siempre ha sido el de imaginar que los demás son tan filántropos como yo y que están tan interesados como yo por el bien superior. Cuánto me decepcionas. Después de todo lo que hemos vivido juntos.

Lenz se volvió a mirar brevemente a Max, sentado en el oscuro rincón, y justo en el mismo instante en que Ben se agachaba para pegar un brinco hacia delante, oyó el sordo chasquido, la detonación de una pistola de pequeño calibre, y Lenz se quedó más sorprendido que afectado cuando un pequeño pero cada vez más dilatado círculo rojo apareció en el bolsillo de su blanca chaqueta de laboratorio, cerca del hombro derecho. Apuntando aproximadamente en la dirección de Max, Lenz apretó tres veces el gatillo, respondiendo violentamente a los disparos.

Después apareció una segunda mancha en el pecho de Lenz. Su brazo derecho se quedó colgando inútilmente a su costado mientras su pistola caía ruidosamente al suelo.

Anna lo miró mientras inclinaba ligeramente la Uzi.

De pronto, Lenz se abalanzó sobre ella y la derribó al suelo, donde la Uzi provocó un estruendo.

La mano de Lenz se acercó a su garganta y le apretó la laringe con una garra de hierro. Ella trató de incorporarse, pero él le golpeó la cabeza contra el suelo con un audible crujido. Se la volvió a golpear y entonces Ben, dominado por la furia, se le echó encima, sosteniendo en la mano el cilindro de plástico que ella le había entregado previamente. Ben emitió un rugido a causa del esfuerzo y la rabia que sentía mientras levantaba la mano derecha y clavaba la aguja hipodérmica directamente en el cuello de Lenz.

Lenz emitió un aullido de dolor. Ben comprendió que le había alcanzado la parte interior de la vena yugular o, por lo menos, le había clavado la aguja muy cerca de ella, y entonces empujó el émbolo.

La expresión de horror de Lenz se le quedó aparentemente congelada en el rostro. Se acercó rápidamente las manos al cuello, encontró la jeringa, tiró de ella hacia fuera y vio la etiqueta.

—*Verdammt nochmal! Scheiss Jesus Christus!* —¡Maldita sea! ¡Me cago en Cristo!

Una burbuja de saliva se formó en su boca. De repente, cayó hacia atrás como una estatua. Su boca se abrió y se cerró como si estuviera tratando de gritar, pero, en lugar de hacerlo, se limitó a emitir un jadeo como si le faltara el aire.

Después se quedó rígido.

Los ojos de Lenz miraban con furia, pero sus pupilas estaban fijas y dilatadas.

—Creo que está muerto —dijo Ben entre jadeos y casi sin respiración.

—Yo sé que está muerto —dijo Anna—. Es el más potente opiáceo que hay. Guardan unas sustancias muy fuertes en sus armarios de medicamentos. Ahora, salgamos de aquí—. Miró a Max Hartman—. Todos nosotros.

—Marchaos vosotros —murmuró el padre de Ben desde su silla—. Dejadme aquí, pero vosotros os tenéis que ir ahora, los guardias...

—No —dijo Ben—. Tú te vienes con nosotros.

—Maldita sea —le dijo Anna a Ben—. He oído despegar el helicóptero, o sea que eso está descartado. Pero ¿tú cómo has entrado?

—Una cueva que hay debajo de la propiedad se abre al sótano. Pero ellos ya lo han descubierto.

—Lenz tenía razón, estamos perdidos, no hay manera de salir...

—Sí la hay —dijo Max con un hilillo de voz.

Ben se acercó corriendo a él, impresionado por lo que estaba viendo.

Max, vestido con una pálida bata azul de hospital abierta por detrás, se había acercado las manos a la base del cuello donde se le había alojado una bala, tal como Ben pudo ver ahora. La sangre se estaba escapando con insistencia bajo sus trémulos dedos. En la liviana prenda figuraba marcado el número dieciocho.

—¡No! —gritó Ben.

El hombre había recibido un disparo en su afán de matar a Lenz... y proteger a su único hijo superviviente.

—El helicóptero privado de Lenz —murmuró Max—. Llegaréis a la zona de despegue a través del pasadizo de atrás, al fondo a la izquierda... —Se pasó unos cuantos minutos más murmurando instrucciones. Al final añadió—: Dime que lo comprendes. —Los ojos de Max miraban con expresión implorante. Con una voz apenas audible, repitió las palabras—: Dime que lo comprendes.

—Sí —dijo Ben, sin apenas poder hablar.

«Dime que lo comprendes...» Su padre se refería naturalmente a las instrucciones para llegar a la zona de los helicópteros, pero él no pudo evitar pensar que se refería también a otra cosa. «Dime que lo comprendes»: dime que comprendes las difíciles decisiones que adopté en la vida, por muy equivocadas que fueran.

«Dime que las comprendes. Dime que comprendes quién soy yo realmente.»

Como resignado, Max apartó las manos de su garganta y la sangre empezó a manar siguiendo el lento y regular ritmo de los latidos de su corazón.

«Dime que lo comprendes.»

«Sí», le había dicho Ben y, justo en aquel momento, lo comprendió. «Lo comprendo.»

En cuestión de segundos, su padre se desplomó exánime hacia atrás. Exánime y, sin embargo, como si fuera la viva imagen de la salud. Parpadeando para apartar las lágrimas de sus ojos, Ben pudo ver que su padre aparentaba ser varias décadas más joven de lo que era, que el cabello le estaba empezando a crecer sedoso y oscuro y que su piel era tersa y estaba firme y tonificada.

En la muerte, Max Hartman jamás había parecido más vivo.

48

Ben y Anna bajaron corriendo por el pasillo mientras se oían a su alrededor los tiroteos. La correa de bandolera resbaló contra el cañón de la Uzi mientras ella corría, provocando un sordo matraqueo. En cualquier momento los podían atrapar, pero los guardias sabían que iban fuertemente armados y que se les tendrían que acercar con cuidado. Anna sabía que ningún centinela de pago, por muy leal que fuera, pondría su vida innecesariamente en peligro.

Las instrucciones de Max habían sido claras y precisas.

Otro giro a la derecha los condujo a una escalera.

Ben abrió la puerta de plancha de acero y Anna dirigió una ráfaga de disparos hacia la zona del rellano: cualquiera que estuviera presente se agacharía instintivamente en busca de protección. Mientras entraban, se oyó un ensordecedor estallido de disparos de respuesta: un guardia situado en el nivel inferior estaba disparando en el angosto espacio de la escalera. No era un ángulo que permitiera disparar con precisión; el mayor peligro era resultar alcanzado por un disparo de rebote.

—Sube corriendo al piso de arriba —le murmuró Anna a Ben.

—Pero Max dijo que el nivel del compartimiento de los helicópteros está en el piso de abajo —protestó Ben en voz baja.

—Haz lo que te digo. Sube corriendo al nivel superior. Metiendo todo el ruido que puedas.

Ben lo comprendió inmediatamente y así lo hizo, procurando que sus zapatos resonaran sobre los peldaños mientras subía.

Anna se aplastó contra la pared, fuera de la línea visual del rellano inferior. Enseguida detectó los movimientos del guardia. En cuanto resultara visible para el guardia, no tendría más ventaja sobre él que la rapidez. Se tendría que mantener fuera de su vista hasta el último momento posible; y entonces sus reflejos tendrían que ser instantáneos.

Ahora pegó un brinco y disparó hacia el lugar donde imaginaba la presencia del guardia, apretando el gatillo hasta que pudo confirmar visualmente su posición.

El guardia estaba apuntando con su ametralladora directamente hacia ella. La victoria o la derrota se medirían en cuestión de milisegundos. Si hubiera esperado hasta poder verlo antes de disparar, la ventaja la hubiera tenido él.

En cambio, ahora pudo ver cómo su túnica estallaba en una mancha de sangre y su arma disparaba inofensivamente por encima de ella y después caía ruidosamente por los peldaños.

—¿Anna? —gritó Ben.

—¡Ahora! —contestó ella, y él bajó corriendo los dos tramos de escalera, reuniéndose con ella en el nivel del compartimento de los helicópteros, junto a una puerta con aldaba, también de acero pintado de gris, y la empujó hacia fuera.

Al entrar en el Compartimento Número 7, una fría ráfaga los azotó e inmediatamente lo vieron... el helicóptero brillando bajo la tenue luz, una enorme y resplandeciente criatura metálica. Era un impresionante Augusta 109 de color negro, nuevo, de fabricación italiana y con ruedas en lugar de patines.

—¿De veras puedes pilotar esta cosa? —preguntó Anna en cuanto ambos se hubieron encaramado a su interior.

Ben, sentado en la cabina de mando, soltó un gruñido para decir que sí. En realidad sólo había pilotado un helicóptero una vez, un vehículo de instrucción, con un piloto profesional al frente de dos juegos de controles gemelos. Había pilotado aviones muchas veces, pero aquello era enteramente distinto y no se basaba en la intuición. Examinó la cabina débilmente iluminada en busca de los controles.

Por un instante, las complejidades del tablero de instrumentos se disolvieron en una borrosa mancha. La imagen del encogido cuerpo de su padre pareció flotar en el aire delante de sus ojos. Se concentró en Max Hartman, lo bastante joven como para que él pudiera vislumbrar su aspecto de antaño. Pudo distinguir al juvenil financiero que había visto el país que lo rodeaba estallar en una letal llamarada de odio. Que había corrido desesperadamente de acá para allá, aceptando repugnantes pactos con un régimen repugnante para salvar al mayor número de familias que pudiera. Un hombre acostumbrado a la supremacía, convertido en un peón.

Podía vislumbrar al hombre... un emigrado, un hombre atormentado, un hombre con secretos... a quien su madre había conocido y del cual se había enamorado. Max Hartman, su padre.

Ben meneó fuertemente la cabeza. Tenía que lograr concentrarse.

Tenía que concentrarse, de lo contrario, ambos acabarían muertos. Y todo habría sido para nada.

El compartimento estaba a la merced de los elementos. Fuera, los tiroteos sonaban cada vez más cerca.

—Anna, quiero que estés preparada con la Uzi por si alguno de los guardias intentara derribarnos —dijo Ben.

—No dispararán —contestó Anna, expresando un deseo cual si fuera una afirmación—. Saben que es el helicóptero de Lenz.

Una voz desde la parte de atrás, cultivada y precisa:

—En efecto. ¿Pensaba usted que Lenz no tenía pasajeros esperándole, señorita Navarro?

«No estaban solos.»

—¿Un amigo tuyo? —le preguntó Ben a Anna en voz baja.

Ambos se dieron la vuelta y vieron al pasajero acurrucado en el compartimiento posterior, un hombre de cabello blanco pero aspecto extremadamente vigoroso que llevaba puestas unas gafas de gran tamaño y montura translúcida color carne, impecablemente vestido con un traje Glenn Urquhart estilo Rey Eduardo, una fina camisa blanca y una corbata de seda color aceituna perfectamente anudada.

Sostenía en sus manos un arma automática de cañón corto, el único toque vulgar.

—Alan Bartlett —dijo Anna en un susurro.

—Arrójeme su arma, señorita Navarro. La mía está apuntada contra usted y la suya no está en muy buena posición, que digamos. Lamentaría mucho tener que apretar el gatillo, ¿comprende? Los disparos se cargarían con toda seguridad el parabrisas y muy posiblemente dañarían también el fuselaje. Lo cual sería una pena, puesto que necesitaremos este vehículo como medio de transporte.

Lentamente, Anna dejó que la Uzi resbalara al suelo y la empujó hacia Bartlett. Éste no se inclinó para recogerla sino que pareció darse por satisfecho con que ella no la tuviera a su alcance.

—Gracias, señorita Navarro —dijo Bartlett—. Mi deuda de gratitud para con usted no cesa de aumentar. No sé si le he manifestado debidamente mi gratitud por el hecho de habernos localizado a Gaston Rossignol y haberlo hecho con tanta rapidez. El taimado pajarraco estaba a punto de causarnos un tremendo problema.

—Será hijo de puta —dijo Anna en voz baja—. Perverso y manipulador hijo de puta.

—Perdone, comprendo que no es precisamente el momento ni el lugar para presentar un informe de aptitud, señorita Navarro. Pero debo decirle que es una lamentable desgracia que, tras habernos prestado un servicio tan excelente, haya empezado a deshacer todo lo bueno que había conseguido. Y ahora, ¿dónde está el doctor Lenz?

—Muerto —contestó Ben en nombre de Anna.

Bartlett guardó silencio un momento. Hubo un parpadeo en sus grises e inexpresivos ojos.

—¿Muerto? —Apretó el rifle automático entre sus manos mientras digería la información—. ¡Serán idiotas! —Su voz estalló de repente—. ¡Idiotas destructores! Unos niños perversos tratando de estropear algo cuya belleza ustedes jamás podrían comprender. ¿Qué les daba derecho a hacerlo? ¿Qué les hizo pensar que la decisión la tenían que tomar ustedes? —Guardó silencio una vez más y estaba temblando visiblemente de rabia cuando añadió—: ¡Váyanse los dos al puñetero infierno!

—Usted primero, Bartlett —replicó Ben.

—Usted es Benjamin Hartman, claro. Lamento que nos hayamos conocido en estas circunstancias. Pero la verdad es que la culpa la tengo yo. Hubiera tenido que ordenar que lo mataran a usted al mismo tiempo que a su hermano: eso no hubiera tenido por qué poner a prueba nuestra aptitud. Me debo de haber vuelto sentimental en mi vejez. Bueno, mis jóvenes enamorados, me temo que me han dejado en la situación de tener que tomar ciertas difíciles decisiones.

Débilmente reflejado en el parabrisas de la cabina se podía ver el ancho cañón del rifle de asalto de Bartlett. Ben mantuvo los ojos clavados en él.

—Lo primero es lo primero —añadió Bartlett tras una pausa—. Voy a tener que fiarme de sus habilidades como piloto. Hay una franja de aterrizaje fuera de Viena. Yo lo guiaré hasta ella.

Ben volvió a mirar el arma automática de Bartlett y accionó la palanca del interruptor de la batería. Se oyó el clic de las bujías de encendido y después el silbido del motor de arranque, que gradualmente se intensificó. Ben observó que todo estaba plenamente automatizado, lo cual facilitaría muchísimo el vuelo. En diez segundos se produjo el encendido y el motor cobró ruidosamente vida. Los rotores empezaron a girar.

—Ajústate bien el cinturón —le murmuró Ben a Anna.

Levantó el asa del alabeo colectivo con la mano izquierda y oyó el sonido de la disminución de la velocidad de los rotores. Después sonó una especie de bocina y la velocidad del motor empezó a disminuir.

—Maldita sea —exclamó Ben.

—¿Sabe usted lo que está haciendo? —preguntó Bartlett—. Porque, si no lo sabe, no me sirve de nada en absoluto. No hace falta que le explique lo que eso significa.

—Estoy un poco oxidado —contestó Ben.

Asió los mandos de gases, las dos palancas que bajaban de la parte superior del parabrisas, y las empujó hacia delante. Ahora el motor y tanto la cola como los principales rotores volvieron a rugir. El helicóptero experimentó una sacudida hacia delante y después dio unas guiñadas a derecha e izquierda.

Ben empujó bruscamente hacia atrás el mando de gases: el helicóptero se detuvo de golpe con un desagradable sonido. Anna se inclinó hacia delante contra los cinturones de seguridad; Bartlett, tal como Ben esperaba, fue arrojado violentamente contra la rejilla metálica que cerraba la parte posterior de la cabina de mando.

Mientras oía el matraqueo de la devastadora ruptura del rifle de asalto, Ben se desabrochó el cinturón y entró en acción.

Vio que Bartlett se había quedado temporalmente sin sentido a causa del impacto y que un riachuelo de sangre le salía de la ventana izquierda de la nariz. Ahora, con la rapidez de un leopardo, Ben rodeó su asiento y empezó a golpear con ambas manos a Bartlett, empujando sus hombros contra el suelo antideslizante de acero. Bartlett no opuso resistencia. ¿Acaso el impacto contra la rejilla de separación lo había dejado inconsciente? ¿Acaso ya había muerto?

Era demasiado arriesgado hacer conjeturas.

—Tengo un juego adicional de esposas —dijo Anna—. Si le puedes juntar las muñecas...

En un momento le esposó las manos y las piernas a su antiguo jefe, dejándolo enrollado como una alfombra en la parte de atrás.

—Dios mío —exclamó Anna—. No hay tiempo que perder. Tenemos que largarnos ya. Los guardias... ¡ya están en camino!

Ben empujó las dos palancas de mando hacia delante y después alabeó el colectivo hacia arriba sin soltar el mando del cíclico. El colectivo controlaba la elevación del helicóptero; el cíclico controlaba la dirección lateral. El morro del helicóptero se movió hacia la derecha mientras la cola se movía hacia la izquierda; después empezó a salir rodando del compartimento hacia el prado cubierto de nieve, iluminado por la fría luz de la luna.

—¡Mierda! —gritó Ben, empujando el colectivo hacia abajo para aumentar la potencia mientras trataba de estabilizar el aparato.

Empujó la palanca hacia delante unos cuatro o cinco centímetros, sintió que el morro se inclinaba hacia abajo y entonces añadió un poco más de potencia con el colectivo.

Ahora ya estaban rodando.

El helicóptero rodó hacia delante a través de la nieve.

Ahora el colectivo estaba parcialmente inclinado hacia arriba.

De repente, a una velocidad de veinticinco nudos, el helicóptero se elevó en el aire.

Habían adquirido la velocidad del punto de despegue.

Ben empujó la palanca hacia atrás para adquirir más potencia y el morro se enderezó. Seguían subiendo.

Unas balas repiquetearon contra la cabina de mando. Varios guardias corrían gritando con sus metralletas apuntadas contra ella.

—Pensaba que habías dicho que no dispararían contra el helicóptero de Lenz.

—Se ha debido de correr la voz acerca de lo que le ha pasado al bondadoso doctor —dijo Anna—. Oye, mejor viajar con un poco más de seguridad, ¿no te parece?

Introdujo la Uzi a través de una ventanilla lateral abierta y disparó una ráfaga. Uno de los guardias se desplomó.

Disparó otra ráfaga más prolongada.

Otro guardia cayó.

—Bueno —dijo Anna—. Creo que vamos a estar un ratito tranquilos.

Ben empujó el colectivo hacia atrás hasta algo más de la mitad, y el morro se corrigió.

Más arriba y todavía más arriba.

Ahora se encontraban exactamente encima del *Schloss* y el helicóptero se notaba más estable. Ben podía pilotarlo como si fuera un avión.

Ben fue consciente de un repentino movimiento y justo cuando se estaba dando la vuelta, experimentó un punzante e intenso dolor en la base del cuello y los hombros. Lo que sintió fue algo parecido a un nervio pinzado, aunque cien veces peor.

Anna lanzó un grito.

Por el húmedo y cálido aliento que notaba junto a su rostro, Ben comprendió lo que había ocurrido. Bartlett, con los brazos y las piernas aherrojados, se había abalanzado sobre él y lo había atacado con lo único que le quedaba a su disposición: las mandíbulas.

Una gutural vocalización semejante al aullido de una criatura de la selva surgió de la garganta de Bartlett mientras éste insistía en clavar los dientes en el cuello y los hombros de Ben.

Cuando Ben soltó el colectivo para agarrar a Bartlett, el helicóptero empezó a guiñar peligrosamente hacia un lado.

«¡Aquello no había terminado!» Anna sabía que el hecho de disparar con su arma contra él significaría correr el riesgo de matar a Ben. Agarró unos cuantos mechones del lacio cabello blanco de Bartlett y tiró con todas sus fuerzas. Tiró hasta que el cabello se desprendió, dejando unas ensangrentadas zonas ovaladas de color rosado en su cuero cabelludo.

Pero Bartlett no soltaba la presa.

Fue como si estuviera dirigiendo todo su impulso vital hacia las mandíbulas y hundiera los dientes en la carne de Ben con la fuerza muscular de todo su cuerpo.

Era lo único que le quedaba. La única oportunidad de sobrevivir que le queda a un animal herido... o, por lo menos, la única oportunidad de que su enemigo no sobreviva.

Visiblemente trastornado por el dolor, Ben golpeó la cabeza de Bartlett con los puños, pero sin resultado.

«¿Sería posible haber llegado tan lejos y haber sobrevivido a tantas cosas para acabar destruido en plena fuga?»

Bartlett era un demente insensible al dolor... un hombre de una elegancia y una ambición excelsas, reducido ahora a la conducta elemental de un vertebrado cualquiera. Hubiera podido ser una hiena de las llanuras del Serengueti, clavando los incisivos en otra criatura, en la esperanza de que sólo una de ellas consiguiera vivir otro día.

Con la boca pegada al cuello y los hombros de Ben, el cuerpo de Bartlett se estaba retorciendo, agitando y revolviendo... propinando patadas a Anna con ambos pies, obligándola a cambiar de posición y debilitando su presa sobre él. Una ráfaga de aire frío llenó súbitamente el helicóptero. Los salvajes movimientos de anguila de Bartlett habían abierto de un puntapié la puerta del lado de Anna.

Otro violento movimiento suyo sacudió los pedales que controlaban los rotores de la cola, y entonces el helicóptero empezó a rotar a la izquierda, cayendo en barrena primero despacio y después más rápido. Cuando la fuerza centrífuga adquirió más potencia, Anna empezó a resbalar de manera inestable hacia la puerta abierta. Clavó las uñas en el rostro de Bartlett y, hundidas en su carne, éstas fueron su única palanca. Lo que estaba haciendo la repugnaba, pero era la única manera: clavó más hondo y más fuerte, hundiendo el dedo en la cavidad orbital.

—¡Suelta ya, hijo de puta! —gritó, excavando en la blanda carne hasta que, al final, con un grito que helaba la sangre, Bartlett soltó la presa de su mandíbula.

Lo que ocurrió a continuación fue una mancha borrosa: tanto Anna como Bartlett se sintieron lanzados hacia la puerta abierta, hacia el precipicio de la tierra de abajo.

Después Anna sintió una férrea presa en la muñeca. La mano de Ben se había proyectado hacia fuera, agarrándola, reteniéndola mientras el helicóptero seguía cayendo en barrena con una inclinación de cuarenta y cinco grados y Bartlett rugía, sucumbiendo finalmente a la fuerza de la gravedad y resbalando fuera del helicóptero.

Sus aullidos sonaron cada vez más débiles mientras se precipitaba sobre el *Schloss*.

Pero ¿lo seguiría el helicóptero en su caída? A diferencia de un avión, un helicóptero que se hubiera movido más allá de los límites de una correcta posición angular caería como una piedra. El helicóptero que trataba de remontar el vuelo se siguió inclinando espantosamente mientras la pérdida de sustentación resultaba de todo punto evidente.

Recuperar la debida posición exigiría la intervención de ambas manos y ambos pies. Ben ajustó el mando del cíclico y el del colectivo mientras sus pies accionaban los pedales, combinando el rotor de la cola con el rotor principal.

—¡Ben! —gritó Anna, consiguiendo por los pelos cerrar la puerta—. ¡Haz algo!

—¡Dios! —rugió Ben sobre el rugido de los rotores—. ¡No sé si podré!

El helicóptero cayó bruscamente y el estómago de Anna experimentó una sacudida hacia arriba, pero ésta observó que, a pesar de que estaba cayendo, el helicóptero empezaba a enderezarse.

Si se enderezara a tiempo, si encontrara el ángulo necesario para la sustentación, tendrían una oportunidad.

Ben manejó los controles, con la frente fuertemente arrugada. Visceralmente, sabía que al helicóptero sólo le quedaban unos segundos, antes de que la velocidad del descenso resultara irrecuperable: cualquier decisión equivocada sería fatal.

La intuyó antes de verla... intuyó la sustentación antes de ver, desde la línea del horizonte, que el helicóptero había recuperado el equilibrio.

Por primera vez en mucho rato, Anna experimentó una leve pero creciente disminución del pánico. Se arrancó hábilmente un trozo de la blusa y la aplicó a la parte del cuello de Ben que había sido atacada. La zona estaba profundamente marcada por las huellas de los dientes, pero las heridas de la compresión habían dejado muy poca sangre, lo cual era una suerte. No se había producido la rotura de ningún vaso sanguíneo. Ben no tardaría en necesitar atención médica, pero ya no era una emergencia.

Ahora miró hacia abajo a través de la ventanilla.

—¡Mira! —gritó. Justo debajo de ellos pudo ver el castillo como un modelo de juguete, rodeado por su tortuosa valla. En la base de la montaña, una impresionante muchedumbre estaba saliendo como en procesión.

—¡Son ellos! —gritó—. ¡Parece que han conseguido salir!

Se oyó una explosión desde abajo y de repente se abrió un cráter de gran tamaño en el suelo, al lado del *Schloss*.

Una pequeña sección de la antigua fortaleza de piedra cerca del lugar de la explosión se desmoronó como un frágil algodón de azúcar.

—La dinamita —dijo Ben.

Se encontraban a más de tres mil metros de altura y navegaban por el aire a 140 nudos.

—Los muy idiotas han dinamitado la boca de la cueva. Demasiado cerca del edificio... mira lo que ha hecho la explosión. ¡Dios mío!

Anna vio formarse en la cumbre de la montaña lo que parecía una nube blanca, rodando por la ladera de la montaña como una espesa niebla.

Una gran nube blanca de nieve, una ola de gran tamaño, un alud, un cruel fenómeno natural.

Un espectáculo de extraña belleza.

* * *

Aparte del considerable número de niños que habían conseguido escapar del recinto del *Schloss*, no hubo supervivientes.

Treinta y siete personas de todo el mundo, muchas de ellas grandes hombres y mujeres altamente relevantes en sus campos de actividad, leyeron con asombro las notas necrológicas del filántropo vienés Jürgen Lenz, muerto a causa del alud que había enterrado el *Schloss* alpino heredado de su padre.

Treinta y siete hombres y mujeres, todos ellos inmensamente ricos.

49

Como un esplendoroso regreso a una era más elegante, el Metropolis Club ocupaba la esquina de una bonita manzana de la East Thirty Eight Street de Manhattan. Era un majestuoso edificio de McKim, Mead & White de finales del siglo XIX, provisto de balaustradas de piedra caliza y decorado con complejas hiladas de modillones. Dentro, las curvadas barandillas de hierro forjado de la doble escalinata conducían, pasando por delante de pilastras de mármol y medallones de yeso, al espacioso Schuyler Hall. Trescientas sillas se habían colocado ahora sobre su pavimento de rombos en blanco y negro. Ben tuvo que reconocer, a pesar de todos sus recelos, que no era un lugar inapropiado para el acto en recuerdo de su padre: Marguerite, la asistente ejecutiva de Max Hartman durante veinte años, había insistido en organizar el acto, y sus esfuerzos habían sido como siempre irreprochables. Ahora Ben parpadeó con insistencia y contempló los rostros que tenía delante hasta conseguir enfocarlos a todos como individuos.

Sentada en aquellas sillas había una curiosa comunidad de afligidas amistades. Ben vio los cariacontecidos rostros de hombres más maduros pertenecientes a la comunidad bancaria de Nueva York, unos hombres canosos, mofletudos y con los hombros encorvados que sabían que la actividad bancaria, la profesión a la que habían entregado sus vidas, estaba ahora cambiando de tal forma que se valoraba la competencia técnica por encima del cultivo de las relaciones personales. Eran los banqueros que habían cerrado sus mejores acuerdos en las pistas de golf... unos caballeros del *green* que estaban viendo cómo el futuro de su industria pertenecía a unos hombres inexpertos con malos cortes de pelo pero doctorados en ingeniería eléctrica, unos hombres inexpertos que no sabían distinguir entre un *putter* y un *nine iron*.

Ben vio a los elegantes dirigentes de las principales asociaciones benéficas. Estableció un fugaz contacto visual con la directora ejecutiva de la New York Historical Society, una mujer que llevaba su abundante cabello recogido en un apretado moño; su rostro parecía ligeramente estirado en una diagonal que iba desde cada comisura de la boca hasta una zona situada detrás de cada oreja... la conocida señal de una reciente operación de cirugía plástica, las huellas de la cruda habilidad del cirujano. En la fila posterior, Ben reconoció al jefe de la Grolier Society, con su blanco cabello y su impecable traje azul marino. Al elegante presidente del Metropolitan Museum. A la neo-hippie presidenta de la Coalición para los Sin Techo. En otros lugares había altos cargos y decanos de varios centros educativos, todos ellos a una prudencial distancia los unos de los otros, cada uno de ellos mirando a Ben con expresión sombría. En primera fila se encontraba el carismático director nacional de las asociaciones benéficas United Way, con el cabello ligeramente desgreñado y con sus ojos castaños de perro basset sinceramente conmovidos.

Tantos rostros que se disolvían brevemente y después se resolvían una vez más en singularidades concretas. Ben vio a varias parejas que se esforzaban en ser algo, mujeres de cuerpos compactos y hombres de mullidas panzas que habían conseguido afianzar su posición en la sociedad de Nueva York, buscando el apoyo de Max Hartman en sus incesantes campañas de recogida de fondos para la lucha contra el analfabetismo, el sida, la libertad de expresión, la conservación de la vida salvaje. Vio a vecinos suyos de Bedford: el magnate de la revista de *softball* con su camisa a rayas de marca registrada; el carilargo heredero de aspecto un tanto zarrapastroso de una antigua y distinguida familia que antaño había dirigido un programa de egiptología en una prestigiosa universidad de la Ivy League; el hombre de aire juvenil que había lanzado y vendido a un conglomerado industrial una empresa que vendía unos tés de hierbas con vistosos nombres de la New Age y sermones progresistas en las tapas de las cajas.

Rostros ajados, rostros lozanos, rostros conocidos y desconocidos. Estaba la gente que trabajaba para Hartman Capital Management. Valiosos clientes, como el bueno de Fred McCallan, que se enjugó los ojos con un pañuelo una o dos veces. Antiguos compañeros suyos de sus días de docencia en East New York; compañeros más recientes de la tarea que acababa de asumir en un instituto de una zona no menos pobre de Mount Vernon. Había personas que los habían ayudado a él y a Anna en momentos de necesidad. Y, por encima de todo, estaba Anna, su novia, su amiga, su amante.

En presencia de toda aquella gente, Ben permanecía de pie delante de una tribuna en una plataforma elevada al fondo de la sala, tratando de decir algo acerca de su padre. En la hora anterior, un exquisito cuarteto de cuerda —uno que Max había contribuido a patrocinar— había interpretado un *adagietto* de Mahler, adaptado de su Quinta Sinfonía. Previamente, unos colegas de negocios y beneficiarios de Max habían evocado al hombre que conocían. Y ahora Ben estaba hablando y preguntándose mientras lo hacía si se estaba dirigiendo realmente a las personas allí reunidas o bien a sí mismo.

Tenía que hablar del Max Hartman que él conocía mientras se preguntaba hasta qué extremo lo había conocido alguna vez o pudo llegar a conocerlo. Su única certeza era la de que tenía que hacerlo. Tragó saliva y siguió hablando:

—Un niño imagina que su padre es todopoderoso. Vemos el orgullo y los anchos hombros y la sensación de superioridad y resulta imposible pensar que su fuerza tiene límites. A lo mejor, la madurez procede del hecho de reconocer nuestro error.

La garganta se le encogió y tuvo que esperar unos momentos antes de poder seguir hablando.

—Mi padre era un hombre fuerte, el más fuerte que jamás he conocido. Pero el mundo es poderoso también, más poderoso que cualquier hombre, por muy audaz y decidido que éste sea. Max Hartman vivió los años más oscuros del siglo XX. Vivió una época en que la humanidad reveló lo negro que puede ser su corazón. Sé que él tuvo que vivir con este conocimiento y ganarse la vida y criar una familia y rezar para que su conocimiento no empañara nuestras vidas tal como había empañado la suya. Después de semejante conocimiento, ¿qué perdón puede haber?

Una vez más Ben hizo una pausa, respiró hondo y siguió adelante.

—Mi padre era un hombre complicado, el hombre más complicado que jamás he conocido. Vivió una historia de sorprendente complejidad. Un poeta escribió:

Piensa ahora
La historia tiene muchos pasadizos ingeniosos, corredores
inventados
Y cuestiones, engaños con ambiciones expresadas en voz
baja,
Guías de nuestras vanidades.

—Mi padre solía decir que él sólo miraba hacia delante, nunca hacia atrás. Eso era una mentira, una valiente y provocadora mentira. La historia era aquello de lo que estaba hecho mi padre y aquello que él siempre lucharía continuamente por superar. Una historia que lo era todo menos blanca y negra. La vista de los niños es muy aguda. Se debilita con la edad. Y, sin embargo, hay algo que los niños realmente no ven demasiado bien: los matices intermedios. Los tonos del gris. La juventud es pura de corazón, ¿verdad? La juventud no acepta compromisos, es decidida y entusiasta. Es el privilegio de la falta de experiencia. Es el privilegio de una limpieza moral no puesta a prueba y no turbada por el desorden del mundo real.

»Pero ¿y si uno no tiene más remedio que tratar con el mal para poder luchar contra el mal? ¿Salvas a los que amas, a los que puedes, o bien te mantienes puro e inmaculado? Sé que jamás tuve que hacer esta elección. Y sé también otra cosa. Las manos de un héroe están arañadas, escoriadas, agrietadas y encallecidas, y sólo muy raras veces están limpias. Las de mi padre no lo estaban. Vivió en la creencia de que, en su lucha contra el enemigo, también había desarrollado actividades favorables a sus propósitos. Al final, sus anchas espaldas se encorvaron bajo el peso de una culpa que ninguna de sus buenas obras jamás pudo borrar. Nunca pudo olvidar que él había sobrevivido cuando muchos de los que apreciaba no lo consiguieron. Y una vez más cabe preguntarse: después de semejantes conocimientos, ¿qué perdón podía haber? El efecto fue el de redoblar sus esfuerzos para hacer lo que estaba bien. Sólo muy recientemente logré comprender que jamás pude ser más sincero con él y con su propio sentido de su misión que cuando me rebelé contra él y contra las esperanzas que él había depositado en mí. Un padre quiere por encima de todo mantener a sus hijos a salvo. Pero eso es lo único que un padre no puede hacer.

Los ojos de Ben se cruzaron un buen rato con los de Anna y hallaron consuelo en la firme mirada de respuesta de sus líquidos ojos castaños.

—Algún día, si Dios quiere, seré padre, y no cabe duda de que olvidaré esta lección y tendré que volver a aprenderla. Max Hartman era un filántropo en el sentido radical de la palabra, amaba a la gente, y, sin embargo, no era un hombre fácil de amar. Cada día sus hijos se preguntaban si lo habían hecho sentirse orgulloso o bien avergonzado. Ahora veo que él también estaba abrumado por esta misma pregunta: ¿nos haría sentirnos a sus hijos orgullosos o bien avergonzados?

»Peter, desearía por encima de todo que estuvieras aquí conmigo en este preciso instante para escuchar y hablar. —Los ojos se le llenaron de lágrimas—. Pero mira, Peter, eso lo tendrías que archivar bajo el epígrafe de «extraño, pero cierto», tal como tú mismo solías decir. Papá vivió bajo el temor de nuestro juicio.

Ben inclinó momentáneamente la cabeza.

—Vi a mi padre vivir con el temor de que yo lo juzgara... y, sin embargo, parece increíble. Temía que un hijo criado en medio del lujo y la pereza juzgara a un hombre que había tenido que soportar la aniquilación de todo aquello que él apreciaba.

Ben echó los hombros hacia atrás y, en un tono áspero y rebosante de tristeza, levantó un poco más la voz.

—Vivió temiendo que yo lo juzgara. Y lo hago. Lo juzgo mortal. Lo juzgo imperfecto. Lo considero un hombre testarudo, complicado y difícil de amar y herido para siempre por una historia que dejó su huella en todo lo que tocaba. Y lo considero un héroe. Y, precisamente porque era difícil de amar, lo amé con tanta más fuerza...

A Ben se le quebró la voz y las palabras se le quedaron estranguladas en la garganta. Ya no podía decir más y quizá ya no había nada más que necesitara decir. Contempló el rostro de Anna, vio el brillo de las lágrimas en sus mejillas, la vio llorar por los dos y lentamente bajó de la tribuna y se encaminó hacia el fondo de la sala. Anna se acercó a él y permaneció de pie a su lado mientras numerosos asistentes le estrechaban la mano y después se retiraban a una estancia contigua para seguir conversando entre sí. Hubo palabras de condolencia y afectuosos recuerdos. Cariñosos ancianos le apretaron los hombros, recordándolo claramente de niño, una mitad de los adorables gemelos Hartman. Ben consiguió recuperar la compostura. Se sentía exprimido, pero parte de lo que había exprimido era el peso del dolor.

Diez minutos más tarde, cuando alguien —el jefe de la división tributaria de la hcm— contó cariñosamente una divertida anécdota acerca de su padre, Ben se vio soltando una sonora carcajada. Se sentía de alguna manera más liviano de lo que se había sentido en varias semanas y puede que en varios años. Mientras la gente se empezaba a dispersar, un hombre alto, de mandíbula cuadrada y cabello rubio pajizo le estrechó la mano.

—No nos han presentado oficialmente —dijo el hombre, mirando a Anna.

—Ben, éste es alguien que ha sido un buen amigo para los dos —dijo Anna cordialmente—. Quisiera presentarte al nuevo director de la Unidad de Cumplimiento Interno del Departamento de Justicia, David Denneen.

Ben le estrechó enérgicamente la mano.

—He oído hablar mucho de usted —dijo—. ¿Me permite darle las gracias por habernos salvado el pellejo? ¿O acaso eso forma parte de las tareas de su puesto?

Ben sabía que Denneen había sido el principal responsable de limpiar el buen nombre de Anna; había hecho correr hábilmente la voz de que estaba trabajando en una operación de acoso y que los informes acerca de sus infracciones se habían falsificado con el fin de atrapar a unos auténticos malhechores. Anna había recibido incluso una carta oficial de gratitud del Gobierno por «su servicio de entrega y valor», aunque la carta dejaba discretamente sin especificar las circunstancias de aquel valor. No obstante, ello sirvió para ayudarla a conseguir el puesto de vicepresidenta encargada de prevención de riesgos en la Knapp Incorporated.

Ahora Denneen se inclinó para besar a Anna en la mejilla.

—La deuda recorre el camino inverso —dijo, volviéndose a mirar a Ben—. Tal como usted bien sabe. Sea como fuere, estos días en la uci estoy ocupado en la tarea de los recortes de plantilla. Algún día, cuando mi madre me pregunte en qué me gano la vida, me gustaría poder decírselo.

—¿Ben? —Anna presentó al menudo personaje moreno que acompañaba a Denneen—. Otro amigo mío que quisiera presentarte: Ramón Pérez.

Otro enérgico apretón de manos: Ramón sonrió, dejando al descubierto unos dientes muy blancos.

—Un honor —dijo, inclinando levemente la cabeza.

Seguía sonriendo cuando se apartó a un rincón con Anna para seguir conversando.

—Pareces el gato que se ha comido al canario —le dijo Anna—. ¿Qué ocurre? ¿Qué tiene de gracioso? —preguntó, con los ojos resplandecientes de alegría.

Ramón se limitó a menear la cabeza. Miró al prometido de ésta, que se encontraba en el otro extremo de la estancia, y después la volvió a mirar a ella sin dejar de sonreír.

—Ah —dijo Anna al final—. «Lástima de hombre», ¿verdad?

Ramón se encogió de hombros, pero no lo negó.

Anna miró hacia Ben hasta que los ojos de ambos se cruzaron.

—Pues bueno, permíteme que te diga una cosa —dijo—. Conmigo no se malgasta.

Más tarde, Ben y Anna encontraron un Lincoln Car Town de la hcm esperándolos delante del Metropolis; al verlos salir, el chófer se cuadró muy tieso en la parte anterior del automóvil, preparado para abrirles la puerta trasera. Ben sostenía cariñosamente la mano de Anna en la suya cuando ambos se acercaron al vehículo que los iba a llevar lejos de allí. Una leve llovizna hacía brillar las calles bajo las sombras del crepúsculo.

De pronto, Ben experimentó un sobresalto provocado por una descarga de adrenalina: el chófer tenía un aire curiosamente juvenil, casi adolescente, y, sin embargo, su complexión era compacta y poderosa. Un calidoscopio pasó fugazmente por su mente: imágenes de pesadilla de una época no muy lejana del pasado. Ben apretó con fuerza la mano de Anna.

El chófer se volvió a mirar a Ben y la luz de las enarcadas ventanas del Metropolis iluminó su rostro. Era Gianni, el chófer de Max durante los dos últimos años de su vida, un jovial y juvenil sujeto de dientes separados. Gianni se quitó la gorra gris y la agitó a modo de saludo.

—Señor Hartman —dijo, levantando la voz.

Ben y Anna subieron al vehículo y Gianni cerró la puerta con un eficiente y sordo golpe antes de acomodarse en el asiento del piloto.

—¿Adónde vamos, señor Hartman? —preguntó Gianni.

Ben consultó su reloj. La noche era joven y, de todos modos, el día siguiente no era lectivo. Se volvió hacia Anna.

—¿Adónde, señora Hartman? —preguntó Ben.

—A cualquier sitio —contestó ella—. Con tal de que sea contigo.

Su mano buscó de nuevo la suya mientras apoyaba la cabeza en su hombro.

Ben respiró hondo, percibió el calor de su rostro contra el suyo y se sintió en paz. Era una extraña e insólita sensación.

—Conduce sin más —dijo Ben—. ¿De acuerdo, Gianni? Adonde sea, a ningún sitio... conduce sin más.

50

USA TODAY

Los entendidos hacen conjeturas acerca del futuro
candidato a la presidencia del tribunal supremo
Afirmando que «lamentaba profundamente pero comprendía
totalmente» la decisión de la jueza Miriam Bateman de abandonar la presidencia del Tribunal Supremo de Estados Unidos
al término de su mandato en primavera, el presidente Maxwell
señaló que él y sus asesores se lo tomarían con calma y adop-
tarían una «cuidadosa y meditada» decisión acerca de la persona propuesta como sucesora suya. «El hecho de estar a la altura de la honradez y la sabiduría de la jueza Bateman constituirá
una pesada carga para cualquier candidato, por cuyo motivo
abordaremos la tarea con humildad y apertura de miras», dijo
en el transcurso de una rueda de prensa. Sin embargo, los entendidos ya han presentado una breve lista de nombres que, al
parecer, ya están siendo objeto de atenta consideración...

THE FINANCIAL TIMES

Conversaciones acerca de la fusión entre
Armakon y Technocorp
En lo que sería una insólita fusión de dos potencias de la Nue-

va Economía, representantes del gigante agrícola y biotecnológico vienés Armakon y del gigante del software Technocorp con base en Seattle han reconocido que ambas empresas han iniciado negociaciones preliminares con vistas a una fusión. «La biotecnología está relacionada cada vez más con la informática, el software está relacionado cada vez más con las aplicaciones —les dijo Arnold Carr, presidente de Technocorp, a los periodistas—. Hemos sido socios estratégicos en el pasado, pero creemos que una asociación más sólida permitiría un mejor desarrollo a largo plazo de nuestras dos empresas.» Un destacado miembro del consejo de administración de Technocorp, el antiguo secretario de Estado Dr. Walter Reisinger, señaló que los consejos de ambas empresas apoyaban plenamente la decisión de sus directivos. Según Reinhard Wolff, director gerente de Armakon, la fusión evitaría la necesidad de costosas gestiones de externalización de programación y representaría un potencial ahorro de miles de millones de dólares. Reconoció el mérito de los «verdaderamente sabios y distinguidos directores» de ambas empresas al haber facilitado las negociaciones.

Al parecer, los grandes accionistas de ambas empresas aprobaban las negociaciones acerca de la fusión. «La unidad hace la fuerza —afirmó Ross Cameron, cuyo Santa Fe Group posee el 12,5 por ciento de las acciones de la Serie A de Technocorp, en una declaración previamente preparada— y creemos que la unión de ambas empresas tendrá mucho que ofrecer al mundo.»

Un comunicado de prensa emitido por ambas empresas señalaba que el consorcio podría ocupar una posición de liderazgo en las ciencias de la salud.

«Dados el amplio historial de investigaciones biotecnológicas de Armakon y los enormes recursos de Technocorp —señalaba Wolff—, la fusión de ambas empresas permitirá retrasar las fronteras de las ciencias de la vida de manera imprevisible.»

Las reacciones de los analistas de Wall Street a la prevista fusión estaban ampliamente divididas...

Otros títulos publicados en
books4pocket narrativa

Dan Brown
El código da vinci
Ángeles y demonios
La conspiración
La fortaleza digital

James Patterson
Luna de miel
El tercer grado
Perseguidos
El cuatro de Julio

Jeff Lindsay
El oscuro pasajero
Querido Dexter

Alan Furst
Reino de sombras
La sangre de la victoria

Stephen Leather
El infiltrado

Eric Bogosian
En el punto de mira

Andreu Martin y **Jaume Ribera**
Con los muertos no se juega

Manuel Pimentel
El arquitecto de Tombuctú

Maria Rosa Cutrufelli
La ciudadana

Antoinette May
La mujer de Poncio Pilato